LA SUCCESSION BANNERMAN

Michael Korda est né à Londres en 1933. Il a passé son enfance à Beverly Hills et à New York, puis a été élève au Collège du Roset. Il a servi dans la Royal Air Force, puis a été étudiant au Magdalen College d'Oxford.
Sa dernière année à Oxford est interrompue par le soulèvement de Budapest en 1956 auquel il participe activement : il est, en effet, d'origine hongroise et est le neveu de Sir Alexander Korda, le metteur en scène, entre autres, de Quatre Plumes blanches *et de* Marius.
Il termine ses études en rentrant de Budapest et va, peu après, s'installer aux États-Unis.
Après un bref passage à CBS, il entre chez Simon and Schuster dont il est actuellement Directeur éditorial et Vice-Président.
Il est un cas sans doute unique dans l'édition américaine d'un homme qui a fait toute sa carrière dans la même maison d'éditions.
Il a publié des auteurs comme Graham Greene, Joan Didion, Carlos Castaneda, Jacqueline Susann, Lapierre et Collins, Tennessee Williams, Cornelius Ryan, Richard Adams, *et les deux sœurs* Collins, *Jackie et Joan.*
Il a lui-même écrit Des vies de rêve *(publié chez Laffont), livre dans lequel il raconte la saga de la famille Korda, et publié chez Stock* L'Héritage, Queenie *et* La Succession Bannerman.
Il collabore régulièrement à des magazines comme Playboy, Penthouse *et* Newsweek, *ainsi qu'au* New York Times.

Voici l'histoire d'un grand amour entre une belle jeune femme et un homme plus âgé qu'elle.
Elle, c'est **Alexandra Walden** dont la brillante vie de célibataire dissimule un passé tragique.
Lui, c'est **Arthur Bannerman**, le chef de la plus riche famille des États-Unis, philanthrope et grand collectionneur d'art.
La fortune des Bannerman est légendaire. Aussi, quand Arthur Bannerman, à soixante-quatre ans, meurt dans les bras d'une jeune femme de vingt-quatre ans qu'il a épousée la veille, le scandale fait les gros titres de toute la presse et dresse bientôt Alexandra contre la famille.
Alexandra Bannerman n'a qu'un désir : faire bâtir le musée que souhaitait l'homme qu'elle aimait. Mais c'est assez pour la plonger dans une bataille où les secrets de son passé vont vite devenir des armes mortelles aux mains de ses ennemis et où sa vie même finira par être menacée. Contre Alexandra se trouvent ligués tous les membres de la famille Bannerman :

(Suite au verso.)

Eleanor Bannerman, la redoutable douairière, dépositaire de tous les secrets de la famille et qui, d'une poigne de fer, règne sur la tribu.
Robert Bannerman, le fils aîné d'Arthur, bel homme, séduisant et sans scrupule, ambassadeur des États-Unis avec des ambitions politiques. D'abord charmée par lui, Alexandra ne comprend pas tout de suite combien il est dangereux.
Cecilia Bannerman, la fille d'Arthur, qui a fui les exigences de la fortune familiale ; elle a vu sa vie détruite par la secrète tragédie qui a dressé contre lui les propres enfants d'Arthur Bannerman.

Paru dans Le Livre de Poche :

QUEENIE.

MICHAEL KORDA

La Succession Bannerman

TRADUIT DE L'AMÉRICAIN PAR
CLAUDE SEBAN

STOCK

Titre original :

THE FORTUNE
(Summit Books, New York)

A Margaret, avec amour.
Et à mon ami Dick Snyder.

« Que celui qui n'a jamais péché lui jette la première pierre. »

Jean, VIII, 7.

« Si le père de cette fille est aussi riche que ça, qu'est-ce qu'elle fait dans un trou pareil ? »

Martin Booker était trop las pour répondre immédiatement à la question du pilote. En outre, il était avocat et ne parlait jamais sans avoir réfléchi au préalable.

Le paysage qui s'étendait au-dessous d'eux lui rappelait des photos de la planète Mars : des kilomètres d'une terre aride et poussiéreuse, un désert monotone et sans fin qu'interrompaient par endroits des montagnes déchiquetées. À trois mille mètres d'altitude, on ne pouvait distinguer le moindre signe de vie sinon des nuages de poussière, seuls mouvements perceptibles à l'œil.

En dépit des lunettes de soleil que le pilote lui avait recommandé d'acheter à Nairobi, la lumière l'aveuglait. Grâce à la technologie moderne, Booker se trouvait encore à New York vingt-quatre heures plus tôt ; le *Wall Street Journal* de la veille, soigneusement plié, reposait dans son porte-documents. Il était épuisé, déshydraté, incommodé par les borborygmes de son intestin, une douleur dans les sinus et une migraine. Il espérait sans grande conviction qu'il ne souffrait que du décalage horaire.

« Il faudrait que vous connaissiez son père pour

comprendre », répondit-il enfin en élevant la voix pour couvrir le bruit des moteurs.

A vrai dire, pensa-t-il, il fallait connaître toute sa bon Dieu de famille et son histoire, en remontant jusqu'à l'époque où un jeune comptable du nom de Cyrus Arthur Bannerman avait vu comment bâtir une des plus grandes fortunes des Etats-Unis et saisi l'occasion.

Et naturellement, il fallait la connaître, elle.

C'était le cas de Booker, du moins le pensait-il. Il l'avait même aimée autrefois — l'aimait peut-être encore —, et ses sentiments avaient été payés de retour, il en était certain.

Pourrait-il en jurer devant un tribunal? se demanda-t-il. Mais comme la plupart des choses qui comptaient vraiment, cela n'aurait pas tenu devant un tribunal : il n'avait ni document ni déposition sous serment à présenter. L'école de droit de Harvard ne dispensait pas de cours sur les sentiments ; c'était un domaine où la loi n'était pas à son aise. Lui non plus d'ailleurs, ce qui expliquait peut-être pourquoi il avait perdu Cecilia...

Il essaya sans succès d'imaginer Cecilia Aldon Bannerman, diplômée de Radcliffe en 1977, vivant quelque part dans ce désert. Il l'avait vue faire son entrée dans le monde. *Vogue* l'avait nommée « débutante de l'année ». A Radcliffe, elle avait été la seule étudiante de sa connaissance à posséder une Mercedes. Ses revenus, qu'il était désormais chargé d'administrer, lui auraient permis de vivre dans l'aisance, et même le luxe, si elle l'avait souhaité.

« Je n'ai pas besoin de savoir qui est son père. Elle est cinglée, si vous voulez mon avis. »

Booker ne voulait pas de l'avis du pilote. La main en visière, il contempla une ligne de verdure qui tremblait dans la brume de chaleur. « Qu'est-ce que c'est? cria-t-il, plus par désir de détourner la conversation que par curiosité.

— Le lac Turkana. C'est l'ancien lac Rodolphe, la mer de Jade. On y est presque.»

Le pilote vira abruptement sur l'aile et descendit vers le lac dont la taille étonna Booker.

«La rivière Omo se jette là-bas, cria le pilote. C'est la frontière du Kenya, du Soudan et de l'Ethiopie. Le bout du monde!»

Aux yeux de Booker, le lac présentait encore moins d'attraits que le désert qu'ils venaient de survoler.

Il se souvint de Cecilia lors du concours hippique de Devon, une jeune fille de haute taille, anguleuse, qui se mordait les lèvres en enlevant son pur-sang au-dessus du dernier obstacle sous les applaudissements polis d'une assemblée élégante.

«Sa mère avait une sacrée bonne assiette, elle aussi, avait grogné sa tante Katherine, debout sur le hayon arrière de sa Rolls Royce d'avant-guerre. Toutes les filles Bannerman ont une bonne assiette.

«Les hommes montent comme des sacs de pommes de terre», avait-elle ajouté après un silence.

Booker ne montait pas à cheval, n'en avait même jamais vu un de près avant de rencontrer Cecilia. S'il s'était mis à l'équitation, cela aurait-il fait une différence? se demanda-t-il. Probablement pas.

«Accrochez-vous!» cria le pilote qui coupa brusquement les gaz.

Booker eut un haut-le-cœur. Le lac s'étendait devant eux, d'une couleur qui évoquait davantage la soupe de pois cassés que le jade.

«Vous voyez un bateau de votre côté? demanda

le pilote. C'est la seule manière de repérer la piste. »

Booker distingua un point à la surface de l'eau et le lui désigna. Au-dessous d'eux, un gros chalutier était ancré, ou plutôt une forme qui rappelait celle d'un chalutier car l'embarcation disparaissait sous une substance grisâtre, comme si on l'avait plongée dans de la roche en fusion qui s'était ensuite solidifiée. L'avion descendit à la hauteur du mât, puis vira vers la plage. Des centaines d'oiseaux s'envolèrent du chalutier, battirent lourdement des ailes dans l'air chaud, puis regagnèrent leur perchoir.

« L'ONU voulait apprendre aux gens du coin à faire de la pêche commerciale, fit le pilote en riant. Elle a envoyé des pêcheurs norvégiens et ce chalutier en pièces détachées. Ils l'ont assemblé ici. Maintenant, il y a tant de merdes d'oiseaux dessus que c'est un miracle qu'il n'ait pas coulé. »

Des fientes d'oiseaux, se dit Booker. Vingt-quatre heures de voyage pour voir du guano!

« Le lac est poissonneux?

— Oh! Il est bourré de poissons! Des grosses pièces d'une bonne centaine de kilos. Le problème n'est pas là. L'ONU a simplement oublié qu'il n'y avait pas de route pour Nairobi; on ne peut envoyer le poisson nulle part!

— Alors les Norvégiens sont repartis en abandonnant leur bateau?

— Non, ils sont toujours là, les pauvres bougres. Ils essaient de construire une usine de congélation, mais plus personne ne s'y intéresse. C'est ça, l'Afrique... Ça y est, nous voilà arrivés au bercail. »

Booker vit une piste d'atterrissage poussiéreuse délimitée par des bidons de gazole rouillés. A son extrémité, une cabane de tôle ondulée miroitait dans la chaleur. A côté, le drapeau bleu pâle des Nations Unies pendait tristement au bout d'un mât. Des dizaines d'enfants noirs traversèrent la piste en courant et en leur faisant des signes. Ils surgissaient de nulle part, à croire qu'ils s'étaient cachés dans le sable.

Au niveau du sol, la chaleur était insupportable. Dans son costume trois-pièces, Booker était trempé de sueur. Même le pilote qui ne portait qu'une saharienne à manches courtes transpirait à grosses gouttes.

« Il doit faire chaud comme dans un four dehors, dit Booker.

— Cinquante degrés au moins à midi, mon vieux.

— Et la nuit ?

— Pareil. »

Les roues de l'avion heurtèrent la piste de terre battue en soulevant un nuage de poussière. Le pilote fit tourner le moteur au ralenti et menaça du doigt les enfants qui couraient à côté de l'avion. « Un jour, un de ces petits crétins va se faire découper en rondelles par l'hélice, dit-il. Il n'y a que comme ça qu'ils apprennent, ici. »

Il coupa les gaz et se pencha au-dessus de Booker pour ouvrir la porte. La chaleur rappela à celui-ci celle d'un haut fourneau qu'il avait visité à Pittsburgh dans une aciérie des Bannerman. Elle le frappa comme une explosion, séchant instantanément la sueur de son corps et le laissant si faible qu'il faillit tomber en descendant de l'avion.

« Doucement, mon vieux. » Le pilote sauta à terre et le conduisit à l'ombre de la cabane où il s'arrêta un instant, cherchant à reprendre son souffle. Sous le toit de tôle, à côté d'une Land Rover crottée au capot ouvert, se tenait un homme blond et barbu de haute taille qui essuyait ses mains maculées de cambouis à un chiffon. Il portait un short et des sandales, et, bien qu'hébété, Booker n'eut pas grand effort à faire pour deviner qu'il s'agissait d'un des malheureux Norvégiens.

« Salut, Karl, fit le pilote qui ne semblait nullement affecté par la chaleur. Tu peux nous emmener au camp de réfugiés ? »

Déjà mélancolique, l'expression du Norvégien s'assombrit un peu plus. Il secoua la tête. « La voiture est kaput, dit-il. Je pensais que tu apporterais peut-être des pièces.

— Ce n'est pas grave, les gars du camp ont dû entendre l'avion. Quelqu'un va sans doute venir nous chercher.

— Peut-être. Ils sont très occupés.

— Le camp est loin ? » demanda Booker.

Il avait espéré une voiture — avec air conditionné — et une bière fraîche. A quelques mètres d'eux, le lac pourrissait sous des couches de poissons en décomposition ; leurs têtes énormes scintillaient sous le soleil ardent. La puanteur était insoutenable.

L'idée d'attendre là lui semblait insupportable. Même à l'ombre, le sol lui brûlait les pieds à travers la semelle de ses chaussures noires faites sur mesure. Il éprouva une démangeaison et regarda ses mains ; elles étaient couvertes de milliers de mouches vertes minuscules. Puis il se rendit compte qu'il en avait aussi sur le visage. Il essaya de s'en débarrasser, mais elles s'agglutinaient en couches épaisses autour de ses yeux et de ses narines.

« Les mouches du lac, expliqua le Norvégien. Elles ne sont pas trop méchantes... Le camp est à une dizaine de kilomètres par là-bas », ajouta-t-il en désignant le désert rocailleux.

Booker imaginait mal qu'un être humain puisse

vivre « par là-bas », et encore moins des centaines de réfugiés.

« Il est grand ? fit-il en se demandant s'il y trouverait une douche ou même l'air conditionné.

— Il couvre plusieurs hectares, répondit le Norvégien. Il y a des milliers de gens là-bas. Ils vivent sous des tentes, ceux qui ont de la chance du moins.

— Des tentes ? Des milliers de gens ? *Là-bas !*

— Ils franchissent la frontière ougandaise pour fuir la sécheresse, la guerre tribale et civile, et même le cannibalisme, paraît-il. Comme les Kenyans n'en veulent pas, ils les parquent. S'ils s'échappent des camps, les Turkanas les tuent. Ils ont à peine assez d'eau et de nourriture pour eux-mêmes, alors on ne peut pas les en blâmer. Je crois que vous avez de la chance », ajouta-t-il en mettant sa main en visière.

Dans le lointain, entre deux plates-formes rocheuses, Booker vit — ou *crut* voir — un nuage de poussière. Il le fixa jusqu'à en avoir les yeux douloureux, puis distingua un petit point noir qui grossit. A son amère déception, il s'agissait d'une Jeep ouverte. L'idée de devoir parcourir dix kilomètres dedans lui donna des élancements dans le crâne.

« Tu as deux bières pour nous, Karl ? » demanda le pilote.

Le Norvégien secoua la tête d'un air lugubre. « Il faut attendre le prochain avion. Le générateur est kaput lui aussi. Pas de glace. »

La Jeep traversa la piste en cahotant, accompagnée des hordes d'enfants nus, maigres à faire peur, qui s'étaient de nouveau matérialisés. Booker se demanda comment ils pouvaient courir par cette chaleur ; il avait déjà du mal à tenir debout. La Jeep s'arrêta, la conductrice en descendit et, dès qu'il la vit, Booker se sentit revivre, comme s'il se trouvait de nouveau à Kiawa par une fraîche matinée d'automne et regardait Cecilia et son père monter à cheval devant les chasseurs et la meute réunis sur une immense pelouse, les terres des Bannerman s'étendant à perte de vue et déroulant leurs collines aux douces teintes rouges et orangées dans la pure lumière du matin.

Ce jour-là, Cecilia portait une amazone et un chapeau à voilette — les femmes Bannerman étaient censées monter en amazone pour le premier rassemblement de la meute de Kiawa. C'était un de ces « détails » — innombrables — qui différenciaient les Bannerman des autres, et même des autres *riches*.

Elle avait toujours été mince ; aucun des Bannerman n'était gros, comme si l'embonpoint était un problème qui ne touchait pas les gens de leur classe et de leur fortune. A présent, elle était plus mince que jamais, la peau couverte de poussière et de mouches. Elle portait un pantalon kaki trop grand pour elle, une chemise d'homme bleu pâle tachée de sueur, et une sorte de capuchon à l'effet vaguement religieux qui rappelait la coiffe des ordres de nonnes les plus émancipés. Un brassard effiloché de la Croix-Rouge entourait sa manche.

Booker s'avança jusqu'à la lisière de l'ombre, réfléchissant au moyen de lui apprendre la nouvelle. Cela faisait près de deux jours qu'il y pensait presque sans arrêt mais à présent, aucune des phrases qu'il avait préparées ne lui semblait adéquate, ou même nécessaire. Cecilia devinerait dès qu'elle le reconnaîtrait.

Elle s'immobilisa à quelques mètres de lui, sous le soleil. Elle se mordit les lèvres comme il le lui avait vu faire lorsqu'elle avait gagné le concours de la Réserve à Devon, et le jour de leur rupture.

« Martin ! » fit-elle de cette voix calme dont il se souvenait si bien, une voix qui paraissait froide aux étrangers mais dont l'infime tremblement semblait toujours près de dévoiler ses sentiments — chose qu'aucun Bannerman n'était censé faire.

« Est-ce père ? »

Booker acquiesça de la tête. Il espéra avoir l'expression de circonstance en dépit des mouches. Il n'éprouvait pas de chagrin pour Bannerman — peu de gens en avaient —, mais il savait que Cecilia serait affectée.

« Est-ce grave, Martin ? Souhaite-t-il me voir ? »

Booker s'éclaircit la voix. Il aurait aimé lui parler sans que le pilote et le Norvégien l'entendent mais ne pouvait se résoudre à s'avancer sous le soleil. Il se sentait également ridicule ; il devait être le seul homme à des centaines de kilomètres à la ronde à porter un costume trois-pièces bleu sombre et un porte-documents en cuir noir.

« Il est mort, Cici », dit-il enfin avec douceur.

Il avait décidé de ne pas en dire plus qu'il n'en fallait sur les circonstances de la mort de Bannerman. Cici aurait tout le temps de découvrir ce qui s'était passé.

Ils restèrent un instant silencieux face à face, puis Booker quitta l'ombre pour la prendre dans ses bras tandis qu'elle se mettait à pleurer.

Elle était la dernière des enfants d'Arthur Aldon Bannerman à apprendre sa mort. Et la seule à pleurer.

L'ambassadeur Robert Arthur Bannerman avait appris le décès de son père deux semaines plus tôt à Caracas, quoique sans en connaître les circonstances exactes. Celles-ci devaient lui apparaître par la suite d'une savoureuse ironie.

Il n'était pas à l'ambassade quand la nouvelle arriva. En l'absence de réceptions officielles, il avait pour habitude de partir à 18 heures en laissant des instructions strictes pour n'être dérangé qu'en cas d'urgence.

Rares étaient les urgences susceptibles de troubler les relations entre les Etats-Unis et le Venezuela, ce qui constituait une des raisons de la nomination de Robert à ce poste.

Il y en avait d'autres, aucune n'incluant un talent diplomatique particulier de sa part. Tous les présidents républicains se sentaient obligés de « faire quelque chose » pour la famille Bannerman qui n'avait jamais manqué d'apporter son soutien aux présidentiables de leur parti, si peu prometteurs fussent-ils. A vrai dire, pour bien des gens, les Bannerman étaient presque synonymes du parti républicain, du moins de son aile internationaliste et fortunée de la côte Est. Arthur Bannerman, le père de l'ambassadeur, avait convoité l'investiture des républicains pendant des années malgré les plaisanteries des membres moins patriciens du parti qui laissaient entendre qu'il s'attendait à se voir couronner par acclamations à la Convention. Et il était certes difficile pour la plupart des gens de l'imaginer serrant des mains lors des primaires ou maquignonnant avec des politiciens fumeurs de cigares. Comme les Lodge, les Cabot et les Saltonstall, les Bannerman aimaient le parti républicain, mais à distance et en soupçonnant à juste titre que leurs sentiments n'étaient pas payés de retour.

La fidélité — et les constantes déceptions — d'Arthur Bannerman appelait néanmoins certaines récompenses, et comme il possédait quelques milliers d'hectares au Venezuela, nommer son fils aîné ambassadeur dans ce pays semblait approprié.

Ce n'était pas un poste désiré par Robert Bannerman, et son père ne pensait pas non plus qu'il lui convînt particulièrement. Robert l'avait pourtant accepté, en partie par une certaine idée du *noblesse oblige**[1], et en partie parce qu'il estimait qu'on lui devait quelque chose après ses deux tentatives infructueuses — et coûteuses — pour obtenir un siège de sénateur. En outre, c'était une offre qu'il pouvait difficilement refuser s'il nourrissait d'autres ambitions politiques, et il était bien connu qu'il lorgnait le gouvernorat de l'Etat de New York, aspiration pour laquelle le Président avait manifesté de la sympathie, même s'il s'était montré assez évasif. « Après tout, Bob, lui avait-il dit en le gratifiant d'un de ses célèbres sourires, vous avez la prestance, l'argent, un nom connu... Et puis, vos déplacements quotidiens de Kiawa à Albany ne vous prendraient probablement qu'une demi-heure. Un poste agréable, si vous parvenez à l'obtenir. »

Robert Bannerman tiquait quand le Président l'appelait Bob, mais faisait de son mieux pour n'en rien laisser paraître. Comme son père, il ne permettait pas qu'on l'appelle par un diminutif et détestait la familiarité, mais il pouvait difficilement reprendre le Président.

Il partageait l'avis de celui-ci quant à ses avantages. Il *était* séduisant, il le savait ; son nom *était* célèbre — quoiqu'il sût depuis longtemps que ce n'était pas nécessairement un atout en politique — et, lorsque son père mourrait, il serait à la tête d'une des plus grandes fortunes des Etats-Unis. Mais, pour le moment, il était criblé de dettes après deux campagnes pour les primaires et une course au Sénat payées de sa poche, et devait

1. Les mots et expressions en italiques, suivis d'un astérisque, sont en français dans le texte. *(N.d.T.)*

se contenter d'un poste d'ambassadeur dans un pays dont la capitale ressemblait à Miami.

Il en tirait le meilleur parti possible. Si les Américains éprouvaient des sentiments ambivalents sur la moralité de la richesse, les Vénézuéliens fortunés n'avaient pas de ces complexes. Ils dépensaient sans compter, vivaient pour le plaisir et ne payaient pas d'impôts, sans fausse honte ni culpabilité. C'était une société faite sur mesures pour un bel ambassadeur de quarante ans divorcé et fortuné qui comptait au nombre de ses talents le polo, le golf et un succès légendaire auprès des femmes.

Lorsque, transmise par l'Associated Press, la nouvelle tomba sur le téléscripteur de la chancellerie à minuit, l'assistant particulier de l'ambassadeur se mit à transpirer d'abondance. Il savait où le *trouver*, comme l'ensemble du personnel de l'ambassade; il savait aussi que rien ne déclenchait plus sa colère que d'être dérangé. Se disant que c'était pourtant son devoir, le jeune homme détacha le message, le mit dans sa poche et demanda une voiture.

L'immeuble de l'Avenida Generalisimo Jiménez, une haute structure moderne de béton, de marbre et de verre noir aux courbes audacieuses, était situé dans un des jardins privés les plus luxueux de la ville. Il n'aurait pas paru déplacé à Los Angeles ou Miami si une grille d'acier, une guérite blindée aux vitres pare-balles et des hommes en armes n'en avaient défendu l'accès. La haute société vénézuélienne ne prenait aucun risque en matière de sécurité. Elle transférait son argent en Suisse et à New York, et transformait ses demeures en forteresses. *Après nous le déluge** aurait pu être la devise nationale.

A la vue de la plaque diplomatique, le garde

pressa le bouton qui commandait l'ouverture de la grille. La voiture remonta l'allée bordée de palmiers et de fontaines brillamment éclairés et s'arrêta devant l'entrée de marbre.

L'automobile et le chauffeur de l'ambassadeur étaient invisibles. Quoique le beau monde de Caracas sût qu'il possédait un appartement somptueux dans cet immeuble, Robert Bannerman s'efforçait de rester discret. Il s'y faisait conduire dans une voiture ordinaire plutôt que dans la limousine officielle, et toujours sans escorte policière. Cela donnait des cauchemars au personnel de sécurité de l'ambassade, mais il considérait que sa tâche consistait précisément à le protéger sans s'immiscer dans sa vie.

L'assistant particulier de l'ambassadeur traversa la hall en ignorant les portiers en uniforme, monta dans l'ascenseur et gagna le quatorzième étage. Les portes coulissèrent sans bruit. S'avançant sur l'épaisse moquette du couloir, il pressa la sonnette. Pas de réponse. Il insista et entendit le judas s'ouvrir.

« Qu'est-ce que vous fichez ici ? » demanda l'ambassadeur. Bien que la porte close étouffât sa voix, son irritation était perceptible.

Le jeune homme fut pris de sueurs froides. Il ne lui semblait pas convenable d'apprendre la nouvelle à Robert Bannerman à travers une porte fermée. « Je vous apporte un message urgent, monsieur.

— Urgent ? Vient-il du secrétaire d'Etat ? J'ai parlé à ce crétin hier, et il ne paraissait même pas savoir où était le Venezuela !

— C'est personnel, monsieur.

— Personnel ? De quoi s'agit-il, bon Dieu ?

— Il serait préférable que vous le lisiez vous-même, monsieur.

— Oh ! Bon, très bien. »

Il y eut un cliquetis de chaînes, un bruit de verrous, puis la porte s'ouvrit, révélant un coin du luxueux pied-à-terre de Robert Bannerman ainsi que l'ambassadeur lui-même, une serviette de bain autour de la taille pour tout vêtement. « J'espère pour vous que c'est important, dit-il en jetant un regard noir au jeune homme. Donnez-moi ça.

— Des ennuis, chéri ? fit une voix aiguë de femme qui venait sans doute de la chambre à coucher.

— Ce n'est rien. Un message. Je n'en ai que pour un instant. »

Il y eut un bruissement de soie, l'effluve d'un parfum coûteux et une ravissante jeune femme apparut derrière l'ambassadeur, serrant une robe de chambre autour d'elle.

« Mon mari n'est pas rentré de Paris plus tôt que prévu ? demanda-t-elle d'un ton anxieux. Dis-moi la vérité.

— Non, non, je suis sûr qu'il ne s'agit pas de cela, répondit l'ambassadeur avec impatience en dépliant le message.

— Ce n'est pas une mauvaise nouvelle, au moins ? »

La faible lumière qui éclairait l'appartement ne permettait pas d'être catégorique, mais le jeune homme était *presque* certain qu'il contemplait l'épouse de Manolo Guzmán y Pereira, le magnat du pétrole, qui passait pour être le véritable homme fort du nouveau gouvernement. Si c'était le cas — et un nouveau coup d'œil le convainquit que ça l'était —, l'ambassadeur prenait des risques très peu diplomatiques. Il frémit à l'idée de ce qui se passerait si Guzmán découvrait un jour que l'ambassadeur des Etats-Unis couchait avec sa femme.

Le visage de celui-ci exprimait des sentiments

ambigus, mais il aurait fallu beaucoup d'imagination pour y lire du chagrin.

« Une affaire de famille, dit-il à la jeune femme. Rien qui te concerne, ma chérie. »

Il rendit le message à son assistant. « Retournez à l'ambassade et envoyez un câble à ma grand-mère, ordonna-t-il. Dites-lui que je serai à la maison demain soir. »

Il commença à refermer la porte, puis l'entrouvrit de nouveau. « Ne restez pas planté là, mon vieux. Qu'y a-t-il ?

— Je voulais seulement vous dire combien j'étais navré, monsieur.

— Merci, murmura l'ambassadeur d'un ton grave. C'est une grande tragédie naturellement, mais la vie doit continuer. »

La porte claqua au nez du jeune homme. Il entendit les verrous tourner, puis perçut — ou crut percevoir — un éclat de rire et, quelques instants plus tard, un grognement de plaisir, suivi d'un cri aigu de la señora Guzmán. « Oh ! Robert ! Espèce de brute ! Tu pourrais au moins attendre qu'on soit de nouveau au lit. »

Voulant s'assurer qu'il ne s'était pas trompé de message, le jeune homme le déplia et le relut. Mais il n'y avait pas d'erreur.

Arthur Aldon Bannerman avait péri d'une crise cardiaque à l'âge de soixante-quatre ans.

Le message de l'Associated Press n'indiquait pas où il était mort.

Putnam Bannerman II, le frère cadet de l'ambassadeur, apprit la mort de son père à l'aube, alors qu'il se dirigeait vers Central Park pour y faire son jogging matinal.

Ce n'était pas un coureur passionné. Dans sa jeunesse, il avait été une sorte d'athlète, doué pour tous les sports que les jeunes gens de sa classe étaient censés pratiquer, quoique sans l'esprit de compétition forcené qui avait rendu Robert célèbre à Groton et Harvard. Putnam était plus grand que lui, bâti comme un demi de mêlée, mais c'était son frère qui avait marqué un essai de dernière minute mémorable lors d'un match opposant Harvard à Yale, pour devenir ensuite l'un des meilleurs joueurs de polo du pays.

Aujourd'hui, à trente-six ans, Putnam avait toujours des muscles d'athlète sans avoir besoin de les entretenir mais, à la différence de son frère aîné, il commençait à prendre du poids, pas beaucoup, mais assez pour l'inciter à se rendre dans le parc tous les matins, vêtu d'un vieux survêtement, chaussé d'espadrilles et une serviette autour du cou. Il se refusait à acheter des chaussures de course sophistiquées, préférant penser qu'il « s'entraînait », quoique le but de cet entraînement fût peu clair, même pour lui.

Debout sous la marquise de son immeuble de Central Park Ouest, il respirait l'air vif du matin en essayant de se persuader qu'il était là par plaisir. Il n'avait rien d'un lève-tôt lorsqu'il pouvait l'éviter, mais il avait parlé de ses courses matinales et du bien-être qu'elles lui procuraient à tant de gens qu'il se sentait désormais contraint de les faire.

Il regretta que cette idée lui soit jamais venue, puis se rappela que son pantalon le serrait un peu trop à la taille, prit une profonde inspiration et fit quelques flexions pour s'échauffer, sous l'œil amusé du portier qui le regardait, bien au chaud dans le vestibule. Putnam lui fit un signe amical — il se vantait de bien s'entendre avec tout le monde —, courut sur place quelques secondes pour montrer qu'il était sérieux, puis partit au petit trot en direction de Tavern-on-the-Green, point de départ habituel de ses courses.

Il alla jusqu'au coin de la rue, sourit en croisant la promeneuse aux chiens, ponctuelle comme toujours avec sa demi-douzaine de labradors et de retrievers golden, et son chow-chow sur les talons, se dit comme tous les jours qu'elle ferait une superbe photo, puis s'arrêta sur le trottoir de la 66e Rue. Il jeta un coup d'œil aux titres du *New York Times* exposé derrière la vitre d'un distributeur automatique de journaux, prêt à s'élancer de l'autre côté de la rue dès que le feu passerait au rouge, et se figea sur place.

Sur la vitre sale de l'appareil, quelqu'un avait écrit au marqueur: « Débarrassez-nous des riches. » Il put cependant distinguer le visage familier de son père qui arborait ce sourire dont bien des gens avaient pensé, des années plus tôt, qu'il lui ouvrirait les portes de la Maison-Blanche s'il cherchait avec assez d'ardeur à y entrer.

A présent, cette même photographie accompagnait généralement des articles consacrés à la fondation Bannerman dans les rubriques « Arts et loisirs » des journaux. « Putt » (comme on l'appelait dans sa famille) savait qu'elle ne pouvait figurer en première page que pour une seule raison.

Il se souvint alors qu'il n'avait pas interrogé son répondeur la veille au soir. Le voyant clignotait dans l'obscurité quand il s'était couché et il l'avait délibérément ignoré.

D'un geste machinal, il chercha ses poches, mais, bien entendu, son survêtement n'en avait pas. Il n'emportait pas d'argent lorsqu'il courait et n'avait que sa clé, attachée à un cordon autour de son cou. Il pensa un instant emprunter trente *cents* à la promeneuse aux chiens, mais elle avait déjà disparu.

Il fut un instant frappé par l'absurdité de la situation: un Bannerman obligé de mendier quelques pièces à un parfait inconnu ! Il jeta un regard autour de lui ; la rue était déserte et le portier, invisible. Il essaya d'ouvrir la porte du distributeur, mais elle était solidement fermée. Il lui lança un coup de pied. Sans résultat. L'appareil était conçu pour résister au vandalisme urbain.

« Merde ! » s'exclama-t-il. Prenant la machine à bras-le-corps, il la souleva de terre. Son poids le surprit. Il ploya les genoux, la hissa à hauteur de poitrine en ahanant, puis la laissa retomber. La porte vitrée sauta, et des exemplaires du *Times* se répandirent sur le trottoir. Un chauffeur de taxi ralentit, vit un homme mal rasé au visage cramoisi démolir un distributeur automatique, et repartit en trombe pour éviter les ennuis.

Putt ramassa un journal et regagna son immeuble en courant. « Je n'avais pas de monnaie, expliqua-t-il au portier qui avait réapparu, attiré par le vacarme.

— J'ai rien vu, mon vieux. »

Putt hocha la tête. Une des rares choses qu'il appréciait à New York était que personne ne voyait ni n'entendait jamais rien. Il ne connaissait pas le nom de ses voisins et, s'ils connaissaient le sien, ils ne le montraient pas. C'était une des raisons pour lesquelles il habitait le West Side, à l'horreur de sa famille qui ne voyait guère de différence entre Central Park Ouest et Calcutta ou Beyrouth.

Il parcourut rapidement l'article dans l'ascenseur, sautant la biographie de son père qu'il connaissait. Les circonstances de sa mort étaient obscures. Un « représentant de la famille » — Putt supposa qu'il s'agissait d'oncle Cordy — déclarait simplement qu'Arthur Bannerman avait péri d'une crise cardiaque. Les dispositions concernant les obsèques seraient annoncées plus tard.

Putt jeta un coup d'œil au voyant de son répondeur qui clignotait furieusement, sans doute pour l'avertir d'une nouvelle avalanche d'appels lui ordonnant de regagner le bercail. Cette pensée lui donna des sueurs froides.

Il gagna la cuisine, se servit un verre de jus d'orange et s'assit pour finir l'article. Il savait ce qu'il faisait : comme à son habitude, il cherchait à gagner du temps, à se dérober jusqu'au dernier moment à l'obligation de faire face à sa famille, à repousser l'idée qu'il en faisait inéluctablement partie. Il s'était comporté de la sorte des milliers de fois, en se faisant renvoyer de Groton, en fuyant l'école militaire, en devenant le premier Bannerman à quitter Harvard sans diplôme...

Naturellement, cela n'avait jamais marché — jamais longtemps en tout cas. Si vite qu'il courût, sa famille finissait toujours par le rattraper. Il regarda les photographies punaisées aux murs, souvenirs d'une époque où il croyait accomplir quelque chose d'important : un marine au visage pétrifié de chagrin et d'horreur qui couvrait d'un poncho son camarade agonisant ; une famille vietnamienne regardant un soldat mettre le feu à leur cabane et le reflet des flammes dans leurs yeux ; un boulevard désert de Saigon avec un unique cadavre au milieu de la chaussée, près d'une bicyclette fracassée... C'étaient les souvenirs d'une sorte d'histoire d'amour, d'un enthousiasme qu'il avait éprouvé un jour et dont il n'était plus capable.

Son père avait été un partisan acharné de la guerre, il y avait *cru* bien longtemps après que tout le monde eut compris qu'il ne restait plus qu'à enterrer les morts et rentrer. Mais lui — et c'était peut-être pire — avait vu la guerre de près, pour ce qu'elle était, et l'avait néanmoins aimée. C'était comme si elle l'avait attendu, apogée tumultueuse de dix ans de révolte, aboutissement logique de toutes ces années d'accidents de moto, d'expulsions scolaires, de concerts de rock et de défonces. Sa génération et lui avaient fait profession de tenter le sort, et le sort les avait rattrapés à Khe San et Da-nang, à la citadelle de Huê et dans le Triangle sanglant. Il était rentré chez lui un jour vêtu d'un tee-shirt sur lequel on lisait: «Né pour perdre.» Son père — qui cette fois-là ne souriait pas — lui avait jeté d'un ton sec: «Enlève ça tout de suite. Aucun Bannerman ne peut dire une chose pareille de lui-même.»

Putt ouvrit le journal pour lire la suite de l'article. Le dernier paragraphe retint son attention: «Selon un porte-parole du service médical d'urgence, un représentant de la famille a appelé une ambulance hier soir à 21 heures, après que le milliardaire philanthrope eut été frappé d'une crise cardiaque chez des amis. Mais M. Bannerman était déjà mort à l'arrivée du véhicule. "On était à la 68e Rue Ouest douze minutes après la réception de l'appel, a déclaré le chauffeur. C'est bien moins que la moyenne. On n'a pas traîné, mais le type était mort."»

Putt ferma les yeux et envisagea un instant de fuir. Les revenus du *Trust*[1] dont il bénéficiait étaient plus que suffisants pour lui permettre de passer un an hors des Etats-Unis. En se dépêchant, il pouvait être en route pour le Mexique ou l'Europe dans moins de deux heures et y rester jusqu'à ce que les choses se soient tassées. Puis il pensa à Cici et sut qu'il ne partirait pas.

1. Rapport de droit fondé sur la confiance dans lequel une personne détient le titre de propriété au profit d'une autre personne. Elle a des droits mais elle est tenue d'exercer dans l'intérêt d'un autre. Ce système typiquement anglo-saxon est utilisé dans de multiples situations: fondations, liquidations de succession, etc.

Assis dans la cuisine au milieu d'appareils ménagers coûteux qui ne servaient jamais, il tenta de démêler les sentiments que lui inspirait la mort de son père. Eprouvait-il du chagrin ? Il n'en était pas sûr. Il avait pleuré sa mère et cherché à noyer sa douleur dans une vie déréglée qui n'avait fait que l'accentuer. Il était peu à peu devenu indifférent à toute mort, excepté celle-là, comme si la mort avait perdu le pouvoir de le scandaliser. Il lui semblait parfois que tous ceux qui avaient compté pour sa génération avaient disparu : Janis, Elvis, Otis Redding, Lenny Bruce, John Lennon, les Kennedy et Martin Luther King... Jamais depuis le combat désespéré de Custer à Little Bighorn autant d'Américains n'étaient morts pour si peu de résultats.

Il avait regardé Robert Kennedy mourir dans le viseur de son Nikon, joué des coudes à travers la foule pour obtenir un cadrage plus serré en ne pensant qu'à sa photo... Un vrai professionnel. Il l'avait pourtant aimé autant qu'il pouvait aimer un homme politique, à l'exaspération de son frère et de son père qui détestaient les Kennedy.

Il se rendit dans sa chambre à coucher pour y chercher les vêtements dont il aurait besoin. Tout, plutôt que de presser le bouton du répondeur et d'entendre ces voix familières lui annoncer un nouveau drame domestique avec plus ou moins de suffisance et d'insistance, et le rappeler à son devoir.

Avait-il encore une chemise blanche présentable ? se demanda-t-il. Cela faisait des années qu'il n'en mettait plus. Il lui semblait avoir offert la dernière à une fille qui aimait porter des chemises d'homme au lit. Il lui faudrait en acheter une ou deux avant de se rendre à Kiawa, ainsi qu'une cravate noire.

Puis, alors qu'il époussetait une paire de chaussures — le genre qu'aurait approuvé son père : bouts classiques, cinq œillets —, il comprit ce qui l'avait intrigué dans l'article du *Times*. L'idée qu'Arthur Bannerman pût avoir des « amis » dans le West Side était absurde. A la connaissance de Putt, son père n'allait jamais plus à l'ouest que la Cinquième Avenue, sinon de loin en loin pour assister à une soirée officielle au Lincoln Center dont il était un des administrateurs — comme d'ailleurs d'une quantité innombrable d'autres fondations.

Putt ne pouvait imaginer ce qui avait pu amener son père dans le West Side, pour y mourir à moins de trois pâtés de maisons de son appartement. Une femme ? C'était possible, bien entendu, mais le genre de femmes qu'Arthur Bannerman connaissait habitait Sutton Place ou la Cinquième Avenue, et pas le West Side dans un bâtiment qui, selon toute probabilité — Putnam connaissait son quartier —, devait être un immeuble de grès sombre sans ascenseur. En outre, comment le « représentant de la famille » avait-il pu savoir qu'une ambulance était nécessaire ?

Putt ôta son survêtement et réenroula la bande de son répondeur. Les trois premiers messages étaient de Gisèle, sa future ex-petite amie ; les deux premiers le suppliaient de la rappeler, et le troisième — comme on pouvait s'y attendre — lui disait d'aller se faire foutre. Les suivants étaient de Cordy DeWitt qui lui demandait de téléphoner « immédiatement », avec une exaspération croissante. Mais ce fut le dernier message qui poussa Putt à s'habiller en toute hâte. « Lis les journaux, tu veux ? disait son frère Robert. Et amène-toi à Kiawa au pas de course avant que j'envoie les marines te chercher. »

Moins d'une demi-heure plus tard, douché et habillé, Putt se faufilait entre les voitures qui encombraient la West Side Highway au volant de sa Porsche 930 Turbo.

Ce ne fut que sur la Taconic, après avoir franchi la limite du comté Dutchess, qu'il se rappela qu'il n'avait toujours pas de chemise blanche.

« Cessez donc de vous agiter, Courtland. »

Courtland Cross DeWitt réprima un soupir et lâcha la chaîne de sa montre en or. Mettant les mains derrière son dos, où on ne pouvait les voir, il regarda par la fenêtre en regrettant de ne pas être ailleurs.

Devant lui, des collines basses et boisées ondulaient jusqu'à l'Hudson, deux mille hectares de terres qui appartenaient toutes à Arthur Bannerman — *feu* Arthur Bannerman, se corrigea-t-il.

Cyrus, le père d'Arthur, avait acquis ce domaine qu'il avait appelé Kiawa, du nom de la tribu indienne qui avait vécu là avant que les Hollandais les chassent. Il avait fait venir un architecte français, des maçons italiens, des décorateurs paysagers et des jardiniers anglais. Le résultat ressemblait à un château français du XVIIe siècle très augmenté et avait été pendant de longues années la propriété privée la plus vaste des Etats-Unis.

C'était une des demeures les plus célèbres d'Amérique. Lorsque le roi George VI et la reine Elizabeth avaient rendu visite aux Roosevelt à Hyde Park, ils avaient exprimé le désir de voir Kiawa et y avaient pris le thé dans cette même pièce — mais sans Mme Roosevelt, car Putnam Bannerman, le fils de Cyrus, détestait Franklin Roosevelt et le *New Deal*, et parlait souvent en public de son présidentiel voisin comme du « plus grand imposteur et hypocrite depuis Ponce Pilate ».

Quelque part au-delà des collines qui scintillaient sous le soleil d'automne après une petite averse matinale, se trouvait le troupeau primé de Black Angus de la ferme de Kiawa et, par-delà encore, les écuries et paddocks du haras où deux gagnants du Kentucky Derby avaient vu le jour (le Triple Crown avait toujours échappé aux Bannerman, comme pour prouver que l'argent ne peut tout acheter). Plus loin encore, il y avait l'église gothique que le premier Putnam Bannerman avait fait construire — dans l'espoir de racheter les péchés commis par son chevalier d'industrie de père, disaient certains.

DeWitt pensa soudain qu'en cet instant précis on creusait sans doute la tombe d'Arthur Bannerman. Le personnel de Kiawa était si nombreux qu'il comptait toutes sortes d'artisans dont la profession était depuis longtemps tombée en désuétude et se transmettait de père en fils. Quelque part dans le domaine, il y avait un homme qui réparait les voitures à cheval ainsi qu'un bourrelier, un maréchal-ferrant et un maçon. Y avait-il aussi des fossoyeurs? se demanda-t-il. Ou certains des employés se chargeaient-ils simplement de cette tâche supplémentaire quand l'occasion s'en présentait? Cette pensée assombrit DeWitt qui avait presque le même âge que son défunt beau-frère.

Il reporta son attention sur la femme âgée assise devant lui, songeant avec résignation qu'Eleanor Bannerman s'occuperait probablement de ses obsèques comme elle réglait celles de son fils.

Devant son regard, il réprima le désir d'arranger sa cravate et enfouit ses mains dans ses poches. « Perçants » était le meilleur qualificatif qu'on pût utiliser pour décrire ses yeux, quoique le mot ne leur fît pas vraiment justice. Courtland avait depuis longtemps appris à lire leur expression et, en cet instant, ils exprimaient l'impatience et la colère. Il ne s'attendait pas à des larmes, bien entendu. Si Eleanor pleurait quelquefois, elle le faisait en privé. A ce jour, elle avait enterré un mari, un fils et un petit-fils sans qu'aucun membre de sa famille l'eût jamais vue verser une larme.

En dépit de son âge — quatre-vingt-six ans cette année-là —, il n'y avait rien de vague dans son regard. Non seulement elle avait toute sa tête, se dit DeWitt, mais elle en imposait à tout le monde. Il avait beau faire un mètre quatre-vingt-dix, être le principal associé d'un cabinet juridique réputé et posséder désormais une fortune en propre, il se tenait devant elle comme un petit garçon pris en faute.

Sa belle-mère mesurait à peine plus d'un mètre cinquante-huit, peut-être moins, mais elle avait une telle présence que peu de gens s'en apercevaient. Elle était assise sur un canapé Louis XV au petit point, mains jointes, genoux serrés, vêtue d'un tailleur Chanel d'un brocart si lourd et si raide qu'on s'étonnait qu'elle pût en supporter le poids. Ses cheveux blancs étaient arrangés en une coiffure aussi compliquée que celle de Marie-Antoinette. Ses diamants scintillaient dans le soleil matinal qui pénétrait par les hautes fenêtres : un lourd collier, un immense bracelet démodé qui ressemblait à une menotte, des boucles d'oreilles de la grosseur d'une noix. C'étaient ses bijoux « du jour », comme elle les appelait, une petite partie de la collection fabuleuse qu'elle avait réunie au fil des années.

Un joaillier de Cartier venait en limousine une fois par an pour nettoyer ses diamants et restait une semaine à Kiawa pour accomplir cette tâche, de même que l'homme qui venait régulièrement de New York pour s'occuper des centaines de pendules d'époque. Eleanor Bannerman tenait en effet à ce qu'elles carillonnent à l'unisson. La perfection était le seul critère qu'elle connût ; elle n'acceptait rien de moins, ce qui expliquait pourquoi les circonstances de la mort de son fils lui faisaient l'effet d'une offense personnelle.

Quoique Courtland DeWitt eût épousé Elizabeth Bannerman, l'aînée des deux filles d'Eleanor, près de quarante ans plus tôt, il savait n'être jamais parvenu à satisfaire aux normes de perfection de sa belle-mère. Sa seule consolation était que les enfants et petits-enfants de celle-ci n'avaient pas fait mieux. Il pensa à Katherine, la sœur de sa femme, à Putt, le fils cadet d'Arthur, et à la pauvre Cici qui tentait de conjurer la richesse de la famille Bannerman au milieu d'Ougandais affamés. Il se racla la gorge.

« Comme je le disais », commença-t-il de cette voix de stentor qui dans les tribunaux avait tenu les jurés éveillés lors des procès les plus ennuyeux. Il toussota et baissa le ton avant qu'elle ne pût lui rappeler qu'elle n'était pas sourde. Eleanor ne souffrait en fait d'aucune des infirmités de la vieillesse, au grand agacement de DeWitt qui, lui, en avait contracté un nombre non négligeable bien qu'il fût de vingt ans son cadet.

« ... Comme je le disais, je crois que nous allons devoir avaler la pilule.

— *Pilule ?* Que pouvez-vous bien vouloir dire ? Un scandale déshonorant nous menace ; je vous ai demandé ce qu'il nous était possible de faire pour l'éviter.

— Justement, Eleanor. Je ne pense pas que nous puissions *faire* quoi que ce soit. Lorsque j'ai reçu cet appel, le pauvre Arthur était déjà mort.

— Alors pourquoi avoir fait venir une ambulance ?

— Je ne savais pas qu'il avait rendu l'âme,

mais seulement qu'il avait eu une crise cardiaque. Il aurait pu être encore en vie, après tout.

— Vous auriez dû y aller vous-même.

— Je ne suis pas médecin. Ma première pensée a été d'appeler du secours. Lorsque je suis arrivé à l'appartement, les ambulanciers et les policiers étaient déjà là. Ils sont naturellement venus en masse dès qu'ils ont appris le nom de la victime — il y avait même un inspecteur principal. Il ne leur a pas fallu longtemps pour s'apercevoir qu'Arthur était mort une ou deux heures plus tôt.

— Il vous était certainement possible de leur faire entendre raison. Lorsque oncle John est mort au club de Harvard, mon mari a appelé le maire en lui disant: "John Aldon s'est éteint dans son sommeil." Et LaGuardia a ordonné à la police de rédiger son rapport en conséquence. Il faut être ferme avec ces gens-là. »

DeWitt joua un instant avec les pièces de monnaie qu'il avait dans la poche, puis se reprit. Il avait envie d'un cigare, mais c'était hors de question. A Kiawa, les cigares n'étaient autorisés qu'après le dîner, lorsque Eleanor et les dames présentes se retiraient pour laisser les hommes déguster leur cognac. DeWitt ne se souvenait que trop bien de la mort d'oncle John. Celui-ci avait quitté sa femme après une violente dispute et s'était installé au club de Harvard. Après avoir bu au bar jusqu'à être ivre mort, il avait gagné sa chambre et s'était endormi dans son bain en laissant le robinet d'eau chaude ouvert. Malheureusement, un employé négligent avait mal réglé la chaudière, et John avait péri ébouillanté.

« La fortune n'inspire plus le même respect qu'autrefois, dit-il avec douceur. En outre, il y avait certains problèmes assez... embarrassants. Arthur avait été habillé *après* sa mort, voyez-vous. La police ne pouvait manquer de s'en apercevoir en examinant le corps. »

Il s'interrompit. Il paraissait inutile de révéler à Eleanor que le caleçon d'Arthur était devant derrière et son gilet, mal boutonné. L'inspecteur, un homme robuste au visage de boxeur et au regard sagace de détective, l'avait pris à part dans la salle de bains. « Vous ne pourrez pas étouffer l'affaire, avait-il murmuré en tirant sur le cigare que DeWitt lui avait offert. Ce sont de jeunes flics que vous avez là ; ils vont vouloir que leur nom figure dans les journaux. Et ces deux Espingouins du service médical... Ils ne sont pas fous. Ils iront vendre leur histoire au *Post* de New York dès qu'ils auront déposé le corps à la morgue. » Il fit tomber la cendre de son cigare dans les toilettes. « Pauvre type. Il croyait s'envoyer en l'air, et il partait pour le caveau ! »

Par bonheur, Eleanor Bannerman ne demanda pas de détails. Comme un avocat, elle se gardait bien de poser des questions lorsqu'elle n'était pas certaine de trouver les réponses à son goût. « Peut-on empêcher que la presse n'en parle ?

— Franchement, je ne le crois pas. Demain, les journaux à sensation vont être à la fête. "Le nid d'amour du milliardaire" : des titres de ce goût-là. Et ce ne sera que le début, j'en ai bien peur. Il se trouvera forcément quelqu'un pour suggérer qu'Arthur aurait peut-être pu être sauvé si la fille avait appelé une ambulance immédiatement.

— Et pourquoi ne l'a-t-elle pas fait ?

— Elle a été prise de panique. Elle est très jeune. Arthur... pardonnez-moi, Eleanor. Arthur était mort ou mourant dans son lit. Elle a essayé de dissimuler ce qui s'était passé en le portant jusqu'à la salle de séjour et en le rhabillant. Elle pensait peut-être à sa réputation, vous savez.

— Ou à la sienne. Parlera-t-elle aux journalistes ?

— Non, je ne le pense pas. »

Courtland DeWitt se tint un instant sur la pointe des pieds pour étirer ses muscles. En dépit du feu de cheminée — Eleanor Bannerman ne supportait pas les pièces froides —, il était transi. Il dut faire appel à tout son courage pour poursuivre :

« Il y a plus grave.

— Plus grave que la mort de mon fils dans le lit d'une poule ? A quoi pouvez-vous bien penser ? »

DeWitt fixa le tapis comme s'il avait voulu en graver les motifs dans sa mémoire. Il sentait son courage l'abandonner. « Il ne s'agit pas vraiment d'une poule, Eleanor », commença-t-il avec circonspection en frottant ses mains l'une contre l'autre.

Les sourcils d'Eleanor Bannerman étaient de petits chefs-d'œuvre. Epilés de manière à dessiner des arcs minces et élégants, ils auraient pu être peints par un grand maître tant ils ressemblaient peu à des sourcils ordinaires. Elle en haussa un avec grâce. Elle ne comptait manifestement pas lui venir en aide.

Il y eut un long silence pendant lequel le tic-tac des innombrables pendules de Kiawa fit à DeWitt l'effet d'une sorte de supplice chinois. Puis, comme si elles s'étaient donné le mot, elles se mirent à carillonner, sonner, bourdonner et jouer de la musique en un chœur assourdissant.

DeWitt essaya de regarder Eleanor Bannerman dans les yeux et n'y parvint pas. Il jeta un coup d'œil à la tapisserie que Cyrus Bannerman avait acquise en renchérissant sur Frick, une œuvre flamande du XVe siècle représentant Adam et Eve chassés du jardin d'Eden, puis revint à Eleanor.

L'expression de sa belle-mère ressemblait à celle de l'ange qui brandissait une épée flamboyante.

« En fait, dit-il enfin, cette fille prétend qu'ils étaient mariés. »

Première Partie

La Première Pierre

1

Elle était enfin seule. Avoir un appartement à New York avait un jour été un de ses rêves les plus beaux et les plus irréalisables. Ce soir, il lui paraissait aussi froid et peu familier que celui d'un inconnu.

Elle n'avait jamais été cambriolée, quoique ce fût un des principaux sujets de conversation de ses voisins. Elle vivait dans l'ouest de Manhattan après tout, et connaissait donc bien des gens à qui c'était arrivé. La plupart disaient l'avoir ressenti comme une sorte de viol; l'endroit qu'ils avaient cru sûr ne l'était plus, et ils ne s'y sentaient jamais plus comme avant.

Elizabeth Alexandra Walden comprenait très bien ce sentiment à présent, même si on ne lui avait rien dérobé. Une odeur de cigare froid flottait dans la pièce, les meubles avaient été déplacés, il y avait des empreintes de pas partout sur la moquette. Un gobelet de café à moitié vide était posé sur sa table chinoise laquée qui en garderait certainement la trace, et des emballages froissés de films Polaroïd jonchaient le sol. Tous les cendriers débordaient de mégots.

Elle se demanda si ranger lui apporterait un réconfort, se dit que non, puis commença quand même à le faire, comme sa mère l'aurait attendu d'elle. Les citadins pouvaient peut-être s'accorder le luxe de se complaire dans leur chagrin, mais les paysans gardaient leurs émotions pour eux et vaquaient à leurs occupations.

Elle se souvint du jour où, âgée de quatre ans, elle était tombée en s'égratignant les genoux. Son père l'avait relevée et séché ses larmes en lui disant d'un ton solennel : « Les filles de fermiers ne pleurent pas, Lizzy. » Elle savait qu'il était sérieux ; son père parlait toujours sérieusement, quoiqu'il ne fût pas bavard. Depuis, elle avait toujours eu honte de pleurer et, même à son enterrement, ses yeux étaient restés secs.

Son père aurait été fier d'elle aujourd'hui, pensa-t-elle avec amertume. Elle avait refoulé ses larmes, bien qu'elle sût que leur absence choquait tout le monde : Courtland DeWitt, la police et même les auxiliaires médicaux. Ils s'attendaient à la voir pleurer. Avec obstination, elle avait refusé de leur donner ce plaisir.

Pendant des heures, elle avait ardemment désiré qu'ils s'en aillent avec leur équipement, leurs appareils-photos, leurs questions et leur ton entendu, presque accusateur, comme si elle avait été responsable de la mort d'Arthur. A présent, ils étaient partis, et elle aurait presque souhaité les voir revenir. Tout — presque tout, du moins — valait mieux que d'être seule dans cet appartement, incapable de pleurer.

Avec une méticulosité maniaque, elle nettoya la pièce, lava les cendriers, astiqua la table laquée jusqu'à ce que toutes les marques en aient disparu — excepté celle laissée par le gobelet — et passa l'aspirateur.

Elle avait autrefois partagé un appartement dans le Village avec une fille qui réagissait à chaque crise de sa vie affective en couvrant toutes les surfaces planes de papier peint. Elle travaillait parfois toute la nuit, aussi silencieuse et fermée qu'un enfant autiste, tapissant d'un air absorbé l'intérieur des tiroirs de la cuisine ou les étagères du placard. Alexandra avait déménagé lorsqu'elle s'était mise à recouvrir les murs et le plafond de la salle de bains, mais elle comprenait à présent la raison de cette activité abrutissante.

Elle n'avait aucune idée de l'heure mais supposait que l'aube était proche. Alors qu'elle aurait dû être épuisée, elle était animée d'une énergie fiévreuse et sans but. Elle tapota les coussins, déplaça des meubles et alla même jusqu'à astiquer le cadre d'argent qui contenait la seule photographie qu'elle possédât d'Arthur Bannerman et d'elle-même.

Prise lors d'un bal au Metropolitan Museum of Art, on y voyait malheureusement plusieurs autres personnes. Arthur Bannerman était à côté d'elle, mais un peu à l'écart, comme s'il tenait à maintenir une certaine distance entre eux en public. Il avait les mains enfouies dans les poches de son smoking, peut-être pour ne pas céder au désir de l'enlacer, et fixait l'appareil avec une expression un peu irritée. En regardant cette photo, tout le monde aurait pensé qu'ils étaient de parfaits inconnus l'un pour l'autre, ce qu'avait sans nul doute souhaité Arthur. C'était un souvenir décevant, mais le seul qu'elle eût à l'exception de ses cadeaux — et le seul qu'elle *aurait* jamais, se dit-elle en passant un chiffon sous le sous-verre.

Elle s'autorisa à regarder le téléphone posé sur le secrétaire d'époque qu'elle avait acheté après tant d'hésitations. Elle tenait trop de son père pour dépenser de l'argent en se sentant bonne conscience, même quand il s'agissait de rentrées inattendues.

Ce qu'elle souhaitait par-dessus tout en cet

instant, c'était parler à quelqu'un, n'importe qui, pourvu qu'il la réconforte et se montre compréhensif sans poser trop de questions. La liste des gens satisfaisant à ces conditions, qui n'était déjà pas longue, raccourcissait encore en pleine nuit. Elle pensa à sa mère, mais s'il y avait quelque chose à laquelle elle pouvait s'attendre de sa part, c'était bien à des questions, embarrassantes pour la plupart.

Si tôt qu'il fût, et malgré le décalage d'une heure entre New York et l'Illinois, sa mère serait probablement réveillée. Dans une ferme laitière, la vie tourne autour des bêtes. Un homme qui n'est pas en train de traire ses vaches à 3 heures du matin en été et à 4 en hiver fait un piètre fermier. Aujourd'hui encore, alors que ce n'était plus nécessaire, sa mère se levait quotidiennement à 3 heures et se faisait du café qu'elle buvait seule dans la cuisine, assise à la grande table en bois de pin, face au siège où le père d'Alexandra avait pris place tous les matins vêtu d'une salopette propre — il tenait à commencer la journée habillée de propre même pour accomplir les travaux les plus salissants —, rasé de frais et impatient de se mettre à l'ouvrage.

Alexandra réfléchit au moyen d'annoncer à sa mère qu'elle était veuve mais, comme elle ne lui avait pas encore parlé de son mariage, c'était une entreprise difficile, rendue plus délicate encore par le fait qu'Arthur avait eu plus du double de son âge, beaucoup plus... Il était en fait plus âgé que sa mère.

Il lui semblait déjà entendre celle-ci lui poser des questions qui paraîtraient d'abord naïves et innocentes, mais qui la conduiraient inexorablement à la vérité. Aux yeux de bien des habitants du comté Stephenson, sa mère passait — et ce, depuis sa jeunesse — pour avoir la tête dans les nuages.

Pourtant, sous son air désorienté, ses grands yeux bleus innocents et ses allures de beauté du Sud peu préparée à affronter les dures réalités de l'existence, elle avait la dureté du diamant et son tranchant. Ce qu'elle ne voulait pas savoir, elle feignait de ne pas l'entendre, mais il était impossible de lui cacher quoi que ce fût longtemps.

Alexandra devinait ce qu'elle lui dirait : « Je ne sais pas ce que ton père en penserait, Liz » — phrase rituelle encore aujourd'hui, alors qu'il était mort depuis six ans, et qui lui permettait de taire ce qu'elle pensait, elle. Il y avait des années qu'Alexandra ne se reconnaissait plus dans les prénoms de « Liz », « Lizzy » ou même « Elizabeth ». Elizabeth (ou, pire, Liz) lui faisait l'effet d'une étrangère, et ses rapports avec sa mère n'en étaient que plus difficiles.

On lui avait enseigné à « ne pas remettre au lendemain ce qu'on peut faire le jour même » — c'était en fait la devise de ses parents comme de toutes les familles de fermiers —, mais, depuis son arrivée à New York, elle avait appris beaucoup de choses, et notamment à atermoyer chaque fois que c'était possible. Il lui faudrait tout dire à sa mère, et le plus tôt serait le mieux, mais, pour l'instant, elle ne se sentait pas d'humeur à le faire.

Elle souleva le combiné, effleura des touches et écouta la sonnerie. Il y eut un déclic, un silence, puis la voix de Madonna qui chanta « Material Girl » pendant environ trente secondes — Simon Wolff changeait d'enregistrement au moins deux fois par semaine pour montrer qu'il était à la page. « Car nous vivons dans un monde matérialiste, et je suis une fille matérialiste », disait Madonna — une opinion que partageait certainement Simon. Venait ensuite sa voix, neutre, inexpressive, qui demandait à celui qui appelait de laisser son nom et son numéro de téléphone. De manière caractéristique, il ne précisait pas qu'il était sorti ou rentrerait bientôt, et ne donnait même pas son nom.

Simon estimait inutile de dire à qui que ce fût plus qu'il n'était absolument nécessaire. Non seulement son nom figurait sur la liste rouge, mais il veillait à faire disparaître son adresse du courrier qu'il jetait, pour le cas où quelqu'un fouillerait les poubelles et la trouverait.

« Simon, c'est moi », dit Alexandra après le bip sonore. Pendant un temps qui lui parut infini, elle n'entendit que le chuintement de la bande. D'un geste impatient, elle épousseta le dessus de cuir du secrétaire. Simon dormait-il ? C'était pourtant un noctambule impénitent pour qui 4 heures du matin était le milieu de la journée. Il n'avait peut-être pas envie de lui parler. C'était possible mais peu vraisemblable. S'il y avait une chose que Simon aimait, c'étaient les drames des autres. Qu'on lui offre une rupture, un divorce ou une tentative de suicide, et il était à votre porte en moins de deux à n'importe quelle heure du jour et de la nuit.

Il souleva enfin le combiné. Alexandra entendit un bruit de fond, ce qui devait être la bande son d'un film. Elle imagina Simon étendu en peignoir sur son lit immense, passant d'une chaîne ou d'un film enregistré à l'autre en attendant l'aube et les deux ou trois heures de sommeil qui, apparemment, lui suffisaient. Sa chambre à coucher était une sorte de cour de récréation *high tech* qu'un de ses amis avait un jour comparée à une foire commerciale japonaise. Un écran de télévision géant occupait un des murs, les tables de nuit ressemblaient aux pupitres de commande d'une navette spatiale. Le plafond était garni de miroirs, les murs tendus de cuir noir, les meubles de chrome, de verre et d'acier. Il y avait trop de tout : des sculptures érotiques ingénieusement éclairées par des spots cachés qui tournaient sur des socles en lucite ; des hologrammes lumineux ; des objets d'art au néon qui clignotaient...

« Pour l'amour du ciel, Simon, c'est Alexa ! fit-elle avec impatience.

— Tu es seule ? demanda-t-il d'une voix encore plus impersonnelle que sur la bande de son répondeur.

— Ils sont partis depuis des heures. J'attendais ton appel.

— Tu rigoles ? Un flic aurait pu décrocher. Ça va ? »

En un sens, ça n'allait pas trop mal. Après tout, elle avait réussi à nettoyer l'appartement, ne s'était pas évanouie ni bourrée de calmants, et n'avait pas éclaté en sanglots irrépressibles. D'un autre côté, il lui avait été impossible de toucher au lit, encore moins de s'y coucher, et songer à l'avenir qui se présenterait sous une forme ou une autre dès le lever du jour, était au-dessus de ses forces.

« Allô ? Tu es toujours là ?

— Excuse-moi. Non, ça ne va pas.

— Que s'est-il passé ?

— C'était horrible. On aurait cru que je l'avais tué ! Personne ne s'est donné la peine de m'écouter, pas même le beau-frère d'Arthur.

— DeWitt ? Normal, c'est un pisse-froid. Est-ce qu'ils ont cru à ton histoire ? »

Elle frissonna au souvenir de la panique qui s'était emparée d'elle à l'arrivée de la police — appelée par elle — à l'idée qu'il était trop tard pour défaire ce qu'elle avait fait et qu'elle devait s'en tenir à son histoire.

« Non, répondit-elle. Les policiers en uniforme, ceux qui sont venus les premiers, y auraient peut-être cru, mais je ne pense pas que les ambulanciers se soient laissé abuser une seule seconde. Ensuite, un inspecteur est arrivé avec deux agents en civil. Il savait exactement ce qui s'était passé. Je l'ai vu à son regard.

— Oublie son regard. A-t-il dit quelque chose ?

— Il ne m'a pas ouvertement accusée, si c'est ce que tu veux dire. Mais, au genre de questions qu'il posait, il était facile de savoir ce qu'il pensait.

— Ne t'inquiète pas de ce qu'il pense. Les flics sont payés pour supposer le pire. Il t'a demandé s'il y avait eu quelqu'un d'autre dans l'appartement ?

— Oui, à plusieurs reprises.

— Que lui as-tu répondu ?

— Que j'étais seule.

— Bravo. »

Il se tut un instant. Alexandra entendit une sorte de cliquetis et devina que Simon appuyait sur les touches de sa commande à distance pour changer de chaîne.

« Je n'ai pas cru un instant qu'ils avaleraient ton histoire, reprit-il. Je t'avais prévenue. »

Elle ne répondit pas. C'était la vérité.

« Franchement, je ne comprends toujours pas pourquoi tu te soucies autant de la réputation de Bannerman. Il n'y a pas beaucoup de gens qui auraient couru un risque pareil pour lui. C'est un aspect de ton caractère dont je n'avais pas pris toute la mesure. J'oublie toujours que tu es du Middlewest.

— Je te l'ai déjà dit. Je l'aimais.

— Oui, je sais », fit-il d'un ton bref. Entendre quelqu'un parler d'amour agaçait toujours Simon qui niait que ce sentiment existe, ou qu'il rime à quoi que ce soit si c'était le cas. Il proclamait, non sans fierté, ne l'avoir jamais éprouvé lui-même et être néanmoins parfaitement heureux. « Nous avons déjà parlé de tout ça. Bannerman était une figure paternelle, un homme âgé séduisant et prodigieusement riche... C'est de la psychologie élémentaire, un cas parfaitement connu de tout freudien... »

Alexandra n'écoutait pas. Simon était un infatigable analyste des sentiments des autres.

Elle lui devait une grande partie de ce qu'elle avait appris depuis son arrivée à New York mais, dans le domaine de l'amour, Simon n'avait à son avis rien d'utile à lui enseigner. Ils avaient été amants (mot qu'il n'employait que dans le sens physique), une expérience dont Alexandra avait également tiré bien des enseignements, douloureux pour la plupart. Elle ne lui en tenait toutefois pas rigueur.

« Je n'ai pas besoin d'un sermon, Simon. Pas ce soir.

— C'était si pénible que ça ? » fit-il d'un ton compatissant qui, chez lui qui n'en présentait jamais, était ce qui se rapprochait le plus d'une excuse.

On pouvait dire ce qu'on voulait de Simon, pensa Alexandra, — et la plupart des gens qu'elle connaissait le critiquaient allégrement —, mais il fallait reconnaître qu'il avait de l'intuition. Peut-être parce qu'il en éprouvait si peu lui-même, il devinait les émotions des autres. Manipulateur de nature, même quand ses intérêts n'étaient pas directement en jeu, il était d'une sensibilité aiguë aux sentiments des gens et savait leur prêter une oreille attentive dans une ville où la plupart des hommes arrivés étaient trop occupés à parler d'eux-mêmes pour écouter un mot de ce qu'on leur disait.

« Plus que pénible, oui. Je ne peux pas rester ici, Simon, reprit-elle dans un murmure.

— Tu dis ?

— Je ne peux pas rester seule ici ! répéta-t-elle, consciente de la note d'hystérie qui perçait dans sa voix. Ça allait tant que je nettoyais l'appartement mais, dès que je me suis arrêtée, j'ai su qu'il fallait que je parte d'ici.

— Calme-toi. Tu te sentiras mieux quand il fera jour, je t'assure.

— Je ne vais pas attendre jusque-là. »

Il poussa un soupir.

« Je veux venir chez toi, Simon ! Tu peux m'installer dans la chambre d'ami ou sur le divan. *S'il te plaît !* Je ne veux pas rester seule.

— Hé, du calme ! Je comprends. Je pense simplement que ce n'est pas une très bonne idée.

— Je m'en fiche. *Pourquoi* est-ce une mauvaise idée, d'ailleurs ? Il y a quelqu'un chez toi ? Ça m'est égal, bon Dieu !

— Non, non, il ne s'agit pas de cela. Tu as regardé dehors ?

— Bien sûr que non. Pourquoi ?

— Fais-le ! A mon avis, il y a une meute de journalistes devant ta porte. »

Sa gorge se serra. Elle posa le combiné et alla à la fenêtre. Il était impossible de voir l'entrée de l'immeuble, mais il y avait au moins dix personnes sur le trottoir d'en face, dont une équipe de journalistes de télévision munie d'une caméra portable et de projecteurs. Se sentant comme un animal pris au piège, elle retourna auprès du téléphone.

« Tu as raison, dit-elle à voix basse, comme si les journalistes pouvaient l'entendre.

— Bien sûr que j'ai raison. L'actualité, c'est toi ! Tu ferais mieux de ne pas bouger. »

Après un instant de réflexion, elle décida de ne pas tenir compte de son conseil. Si elle avait appris une chose sur Simon au bout de deux ans de collaboration professionnelle, c'était qu'il était prêt à tout pour empêcher que son nom figurât dans les journaux. Et le sien également puisqu'elle travaillait pour lui. La plupart des gens qu'il connaissait faisaient des pieds et des mains pour qu'on parle d'eux dans *W*, en page 6 du *Post* ou dans la chronique de Liz Smith ; Simon, lui, déployait deux fois plus d'efforts pour que son nom et ses activités ne soient pas mentionnés, fût-ce dans la rubrique économique du *New York Times*. Une bande de journalistes lui faisait le même effet qu'une foule lyncheuse.

Alexandra n'avait pas la moindre envie d'affronter un torrent de questions et la lumière aveuglante des projecteurs, mais cela valait mieux que de rester là, enfermée dans l'appartement où quelques heures à peine auparavant Arthur Bannerman était mort dans ses bras.

« Me poser des questions est le pire qu'ils puissent faire, dit-elle avec plus d'assurance qu'elle n'en éprouvait. Aucune loi ne m'oblige à leur répondre. Je ne vais pas rester coincée ici éternellement, alors autant en finir tout de suite.

— Sois réaliste, bon Dieu ! Il est 4 heures du matin. Tu ne trouveras pas de taxi et, si par chance tu en arrêtes un, ils te suivront. »

Un peu plus tôt, Simon s'était mouillé pour elle à son corps défendant ; à présent, il se dérobait. Elle réprima son envie de l'invectiver, sachant que cela ne servirait à rien et qu'elle ne s'en sentirait que plus mal.

« Je m'arrangerai, dit-elle. Je les perdrai dans le parc s'il faut.

— Le parc ? fit-il en riant. C'est une zone démilitarisée à cette heure de la nuit. »

Simon était un de ces New-Yorkais qui trouvaient un charme romanesque aux dangers de la ville, réels ou imaginaires. Il abordait une promenade de cinq minutes sur la Première Avenue comme une aventure héroïque pleine de périls, avait équipé son appartement de systèmes d'alarme qui auraient suffi à protéger une base de missiles, pratiquait les arts martiaux et possédait un permis de port d'armes. A la connaissance d'Alexandra, il n'avait jamais mis les pieds dans Central Park, mais il était logique qu'il se le représente comme une zone de combat.

« Ne t'en fais pas, Simon. Les voleurs vont se coucher quand il n'y a plus personne à voler. Ils ont des heures de travail comme tout le monde.

— Pour l'amour du ciel, Alexa ! Ton petit ami était l'un des hommes les plus riches d'Amérique. D'ici demain, le monde entier saura qu'il est mort dans ton appartement, et il ne lui faudra pas longtemps pour deviner qu'il a rendu l'âme dans ton lit. Les gens le penseraient même si ce n'était pas vrai. Dans moins de vingt-quatre heures, tu seras une célébrité, chérie, que cela te plaise ou non.

— Ce n'était pas mon petit ami, Simon.

— Appelle-le comme tu veux. »

Elle prit une profonde inspiration.

« C'était mon *mari.* »

Simon garda le silence. Un moment, elle crut qu'ils avaient été coupés, puis elle entendit Otis Redding chanter « Try a Little Tenderness ». Simon était sans doute passé du film qu'il regardait tout en lui parlant à une cassette, signe infaillible qu'il se concentrait, les yeux fermés pour mieux réfléchir. Savoir qu'elle avait enfin réussi à le déconcerter procurait un certain plaisir à Alexandra.

« Que veux-tu dire par "mari" ? demanda-t-il enfin.

— Que nous étions mariés.

— Tu me fais marcher.
— Non.
— Depuis quand ?
— Hier.
— Pourquoi ne me l'as-tu pas dit, bordel ! »

C'était une bonne question. Elle n'était pas fière de sa conduite de ces dernières heures. Il avait été irrationnel de vouloir à tout prix habiller Arthur et le transporter dans la salle de séjour — quoiqu'elle fût toujours convaincue qu'il n'aurait pas souhaité être trouvé nu dans son lit. La dignité avait de l'importance pour lui ; l'idée de mourir dans les bras d'une femme assez jeune pour être sa petite-fille lui aurait fait l'effet d'une plaisanterie de mauvais goût, qu'il fût ou non marié avec elle. Même Simon, à qui elle avait téléphoné dès qu'elle avait été en état de parler, l'avait compris.

Il avait été plus irrationnel encore de garder leur mariage secret après sa mort. Une promesse était une promesse, et elle n'aurait jamais manqué de parole à Arthur, mais sa disparition la dégageait certainement de cette obligation, l'obligeait en fait à y manquer.

« Arthur souhaitait que cela reste secret jusqu'à ce qu'il l'ait annoncé à sa famille. Elle devait se réunir pour son soixante-cinquième anniversaire, tu comprends, et il comptait profiter de cette occasion...

— Je vois, fit Simon sans conviction. DeWitt est au courant ?

— *Personne* ne le sait. Enfin si, il y a le juge, son secrétaire et le chauffeur d'Arthur ; c'était notre témoin.

— Tu ferais mieux de venir ici tout de suite.

— Et les journalistes ?

— Fraie-toi un passage. Ne réponds à aucune question. Donne-moi... disons vingt minutes. Je t'attendrai sur le parking de Tavern-on-the-Green.»

Son ton était bref mais amical. Alexandra n'eut pas de mal à deviner que sa qualité d'épouse de feu Arthur Aldon Bannerman — si récentes et embarrassantes que fussent les circonstances de son veuvage — lui valait plus d'égards que celle de célibataire promise à la première page des journaux à scandale. Elle lui en voulut mais préféra oublier sa brusque volte-face. Simon se montrait intéressé de manière si instinctive et naturelle qu'il était impossible de s'en offenser longtemps. D'ailleurs, elle n'était pas en mesure de se brouiller avec lui. Elle avait besoin d'un ami et d'un allié, même si ses motifs n'étaient pas entièrement purs.

«Tu n'as pas peur qu'ils nous suivent? demanda-t-elle pourtant d'un ton légèrement narquois qu'il ne releva pas.

— Je les perdrai dans les rues de Harlem ou du Bronx et reviendrai ensuite dans l'East Side.»

Face à un problème pratique, Simon se montrait toujours plein de ressources, surtout quand il y avait un peu d'aventure à la clé. La seule chose qu'il redoutait vraiment était l'ennui.

«Mets des tennis, conseilla-t-il. Tu ferais bien d'appeler DeWitt le plus tôt possible. Il faut que ce soit toi qui lui apprennes la nouvelle.

— Je ne vois pas pourquoi...», commença Alexandra qui n'était pas du tout sûre de vouloir commencer sa première journée de veuvage par un entretien avec Courtland DeWitt à qui elle ne pardonnerait pas de si tôt le comportement qu'il avait eu à son égard. Mais Simon avait déjà pris la direction des opérations.

«On se retrouve dans vingt minutes à partir de *maintenant*», coupa-t-il avant de raccrocher.

Alexandra regarda sa montre, une mince bande

d'écailles d'or au cadran si petit qu'il était impossible de lire l'heure. Le premier cadeau d'Arthur. Cela lui ressemblait bien de ne pas être allé l'acheter chez Buccellati ou Tiffany, mais de lui avoir offert un bijou de famille infiniment plus précieux. C'était une pièce unique dessinée à Paris par Cartier, si exceptionnelle que lorsqu'elle l'avait apportée au service d'entretien de Cartier sur la Cinquième Avenue, le directeur lui-même était venu l'examiner et lui avait proposé de la racheter pour la collection Cartier si elle souhaitait la vendre un jour. Elle n'en avait pas demandé la valeur ; la faire nettoyer et régler lui avait coûté près de cinq cents dollars qu'elle avait payés sans en parler à Arthur.

Plus que dix minutes. Elle réfléchit un instant à son apparence. Quelle tenue était-on censé porter pour se frayer un passage à travers une foule de journalistes sous l'œil d'une caméra ? Elle n'avait vu dans cette situation que des mafiosi de haute volée en route pour le *Grand Jury* ; ils cherchaient en général à dissimuler leur visage, ce qu'elle ne ferait certainement pas.

Alexandra n'avait pas non plus l'intention, quoi qu'en dise Simon, de passer à la télévision en tennis. Elle ôta son jean et son pull — elle n'avait pas voulu recevoir la police en peignoir — et enfila une jupe plissée de flanelle grise, un chemisier en soie, des bottes en daim et une veste de tweed. Elle n'avait après tout aucune raison de s'habiller comme une adolescente ou une poule pour les médias. Elle se servit de ses lunettes de soleil pour retenir ses cheveux, en se gardant bien de les mettre ; les porter en pleine nuit ne manquerait pas d'être interprété comme un signe de culpabilité, et elle n'avait rien à se reprocher.

Après avoir pris ses gants et son sac, elle quitta l'appartement. Lorsqu'elle arriva dans le vestibule de l'immeuble, la caméra se mit à tourner et les journalistes se pressèrent contre les portes vitrées.

Tandis qu'elle rassemblait son courage avant de les affronter, elle pensa soudain qu'elle était venue à New York dans l'espoir de devenir célèbre. A présent, son souhait allait enfin être exaucé.

Pour les mauvaises raisons.

Hors du cercle familial, Putnam Bannerman passait pour un adulte d'une intelligence et d'un talent honnêtes. Il réussissait dans son métier de photographe, gagnait bien sa vie, se montrait parfaitement capable de veiller à ses intérêts et de faire face aux grands et petits problèmes de la vie quotidienne. Il était traité avec déférence par le directeur de sa banque, sa femme de ménage et son agent, et avec une affection et une admiration plus ou moins grandes par bon nombre de femmes. Il suffisait pourtant qu'il retrouve les siens pour être considéré comme un enfant ou l'idiot du village.

Comme il était le plus jeune des enfants d'Arthur Bannerman, il avait l'habitude d'être exclu des conseils de famille et s'en offensait peu. Il n'en avait que trop souvent fait les frais par le passé.

Putnam avait réglé le problème en restant à l'écart et regrettait déjà d'être venu à Kiawa, quoiqu'en la circonstance il lui aurait été difficile de se dérober. Il avait présenté ses respects à sa grand-mère — qui lui avait dit de trouver une chemise blanche et de la mettre — et échangé quelques mots avec son frère Robert qui « prenait la situation en main » avec beaucoup d'énergie, comme si la mort de leur père avait été une crise diplomatique.

Installé dans le bureau d'Arthur Bannerman, une pièce sombre et lambrissée pleine de livres de comptes reliés et de souvenirs politiques, Robert en sortait de temps à autre pour annoncer qu'il venait de téléphoner au Président ou que Courtland DeWitt allait arriver de New York, porteur de nouvelles importantes dont il ne voulait pas discuter au téléphone. L'arrivée de DeWitt — et son brusque départ — semblait avoir déclenché une *vraie* crise, et Robert était maintenant enfermé avec sa grand-mère dans une pièce du premier étage. Les domestiques se déplaçaient sur la pointe des pieds en murmurant d'une voix sépulcrale, comme s'ils craignaient que le moindre bruit ne leur attire les foudres divines, ce qui, étant donné l'humeur de Mme Bannerman, était probablement le cas.

Savoir que son père était mort dans l'appartement, et peut-être même dans le lit, d'une jeune femme ne choquait pas Putt. Il était surpris, certes, mais plutôt agréablement. Il avait supposé que son père était bien trop vieux pour ce genre de plaisirs, que sa vie se résumait à des réunions de conseil d'administration, des dîners guindés en compagnie de gens de son âge, et au genre de réceptions mondaines auxquelles donnait lieu l'ouverture d'une nouvelle aile du Metropolitan Museum ou l'acquisition d'une œuvre majeure par le musée d'Art moderne.

Les rares fois où il avait vu son père ces dernières années, il lui avait paru vieux, fatigué et blasé, un homme enfermé dans une routine qui lui apportait peu de joies et de surprises. Putnam ne s'en était pas étonné ; après tout, son père avait la soixantaine et souffrait encore de l'échec de son ultime tentative pour accéder à la présidence, bien qu'il dissimulât sa déception sous son impassibilité coutumière. Il était en bonne santé, vigoureux même, mais Putnam ne s'était pas interrogé sur sa vie sexuelle, comme si sa libido s'était éteinte avec ses ambitions politiques.

Les enfants ont toujours du mal à imaginer la vie sexuelle de leurs parents, bien sûr, mais dans le cas d'Arthur Bannerman, sa dignité, son air imposant, le mépris qu'il montrait pour toute conduite qui n'était pas conforme à ses principes, faisaient qu'on avait encore plus de difficultés à lui prêter les besoins et les faiblesses du commun des mortels. C'était un peu comme essayer d'imaginer George Washington sans dents ou sans pantalon.

Putt songea avec amusement à toutes les leçons de morale qu'on lui avait infligées. Il n'en gardait toutefois pas d'amertume, d'autant qu'elles étaient restées sans effet. Tout bien considéré, il était heureux que son père ait pu connaître un certain bonheur dans les dernières années de sa vie.

Il se sentait mal à l'aise dans la grande bibliothèque, une pièce dont l'accès avait été strictement interdit aux enfants et qu'il associait aux sermons l'exhortant à changer de conduite et à devenir un vrai Bannerman. Son arrière-grand-père avait acheté la pièce entière — ses lambris de Grinling Gibons[1], son plafond sculpté et une collection de livres et de manuscrits inestimable — à un duc anglais, puis l'avait expédiée à Kiawa accompagnée d'une demi-douzaine d'artisans qui avaient travaillé deux ans à la remonter. Putt regrettait qu'elle ne fût pas dans un musée, là où était sa place.

Il alla ouvrir un cabinet qui contenait un poste de télévision. A Kiawa, les appareils modernes étaient soigneusement dissimulés, par déférence

1. Ebéniste anglais du XVIIe siècle *(N.d.T.)*.

pour Eleanor qui estimait que tout ce qui était fait de plastique devait être utilisé mais non vu. Il arrivait que des invités errent en vain dans la maison à la recherche d'un téléphone, sans deviner qu'il y en avait un dans le tiroir de leur table de nuit.

Putt regarda les informations qui débutèrent par une fusillade dans le Bronx. Comme son père aurait détesté passer après un échange de coups de feu entre des policiers et un Hispano-Américain ! Ce qui suivit lui aurait déplu davantage encore : quelques images d'Arthur Bannerman à la convention nationale des républicains, l'année où Nixon l'avait écrasé ; une vue aérienne de Kiawa pour montrer que les Bannerman étaient une des familles les plus riches d'Amérique à ceux qui ne le savaient pas encore, puis un plan de l'immeuble de la 68e Rue Ouest où il était mort « dans l'appartement luxueux d'une amie intime, le mannequin Alexandra Walden », comme le déclara Connie Chung avec un sourire entendu.

Vinrent alors quelques photographies de Mlle Walden, qui était incontestablement une beauté. Ses cheveux noirs et ses yeux gris pâle donnaient à son visage un aspect saisissant, presque félin, et il n'y avait rien à reprocher à ses lèvres pleines et ses pommettes hautes, mais elle n'avait pas la grâce froide et distante des grands mannequins. Il lui aurait fallu perdre trois ou quatre kilos pour faire partie des modèles vedettes de la haute couture qui, de toute façon, étaient désormais des gamines squelettiques de quatorze, quinze ans au visage boudeur d'adulte. Trois ou quatre kilos de plus lui auraient sans doute permis de devenir une Playmate, quoiqu'elle eût un peu trop de classe pour *Playboy*, de l'avis de Putnam.

Il entendit des bruits de pas derrière lui, mais

continua à fixer l'écran ou l'on voyait maintenant Mlle Walden se frayer un passage à travers une foule de journalistes. Il y eut un gros plan de son visage. Son expression était résolue bien que ses yeux gris trahissent une certaine panique... ou du chagrin ; c'était difficile à dire.

« Vous connaissiez bien M. Bannerman ? » cria un journaliste.

Elle secoua la tête et avança vers la caméra.

« Quelle était la nature de vos relations ? »

Elle était cernée à présent ; on distinguait à peine son visage derrière la forêt de micros tendus vers elle.

« Laissez-moi tranquille », dit-elle d'une voix calme et distincte où il n'y avait pas trace d'hystérie. Elle se baissa brusquement, heurta la caméra, dit pardon à l'opérateur invisible, ou peut-être au public, et disparut en courant dans l'obscurité.

« Père avait meilleur goût que je ne l'aurais cru. » La voix cinglait comme un coup de fouet, chaque syllabe avait la netteté d'un son de cloche, chaque voyelle portait la marque de Harvard et Groton. C'était une voix qui paraissait donner des ordres même quand ce n'était pas le cas.

Putnam se retourna. Robert était là, vêtu à la perfection comme toujours. « Une fille superbe. Pas du tout vulgaire, tu ne trouves pas ?

— Sans doute, répondit Putnam en baissant le son.

— *Sans doute ?* Quel manque d'enthousiasme, Putt ! Tu ne penses donc pas qu'elle a de la classe ?

— D'accord, elle en a ! Qu'est-ce que ça peut bien foutre, bon Dieu ! »

Robert eut un sourire, le genre de sourire supérieur qui donnait toujours à Putt l'impression d'être de nouveau dans la nursery, à la merci de son frère aîné.

« Eh bien, cela va être important, vois-tu. Plus que tu ne l'imagines. Il se trouve que Mlle Walden *prétend* que père l'a épousée, fit Robert en appuyant sur le mot avec ironie.

— *Epousée ?* »

Robert s'assit en croisant les jambes avec distinction. Il faisait partie de ces hommes dont les vêtements ne semblent jamais se froisser ou perdre leur pli comme ceux des gens ordinaires. Même dans une tempête, il se serait arrangé, sans effort particulier, pour avoir l'air de sortir de la boutique de son tailleur londonien. Il alluma une cigarette. Il paraissait s'amuser, ce qui était mauvais signe, comme Putt le savait. « C'est bien le genre de commentaire intelligent que j'attendais de ta part, dit-il. Je peux toujours compter sur toi dans les moments difficiles. »

Putnam avait du mal à imaginer que son père ait pu épouser secrètement une femme qui avait trente ans — non, quarante ! — de moins que lui. Chez les Bannerman, le mariage était une affaire très sérieuse, un peu comme dans la famille royale d'Angleterre ; seules certaines alliances étaient jugées acceptables. Naissance, éducation et fortune ancienne étaient naturellement indispensables, et le mariage lui-même exigeait une orchestration prudente, une grande réunion de famille, le travail de dizaines d'éminents avocats et, avant tout, l'avis et l'approbation d'Eleanor Bannerman. Il arrivait bien entendu que les hommes de la famille aient des maîtresses et des amies, quoique aucun scandale n'eût jamais éclaboussé la vie du grand-père et de l'arrière-grand-père de Putnam, à part le genre d'opérations financières qui excitaient les journalistes et irritaient de temps à autre une commission d'enquête sénatoriale. Les mariages des Bannerman équivalaient en revanche à des alliances ou des fusions de sociétés et ne se concluaient pas à la légère. C'était d'ailleurs une des raisons pour lesquelles Putnam ne s'était jamais marié.

« Bon Dieu, dit-il, tu crois que c'est vrai ?

— DeWitt pense que non, mais c'est un crétin.

— Et grand-mère ?

— Eh bien, pour parler net, elle est fumasse. Elle déshériterait père s'il était encore en vie, et si elle en avait le pouvoir. A son avis, cette fille raconte des histoires pour obtenir de l'argent et faire parler d'elle.

— Et toi, qu'en dis-tu ?

— C'est très plausible. J'imagine mal père se rendre à l'hôtel de ville pour y épouser une femme qui pourrait être sa petite-fille, pas toi ? »

Putt réfléchit un instant. En tant que fils aîné et héritier présomptif, Robert avait beaucoup plus intérêt que lui à croire fausses les allégations de Mlle Walden. « Je n'en jurerais pas, répondit-il. Il m'a semblé... différent la dernière fois que nous nous sommes vus. Il parlait beaucoup de bonheur.

— De bonheur ? *Père ?*

— Je le voyais plus souvent que toi. » C'était employer un euphémisme, se dit Putnam. La brouille entre Arthur Bannerman et son fils aîné était totale, et ni l'un ni l'autre n'avait fait la moindre tentative de réconciliation depuis des années. Si Putnam rencontrait peu souvent son père, et seulement lorsqu'il y était obligé, Robert ne le voyait jamais. « Père m'a toujours paru très solitaire, tu sais, et *amer*. Mais quand je suis allé prendre un verre chez lui, il doit y avoir six mois de cela, il était très... détendu. Il attendait son soixante-cinquième anniversaire avec impatience et parlait de faire la paix avec toi.

— *Avec moi ?*
— “Assez, c’est assez, m’a-t-il dit. Je vais enterrer la hache de guerre.” Ça lui ressemblait si peu que j’ai pensé qu’il avait peut-être pris un ou deux verres de scotch avant mon arrivée. Mais il n’avait pas l’air saoul, tu sais. Ce n’est pas un mot que j’utiliserais normalement pour le décrire, mais il était presque... cool. J’ai eu l’impression jusqu’au bout qu’il voulait me dire quelque chose... mais il ne l’a pas fait.
— *Cool ?* Je ne suis pas sûr de te comprendre. Nous ne menions pas la même vie dans les années 60.
— Non, et c’est nous qui avons gagné. »
Robert ne releva pas cette allusion à leurs vieux différends politiques.
« Crois-tu qu’il aurait pu être amoureux ? demanda-t-il.
— Ça ne m’est pas venu à l’idée sur le moment, mais, oui, je suppose que c’est possible. Maintenant que j’y repense, il portait une chemise rayée. »
Robert haussa un sourcil.
« Pas des rayures *fines,* des rayures larges, rouge vif sur fond crème ; le genre de chemise qu’un producteur de Hollywood rapporterait de Londres et qu’on n’imaginerait pas père s’acheter pour tout l’or du monde. »
Robert garda le silence. Il jeta un coup d’œil à ses propres manchettes d’un blanc immaculé. Ses vêtements avaient le même classicisme que ceux de son père ; la tradition familiale et les exigences de la politique avaient formé son goût. Le vieux Cyrus Bannerman avait été fidèle à la mode de sa jeunesse toute sa vie ; il avait sans doute été le dernier homme d’Amérique à mettre des bottines à boutons et un plastron blanc empesé. Son fils Putnam avait porté un costume trois-pièces bleu

sombre même à Kiawa, et Arthur Bannerman avait continué à mettre des vestons croisés bien après que la plupart des gens y avaient renoncé.

Robert éteignit sa cigarette et alla se poster devant une des grandes fenêtres en tournant le dos à son frère. Il effleura d'une main caressante les sculptures des lambris, puis croisa les mains derrière le dos.

Putnam éprouva une bouffée de peur et de culpabilité, puis en comprit la raison : c'était l'attitude que prenait leur père lorsqu'il rassemblait ses idées avant de sermonner l'un de ses enfants.

De dos, Robert aurait presque pu *être* son père : il en avait les épaules larges, le maintien, et les mains puissantes toujours en mouvement qui seules trahissaient une tension, par ailleurs parfaitement dissimulée. Enfant, Robert avait été jugé « nerveux », et gouvernantes, précepteurs et professeurs de gymnastique s'étaient efforcés d'y remédier. Arthur et son père avaient eu eux aussi la réputation d'être « difficiles » et d'humeur changeante dans l'intimité. Vivre sur les nerfs les rendait sujets à d'imprévisibles accès d'abattement, comme si devoir se montrer à la hauteur du nom et de la fortune de Cyrus Bannerman les soumettait à une tension insupportable.

« Il y a bien des branches mortes à élaguer », dit Robert, apparemment pour lui-même.

Putnam ne savait pas s'il parlait des arbres ou du personnel. La différence essentielle entre son frère et lui était que Robert était l'héritier présomptif et avait toujours souhaité l'être.

Si John avait vécu... mais il était mort. Putnam se demanda si cette pensée cesserait jamais de lui venir, plusieurs fois par jour ; à lui comme à tous les autres membres de la famille d'ailleurs, et *surtout* à Robert.

John et son charme, son insouciance, son sens de l'humour, ses enthousiasmes passionnés... L'enfant chéri à qui la fortune des Bannerman n'avait jamais fait peur parce qu'il ne doutait pas d'en hériter un jour et de savoir exactement comment l'utiliser...

Tout le monde aimait John, même Robert — bien qu'il eût du mal à dissimuler sa jalousie, ou l'amère rancœur qu'il éprouvait à n'avoir que le second rang dans la famille à cause d'un simple caprice du hasard. Il se surpassait pour battre John dans tous les domaines mais, même quand il y parvenait, l'entreprise était désespérée, car son frère excellait dans tout sans effort, alors qu'il lui fallait suer, lutter et s'entraîner avec une détermination farouche qui semblait ôter tout mérite à ses victoires. Tout lui était prétexte à défier John : natation, escalade des arbres, bras de fer, course de voitures... Mais celui-ci ne semblait accepter que pour satisfaire la passion de Robert pour la compétition, sans se soucier de gagner ou non, si bien que, même lorsqu'il perdait, on se disait qu'il *aurait pu* l'emporter s'il s'en était donné la peine. Il ne prenait pas vraiment Kiawa ou la fortune des Bannerman à la légère — il était bien trop intelligent pour cela — mais il réussissait à donner l'impression qu'il y avait des choses plus importantes dans la vie, à la différence de Robert dont l'obsession pour un héritage qui ne lui reviendrait pas n'échappait à personne.

Bien sûr, le domaine de Kiawa, comme la fortune qu'il représentait, était trop immense pour appartenir à une seule personne, mais le contrôle de la toile d'araignée de trusts, de sociétés et de fondations dont il faisait partie revenait traditionnellement à l'aîné des descendants directs des Bannerman, ainsi que le pouvoir, limité mais considérable, de prendre des décisions d'ordre financier au nom de la famille. Putnam connaissait bien l'histoire familiale : Cyrus Bannerman avait mûrement réfléchi au sort de son immense fortune et, bien qu'il n'y eût rien d'aristocratique chez le vieil homme amaigri qui avait passé les dernières années de sa vie dans un petit bureau sombre du premier étage, courbé sur ses livres comme un comptable — visière verte, bande élastique autour des manches, lunettes à monture d'acier et col en celluloïd —, il avait compris les nombreux avantages de l'aristocratie anglaise, dont il avait d'ailleurs acquis les œuvres d'art à un rythme effréné. Même une fortune aussi colossale que celle qu'il avait amassée pouvait être dispersée en deux ou trois générations si elle était partagée entre ses descendants. Or son but était de la maintenir entière.

Cet homme profondément croyant en était venu à avoir pour sa richesse une sorte de religion. L'argent n'était pas seulement la source du pouvoir ; à ses yeux — et à ceux du Seigneur —, il représentait aussi le *Bien*, de sorte que le disperser ou le gaspiller était une sorte de blasphème. Toutefois, bien qu'il fût plus riche que tous les ducs anglais réunis, il n'était pas duc, et la législation des Etats-Unis n'autorisait pas non plus la création de duchés. Cyrus Bannerman s'arrangea donc pour que les revenus d'une partie de sa fortune pourvoie, par le biais de trusts entrecroisés, aux besoins de ses descendants, tandis que l'essentiel passait du père au fils aîné ou à la fille, en l'absence d'enfants mâles.

Il y avait des failles naturellement, des problèmes que même Cyrus Bannerman ne pouvait régler pour les générations à venir. Chaque héritier devait protéger l'intégrité de la fortune — modestement appelée le Trust — en exigeant la signature d'un contrat de mariage long et compliqué, et c'était la négociation de cet acte qui apparentait les mariages des Bannerman à des fusions de sociétés. Ainsi que Putnam le savait fort bien, c'était le mariage désastreux de Robert, et le divorce qui en était résulté, qui lui avait valu la colère de son père, car bien choisir son épouse était la première et la plus importante des responsabilités d'un héritier des Bannerman.

Robert se retourna vers son frère qu'il fixa d'un regard dur. « Tu aurais dû me prévenir au sujet de père, bon Dieu ! »

Curieusement, se dit Putnam, chaque fois que l'on commençait à éprouver de la sympathie pour Robert, il détruisait ce sentiment par un acte ou une parole. Vanessa, son ex-femme, lui avait un jour confié qu'il était incapable d'accepter d'être aimé ; il voulait l'être, l'exigeait même, mais quand quelqu'un lui offrait son amour, il le rejetait.

« Je ne veux pas dire qu'il n'est pas à la hauteur au lit, lui avait-elle murmuré de sa voix enrouée. Mais une femme a aussi besoin d'affection, non ? Il n'y a pas que la baise dans un mariage... »

Après quelques verres, Vanessa avait la spécialité de se lancer dans des révélations intimes qui faisaient rougir ses malheureux voisins de table. On l'avait entendue dire un jour, lors d'un de ces courts silences qui s'abattent parfois entre les convives entre deux services, combien il était injuste que les hommes, qui pour la plupart apprécient la fellation, répugnent en général à rendre la pareille aux femmes. Putt trouvait cependant qu'elle avait très bien résumé le caractère de Robert : il s'arrangeait avec adresse pour qu'on lui montre son affection, puis vous ôtait la chaise sur laquelle vous étiez assis et vous faisait passer pour un imbécile.

Putnam maîtrisa son envie de riposter, sachant

que c'était précisément la réaction que Robert attendait. « Je ne pouvais pas te téléphoner simplement pour t'annoncer que père portait une chemise rayée et semblait heureux. Ça n'avait pas l'air d'une affaire d'Etat à l'époque. »

Robert acquiesça de la tête. « Si on m'avait écouté, cela ne serait jamais arrivé. Il faudrait que cela devienne une règle : passé un certain âge, le chef de la famille est mis au vert ou partage ses responsabilités avec la génération suivante.

— Tu ne t'y résignerais pas lorsque ton tour viendrait.

— Sans aucun doute », fit-il avec un sourire sombre. Il se dirigea vers le grand secrétaire d'époque et pressa un bouton. « Je vais prendre un verre, et tant pis si ce n'est pas l'heure. J'espère vraiment que grand-mère a raison.

— C'est-à-dire ?

— C'est-à-dire que cette fille a inventé toute l'histoire. Au pire, nous pourrons nous en débarrasser en la payant. Elle ne cherche probablement rien d'autre.

— Je ne crois pas que ce soit son genre, franchement.

— Grandis un peu ! Il n'y a pas d'autres genres de femmes. Certaines d'entre elles ont un prix plus élevé, c'est tout. »

Putnam n'était pas d'accord mais se garda bien d'en discuter. Après tout, il n'avait pas été marié à Vanessa ni obligé de négocier un contrat de divorce avec elle. C'était une expérience qui devait certainement modifier l'opinion qu'on se faisait des femmes. « Je serais curieux de la connaître, dit-il.

— *La connaître* ? Tu n'y penses pas ! Tout doit passer par les avocats. Rencontrer cette garce est bien la dernière chose à faire. Elle ne cherche probablement que ça. Eleanor a clairement déclaré à DeWitt qu'elle ne devait assister aux obsèques sous aucun prétexte. De toute façon, je doute qu'elle ait le front de venir ici. Et toi ?

— Impossible », répondit Putnam, conciliant. Mais, en repensant aux images d'Alexandra Walden face à la presse, il n'en était pas si sûr. Quelque chose dans son regard l'avait troublé. Il lui vint brusquement à l'esprit qu'on y lisait exactement le même genre de détermination que dans celui d'Eleanor Bannerman.

Il se demanda si Robert ne sous-estimait pas l'ennemi une fois de plus.

2

«Tout ce que je cherche à dire, c'est qu'à mon avis ce n'est pas une démarche très habile.

— L'habileté n'a jamais été mon fort, Simon, tu le sais bien.

— Vraiment ? Pour quelqu'un dont ce n'est pas le fort, tu retombes quand même assez bien sur tes jolis petits pieds. Tu as épousé l'un des hommes les plus riches du pays, par exemple. Les Bannerman ne seront pas les seuls à considérer ça comme un coup plutôt réussi.

— Je ne dois d'explication à personne. Arthur m'a demandé de l'épouser, et j'ai accepté. Est-ce un crime ?

— Pas pour moi, mais sa famille sera peut-être d'un avis différent.

— Quoi qu'ils en pensent, ils ne peuvent pas me traiter comme si je n'existais pas !

— Si tu le dis...

— J'ai le droit d'assister aux obsèques d'Arthur. C'est même mon devoir. Il l'aurait souhaité. Les Bannerman devraient le comprendre mieux que quiconque, tu ne crois pas ?

— Peut-être, bien qu'à mes yeux ça ne soit pas si évident que ça. Ils t'ont clairement laissé entendre qu'ils ne voulaient pas de ta présence.

Si tu y vas, ils vont supposer que tu cherches la bagarre ou le scandale.

— C'est ridicule. Ils ne me connaissent même pas.

— Te connaître ! fit Simon en éclatant de rire. Si tu penses avoir un entretien à cœur ouvert avec Eleanor Bannerman, attends-toi à une grosse déception. Répète-moi donc ce que t'a dit DeWitt. »

Elle ne répondit pas immédiatement. Les deux jours qui avaient suivi la mort d'Arthur avaient été éprouvants, et DeWitt semblait avoir fait de son mieux pour aggraver encore les choses. Alexandra voulait bien admettre que ce n'était peut-être pas intentionnel ; il avait eu une attitude froide et hautaine, mais elle n'avait aucune raison d'y voir autre chose que son comportement habituel, accentué par leur différence d'âge. Il ne lui avait pas caché qu'il trouvait ses rapports avec Arthur Bannerman presque aussi peu convenables que les circonstances de la mort de celui-ci, en ajoutant toutefois qu'il ne lui reprochait rien. Il s'était montré tour à tour paternaliste et menaçant, sans jamais se départir d'un ton condescendant qui l'avait exaspérée. Imprudemment peut-être, elle avait riposté du tac au tac, si bien qu'il lui était difficile de se rappeler avec précision ce qu'il avait dit. « A quel propos ? demanda-t-elle.

— Réveille-toi, bon Dieu ! A propos des obsèques bien sûr !

— Il a dit que la famille préférait que je ne vienne pas, qu'il était inutile de bouleverser la mère d'Arthur.

— C'est tout ? Il s'est contenté de faire appel à tes bons sentiments ? Ça ne lui ressemble guère, je trouve.

— En fait... il m'a plus ou moins conseillé de

rester à l'écart si je savais où se trouvait mon intérêt, et m'a proposé de me "dépanner" si j'avais besoin d'argent.

— De quoi, on se le demande? Je suppose que tu ne lui as pas demandé à quel prix les Bannerman évaluaient ton absence?

— Bien sûr que non! C'était si sordide. Je n'ai vraiment compris où il voulait en venir que plus tard, et ça m'a donné envie de vomir.

— DeWitt ne faisait que son travail. Il a commencé par te menacer, puis a essayé de t'acheter. La procédure classique. »

Alexandra pensa — et ce n'était pas la première fois au cours de ces deux derniers jours — que Simon pouvait se montrer encore plus insultant que DeWitt. Mais elle était habituée à son cynisme qu'elle prenait le plus souvent au second degré et sans trop se froisser. Elle n'avait jamais été douée pour se lier d'amitié avec d'autres femmes, et il n'y en avait donc aucune à qui elle puisse se confier dans les moments difficiles. D'ailleurs, pendant l'année où elle avait connu Arthur Bannerman, les amis qu'elle avait pu avoir avaient disparu. Lorsqu'elle ne travaillait pas, elle était avec lui et, comme il tenait à garder leurs relations secrètes — surtout par peur de paraître ridicule —, elle avait perdu de vue la plupart de ses connaissances. A New York, rien n'était plus facile, car les gens y menaient une vie sociale intense; pendant un mois, deux peut-être, ils pouvaient se demander ce que vous étiez devenu, mais ils vous oubliaient vite pour nouer de nouvelles amitiés. En fin de compte, elle ne pouvait se confier à personne, *excepté* Simon qui, étant donné qu'il considérait ses amis comme des placements, les gardait toujours sous la main.

Alexandra ôta ses lunettes de soleil et regarda à travers le pare-brise le feuillage automnal des arbres, dont les couleurs étaient aussi vives que celles d'un dessin d'enfant. Depuis qu'elle était à New York, elle rêvait de voir l'automne. C'était une des choses qui différenciaient la côte Est de sa région natale. A New York, c'était un rituel saisonnier ; quand arrivait octobre, tout le monde disait : « Et si on allait voir l'automne ? » Mais, parmi les gens qu'elle connaissait, personne ne le faisait jamais. Les empêchements succédaient aux empêchements, et brusquement il était trop tard : les arbres étaient nus, et tout le monde projetait des week-ends de ski qui n'auraient jamais lieu non plus.

Quand Arthur avait appris qu'elle n'avait jamais réalisé son projet, il lui avait promis qu'elle verrait l'automne à Kiawa où, bien entendu, il était plus beau qu'ailleurs. Et maintenant elle était là, contemplant ce paysage, mais dans des circonstances qu'il n'aurait pu imaginer...

« C'est beau, tu ne trouves pas ? » dit-elle.

Simon s'intéressait à beaucoup de choses, mais la nature n'en faisait pas partie. « Si on aime ça », répondait-il en haussant les épaules. Sa moue indiquait clairement que ce n'était pas son cas. En fait, il semblait déplacé dans ce cadre et ne paraissait pas appartenir au même monde que les arbres parés de leur feuillage automnal, ou que les touristes qui ralentissaient la circulation sur la Taconic et le gênaient.

Simon conduisait comme il faisait tout le reste, vite, bien et avec plus de témérité que nécessaire. Quelqu'un qui le connaissait peu aurait pu être impressionné, voire effrayé, par la façon, insouciante en apparence, dont il prenait des risques. Mais Alexandra savait mieux que quiconque qu'il pesait chacun de ses gestes, même quand il frimait. Il aimait donner une impression de facilité — dans l'un des nombreux pensionnats coûteux qu'il avait fréquentés pendant son enfance, on lui avait appris qu'un gentleman ne doit jamais avoir l'air de faire des efforts. Son sens moral était discutable, mais il tenait à se croire gentleman avant tout.

Il conduisait à l'esbroufe et aimait les voitures tape-à-l'œil. En fait, se dit Alexandra, presque tout ce qu'aimait Simon l'était, depuis la Maserati lie-de-vin dans laquelle ils se trouvaient jusqu'à ses lunettes de soleil Cartier et son chronomètre en or incrusté de diamants. Il rétrograda d'une main experte et dépassa une Chevrolet en allumant une cigarette. L'aiguille du compteur bondit, atteignant le cent soixante. Il exhala la fumée, un sourire de satisfaction aux lèvres.

« Je savais qu'on pouvait aller à une réception en se passant d'invitation, dit-il sans quitter la route des yeux. Mais pas à un bon Dieu d'enterrement ! »

Aux intonations britanniques de sa voix, Alexandra sut qu'il allait se montrer désagréable. En temps normal, il avait vaguement l'accent de la côte Est mais, au gré de ses humeurs, il imitait l'Anglais de la haute société, le New-Yorkais des rues, le baba cool des années 60 et même le ponte de Hollywood. Il pouvait être à peu près n'importe qui sauf lui-même.

« Dans quel camp es-tu donc ? demanda-t-elle avec plus d'irritation qu'elle n'aurait voulu.

— Ne sois pas stupide ! A qui as-tu fait appel lorsque Bannerman est mort... dans une position très peu convenable ? Qui t'a aidée à l'habiller et à le transporter dans la salle de séjour ? Je pensais que c'était une mauvaise idée, si tu te souviens bien, et j'avais raison. Eh bien, cette idée-ci aussi je la trouve mauvaise. »

Elle ne pouvait le nier: Simon avait fait pour elle plus que n'exigeait l'amitié, et en faisant abstraction de sa prudence naturelle. Elle lui devait beaucoup, et même si elle savait qu'il trouverait tôt ou tard un moyen de se faire rendre la monnaie de sa pièce, sans doute au centuple, elle n'en restait pas moins sa débitrice.

« Excuse-moi, dit-elle. Ces deux derniers jours ont été pénibles.

— Je ne vais pas te faire de scène. Je ne suis simplement pas convaincu que tu vas améliorer la situation en allant à Kiawa pour y faire ton numéro de veuve devant les Bannerman. »

Il déboutonna ses gants de chevreau Hermès pour lui tapoter la cuisse, une petite familiarité destinée à lui montrer qu'il était prêt à lui pardonner, et à lui rappeler qu'ils avaient été amants.

« Il n'est pas trop tard pour faire demi-tour, reprit-il. Après tout, ça nous aura fait une jolie promenade à la campagne.

— Je vais à Kiawa, Simon, que ça te plaise ou non. Si tu ne veux pas continuer, laisse-moi ici. Je ne devrais pas avoir de mal à me faire prendre en stop. »

Elle baissa le pare-soleil pour se regarder dans le miroir, comme pour s'assurer qu'elle n'attendrait pas trop longtemps sur le bord de la route. Elle payait son tribut aux deux jours qui s'étaient écoulés depuis la mort d'Arthur: son visage était plus pâle, ses pommettes plus prononcées, et des cernes sombres marquaient ses yeux.

Alexandra n'était pas particulièrement vaniteuse, mais elle jugeait son apparence avec objectivité. Elle savait que les hommes la trouvaient belle, et cela ne lui déplaisait pas; son visage ne l'avait pourtant jamais pleinement satisfaite. Elle trouvait son nez trop droit, ses lèvres trop pleines, sa bouche trop grande. A l'école, elle avait envié à cinq ou six filles leur nez retroussé et leurs cheveux blonds, et les enviait toujours. Elle était arrivée à New York quatre ans plus tôt avec l'ambition de devenir mannequin et avait découvert que les responsables de *Glamour, Mademoiselle* et des agences la trouvaient d'une beauté trop « exotique ». Ils voulaient des filles blondes et bronzées, des répliques de Cheryl Tieg. Sa peau blanche, et le contraste étrange que produisaient ses yeux gris pâle et ses cheveux noirs sortaient trop de l'ordinaire pour leur plaire. « Tu as le visage des filles de *Vogue*, chérie, lui avait dit un photographe compatissant, mais pas le corps. Tu as trop de doudounes et de fesses pour ça. »

C'était précisément ce qui déplaisait au monde de la mode qui avait attiré Arthur Bannerman. Sa femme avait été grande, maigre jusqu'à l'anorexie et dotée de ce genre de beauté aristocratique *WASP* qui se mue si souvent en dureté, passé trente-cinq ans. Presque toutes les photos de la défunte Mme Bannerman qu'Alexandra avait vues la montraient à cheval, mince comme un fil, l'air irrité d'avoir à poser pour le photographe. Pendant la course à la présidence d'Arthur Bannerman, elle avait affiché un mépris si manifeste à l'égard de la presse et de l'électorat qu'il avait fini par faire campagne sans elle. Même avant sa maladie, elle s'était imposé une diète sévère, et Arthur qui adorait faire bonne chère, qu'il s'agisse d'un dîner au Lutèce ou d'un somptueux club sandwich devant l'âtre, avait été ravi de découvrir que non seulement Alexandra *aimait* manger, mais qu'elle pouvait le faire à sa guise sans grossir. « Le seul mot que je ne veux jamais t'entendre prononcer, c'est "régime" », lui avait-il dit peu après la première nuit qu'ils avaient passée ensemble.

Alexandra souffrait de voir que personne — ni Simon, ni DeWitt, ni la presse — n'envisageait un seul instant la possibilité qu'elle ait *aimé* Arthur ou puisse éprouver du chagrin de sa mort. Même sa mère, lorsqu'elle avait rassemblé assez de courage pour l'appeler, avait paru considérer toute l'histoire comme une erreur, une preuve supplémentaire que sa fille n'était pas douée pour choisir l'homme qui lui convenait. A ses yeux, Arthur Bannerman qui était riche et vieux avait d'une certaine façon profité d'Alexandra. Elle avait appris le peu qu'elle savait de lui en le regardant à la télévision lors de ses campagnes électorales, périodes qui avaient amené ses partisans eux-mêmes à la conclusion qu'il n'avait aucun don médiatique et donnait l'image d'un aristocrate arrogant.

La presse avait à peu près la même opinion de lui. Lorsqu'on lisait entre les lignes, la plupart des articles nécrologiques décrivaient un homme froid, hautain, ambitieux, né avec une cuiller en argent dans la bouche et qui considérait la Maison-Blanche comme lui revenant de droit. Qu'il ait été libéral et internationaliste au moment précis où le parti républicain virait à droite était passé sous silence ; on ne voyait dans sa philanthropie et son rôle important de mécène que les offrandes expiatoires d'un homme trop riche pour son propre bien.

Ce n'était pas celui qu'elle avait connu, et que les journaux en aient une vision aussi éloignée de la sienne la déroutait. Arthur lui avait assez parlé des membres de sa famille pour qu'elle sache qu'ils avaient eux aussi une opinion très différente de lui. Elle connaissait — ou croyait connaître — ses enfants aussi bien que ses propres frères, peut-être même mieux, car au cours des six derniers mois, elle avait été autant la confidente d'Arthur que son amante. On aurait dit que ce qui lui manquait par-dessus tout, c'était quelqu'un à qui parler, quelqu'un qui *ne fasse pas* partie de sa famille ou de son cercle — cette petite armée d'avocats, de conseillers financiers et de vétérans de la politique qui protégerait les Bannerman et leur fortune du monde extérieur.

« Tu m'écoutes ou est-ce que je parle tout seul ? »

Perdue dans ses réflexions, dont elle reconnaissait d'ailleurs la stérilité, elle n'avait rien entendu. « Excuse-moi, dit-elle. Je pensais.

— Très bien. Continue, surtout. Si tu réfléchis assez, tu comprendras que j'ai raison. Ta décision est stupide, pardon, malavisée, parce que les Bannerman détiennent l'artillerie lourde. Pourquoi les heurter de front ? Laisse-les faire le premier pas ; il faudra qu'ils y viennent tôt ou tard.

— C'est à peu près ce que m'a dit DeWitt.

— Eh bien, il n'est pas aussi stupide que ça, Alexa. Jusqu'à présent, il s'est montré plutôt minable, c'est vrai, mais il n'était pas vraiment dans son élément. Ce n'est pas parce qu'il s'y est pris comme un manche avec la presse qu'il ne connaît pas la meilleure façon de manier les Bannerman. Naturellement, étant donné le genre d'articles qu'il a laissé passer, il ne doit pas être beaucoup mieux vu que toi par la famille en ce moment. »

Alexandra faillit lui dire qu'elle avait plus de raisons de se plaindre de la presse que les Bannerman, mais ce n'était pas un sujet sur lequel elle avait envie de s'étendre, même avec Simon. Depuis que les circonstances de la mort d'Arthur Bannerman étaient connues, presque tous les journaux du pays avaient publié sa photo en première page.

Simon l'avait avertie dès le début qu'il serait impossible d'éviter un scandale, et il avait eu raison. Comme il l'avait prédit, habiller Arthur et le transporter dans la salle de séjour n'avait servi à rien ; demeurer invisible n'avait fait qu'aiguiser l'appétit des médias.

DeWitt ayant insisté pour qu'elle adopte un « profil bas », elle avait fait de son mieux en se réfugiant dans l'appartement de Simon tandis que les journalistes fouinaient pour mettre la main sur le moindre renseignement la concernant. On la décrivait comme un « mannequin prestigieux » ; des gens qu'elle connaissait à peine donnaient une image inexacte et déformée de ses relations avec Arthur. Débusquée par un journaliste entreprenant du *Post* dans sa ferme de l'Illinois, sa mère s'était refusée à tout commentaire.

Le mystère qui l'entourait ne faisait qu'ajouter du piment à toute l'histoire — ce que DeWitt n'avait pas su prévoir. « S'ils ne vous trouvent pas, ils finiront par abandonner, lui avait-il dit. Lorsque l'intérêt des médias sera retombé, vous pourrez peut-être parler à la Famille. » Il semblait toujours gratifier la famille Bannerman d'une majuscule invisible, comme s'il ne pouvait y en avoir aucune autre. « Après tout, personne n'a avantage à ce que cette affaire tourne au cirque. »

Alexandra avait trouvé ses arguments convaincants, car elle savait que si la presse la découvrait, elle serait la principale attraction de ce « cirque ». Elle était prête, ne fût-ce que par respect pour Arthur, à garder leur mariage secret jusqu'à ce qu'il puisse être révélé dans une atmosphère de dignité, et n'avait aucunement l'intention de convoquer la presse pour leur annoncer elle-même la nouvelle, ce que redoutait probablement DeWitt.

Par voie de conséquence, tout le monde était persuadé qu'elle avait été la maîtresse de Bannerman, une « femme entretenue » ou même une sorte de call-girl. Elle commençait à en éprouver de la colère, contre DeWitt, mais aussi contre sa propre naïveté. Simon s'éclaircit la voix : « DeWitt va piquer une crise lorsqu'il te verra, dit-il.

— Je me fiche de DeWitt.

— Tu sais ce qui cloche chez toi ? »

Alexandra ne le savait pas, ne *voulait* pas le savoir, mais elle se résigna à l'entendre.

Elle regarda au-dehors en se demandant quelle distance il leur restait encore à parcourir. Ils dépassèrent un panneau indiquant : « Schultzville. » Elle vit une ferme sur les collines qui ne ressemblait en rien à celles de son enfance, disséminées dans les plaines. C'était une jolie maison blanche aux volets verts entourée d'arbres, avec sa grange peinte en rouge, sa palissade et un petit verger — une ferme de livres d'images pour enfants. Elle n'en avait jamais eu cette vision idyllique. « Ton problème, poursuivit Simon sans attendre sa réponse, c'est que tu es une romantique. Au fond de toi, tu crois que les Bannerman vont t'accueillir à bras ouverts. Eh bien, tu te trompes. Les riches, les *vrais*, sont égoïstes et cruels. Je suis allé à l'école avec eux, alors je sais de quoi je parle. Ne l'oublie jamais.

— Arthur n'était pas comme ça. »

Simon eut un geste d'exaspération, et la voiture déboîta brusquement. « Peut-être pas avec toi, mais ce pauvre homme était fou de toi. Ce que j'essaie de te faire comprendre, c'est que tu ne peux pas juger le reste des Bannerman d'après tes relations avec Arthur.

— Je n'ai pas peur d'eux, Simon, si c'est ce que tu veux dire.

— Eh bien, tu as tort. La vieille a la réputation d'être un vrai dragon. Quant à Robert, je le connais un peu ; il passe de façon tout à fait méritée pour un fieffé salaud.

— Je sais tout de Robert. » Elle avait conscience de la suffisance de son ton, mais Arthur lui avait parlé si souvent de ses enfants... parfois même trop à son goût.

« Peut-être, mais tu ne le *connais* pas.

— J'ai l'impression de le connaître. Il était difficile de passer longtemps avec Arthur sans qu'il parle de lui.

— Il devait haïr ses enfants. Surtout Robert. »

L'idée la surprit. Au cours des deux jours précédents, Simon avait été si occupé à la protéger des journalistes, au même titre que lui, qu'ils n'avaient guère eu le temps de parler. Maintenant qu'ils le faisaient, ses questions l'agaçaient.

« Haïr ? répéta-t-elle. Qu'est-ce qui te fait penser une chose pareille ?

— Voyons, Alexandra, tout le monde le sait ! Bannerman et ses trois enfants ! Le *New York Times* leur a consacré un long article il y a un ou deux ans de cela. Il s'intitulait “Discorde au paradis”, si je me souviens bien. Robert a menacé le journal de poursuites, mais je ne crois pas que ce soit allé très loin. Les rapports d'Arthur Bannerman avec ses enfants font partie de la nourriture de base des journalistes spécialisés dans les ragots mondains, comme le mariage von Bulow et ce qui est arrivé lorsque Steward Johnson a épousé sa femme de ménage polonaise en lui léguant le milliard de dollars que ses enfants attendaient... J'ai entendu dire qu'Arthur n'avait plus jamais adressé la parole à Robert après son divorce.

— C'est faux », dit-elle, soudain lasse de cette discussion. Il lui aurait fallu une éternité pour convaincre Simon qu'il se trompait, et cet effort lui semblait inutile.

« Il n'a pas levé le petit doigt pour aider Robert au cours de sa campagne électorale. Il refusait même de se montrer aux côtés de son fils pendant les meetings.

— Ce n'est pas si simple, Simon. Arthur pensait qu'il lui nuirait. Il ne voulait pas que Robert se présente, mais, lorsqu'il l'a fait, il l'a soutenu en coulisse. Il m'a dit qu'il avait téléphoné à tous les républicains de l'Etat, puis rappelé pour leur faire promettre de ne pas souffler mot de son intervention à Robert.

— Vraiment ! » fit Simon d'un ton sec. Il détestait qu'on lui prouve qu'il avait tort. « Et le divorce de Robert, alors ? Il paraît qu'Arthur avait accepté de témoigner contre son propre fils.

— Les avocats de Vanessa l'ont assigné à comparaître, bon sang ! Il n'avait pas le choix ! Il m'a confié que recevoir une citation à comparaître alors qu'il entrait dans le club du Metropolitan pour y déjeuner avait été le moment le plus humiliant de sa vie. Lors de sa déposition, il a dit qu'il était certes en désaccord avec son fils — tout le monde le savait —, mais qu'il tenait à déclarer que sa belle-fille avait la moralité d'une prostituée. Je suppose que c'est pour cela que les avocats ont finalement renoncé à l'appeler à la barre des témoins.

— Tu as beau dire, ils ne m'ont quand même pas l'air d'une famille heureuse.

— Non, probablement pas, mais la mienne non plus ne l'était pas. Et, d'après ce que tu m'as dit, ce n'était pas beaucoup mieux dans la tienne. De toute façon, le véritable problème n'était ni le divorce de Robert ni sa course au Sénat. Cela datait de beaucoup plus loin. Pendant la campagne présidentielle d'Arthur, sa femme se mourait d'un cancer, tu sais. Je crois qu'elle a dû lui cacher la gravité de son état à la fin, à moins qu'il n'ait tout simplement pas reçu le message à temps ; toujours est-il qu'elle est morte avant qu'il ait pu rentrer chez lui. Ses enfants ne le lui ont jamais pardonné. Et ils lui ont également reproché la mort de John.

— *John ?* Qui est-ce ? Je croyais qu'il n'avait que trois enfants.

— Quatre. John, Robert, Cecilia et Putnam. John a péri dans un accident de voiture. »

Elle regarda par la fenêtre. Elle n'avait pas tout dit à Simon ; elle ne *voulait* pas le faire. Lui expliquer brièvement les psychodrames qui agitaient la famille Bannerman était impossible, et elle n'avait pas envie d'essayer. Elle avait d'abord pensé qu'Arthur avait été la victime de ses enfants, puis le contraire, pour finalement conclure qu'ils avaient probablement été victimes les uns des autres, ou peut-être simplement de leur nom et de leur fortune. Ce qu'il y avait de certain, c'était que l'Arthur Bannerman qu'elle avait connu était très différent de celui auquel ses enfants s'étaient opposés près de vingt ans auparavant.

En outre, chez les Bannerman comme dans toute famille, les rapports étaient plus complexes qu'il n'y paraissait de l'extérieur. Arthur voyait en Robert, son fils aîné qui avait autrefois été son préféré, un rival capable de réussir là où il avait échoué dans le monde de la politique. Cecilia, qui reprochait à son père une longue liste de fautes, l'aimait plus que n'importe quel autre homme mais se querellait avec lui à chacune de leurs rencontres. Putnam avait de l'affection pour Arthur mais, comme Cecilia, semblait incapable de vivre sur le même continent que lui...

Alexandra aurait aimé ôter ses chaussures, s'asseoir les bras autour des genoux et rouler, capote baissée, en écoutant une cassette de Bruce Springsteen à plein volume. Mais, avec son tailleur, son chapeau et ses chaussures à talons, c'était un plaisir qu'elle pouvait difficilement s'accorder. Elle avait regretté certaines choses depuis qu'elle était entrée dans la vie d'Arthur Bannerman, le genre de petites libertés qui paraissaient évidentes aux gens de son âge. C'était un choix qu'elle avait fait en connaissance de cause, et dont elle avait fini par s'accommoder, non sans mal. Elle y avait gagné une certaine compréhension des problèmes rencontrés par les enfants d'Arthur, enfermés depuis leur naissance dans le monde particulier de la famille Bannerman et qui, contrairement à elle, n'avaient jamais eu le choix.

« Il te parlait beaucoup de sa famille ? demanda Simon.

— Oui, bien sûr. Je n'ai jamais sollicité ses confidences ; il *aimait* m'en parler. Je sais que personne ne me croira, mais il nous arrivait souvent de rester simplement assis devant la cheminée à discuter. Je crois que c'était quelque chose de nouveau pour lui.

— T'a-t-il jamais parlé d'argent ?

— Il n'avait pas besoin de mon aide pour s'occuper de ses investissements.

— Ce n'est pas ce que je voulais dire. »

Elle lisait dans ses pensées comme dans un livre. Elle savait exactement où il souhaitait en venir, et désirait éviter le sujet. « L'argent n'intéressait pas Arthur, Simon. Il n'en parlait pas parce qu'il était toujours disponible. Tu tournes le robinet et l'eau coule, tu comprends ? Pourquoi y penserais-tu ? Je ne veux pas dire qu'il se comportait comme un émir du pétrole. Il ne roulait pas en Rolls Royce et ne laissait pas de pourboires faramineux. Il vérifiait ses additions au restaurant comme tout le monde et veillait à en avoir pour son argent quand il achetait quelque chose. Les Bannerman sont originaires d'Ecosse, après tout.

— Je sais tout ça. Tout le monde le sait. Je ne parlais pas de ses bon Dieu d'additions ! Je lui ai vendu un ou deux tableaux, et il s'est montré plutôt dur en affaires... Es-tu en train de me dire qu'au cours de toutes vos jolies conversations au coin du feu, il n'a jamais soufflé mot de ce qu'il allait faire pour toi ? Il a bien dû y penser.

— Il m'a dit que, s'il lui arrivait quoi que ce soit, je n'aurais pas à m'inquiéter... que c'était très compliqué et que je devais me contenter de lui faire confiance pour l'instant.

— Et tu l'as fait ?

— Oui. Pourquoi ne me serais-je pas fiée à lui ? De toute façon, je ne m'attendais pas à ce qu'il meure du jour au lendemain, et lui non plus, j'en suis sûre.

— Si ça se trouve, tu es riche.

— Ou le contraire. Je veux assister à l'enterrement, et je veux que les gens cessent de me considérer comme une sorte de monstre ou de *femme fatale**. » Elle s'attendait à ce que Simon corrige son accent. Le français n'était pas son fort. Pour une fois cependant, il laissa passer l'occasion, comme si son attention était ailleurs. « Je me préoccuperai du reste après, reprit-elle.

— Nom de Dieu! s'exclama-t-il en se garant sur le bas-côté. Regarde-moi ça!»

Pour la première fois depuis qu'elle le connaissait, il y avait une note de respect dans la voix de Simon, comme si quelque chose l'avait enfin impressionné.

Elle suivit la direction de son regard. Sur leur gauche, des champs s'étendaient sur des kilomètres, puis laissaient place à des collines boisées. Au sommet de l'une d'elles, dominant l'Hudson, ruban argenté à l'horizon, se dressait une énorme demeure, la plus vaste qu'elle eût jamais vue. Les pierres patinées par le temps brillaient d'un éclat doré dans la lumière automnale; le soleil se réfléchissait sur des centaines de fenêtres. Alexandra mit sa main en visière. Elle discerna une immense serre, des terrasses de marbre qui couvraient la superficie de plusieurs pâtés de maisons, des jardins à la française, des escaliers de pierre qui semblaient interminables, des bassins ornés de fontaines jaillissantes, des pelouses si vertes qu'elles paraissaient peintes de frais, de longues allées bordées d'arbres centenaires.

Dans le lointain, on distinguait un autre édifice, une sorte de château médiéval avec tourelles, fossé et pont-levis et, au-delà encore, à demi cachées dans les bois, une église et une longue file de limousines noires qui scintillaient sous le soleil.

Alexandra n'avait jamais rien vu de semblable. Elle baissa la vitre et reconnut les odeurs familières de la campagne. Pour la première fois, elle éprouva un pincement de peur devant les dimensions de Kiawa et la richesse qu'il représentait, comme si la fortune des Bannerman devenait enfin tangible à ses yeux. Un court instant, elle fut tentée de suivre le conseil de Simon et de faire demi-tour. Puis elle se ressaisit et se rappela qu'elle était la veuve d'Arthur Aldon Bannerman, que cela plaise ou non à sa famille.

Elle se regarda dans le miroir pour s'assurer que son chapeau était bien droit, puis en rabattit la voilette, geste qu'elle n'avait encore jamais vu faire que par Joan Collins à la télévision. Si courte fût-elle, la voilette n'était pas un accessoire de la génération d'Alexandra, et elle avait eu du mal à en trouver une aussi rapidement ; elle devinait toutefois qu'elle était de mise à l'enterrement d'un Bannerman.

Elle prit la main de Simon qu'elle serra très fort.

« Allons-y », dit-elle avec plus de courage qu'elle n'en ressentait.

Debout sur les marches dallées de l'église que son grand-père avait fait construire, Robert Bannerman arborait une expression de chagrin dignement assumé.

A ses côtés se tenaient son cousin, le révérend Emmett Aldon DeWitt, et le recteur. En contrebas, sur le gravier de la cour, les parents éloignés des Bannerman échangeaient des salutations avec un entrain qui aurait paru déplacé à un étranger dans de telles circonstances.

Les enterrements offraient aux descendants de Cyrus Bannerman une occasion rare de se confirmer mutuellement qu'ils appartenaient à l'une des familles les plus célèbres d'Amérique, que Kiawa et tout ce qu'il représentait faisaient partie de leur héritage. Certains d'entre eux étaient des personnages importants ; beaucoup n'étaient que d'insignifiants oisifs, le genre de gens qui passe l'hiver à Palm Beach et l'été dans le Maine. Aucun n'était pauvre — presque tous les membres de la famille bénéficiaient des revenus d'un trust —, mais seuls les enfants et petits-enfants de Cyrus avaient un rapport direct avec Kiawa et la fortune proprement dite. « Il est plus facile pour un chameau de passer par le chas d'une aiguille qu'à un riche de pénétrer au royaume des cieux, fit Emmett DeWitt de sa voix aiguë. J'ai pensé que cela pourrait donner le ton approprié au sermon.

— Ce serait de la provocation ici, Em. Ils te lyncheraient, et je me chargerais personnellement de faire le nœud coulant.

— Ne t'inquiète pas, Robert, j'y avais déjà renoncé. J'ai pensé à la réaction d'Eleanor.

— Un moyen infaillible de ne pas se tromper, mon vieux. »

Le révérend Emmett DeWitt ne reculait généralement pas devant son devoir de chrétien, même pour épargner la sensibilité de sa famille. Lorsque Seymour Hersh avait révélé dans le *Times* que la fondation Bannerman détenait des actions dans les mines d'or d'Afrique du Sud, DeWitt n'avait pas hésité à organiser une manifestation et à en prendre la tête, de manière d'autant plus visible qu'il dépassait le mètre quatre-vingt-dix. Il avait conduit des mères déshéritées de l'Hudson jusqu'aux portes de Kiawa lorsqu'on avait fermé leur centre de planning familial, et organisé un *sit-in* de personnes âgées sans ressources dans le vestibule de l'immeuble de la Cinquième Avenue où habitait Arthur Bannerman quand le *Post* avait découvert que celui-ci comptait faire démolir de vieux bâtiments délabrés du West Side pour construire un musée.

DeWitt était un des ecclésiastiques les plus connus du pays, constamment sollicité par les universités, la télévision ou pour des marches de protestation contre des usines nucléaires. Prêtre médiatique, il prêchait à ses ouailles dans « The

Phil Donahue Show », les pages de *Playboy* et les manifestations pacifistes plutôt que de la chaire de son élégante église de l'East Side dont les paroissiens le considéraient comme un traître à sa classe.

Le révérend DeWitt dominait de la taille Robert Bannerman et le recteur qui n'étaient pourtant petits ni l'un ni l'autre. Son crâne chauve s'ornait sur les côtés de deux touffes de cheveux roux bouclés, ce qui de loin lui donnait une apparence assez clownesque. Par contraste avec la magnificence du recteur, il portait une simple robe noire et un symbole de la paix en guise de croix. Derrière ses lunettes épaisses, ses yeux brûlaient d'une intensité farouche qui terrifiait les étrangers.

« Je pensais que nous aurions le Président ou le Vice-Président, et en tout cas le gouverneur », dit le recteur avec une certaine déception. N'ayant pas le choix, il avait accepté de bonne grâce qu'Emmett DeWitt dirige le service. Chez les Bannerman, la tradition voulait que, si l'un des leurs était dans les ordres, ce fût lui qui célébrât la cérémonie funèbre à la mémoire d'un membre de la famille. Les opinions d'Emmett DeWitt choquaient la plupart de ses parents et paraissaient à Eleanor d'une excentricité frisant la folie, mais il avait été ordonné ministre de l'Eglise épiscopale et était le fils de sa fille aînée : le sujet ne souffrait donc pas de discussion.

Le recteur risquait moins que quiconque d'élever des objections. Depuis plus de dix ans, l'évêque épiscopal d'Albany, son supérieur hiérarchique, essayait de fermer l'église de Kiawa en arguant du fait que ce n'était guère plus qu'une chapelle privée à l'usage des Bannerman. Eleanor lui avait résisté bec et ongles. Elle avait cessé de faire des dons à diverses œuvres de charité protestantes, intrigué avec succès pour que l'église soit reconnue monument historique et enfin attaqué en justice l'évêque qui avait fini par s'incliner devant le pouvoir séculier. « Laissez tomber tant que la vieille est en vie », aurait-il dit aux avocats du diocèse.

Cela aurait pu servir de devise à la famille, songea Robert Bannerman. Du vivant d'Eleanor, rien ne pouvait être changé à Kiawa. On y gardait des domestiques devenus depuis longtemps inutiles ; les écuries regorgeaient de chevaux qui ne servaient que rarement ; une dizaine de jardiniers étaient employés à enlever feuilles et brindilles de tous les sentiers ; des femmes de ménage nettoyaient des chambres à coucher qui ne seraient jamais utilisées et allumaient des feux qui ne réchaufferaient personne...

Robert avait du mal à imaginer Kiawa sans Eleanor, et pensait être le seul membre de la famille assez courageux pour essayer de le faire. Son père s'était soumis aux volontés d'Eleanor presque jusqu'à la fin ; Robert se demandait en fait si sa conduite scandaleuse n'avait pas été son premier acte de rébellion — qui en l'occurrence s'était révélé fatal. Cici et Put, eux, ne contesteraient certainement jamais la domination de leur grand-mère sur la famille, non plus que le recteur, qui attendait patiemment sa réponse.

« Etant donné les circonstances de la mort de père, dit-il, une cérémonie intime nous a paru plus judicieuse. Le Président se proposait de venir, bien entendu, mais grand-mère a suggéré qu'un service commémoratif célébré à New York une fois l'agitation retombée serait plus approprié...

— Oh ! Naturellement », fit le recteur avec un large sourire. Eleanor lui assurait son gagne-pain. Si elle avait souhaité un service en swahili au sommet de l'Empire State Building, il aurait trouvé un moyen de la satisfaire.

« Quelqu'un a-t-il parlé à cette jeune femme ? » demanda Emmett DeWitt. Elevé avec ses cousins, les enfants d'Arthur Bannerman, il avait été la cible d'innombrables plaisanteries et farces de la part de Robert en raison de sa gaucherie et éprouvait donc un plaisir particulier à aborder le sujet le plus susceptible de l'irriter.

Le regard froid que celui-ci lui lança lui rappela assez l'époque de la nursery pour qu'il regrette un instant sa question.

« Ton père lui a parlé, Em. A son avis, c'est une dure à cuire.

— Il a dit ça !

— Pas dans ces termes, non, mais, à l'entendre, elle a un sang-froid étonnant. Elle n'a pas versé une larme ! Surprenant de la part d'une jeune femme de vingt-quatre ans qui contemple le cadavre du type dont elle a partagé le lit, tu ne trouves pas ?

— Peut-être...

— Il n'y a pas de "peut-être", Em. Nous avons affaire à forte partie. Changeons de sujet, veux-tu ? Cici et Putt arrivent. »

Robert descendit les marches pour ouvrir la porte de la limousine, suivi d'Emmett, les joues empourprées. Depuis son enfance, il n'avait jamais pu dissimuler les sentiments que lui inspirait Cecilia Bannerman mais, si elle l'avait toujours défendu contre Robert, elle n'avait jamais permis que leurs rapports aillent au-delà de l'affection entre cousins — à son grand regret.

Elle sortit de la voiture, l'air plus frêle que jamais après trente-six heures de voyage ininterrompu. Elle avait le visage hâlé, mais ce n'était pas le genre de bronzage qu'on obtient sur une plage en s'enduisant d'huile solaire. Sa peau était burinée, brunie et desséchée par le vent et le soleil des tropiques. Loin d'y gagner un air de santé, elle paraissait simplement malade, fiévreuse et épuisée. Elle avait toujours été mince, mais Robert la trouvait à présent émaciée. Ses yeux semblaient immenses, comme si la chair qui les entourait avait fondu ; c'étaient deux puits de souffrance qui rappelaient le regard des enfants affamés qu'elle était allée sauver en Afrique — peu judicieusement, de l'avis de Robert. Des cernes sombres les soulignaient, comme si elle avait pleuré pendant la majeure partie du voyage. Elle portait une robe noire trop grande pour elle. La femme de chambre d'Eleanor l'avait coiffée de son mieux, mais le soleil avait décoloré ses cheveux, leur donnant la couleur de la paille, et leur coupe, dictée par un souci de confort plus que d'élégance, était grossière. Elle les avait presque entièrement dissimulés sous un chapeau à voilette, mais l'effet d'ensemble lui donnait l'air d'une enfant abandonnée.

Elle se tenait aussi droite qu'un soldat à la parade, déterminée à ne montrer aucun signe de faiblesse et s'efforçant, comme toujours, d'être à la hauteur des principes de sa grand-mère. Si l'on tombait de cheval, il fallait remonter en selle et continuer ; on ne se préoccupait de ses blessures que plus tard. C'était le credo de la famille : dents serrées, dos droit, pas de larmes ni de plaintes en public, et le moins possible en privé. Robert enlaça sa sœur. Elle résista un instant, puis il sentit qu'elle se détendait. « Bienvenue à la maison, dit-il en l'embrassant. Tu m'as manqué.

— J'aurais dû être là, murmura-t-elle. J'aurais dû être auprès de lui.

— Ne te fais pas de reproches, ça n'aurait rien changé. Et cesse donc d'essayer de te montrer courageuse, tu veux? Si tu as envie de pleurer, pleure; les enterrements sont faits pour ça.»

Il la guida doucement vers les marches, suivi discrètement par les autres. Dans la famille Bannerman, on admettait généralement que les bons sentiments de Robert — s'il en avait — se manifestaient à l'égard de Cecilia. Elle ne pouvait mal faire à ses yeux. Physiquement, ils se ressemblaient beaucoup. Grands, fins, athlétiques, chacun d'eux semblait trouver en l'autre les qualités qui lui manquaient. Cecilia se reposait sur la ténacité de son frère, son refus d'accepter moins que ce qu'il désirait; Robert, lui, paraissait avoir besoin de sa sensibilité et de sa fragilité, comme s'il savait que la protéger faisait ressortir ses meilleurs côtés.

Il se campa au milieu des marches, tenant toujours la main de Cecilia, tandis que le reste de la famille se groupait autour de lui comme pour rejouer les derniers moments de la résistance de Custer face aux Indiens. Robert jeta un coup d'œil à sa montre. «Grand-mère est-elle en route?

— Ne t'inquiète pas, elle sera là à midi sonnant», dit Putt.

Robert hocha la tête. Chez les Bannerman, tout le monde, à l'exception de Putt, prenait la ponctualité au sérieux — et même lui se sentait coupable lorsqu'il était en retard. Eleanor poussait naturellement cette qualité à l'extrême: non contente de ne jamais arriver en retard, elle n'était jamais *en avance* non plus. On pouvait régler sa montre sur elle, et on y avait même avantage, car elle vérifiait régulièrement l'exactitude de la sienne.

«Je n'arrive toujours pas à croire que c'est arrivé, dit Cecilia.

— Au cœur de la vie, nous sommes dans la mort, fit Emmet en courbant la tête.

— Essaie de pas débiter d'âneries, Em, dit Robert en le foudroyant du regard. Contente-toi de tes manifestations pacifistes, d'accord ?»

Cecilia ne prêta aucune attention à leur prise de bec ; elle y était si habituée qu'elle les remarquait à peine. «Je pensais à la *manière* dont il était mort. Ça lui ressemble si peu. Cette fille, je veux dire...»

Les hommes échangèrent un regard. Cecilia avait idolâtré son père, même lorsqu'ils se querellaient. Elle pouvait tout lui pardonner sauf une faiblesse humaine. Il lui était sans aucun doute impossible de l'imaginer partageant le lit d'une jeune femme d'une vingtaine d'années, et encore moins y mourant. «Père n'était pas vraiment un moine, tu sais, remarqua Putt. Il n'y a rien de mal à ça.

— Il devait avoir perdu l'esprit, dit Cecilia. Ça ne serait jamais arrivé si j'avais été là.

— Il m'a paru tout à fait bien, Cici, je t'assure. Je ne pense pas qu'il avait besoin d'un chaperon.

— Tu ne sais pas de quoi tu parles, Putt», intervint Robert d'un ton dur. Il eut l'impression d'entendre son père ; il en avait la voix et jusqu'aux intonations sèches et autoritaires. Un instant, il en fut oppressé, eut le sentiment de jouer un rôle, puis il se dit qu'il était désormais le chef de la famille. «Père était un homme malade et sénile, reprit-il. C'est notre version. C'est la *vérité* ! Tiens-t'en là.

— Tout ce que je voulais dire...

— Ne secoue pas la barque, Putt !»

Cet avertissement venait tout droit de leur

enfance, et de leur père ; il avait tout le poids de la tradition familiale. Les Bannerman ne secouaient pas la barque. On tolérait quelques excentricités : l'oncle John avait élevé des bisons sur son domaine, certain qu'ils remplaceraient les bœufs ; Emmett était la mouche du coche de la famille ; Aldon, le frère cadet d'Arthur, qui passait pour avoir eu deux maîtresses chinoises, avait fait une chute mortelle alors qu'il escaladait le mont Ararat à la recherche de l'arche d'alliance. Mais chaque fois que la famille était concernée, les Bannerman serraient les rangs. Robert trouvait ironique que son père eût fini par secouer la barque si rudement qu'elle avait manqué couler. Il n'avait toutefois jamais été convaincu qu'il fût parfaitement digne de confiance lorsque les intérêts de la famille étaient en jeu. C'était d'ailleurs pour cette raison qu'il avait essayé de s'assurer le contrôle de la fortune du vivant de son père — infraction inimaginable aux règles familiales.

Si j'avais réussi, songea-t-il avec amertume, nous ne serions pas dans le pétrin aujourd'hui... Mais, bien entendu, il n'avait jamais eu la moindre chance de succès, comme il aurait dû le savoir mieux que quiconque. La tradition familiale conférait à chaque héritier jusqu'à sa mort un pouvoir absolu que ne limitait que la redoutable capacité d'intervention d'Eleanor. Elle gagnait toujours. Elle était prête à s'y employer nuit et jour, à la différence de son mari et de son fils que la tâche d'accroître une fortune déjà trop importante pour qu'ils puissent la manipuler ou la distribuer avait fini par lasser. En fait, c'était une responsabilité qui les effrayait alors que, en dépit de son horreur du changement, Eleanor n'en avait pas peur.

Robert ne craignait ni les changements ni les

responsabilités. Lorsque son père était enfant, des gardes montés patrouillaient encore dans le domaine ; des détectives privés accompagnaient partout les enfants Bannerman et Cyrus dormait avec un revolver sous son oreiller. La richesse avait rendu la famille craintive. Dans les années 1900, les gens jetaient des pierres sur la limousine de Cyrus et, si son courage n'avait jamais fait de doute, il avait tenu à préserver sa famille de la haine de ses compatriotes, ce qui expliquait pourquoi il avait fait construire Kiawa à près de cent soixante kilomètres de New York, l'avait doté de sa propre gare privée grâce à un arrangement conclu avec la Central de New York et s'était opposé à la construction de toute route reliant Albany à New York. Cyrus lisait scrupuleusement le flot ininterrompu de lettres d'injures qu'il recevait et faisait de son mieux pour protéger sa famille contre les violences de la foule, les menaces d'assassinat, les attentats anarchistes, les enquêtes sénatoriales et, après l'affaire Lindbergh, les enlèvements. N'ayant jamais cherché à être populaire, il lui était égal d'être haï, mais sentir que Kiawa était un camp retranché cerné par l'hostilité générale avait marqué son fils et son petit-fils qui, chacun à leur manière, s'étaient efforcés d'adoucir et humaniser l'image de leur famille.

Les temps avaient changé. Robert le savait. La richesse n'était plus impopulaire. En jouant bien ses cartes, un Bannerman avait autant de chances de réussir en politique que quiconque. En outre, beaucoup de magnats du pétrole et de patrons de conglomérats étaient aussi riches que les Bannerman sinon plus et, eux, personne ne les haïssait. Robert regarda avec un profond mépris ses parents assemblés dans la cour. La plupart d'entre eux représentaient le passé : il reconnut Chauncey Bannerman dont le visage congestionné témoignait d'une vie entière consacrée à la recherche — et la consommation — du Martini parfait, une nullité dont la profession consistait à faire partie du conseil d'administration de toute société prête à payer pour que le nom magique de Bannerman figure sur son rapport annuel ; le genre d'individus qui valait à la famille une réputation que Robert savait devoir démentir. Il y avait aussi Makepeace Bannerman, plaisancier et banquier, dont les prêts à tout dictateur de pacotille disposé à lui passer une décoration autour du cou avaient mis la banque — et une bonne partie du tiers monde — au bord de la faillite. Makepeace ne semblait pas soucieux. Pourquoi l'aurait-il été d'ailleurs ? se demanda Robert. Les contribuables américains, la Banque mondiale et le Fonds monétaire international le tireraient certainement d'affaire. Il aperçut également sa cousine Martha au côté de son quatrième mari — ou était-ce le cinquième ? — ainsi que l'oncle Ralph, le frère cadet de sa mère, un raseur de réputation internationale qui ne s'intéressait qu'à la chasse au gros gibier et s'était fait construire l'équivalent d'un petit musée pour ses trophées...

Robert guetta l'arrivée de la voiture d'Eleanor en ignorant totalement les membres de sa famille. Il aurait bien le temps de leur serrer la main après l'enterrement, quand ils s'attrouperaient dans la maison pour manger et boire. Cette perspective lui arracha un soupir, puis il se consola en pensant que, du moins, ils ne savaient pas encore que la fille prétendait avoir épousé son père. Recevoir avec affabilité leurs condoléances hypocrites serait assez pénible sans que s'y ajoute cette humiliation.

Des fossiles, des vieux schnocks ! se dit-il avec

rage. Des clowns qui vivaient d'une fortune dont ils n'avaient même pas le contrôle, sans avoir à craindre que leurs échecs, leurs excès et leur manque d'initiative les jettent jamais dans la pauvreté...

Il avait envie d'une cigarette. Toute sa vie, il s'était battu pour ne pas tomber dans les mêmes travers qu'eux. Il cherchait le risque, de véritables enjeux. Il comprenait mieux que quiconque pourquoi son père s'était lancé dans la course à la présidence et ce que lui avait coûté sa défaite; il comprenait même la raison de son échec: il ne s'était pas engagé à fond, n'avait pas risqué le tout pour le tout. Il avait observé les règles du jeu et, en fin de compte, perdu selon elles.

Un jour à Harvard, il y avait bien longtemps de cela, à l'époque où il jouait encore au poker, Robert avait perdu trois nuits de suite. «Tu devrais renoncer à ce jeu, lui avait dit le gagnant, un jeune homme du Wisconsin. Je ne veux pas dire que tu joues mal. Tu connais les coups et tu comprends le poker, *mais, pour gagner, il faut que l'argent compte*! Il faut que tu saches que si tu ne fais pas la levée, tu te passes de dîner. Si tu ne joues pas ton va-tout, tu es condamné à perdre.»

Depuis Cyrus, aucun Bannerman n'avait été prêt à jouer son va-tout.

A présent, c'est tout ou rien, se dit Robert.

L'horloge de l'église commença à égrener les douze coups de midi. Le recteur arrangea sa robe, tel un oiseau dodu lissant son plumage éclatant. Dans la cour, les parents et alliés des Bannerman se turent. Emmet et le recteur descendirent les marches, épaule contre épaule, suivis de Cecilia qui donnait le bras à Martin Booker, puis de Putt et Robert.

A midi sonnant, une vieille Cadillac s'arrêta sans bruit devant l'église — Eleanor Bannerman estimait que les Rolls Royce faisaient *nouveau riche**, sauf en Angleterre, et refusait de se défaire d'une bonne voiture simplement parce que les usines de Detroit avaient produit un nouveau modèle. Daley, son vieux chauffeur, toujours en fonctions en dépit de sa cataracte et de ses rhumatismes, en sortit avec lenteur et lui ouvrit la porte. Courtland DeWitt quitta le siège avant pour se placer à son côté.

Alors que s'éteignait l'écho du dernier carillon, Eleanor apparut enfin, vêtue de noir de la tête aux pieds, ses longs voiles flottant dans le vent tiède. Courtland lui offrit son bras. Elle le dédaigna, souleva sa voilette pour s'assurer que tous les domestiques étaient présents, puis promena un instant ses regards sur ses cousins, nièces, neveux et parents éloignés. En dépit de son âge, il n'y avait pas un visage sur lequel elle ne pût mettre un nom, pas un individu dont elle ne connût par cœur la vie, la situation financière et familiale. Plus encore que Kiawa, elle symbolisait cet assemblage impalpable de pouvoir, d'argent et de traditions qui les singularisait tous, à leurs yeux comme aux siens.

Deux femmes, habillées de noir elles aussi, la suivaient, l'une de petite taille, l'autre aussi grande et athlétique qu'un homme: Elizabeth Aldon Bannerman DeWitt, fille cadette d'Eleanor et mère d'Emmett et, la dominant d'une tête, marchant à son côté comme si elle portait bottes et éperons sous sa robe longue, Katherine Aldon Bannerman Scott, sa sœur aînée. Cette dernière adressa un grand salut à Cecilia, laissa tomber son sac et eut pour le ramasser un geste suggérant qu'elle avait plus l'habitude de manier la fourche ou la pelle que les accessoires féminins.

La Cadillac s'éloigna. Après avoir serré la main du recteur, Eleanor lança un regard d'avertissement à Emmett. « Pas de tes sornettes aujourd'hui, dit-elle assez haut pour le faire rougir. Je ne le tolérerais pas.

— Oui, grand-mère », fit-il d'un ton soumis.

Elle n'avait pas attendu sa réponse et montait l'escalier avec une célérité étonnante pour une femme de son âge, suivie de DeWitt, ses filles, ses petits-enfants et Booker. Au sommet des marches, elle s'arrêta un instant, comme pour faire l'inspection de ses troupes, et regarda Booker d'un œil qui indiquait clairement que, pour elle, sa place n'était pas aux côtés de la famille, et qu'il aurait été dans la cour, là où il devait être, si Cecilia n'avait pas insisté pour qu'il l'accompagne.

Satisfaite des autres, elle attendit, le coude droit un peu écarté du corps.

Robert se permit un léger sourire, puis s'avança pour lui prendre le bras, comme le voulait sa position de chef de famille. Au fil des ans, il avait acquis une certaine admiration pour sa grand-mère, et même de l'affection, sentiment qu'il n'aurait jamais imaginé éprouver dans sa jeunesse. Depuis la mort de John, il était devenu son préféré, mais elle faisait naturellement de son mieux pour n'en rien laisser paraître. Eleanor Bannerman ne gâtait pas ceux qu'elle aimait, elle exigeait davantage d'eux. Il se souvint de Cecilia enfant arrivant en courant dans la maison pour annoncer qu'elle avait fait sauter des obstacles d'un mètre à son cheval de chasse. Eleanor s'était contentée de hocher la tête, comme si elle n'attendait rien de moins, puis avait ordonné au professeur d'équitation de

Cecilia de relever les barrières de huit centimètres dès le lendemain. A sa manière excentrique, elle faisait des exceptions — Putt, par exemple, ou l'oncle John —, mais ce qu'elle leur pardonnait, elle ne l'aurait pas toléré chez l'héritier présomptif, ni même chez Cecilia d'ailleurs.

« Le corbillard est en retard », remarqua-t-elle.

Robert qui s'occupait depuis près de quarante-huit heures de l'organisation des funérailles éprouva un accès de culpabilité aussi soudain qu'irrationnel, une sensation dont il se souvenait si bien qu'il eut l'impression de se retrouver trente ans en arrière. Il faillit répondre que ce n'était pas sa faute, mais cette excuse n'avait pas satisfait sa grand-mère dans son enfance et ne la satisferait certainement pas davantage aujourd'hui ; elle ne seyait pas non plus à un homme de son âge ou de sa position. « Je l'entends venir, dit-il. Je leur avais demandé d'arriver un peu après midi pour nous laisser le temps de nous placer. »

Ce mensonge le mit mal à l'aise. Il savait qu'il était indigne de lui et, pire, devinait qu'il n'avait pas dupé Eleanor un seul instant. Il lui avait toutefois fourni une réponse, et c'était quelque chose qu'elle appréciait.

« Cet après-midi, lorsque tout le monde sera parti, je veux te voir, dit-elle. Et les autres aussi. Courtland a des nouvelles pour nous.

— Bonnes ou mauvaises ?

— Cela reste à voir. Il attend toujours un appel de New York... »

Conscient d'être exposé aux regards de la famille tout entière, Robert se maîtrisa de son mieux. Il se raidit, ne voulant pas montrer le moindre signe de peur. Il était absolument certain que le mariage n'était qu'un canular, un petit complot sordide, et regrettait d'être cloué à Kiawa pour s'occuper de l'enterrement alors que DeWitt, cet incapable sénile, se chargeait de ce qui importait vraiment. Il entendit un bruit de pneus sur le gravier, véritablement cette fois. « Les voilà », fit-il avec soulagement. Sa grand-mère acquiesça de la tête. Son bras sous le sien, elle se tourna lentement, ajusta sa voilette et s'apprêta à recevoir la dépouille de son fils.

Robert sentit sa main. élégamment gantée comme toujours, serrer la sienne avec force, comme pour lui indiquer qu'elle avait besoin de sa présence et de son soutien, ou peut-être simplement pour lui manifester son chagrin.

Il la dévisagea, mais ne put distinguer aucune trace de larmes sous la voilette. Puis la calandre chromée du corbillard étincela entre les arbres, et le moment passa. Eleanor était de nouveau parfaitement maîtresse d'elle-même.

Pendant une seconde — une fraction de seconde —, elle avait fait preuve de faiblesse.

Robert n'avait jamais éprouvé pareil choc de sa vie.

« On voit que ce sont de *vrais* riches, dit Simon. A Bel Air, ils ont des clôtures électrifiées, des systèmes d'alarme, des gardes et des chiens. Les Bannerman, eux, n'ont que des enclos pour le bétail. Il n'y a même pas de panneaux "Défense d'entrer", tu te rends compte! Ils sont si riches qu'ils n'ont peur de personne. »

Elle ne l'écoutait pas. Maintenant qu'elle était à Kiawa, elle éprouvait un sentiment de panique, une sorte de trac. Elle avait vaguement imaginé qu'il y aurait beaucoup de monde et qu'elle pourrait passer inaperçue, mais quelque chose dans l'aspect même du domaine lui disait que ce ne serait peut-être pas aussi facile. Tout y était ordonné, organisé; rien n'avait été laissé au hasard. La route sinueuse qu'ils suivaient traversait des bois touffus mais l'on ne sentait nulle part le désordre de la nature. Même les arbres semblaient avoir été placés à dessein là où ils se dressaient et, bien qu'on fût en automne, il n'y avait ni feuilles mortes ni brindilles sur la route.

Où que se portent ses regards, elle voyait la marque de la petite armée de maçons italiens amenée à Kiawa au début du siècle par Cyrus Bannerman, un peu comme les pharaons d'Egypte avaient fait venir les Juifs pour construire les pyramides. C'était une des anecdotes favorites d'Arthur, peut-être parce qu'elle donnait de son grand-père une image plus favorable que celle de baron d'industrie indélicat qui était habituellement la sienne.

Arthur aimait dire que son aïeul aurait fait un bon général. Il avait organisé son armée de travailleurs, leur avait fait construire des logements et avait même créé l'équivalent d'une flotte: des péniches qui apportaient d'immenses blocs de granit à partir de carrières qu'il avait acquises pour assurer à Kiawa une provision de pierres illimitée. Son domaine avait bénéficié de l'énergie et de la méticulosité qui l'avaient rendu milliardaire; il l'avait conçu à une telle échelle et avec un si grand souci de solidité qu'on aurait cru qu'il voulait s'assurer que jamais ses descendants ne modifieraient son œuvre.

Bizarrement, malgré les dimensions de Kiawa, on n'éprouvait pas ce sentiment d'espace et de vide que donne la nature. On aurait dit que Cyrus avait tenu à ne rien omettre, à pouvoir contempler tous les styles de paysage et d'architecture. La voiture traversa un bois de pins qui s'étendait sur des kilomètres, contourna un grand lac au centre duquel se trouvait une île et une construction qui ressemblait fort à un château miniature, puis roula en ligne droite au milieu de prairies verdoyantes où paissaient des troupeaux.

« Même les vaches ont l'air propre, remarqua Simon.

— Ce sont des bœufs. Des Black Angus.

— On sent la fille de paysans ! »

Elle savait effectivement reconnaître les races de bovins. Dans sa région natale, on considérait les Black Angus comme un passe-temps de riches, le genre de bêtes qu'un fermier pouvait admirer à la foire du comté, un peu comme il jetterait un coup d'œil connaisseur à une jolie Corvette chez le concessionnaire Chevrolet avant d'acheter une fourgonnette. Les Black Angus étaient bonnes pour les gentlemen farmers.

« Nous allons être en retard, dit-elle en regardant sa montre. Tu es sûr que c'est le bon chemin ?

— Je me guide d'après ce que j'ai vu de la colline. Il y a une limousine derrière nous, reprit-il. Alors, à moins que le conducteur ne soit perdu et ne me suive, nous ne devons pas être bien loin. »

Il prit un virage sec, traversa un pont de pierre qui semblait beaucoup trop large pour le cours d'eau qu'il enjambait, puis fila le long d'une allée bordée d'arbres au bout de laquelle un garde monté en grande tenue lui fit signe de continuer.

« On arrive, dit Simon. Je vais me garer et tu te mêleras à la foule. Ne te donne pas en spectacle. Vas-y à l'instinct, d'accord ? »

Elle était toute disposée à l'écouter. Les Bannerman remarqueraient sans doute sa présence, mais pas immédiatement, espérait-elle. Qu'ils choisissent ou non de lui parler, la balle serait dans leur camp. Elle comptait arriver discrètement, garder ses distances avec dignité en essayant de ne paraître ni provocatrice ni timide, et voir venir.

Devant eux, la route faisait un coude. « J'espère que c'est enfin ce foutu parking », dit Simon. Il prit le virage à vive allure, puis freina brutalement dans un jet de graviers. « Oh ! Merde ! » s'exclama-t-il.

Alexandra regardait avec horreur à travers le pare-brise. Il n'était plus question désormais de faire une entrée discrète, ou de se retirer. A moins de quinze mètres d'eux, les proches parents d'Arthur Bannerman se tenaient devant la porte de l'église et la contemplaient fixement.

Alignées de chaque côté des marches, une cinquantaine de personnes en deuil regardaient la voiture avec des expressions allant de l'indignation à l'étonnement. Hormis le ronronnement du moteur, il n'y avait pas un bruit. Alexandra s'imagina les entendre hoqueter en chœur, mais en réalité le silence était total et écrasant. L'arrivée d'un vaisseau spatial n'aurait pas provoqué plus d'incrédulité ou d'hostilité.

Au milieu de l'escalier, très droite, une petite femme drapée de noir fixait l'horizon comme si la voiture qui avait surgi de manière si inopportune n'existait pas.

Alexandra reconnut sans mal la mère d'Arthur Bannerman. Elle correspondait au portrait que lui en avait tracé son fils jusque dans son refus de laisser paraître le moindre signe d'étonnement ou de contrariété. Au premier abord, elle semblait frêle mais, même de loin, on devinait que cette fragilité était trompeuse. Son maintien suggérait une vigueur à peine moins grande que celle des arbres imposants qui entouraient l'église.

Alexandra avait vu assez de photos de la famille Bannerman pour identifier immédiatement Cecilia et Putnam ; ils ne ressemblaient pourtant pas à l'image qu'elle s'en était faite. Comme tous les parents, Arthur les avait décrits comme s'ils étaient encore enfants. Il s'en rendait compte, naturellement, mais, à l'écouter, il était parfois facile de croire que Putnam venait de se faire renvoyer de Harvard, ou que Cecilia était encore une jeune fille qui avait des problèmes à l'école en raison de la célébrité de son nom.

Elle avait du mal à concilier ces images floues avec les individus en chair et en os qui se tenaient sur les marches. Putnam, par exemple, paraissait plus vieux qu'elle ne s'y attendait, plus massif aussi. Il avait la carrure d'un joueur de football qui se serait laissé aller. Arthur avait souvent évoqué son « charme gamin » qui, à son avis, ne lui valait rien. S'il en avait eu, il n'en restait plus trace ; il avait le visage congestionné et bouffi que donne une gueule de bois.

Cecilia la surprenait plus encore. Au lieu de l'adolescente gauche qu'Arthur semblait voir en elle, c'était une grande femme âgée d'au moins trente ans, beaucoup trop mince pour sa taille — qui était impressionnante —, mais d'une grâce indéniable. Elle était peut-être restée un vilain petit canard aux yeux de son père mais s'était manifestement muée en cygne depuis longtemps — il y avait en fait quelque chose de cet oiseau élégant dans le long cou, les membres déliés et les doigts effilés de Cecilia. *Vogue* l'aurait qualifiée de « beauté classique », un peu trop froide et majestueuse peut-être pour les goûts de l'époque. Elle aurait intimidé si elle n'avait eu le regard traqué d'un animal pris au piège.

Un homme trapu d'une quarantaine d'années aux cheveux noirs, qui semblait un peu déplacé au milieu des Bannerman, la tenait par la taille comme pour la protéger. Elle n'avait pas l'air d'apprécier son geste et paraissait en fait chercher à se dégager sans attirer l'attention générale. Alexandra supposa qu'il s'agissait de Martin Booker, l'ex-fiancé de Cecilia, l'avocat qui s'occupait véritablement de la plupart des affaires des Bannerman et avec qui Arthur s'entretenait fréquemment.

Dans l'instant de paralysie au ralenti qui suivit son arrivée fracassante, Alexandra les vit avec une clarté intense, comme si un flash avait illuminé leur visage. Ils différaient à bien des égards de ce qu'elle avait imaginé, mais ce fut l'homme qui donnait le bras à Eleanor Bannerman qui la bouleversa.

Rien ne l'avait préparée à la ressemblance frappante qui existait entre Robert Bannerman et son père. Ils avaient le même visage : le nez droit finement ciselé, la mâchoire carrée, la bouche large et, surtout, les yeux perçants couleur de bleuet. Comme le reste de la famille, Robert avait des cheveux blonds et raides. Ceux d'Arthur étaient argentés, de cette teinte qui n'a rien à voir avec le « gris », mais, à cette exception près, le père et le fils étaient presque identiques. Robert était plus mince, naturellement, et plus jeune, il avait le visage moins ridé, mais c'était comme si elle avait contemplé Arthur vingt-cinq ans plus tôt ; elle retrouvait chez son fils jusqu'à cette curieuse habitude de relever le menton qui lui donnait l'air de regarder le monde de haut à travers des yeux mi-clos. C'était ces yeux qui faisaient paraître Arthur plus arrogant qu'il ne l'était, même quand il n'en avait pas l'intention. Chez Robert cependant, quelque chose suggérait que cette arrogance était bien réelle.

Un klaxon retentit derrière elle. Simon qui

d'ordinaire aimait prendre les situations en main indiqua d'un haussement d'épaules qu'il ne savait que faire. Puis un homme âgé vêtu d'un costume sombre, un domestique selon toute apparence, se précipita vers eux l'air affolé et ouvrit la porte. « Laissez les clés, je m'en occupe, dit-il d'une voix haletante. Dépêchez-vous ! Le corbillard est juste derrière vous. »

Alexandra avait compté garer la voiture discrètement et disposer de quelques minutes pour rassembler son courage. Elle hésita. « Vite, pour l'amour du ciel ! » cria l'homme. Elle descendit, imitée par Simon qui pour une fois paraissait désorienté, et la voiture disparut dans un rugissement de moteur.

Elle n'avait pas réfléchi à la question de savoir si Simon l'accompagnerait ou non dans l'église. Maintenant qu'il était trop tard, elle se dit qu'il aurait certainement préféré rester à l'écart. Elle savait aussi que cela aurait mieux valu pour elle. Sa présence à son côté ne pouvait que nuire à son image de veuve. Elle songea un instant à le faire passer pour son frère, mais il n'était plus temps de le préparer à son rôle et, de toute façon, Courtland DeWitt et Robert savaient à quoi s'en tenir. Elle voyait déjà DeWitt murmurer quelque chose à l'oreille de Mme Bannerman avec sa mine lugubre.

Elle entendit un bruit de pneus sur le gravier. Simon et elle ne pouvaient rester au pied de l'escalier en plein passage, cela au moins était sûr. Rassemblant son courage, elle monta les marches, Simon sur les talons, juste à temps pour voir six hommes en noir faire glisser le lourd cercueil ornementé hors du corbillard. Après l'avoir hissé sur leurs épaules, ils gravirent lentement l'escalier en passant si près d'elle qu'elle aurait pu toucher la bière. Elle vit le grain fin du bois, les poignées de bronze, les sculptures, et put même lire la petite plaque de cuivre gravée d'une inscription en lettres gothiques : « Cercueils Aurora, Aurora, Indiana — Tous déplacements. »

Elle sentit les larmes lui monter aux paupières et lutta pour les refouler. Aurora n'était pas très loin de chez elle. Elle se souvint des funérailles de son père, des hommes massifs et graves aux mains calleuses qui y avaient assisté, l'air gauche dans leur habit du dimanche, pressés de regagner leur ferme dès qu'ils auraient présenté leurs condoléances, et de leurs épouses en robe à fleurs et chapeau qui agitaient un éventail gracieusement offert par les pompes funèbres, heureuses de quitter leur cuisine, même pour un enterrement. Il y avait eu autant de fourgonnettes que de voitures devant l'église.

Elle n'avait pas réussi à croire que le cercueil porté par ses frères avec tant d'aisance renfermait son père, et il avait fallu qu'ils le mettent en terre pour qu'elle accepte enfin sa mort. L'idée qu'Arthur Bannerman gisait dans ce cercueil-ci, couché sur du satin, sans doute vêtu d'un de ses costumes bleu sombre — mais certainement pas d'une des chemises ou cravates qu'elle lui avait offertes — lui paraissait tout aussi inacceptable. Si grande que fût la bière, elle ne semblait pas l'être assez pour le contenir.

Elle *savait* qu'il était mort, l'avait vu mourir, mais penser qu'il était là, à la fois si près d'elle et hors d'atteinte à tout jamais, l'emplissait d'un sentiment de solitude et de peur plus intense encore qu'à la mort de son père. Elle n'avait pas besoin des explications freudiennes de Simon pour savoir qu'elle avait cherché un second père en Arthur Bannerman et, contre toute probabilité, trouvé l'amour.

Elle essuya ses larmes et suivit le cercueil sous les yeux des Bannerman. Elle espérait qu'ils l'accepteraient mais se rendait compte que c'était prendre ses désirs pour des réalités. Ils ne savaient rien d'elle — et le peu qu'ils avaient appris par les journaux et DeWitt était largement erroné — alors qu'elle les connaissait beaucoup mieux qu'ils ne pouvaient l'imaginer. Arthur lui avait donné un cours accéléré sur l'histoire de sa famille, et il ne lui était pas venu à l'esprit qu'il avait dû le faire à dessein. Avait-il pressenti sa mort ? Il ne parlait jamais de sa santé et était d'une vigueur remarquable pour un homme de son âge, mais il semblait maintenant à Alexandra qu'il avait tenu à lui en dire le plus possible, comme poussé par le sentiment de quelque échéance. Elle lui avait promis de réaliser ses projets et regrettait à présent de lui avoir donné sa parole.

Les Bannerman ne paraissaient pas plus préparés qu'elle à cette confrontation. Ils se groupèrent sous l'auvent de bois travaillé de l'église comme s'ils s'apprêtaient à défendre le cercueil contre une attaque. Derrière elle, le reste de la famille se pressait sur les marches. Battre en retraite était hors de question. Elle n'aurait pu le faire qu'en se frayant un passage à travers la foule, ce qui serait revenu à vouloir prendre un tourniquet de métro à contre-courant : une partie de bousculade qui aurait manqué de dignité.

Le visage empourpré par la colère, Courtland DeWitt surgit devant elle accompagné de l'homme qui s'était empressé auprès de Cecilia Bannerman. « Je croyais que nous avions conclu un accord, dit-il. Vous feriez mieux de partir tout de suite. »

Lui au moins était un ennemi qu'elle reconnaissait et pour qui ses sentiments étaient sans ambivalence. « Je n'avais pas promis de ne pas venir, répondit-elle. Vous avez entendu ce qu'il vous plaisait d'entendre. Je vous avais dit que je réfléchirais, et c'est ce que j'ai fait.

— Vous avez agi contre votre intérêt. Mme Bannerman est furieuse. Vous ne pouvez pas pénétrer dans l'église, un point c'est tout.

— Je *vais* y entrer. Arthur l'aurait souhaité, et vous le savez.

— Je ne sais rien de tel ! Je m'attendais à plus de bons sens de votre part, Wolff. Raisonnez-la un peu, mon vieux.

— J'essaie de le faire depuis New York... »

Alexandra s'avança, ignorant Simon. L'un des Bannerman, la vieille dame sans doute, aurait pu la convaincre de rebrousser chemin, mais pas DeWitt qui l'avait traitée comme une prostituée dans son propre appartement. De plus, elle lisait de la peur dans son regard. On lui avait confié la tâche de la faire taire et de la tenir à distance, et il avait échoué. La colère de Mme Bannerman retomberait probablement en grande partie sur lui. « Laissez-moi passer avant que je ne fasse un esclandre, dit-elle d'un ton ferme. Voilà qui intéresserait beaucoup les journaux, vous ne croyez pas ? »

DeWitt savait apparemment qu'il valait mieux ne pas s'opposer à une femme en colère. Il la dévisagea, comprit qu'il n'obtiendrait pas gain de cause et jeta un regard implorant à Simon qui haussa les épaules pour indiquer son impuissance, ou son innocence.

Elle atteignit le porche de l'église au moment où l'orgue se mettait à jouer et reconnut « Notre Dieu est une puissante forteresse », un hymne qu'elle avait entendu à l'enterrement de son père ; elle doutait cependant qu'il fût chargé de la même signification pour les épiscopaliens et les luthériens. Ici, c'était une musique de fond, choisie sans doute pour ses accents imposants ; dans l'église de son père, elle marquait toujours le point culminant du service. Son grand-père en avait chanté les paroles en allemand, en suisse allemand plus exactement, car il y avait bien longtemps les Walden avaient fui la France et les persécutions pour se réfugier en Suisse, et la maison dans laquelle elle avait vu le jour était encore pleine de souvenirs nostalgiques de leur ancienne patrie : un coucou, des peintures à l'huile de vaches paissant dans les Alpes, des chopes représentant Guillaume Tell et son fils ainsi que d'autres scènes patriotiques de l'histoire suisse, et une bible imprimée en vieux caractères gothiques qu'on ne sortait que dans les grandes occasions.

Même du porche, Alexandra voyait sans peine que l'église des Bannerman était très différente de celle de son enfance. Il ne fallait pas être un expert pour deviner que les vitraux dataient du Moyen Age et devaient avoir une valeur inestimable. La lumière qui en tombait faisait resplendir le bois sculpté, le cuivre et la pierre polie. Au fond, devant un autel qui n'aurait pas paru déplacé dans une cathédrale d'Europe, se trouvait un lutrin surmonté d'un aigle dont les ailes de cuivre avaient l'éclat du soleil. En dépit de la fraîcheur, DeWitt sortit un mouchoir de sa poche intérieure pour essuyer la sueur qui perlait à son front. « Soyez raisonnable, dit-il.

— Je le suis. Je vais aller m'asseoir.

— Quel est donc le problème ? »

Alexandra se retourna, bouleversée. C'était la voix d'Arthur, sa prononciation saccadée et précise, son accent de Harvard si reconnaissable, son ton plein d'assurance qui couvrait facilement la conversation des autres et même l'orgue, en l'occurrence. Un court instant, elle crut presque que *c'était* Arthur qui se tenait devant elle, puis elle se rendit compte qu'il avait les cheveux blonds et non argentés. Robert Bannerman la dévisageait, plus amusé que furieux, à en juger par son expression.

« J'expliquais à, euh, cette jeune femme qu'elle ne pouvait entrer », bredouilla DeWitt.

Robert Bannerman haussa un sourcil. Il adressa un léger sourire à Alexandra, presque un sourire de connivence. « Vous ne semblez pas l'avoir convaincue, mon vieux », fit-il en riant.

DeWitt pâlit. Les deux hommes n'avaient apparemment aucune sympathie l'un pour l'autre. « Votre grand-mère a été explicite, Robert », dit-il d'un ton glacial qui n'échappa pas à Alexandra. Y avait-il des divisions au sein de la famille ? se demanda-t-elle. Si DeWitt était le porte-parole d'un Bannerman, il n'était, en tout cas, pas celui de Robert qui manifesta le mépris que lui inspirait son oncle en continuant à sourire sans paraître remarquer sa colère.

« Je parlerai à grand-mère plus tard, dit-il. En attendant, poursuivit-il en se tournant vers Alexandra, vous et votre ami feriez mieux d'entrer vous asseoir. Nous ne voulons pas d'une querelle en public. Mais restez plutôt au fond de l'église, si cela ne vous ennuie pas. Mieux vaut ne pas pousser grand-mère à bout, croyez-moi. »

Elle le crut. Il y avait quelque chose en lui qui la disposait à l'écouter. Comme son père, il parvenait à vous convaincre que ce qu'il désirait vous voir faire était précisément ce que vous souhaitiez.

Il la prit gentiment par le bras et la conduisit à un banc. Deux couples âgés se poussèrent pour lui faire place, plus par peur d'être assis près d'elle, soupçonna-t-elle, que par véritable nécessité. « Il est toujours préférable de ne pas surestimer ses atouts, dit Robert d'un ton affable. Nous aurons certainement l'occasion de nous revoir.

— Sans doute, oui. »

Robert Bannerman souriait toujours mais, pendant une fraction de seconde, un éclair de colère brilla dans ses yeux. « Comptez-y », fit-il avant de rejoindre sa grand-mère qui l'attendait près de l'autel.

Alexandra écouta sans émotion le début du service, mal à l'aise sous les regards que lui jetaient par-dessus leur livre de cantiques tous ceux qui pouvaient le faire avec discrétion. Elle se leva pour l'oraison dominicale, s'assit lorsque les autres le firent, se releva quand l'assistance entonna un hymne, que cette fois elle ne connaissait pas, puis s'assit de nouveau. Elle avait espéré être émue, espéré que le service la réconcilierait avec la mort d'Arthur ou l'aiderait du moins à comprendre les sentiments qu'elle éprouvait, mais tout lui paraissait aussi dépourvu de signification que lors de l'enterrement de son père. Les prières et les hymnes ne lui apportaient aucun réconfort ; ce n'était qu'un rituel à endurer avant que le corps ne soit mis en terre.

Un frémissement d'attente parcourut l'église lorsque Emmett DeWitt se dirigea vers le lutrin. Alexandra le connaissait de vue en raison de sa célébrité. Elle savait qu'Arthur avait eu de l'affection pour son neveu à qui il enviait sa maîtrise des médias. L'idée d'avoir un excentrique dans la famille ne lui déplaisait pas pourvu que ce ne fût pas un de ses propres enfants, et il avait souvent défendu Emmett contre son père. Elle l'avait entendu dire un jour au téléphone : « Laissez Emmett tranquille, Courtland, ou je vous assure que je confierai les affaires juridiques de la famille à quelqu'un d'autre, tout beau-frère que vous soyez. »

Elle regarda donc avec curiosité Emmett qui se taisait, attendant avec patience d'avoir l'attention de l'assistance. En dépit de son apparence étrange — la lueur fanatique dont brillait son regard derrière ses épaisses lunettes, ses joues creuses et sa taille disproportionnée —, il avait beaucoup de présence. Un silence anormal régnait dans l'église où tout le monde semblait dans l'expectative, peut-être en raison de sa réputation de farceur religieux qui aimait choquer son auditoire, mais aussi parce que, comme un acteur, il avait le don de vous faire attendre sa tirade.

Il toussa, étudia le plafond, puis tendit les bras en un geste de bénédiction qui le fit ressembler un instant à un grand oiseau disgracieux — une cigogne peut-être — s'apprêtant à prendre son envol.

Sa pomme d'Adam proéminente monta et descendit plusieurs fois, puis, prenant une profonde inspiration, il fixa son regard sur Alexandra, les bras toujours levés, et déclara d'une voix de stentor : « Que celui d'entre vous qui n'a jamais péché lui jette la première pierre. »

Il y eut un court silence, suivi d'un concert de murmures. Alexandra vit toutes les têtes se tourner vers elle, sauf celle d'Eleanor Bannerman.

Un instant, elle fut tentée de se lever et de partir. Elle avait les jambes tremblantes et, pire encore, se sentait rougir.

Elle essaya en vain de se maîtriser, puis, rivant son regard sur le dos d'Eleanor Bannerman, elle resta assise, raide, incapable d'écouter la suite du sermon d'Emmett, uniquement consciente de sa volonté de tenir jusqu'au bout sans verser de larmes.

« Euh, excusez-moi. »

Elle se retourna et se trouva face à Martin Booker. Il paraissait nerveux, comme si la tâche qu'on lui avait confiée ne lui plaisait guère.

« Robert... euh, l'ambassadeur a pensé qu'il valait mieux que je vous guide jusqu'au Camembert.

— Le camembert ?

— Le Camembert Bannerman. Cyrus Bannerman a fait construire un cimetière pour ses descendants. Comme il est rond, il fait beaucoup penser à un camembert, vous comprenez ? »

L'attitude de Booker était affable, quoiqu'un peu condescendante. Alexandra détestait qu'on la prenne pour une idiote simplement parce qu'elle était jolie. Elle scruta le visage de Booker pour voir si c'était le cas, mais n'y lut que de la gêne. Elle se demanda si son rôle l'embarrassait ou s'il se sentait simplement aussi déplacé qu'elle-même à Kiawa.

Arthur avait mille et une façons de juger si quelqu'un répondait ou non aux critères des Bannerman. A ses yeux, ce n'étaient pas des préjugés, et il ne méprisait pas nécessairement ceux qui ne s'y conformaient pas, pourvu que ce fût par ignorance. Il leur était néanmoins fermement attaché. Les Bannerman ne portaient pas de boutons de manchettes jumelés pendant la journée, et jamais de pinces à cravate ; ils mettaient des chaussures noires classiques à cinq œillets et allaient toujours tête nue. Il avait cent principes de ce genre, petits ou grands, et s'y tenait avec obstination. Il ne les avait apparemment pas communiqués à Booker dont la pince à cravate dorée et les boutons de manchettes étincelaient au soleil (c'était un ensemble assorti, ce qui était encore pis aux yeux d'Arthur, comme elle s'en souvint) et qui tenait un feutre noir à la main avec précaution comme s'il avait appartenu à quelqu'un d'autre. Sans savoir pourquoi, elle le plaignit.

« Je ne voulais pas avoir l'air d'un guide, dit-il.

— Un guide ou un garde ? »

Il tourna le chapeau entre ses doigts longs et fins, des doigts de musicien plutôt que ceux, boudinés et efficaces que, sans raison particulière, elle associait aux avocats. Il était plus grand qu'elle ne l'avait pensé en le voyant auprès des Bannerman, et doté d'une sorte de beauté rude avec ses cheveux noirs, ses sourcils épais et cette ombre de barbe qui résiste au rasage le plus méticuleux. Il se passait d'ailleurs machinalement la main sur le menton de temps à autre comme pour vérifier si elle avait poussé.

« Les deux, reconnut-il d'un air gêné. Je dois trouver une place pour vous et M. Wolff...

— ...Et vous assurer que nous n'en bougeons pas ?

— Quelque chose dans ce goût-là, oui. Vous ne vous attendiez quand même pas à ce que Mme Bannerman vous accueille à bras ouverts, je suppose ?

— Je ne sais pas à quoi je m'attendais, mais en tout cas pas à être humiliée en pleine église.

— Par Emmett ? Il est cinglé. Ses intentions étaient probablement bonnes d'ailleurs. Il prend toujours le parti des perdants.

— Et je suis une perdante ? »

Il la regarda attentivement. « Je n'en suis pas certain, répondit-il prudemment. Suivez-moi, je vous prie. »

Après avoir franchi une grille de fer forgé

couverte de dorures, ils arrivèrent devant le cimetière qui avait effectivement la forme d'un camembert.

A l'ombre d'arbres immenses, les tombes de trois générations de Bannerman étaient disposées à l'intérieur d'un vaste cercle et séparées en quatre sections par des allées. Au centre, sur un bloc de granit grossièrement taillé, trônait la statue de bronze grandeur nature de Cyrus Bannerman vêtu d'un costume d'une coupe démodée et assis à un bureau. L'une de ses mains reposait sur ses genoux, l'autre tenait ce qui semblait être un registre de comptes. Il faisait face à Kiawa mais regardait son livre, comme pour montrer à ses descendants que les affaires passaient avant le plaisir.

Le sculpteur avait essayé de lui donner un air majestueux mais son talent, ou le modèle, l'avait trahi. Quoique plein de dignité, le visage avait une expression rusée, celle d'un homme qui a triomphé de ses faiblesses et qui, ce faisant, a appris à tourner celle des autres à son avantage.

Arthur lui avait souvent parlé de son grand-père d'un ton faussement affectueux qui masquait mal la peur qu'il lui inspirait, même soixante ans après sa mort. Il lui avait raconté que Cyrus aimait mettre ses petits-enfants à l'épreuve en leur posant des questions pièges. S'ils ne savaient pas répondre, ils étaient privés de dessert. A cette époque, Cyrus était si vieux qu'il avait enterré tous ses ennemis : c'était cette longévité autant que sa fortune qui lui avait enfin apporté la respectabilité. Le socle de sa statue portait cette inscription austère : « Travail, épargne, famille. »

A côté de Cyrus, mais de moindre dimension, se trouvait la statue de Putnam, son fils aîné et le père d'Arthur ; il détournait son regard de Kiawa, comme si le sculpteur avait réussi à saisir le rêve qu'il avait caressé toute sa vie : échapper aux responsabilités que Cyrus lui avait transmises. Un rêve qui ne s'était jamais réalisé, car Putnam avait passé sa vie derrière un bureau et travaillé comme un employé pour gérer un patrimoine dont il ne pouvait profiter. Il avait donné des millions de dollars à des fondations, des musées, des universités et des hôpitaux, mais la fortune grossissait plus vite qu'il ne pouvait s'en débarrasser si bien qu'il avait ruiné sa santé à la tâche et fini par vivre en reclus en laissant son épouse Eleanor le remplacer jusqu'à ce que la génération suivante soit prête.

L'exemple de son père, qu'il idolâtrait et plaignait à la fois, avait marqué la vie d'Arthur. Il était bien décidé à ne pas se laisser écraser par les responsabilités de la fortune Bannerman lorsqu'il en aurait la charge. Il s'était refusé à passer sa vie à s'en occuper, s'en débarrasser ou s'en excuser. Le souvenir de son père, cet homme triste et solitaire courbé sur son bureau qui essayait de maîtriser chaque parcelle d'un empire que personne ne pouvait diriger seul — à l'exception peut-être du vieux Cyrus —, avait hanté la jeunesse d'Arthur, le hantait encore lorsqu'il avait rencontré Alexandra, et avait en fait joué un rôle non négligeable dans leurs relations.

« Impressionnant, n'est-ce pas ? » fit Booker avec autant de fierté que s'il appartenait à la famille. Il donnerait n'importe quoi pour en faire partie, se dit Alexandra.

« C'est un peu déprimant. » Il y avait des monuments funéraires partout qui allaient des statues au centre du Camembert à de petites plaques de marbre. Une grande urne soutenue par des vierges en pleurs dans le style grec ornait la tombe d'Elizabeth Putnam Bannerman, la femme de Cyrus.

Alexandra remarqua à ses pieds une dalle rectangulaire, plus grande que les autres. On y lisait ces simples mots : « John Aldon Bannerman, 1944-1967 ». Pas de sentence pleine de sagesse ni de statue pour le fils d'Arthur dont la mort avait provoqué de profonds remous dans la famille. La tombe ne s'ornait que d'un rosier, dégarni à cette époque de l'année.

Il n'y avait pas de parterres de fleurs dans le Camembert : Cyrus n'avait sans doute jamais voulu en faire un endroit gai. La pelouse était aussi soigneusement entretenue que celle d'un golf ; les haies de troènes qui bordaient les allées paraissaient taillées à l'équerre ; des grilles de fer forgé surmontées de pointes dorées entouraient le cimetière. Alexandra se demanda ce qui se passerait quand il serait plein. Faudrait-il enterrer les Bannerman les uns au-dessus des autres ?

« Je crois que nous pouvons rester ici », dit Booker d'un ton ferme.

Il avait choisi l'endroit avec soin : assez loin de la tombe d'Arthur pour que la présence d'Alexandra reste discrète, et juste derrière Eleanor Bannerman pour que celle-ci ne la voie pas. Ce n'était toutefois pas le bout du cimetière où, à en juger par leur expression, se tenaient les domestiques et les gens de la région qui dépendaient de Kiawa.

Elle fut tentée de s'approcher de la tombe, ne fût-ce que pour mettre à l'épreuve la force de caractère de Booker — qui semblait redoutable. Mais elle se rappela qu'elle n'était pas venue pour faire un esclandre. Elle était là pour Arthur et, pour lui, elle resterait à l'écart, hors de la vue de sa mère.

« C'est assez près ?

— Je suis venue rendre un dernier hommage à Arthur. Je peux très bien le faire d'ici, je vous remercie.

— Euh, bien sûr. Je ne voulais pas...

— Pourriez-vous vous reculer un peu pour que je puisse voir, ou est-ce trop demander ? »

Il se racla la gorge et obtempéra. La tombe était à quelques mètres devant elle. On l'avait creusée très près de celle de Putnam Bannerman, au centre du Camembert, et ses bords étaient couverts d'un épais gazon. Elle entendait le recteur dire une prière. Emmett DeWitt se tenait derrière lui, les yeux au ciel comme s'il était en communication directe avec Dieu, et le reste de la famille, groupé autour d'Eleanor Bannerman, faisait face aux deux ecclésiastiques.

Il y eut un moment de silence, puis les fossoyeurs apparurent et descendirent le cercueil dans la tombe. Alexandra ferma les yeux. Cela avait été le pire moment de l'enterrement de son père, cette lente et inexorable descente du corps en terre, la compréhension brutale qu'il était parti pour toujours, *enterré*, qu'on ne pouvait plus rien arranger.

Elle se souvint du choc sourd des mottes de terre durcies par une longue sécheresse que les fossoyeurs jetaient sur le cercueil ; ce bruit l'avait hantée pendant des années, et elle l'entendait encore parfois en rêve. Prise de sueurs froides à ce souvenir, elle ouvrit les yeux.

« Ça va ? murmura Simon. Tu es devenue blanche comme un linge tout d'un coup. »

Elle le rassura d'un signe de tête. Elle avait du mal à respirer, et plus encore à parler. Serrant les dents, elle se força à regarder le cercueil disparaître dans la fosse. Puis, alors qu'elle attendait le bruit terrible de la terre tombant sur la bière,

Robert Bannerman s'avança, prit la petite pelle en argent que lui tendait un des fossoyeurs — elle semblait plus faite pour un service à thé que pour un enterrement — et se baissa pour la remplir de terre qu'il déversa ensuite dans la tombe. La rendant alors à l'homme, il s'essuya les doigts et reprit sa place.

Les Bannerman s'éloignèrent de la tombe, et Alexandra comprit avec soulagement que le comblement de la fosse ne faisait pas partie de la cérémonie.

Elle se sentit brusquement triste et épuisée, heureuse de ne plus voir le cercueil. Ce qu'elle était venue faire à Kiawa était accompli. Elle voulait rentrer chez elle.

« C'est triste, n'est-ce pas? fit Booker qui ne paraissait pas l'être le moins du monde. Il aurait aimé le grand jeu, je suppose: tombereau, chevaux noirs, drapeaux en berne dans tout le pays, "salut au chef" joué par la fanfare des marines... Et il y aurait eu droit si Hugh Scott n'avait pas manqué à sa parole et apporté les votes de la délégation de Pennsylvanie à Nixon au dernier moment.

— Il s'en fallait vraiment de si peu? demanda Alexandra, intéressée en dépit de l'irritation croissante que lui inspiraient l'attitude désinvolte de Booker et le plaisir avec lequel il s'écoutait parler.

— Vous êtes trop jeune pour vous en souvenir. Beaucoup de gens croyaient qu'il l'emporterait. Mais pas les hommes politiques. Ils ne voulaient pas d'un président trop riche pour qu'ils puissent avoir barre sur lui. Et puis, Arthur n'avait pas vraiment un instinct de tueur; il laissait la sale besogne à Robert sans vouloir savoir ce qu'il faisait en son nom, et son fils était trop jeune pour ce genre de responsabilités. Il vous a beaucoup parlé de cette période?

— Un peu. Il m'a confié un jour que ne pas obtenir l'investiture des républicains était la meilleure chose qui lui soit jamais arrivée. "Si j'avais gagné, disait-il, je me serais engagé à fond au Viêt-nam. Les gens auraient fini par me haïr autant que ce pauvre Lyndon Johnson."

— Ça ne lui ressemble guère. A propos du Viêt-nam, je veux dire. Il s'est mouillé pour Johnson jusqu'au bout, et même pour Nixon au moment de l'invasion du Cambodge. Il le détestait pourtant encore plus que les Kennedy ou Johnson. Je ne le voyais pas beaucoup depuis un an, mais il ne m'a jamais fait l'effet d'un type qui prend ses défaites avec philosophie.

— Il le faisait avec moi.

— Vous deviez avoir une bonne influence sur le vieux.

— Vous paraissez être le seul ici à le penser», fit-elle d'un ton sec, exaspérée par la bonne humeur pesante de Booker. Parfaitement indifférent à la mort d'Arthur Bannerman, il semblait penser qu'elle l'était aussi et la traitait en simple spectatrice. Elle doutait aussi qu'il se fût permis d'appeler Arthur «le vieux» en présence d'un membre de la famille.

Il la regarda avec plus d'attention et se frotta le menton. «Excusez-moi, dit-il. Votre position est délicate, naturellement.

— Délicate?

— Eh bien, étant donné les circonstances...

— Quelles circonstances?

— Celles de sa mort, fit-il avec componction.

— La manière dont il est mort a-t-elle vraiment de l'importance? Arthur m'aimait et m'a épousée, que vous le croyiez ou non, dit-elle d'un ton calme. C'est pour cela que je suis ici.

— Oui, bien sûr... Je comprends... Vous devez vous sentir...» Il examina son chapeau, cherchant l'inspiration. «C'est une grande perte pour tout le monde, reprit-il. Pour vous aussi naturellement.

— Merci. Je suis heureuse que quelqu'un ait enfin prononcé ces mots.»

Booker soupira. Il avait l'expression résignée d'un homme habitué à mal comprendre les femmes en dépit de son expérience de la vie en général. «Vous ne correspondez pas vraiment à ce que nous... à ce que j'attendais...

— Et à quoi vous attendiez-vous donc, monsieur Booker? Je serais curieuse de le savoir. A une danseuse de revue, un mannequin sans cervelle? Je pensais pourtant que vous reconnaîtriez tous plus de goût que cela à Arthur.

— Ecoutez, répondit-il, sur la défensive. Vous ne pouvez pas vous attendre à être accueillie à bras ouverts ici. Tout le monde pense qu'Arthur avait perdu la boule.

— Est-ce *votre* opinion?

— Peut-être pas, mais je ne fais pas partie de la famille. Ecoutez, nous sommes partis sur de mauvaises bases. Je suis navré.»

Alexandra le jugea sincère. Il avait un air de cocker repentant. A présent qu'elle le regardait avec plus d'attention, elle le trouvait assez séduisant dans son genre. En d'autres circonstances, se dit-elle, elle aurait pu éprouver de la sympathie pour Booker.

«Je crois que nous ferions mieux de partir maintenant», intervint Simon d'un ton pressant, prenant la parole pour la première fois depuis leur sortie de l'église.

Booker se retourna et acquiesça de la tête. «Bonne idée, dit-il. Je vais vous conduire à votre voiture.»

Alexandra jeta un coup d'œil derrière elle, curieuse de savoir ce qui avait attiré l'attention de Simon, et vit Eleanor Bannerman qui faisait le tour du cimetière avec méthode pour recevoir les condoléances de l'assistance. Elle marchait d'un pas vif, ne s'arrêtant devant chaque personne que le temps de la saluer ou de lui adresser un mot de remerciement. Son parcours n'avait rien de capricieux ; elle comptait manifestement couvrir chaque section du Camembert et se dirigeait droit sur eux.

« Je regrette, mais je n'ai pas l'intention de m'en aller, dit Alexandra d'un ton ferme.

— Booker a raison, insista Simon. Il est temps de partir si tu ne veux pas d'une scène avec Mme Bannerman, bon Dieu !

— Si tu veux te cacher, il y a un arbre là-bas. Moi, je reste. Je ne compte fuir devant personne. »

Simon haussa les épaules et se résigna manifestement à son sort. A une vingtaine de mètres à peine, Eleanor Bannerman fonçait sur eux, suivie par ses filles et ses petits-enfants. La peur de Simon était contagieuse. Alexandra regretta un instant de ne pas avoir battu en retraite, puis se rappela qu'elle n'avait rien à redouter. Que pouvait bien lui faire Mme Bannerman ? Elle passerait sans doute devant elle sans dire un mot.

Alexandra la voyait bien à présent. Elle avait relevé ses voiles qui flottaient derrière elle. Une de ses mains gantées tenait un sac à main orné d'un fermoir de diamants. Elle portait trois rangs de perles noires autour du cou. Deux broches, de diamants elles aussi, fixaient ses voiles sur son chapeau de velours.

Alexandra constata pour la première fois combien elle était menue. Il était impossible de l'imaginer enfantant Arthur, ou enfantant tout court d'ailleurs. Et pourtant, son maintien, sa présence faisaient totalement oublier sa petite taille.

A regarder ses membres fins, ses yeux d'un bleu intense et son cou de cygne, il était facile de se rendre compte qu'elle avait dû être très belle. Elle l'était d'ailleurs toujours; les années ne l'avaient pas enlaidie, elles lui avaient simplement donné une beauté différente. Sa peau presque translucide était tendue sur des pommettes qui évoquaient celles d'un chat; elle avait les cils aussi noirs et fournis que n'importe quel mannequin et était maquillée avec autant de soin. L'âge et le deuil n'avaient pas empêché Mme Bannerman d'utiliser rouge à lèvres, eyeliner, mascara et poudre, ni diminué l'habileté consommée avec laquelle elle le faisait, comme Alexandra pouvait en juger avec son expérience d'ancien mannequin.

Mme Bannerman s'avançait sans ralentir le pas, les yeux fixés droit devant elle. Alexandra se demanda un instant si elle l'avait vue, car elle ne jeta pas un seul regard dans sa direction.

Puis, alors qu'elle allait la dépasser, elle s'arrêta comme si elle avait oublié quelque chose et lui fit face. Alexandra se sentit rougir sous son regard perçant.

Si le visage des autres Bannerman exprimait des émotions allant de la gêne à la haine la plus brûlante dans le cas de Cecilia, celui de Mme Bannerman était un masque élégant qui n'exprimait rien, sinon peut-être une très légère contrariété, celle qu'on éprouve en remarquant un objet déplacé dans une pièce, un tableau qui n'est pas tout à fait droit ou un grain de poussière sur une table vernie.

Il y eut un long silence, si total qu'Alexandra

entendit la respiration oppressée de Booker à son côté. Le regard de Mme Bannerman était aussi fixe que celui d'un oiseau de proie. Seuls ses voiles bougeaient, agités par la brise.

« Les photographies des journaux ne vous rendent pas justice », dit-elle enfin d'une voix étonnamment claire et ferme pour quelqu'un de son âge. Elle parlait assez lentement avec l'élocution précise de son époque et, bien qu'elle n'eût pas élevé le ton, il sembla à Alexandra que sa voix portait jusqu'à l'autre bout du cimetière.

« Merci », répondit-elle, sans être bien certaine que ce fût un compliment. Elle aurait voulu en dire plus, mais la redoutable personnalité de Mme Bannerman la paralysait.

« Vous n'aviez rien à faire ici.

— Il *fallait* que je vienne, dit Alexandra dans un murmure. Pour Arthur. »

Pendant une fraction de seconde, elle crut voir quelque chose passer dans le regard de la vieille dame, comme un souffle de vent qui ride la surface d'un étang par une chaude journée d'été et en change un instant la couleur. Etait-ce du respect ? De la colère ? De l'admiration involontaire pour sa hardiesse ?

Le moment passa. « Je vois, dit Mme Bannerman. Au revoir. » Elle parut brusquement fatiguée, comme si la tension de la journée se faisait finalement sentir. Même son ton était légèrement moins tranchant. Avait-elle perçu en Alexandra quelque chose qu'elle ne s'attendait pas à trouver ? Elle avait l'air un peu perplexe, ou pensive, comme quelqu'un qui essaie vainement de se souvenir d'un nom ou d'un visage. Alexandra eut un instant l'impression qu'elle allait ajouter quelque chose, mais elle se détourna et poursuivit son chemin, d'un pas moins vif à présent.

Ses proches parents la suivirent. Pas un

d'entre eux ne regarda Alexandra. C'était comme si elle n'existait pas. Dans tout le cimetière, les gens parlaient, se dirigeaient vers la sortie par groupes de deux ou trois, échangeaient des salutations, mais personne ne s'approcha d'elle, personne n'osa même jeter un regard dans sa direction. On aurait dit que l'endroit où elle se trouvait était contaminé et hautement dangereux.

Alexandra resta immobile jusqu'à ce qu'il n'y eût plus dans le cimetière qu'elle-même et ses deux compagnons. Elle se tourna alors vers Simon et lui dit : « Rentrons. »

3

Robert Bannerman se tenait devant la cheminée, un verre à la main. En dépit du feu, il frissonnait. Il se demanda s'il avait pris froid — il y avait après tout une différence de température considérable entre Caracas et le comté Dutchess — mais, comme il se vantait de n'être jamais malade, il repoussa cette éventualité. Eleanor avait l'air transi elle aussi, se dit-il. Si remarquable que fût sa santé, la journée avait été longue pour une femme de quatre-vingt-six ans et ce, d'autant plus qu'ils avaient reçu plus de cent personnes à déjeuner. Les plus favorisés ou les plus importants passeraient la nuit à Kiawa avant de rentrer chez eux. La porte s'ouvrit. Un homme âgé au visage rougeaud jeta un coup d'œil dans la pièce, marmonna une excuse et referma vivement la porte en apercevant Robert.

Celui-ci essaya de se rappeler son nom. S'agissait-il de son cousin Amory, ancien grand veneur du Rombout, qui avait un jour fait irruption à cheval dans la salle de réception des Saltonstall et sauté par-dessus la table sans renverser les chandeliers d'argent ni briser la moindre porcelaine ? Ou bien était-il mort ? Robert ne parvenait pas à s'en souvenir et s'en moquait mais, en tant que nouveau chef de la famille, c'était exactement le genre de détail qu'il était censé connaître. Sans effort visible, son père avait été au fait de chaque naissance, décès et mariage de la famille, sans doute parce qu'Eleanor le tenait au courant.

Au diable tout ça, se dit Robert. Il finit son scotch et envisagea d'en demander un autre. A côté de lui, sur le manteau de la cheminée, se trouvait un petit plateau d'argent et un minuscule carafon. Kiawa était peut-être la dernière demeure d'Amérique où l'on servait les alcools dans de petits carafons individuels juste assez grands pour contenir deux verres. Les invités ne voyaient jamais de bouteilles ; elles restaient à l'office, et Robert était convaincu que les domestiques se servaient, en dépit d'une comptabilité rigoureuse instaurée pour prévenir ce genre d'abus et censée rendre compte de chaque verre.

Robert savait qu'un sérieux ménage s'imposait, qu'il s'agisse des investissements de la fondation Bannerman ou de la cuisine de Kiawa, où le chef les volait allégrement. Il était impatient de se mettre à l'ouvrage.

Robert et sa grand-mère se trouvaient dans le « salon chinois ». Les murs étaient recouverts de précieux panneaux chinois, butin rapporté du siège de Pékin que Cyrus Bannerman avait acquis en surenchérissant sur trois musées et William Randolph Hearst, qu'il méprisait. La collection de porcelaines chinoises de Putnam Bannerman était exposée dans des cabinets vitrés. Elle passait pour valoir une fortune mais, aux yeux de Robert, ce n'était qu'un tas de vases aussi fragiles qu'inutiles, le genre d'objets qui avait sa place dans un musée et s'y retrouverait dès qu'il aurait l'occasion de faire une donation. Cinq ou six pendules d'époque ronronnaient, tictaquaient et sonnaient à intervalle régulier, lui mettant les nerfs à vif.

Devant Eleanor Bannerman, sur une table en laque, reposait un service à thé d'une porcelaine presque translucide. Derrière elle, placée dans des cadres d'argent de différentes tailles selon un classement de son cru, une série de photographies couvrait une longue table, une sorte de galerie de portraits des morts : John, le grand-oncle de Robert, sa mère, son frère John, son grand-père Putnam, assis à son bureau comme d'habitude, et bien entendu Cyrus Bannerman, à la fin de sa vie, momie ridée qui fixait pourtant le photographe d'un regard rusé comme s'il se disait : « Tout vieux que je suis, je peux t'acheter, te vendre ou te ruiner à ma guise. »

Il n'y avait pas de photographies des vivants. Robert se demanda dans combien de temps celle de son père rejoindrait les autres et si Eleanor disposait d'un stock de cadres Cartier pour ne pas être prise au dépourvu.

Il remarqua pour la première fois que les deux photographies les plus grandes étaient celles de son frère et du vieux Cyrus. Cela avait-il une signification ? Dans le cas de Cyrus, il comprenait. Tout le monde savait qu'Eleanor avait vénéré son beau-père dont l'obstination féroce et la ruse froide avaient tant fait défaut à son mari. Le vieux passait pour l'avoir adorée lui aussi, lui montrant même une affection qu'il avait refusée à tout le monde, y compris son fils et sa femme qui, sur les photos, avait toujours l'air terrifié.

La taille de la photographie de John était plus difficile à expliquer. Etait-ce dû à une préférence de sa grand-mère ou simplement au fait qu'il avait été l'aîné et donc l'héritier ? Robert fouilla sa mémoire mais n'y trouva rien qui indiquât qu'elle avait jamais eu un faible pour John ou même pris son parti. Il pensa qu'il serait intéressant de voir quel cadre elle choisirait pour son père, puis se dit qu'il s'en moquait. Le passé était trop présent dans cette pièce, et il valait mieux le chasser de sa mémoire.

« Je suis content que tout soit fini, dit-il. Je craignais que Cici ne tienne pas jusqu'au bout.

— Le testament au moins était sans surprise. Je trouve que Courtland l'a lu avec beaucoup de dignité.

— Sans doute, grand-mère.

— J'aimerais que tu te montres moins désagréable envers lui. C'est ton oncle après tout.

— Peut-être, mais je ne suis pas convaincu qu'il soit à la hauteur. C'est Booker qui fait tout le travail. « DeWitt serait le premier à partir, se dit-il, DeWitt qui l'avait combattu avec acharnement lorsqu'il avait essayé d'assumer certaines des responsabilités de la famille, DeWitt qui avait merdé d'un bout à l'autre — il n'y avait pas d'autre mot — dans l'affaire Walden. S'il avait été habile, il se serait rendu chez la fille avant l'arrivée de la police et aurait acheté son silence sur-le-champ. Il aurait mieux fait d'envoyer Booker à sa place.

Sa grand-mère se servit une autre tasse de thé. Robert se dit qu'elle avait l'air d'avoir besoin d'un verre, mais elle ne buvait que rarement : un peu de xérès avant le dîner et un doigt de champagne dans les grandes occasions.

« Courtland s'entoure d'hommes de valeur, dit-elle. Son cabinet jouit d'une excellente réputation. Tous les avocats sont des imbéciles, bien entendu, mais on ne peut rien faire sans eux. Nous connaissons du moins ses limites.

— Lui pas, malheureusement.

— Peu d'hommes les connaissent », fit-elle en lui jetant un regard pénétrant. Elle posa sa tasse, et son bracelet de diamants tinta contre la porcelaine. « Savais-tu que ton père envisageait sérieusement de te déshériter ? Je m'étonne un peu qu'il ait changé d'avis et n'en ait rien fait. »

Robert la dévisagea, stupéfait. Cette idée ne lui était jamais venue à l'esprit, et il en éprouvait un choc, un sentiment de trahison qui le suffoquait. « C'est impossible, dit-il avec colère. Il n'a jamais fait la moindre allusion de ce genre.

— Il pensait... quelle était son expression déjà ? que tu essayais "de lui couper l'herbe sous le pied alors qu'il était encore en pleine forme". Il voulait te punir, tu vois. Je crois que tu n'as jamais véritablement pris toute la mesure de sa colère.

— Il n'aurait pas pu le faire, n'est-ce pas ? Ce n'est jamais arrivé.

— Quiconque a la charge du Trust peut agir à sa guise, Robert. Tu le sais très bien ; tu n'as pensé à rien d'autre ces derniers jours. Je suppose qu'en fin de compte ton père n'a pas eu le courage de rompre avec les traditions familiales. Tu as beaucoup de chance.

— Vous auriez pu me prévenir.

— Te *prévenir* ? Je l'ai fait. Tu ne voulais rien entendre comme à ton habitude. J'ai dit à ton père que ce n'était pas parce que tu étais un jeune idiot qu'il fallait qu'il en soit un vieux. »

Robert eut brusquement l'impression d'être sur des sables mouvants. Il s'était opposé à son père, certes, mais s'était aussi battu *pour* lui. Même dans les pires moments, il avait toujours cru que leur affrontement se déroulait selon certaines règles, qu'il était l'héritier et que tout finirait par lui revenir. Jusqu'à un certain point d'ailleurs, cela avait été la raison de leur désaccord. Lui-même l'avait toujours considéré d'un point de vue shakespearien en se voyant dans le rôle du prince Hal, et se dire qu'il s'était peut-être totalement trompé pendant des années le rendait malade. Il pensa à la scène qui avait suivi la mort de sa mère, à la campagne électorale... N'avait-il pas davantage souhaité la victoire que son père lui-même? Il pensa à la mort de John et frissonna. Pas une seule fois, même aux pires moments de leur mésentente, il n'avait imaginé que son père pouvait le déshériter. «Qu'il aille au diable! s'exclama-t-il avec violence.

— Je ne tolérerai pas que tu parles ainsi de ton père en ma présence.»

Robert déglutit. Il était allé trop loin. Il y avait des choses inconcevables, et élever la voix devant Eleanor Bannerman en était une. «Excusez-moi, grand-mère, dit-il.

— Tu devrais apprendre à garder ton sang-froid.

— Je ferai de mon mieux. Si père avait effectivement décidé de me déshériter, qui donc aurait-il choisi? Je l'imagine mal optant pour Putt, si piètre opinion qu'il ait eue de moi.

— Non, c'était hors de question naturellement. Malgré la façon dont il est mort, ton père n'était pas complètement idiot. Il savait très bien que Putnam était incapable d'assumer ces responsabilités et que, d'ailleurs, il n'en voudrait pas.

— Dans ce cas...

— Il a sérieusement pensé à Cecilia.

— *Cecilia?* Mais c'est ridicule!

— Vraiment? fit Eleanor avec froideur. Et pourquoi donc?»

Robert se servit les deux doigts de scotch qui restaient dans le carafon et vida son verre d'un trait. L'alcool lui brûla la gorge et lui coupa le souffle. Imaginer la fortune des Bannerman et toutes les responsabilités qui y étaient attachées passant à Cecilia lui donnait des sueurs froides. Que son père ait pu envisager quelque chose d'aussi absurde, d'aussi humiliant, d'aussi *déloyal,* l'oppressait de façon intolérable. Le sang lui battait les tempes et il avait la gorge sèche. Il prit une profonde inspiration qui lui fit tourner la tête.

Il lutta contre son envie de faire quelque chose, *n'importe quoi,* pour se défouler : jeter son verre sur les stupides bibelots chinois de son grand-père, hurler, éclater de rire... Rire était ce qui semblait le plus approprié, mais il parvint à se maîtriser et ne fit rien. Eleanor exigeait un sang-froid parfait, de l'élégance dans les situations les plus tendues, et c'est ce qu'elle aurait.

« Cecilia n'a jamais témoigné le moindre intérêt pour les affaires financières, dit-il avec autant de calme qu'il le put. De plus, elle est fragile.

— Fragile ? Cecilia a été trop protégée toute sa vie, voilà tout. En grande partie par toi, d'ailleurs, quoique ton père soit tout aussi coupable. Elle a du bon sens et de l'intuition ; le reste s'apprend. Vous, les hommes, vous croyez les femmes incapables d'assumer de grandes responsabilités. Ton arrière-grand-père n'avait pas de ces préjugés. Je me rappelle une promenade que nous avons faite ensemble ici, avant qu'il soit cloué sur son fauteuil roulant... Il m'a pris la main en me disant : "Je vous laisserais bien tout ça, Eleanor, mais c'est impossible. Alors, vous allez devoir vous occuper de Putnam et le tenir." »

Elle sourit à ce souvenir. « C'est ce que j'ai fait, poursuivit-elle. Mais malgré tout l'amour que j'avais pour ton grand-père, j'ai souvent pensé que j'aurais fait du meilleur travail toute seule. On me croyait "fragile" moi aussi, et trop protégée. A l'époque, bien sûr, on *attendait* des femmes de mon milieu qu'elles soient stupides, délicates, romanesques, sujettes aux évanouissements et aux vapeurs... Des fadaises ! Sara Roosevelt avait deux fois plus de force de caractère que son mari et son fils réunis, et plus de bon sens aussi. »

Elle s'interrompit pour reprendre son souffle, à la satisfaction de Robert qui était peu préparé à entendre sa grand-mère lui tenir des discours féministes. Il pensait en fait que Cici — comme n'importe quelle femme d'ailleurs — était incapable de faire face aux problèmes posés par la fortune des Bannerman. Il n'avait rien contre les femmes et était même prêt à reconnaître que beaucoup d'entre elles étaient plus intelligentes que bien des hommes, mais il y avait des domaines où ceux-ci se montraient plus efficaces. Il ne pouvait pas le prouver et était trop diplomate pour se lancer dans un débat sur ce sujet, surtout avec sa grand-mère, mais au fond de lui il en était convaincu.

« Vous avez peut-être raison, dit-il avec tact. En tout cas, père a changé d'avis. Il m'a finalement laissé la charge de la fortune.

— Assortie de certaines restrictions.

— Je sais.

Assortie de certaines restrictions. Robert les connaissait par cœur, s'offensait de chacune d'entre elles et avait depuis longtemps trouvé le moyen de tourner les plus contraignantes. Les responsabilités qui accompagnaient le contrôle de la fortune familiale étaient immenses et compliquées par le fait que chaque Bannerman avait cherché à s'assurer que son héritier préserverait l'intégrité du patrimoine. En théorie, celui-ci était un autocrate mais, dans la pratique, il se trouvait pris dans une toile juridique si complexe qu'il lui aurait été difficile d'entamer la fortune proprement dite. En tant qu'héritier, Robert recevrait, comme son père avant lui, des revenus substantiels ainsi que Kiawa, Seal Cove, le « cottage » d'été des Bannerman situé dans le Maine, Beau

Rivage, la résidence familiale de Palm Beach que Cyrus avait fait construire par les Mizner lorsqu'il n'avait plus supporté les hivers du comté Dutchess, le vieil hôtel des Bannerman sur la Cinquième Avenue, loué à des conditions avantageuses à l'ambassade du Venezuela aux Nations unies et, naturellement, le duplex de vingt-cinq pièces d'Arthur qui dominait Central Park. Vendre quoi que ce fût nécessitait l'accord de tant de personnes que c'était presque impossible.

Depuis la fondation qui avait acquis un statut autonome longtemps auparavant jusqu'aux caisses de retraite des vieux employés de la famille, les contraintes étaient innombrables. La fortune des Bannerman avait construit des hôpitaux, des écoles et des universités, alimenté des théâtres, des musées et des bourses, si bien que leur réputation de richesse avait crû en proportion directe des sommes dont ils se défaisaient. Son père avait vécu comme un roi, obligations comprises, mais aurait eu du mal à réunir dix millions de dollars en espèces sans se heurter à une sérieuse opposition de la famille. Or dix millions de dollars au bas mot était la somme qu'il fallait à Robert pour rembourser les dettes de sa campagne sénatoriale et tenter de se faire élire gouverneur. Il pensa à ses dettes, à ses engagements, à ceux avec qui il les avait pris, et grinça des dents. En politique, il fallait faire certaines choses dont on ne pouvait parler à personne, et auxquelles mieux valait même ne pas penser.

« C'est une lourde responsabilité, reprit Eleanor, comme si elle devinait ses pensées. Ton grand-père disait qu'elle était plus *morale* que financière. Je me souviens que ton père s'est senti écrasé par cet héritage au début. »

Et ça a continué jusqu'au bout, songea Robert

avec amertume. « Je pense que j'y suis parfaitement préparé, grand-mère. »

Il s'attendait à une riposte mais, pour une fois, elle ne dit rien. Il se rappela qu'à ses yeux c'était *elle* le maître à bord. Et c'était vrai d'une certaine manière, surtout depuis quelques années, car son père s'était désintéressé de la fortune. DeWitt, les financiers et les banquiers soupçonnaient tous Eleanor d'avoir le dernier mot et savaient que elle, au moins, *s'intéressait* à ce qu'ils faisaient, davantage même qu'ils ne l'auraient souhaité. Robert devinait que bien des choses s'étaient passées à l'insu de son père qui d'ailleurs ne *voulait* pas en être informé, surtout avec une jeune maîtresse pour le distraire.

« Il y a beaucoup à faire, dit-il. Père ne s'intéressait plus à rien, vous le savez aussi bien que moi. »

Elle haussa les épaules d'un mouvement délicat qui fit frissonner la soie noire de son tailleur. « Il s'en est lassé, le pauvre. C'est pour cela qu'il s'est lancé dans la politique. J'ai toujours pensé que c'était une erreur. Ton arrière-grand-père et ton grand-père n'avaient aucune ambition dans ce domaine. On a essayé de convaincre ton grand-père de briguer le poste de gouverneur contre Franklin Roosevelt, tu sais, mais il n'a pas voulu en entendre parler. Il pensait qu'être à la tête de la famille Bannerman était plus important qu'un mandat officiel. Il méprisait trop les gens qu'on peut acheter pour en devenir un lui-même.

— Je ne peux pas me prononcer sur Roosevelt, mais je ne crois pas que père aurait pu être acheté, remarqua Robert d'un ton contraint.

— Bien sûr que si, mon pauvre garçon. Il était à vendre dès qu'il a annoncé sa candidature, comme toi et comme Franklin. Ne prends donc pas cet air scandalisé, je ne parle pas d'argent naturellement. Il y a bien d'autres façons d'acheter quelqu'un : les louanges, les flatteries, les acclamations de la foule... L'ambition politique est quelque chose de terrible. Regarde où cela a mené les Kennedy. Ton arrière-grand-père et ton grand-père se moquaient de ce que les gens pensaient et disaient d'eux ; ils étaient au-dessus de ça.

— Les temps ont changé, grand-mère », fit Robert avec douceur. Il comprenait son point de vue mais savait aussi qu'il était dépassé. Cyrus avait eu une fortune personnelle qui excédait les capitaux propres de n'importe quelle société du pays. Il achetait et vendait sans vergogne des sénateurs américains, des rédacteurs en chef et même des Présidents, toujours par le biais d'intermédiaires, car il était trop fier pour traiter directement avec quelqu'un qu'il pouvait acheter. Semblable à une araignée, il tissait une toile dont le centre était un simple cabinet de travail sans fenêtres situé dans le bas Broadway et meublé d'un secrétaire à cylindre délabré, d'une unique chaise en bois et d'une sonnette de cuivre pour appeler le coursier quand l'encre venait à manquer.

Assis dans cette pièce, le vieil homme interprétait des frémissements lointains n'ayant peu ou pas de signification pour les autres hommes : une baisse du prix du guano à Valparaiso, des tempêtes dans le Kansas, une faillite à Londres, une rumeur laissant entendre qu'un puits de Ponder dans le Texas n'était pas aussi sec qu'on voulait bien le dire... Il assemblait tous ces éléments dans son esprit en une sorte de puzzle invisible, puis, grâce à une imagination exceptionnelle, ou peut-être simplement à une puissance de concentration remarquable, il écrivait ses ordres d'achat, de vente ou de saisie d'hypothèque d'une belle écriture calligraphiée sur de vieux morceaux de papier soigneusement découpés, instructions qui sonnaient souvent la ruine de ses rivaux ou de millions de petits investisseurs, parfois même de gouvernements et de pays. Mais à présent, les Etats-Unis étaient aux mains de sociétés sans visage dont n'importe quelle filiale secondaire disposait de plus d'argent que les Bannerman, et les hommes politiques méprisés par Cyrus jouissaient d'un pouvoir plus considérable que tout ce qu'il aurait pu imaginer.

Les Kennedy — qu'ils aillent au diable ! le vieux en tout cas — avaient eu raison : c'était la politique qui donnait désormais le pouvoir, pourvu qu'on ose s'en servir. La richesse n'était plus un but en soi, mais un tremplin vers autre chose, et il était aussi inutile que peu glorieux de la couver au profit de la génération suivante. Robert savait que son père l'avait compris mieux que quiconque tout en refusant de l'admettre et de s'engager à fond en conséquence. Il ressemblait à un prêtre qui ne croit plus aux enseignements de l'Eglise mais n'a pas le courage de la quitter.

Robert se souvint que dans son enfance, avant son entrée à Groton, on l'avait puni pour ne pas avoir noté ses dépenses quotidiennes dans le petit carnet de cuir noir qui faisait partie des traditions familiales (à la fin de chaque semaine, les enfants étaient censés mettre un certain montant — 10 pour cent au moins de leur argent de poche — de côté). Il avait eu le front de demander à son père si *lui* le faisait toujours, sachant parfaitement que non. « Je le faisais à ton âge », lui avait répondu son père, et il avait semblé à Robert que sa colère devant cette impertinence était émoussée par un sentiment de honte, peut-être même de culpabilité. Ils savaient en effet l'un comme l'autre que cette réponse n'était ni acceptable ni sincère. Cyrus et Putnam avaient noté leurs dépenses dans un petit carnet noir jusqu'à leur dernier jour, comme si cela avait été une sorte de devoir religieux, ce qui était peut-être le cas.

Aux yeux de Robert, il était évident que son père avait voulu voir ses fils accomplir ce que lui-même avait répugné à faire, sans jamais se résoudre à l'admettre. Il regretta qu'ils n'aient pas eu le temps de s'expliquer et vit un court instant le visage de son père aussi nettement que s'il avait été dans la pièce. Il entendit sa voix, son ton impatient...

« Je *disais* que les temps n'avaient pas changé en mieux, dit sa grand-mère en élevant la voix. Tu es sourd ?

— Non, non, j'étais en train de réfléchir...

— Il est inutile que je te parle si tu as l'esprit ailleurs. C'est extrêmement impoli. Peux-tu me dire, si tu daignes enfin m'accorder ton attention, ce que tu as pensé de cette jeune femme ?

— Elle avait l'air mignonne.

— Ce n'est pas ce que je te demandais.

— Non, bien sûr. Eh bien, à dire vrai, j'ai trouvé qu'elle avait du cran.

— Du cran ? Il fallait en effet une certaine effronterie pour venir ici sans invitation, mais elle est très différente de ce à quoi je m'attendais. J'aimerais en savoir davantage sur son compte.

— Moi aussi.

— J'ai demandé à Courtland de mener sa petite enquête.

— DeWitt est lamentable pour ce genre de choses, grand-mère. Booker serait peut-être plus indiqué... quoiqu'il n'ait pas réussi à l'écarter du cimetière.

— M. Booker est avocat. On pouvait difficilement s'attendre qu'il l'entraîne de force jusqu'à sa voiture. Cette jeune femme sait manifestement ce qu'elle veut. En outre, tu es assez mal placé pour émettre des critiques. J'ai remarqué que tu t'étais mis en frais pour te montrer charmant à son égard.

— Oh ! Pas vraiment.

— Je ne suis pas aveugle.

— J'ai pensé qu'il valait mieux éviter un esclandre.

— Ce n'était apparemment pas son intention. Elle a eu un comportement remarquablement convenable dans l'ensemble. Je m'étonne qu'elle ait décidé de venir ; cela ne devait pas être facile pour elle.

— Je suppose que c'est ce Wolff qui l'y a poussée. Je le connais un peu. Ils sont sans doute de mèche depuis le début.

— Crois-tu ? Je n'en serais pas si sûre à ta place.

— Ce prétendu mariage, par exemple... C'est exactement le genre d'histoires que Wolff pourrait inventer.

— Vraiment ? Tu penses donc qu'il n'y a rien de vrai là-dedans ? »

Il la contempla avec stupéfaction. « Vous ne pensez tout de même pas qu'elle dit la vérité, bon sang ! s'exclama-t-il. Elle ment manifestement.

— J'espère que tu as raison. D'un autre côté, la connaissance des femmes n'a jamais été ton point fort, Robert. »

Il se sentit rougir. Sa grand-mère n'avait jamais oublié ni pardonné son mariage et le scandale provoqué par son divorce — qui avait joué un rôle non négligeable dans sa défaite en tant que candidat des républicains (conservateurs) au siège de sénateur de l'Etat de New York.

Il comprit brusquement que sa grand-mère avait vraiment envisagé la possibilité que la fille dise vrai. Lui-même l'avait fait un court instant naturellement, pour repousser ensuite cette éventualité en se forçant à la considérer comme absurde. Mais si Eleanor pouvait en parler, calmement assise sur son divan, c'était qu'il fallait la prendre au sérieux.

Comme un morceau de craie grinçant sur un tableau noir, sa remarque lui mit les nerfs à vif. Il mobilisa toutes ses facultés, comme chaque fois que ses projets étaient menacés. Si la fille avait réellement épousé son père — supposition aussi ridicule qu'impossible —, que se passerait-il? Pouvait-on prouver que le mariage n'était pas valable? Pour quel motif? Il savait déjà que DeWitt ne lui serait d'aucune utilité. Il lui faudrait avoir recours à des gens moins scrupuleux et plus audacieux. Il pensa à Roy Cohn et se promit de l'appeler dès le lendemain matin. C'était un dur, sans l'ombre d'un doute, quelle que soit l'opinion qu'on ait de lui. Il y avait aussi Gruttman, un avocat qui captivait son auditoire...

Un bagarreur, voilà ce qu'il lui fallait le plus vite possible. Et, lorsqu'on avait besoin de quelqu'un qui en veuille vraiment, il fallait s'adresser à un Juif qui essayait encore de prouver qu'il valait autant, ou mieux, que n'importe qui d'autre.

Robert vit le visage de Roy Cohn : son nez cassé, son hâle perpétuel, ses cicatrices, ses yeux durs et froids comme des pierres. Puis cette image s'évanouit pour laisser la place au soleil de Miami, à un visage plus basané, une paire de moustaches noires, des chaînes en or, des dents d'un blanc étincelant, un regard insondable. Ramirez et ses amis... Pourquoi diable n'y avait-il pas pensé plus tôt? Perdait-il de sa vivacité en vieillissant? Les Cubains avaient une dette envers lui, *plusieurs*, même!

Cette fille avait été la maîtresse de son père, bon sang ! Avec qui d'autre avait-elle couché et couchait-elle ? Quelle était sa véritable histoire ? Voilà les questions auxquelles il fallait répondre lorsqu'on avait des ennuis. En politique, la première règle consiste à trouver ce que l'adversaire a à cacher, même si l'on ne s'en sert pas : les comptes en banque secrets aux Bahamas ; l'appartement discret dont même l'épouse — surtout l'épouse — ne connaît pas l'existence ; les petites ou petits amis ; l'erreur de jeunesse — drogue à l'université ou rencontre avec un jeune homme dans les toilettes d'une gare — qu'il était toujours possible de trouver dans un rapport de police oublié ; les dossiers médicaux, conversations téléphoniques et chéquiers ; les lettres d'amour imprudemment écrites ou gardées... Pour prendre quelqu'un à la gorge, il fallait commencer par s'attaquer au ventre mou de la faiblesse humaine : cupidité et désir. Tout le monde avait quelque chose à cacher si l'on cherchait bien, se dit Robert comme s'il s'agissait d'un mantra. Ramirez était l'homme de la situation. Il l'appellerait le soir même...

Sa grand-mère poussa un soupir. Elle paraissait brusquement exténuée, comme si elle avait épuisé ses formidables réserves d'énergie. « Cette femme me rappelle quelqu'un, dit-elle. Je n'arrive pas à retrouver qui. Enfin, peu importe. Je vieillis. Je *suis* vieille. Courtland aussi d'ailleurs. Dis à Booker de se renseigner sur elle. Discrètement. Il en est capable, non ?

— Je crois, fit Robert sans enthousiasme.

— Tu ne l'as jamais aimé parce qu'il est épris de Cecilia. Ce n'est pas non plus sur lui que se porterait mon choix, comme tu sais, mais elle pourrait faire pire.

— Je ne suis pas d'accord.

— Elle ne peut pas rester vieille fille toute sa vie pour te faire plaisir, Robert. Tu as toujours été le plus égoïste de mes petits-enfants. Et le plus têtu. Dis à Booker de glaner tout ce qu'il peut.

— Je vais m'en occuper.

— Ne t'en mêle pas personnellement, dit-elle en lui jetant un regard pénétrant. Laisse Booker s'en charger comme il l'entend.

— J'ai des amis qui récolteront des renseignements plus vite que lui. C'est très simple... Enfin, peu importe la manière dont ils s'y prennent. Il vaut mieux ne pas *savoir* ce genre de choses.

— C'était l'avis de ton père et, comme tu t'en souviens peut-être, il a ensuite pensé que cela lui avait coûté la présidence. »

Robert se mordit les lèvres. Avec sa finesse habituelle, sa grand-mère avait touché un point toujours sensible plus de dix ans après la campagne de son père : la une des journaux révélant que lui, Robert, avait fait poser des micros dans les chambres des délégués de Nixon lors de la convention de Miami. Peu de gens avaient pensé que les articles parus dans la presse nationale expliquaient à eux seuls la défaite de son père dès le premier tour, mais cela ne lui avait certainement pas été profitable.

« Comme vous voulez, dit-il.

— Je suis sérieuse, Robert. Ne t'imagine pas pouvoir m'abuser comme ton père. » Elle se leva avec difficulté. Il fut un instant tenté de lui venir en aide. Y renonça-t-il par respect pour sa fierté, sachant qu'elle détestait la faiblesse, et particulièrement la sienne, ou simplement parce qu'il avait envie de l'envoyer au diable ? Il n'aurait su le dire. Pas plus à présent que dans son enfance il ne démêlait les sentiments qu'il éprouvait pour sa grand-mère, et il n'y parviendrait peut-être jamais.

Elle se dirigea lentement vers la porte, puis s'immobilisa un instant et lui jeta d'un ton sec: « As-tu des nouvelles de Vanessa ?

— J'ai reçu un câble.

— Elle aurait mieux fait d'envoyer les bijoux. »

Robert haussa les épaules. Aucune conversation avec sa grand-mère ne s'achevait sans une allusion aux bijoux qu'elle avait offerts en cadeau de mariage à la femme de son petit-fils, non sans réticence.

Au cours d'un de ses voyages en Europe, Cyrus Bannerman avait acquis, on ne savait trop comment, la parure de diamants — collier, diadème, bracelet et boucles d'oreilles — dont Napoléon avait fait présent à Marie-Louise lors de la naissance de leur fils. Il l'avait rapportée aux Etats-Unis, suscitant de la part du gouvernement français et de la presse parisienne des protestations indignées qui avaient un instant assombri les relations franco-américaines.

Eleanor n'avait pas porté ces diamants depuis des années, et Robert l'avait convaincue avec beaucoup de difficultés de les donner à sa femme. Il « allait de soi » — pour tout le monde sauf Vanessa — que ces « bijoux de famille » n'appartenaient pas à un individu en particulier, et à elle moins que quiconque. Elle les avait pourtant gardés au moment du divorce et prétendait à présent qu'il s'agissait d'un cadeau. Non contente de les avoir emportés en France, elle remuait le fer dans la plaie en les portant en toutes occasions en dépit d'un procès qui durait depuis des années.

Une partie de l'irritation que Robert éprouvait envers Booker venait de ce qu'il s'occupait de ce litige coûteux qui, après avoir laborieusement cheminé dans le dédale des tribunaux américains, se traînait à présent avec encore plus de lenteur au sein de l'incompréhensible système judiciaire français, à grand bruit et sans résultat perceptible. Le mois précédent, *Vogue* avait publié la photo de Vanessa au *Bal des petits lits blancs**, parée des diamants qui scintillaient de tous leurs feux et, à la rage de Robert, plus ravissante que jamais.

« Nous finirons par récupérer ces satanés bijoux », fit-il d'un air sombre, bien qu'il fût en fait loin d'être optimiste. Reprendre quoi que ce fût à Vanessa n'était pas facile et, dans ce cas précis, la tâche était rendue plus malaisée encore par le gouvernement français qui estimait que les diamants n'auraient jamais dû quitter la France et avaient en quelque sorte retrouvé leur place légitime.

« Nous verrons, fit Eleanor en hochant la tête. Ce n'est pas la première fois que tu me le dis. Je ne peux m'empêcher de penser que tu t'es déjà fait battre par une jolie femme. » Elle le regarda comme un général passant ses troupes en revue et fort mécontent de ce qu'il voit. « J'espère que cela ne t'arrivera pas une seconde fois. » Elle quitta la pièce en refermant doucement la porte derrière elle.

Elle ne claquait jamais une porte, pensa Robert qui sonna le majordome en se disant qu'il allait enfin avoir son verre de scotch.

Pourquoi l'aurait-elle fait d'ailleurs ? Elle avait toujours le dernier mot.

« Je vous remercie de m'avoir reçue si vite, dit Alexandra.

— Les amis de Pénélope sont les miens, mademoiselle.

— Pénélope et moi ne sommes pas vraiment intimes, monsieur Stern. C'est une amie de Simon Wolff.

— Peu importe. »

Pénélope Moritz était une femme séduisante d'une quarantaine d'années qui venait de temps à autre aux soirées de Simon et avait autrefois dirigé sa galerie d'art. Depuis près de vingt ans, époque où elle avait obtenu son diplôme à Barnard, elle était la maîtresse d'Abraham Lincoln Stern et conservait toujours l'espoir qu'il finirait par quitter sa femme pour l'épouser.

Le bruit courait — et Simon jurait qu'il était vrai — que Pénélope avait meublé son appartement de Sutton Place exactement comme celui de Stern afin qu'il ne se sente pas dépaysé ; il était d'ailleurs situé à deux pas de chez lui pour qu'il puisse y passer tous les soirs en descendant promener son chien.

C'était un de ces « arrangements » new-yorkais qu'Alexandra trouvait davantage faits pour susciter le maximum de tension chez toutes les parties concernées que pour leur apporter un bonheur quelconque. Elle se disait toutefois que cela donnerait peut-être à Stern une meilleure compréhension de l'ambiguïté de sa propre situation.

C'était un homme de haute taille, voûté, mince ; il ressemblait en fait beaucoup à son homonyme dont il avait jusqu'aux grandes oreilles. Au premier abord, il était difficile de comprendre comment il avait pu séduire une femme belle et intelligente au point de la faire vivre dans une sorte d'esclavage pendant la majeure partie de sa vie d'adulte, mais Alexandra avait appris à ne plus s'étonner de ce genre de choses. Elles arrivaient, voilà tout. Ce n'était d'ailleurs pas très différent de ce qu'elle avait connu avec Arthur Bannerman.

Stern avait en tout cas un certain charme dû à son air sombre et las, et cette énergie intense que beaucoup de femmes, y compris elle-même, trouvaient séduisante. C'était l'avocat des avocats, un défenseur de grandes causes qui plaidait régulièrement devant la Cour suprême. La plupart de ses dossiers faisaient la une des journaux. Il laissait le travail de routine à ses assistants et n'acceptait que les clients qui l'intéressaient.

Son cabinet du bâtiment Seagram qui dominait Park Avenue était décoré de manière à paraître aussi « traditionnel » que possible : lambris de bois sombre, fauteuils et canapés de cuir immenses, bureau de la taille d'une voiture, tableaux de gentilshommes du XVIIIe siècle, des avocats sans doute, coiffés de perruques poudrées. Comme tant de New-Yorkais arrivés, Stern s'était depuis longtemps donné l'image de son choix, un brillant jeune homme de Washington Heights qui avait réussi à se muer en un *gentleman* de sa conception, faisait faire ses costumes, ses chemises et ses chaussures à Londres et décorait son bureau comme s'il avait des biens de famille remontant au XVIIIe siècle.

Alexandra se demanda comment Pénélope Moritz, avec sa beauté moderne, son goût pour les bijoux de David Webb et les chaussures de luxe, dont elle possédait des centaines de paires, cadrait avec tout cela. Mais, après tout, elle avait son propre fantasme et se croyait destinée à être l'héroïne d'une grande passion romanesque.

Stern joignit les mains et lui adressa le sourire encourageant d'un médecin de famille plus que d'un avocat tout-puissant. « Je connais Bannerman, dit-il. Je sais pas mal de choses sur sa famille, en fait. Nous n'étions pas intimes, mais je le rencontrais de temps à autre aux dîners de B'nai Brith, à la réception Alfred E. Smith... ce genre d'occasions. Lorsqu'il s'est présenté aux élections présidentielles, il s'est senti obligé de rechercher le suffrage des Juifs, vous comprenez.

Il ne m'a jamais paru y mettre beaucoup d'enthousiasme, pour être franc. Ne vous méprenez pas surtout, j'avais de la sympathie pour lui, en dépit de sa manie de m'appeler "Abe". Je suppose qu'il pensait que j'en serais flatté. Je ne vois vraiment pas pourquoi. Je ne l'aurais jamais appelé "Artie".

— En effet, ça ne lui aurait pas plu du tout, fit Alexandra en riant.

— Cela mis à part, il avait beaucoup de dignité et se montrait plus sincère que la plupart des gens riches. Il aurait fait un très mauvais Président. Bien, en quoi puis-je vous être utile?

— Je ne le sais pas vraiment, en fait.»

Il ôta ses lunettes à monture de corne et massa la marque qu'elles avaient imprimée sur son nez. Sans ses verres, il paraissait si fatigué et accablé par les soucis que n'importe quelle femme aurait été flattée qu'il lui accorde son attention, ce qui expliquait peut-être pourquoi il avait réussi à tenir si longtemps Pénélope Moritz en esclavage.

«Permettez-moi de vous dire, ma chère, que s'il s'agit d'obtenir une pension de concubinage — un mot détestable —, vous vous adressez au mauvais avocat. Je ne veux pas dire que vous n'avez aucune chance, mais ce n'est pas mon genre d'affaires.

— Ce n'est pas le mien non plus. Mon problème est entièrement différent.»

Il hocha la tête, attendant patiemment qu'elle s'explique. Avec les poches qui marquaient ses yeux, le pli triste de ses lèvres et son haut front ridé, il ressemblait à un prêtre âgé s'apprêtant à entendre une confession et si habitué aux problèmes de la vie séculière que rien ne pouvait plus le choquer ou le surprendre.

«Le fait est... que nous étions mariés.

— Bon Dieu! Mariés? A Arthur Bannerman?»

On aurait dit qu'il venait de recevoir une décharge électrique. Il remit ses lunettes et l'observa avec un intérêt nouveau. « Vous plaisantez, naturellement ?

— Non. »

Il se tut un instant, puis secoua la tête. « La vie ne cessera jamais de m'étonner. Je suppose que c'est pour cela qu'elle vaut la peine d'être vécue. Permettez-moi de vous présenter mes félicitations, ce que personne n'a pris la peine de faire, j'en suis convaincu, ainsi que mes condoléances que vous n'avez probablement pas reçues non plus. Pourquoi les journaux n'en ont-ils pas parlé ?

— Arthur tenait à ce que cela reste secret.

— Je vois. Pour le public en général ou pour sa famille également ?

— Les deux.

— Vous m'expliquerez ses raisons... quoique je croie en deviner certaines. Les Bannerman sont-ils au courant ?

— Oui. J'en ai parlé à DeWitt. Je lui ai téléphoné à la mort d'Arthur. Je ne savais pas qui appeler d'autre, vous comprenez.

— C'était parfaitement sensé. J'aurais aimé voir sa tête lorsqu'il a appris la nouvelle. DeWitt et moi ne nous aimons guère, je vous le dis tout de suite. » Il changea ses lunettes pour une autre paire en demi-lune, posa un bloc en équilibre sur ses genoux osseux et dévissa le capuchon d'un stylo démodé. « Comment a-t-il réagi ? demanda-t-il.

— Il ne m'a pas crue.

— DeWitt n'a qu'une imagination limitée. Si Booker ne travaillait pas pour lui, il serait perdu. A-t-il averti la famille ?

— Oui.

— Alors comment se fait-il que personne n'en sache rien ? C'est une nouvelle qu'on s'attendrait à voir en première page, pas dans le *Times* peut-être, mais dans tous les autres journaux.

— Il m'a demandé de ne pas en parler. Selon lui, si les médias s'emparaient de cette histoire, cela ne ferait qu'aggraver mes difficultés avec les Bannerman. Et je ne tiens pas vraiment à ameuter les journalistes moi non plus.

— Je comprends, mais je ne suis pas sûr que cela ait été très habile de votre part. La mort de Bannerman était de toute façon un événement médiatique. Vous auriez aussi bien fait d'en finir une fois pour toutes. Depuis combien de temps étiez-vous sa femme ?

— Nous nous sommes mariés la veille de sa mort. »

Il haussa un sourcil. « Enfin, un mariage est un mariage. Vingt-quatre ans ou vingt-quatre heures, c'est pareil aux yeux de la loi. Avez-vous votre acte de mariage ?

— Non. Je suppose qu'Arthur l'a gardé. Il n'a pas eu le temps, ou l'envie, de me parler de ses projets, si bien que je ne sais pas trop comment agir.

— Vous n'avez pas grand-chose à faire sinon établir que vous êtes sa veuve ou, au pire, mettre les Bannerman au défi de prouver le contraire. Avez-vous signé un contrat de mariage ? »

Alexandra fit non de la tête.

« Arthur Bannerman et vous vous êtes mariés sans contrat de mariage ? fit-il en la contemplant avec stupéfaction. Comme un couple d'adolescents ?

— Je sais seulement que je n'ai rien signé.

— C'est très surprenant. Je me suis occupé du divorce de Vanessa Bannerman, vous savez, et j'ai été impressionné par la façon dont la famille protégeait sa fortune contre les étrangers. Vous estimerez peut-être que je ne suis pas l'homme qu'il vous faut, au fait. Robert n'appréciera pas du tout votre choix, et DeWitt non plus. Le vieux, pardon, votre défunt mari ne m'en a pas tenu rigueur. Je crois qu'il était trop furieux contre Robert pour se préoccuper de l'avocat qui représentait Vanessa. Mais son fils me considérera forcément comme un ennemi. »

Elle ne voulait pas se faire un ennemi de Robert — Arthur l'avait mise en garde sur ce point —, mais Stern lui inspirait une confiance instinctive et ce, d'autant plus qu'il s'était montré sincère envers elle. « Pensez-vous que cela fera une différence ? demanda-t-elle.

— Probablement pas, répondit-il en haussant les épaules. Ma connaissance du terrain économisera du temps et de l'argent, et si Robert voit rouge, l'identité de votre avocat importera peu. Je pense toutefois qu'il agira avec beaucoup de prudence au début. S'il veut devenir gouverneur, un nouveau scandale est bien la dernière chose dont il ait besoin. C'est étrange, il est le seul membre de la famille à avoir un peu de feu, mais il ne fait jamais que s'y brûler les doigts. Il est vrai que je parle en démocrate endurci. Revenons plutôt au sujet qui nous occupe. Arthur Bannerman vous a-t-il laissé des papiers ? Des documents, des lettres... ?

— Pas vraiment.

— Je vous écoute.

— Eh bien, la veille de notre mariage, Arthur s'est absenté une grande partie de l'après-midi. A son retour, il semblait fatigué, très fatigué. Il m'a dit qu'il devait me parler de beaucoup de choses, de détails pratiques, mais qu'il ne s'en sentait pas le courage. Il m'a également annoncé qu'il avait pris un coffre à mon nom et allait y déposer certains papiers par précaution.

— Contre quoi ?

— Je ne souhaitais pas en parler. Je savais ce qu'il voulait dire. Je ne tenais pas à discuter de ce qui se passerait à sa mort la veille même de mon mariage. Lui non plus, je crois, car il a volontiers abandonné le sujet. "Nous nous occuperons de tout ça demain ou après-demain, m'a-t-il dit. Nous avons le temps."

— On dit si souvent cela ! fit Stern en poussant un soupir. C'est ce qui rend les avocats riches. En l'occurrence, le temps a manqué, n'est-ce pas ?

— Oui. Il m'a donné la clé du coffre. Je ne voulais pas la prendre mais il a insisté.

— Et vous l'avez ouvert ?

— J'y suis allée avant de venir ici. Il contenait une enveloppe à mon nom. J'ai pensé qu'il valait mieux l'ouvrir en présence d'un avocat. Je ne sais pas pourquoi.

— Vous êtes une jeune femme très intelligente, fit Stern avec admiration. Arthur Bannerman avait de la chance. » Il lui sourit pour la première fois, d'un sourire de professeur qui décerne un A+. Alexandra se demanda pourquoi elle était si avide de l'approbation des hommes mûrs — des hommes *âgés* plus exactement —, mais elle ne connaissait que trop bien la réponse. Elle lui rendit son sourire d'un air modeste d'élève modèle qui l'écœura.

La vue de l'écriture irrégulière d'Arthur la déprima presque autant qu'elle s'attendait à l'être par le contenu de l'enveloppe. Dans les affaires de son père, il y avait eu une lettre, écrite le jour de son dix-septième anniversaire, qui devait lui être remise à sa mort. Elle l'avait déchirée sans la lire et en avait brûlé les morceaux. Elle ne l'avait jamais regretté. Elle pressentait que ce qu'Arthur avait à lui confier après sa mort était sans doute ce qu'il n'avait pu se résoudre à lui dire de son vivant.

Stern appuya sur le bouton de l'interphone. « Mademoiselle Barbera? dit-il. Ne me passez aucun appel tant que je serai avec Mlle Walden, s'il vous plaît. » Il prit alors un petit magnétophone dans le tiroir de son bureau. « On n'est jamais trop prudent », expliqua-t-il avant de mettre l'appareil en marche — exactement comme Quincy à la télévision lorsqu'il procédait à une autopsie, se dit Alexandra.

Elle se rappela qu'Arthur avait aimé cette émission. Paradoxalement d'ailleurs, en dépit de ses manières aristocratiques qui faisaient croire aux étrangers qu'il vivait dans un monde particulier uniquement peuplé de Crésus de la troisième génération, Arthur avait les goûts de l'Américain moyen lorsqu'il était seul. Il aimait regarder la télévision, et notamment *Quincy, Kojak* (son feuilleton favori), *Hill Street Blues* ou Johnny Carson, et passait avec plaisir une soirée devant son poste avec un plateau de sandwiches et un scotch. « Une enveloppe blanche scellée adressée à "Alexandra" et portant la signature "Arthur A. Bannerman". Je l'ouvre. » Stern se servit d'un coupe-papier d'argent sophistiqué, probablement offert par Pénélope Moritz qui consacrait la majeure partie de ses loisirs à courir les magasins pour lui trouver des cadeaux que sa femme ne lui avait pas encore faits. Il étala le contenu de l'enveloppe sur son bureau. « Une lettre manuscrite à l'en-tête du Club de Harvard adressée à "Ma chère Alexandra", dit-il en la mettant de côté. Un acte de mariage du comté de New York aux noms d'Arthur Aldon Bannerman et Elizabeth Alexandra Walden... Un formulaire de versement indiquant le dépôt d'une somme de deux cent cinquante mille dollars sur un compte rémunéré de la banque Morgan Guaranty Trust, succursale du Centre Rockefeller, au nom d'Elizabeth Alexandra Walden...

— Deux cent cinquante mille dollars ? » C'était plus d'argent qu'elle n'en avait jamais eu dans sa vie.

Stern poursuivit. Une somme d'un quart de million de dollars n'avait apparemment rien d'impressionnant pour lui. « Il y a un mot joint au formulaire de versement, dit-il, s'adressant toujours au magnétophone. "Pour te dépanner en cas de difficultés." Un geste attentionné... et prévoyant. Quelles qu'aient été ses intentions à votre égard, il se doutait que sa famille renâclerait et vous a donc laissé un peu d'argent de poche. Il aurait peut-être dû être Président, après tout ! »

Il déplia une autre feuille de papier qu'il lut avec soin. « Un document manuscrit qui semble contenir les dernières volontés d'Arthur Aldon Bannerman. Il a été rédigé en présence d'un certain Baxter Troubridge demeurant 867, Cinquième Avenue...

— M. Troubridge était à Groton et Harvard avec Arthur. C'était son plus vieil ami. Ils déjeunaient parfois ensemble au Club de Harvard. Je crois que tous deux étaient... surintendants de cette université, ou quelque chose de ce genre. Arthur le trouvait plutôt raseur, mais ils se connaissaient depuis près de cinquante ans.

— Je crois comprendre comment cela s'est passé. Il va au Club, vous écrit un mot, rencontre Troubridge au bar et le prend pour témoin de son testament. Puis il se rend à la Morgan Guaranty et dépose ces documents dans le coffre qu'il a loué pour vous. Je me demande s'il pressentait sa mort et s'il tenait à régler tout cela avant de vous épouser. Nous ne le saurons probablement jamais. Dieu, que je déteste ces testaments manuscrits de dernière minute! Il n'est même pas authentifié par un notaire.

— Cela a-t-il une importance?

— Des testaments écrits sur des couvercles de boîtes d'allumettes, des serviettes en papier et des morceaux d'écorce ont été jugés valables, ma chère. Ce qui compte, c'est la volonté délibérée du testateur. Il est néanmoins dommage que Bannerman n'ait pas trouvé un notaire au Club plutôt que Troubridge. Quel genre d'homme est-ce, d'ailleurs, le savez-vous? Nous aurons peut-être besoin de son témoignage.

— Je ne l'ai rencontré qu'une fois. Arthur le traitait toujours d'ivrogne. Et il était incontestablement ivre lorsque je l'ai vu.

— Magnifique! Exactement ce qu'il nous fallait! Nous ferions bien de retenir tout de suite le meilleur expert en écriture du pays avant que la partie adverse ne le fasse.» Il ôta ses lunettes et dévisagea Alexandra. Il avait l'air perplexe d'un professeur qui a affaire à une élève brillante incapable de comprendre un problème élémentaire. «Vous ne m'avez pas posé la question essentielle, dit-il. C'est généralement la première chose que les gens veulent savoir.»

Elle poussa un soupir. Sans manquer de curiosité, elle souhaitait en fait retarder cet instant le plus possible. Elle ne doutait pas qu'Arthur lui eût laissé une somme importante, sinon il n'aurait pas pris la peine de rédiger un nouveau testament. Or s'engager dans une interminable lutte avec les Bannerman était la dernière chose qu'elle souhaitait. Elle n'était pas du tout certaine de vouloir s'exposer à des années de procès et aux articles de première page qui les accompagneraient: recette infaillible pour gâcher sa vie. Et plus le legs serait considérable, plus l'acharnement des Bannerman serait grand. «Cela ne m'est pas indifférent, expliqua-t-elle. Mais l'idée d'avoir à me battre contre la famille d'Arthur pour cet héritage ne me dirait rien. Or c'est apparemment ce qui va se passer. De quelle somme s'agit-il donc ? »

Stern hocha la tête d'un air compréhensif. A son visage triste, on aurait dit qu'il hésitait à lui annoncer de mauvaises nouvelles. Arthur ne lui avait-il donc rien laissé ? Ce serait étonnant — un peu décevant même — mais pas dramatique. Elle ne l'avait pas épousé pour son argent après tout, quoi que les gens puissent en penser.

L'avocat s'éclaircit la voix. « Il vous a tout laissé, dit-il. Tout l'actif de la succession. »

Frappée de stupeur, elle resta silencieuse. Si Stern avait parlé d'un million de dollars, voire de deux ou cinq, elle aurait été surprise, alors que c'étaient pourtant des sommes qu'elle pouvait se représenter. Mais l' « actif de la succession », une fortune si énorme que lui-même l'avait ressentie comme un fardeau... Cela dépassait son imagination. Que signifiait « actif », d'ailleurs ? « Expliquez-moi de quoi il s'agit, dit-elle en s'efforçant de parler d'un ton calme.

— Eh bien, d'abord, vous êtes la femme la plus riche du monde. En ce qui concerne l'actif de l'héritage, c'est assez simple. Une grande partie de la fortune des Bannerman se présente sous la forme de trusts et de fondations naturellement. Chacun des enfants Bannerman bénéficie d'un trust substantiel, par exemple, de même que Mme Bannerman mère. La fondation Bannerman constitue une entité distincte, je crois, et il doit y avoir des dizaines de cas de ce genre. Ce qui reste, après les legs aux amis, parents, organismes, domestiques, etc., constitue l'actif de la succession.

— A combien cela s'élève-t-il en gros ? » s'entendit-elle demander.

Elle se sentait parfaitement calme mais savait qu'elle était en fait en état de choc comme la victime d'un accident de la route.

« C'est très difficile à dire. Les derniers chiffres dont j'aie connaissance sont ceux cités par Robert lors de la ratification par le Sénat de sa nomination au poste d'ambassadeur. Il a déclaré que les biens de son père étaient estimés à deux cent cinquante millions de dollars, mais certains sénateurs ont affirmé que la somme d'un milliard correspondait davantage à la réalité. Le montant exact doit se situer entre ces deux chiffres ; cela dépend en grande partie de la manière dont sont évaluées ses différentes possessions. Quoi qu'il en soit, il s'agit d'une fortune considérable. Vous ne sautez pas vraiment de joie, il me semble ? »

Une fortune. *La* fortune. Il lui avait tout laissé sans avertissement ni discussion. Pourquoi ? Non, elle n'était pas transportée de joie. Comment aurait-elle pu l'être ? Il ne s'agissait pas d'un legs destiné à assurer sécurité ou aisance à un être cher, mais de lourdes responsabilités auxquelles Arthur lui-même s'était en partie dérobé au cours des dix dernières années de sa vie, des responsabilités qu'un étranger à la famille dépourvu de formation ne pouvait assumer. Elle lui avait promis de réaliser ses projets, mais il n'avait jamais parlé de lui donner le contrôle de la fortune, ou du « Trust » comme il l'appelait toujours.

« Vous feriez mieux de lire sa lettre, dit Stern en la lui tendant. Et ne prenez donc pas cet air sombre. On a vu pire. »

Alexandra sécha les larmes qui lui perlaient aux paupières. Elle regarda l'écriture familière d'Arthur — elle n'avait pas besoin d'un expert pour savoir que c'était bien la sienne — et cligna les yeux jusqu'à ce que sa vision redevienne nette.

Une larme unique tomba sur la feuille et fit couler l'encre à la fin d'un mot.

« Ma chère Alexandra,

« J'écris ces quelques lignes en souhaitant que tu n'aies jamais à les lire. J'espère partager avec toi de longues années de bonheur et, si Dieu le veut, avoir tout le loisir de prendre les mesures nécessaires concernant mes biens et ta place dans ma famille. Pourquoi ne serait-ce pas le cas ? Mon grand-père a vécu jusqu'à quatre-vingt-quinze ans, mon père jusqu'à quatre-vingt-quatre et, comme tu le constateras bientôt, ma mère qui en a quatre-vingt-six a conservé toute sa verdeur — un peu trop peut-être ! Mais on ne sait jamais, et j'aurais l'impression de me conduire en irresponsable si je ne prenais pas quelques dispositions temporaires à ton sujet. Tu trouveras ci-joint un nouveau testament, rédigé à la hâte. Je t'exposerai mes raisons en détail par écrit et te donnerai également mes instructions. Il va sans dire que j'espère avoir le temps, non seulement de t'expliquer mes intentions concernant le Trust et le rôle que tu auras à jouer, mais aussi de convaincre ma famille — qui sera bientôt la *tienne* — d'accepter mes volontés. Si je meurs, suis mes instructions et ton bon sens qui est plus grand que tu ne t'en doutes. Mais si le fardeau devient trop lourd — et cela n'aurait rien d'étonnant —, *renonces-y* ! Je serais le premier à le comprendre et à pardonner.

« Avec tout mon amour,

« Arthur.

« PS : Si tu as des problèmes avec Robert, va voir Baxter Troubridge... mais *seulement* si tu as de graves ennuis. Il t'expliquera.

« A. A. B. »

Elle garda la lettre un instant, puis la tendit à

Stern qui la lut lentement en fronçant les sourcils comme s'il déchiffrait des hiéroglyphes. « Il écrivait toujours comme ça ? demanda-t-il. C'est assez illisible.

— C'était un peu plus net en général, mais pas tellement. Il était gaucher, vous comprenez, et sa mère l'a forcé à écrire de la main droite.

— Une histoire Bannerman typique. Ne jamais se soumettre à la nature. J'aimerais avoir d'autres exemples de son écriture, si c'est possible.

— Je pourrai certainement en trouver, mais pourquoi ?

— Sa famille essaiera peut-être de faire passer une quelconque altération de son écriture pour un reflet de son état mental : confusion, maladie, ivresse, peut-être même folie, qui sait ?

— Mais ce n'est pas vrai, fit Alexandra, scandalisée. Il était en possession de tous ses moyens.

— Ce n'est pas la vérité qui compte ici mais ce qui peut être *prouvé*. Je vais être franc avec vous. Un juge risque de se montrer très sceptique sur l'état d'esprit d'un homme de soixante-cinq ans qui épouse une jeune femme et établit, sans l'authentifier devant notaire, un testament de dernière minute qui modifie radicalement la disposition d'une immense fortune. Nous allons devoir prouver qu'il jouissait de toutes ses facultés et a agi de volonté délibérée, bref, qu'il avait mûrement réfléchi. Il parle d'une autre lettre qu'il comptait probablement placer elle aussi dans le coffre. Elle n'est pas là. En a-t-il écrit une autre à votre connaissance ? »

Elle réfléchit un instant. « Non, pas que je sache, dit-elle. Il n'en a peut-être pas eu le temps... » Elle fut brusquement envahie par une immense tristesse.

« Bien sûr. »

Alexandra tenait la lettre d'Arthur comme si elle répugnait à s'en séparer.

« Je vais en avoir besoin, dit Stern.

— Et si je la déchirais ? demanda-t-elle en le regardant dans les yeux. Et le testament aussi ?

— Je pense que vous ne devriez pas le faire, et que vous ne le ferez pas. Vous pouvez tout abandonner, c'est certain, et je suis prêt à croire que vous en avez envie. Oh oui ! Vous m'avez convaincue, ma chère, je ne suis pourtant pas un homme facile à convaincre. Je comprends ce que vous éprouvez. C'est un lourd fardeau, n'est-ce pas, qui n'apporte guère de satisfactions sinon une fortune dont vous ne voulez pas vraiment, beaucoup plus d'argent que quiconque n'en a besoin ou ne peut dépenser. Mais il tenait à vous confier cette responsabilité. Sans vouloir verser dans la sentimentalité, c'étaient ses dernières volontés. A moins qu'il n'ait été mentalement irresponsable, ce qui d'après vous n'était pas le cas, je ne crois pas qu'il vous soit possible de ne pas en tenir compte. Vous ne pouvez pas agir comme s'il n'avait jamais écrit la lettre que vous tenez ou ce testament. Si vous le faites, vous le regretterez amèrement tôt ou tard. D'ailleurs, même si nous brûlions tout, vous n'éviteriez pas une rude bataille. »

Il se renversa dans un fauteuil et ferma les yeux. « Loi sur les biens de succession, pouvoirs et trusts, 5-1.1. : en l'absence de contrat contraire passé avec l'épouse — à savoir un contrat de mariage —, l'épouse a droit à une part des biens de l'époux défunt qui, si elle n'est pas prévue par le testament, s'élève au minimum prescrit par la loi... » Il s'interrompit pour reprendre son souffle. « C'est l'équivalent moderne de ce que la *common law* appelait "douaire". Je vous ferai grâce du jargon légal mais, dans l'Etat de New York, si le défunt a des enfants, ce qui est le cas ici, l'épouse reçoit la moitié de l'actif de la succession. Donc, même si vous décidiez de déchirer ce testament, ce à quoi je m'opposerais en ma qualité d'homme de justice parce que c'est un crime, vous auriez quand même droit à une partie des biens d'Arthur, et vous pouvez être certaine que les Bannerman vous combattraient avec acharnement. »

Elle lui rendit la lettre. « Je n'ai pas le choix. J'ai donné ma parole à Arthur.

— Très juste. En fait, le testament a peu d'importance. Oh ! les Bannerman le contesteront. Je le ferais si je les représentais. Ils essaieront de prouver que c'est un faux ou qu'Arthur n'avait pas toutes ses facultés. Tout cela est de bonne guerre, mais le document qui compte *vraiment*, c'est cet acte de mariage, car il vous assure la moitié des biens à lui tout seul. C'est à cela qu'ils s'attaqueront parce que si le mariage n'est pas valable, vous n'avez plus droit à rien !

— Il est valable. Nous nous sommes mariés devant un juge.

— Un mariage est difficile à attaquer, j'en conviens, mais il y a les abus d'influence : un vieil homme, un peu sénile peut-être, une jeune femme qui profite de la situation pour le forcer à l'épouser contre son gré, ou sans même qu'il sache ce qui se passe...

— Ce n'était absolument pas le cas !

— Je me mets simplement à la place de la partie adverse. C'est une assez bonne tactique et il y a beaucoup de précédents, mais je crois que les Bannerman auront du mal à obtenir gain de cause. Vous pouvez néanmoins parier votre dernier dollar qu'ils essaieront. DeWitt est peut-être stupide, mais pas Booker. Nous ferions bien de trouver des témoins capables d'attester de la santé mentale de Bannerman, de son affection pour vous, etc.

— C'était lui qui souhaitait m'épouser. Je n'étais pas certaine de le vouloir.

— Bien ! C'est exactement ce qu'il faut dire. Laissez-moi réfléchir un instant. Il était veuf, n'est-ce pas ? Pas de problème de ce côté-là. Avez-vous déjà été mariée ?

— Non, bien sûr que non ! »

Il lui jeta un regard pénétrant, son regard d'avocat interrogeant un témoin devant la cour, un mélange de candeur et d'incrédulité qui fit comprendre à Alexandra qu'elle avait dit non trop vite, trop fort, et avait éveillé la répugnance naturelle des hommes de loi à croire qui que ce soit, y compris leurs clients, *surtout* eux peut-être.

« Si vous avez quelque chose à cacher, il faut que je le sache. Je ne veux pas m'engager dans cette affaire si je marche sur un champ de mines et risque de les voir exploser sous mes pieds en plein tribunal. Il n'y a rien dans votre passé que je doive savoir ?

— Rien d'important.

— J'ai horreur des demi-réponses, ma chère. Je veux que vous y réfléchissiez sérieusement. Il ne peut y avoir de secrets entre nous. C'est pour cela que les avocats et les médecins sont astreints au secret professionnel. »

Il se leva. « Et évitez les... euh... ennuis. Ils vont chercher à attaquer votre réputation. Il y a cinq cents millions de dollars en jeu, et tout dépend de la validité de votre mariage. Le genre de vie que vous avez mené risque d'être déterminant, alors *méfiez-vous* ! Vous en sentez-vous capable ? Etes-vous prête à un combat à mains nues où tous les coups sont permis ?

— Je n'ai pas le choix.

— Absurde ! Bien sûr que vous avez le choix. On l'a toujours. Vous pouvez abandonner. Nous pouvons opter pour un compromis. Il suffit que j'appelle DeWitt en lui disant : « Donnez-nous quelques millions et vous n'entendrez plus parler de nous. » Cela se fait tous les jours. Il y a quelques minutes, vous ne paraissiez pas très sûre de vouloir vous lancer dans cette bataille.

— Cette perspective m'effraie toujours autant. Mais, vous avez raison, je dois le faire pour Arthur. Il avait confiance en moi.

— C'est une bonne réponse. La meilleure. Et dans la plus pure tradition Bannerman, qui plus est. C'est ce qu'il avait peut-être vu en vous, vous savez. En ce cas, il n'était pas uniquement connaisseur en jolies femmes. Tenez-moi au courant, je vous prie. »

Il lui ouvrit la porte avec cérémonie. Mlle Barbera, une jeune femme d'une beauté peu commune, cessa de taper à la machine pour jeter un regard brûlant de jalousie à Alexandra qui serrait la main de l'avocat. Celle-ci se demanda si, comme Pénélope Moritz, la secrétaire consacrait sa vie au bien-être d'Abraham Lincoln Stern.

« N'oubliez pas que je dois tout savoir, y compris le passé, dit-il. Ne cachez jamais rien à votre avocat. »

Alexandra lâcha sa main, s'attendant presque que Mlle Barbera lui plante un coupe-papier dans le dos. « Mon passé n'a rien de très intéressant, dit-elle.

— Vous êtes trop modeste, j'en suis sûr. » Il lui souriait, mais son regard insistant semblait chercher la vérité. Elle le quitta et se dirigea vers l'ascenseur.

« Madame Bannerman ! » cria quelqu'un.

Pendant un court instant, Alexandra ne fit pas le lien entre ce nom et elle. Elle se retourna instinctivement pour voir s'il y avait quelqu'un derrière elle, puis vit Mlle Barbera dont l'expression soupçonneuse se teintait à présent d'une sorte de révérence. «M. Stern m'a demandé de vous donner son numéro de téléphone personnel, dit-elle en lui tendant une carte. N'hésitez pas à l'appeler en cas de problème, quelle que soit l'heure.

— Merci.

— Je vous en prie, madame», fit la secrétaire d'un ton plein de respect. Alexandra comprit que ce respect ne s'adressait pas à elle, ni même à sa situation de veuve, mais à la fortune qu'évoquait le nom des Bannerman, à l'idée même de richesse. Mlle Barbera sourit, d'un sourire où perçait une pointe d'envie, puis la porte de l'ascenseur se referma et Alexandra se retrouva seule.

Elle se rendit alors compte que c'était la première fois que quelqu'un l'appelait Mme Bannerman, et éclata en sanglots.

Elle rentra à pied jusqu'à l'appartement de Simon, pleurant toujours, sans plus se soucier des gens qui la regardaient.

Arthur Bannerman ne lui avait jamais posé de questions sur son passé, ni même manifesté la moindre curiosité, peut-être parce qu'il était assez âgé et intelligent pour deviner que c'était la dernière chose qu'il désirait savoir. Pour être sincère avec elle-même, elle devait d'ailleurs reconnaître que si elle avait accepté de l'épouser en dépit de ses réticences, c'était en partie parce qu'elle avait eu l'impression de pouvoir recommencer sa vie en faisant table rase du passé.

Il n'en était plus question maintenant, se dit-elle. Elle allait devenir un personnage aussi public qu'un candidat à des élections politiques; elle l'était peut-être même déjà.

Elle se raisonna. Elle n'avait jamais fait de mal à personne, après tout.

Mais même cela n'était pas vrai, pensa-t-elle avec tristesse alors qu'elle se glissait vers l'entrée de service pour éviter les journalistes.

Pas vrai du tout.

Deuxième Partie

Une colonne de sel

« Or la femme de Lot regarda en arrière,
et elle devint une colonne de sel. »

Genèse XIX, 26.

4

La foule qui se pressait dans la galerie de Laszlo était si dense qu'on pouvait à peine voir les tableaux — ce qui n'était pas une grande perte de l'avis d'Alexandra. Elle avait beaucoup appris depuis son arrivée à New York deux ans auparavant, mais pas à apprécier l'art contemporain, et certainement pas l'œuvre de cet artiste particulier en tout cas. Les toiles de Geza Baldur étaient immenses, monochromes, et la peinture semblait y avoir été étalée à la truelle. Quelle que fût la technique du peintre, Alexandra trouvait ses tableaux d'un brun visqueux répugnant et ne pouvait les regarder sans avoir envie de les nettoyer au jet d'eau pour retrouver la toile nue.

Que les critiques, et même des collectionneurs audacieux, s'intéressent sérieusement à Baldur la laissait perplexe, mais Simon avait du nez dans ce domaine alors qu'elle en était totalement dépourvue. Elle aimait ce qui était joli, et la joliesse était précisément ce que Simon — et les critiques d'art influents — méprisait le plus.

Les agences de mannequins et les rédacteurs en chef de journaux de mode avait eu la même attitude à son égard. Il ne lui avait pas fallu plus d'une semaine à New York pour savoir que, dans cette profession, être «jolie» revenait à une condamnation à mort. Les jolies filles étaient monnaie courante ; les plus fortunées finissaient par poser pour des catalogues, ou des publicités de lingerie fine si elles avaient les jambes de l'emploi.

Les jambes d'Alexandra faisaient l'affaire, mais elle avait eu l'intelligence de comprendre que le métier de mannequin n'offrait aucun intérêt si on ne pouvait parvenir au sommet, et y rester un peu. S'occuper des affaires de Simon était une façon plus sûre de gagner sa vie.

Elle circulait dans la foule, veillant à ce que Baldur, un géant velu aussi laid que ses tableaux, rencontre « les gens qu'il fallait ». Elle était lasse mais euphorique. Simon avait acheté la galerie du vieux Laszlo essentiellement pour son nom et sa clientèle. Laszlo avait été le premier à exposer les œuvres de De Kooning, Pollock, Lichtenstein et Warhol, et fait de sa galerie le fer de lance de l'art moderne à New York. Aussi brillant découvreur de talents que déplorable homme d'affaires, Laszlo avait sans cesse frôlé la faillite et était mort vénéré mais sans le sou. Simon qui se mêlait d'art depuis des années avait sauté sur l'occasion. Il avait loué un nouvel emplacement au coin de Madison Avenue et de la 57e Rue, laissé Alexandra s'en occuper et était allé chercher en Europe un peintre assez obscur pour faire un événement de la réouverture de la galerie aux yeux du milieu artistique new-yorkais.

Alexandra avait beau éprouver peu d'intérêt pour l'art, la galerie était sa création, tout comme la discothèque et le restaurant de Simon dont elle avait également réglé la plupart des détails. Son travail consistait à résoudre les problèmes qui ennuyaient Simon pendant qu'il se consacrait à la tâche de trouver de nouvelles manières —

toujours plus prestigieuses — d'investir l'argent des autres, sans toutefois cesser de se considérer avant tout comme un marchand de tableaux. Alexandra s'en tirait fort bien, comme Simon le reconnaissait lui-même. Elle s'était aperçue avec étonnement qu'elle apprenait vite et avait le sens des détails, et lui savait gré de lui avoir donné la possibilité de le découvrir. Elle avait maîtrisé le commerce de l'art aussi vite que ses autres affaires et s'y intéressait davantage, ne serait-ce que parce que c'était également le cas de Simon. Sans avoir le moindre goût pour l'art, il aimait la profession de marchand de tableaux qui apportait un certain prestige social ainsi que des bénéfices substantiels.

C'était d'ailleurs un domaine qu'il se réservait jalousement. Il avait fréquenté une de ces écoles suisses qui accueillent les riches du monde entier, et en tirait une provision apparemment inépuisable de jeunes émirs du pétrole désireux d'investir dans le cinéma, d'héritiers d'armateurs grecs avides de posséder une discothèque new-yorkaise élégante, et de marchands d'armes libanais de la deuxième génération qui se moquaient de ce qu'ils achetaient pourvu que ce fût à New York.

Les camarades d'école de Simon avaient tout l'argent qu'il leur fallait; ce qu'ils cherchaient, c'était quelque chose de plus excitant que le pétrole, les tankers, les banques suisses ou l'industrie lourde, des placements qui leur ouvriraient les bonnes réceptions et leur permettraient de rencontrer de jolies filles dans des conditions favorables. Les sommes que Simon obtenait d'eux n'étaient pas « sérieuses » à leurs yeux; ils mettaient de l'argent dans ses affaires pour le plaisir ou pour prouver à leur femme et leur maîtresse qu'ils étaient moins ennuyeux qu'il n'y paraissait. On ne pouvait rêver investisseurs moins exigeants.

Simon avait dressé la liste des invités avec beaucoup de soin. Dans ce domaine au moins, il avait des opinions bien arrêtées. Ses investisseurs voulaient rencontrer des célébrités et lui, attirer des gens susceptibles d'acheter les toiles de Baldur. Parvenir à la combinaison adéquate de richesse et de prestige était une tâche délicate à laquelle il avait consacré une longue soirée, passant de son fichier personnel à une pile de revues illustrées et lançant des noms à Alexandra qui les notait: «La baronne Thyssen si elle est à New York. Leo Lerman, bien sûr. Liz Smith. Quelques jolies filles...

— Lesquelles ?

— Pour l'amour du ciel, Alexa! N'importe lesquelles pourvu qu'elles soient bien habillées. Mais pas Kiki Lobanos.

— Pourquoi ? On fait difficilement plus joli.

— Je veux de nouvelles têtes, pas des anciens combattants rescapés de la liste d'invités de George Weidenfeld. Benoît de Montechristo, naturellement. Henry Geldzahler, Thomas Hoving[1], toutes les sommités de l'art... Si on arrive à en faire venir un, tous les autres suivront de peur de manquer quelque chose. Jackie Onassis ?

— J'ai déjà essayé. Sa secrétaire m'a dit que c'était impossible.

— Insiste. Dis-lui que Baldur cherche un éditeur[2] et ne veut parler à personne avant de l'avoir vue. Greta Garbo ?

1. Directeur du Metropolitan Museum of Art de 1967 à 1977 *(N.d.T.)*.

2. Jacqueline Onassis est directrice de collection de la maison d'éditions Doubleday *(N.d.T.)*.

— Je doute qu'elle aille où que ce soit.
— Essaie quand même. Ah! Arthur Bannerman. Inscris-le.
— Garbo est plus réaliste, Simon. Pourquoi crois-tu qu'il s'intéresserait au vernissage de Baldur?
— Combien de fois faudra-t-il que je te dise d'utiliser le mot français? Bannerman est un grand collectionneur.
— Peut-être, mais il ne sort guère, il me semble. Tu es sûr que tu ne veux pas parler de Robert Bannerman? Celui qui a divorcé il y a quelque temps?
— Robert Bannerman n'a pas le moindre intérêt pour l'art. Je le connais. Les Bannerman..., fit-il en fermant les yeux comme si ce nom le plongeait dans l'extase. Bon Dieu! Quelle famille quand on y pense! Tout cet argent! Quelqu'un m'a dit que Hoving avait eu l'idée d'organiser une exposition spéciale des trésors de la famille Bannerman au Metropolitan. Tu vois un peu ce qu'ils doivent posséder! Mais lorsqu'il en a parlé à Arthur Bannerman lors d'une réunion du conseil d'administration, celui-ci a simplement secoué la tête en disant: "Non, je ne pense pas que cela plairait à mère." Tu sais combien d'argent ils ont?
— Je ne suis pas complètement ignare, Simon. Je *sais* qui sont les Bannerman.
— D'accord, d'accord... Inscris-le et continuons. »

Alexandra nota le nom d'Arthur Aldon Bannerman. Elle lui enverrait une invitation, mais elle était convaincue que ce serait une perte de temps et de timbres. Simon finirait peut-être par avoir Jackie, et même Benoît de Montechristo, mais pas Arthur Bannerman. Les Bannerman étaient ce qui se rapprochait le plus d'une famille royale aux Etats-Unis. C'était si vrai qu'on ne trouvait pas la moindre trace de leur nom dans l'annuaire. Alexandra envoya en fin de compte l'invitation au Metropolitan Museum assortie de la mention : « Faire suivre ».

A présent, tout en se frayant un chemin à travers la foule, elle nota avec plaisir que non seulement Mme Onassis était venue, mais qu'elle discutait avec animation avec Baldur. Alexandra se demanda toutefois comment ils faisaient pour se comprendre, car le peintre ne parlait pas un mot d'anglais et ceux qui, comme Simon, connaissaient d'autres langues n'avaient guère eu plus de succès.

Mme Onassis était vêtue d'un pantalon et d'un chemisier de soie noire, et parée de bijoux plutôt modestes pour ses moyens. Alexandra s'aperçut dans une glace et se trouva beaucoup mieux habillée. Elle portait un boléro de soie blanche sur un col roulé de soie noire et une jupe Donna Karan en jersey, noire elle aussi, qui découvrait un peu trop ses jambes pour qu'elle se sente parfaitement à l'aise. Elle dépensait trop d'argent en vêtements. Et pourtant, quelle que fût la somme qu'elle y consacrait, cela ne lui paraissait jamais assez. Simon la payait bien, et elle était économe pour tout le reste, mais dans ce domaine-là, elle faisait des folies.

Alexandra avait rêvé d'être modèle de *haute couture**, mais malgré des régimes draconiens, elle n'avait jamais suffisamment perdu ses formes.

Il y avait deux mannequins dans un coin de la pièce, minces comme des lévriers, à peine sorties de l'adolescence, et arborant cet air ennuyé caractéristique d'une profession où les visages ne s'animent que devant un appareil photographique. L'une portait une robe Geoffrey Beene étriquée faite d'un assemblage serré de perles métalliques couleur bronze ; l'autre, une robe de dentelle crème Mary McFadden ornée de plumes de marabout, et aussi transparente que les déshabillés d'un catalogue de lingerie érotique par correspondance.

Alexandra essaya de les regarder sans envie et n'y parvint pas. Elle se dit qu'elle avait le genre de silhouette que les hommes — et non les journaux de mode — admiraient, mais cela ne la consola pas. Une partie d'elle-même rêverait toujours de captiver tous les regards en s'avançant sur le podium dans une création extravagante de Valentino, Ungaro ou Saint Laurent qui déchaînerait les applaudissements des spectateurs, le genre de robes fabuleuses que toutes les femmes convoitent mais que seul un mannequin de *haute couture** peut porter.

Elle se dirigea vers Simon qui, faisant de son mieux pour prendre l'air intéressé, écoutait l'éditeur d'art britannique Leo Goldlust vanter les qualités de Baldur avec une énergie qui secouait ses bajoues tout en parcourant la salle d'un œil de prédateur à la recherche d'un interlocuteur plus important. « La plastique, s'exclama-t-il d'une voix gutturale comme s'il venait d'inventer le mot. Il a renoncé à la séduction facile de la palette et nous a montré que la couleur n'est pas *nécessaire* dans la peinture... Tout peut être marron, vous voyez. En rejetant la couleur, il nous met face à l'*acte* de peindre, à l'essence de l'art...

— Tout à fait, dit Simon, l'air captivé, en jetant un regard implorant à Alexandra.

— Bien entendu, mon cher, vous et moi savons que ça ne vaut pas un clou, fit sir Leo en lui adressant un clin d'œil. Vous avez réussi à vendre quelque chose ?

— Deux ou trois toiles, je crois.

— *Mazel tov!* Il serait peut-être temps de consacrer un livre à son œuvre, vous savez. Reproductions en couleurs, préface d'un de nos éminents amis ici présents : un ouvrage de soixante-quinze dollars pour le collectionneur éclairé, numéroté et signé. Vous aurez sans doute intérêt à partager les coûts. Et les profits, cela va sans dire, ajouta-t-il d'un ton doucereux.

— Pardonnez-moi, intervint Alexandra en adressant un sourire d'excuse à Goldlust. On a besoin de toi, Simon. »

Le visage adipeux de sir Leo ne laissa paraître aucune contrariété ; ses yeux cherchaient déjà un nouveau partenaire.

« Il était temps, dit Simon. J'étais coincé. » Il arrêta un serveur, prit deux coupes de champagne et lui en offrit une.

Elle refusa d'un signe de tête. Elle n'avait jamais réussi à prendre goût au whisky ou au vin. Elle aimait assez le champagne, mais pas le mal de tête qu'il lui donnait. A une époque, Simon s'était fait un devoir de la « décoincer », comme il disait, mais, en ce qui concernait la drogue et la boisson, il avait échoué. La marijuana l'endormait, et d'ailleurs elle n'en supportait pas l'odeur ; l'alcool la rendait malade ; quant aux drogues plus sérieuses, elles l'effrayaient. Dans ce domaine, comme dans bien d'autres, ils étaient convenus de ne pas être d'accord.

Simon haussa les épaules et but le deuxième verre. « Jolie réception, n'est-ce pas ? » dit-il négligemment, comme s'ils n'étaient que deux invités.

Il alluma une cigarette dont il exhala la fumée en lui souriant, les yeux mi-clos. Elle était sûre que cette pose, comme tant d'autres, lui venait d'un film. Lorsqu'elle regardait la télévision tard le soir, il lui arrivait de se dire en voyant un acteur: voilà donc où Simon a pêché ça! Dans le cas présent, elle penchait pour Jean Gabin jeune.

Elle comprenait parfaitement son attitude: il la snobait, cherchait comme d'habitude à voir jusqu'où il pouvait aller. Qu'il aille au diable! se dit-elle. Malheureusement, le *penser* ne lui faisait aucun bien, et le dire n'était pas facile à une fille élevée dans une famille qui ne jurait jamais Dieu en vain et ne prononçait pas une obscénité.

Elle avait passé des semaines à préparer ce vernissage pour lui... et il avait passé la soirée à l'éviter. Pourquoi ne l'avait-il pas immédiatement embrassée en la félicitant de son travail? Elle connaissait la réponse: il aimait l'exaspérer. Pourquoi marchait-elle encore? Elle l'ignorait et, de temps à autre, se mettait encore dans tous ses états.

Autrefois — il n'y avait pas si longtemps —, elle avait été amoureuse de lui et était même parvenue à se convaincre que c'était réciproque. A présent, ils avaient chacun leur appartement et passaient parfois une nuit ensemble, comme des gens qui n'arrivent pas à renoncer à une vieille habitude. Elle aurait dû rompre, chercher un nouvel emploi, un autre homme, mais cette situation insatisfaisante avait le côté familier et confortable d'une vieille paire de chaussures qu'on ne peut se résoudre à jeter. A la manière d'un vieux couple, ils s'étaient accoutumés à leurs défauts mutuels. Cela venait-il simplement de ce que l'homme idéal ne s'était pas présenté? *Pas encore*, se corrigea-t-elle sans grande conviction.

«J'en suis ravie», lança-t-elle d'un ton sec — les sous-entendus subtils ne servaient à rien avec

Simon. « Puisque je sais enfin que tu trouves la réception réussie, je vais pouvoir me détendre.

— Je pensais te faire un compliment.

— Un simple “merci” il y a deux heures aurait été bien agréable. »

Il poussa un soupir.

Je gâche cette soirée, pensa-t-elle, le visage fermé. « T'ai-je dit que tu étais ravissante ce soir ? murmura-t-il.

— Non, répondit-elle en regrettant que cela ne lui soit pas égal.

— Eh bien, tu l'es, fit-il en la gratifiant de son sourire à la Tyrone Power dans *Témoins à charge*. Ecoute, je m'excuse. J'étais débordé. Je t'en parlerai tout à l'heure. Viens à la maison après le dîner et nous aurons une longue conversation en tête à tête. »

Refuse, se dit-elle, mais, comme d'habitude, elle répondit « Peut-être » et s'en voulut instantanément. Elle analysait son comportement avec lucidité : après avoir investi tant de son énergie affective dans sa relation avec Simon, elle avait du mal à renoncer et était apparemment incapable de tout recommencer avec quelqu'un d'autre. Les occasions de rencontre ne lui manquaient pas, mais ses réserves étaient épuisées. Elle se disait souvent qu'elle était plus heureuse seule chez elle à lire ou regarder la télévision, et c'était en partie vrai, dans le sens où elle n'était pas *malheureuse* comme elle l'aurait été en compagnie de Simon. En fait, lorsqu'elle était seule, elle aurait voulu être avec lui, et vice versa. Elle espérait que ce n'était qu'un état intermédiaire dont une nouvelle rencontre suffirait à la faire sortir, et espérait aussi la reconnaître quand elle se présenterait. Elle en doutait assez.

« Super ! s'exclama Simon comme si elle avait accepté.

— Je ne sais pas...

— Eh bien, le dîner au moins, d'accord ? Il faut bien que tu manges, non ?

— Je ne me sens pas d'humeur très sociable ce soir. On ne pourrait pas aller dans un endroit tranquille ?

— Mais bien sûr ! fit-il avec enthousiasme avant de s'interrompre en fronçant les sourcils. Zut ! s'exclama-t-il en se frappant le front d'un geste théâtral. J'avais oublié. J'ai promis à des gens de sortir avec eux.

— Combien ? » demanda Alexandra qui s'en voulait d'avoir cru un instant que Simon accepterait de dîner en tête à tête avec elle. Même au zénith de leur histoire d'amour, il n'avait pas renoncé à s'entourer de gens, comme elle s'en souvenait avec amertume.

« Oh ! Juste un ou deux vieux amis que tu connais. On mangera un morceau en vitesse et on partira tôt, promis. Allez, viens, sois sympa. »

Après tout, pourquoi pas ? se dit-elle. Elle aurait pu rencontrer quelqu'un d'autre au cours de la soirée si elle s'en était donné la peine, ou se faire inviter à un autre dîner si elle y avait pensé plus tôt, mais, comme d'habitude, elle n'avait pas essayé et, à présent, il était trop tard. Sa seule solution de rechange était de rentrer chez elle et tenter de finir ce livre qu'elle avait commencé un mois plus tôt, dans un de ses efforts intermittents pour se perfectionner. De plus, elle aimait qu'on fasse appel à ses bons sentiments, comme Simon le savait bien.

« D'accord, dit-elle, consciente d'avoir déjà capitulé. Si on ne rentre pas trop tard... » Mais négocier avec Simon ne servait à rien. Leur rythme de sommeil était une des différences qui les séparaient ; ils auraient aussi bien pu vivre dans des fuseaux horaires distincts : alors que Simon se levait rarement avant 10 heures et se couchait généralement vers 3 heures du matin, elle s'endormait volontiers vers 11 heures et était debout à 6. Elle se demanda depuis quand elle avait commencé à dresser une liste de leurs différences et s'attrista de voir combien elle était devenue longue.

Sûr de sa victoire, Simon poussa son avantage. « Demande à Ferdi de Guinzbourg s'il veut se joindre à nous... et à Dominick Stavropoulos, bien sûr. Adnan Husseini aussi, s'il est libre. Si c'est le cas, tu ferais bien d'inviter ces deux mannequins dans leur robe pousse-au-viol. Tu crois que Benoît de Montechristo viendrait ? »

Elle jeta un regard vers le directeur du Metropolitan Museum, un homme d'aspect sévère qui allait de tableau en tableau avec l'expression d'un aristocrate délicat du XVIIIe siècle examinant un groupe de lépreux. « Je ne le connais pas, dit-elle. Tu ferais mieux de le lui demander toi-même.

— Percevrais-je un certain manque d'enthousiasme ? fit-il en haussant un sourcil. Je le crois, continua-t-il en répondant à sa propre question. Mais tu penses peut-être simplement qu'il ne serait pas à sa place parmi nous ?

— C'est possible. » Elle n'avait pas la moindre intention de chercher à convaincre Montechristo.

« Essaie quand même, dit Simon qui lisait dans ses pensées comme à l'accoutumée. Il a la quarantaine, bon Dieu ! Il ne peut quand même pas passer *tout* son temps avec un vieux schnock comme Bannerman, non ? Il n'est pas venu, au fait.

— Qui ?

— Bannerman.

— Je n'ai pas pensé un seul instant qu'il le ferait.

— Qu'il aille se faire pendre ! J'ai entendu dire qu'il est à moitié sénile, et ivre mort la plupart du temps. Il paraît que Robert essaie de le faire interner avant qu'il ne laisse toute leur fortune à la SPA. Ecoute, je vais parler à Montechristo. Tu téléphones chez Trump pour nous réserver une table, d'accord ? »

Elle regarda Simon aborder Benoît de Montechristo, remarqua le haussement d'épaules d'excuse très français dont il accompagna son refus — qu'elle avait prévu — et descendit téléphoner en se demandant pourquoi elle s'était laissé traiter avec désinvolture par Simon une fois de plus.

Derrière le grand comptoir du hall, la réceptionniste contrôlait les invitations et cochait les noms sur sa liste. Alexandra allait entrer dans le bureau quand elle entendit une voix grave dire : « *Bannerman !* Je suis certain que ma secrétaire a répondu. »

C'était une voix qui portait sans effort apparent. Sa résonance indiquait l'homme habitué à se faire entendre par-dessus les conversations des autres, et il parlait avec un accent si frappant pour une oreille new-yorkaise qu'il aurait pu s'agir d'une langue étrangère exotique. Bannerman s'exprimait lentement, faisait exploser les consonnes et allongeait interminablement les voyelles : un registre de sons vieillots et peu familiers qui révélait instantanément le patricien. « Aah-th'r Bah-neuh-m'n », répéta-t-il comme s'il donnait un cours d'élocution. On sentait un peu l'influence de Harvard dans ces voyelles étirées et richement modulées, mais sa voix dénotait surtout l'assurance que donnent la richesse et le pouvoir.

Alexandra se retourna, s'attendant à voir un vieillard, et fut étonnée de se trouver face à un homme de haute taille d'une soixantaine d'années qui avait le maintien et la présence physique de quelqu'un de beaucoup plus jeune. Bannerman était bâti en héros ; il devait mesurer un mètre quatre-vingt-cinq et, sans être corpulent, donnait une impression d'immense robustesse : torse de lutteur, épaules larges et mains énormes presque dépourvues de taches de vieillesse.

Ce fut toutefois sa tête qui retint l'attention d'Alexandra ; elle évoquait une sculpture monumentale. Son visage, dont les traits semblaient taillés dans le roc, offrait des contrastes saisissants : un menton carré agressif et un nez puissant, des yeux bleu vif. Il avait le teint coloré — elle se demanda s'il le devait à la vie au grand air ou simplement à une tension élevée — et des cheveux d'un blanc neigeux coupés court.

Ses vêtements étaient aussi désuets que sa façon de parler : costume trois pièces gris, chemise blanche au col empesé, cravate sombre, et des chaussures noires si bien cirées qu'elle les crut d'abord vernies. Il arrivait à être voyant à force de discrétion.

« Puis-je vous aider ? » demanda-t-elle, consciente de l'avoir dévisagé avec insistance. Mais, après tout, il devait y être habitué.

Il lui jeta un regard impérieux. Il n'avait manifestement pas l'habitude qu'on le fasse attendre ou qu'on lui demande son invitation. « Je l'espère. Mon nom ne figure apparemment pas sur la liste de cette demoiselle.

— C'est certainement notre faute, dit-elle aussitôt, bien que convaincue du contraire. Voulez-vous que je vous serve de guide ? »

Bannerman ne répondit pas immédiatement. Il serrait les mâchoires d'un air belliqueux et semblait sur le point de faire une scène. Les riches amis de Simon étaient prompts à exiger le renvoi d'un serveur ou d'une réceptionniste qui ne les identifiait pas ou ne satisfaisait pas assez rapidement leurs désirs, et il paraissait s'apprêter à avoir la même attitude. La réceptionniste était jeune, jolie, et ne connaissait sans doute que les célébrités qu'elle voyait sur MTV ou dans *Rolling Stones*. Cette explication avait toutefois peu de chance d'apaiser la colère de Bannerman; il était assez riche pour s'attendre que le monde entier le reconnût et lui rendît hommage.

Mais contrairement à ses prévisions, Bannerman sourit. Il ne s'agissait pas d'un sourire de convention, mais d'un vrai sourire, celui qu'aurait pu avoir le gagnant d'une émission de jeux télévisés. Bizarrement, il semblait presque soulagé, comme s'il avait redouté de pénétrer seul dans la galerie. Et soudain, il ne lui fit plus l'effet d'un personnage impressionnant; elle vit simplement un homme mûr séduisant qui se sentait peut-être un peu seul et lui savait gré de sa compagnie.

« C'est fichtrement aimable de votre part, dit-il. Mais je ne voudrais pas vous importuner.

— Pas du tout. C'est un plaisir.

— Magnifique! fit-il en lui souriant. Et vous vous appelez?

— Alexandra Walden. »

Il avait le genre de poignée de main ferme et vigoureuse qu'on attendait d'un ancien homme politique, se dit Alexandra. Elle se sentait un peu surexcitée; Bannerman ne l'intimidait pas vraiment, mais c'était tout de même la première fois qu'elle rencontrait quelqu'un qui portait un nom aussi magique.

Un souvenir lui revint soudain à la mémoire. Son grand-père maternel, un vieux gentleman du

Kentucky qui passait pour avoir fait les quatre cents coups dans sa jeunesse, la prenait souvent sur ses genoux pour lui raconter des histoires ou lui chanter des chansons des années 20. L'une de ses préférées commençait ainsi :

« Si j'étais aussi riche qu'un Bannerman, je renoncerais à tout pour toi. »

Un jour, elle lui avait demandé ce qu'était un Bannerman — elle faisait partie de ces enfants qui ne cessent de poser des questions, même lorsque les adultes ne souhaitent que se bercer du son de leur propre voix. « Les Bannerman sont les gens les plus riches du monde, voyons », lui avait-il répondu sèchement, comme si c'était quelque chose que même un enfant aurait dû savoir. « Riche comment ? » avait-elle eu envie de demander, mais le ton de son grand-père l'avait dissuadée de l'interrompre une seconde fois. Il sentait le whisky et le cigare, des odeurs qui lui étaient peu familières, car son père ne buvait ni ne fumait. Après s'être balancé quelques instants dans son fauteuil sur la véranda, il avait pourtant ajouté, comme s'il devinait ce qu'elle voulait savoir : « J'ai lu dans le *Reader's Digest* que, si on mettait des billets d'un dollar bout à bout, la fortune des Bannerman irait d'ici à la lune et retour. »

Cyrus Bannerman et sa fortune faisaient partie du folklore américain au même titre que Paul Bunyan et son bœuf. Elle avait du mal à croire qu'elle était là, vingt ans après, en train de *parler* à un Bannerman, et pas n'importe lequel, le chef de la famille, un ancien candidat à la présidence, le petit-fils de Cyrus Bannerman en personne.

Ils durent jouer des coudes pour atteindre la galerie, car il était tard et beaucoup de gens s'en allaient. Arthur avançait d'un pas décidé, dos arrondi, tête en avant et menton en proue. Sa taille et sa vitalité donnaient à Alexandra l'impression d'être suivie par un grand animal. Elle se dit qu'il devait avoir à peu près l'âge de son grand-père lorsqu'elle écoutait ses histoires, blottie sur ses genoux, mais celui-ci avait eu les épaules affaissées, la démarche hésitante, la façon prudente de monter les escaliers qui caractérisaient la plupart des gens âgés. Bannerman gravissait les marches comme un athlète.

A son entrée, les conversations se turent et tout le monde le dévisagea comme s'il avait été un fou échappé d'un asile. Il fonça tête baissée vers le premier tableau qui attira son attention, tandis que la foule s'ouvrait devant lui comme la mer Rouge devant Moïse. Elle n'avait jamais rencontré quelqu'un qui respire une telle vitalité ou mette une énergie aussi farouche dans le moindre mouvement. Il était impossible de le trouver vieux. Tous les invités paraissaient ternes et sans vie à côté de lui. « Prestance », « présence »..., quel que fût le terme exact, Bannerman en était doté. Il lui rappelait vaguement ces anciennes étoiles du cinéma, des hommes robustes et imposants qui semblaient se bonifier en vieillissant — Charlton Heston peut-être, ou Kirk Douglas —, à cette exception près que sa richesse lui donnait un lustre supplémentaire, une aura que tout le monde reconnaissait.

Il étudia les pitoyables croûtes de Baldur avec la même concentration que s'il contemplait la chapelle Sixtine pour la première fois. « Merveilleux ! s'exclama-t-il d'une voix qui couvrit les conversations qui reprenaient timidement et le tintement des verres. Superbe travail, vous ne trouvez pas ?

— Euh, oui, sans doute », répondit-elle prudemment. Son travail consistait à vendre les tableaux de Baldur, mais quelque chose en

Bannerman l'empêchait de feindre un enthousiasme qu'elle n'éprouvait pas. Sa taille et sa voix mises à part, il ressemblait à un enfant dans un magasin de jouets. Il se tourna vers elle, une lueur dans le regard. Etait-ce de la perspicacité, de l'humour ou le snobisme froid des gens richissimes ? se demanda-t-elle en se félicitant de ne pas lui avoir fait l'article. « On le considère comme un peintre important, reprit-elle. Je ne connais pas grand-chose à ce genre d'art, à vrai dire...

— D'accord, d'accord, coupa-t-il d'un ton impatient. Mais est-ce que ça vous plaît ? C'est tout ce qui compte. »

Elle éprouva un léger sentiment de culpabilité à l'idée de trahir Simon, mais elle se sentait incapable de mentir à Bannerman. « Pas beaucoup », reconnut-elle.

Il éclata de rire, un rire tonitruant qui fit se retourner plusieurs personnes. « Vous êtes franche, dit-il. C'est fichtrement rare dans le milieu artistique, croyez-moi. Et dans les autres aussi, d'ailleurs. » Il se dirigea vers une autre toile qu'il soumit à un examen minutieux, y collant presque le nez. « Pourquoi cela ne vous plaît-il pas ?

— Eh bien, le marron n'est pas vraiment ma couleur favorite. »

Il rit de nouveau, encore plus fort, rejetant la tête en arrière d'un geste qui aurait paru théâtral chez quelqu'un de moins sûr de soi. Il riait comme si le monde entier avait été créé pour son divertissement. « Ce n'est pas la mienne non plus, je dois dire. Cela nous fait donc un point commun. » Il sembla la considérer avec un certain intérêt, à moins que ce ne fût qu'une astuce d'homme politique, l'art de faire croire à quelqu'un qu'il ou elle est la personne la plus importante au monde. Son regard suggérait toutefois qu'il appréciait peu les imbéciles, les inconnus ou les gens qui n'étaient pas à la hauteur de ses critères. « Quelle est donc votre couleur préférée, mademoiselle ? »

Elle n'était pas sûre d'en avoir une, mais il était facile de deviner qu'Arthur Bannerman n'avait guère d'indulgence pour les opinions incertaines. « Le vert », répondit-elle d'un ton assuré en regrettant instantanément de ne pas avoir dit bleu.

Il hocha la tête comme s'il s'agissait d'un sujet d'une grande importance. « Intéressant, fit-il. Quelle nuance de vert exactement ? »

Elle fut étonnée, et même un peu alarmée, de la véhémence de la question. Etait-il un peu fou ou sénile ? Ivre peut-être ?

« Vert vif, répondit-elle aussitôt.

— Y aurait-il du sang irlandais dans votre famille[1] ?

— Non, pas que je sache.

— Tant mieux. » Elle avait l'impression d'avoir subi avec succès une sorte d'épreuve, ce qui lui fut aussitôt confirmé par la remarque de Bannerman : « Vous n'imaginez pas le nombre de gens qui n'ont pas de couleur préférée et ne savent que bafouiller lorsqu'on leur pose la question. On devrait savoir ce qu'on pense et le dire, vous ne croyez pas ? Alors vous trouvez les tableaux de ce Baldur hideux, hein ?

— Eh bien, oui, mais Simon... M. Wolff ne serait pas très content d'apprendre que je vous ai dit cela. »

Il partit d'un nouvel éclat de rire qui, curieusement, rappela à Alexandra les otaries du zoo.

1. Le vert est la couleur nationale de la république d'Irlande *(N.d.T)*.

« Fichtrement vrai ! s'exclama-t-il d'un ton enjoué. Mais ne vous inquiétez pas, je ne le lui répéterai pas. Vous avez raison, ces toiles sont hideuses, mais la laideur a son charme. Disraeli, me semble-t-il, a dit un jour : "J'aime assez le mauvais vin de temps à autre ; on se lasse tant du bon !" Il est bien agréable de trouver quelqu'un dans ce milieu qui ne vante pas sa marchandise. J'ai horreur qu'on me fasse le boniment comme si j'achetais une voiture d'occasion. »

Elle était heureuse d'avoir réussi l'examen de Bannerman — si c'en était bien un — quoiqu'il lui parût peu probable qu'il eût jamais mis les pieds dans un magasin de voitures d'occasion. Ils passèrent à un autre tableau. Un serveur s'approcha, un plateau à la main. « M. Wolff est descendu il y a quelques minutes, mademoiselle. Il vous attend. »

Elle avait complètement oublié le dîner. « Dites-lui que je le rejoindrai au restaurant. Oh ! Prévenez-le aussi que je n'ai pas pu réserver de table. » Elle pensa qu'elle devrait également avertir Simon de la présence de Bannerman — il abandonnerait certainement ses invités pour revenir en toute hâte. Mais elle décida de n'en rien faire ; cela lui apprendrait à se montrer aussi désagréable à son égard.

« Je vous retiens, fit Bannerman, l'air sincèrement contrit. Allez dîner, je vous en prie. Je me débrouillerai. »

Elle secoua la tête. Elle prenait à sa compagnie bien plus de plaisir qu'elle ne s'attendait à en retirer du dîner. « C'est sans importance, je vous assure. Aimeriez-vous un verre de champagne ?

— Je déteste ça. Mais je prendrais volontiers un scotch, si cela ne vous ennuie pas. »

C'était ennuyeux, en fait. Alexandra était

partie du principe que presque tout le monde boit du champagne, ce qui était beaucoup plus simple que d'essayer de caser deux bars dans une pièce longue et plutôt étroite. D'après son expérience, la plupart des gens s'estimaient satisfaits lorsqu'on leur offrait champagne et Perrier.

Elle s'excusa, chercha un serveur et lui expliqua où trouver une bouteille de scotch dans le bureau du rez-de-chaussée. Lorsqu'elle se retourna, elle remarqua un curieux phénomène social : tout le monde avait reconnu Arthur Bannerman, mais personne n'osait l'aborder. Les gens s'écartaient sur son passage, si bien qu'il était seul au centre d'un espace vide.

Il ne paraissait pas se rendre compte de l'effet qu'il produisait. Alexandra se demanda quelle impression cela faisait d'être un objet de curiosité bien plus intéressant que les tableaux aux yeux de la plupart des personnes présentes. L'évitait-on par respect pour sa richesse ou par crainte d'une rebuffade ? Bannerman se campait devant chaque toile et consultait son catalogue comme s'il était seul dans la galerie.

Un court instant, elle eut presque pitié de cet homme qui, dans une pièce pleine de monde, semblait séparé de tous par une barrière invisible. Mais il souhaitait peut-être qu'il en soit ainsi et, de plus, il était difficile de nourrir beaucoup de compassion pour quelqu'un qui possédait un milliard de dollars. C'était pourtant le sentiment qu'elle éprouvait, ou quelque chose qui s'en rapprochait.

Elle traversa le no man's land qui isolait Bannerman du reste du monde et le rejoignit. « Ce n'est pas *que* marron, vous savez », dit-il. Elle pensa un moment qu'il parlait tout seul. « Il utilise différentes nuances de marron qu'il superpose. Très habile. J'ai voulu être peintre autrefois, moi aussi. »

L'idée d'Arthur Bannerman en étudiant des Beaux-Arts lui parut saugrenue. Elle essaya en vain de l'imaginer portant barbe et blue-jean, puis se souvint que plusieurs générations le séparaient de ce milieu artiste-là. Elle le vit un court instant sous les traits d'un des amis chahuteurs de Rodolfo dans *La Bohème*, mais là encore elle devait se tromper de génération. Il lui était difficile de se représenter Arthur Bannerman jeune, ou même l'époque correspondante. « Vous avez essayé ? demanda-t-elle.

— Oh oui ! Lorsque j'étais enfant, j'avais un précepteur qui peignait un peu, un Français. Il m'a appris à faire des aquarelles, des paysages de la vallée de l'Hudson, ce genre de choses... J'en ai offert une à mon père à Noël une fois. Il était fichtrement impressionné. Lorsque je suis entré à Harvard, j'ai décidé de m'y mettre plus sérieusement : gouache, toiles, modèles, tout le bazar. Mais, quand mon père en a entendu parler, il y a mis le holà. Il m'a passé un savon. Aucun de ses fils n'allait perdre son temps et corrompre ses mœurs en peignant des femmes nues. Alors, j'ai renoncé.

— Vous en avez souffert ?

— Oh ! Quand j'étais jeune, les gens se préoccupaient moins de bonheur que de nos jours. Je comprenais le point de vue de mon père. Un Bannerman ne pouvait pas être peintre, pas à cette époque. En outre, je n'avais pas de talent. J'ai recommencé à Washington. Quelqu'un m'a dit que c'était bon pour les nerfs. Je jouais les peintres du dimanche avec Ike à Camp David. Il prétendait que, le golf mis à part, c'était la seule activité qui le détendait, mais il se mettait toujours dans une colère noire lorsqu'il n'arrivait pas à peindre ce qu'il voulait. "Bon sang, Arthur! disait-il. Si j'ai réussi à organiser le Débarquement, pourquoi est-ce que je n'arrive pas à représenter ces fichus arbres comme il faut?" »

Il éclata d'un rire retentissant. « Maintenant, je suis collectionneur. C'est plus facile, mais beaucoup moins amusant. »

Le serveur revint. En voyant Bannerman boire une grande rasade de scotch comme s'il en avait besoin, Alexandra se demanda si son teint coloré venait de là. Elle regarda si ses mains tremblaient, mais elles avaient la fermeté du roc. Il fit tinter un glaçon contre ses dents et fixa le tableau. « C'est celui que je préfère, dit-il enfin. Qu'en pensez-vous?

— Il est beaucoup plus grand que les autres.

— Précisément! *L'échelle!* Il est absurde de faire quelque chose de ce genre sur une petite échelle, n'est-ce pas? Plus c'est grand, mieux c'est.

— Cela doit quand même dépendre de l'endroit où on le met?

— Non, on ne peut pas acheter un tableau parce qu'il va quelque part, ma chère. L'art et la décoration sont deux choses entièrement différentes. Mon père a fait l'acquisition d'un Baroccio à Londres, une immense toile allégorique. Lorsqu'il s'est aperçu qu'elle n'entrait pas dans la salle à manger, il a fait surélever le plafond. Ce Baldur n'est pas Baroccio, bien sûr, mais j'aime quand même celui-ci. Je le prêterai peut-être au gouverneur. Je l'ai convaincu de faire un peu de place à l'art moderne dans sa résidence d'Albany, vous savez, histoire d'y mettre un peu de vie. J'ai hâte de voir la tête de ce pauvre vieux quand il verra ça! »

Alexandra se demanda si la passion de Bannerman pour l'art moderne n'était pas une sorte de farce à grande échelle. Elle savait que c'était un engouement récent ; il n'y avait guère que deux ans qu'il jouait un rôle de premier plan dans le monde de l'art contemporain. Avant cela, il avait toujours financé avec générosité les acquisitions les plus ambitieuses du Metropolitan Museum of Art, dont il passait pour être un administrateur particulièrement difficile et opiniâtre. Le bruit avait même couru — et la presse s'en était faite l'écho — que sa famille considérait son intérêt pour l'art contemporain comme un signe de folie ou de sénilité, bien qu'Alexandra ne vît rien dans son comportement qui justifiât ce jugement.

« Combien vaut-il ? » demanda-t-il.

Elle chercha la liste des prix dans son sac. Normalement, c'était Simon ou le directeur de la galerie qui s'occupait des ventes mais, pour une raison ou une autre, elle se sentait une sorte de droit de propriété sur Bannerman. « Cinquante mille dollars », répondit-elle en se disant que c'était une grosse somme.

Bannerman pensait apparemment la même chose. Il dégusta son scotch d'un air pensif, s'approcha du tableau, l'effleura du doigt, puis dit en soupirant : « Trente-cinq me conviendraient fichtrement mieux. »

Elle fit non de la tête. Débattre le prix n'entrait pas dans ses attributions. Simon serait probablement ravi d'obtenir cette somme s'il concluait l'affaire lui-même, mais si c'était elle qui prenait la décision, il l'accuserait de lui avoir fait perdre quinze mille dollars. Si elle ratait la vente, et avec Bannerman de surcroît, il serait plus furieux encore. Elle regretta de ne pas l'avoir appelé au lieu de garder Bannerman pour elle-même.

« J'ai bien peur que ce ne soit le prix définitif,

monsieur, dit-elle avec autant de fermeté qu'elle le put. M. Wolff a déjà eu plusieurs offres pour ce tableau. »

Elle espéra ne pas avoir rougi. Elle mentait mal, même dans le cadre d'un marchandage anodin, et Bannerman lui rendait la tâche encore plus difficile que d'habitude.

Il fronça les sourcils. Le cœur d'Alexandra se serra. Elle craignit un instant qu'il ne l'accuse de ne pas dire la vérité. « C'est encore ce satané imbécile de Rosenzweig ? murmura-t-il d'un ton véhément en se penchant vers elle. Il achète tout ce qui se présente pour son nouveau musée. Qui va apprécier un tableau de ce genre à Fort Worth, je vous le demande ? »

Elle fit de son mieux pour prendre un air entendu. Bannerman fixa le plafond et enfonça ses mains dans ses poches, comme le père d'Alexandra lorsqu'il essayait de conclure un marché à la foire aux bestiaux de LaGrange — à cette différence près que Bannerman ne semblait pas avoir de monnaie à faire tinter.

« Quarante, dit-il, les dents serrés.

— C'est impossible », répondit-elle, ce qui n'était que la vérité.

Sous son regard furibond, elle faillit dire : « D'accord, quarante. » Puis, brusquement, il sourit. « Vous êtes dure en affaires, remarqua-t-il avec une certaine admiration. Je le prends à cinquante, mais attention, j'ai droit à une remise de 10 pour cent.

— Vraiment ?

— Demandez autour de vous. Il en coûte 10 pour 100 de pouvoir dire qu'on m'a vendu un tableau.

— Je vous crois sur parole, monsieur. Quarante-cinq mille dollars, donc. »

Bannerman vida son verre. « Magnifique ! Marché conclu. » Elle eut droit à une nouvelle poignée de main vigoureuse, comme si elle était une électrice. « Vous n'êtes pas de New York, n'est-ce pas, mademoiselle, euh, Walden ?

— Non, de l'Illinois.

— De quel endroit ?

— Le comté Stephenson.

— Je l'ai emporté dans ce comté avec 54 pour cent et quelques des voix lors des primaires de 1968. Le chef-lieu est LaGrange, n'est-ce pas ?

— Comment se fait-il que vous le sachiez ?

— Un homme politique n'oublie jamais une victoire. De plus, mon père tenait à ce que ses enfants sachent deux choses : la géographie et l'arithmétique. Il avait une image mentale de la moindre parcelle de terre qu'il possédait, et de la plupart de celles des autres aussi. Tout était là, dans sa tête. Si quelqu'un lui proposait de créer un complexe industriel sur un terrain de Cincinnati, par exemple, il fermait les yeux un instant, puis disait : "Non, c'est un terrain alluvial. Il sera inondé à chaque crue de l'Ohio." Mon père n'était jamais allé à Cincinnati de sa vie, vous comprenez, mais il connaissait si bien le pays tout entier qu'il n'avait pas besoin de carte. On l'a beaucoup sous-estimé. »

Elle perçut de l'amertume dans sa voix. Pensait-il uniquement à son père, ou se disait-il que lui aussi avait été sous-estimé, qu'on ne l'avait jamais apprecié à sa juste valeur parce qu'il était né trop riche ?

Elle ne savait comment poursuivre sur ce sujet, bien qu'elle eût aimé le faire, et revint donc à un terrain plus sûr. « Comment avez-vous deviné que je n'étais pas de New York ?

— Vous ne parlez pas comme les gens d'ici. Et puis un New-Yorkais m'aurait laissé le tableau à quarante mille dollars simplement parce que je suis un Bannerman. Il n'y a qu'un Yankee pour se montrer dur en affaires avec un autre Yankee[1]. »

Elle faillit lui dire qu'elle n'était pas du Nord mais du Middlewest, Suisse protestante du côté de son père et Anglo-Ecossaise du Sud du côté de sa mère, mais elle n'avait pas envie de parler généalogie avec Arthur Bannerman. D'ailleurs, ce n'était sans doute qu'une manière pleine de tact de reconnaître qu'elle était elle aussi d'origine protestante.

« Que fait votre père ? demanda-t-il. Il est fermier ?

— Il est mort. Il y a plusieurs années, ajouta-t-elle aussitôt pour prévenir les condoléances et les questions. Mais il était bien fermier. Comment l'avez-vous deviné ?

— C'est assez facile, ma chère. Presque tous les habitants du comté Stephenson sont fermiers. Je me souviens d'avoir reçu une délégation de fermiers républicains en 1968. Ils voulaient que j'accepte une augmentation des subventions laitières, et l'un d'eux venait du comté Stephenson. Je regrette d'avoir cédé. Je ne croyais pas aux subventions à cette époque, et je n'ai pas changé d'avis, même si elles m'ont valu les voix des fermes laitières.

— Mon père a voté contre vous, je dois dire.

— Il a fait preuve d'un grand bon sens. J'aurais trouvé un moyen de réduire les subventions si j'avais été élu, en dépit de mes promesses.

— C'est ce qu'il disait.

— Eh bien, je comprends d'où vous vient votre intelligence... Seigneur ! Je vous empêche d'aller dîner, s'exclama-t-il en rougissant d'embarras.

1. Habitant des Etats du Nord. *(N.d.T).*

— C'est sans importance, je vous assure. Simon... M. Wolff est avec ses amis. Mon retard ne les dérangera pas.» Elle se rendit compte qu'elle avait dit «ses» amis, comme pour souligner que ce n'étaient pas les *siens*, ce qui était vrai.

«Permettez-moi de vous accompagner. Je n'accepterai pas de refus.» Il lui prit en effet le bras comme si elle allait décliner son offre — ce dont elle n'avait nullement l'intention — et se dirigea vers les escaliers. La foule s'écarta de nouveau sur son passage. Quelques courageux le saluèrent. Il leur répondait par un sourire féroce — il avait de grandes dents carrées d'un blanc éblouissant qui, lorsqu'il les découvrait largement, semblaient occuper tout son visage, comme celles de Teddy Kennedy dans les dessins animés. «Bonjour, mon vieux, content de vous voir», lançait-il à la cantonade sans ralentir le pas. Avait-il une mauvaise mémoire des noms? se demanda Alexandra. Mais cela lui parut peu vraisemblable. Elle penchait plutôt pour de l'arrogance ou de la timidité, sans doute accentuées par le fait qu'il avait su toute sa vie que presque tous ceux qu'il rencontrait attendaient quelque chose de lui. Il se défendait par le mouvement et une affabilité bruyante qui devait empêcher toute conversation véritable.

Au pied des escaliers, sa progression fut arrêtée par Benoît de Montechristo qui enfilait un manteau doublé de fourrure. Alexandra se demanda si Bannerman allait lui dire: «Bonjour, mon vieux.» Et il parut tenté de le faire. La tête en avant, les épaules rentrées, il piétina un instant comme un taureau qui cherche à contourner l'obstacle avant de se décider à charger. Y avait-il de vieilles rancunes entre les deux hommes? Le bruit courait qu'ils s'étaient affrontés à propos de plusieurs acquisitions. Et, bien sûr, l'intérêt nouveau que portait Bannerman à l'art contemporain devait réduire les sommes d'argent dont il était prêt à faire don au Metropolitan. C'était du moins ce qu'Alexandra supposait, ne sachant rien de plus sur le sujet que n'importe quel lecteur de la revue *New York*.

Le beau visage de Montechristo resta impassible. « Bonsoir, Arthur », dit-il du ton d'un homme qui regrette de n'avoir pas quitté une soirée quelques minutes plus tôt.

Bannerman lui adressa un large sourire et lui serra la main si vigoureusement que Montechristo grimaça de douleur. « Content de vous voir ! tonna-t-il en lui broyant la main de plus belle. Vraiment content, mon vieux. »

Montechristo tint bon et se plaça juste devant lui, comme pour l'empêcher de s'enfuir. « J'ai essayé de vous joindre, dit-il.

— J'ai été très occupé, répondit Bannerman en se rembrunissant.

— Nous devons discuter de quelques acquisitions très importantes.

— J'en ai fait quelques-unes pour mon propre compte.

— Ce genre-là ? fit Montechristo en haussant un sourcil. J'en ai entendu parler. Vous connaissez mon opinion.

— Très bien. Eleanor m'en parle aussi copieusement. »

Alexandra récupéra son manteau, un manteau tout simple qui lui fit envier la fourrure de Montechristo. Elle se demanda qui était Eleanor. Elle ne savait que très peu de chose d'Arthur Bannerman, sinon qu'il avait un fils qui faisait les gros titres des journaux en qualité de playboy et d'homme politique. Y avait-il une Mme Bannerman? Et pourquoi se posait-elle soudain la question?

Bannerman l'aida à enfiler son manteau. «Je vous présente Mlle... euh... Walden. Elle vient de me vendre un tableau.

— Enchanté, fit Montechristo en s'inclinant légèrement. Franchement, Arthur, cela m'attriste de vous voir collectionner ce genre de peinture, de lui apporter la caution de votre nom... Il y a un homme à Zurich qui a un Caravage à vendre, un chef-d'œuvre! C'est exactement le genre de tableau que nous devrions acquérir. Imaginez-le au centre d'une nouvelle salle... L'"art de la Renaissance", peut-être...

— Non. Mon grand-père a remis le musée à flot après le krach, une aile entière porte le nom de mon père et l'un des fonds d'acquisition les plus importants, celui de ma mère. J'ai donné je ne sais combien de millions de dollars au Metropolitan, et maintenant je veux faire quelque chose de personnel.» Son ton frisait l'impolitesse, ce dont Montechristo choisit de ne pas s'apercevoir.

«Votre propre musée? Comme Getty ou Rosenzweig? Mais nous sommes à New York, mon cher! Cette ville n'a pas besoin d'un nouveau musée.

— Qui a dit que ce serait à New York? fit Bannerman d'un air buté.

— C'était une supposition...» Montechristo haussa les épaules comme s'il avait affaire à un fou. «Enfin, j'espère que vous êtes bien conseillé.

— Oui, par Mlle Walden.» Apercevant un espace libre à la droite de Montechristo, il entraîna Alexandra vers le couloir où, comme par considération pour sa présence, l'ascenseur attendait, portes ouvertes.

Bannerman semblait très content de lui, à

l'agacement d'Alexandra qui n'avait pas apprécié qu'il se serve d'elle pour choquer Montechristo. « Pourquoi avez-vous dit cela ? demanda-t-elle, un peu étonnée de son audace.

— Excusez-moi, fit-il d'un air penaud. Vous avez raison, je n'avais pas le droit de vous mêler à ma querelle avec Benoît.

— Non, en effet. Que va-t-il penser de moi ?

— C'est à moi qu'il en veut. Ce n'est pas un mauvais bougre, en fait, mais, au fil des ans, le Metropolitan Museum a pris l'habitude de considérer ma famille comme le Grand Pourvoyeur. C'était pareil avec Hoving et son prédécesseur. Personne n'aime s'entendre dire non, les directeurs d'établissements à but non lucratif moins que quiconque. Ecoutez, puis-je vous inviter à déjeuner un de ces jours pour me faire pardonner ? »

Elle hésita, mais c'était exactement ce qu'elle avait espéré. Elle se demandait toutefois dans quoi elle s'engageait. « D'accord », répondit-elle. Etait-ce seulement de la curiosité qu'elle éprouvait ? Bannerman habitait un monde si éloigné du sien que son invitation était irrésistible. Après tout, combien de ses connaissances pouvaient se vanter d'avoir été invitées à déjeuner par Arthur Bannerman ? Même Simon l'envierait. *Surtout* Simon, se dit-elle avec satisfaction.

« Magnifique ! » Dans la rue, une voiture attendait. Au lieu de la limousine imposante qu'elle avait vaguement imaginée, il ne s'agissait que d'une simple conduite intérieure près de laquelle se tenait un Noir vêtu d'un costume sombre. Elle avait supposé que Bannerman aurait une voiture sortant de l'ordinaire — une Rolls Royce peut-être — et que son chauffeur porterait uniforme et casquette, mais ce n'était apparemment pas son genre. « Où allez-vous ? demanda-t-il, prenant place à l'avant tandis qu'elle montait à l'arrière.

— Chez Trump, répondit-elle.

— Où diable est-ce?

— Je connais l'endroit, monsieur, intervint le chauffeur d'un ton bas et lugubre, mais dépourvu de toute servilité.

— Jack sait tout. Un gars épatant!»

Certains des camarades d'école de Simon, et notamment ceux du Proche-Orient, se déplaçaient dans des limousines aux vitres pare-balles accompagnés de leur garde du corps, et Simon lui-même, qui n'était pourtant pas riche, se comportait comme si New York était aussi dangereuse que Beyrouth. Bannerman, en revanche, ne semblait prendre aucune précaution. Loin d'être équipée de vitres pare-balles, sa voiture n'avait même pas le téléphone.

«Est-ce que demain vous irait, mademoiselle? demanda-t-il. Je pourrai ainsi vous remettre le chèque en mains propres. On ne peut pas se fier à la poste de nos jours, n'est-ce pas? Ni à quoi que ce soit d'autre d'ailleurs.»

Elle n'avait aucun projet pour le déjeuner. Elle envisagea un instant de se faire désirer pour y renoncer aussitôt. «Demain sera parfait.

— Magnifique! Jack passera vous chercher.»

La voiture s'arrêta devant le restaurant, et le chauffeur descendit lui ouvrir la porte. Bannerman se retourna et lui prit la main alors qu'elle se préparait à une étreinte vigoureuse, il la retint simplement dans la sienne avec douceur. Elle pensa un instant qu'il allait lui proposer de dîner en sa compagnie — pour se rendre compte avec étonnement qu'elle le souhaitait — mais, après un silence qui lui parut très long, il dit seulement en lui pressant la main : « J'ai passé une soirée plus intéressante que je ne m'y attendais. »

Elle eut l'impression qu'une sorte de courant passait entre eux et regretta d'avoir à quitter l'intimité de la voiture pour les lumières éblouissantes et le vacarme de Trump. Elle lui serra très légèrement la main et fut récompensée par ce qui ressemblait fort à un clin d'œil.

« Elle vous a coûté cher, dit-elle. Mais vous avez eu ce que vous vouliez.

— Vraiment ? fit-il, l'air décontenancé. Ah oui ! Le tableau bien sûr. Ce n'était pas à cela que je pensais. Allons, je vous retarde, ajouta-t-il en lâchant sa main à contrecœur. J'espère que nous, euh, que nous apprendrons à mieux nous connaître. A demain alors ? »

Elle acquiesça de la tête.

« A propos du tableau, dit-il. Est-ce que Rosenzweig vous avait vraiment fait une offre ?

— Non, reconnut-elle en souriant. Mais il était réellement intéressé. »

Bannerman éclata de rire et lui reprit la main, la serrant plus fort cette fois, mais sans rudesse. « Pardieu ! s'exclama-t-il. Vous êtes une fille selon mon cœur, un vrai maquignon ! Il va falloir que je me méfie.

— Vous ne m'en voulez pas ?

— Pas du tout. Cela les valait, ma chère. D'ailleurs, tout le monde ne me consent pas de remise, ajouta-t-il en lui faisant un clin d'œil. Alors, nous sommes quittes. Bonsoir. »

« Une remise ? Quelle remise ? Tu t'es laissé avoir par ce vieux grigou. Pourquoi ne m'as-tu pas prévenu qu'il était là, bon sang ? »

Simon devait crier pour se faire entendre tant il y avait de bruit dans le restaurant. Elle le comprenait, mais cela ne lui en était pas moins désagréable. « Il était pressé, répondit-elle.

— Tu aurais dû lui dire de revenir demain.

— Ce n'est pas le genre d'homme qui revient demain, Simon. Et puis tu aurais été ravi de lui laisser le tableau à trente-cinq mille dollars, rien que pour pouvoir te vanter de le lui avoir vendu. Tu le sais très bien, alors cesse de hurler !

— Je ne hurle pas ! » Il parlait si fort qu'il attira l'attention de plusieurs de ses amis, d'inconnus debout près du bar et même du barman. Il jeta un regard furieux à celui-ci qui s'éloigna. « Je ne sais pas ce qui te prend ce soir, reprit-il en baissant la voix. D'abord, tu ne réserves pas de table et tu nous forces à attendre une heure au bar...

— Une demi-heure au grand maximum.

— D'accord, une demi-heure. Le problème n'est pas là. Ensuite, tu prends la responsabilité de vendre un tableau, et à Arthur Bannerman par-dessus le marché. Est-ce qu'il t'a donné un chèque, au fait ?

— Non. » Aurait-elle dû lui en demander un ? Son intuition lui disait qu'il n'avait sans doute jamais eu un chéquier sur lui de sa vie. Se serait-il froissé si elle l'avait fait ? Probablement pas, mais il en aurait à coup sûr conclu qu'elle était parfaitement quelconque. Elle se rendit compte avec étonnement que l'opinion de Bannerman avait de l'importance pour elle. Elle le connaissait pourtant à peine !

« Tu peux être certaine que nous attendrons encore ce foutu chèque dans six mois, reprit Simon en agitant un doigt accusateur. Les riches sont longs à payer... quand ils paient ! Je vois d'ici le scénario : nous allons patienter trois mois, puis lui écrire ; un ou deux mois plus tard, nous recevrons une lettre nous disant qu'il y a eu un malentendu et nous offrant trente mille dollars pour régler l'affaire. Il faut toujours se faire payer pendant que le client veut encore du tableau ! »

Alexandra détestait les sermons. Elle éprouva soudain du dégoût pour elle-même. Trump, avec ses clients entassés et bruyants, ses lumières trop crues, était exactement l'endroit où elle n'avait pas envie d'être. Simon qu'elle essayait tant de satisfaire et qui, comme d'habitude, refusait de l'être à moins d'une reddition totale de sa part, la traitait en idiote, sûr qu'elle ne riposterait pas. Sa patience était à bout. « J'aurai le chèque demain puisque tu y tiens tant, dit-elle.

— Demain ? Et comment comptes-tu donc t'y prendre ? »

Elle lui jeta un regard qui aurait paralysé quelqu'un de moins égocentrique que Simon. Mais, naturellement, il n'y fit pas attention. Il était convaincu depuis longtemps de l'avoir en son pouvoir, et elle ne pouvait s'en prendre qu'à elle-même. « Je déjeune avec lui, dit-elle. Et maintenant, je vais rentrer. J'ai mal à la tête. »

Si elle avait assené un coup de massue à Simon, il n'aurait pas eu l'air plus stupéfait. Elle en retira un certain plaisir. « *Déjeuner* ? Avec Arthur Bannerman ? Tu me fais marcher ?

— Non.

— Bon Dieu, tu aurais dû me le dire ! Quelle occasion en or ! Pourquoi ne lui as-tu pas demandé de m'inviter aussi ? Tu n'y connais rien en art, tu le sais aussi bien que moi.

— Qu'est-ce qui te fait croire que nous allons parler d'art, Simon ? Bonne nuit.

— Tu ne vas pas partir, quand même ? s'écria-t-il.

— Je t'ai dit que j'avais mal à la tête. Je rentre.

— Ecoute, je suis désolé... »

Elle savait qu'il le pensait vraiment. Il était toujours désolé lorsqu'il était allé trop loin.

Pour une fois, elle s'en moquait éperdument.

Elle avait vu beaucoup d'immeubles et supposait que plus rien ne pouvait l'étonner à New York, mais celui-là lui coupa le souffle. L'entrée du Dakota était peut-être plus exotique mais là chaque détail, du col empesé des employés jusqu'aux vitraux des fenêtres et aux boiseries, proclamait une « vieille fortune », et des plus considérables. Le hall évoquait l'église épiscopalienne d'un quartier riche : marbre, poutres sculptées, lustres dorés d'inspiration vaguement religieuse, meubles anciens. Le portier, son assistant et les garçons d'ascenseur avaient eux aussi une allure un peu cléricale : âgés, les cheveux gris et les gants blancs, ils ressemblaient aux ordonnateurs d'un enterrement protestant élégant et gardaient la tête baissée comme si le cercueil allait arriver. Lorsque le portier lui demanda son nom, elle répondit dans un murmure, comme si le décor exigeait une voix étouffée et une attitude respectueuse.

Le garçon d'ascenseur s'inclina devant elle et referma les portes avec soin. Il actionna une manette démodée et, dans un ronronnement de vieux mécanisme bien huilé, l'ascenseur s'éleva avec une lenteur majestueuse qui n'aurait pas effrayé la plus vieille des douairières.

L'homme ouvrit la grille et elle se retrouva dans un vestibule trois ou quatre fois plus grand que son appartement. Il n'y avait pas de couloir ; l'ascenseur arrivait directement dans l'appartement de Bannerman qui devait occuper un étage entier de l'immeuble, soit l'équivalent d'un demi-pâté de maisons, et donnait sur Central Park. Il lui était impossible de se faire une idée de sa valeur. Des millions de dollars, bien sûr, mais combien ?

Un majordome l'attendait à l'autre bout du vestibule. Il la salua avec déférence, puis, lorsqu'une femme de chambre l'eut débarrassée de son manteau, il ouvrit une porte de bois à deux battants, sculptée comme le portail d'une cathédrale, et la guida à travers une série de pièces lumineuses, chacune plus grande et meublée avec plus de recherche que la précédente. Alexandra vit confusément une profusion de tapis orientaux, de cheminées de marbre, de tableaux au cadre doré, de tapisseries et de meubles anciens — de quoi remplir plusieurs musées, lui sembla-t-il.

« Monsieur vous attend dans la bibliothèque », dit le majordome comme s'il parlait de Dieu. Ils traversèrent une autre pièce immense, décorée celle-ci de peintures modernes qui juraient avec le mobilier d'époque, puis il frappa légèrement à une porte et l'ouvrit.

Alexandra s'attendait à des boiseries et des étagères garnies de livres reliés, mais il n'y avait rien de tout cela. C'était une grande pièce claire aux murs rouges, ornée d'immenses toiles modernes et évoquant davantage le musée d'Art moderne que ce qu'elle associait à Bannerman. Il détonnait d'ailleurs de manière saisissante au milieu des taches de couleurs vives et des sculptures aux formes indéfinies éparpillées dans la bibliothèque. A l'autre extrémité de la pièce, une porte à deux battants donnait sur une petite salle à manger toute en baies vitrées décorée de peintures abstraites et de fleurs aux tons éclatants, où deux domestiques mettaient la table. Au-delà, on apercevait une terrasse aménagée en jardin à la française.

« Gentil à vous d'être venue », dit Bannerman d'une voix tonitruante en lui serrant la main. Il la conduisit jusqu'à deux fauteuils en cuir et chrome, plus élégants que confortables, et s'assit en remontant son pantalon d'un geste méticuleux. Il paraissait content de la voir. « Je vous offre quelque chose à boire ?

— Merci. Je ne suis pas très portée sur l'alcool.

— Je m'en souviens. J'aimerais pouvoir en dire autant. Non, ce n'est pas vrai du tout, en fait. Mon père et mon grand-père étaient des abstinents convaincus, de farouches adversaires de cette "invention du diable". A ma connaissance, cela ne les a pas rendus plus heureux. » Il fit un signe de tête au majordome. Celui-ci haussa un sourcil d'un air qui parut légèrement désapprobateur à Alexandra, et revint un instant plus tard avec un grand verre de scotch posé sur un plateau d'argent.

« Je suppose que votre M. Wolff doit être très content de vous, dit Bannerman.

— Pas vraiment. Il a trouvé que je ne vous avais pas vendu ce tableau assez cher. » Elle décida de se montrer franche avec lui : ses yeux d'un bleu intense l'exigeaient. « Il m'a également reproché de ne pas vous avoir demandé un chèque sur-le-champ.

— Ah bon ? fit Bannerman en riant. Il n'a pas tort, vous savez. Les riches sont généralement prompts à encaisser et longs à payer. C'est comme ça qu'ils acquièrent leur fortune. Les Bannerman constituent une exception, je suis heureux de le dire. Payer rubis sur l'ongle est de tradition dans ma famille. » Il sortit une enveloppe de sa poche et la lui tendit. « J'y ai ajouté la taxe d'achat pour le comté Dutchess. Inutile d'engraisser cette fichue ville lorsqu'on peut l'éviter... Vous n'aimez pas beaucoup tout ça, n'est-ce pas ? » fit-il en désignant les tableaux.

Elle reconnut un De Kooning, un Pollock, un Motherwell ; les autres lui étaient inconnus. « J'ai essayé, dit-elle. Simon... M. Wolff s'y emploie depuis des années.

— Ah oui ? Mais sans succès apparemment. Vous préférez ce qu'il y a dans les autres pièces ? fit-il en souriant. Les vieux maîtres ? Ces cadres dorés et ces visages hollandais sinistres ? »

Elle ne voulait pas le blesser, mais était résolue à se montrer sincère. « Oui, en effet. Ou les impressionnistes. » Elle espéra qu'il ne l'avait pas invitée pour parler d'art.

« Parce que c'est joli, hein ? Ma mère serait d'accord avec vous ; mes enfants aussi probablement, s'ils prenaient la peine d'y réfléchir. J'ai besoin d'un peu de changement, voyez-vous. A vivre trop longtemps parmi des pièces de musée, on finit par en *devenir* une soi-même, comme ce vieux Getty.

— Vous ne me faites pas l'effet d'une pièce de musée, monsieur Bannerman.

— Tant mieux ! Mais appelez-moi Arthur, je vous en prie. “Monsieur Bannerman” sent un peu trop son musée. »

La majordome entra et toussa discrètement. « Ah ! Le déjeuner, s'exclama Bannerman avec son enthousiasme coutumier. Vous devez mourir de faim. »

Elle n'avait pas le moindre appétit, mais était néanmoins très curieuse de voir en quoi consistait un déjeuner pour Bannerman. Elle s'attendait à des plats raffinés cuisinés par un grand chef français, et la table semblait effectivement promettre un repas somptueux. Du surtout en vermeil garni de fleurs jusqu'à l'argenterie polie, tout était d'une élégance éblouissante.

Il y avait trois verres à vin devant elle, mais Bannerman demanda un autre scotch. Elle pensa un instant que le majordome allait émettre une objection, mais il se contenta de hausser les épaules d'un air résigné. Bannerman était-il alcoolique ? Si c'était le cas, on ne s'en apercevait guère. A la déception du majordome, elle demanda un Perrier, fut informée qu'il n'y en avait pas et se rabattit sur de l'eau de Seltz.

Le goût de la soupe de tomate qu'une des domestiques leur servit dans une superbe soupière rappelait de manière suspecte celui des conserves Campbell. Une seconde cuillerée confirma les soupçons d'Alexandra. Il n'y avait aucun doute, le potage venait bien de la célèbre boîte rouge et blanche. Bannerman mangeait lentement et soufflait sur sa cuiller, tout en parlant de sa collection.

On les débarrassa de leur assiette et une domestique apporta un plat d'argent qui, lorsqu'elle en ôta le couvercle, révéla deux hamburgers dorés accompagnés de purée, de haricots verts surgelés et de jus de viande. Elle remarqua que Bannerman prenait du Ketchup dans une saucière d'époque. Si un chef français avait jamais exercé son talent en cuisine, il devait avoir démissionné depuis longtemps.

Bannerman mangeait vite, avec méthode et sans paraître y prendre plaisir, comme un enfant à qui on a dit de ne rien laisser dans son assiette. Une gouvernante ou une bonne d'enfants lui avait-elle enseigné soixante ans plus tôt que « qui ne gaspille pas gagne » ?

« Déjeunez-vous toujours ici ? » demanda-t-elle en espérant qu'il n'y verrait pas une critique du repas.

Bannerman finit son scotch et tapota son verre pour qu'on le resserve. « Souvent, répondit-il.

Trop souvent. Il y a du personnel, vous comprenez, il prépare des repas et s'attend à me voir manger ici. Pendant longtemps, j'ai trouvé cela parfaitement naturel. Comme bien d'autres choses. »

Il lui parut brusquement triste, et beaucoup plus vieux. Il semblait peu vraisemblable qu'un milliardaire puisse souffrir d'un mal aussi ordinaire que la solitude, mais l'atmosphère de cet immense appartement vide avec ses pièces sonores et ses domestiques silencieux faisait penser à Alexandra que c'était certainement le cas. Avait-il des amis, des passe-temps ou des femmes dans sa vie ? Sortait-il le soir pour aller jouer au bridge à son club ou voir un film ? Elle aurait aimé retrouver cette intimité qu'ils avaient partagée un court instant dans sa voiture, mais ici, dans son appartement, Bannerman paraissait plus lointain.

« Parlez-moi de vous, dit-il. Qu'est-ce qui vous a fait venir à New York ?

— A la mort de mon père, commença-t-elle en éprouvant le pincement au cœur et le sentiment de culpabilité qui lui étaient familiers, j'ai décidé que je ne voulais pas passer le reste de ma vie à LaGrange. » Ce n'était pas toute la vérité, mais ça l'était en partie, assez pour bavarder.

« Je vous envie assez d'une certaine façon. Quitter une petite ville pour New York quand on est jeune, c'est une grande aventure. Il faut du courage. Mon père a vécu jusqu'à plus de quatre-vingts ans, vous savez. J'étais un homme mûr avec femme et enfants quand il est mort. J'ai hérité de grandes responsabilités, naturellement, mais je m'y attendais depuis longtemps. Il n'y a eu ni surprise ni aventure. Pendant un temps, j'ai cherché l'une et l'autre dans la politique mais je laisse ça à Robert maintenant, mon fils aîné... Il a encore beaucoup à apprendre. »

Il y eut un long silence. « Combien d'enfants avez-vous ? » demanda Alexandra pour essayer de ranimer la conversation. Ce déjeuner était une erreur, pensa-t-elle avec déception. Elle regretta qu'il ne l'eût pas invitée à dîner la veille, alors que le climat entre eux était différent.

« Trois. Deux garçons — des adultes maintenant, bien sûr — et une fille. Elle tient de sa mère. »

Alexandra crut percevoir de l'amertume ou de la colère dans sa voix. S'il y avait un sujet qu'elle connaissait, c'était celui des rapports entre père et fille. Elle se demanda ce que la fille de Bannerman avait fait pour encourir son déplaisir.

Un bruit étouffé de porcelaine et de couverts annonça le retour des domestiques qui apportaient le dessert : glace et gâteaux secs, une fin appropriée pour un repas qui était probablement servi au même instant à des millions d'élèves américains dans tout le pays. Etait-ce ce que Bannerman souhaitait ? Avait-il des goûts simples, ou la nostalgie de son enfance peut-être ? A moins qu'une sorte de tradition familiale ne fixât ses repas. Les gâteaux provenaient d'une boîte. Cela lui était égal, et lui rappelait même sa propre enfance, mais elle trouvait triste que, malgré la fortune de Bannerman, son personnel ne puisse même pas lui faire des pâtisseries maison.

Après avoir abordé le sujet de ses enfants, il détourna résolument la conversation. « Depuis quand travaillez-vous pour M. Wolff ? demanda-t-il.

— Près de deux ans.

— Et avant ?

— J'étais mannequin.» Ce n'était que partiellement exact. Elle avait travaillé un peu dans la mode, mais se dire mannequin était forcer la vérité. «Ce métier m'a toujours attirée, même à l'école. J'avais l'impression qu'on ne pouvait rien trouver de plus différent de ce que les gens faisaient à LaGrange.

— Je suis sûr que vous aviez du succès.

— Non. Ce n'était pas aussi facile que cela en avait l'air vu de LaGrange.

— J'ai du mal à croire que vous n'avez pas réussi. Vous êtes une jeune femme très... séduisante.»

Elle avait remarqué qu'il hésitait, cherchant le mot juste. «Belle» lui avait sans doute paru un compliment trop outré et «jolie», trop banal. Il ne s'attarda pas sur le sujet. «Enfin, nous avons tous nos ambitions, dit-il comme s'il n'y avait aucune différence entre briguer la présidence et vouloir faire la couverture de *Vogue*. Travailler pour un homme comme Wolff doit être intéressant.

— Oui, très», répondit-elle avec un enthousiasme idiot. Elle avait l'impression de déjeuner avec un parent lointain qu'elle n'aurait pas vu depuis longtemps ou de s'entretenir avec un employeur potentiel. Bannerman ne paraissait pas vouloir, ou pouvoir, aller au-delà d'un échange de propos conventionnels. Et s'il s'agissait vraiment d'un entretien professionnel? Elle se dit un instant que Bannerman recherchait peut-être une assistante et l'avait invitée pour lui faire passer une sorte d'examen. «C'est très varié.»

Il hocha la tête. «Wolff est un homme d'affaires très entreprenant d'après ce que j'ai entendu dire, fit-il en ponctuant sa phrase d'un léger reniflement, comme pour indiquer que les activités de Wolff n'étaient pas très respectables, ou trop médiocres pour l'intéresser.

— Il se lasse très vite, expliqua-t-elle. Alors il cherche sans cesse quelque chose de nouveau. C'est amusant pour moi.

— Je comprends... L'ennui est une chose terrible. Je ne m'ennuyais jamais, vous savez. Je ne savais même pas ce que le mot voulait dire. Lorsque les enfants grandissaient, les jours n'étaient jamais assez longs. Oh! J'étais très occupé: la Fondation, la politique, les affaires... Mais nous passions quand même de bons moments: le Maine en été, la chasse au renard à l'automne... »

Il fixa un instant sa tasse à café vide. « Et puis, ma femme est morte, les enfants sont partis, j'ai renoncé à la politique... Deux courses à la présidence suffisent à n'importe qui, vous savez, reprit-il d'un ton agressif. Sauf à Nixon. Je me suis réveillé un matin pour m'apercevoir que je n'avais rien à faire. Il y avait des décisions à prendre naturellement, des réunions... mais de ce côté-là, la famille Bannerman ressemble à une de ces fichues machines spatiales, celles qu'on envoie sur Mars ou dans les étoiles... »

Il ferma les yeux, comme s'il cherchait à imaginer l'appareil qu'il avait en tête, puis lui sourit, sans doute pour s'excuser de lui infliger ses problèmes. « Ce que je veux dire, continua-t-il, c'est que la machine continue à suivre sa trajectoire longtemps après que ses constructeurs sont morts et enterrés. Mon grand-père a créé quelque chose de ce genre, un système qui se perpétue à l'infini exactement comme il le souhaitait... »

Etait-il ivre? Il tenait des propos parfaitement cohérents, en dépit de son envolée sur l'espace, mais elle se demandait pourquoi il avait soudain décidé de se confier à elle. D'une certaine manière, elle comprenait ce qu'il disait. Elle avait vu *2001* — un des films préférés de Simon — et la façon dont le vaisseau spatial détruisait son équipage lui avait fait froid dans le dos, quoiqu'elle eût trouvé le film déprimant et prétentieux. Elle avait découvert plus tard que Simon et ses amis l'avaient regardé à travers les brumes de la marijuana, qu'il avait été le film culte de la génération 68.

Bannerman pensait-il à *2001*? Cet énorme vaisseau vide qui flottait à travers l'espace pour une destination inconnue lui était-il brusquement apparu comme une image de sa propre vie? Elle-même détestait ce qui était immense et échappait à son contrôle. Enfant, elle avait éclaté en sanglots à l'arrivée d'un train dans une gare, terrorisée par la taille et le vacarme de la locomotive qui s'était immobilisée à quelques mètres d'elle comme un monstre menaçant. Aujourd'hui encore, elle n'aimait guère traverser les rues de New York devant des bus ou des camions grondants. Sans en avoir jamais fait l'expérience ni éprouvé le désir, elle savait qu'elle détesterait s'embarquer sur un paquebot, si luxueux soit-il.

Qu'Arthur Bannerman semble éprouver le même genre de craintes atténua son impression d'être une candidate à l'embauche. Il cessa soudain de lui en imposer. C'était un homme malheureux qui buvait trop, à qui les vaisseaux spatiaux donnaient des cauchemars et qui souhaitait apparemment qu'elle le plaigne.

« Je comprends très bien. Mais être riche ne doit quand même pas être aussi terrible que ça, ajouta-t-elle avec une certaine rudesse. Après tout, c'est ce que tout le monde désire, non ?

— Vraiment? fit-il, l'air sincèrement étonné.

C'est bien possible. Me croiriez-vous si je vous disais que ce n'est pas aussi fantastique qu'on le prétend ?

— Je ne trouve pas ça si mal, moi.

— Voilà qui est sincère, dit-il en riant. Mais si vous aviez de l'argent, qu'en feriez-vous ? Je parle de sommes qui dépassent de loin vos besoins ou ce que vous pourriez dépenser. Posséder ce que tout le monde désire, et davantage, est une lourde responsabilité. J'ai essayé de protéger mes enfants du poids de cette connaissance. Je ne voulais pas qu'ils vivent dans une bulle comme moi. Je ne crois pas avoir réussi, pour être franc. Peut-être est-ce impossible... »

Il se leva avec une certaine raideur. Etait-ce l'âge ou le whisky? Il se plaça derrière elle lorsqu'elle quitta sa chaise, toujours aussi courtois, et la reconduisit dans la bibliothèque où il se versa un nouveau verre. Alexandra alla à la fenêtre et regarda le parc.

« Splendide, n'est-ce pas ? Les feuilles commencent à changer de couleur. Dans le Nord, c'est déjà le plein automne. Vous y êtes déjà allée en cette saison ?

— Non, jamais.

— Il faut le faire ! Cela vaut la peine d'être vu, je vous assure. Est-ce que je vous retarde ? Vous devez sans doute retourner à votre bureau.

— Non, cela peut attendre pour une fois. »

Elle s'éloigna de la fenêtre. Quelque part de l'autre côté du parc, dans un autre monde semblait-il, il y avait son propre appartement. Un vieux *bureau plat** d'une valeur manifeste, même à ses yeux inexperts, faisait face à la fenêtre. On n'y voyait pas un seul papier. Etait-ce là que Bannerman travaillait? Et, si oui, que faisait-il ?

Plusieurs photographies encadrées y étaient

posées. L'une d'elles montrait une fille d'environ quatorze ans qui se penchait sur son cheval pour accrocher un ruban à la bride. Elle n'avait pas l'air heureux ; sous la bombe de velours, son visage était sérieux et comme empreint d'un indéfinissable ressentiment. Un cadre double contenait la photo de deux garçons. L'un était la réplique de Bannerman et paraissait résolu à ne pas sourire au photographe ; l'autre, âgé de douze ans, souriait jusqu'aux oreilles. C'était le seul visage gai de cette galerie de portraits de famille. Dans un autre petit cadre en argent d'un dessin exquis, on voyait un troisième garçon qui ressemblait à Bannerman mais dont les yeux exprimaient quelque chose de réservé et de secret, une tristesse qui transparaissait même dans cet instantané.

Bannerman avait parlé de trois enfants mais, là, il y en avait quatre. Elle se demanda pourquoi il avait omis de mentionner l'un d'eux et regretta une fois de plus de ne pas en savoir plus sur lui.

Dans un cadre beaucoup plus grand placé à l'écart des autres se trouvait la photographie en couleurs d'une femme de trente-cinq, quarante ans, le genre de portrait conventionnel qui accompagne un article sur les demeures des riches dans *Vogue* ou *Town and Country*. Assise dans une pièce luxueuse, elle portait un tailleur Chanel gris pâle et un collier de perles. A son maintien, on aurait cru qu'on avait demandé au photographe d'illustrer la manière dont une dame doit s'asseoir : jambes et chevilles fermement jointes, mains sagement posées sur les genoux, dos raide comme celui d'un soldat au garde-à-vous.

Mme Bannerman avait les yeux gris clair et les cheveux noirs. Comme moi, se dit Alexandra avec un léger malaise. Etait-ce la raison de l'invitation de Bannerman ?

Elle savait qu'il ne fallait pas grand-chose pour imaginer ce genre de ressemblance. Elle avait souvent vu chez des hommes d'un certain âge quelque chose qui lui rappelait son père ; cela avait d'ailleurs été le cas avec Bannerman lors de leur première rencontre à la galerie. Il ne s'agissait pas tant d'une ressemblance physique — son père avait été beaucoup plus jeune que Bannerman — que d'un ensemble de petits détails : la façon un peu méticuleuse dont Bannerman coupait la nourriture qui, si elle allait de soi chez un aristocrate fortuné, avait toujours paru étrange chez un fermier robuste aux mains noueuses de travailleur ; la manière qu'il avait de se diriger vers quelque chose qui l'intéressait à grandes enjambées, tête baissée comme s'il allait la heurter de plein fouet.

« Vous regardez ma famille ? » demanda-t-il.

Elle rougit. Pensait-il qu'elle se montrait indiscrète ?

« Excusez-moi, dit-elle. Votre femme est... était très belle.

— Une grande beauté, en effet. C'était une Merrivale. De Philadelphie, vous savez. Sa famille n'était pas du tout ravie de la voir épouser un Bannerman. On disait du vieux Jock Merrivale, son grand-père, que s'il allait au ciel il s'attendrait que Dieu s'incline devant lui. Heureusement, les gens sont moins snobs de nos jours. A Philadelphie, on considérait que la pauvre Priscilla s'était déclassée en m'épousant. »

Alexandra avait du mal à imaginer plus aristocrate, d'un point de vue américain, qu'Arthur Bannerman, mais à la façon dont il parlait, il était évident que sa femme lui en avait imposé, comme c'est le cas de beaucoup d'Américains ordinaires qui se marient un peu au-dessus d'eux et passent leur vie à le regretter.

« Je n'ai jamais entendu parler des Merrivale », remarqua-t-elle.

Bannerman partit d'un de ses grands éclats de rire tonitruants et son visage exprima un plaisir sincère. « C'est bien la chose la plus charmante que vous m'ayez dite ! Jock Merrivale se retournerait dans sa tombe s'il entendait ça ! »

Il contempla les photographies posées sur son bureau comme s'il les voyait pour la première fois. « C'est drôle, dit-il, quand les enfants étaient petits, je m'imaginais toujours que nous formerions une famille unie et que j'aurais une ribambelle de petits-enfants à Kiawa. Mais je ne vois presque jamais mes enfants et je ne suis toujours pas grand-père. Cette immense baraque reste vide...

— Ma mère me fait les mêmes reproches. Heureusement, j'ai des frères aînés, ce qui fait qu'il y a assez de petits-enfants dans la famille pour la satisfaire. Vos enfants sont mariés ?

— Seulement Robert, l'aîné. Marié et divorcé. Putnam arrive à l'âge où on pourra bientôt le qualifier de célibataire endurci. Quant à Cecilia, elle est allée assumer le fardeau de la femme blanche[1] en Afrique, quoique je ne comprenne vraiment pas pourquoi elle culpabilise sur le sort des Africains. On a souvent accusé son arrière-grand-père d'être un chevalier d'industrie, mais jamais d'être un négrier. Il était même contre l'esclavage ; il jugeait que c'était une forme de travail inefficace. »

1. L'expression anglaise *(white man's burden)* est de Kipling. Il s'agit de l'« obligation » faite aux Blancs de gouverner les peuples arriérés. *(N.d.T.).*

Il fixa les photographies en silence, puis toussa. « Comment s'est passé votre dîner d'hier, au fait ? J'espère que je ne vous avais pas trop retardée ?

— Je suis rentrée chez moi.

— Ah bon ? Je suis navré.

— Il n'y a pas de quoi. Je n'avais pas tellement envie d'y aller. »

Il hocha la tête. Il devait se rendre compte aussi bien qu'elle que leurs relations n'avançaient pas beaucoup. Etait-ce dû à cet appartement plein de souvenirs familiaux, ou avait-il jugé qu'il était allé trop loin la veille mais maintenu l'invitation parce que trop poli pour l'annuler au dernier moment ?

« Vraiment ? » Il se rapprocha très légèrement d'elle et posa sa main sur la sienne si brusquement et avec tant de douceur que, pendant un instant, elle n'eut pas conscience de son geste.

« J'ai pensé à vous toute la journée, dit-il. Et hier soir aussi. Je n'ai pas l'habitude de flirter, vous savez. Je crois que j'ai perdu la main.

— Vous vous défendiez assez bien hier, remarqua-t-elle en riant.

— C'est vrai ? » Il était ravi du compliment. « Ma foi, personne ne m'a dit ça depuis longtemps. » Sa main pressa la sienne contre le cuir chaud du bureau.

Elle sentit une sorte de décharge électrique, comme lorsque l'on marche sur une moquette épaisse par une journée froide et que l'on touche un interrupteur. Elle regarda Bannerman. Il avait l'expression grave d'un homme qui vient de prendre une décision importante après avoir mûrement réfléchi et n'en est pas pleinement satisfait.

Elle comprenait. Cela faisait longtemps qu'elle n'avait éprouvé ce genre d'attirance. Simon l'avait accaparée bien longtemps après qu'il n'eut plus été question de sentiments entre eux. Elle ne savait que dire à Bannerman. Outre leur différence d'âge, il était impossible d'oublier qu'il était l'un des hommes les plus riches et les plus célèbres d'Amérique, ou de ne pas s'interroger sur les conséquences que cela aurait sur leurs rapports.

Elle se demanda ce qu'il ferait si elle l'embrassait mais, avant qu'elle ait pu se décider, on frappa discrètement à la porte et le majordome dit : « 2 heures et demie, monsieur.

— Flûte ! s'exclama Bannerman en sursautant comme si on l'avait surpris en train de commettre une action répréhensible. Qu'étais-je en train de dire ?

— Que vous ne saviez pas flirter.

— Non, non, avant...

— Que vous ne sortiez pas beaucoup ?

— Exactement. Et je devrais, vous savez. Je suis en passe de devenir un sale ermite. L'ennui, c'est que la plupart des gens que je connais ont un pied dans la tombe. » Il désigna d'un geste le manteau de la cheminée où s'entassaient les invitations. « Des dîners pour récolter de l'argent en faveur de tout ce qu'on peut imaginer, depuis le parti républicain jusqu'aux veuves et aux orphelins... »

Quelque part dans les profondeurs de l'appartement, des voix étouffées se firent soudain entendre.

Bannerman se dirigea vers la cheminée et elle crut un instant qu'il allait jeter les invitations dans les flammes. « C'est ma secrétaire qui les met là. Cela fait très petit-bourgeois de les exposer comme des cartes de Noël, mais c'est sa façon de m'encourager à sortir. »

Il en prit une qu'il éloigna de ses yeux.

Secouant la tête d'un air dégoûté, il chercha ses lunettes dans sa poche intérieure.

« Les administrateurs de l'institut Rockefeller. Cinq cents dollars la place! On pourrait croire que les Rockefeller sont assez riches pour se passer de l'argent des autres, vous ne trouvez pas? En voici une autre pour la sclérose en plaques. La moitié de la vie mondaine tourne autour des maladies de nos jours. Le Metropolitan Museum... » Il examina l'invitation avec plus d'attention que les autres. « Je pourrais peut-être répondre à celle-là... »

Quelqu'un toussa discrètement à la porte. « M. Walter Wriston est ici, monsieur, dit le majordome. D'autres personnes l'accompagnent.

— La peste soit des banquiers. Faites-les attendre. » Il remit ses lunettes dans sa poche et poussa un soupir. « J'espérais vous faire visiter l'appartement, dit-il. Il y a beaucoup de choses qui vous plairaient, je crois, de *jolies* choses, précisa-t-il d'un ton légèrement méprisant. Des impressionnistes, une belle collection de bronzes de Degas. Enfin, ce sera pour une autre fois. Désolé de vous avoir ennuyée avec mes histoires de famille. Vous savez écouter, et j'en ai profité... »

Le moment était apparemment passé. Bannerman jouait de nouveau les guides, ce qui était sans doute sa façon de prendre ses distances. « Cela m'intéressait vraiment, déclara-t-elle.

— Vous ne dites pas cela par politesse?

— Non, pas du tout.

— Ah bon? » Il la conduisit jusqu'à la porte, puis s'arrêta. « Alors, la famille Bannerman vous intéresse?

— Eh bien, elle intéresse tout le monde, non?

— Vous croyez? Oui, bien sûr. Si vous avez

une minute, continua-t-il en lui prenant le bras, je vais vous montrer quelque chose de beaucoup plus intéressant que les tableaux impressionnistes. » Il sortit un trousseau de clés de sa poche et ouvrit une porte. « Après vous, dit-il.

— Je ne voudrais pas faire attendre M. Wriston.

— Au diable Wriston ! A une époque, les banquiers ne savaient que dire non à ceux qui leur demandaient un prêt. A présent, ils ne font plus que dire oui à tous les dictateurs à la gomme du tiers monde. Ils vont ficher toute l'économie en l'air, vous pouvez me croire. Ce Wriston et David Rockefeller ont fait plus de mal que Marx et Engels réunis... » Il alluma la lumière. « Voilà ! Qu'en dites-vous ? »

Elle pénétra dans une petite pièce sans fenêtres. Un vieux linoléum marron taché et gondolé recouvrait le sol. Là où l'usure était trop importante, on avait collé des raccords qui n'étaient pas tout à fait de la même couleur.

Les murs étaient verdâtres. A l'exception d'un calendrier jauni, d'une vieille pendule au tic-tac sonore et d'un antique radiateur à vapeur dont la peinture s'écaillait, il n'y avait ni décoration ni tableaux ni photos. L'ameublement consistait en un immense portemanteau, une chaise pivotante délabrée et un grand bureau à cylindre sur lequel étaient posés une lampe à abat-jour vert, un sous-main avec une feuille de buvard propre et un téléphone comme elle en avait vu dans de vieux films. A côté, se trouvaient une corbeille à papiers en métal cabossée et un télégraphe à dôme de verre. C'était la pièce la plus sinistre qu'elle eût jamais vue, aussi austère qu'une cellule de moine.

Bannerman sourit. Il avait la tête légèrement inclinée comme s'il contemplait quelque relique.

« Mon père a reconstruit le bureau de Cyrus Bannerman, expliqua-t-il. Il a tout fait transporter ici de Wall Street, y compris les murs et le sol. On voit encore les traces laissées par les bottes de Cyrus.

— Votre père travaillait ici ?

— Oh non ! S'asseoir au bureau de grand-père lui aurait fait l'effet d'un sacrilège.

— C'est un peu nu, non ? Il n'y a pas de meubles. Où les gens s'asseyaient-ils ?

— Je le savais ! Vous avez tout de suite mis dans le mille. Ceux qui venaient voir Cyrus ne s'asseyaient pas. Ils restaient debout, le chapeau à la main. Lorsqu'ils avaient parlé, mon grand-père disait oui ou non, et ils s'en allaient. Il n'était pas homme à perdre sa salive ni son temps. Vous voyez ce sous-main ? Tous les soirs avant de partir, Cyrus enlevait la feuille de buvard, la pliait, la mettait dans sa poche et l'emportait. Arrivé chez lui, il la brûlait. Dans sa jeunesse, il avait acheté sa première mine parce qu'il avait lu une lettre écrite par son patron en plaçant le sous-main devant une glace. Il n'a jamais oublié la leçon. »

Alexandra frissonna. Il faisait chaud dans la pièce, mais il y avait quelque chose d'effrayant dans ce bureau spartiate où un homme s'était livré à de patients calculs, sûr de la supériorité de son intelligence, inaccessible aux passions et aux espoirs des humbles mortels, comme un dieu sans pitié ni amour.

« Vous le sentez aussi, dit Bannerman. On a toujours l'impression qu'il fait plus froid ici. Lorsque j'étais jeune, je me disais que le fantôme de Cyrus faisait descendre la température comme un bloc de glace. S'il en est vraiment devenu un, c'est ce bureau qu'il devrait hanter, vous savez, pas Kiawa. Il a commencé comme comptable.

Même enfant, il était doué pour le calcul. Il a trouvé un emploi au siège d'une compagnie minière ici à New York, pour cinq dollars par semaine. Il était si bon qu'on l'a envoyé dans l'Ouest pour surveiller les directeurs des mines qui volaient la société à tour de bras.

« Cyrus avait dix-sept ans ; c'était un grand garçon sérieux qui portait un col en celluloïd et des bottines. Et on l'a envoyé en Californie — ce qui revient à expédier quelqu'un sur la lune aujourd'hui — pour demander des comptes à des adultes armés qui faisaient régner la paix dans les mines à coups de poing...

« Oh ! Ils ont dû rire lorsqu'ils ont vu Cyrus, mais ils se sont arrêtés quand ils ont remarqué son regard. Même lorsque j'étais petit et qu'il me prenait sur ses genoux, ce regard m'effrayait. Et il a fait la même impression aux directeurs ! Au bout d'un an, il avait remis les affaires en ordre. A vingt et un ans, il possédait plus de mines que la société pour laquelle il travaillait ; à trente, il faisait partie des cinq ou six hommes qui contrôlaient le pays. Rockefeller avait le pétrole ; Carnegie, les aciéries ; Morgan et Mellon, les banques ; Vanderbilt et Harriman, les chemins de fer et mon grand-père, l'or, l'argent, le charbon, le fer et le plomb. Il fixait les prix à sa guise et, si vous n'étiez pas content, tant pis pour vous ! Lorsque les mines d'argent qui avaient réussi à rester indépendantes ont refusé de s'entendre avec United, Cyrus a augmenté la production, inondé le marché d'argent jusqu'à ce que les prix tombent si bas qu'elles fassent faillite, puis les a rachetées pour une bouchée de pain et fait remonter les cours. »

Il eut un petit rire. « Oh ! Ces fichus émirs de l'Opep n'étaient rien à côté de mon grand-père. Il les aurait surpassés. Abner Chase qui était quasiment propriétaire du Montana est un jour venu dans ce bureau pour avertir Cyrus qu'il aurait maille à partir avec lui s'il mettait les pieds dans "son" Etat. "Je ne vous combattrai pas, lui a répondu mon grand-père. Je vous ruinerai." Et il l'a fait.

— Qu'est-il arrivé à Chase?

— Chase? Il s'est suicidé. Il a pris une chambre au Waldorf, écrit une lettre au *Times* en accusant Cyrus de l'avoir ruiné, puis s'est brûlé la cervelle. Je crois que cela a été le pire moment de la vie de Cyrus, celui où il a été le plus près du désespoir. On le haïssait, vous savez; les gens le huaient dans la rue. Il ne s'en est jamais montré affecté, mais c'est à peu près à cette époque qu'il a entrepris la construction de Kiawa et commencé à faire des dons.

— C'est abominable!» s'écria-t-elle, si fort que Bannerman sursauta. Elle ne savait pas à quoi ressemblait Chase, n'en avait jamais entendu parler auparavant, mais elle ne connaissait que trop bien l'aspect et l'odeur d'une pièce ou quelqu'un venait d'être tué d'un coup de feu. Elle avait passé des années à essayer d'oublier, mais il suffisait d'une phrase pour que tout lui revienne en mémoire.

«Oui, bien sûr, fit Bannerman d'un air un peu perplexe. Mais c'est arrivé il y a longtemps... Vous vous sentez bien?»

Elle fit oui de la tête. A ce stade de leurs relations, elle n'allait pas tout compromettre pour quelque chose dont il lui était impossible de parler avec lui. «Vous connaissiez bien votre grand-père? demanda-t-elle en s'efforçant de prendre une voix normale. Est-ce que vous l'aimiez?

— Ce n'était pas un homme facile à aimer. Je ne suis pas certain qu'il souhaitait l'être. Mais peut-être ne savait-il pas montrer son affection. Il était très vieux lorsque j'ai appris à le connaître et était devenu depuis longtemps une sorte d'institution, vénéré comme une idole par ceux-là mêmes qui l'avaient haï. Ou en tout cas par leurs petits-enfants. Lorsqu'il apparaissait en public, les gens se bousculaient pour le toucher, vous savez, comme si un peu de sa richesse avait pu déteindre sur eux. Il devait détester ça. Mais, après tout, je n'en sais rien. Peut-être cela l'amusait-il. Cyrus a un jour dit à mon père que, s'il vivait deux cents ans — et je crois que celui-ci en avait bien peur! —, le spectacle de la cupidité et de la bêtise humaines suffirait toujours à le divertir. »

Bannerman poussa un soupir. « Je vous avouerai que je trouvais cette pièce effrayante lorsque j'étais enfant. Aujourd'hui, elle ne fait plus que me déprimer. »

Un silence gêné s'installa entre eux. « Il n'y a pas beaucoup de gens qui ont vu cette pièce, dit-il enfin. En dehors de la famille, je veux dire. »

Elle lui prit la main. « Je suis flattée. »

Il parut peser longuement sa réponse, mais peut-être répugnait-il simplement à la laisser partir. Il s'éclaircit la voix. « J'ai pensé... », commença-t-il. Mais, quoi qu'il pensât, il le garda pour lui. Le majordome était réapparu, aussi silencieux qu'un fantôme, et son expression disait que même Arthur Bannerman ne pouvait pas faire attendre le patron de la Citybank éternellement.

« J'arrive, Martin! fit Bannerman d'un ton sec. Reconduisez Mlle Walden. »

Il lui adressa un clin d'œil. « C'est comme ça qu'on doit s'y prendre avec les banquiers, dit-il. Il faut les faire lanterner... Ça m'a fait très plaisir que vous soyez venue. »

Il resta un instant immobile, la main sur le bouton de la porte, comme s'il voulait ajouter quelque chose. « Jack vous attend en bas pour vous reconduire. » La porte se referma sur lui, et elle entendit sa voix, tonitruante et cordiale même à travers plusieurs centimètres de chêne massif, saluer les banquiers sans un mot d'excuse.

Jusqu'à présent, elle avait à peine dépassé le stade de la conversation polie avec Bannerman, qui avait un remarquable talent pour fuir le moindre signe d'intimité.

Elle espérait qu'elle lui plaisait, mais plus elle y pensait, moins elle en était sûre.

Son interlocutrice avait un ton tranchant d'institutrice. « J'appelle de la part de M. Arthur Bannerman, dit-elle. Il m'a chargée de vous demander si vous accepteriez d'être son invitée jeudi prochain au dîner dansant des administrateurs du Metropolitan Museum. »

Alexandra crut percevoir une légère désapprobation dans sa voix. La secrétaire de Bannerman avait probablement son opinion sur les compagnes choisies par son employeur. « Euh... je ne sais pas... », répondit-elle avec hésitation. Avait-elle vraiment envie de sortir avec lui ?

A l'autre bout de la ligne, on marqua une certaine impatience. « M. Bannerman a exprimé le *ferme* espoir de vous voir accepter si vous étiez libre. Naturellement, si vous êtes prise, je suis certaine qu'il comprendra. »

Son ton laissait penser que M. Bannerman comprendrait peut-être, mais qu'il ne pardonnerait certainement pas, et elle non plus. Pourquoi est-ce que j'hésite ? se demanda Alexandra. « Eh bien, d'accord, dit-elle en s'efforçant de ne pas avoir l'air trop empressé.

— Il passera vous prendre chez vous à 19 h 45.

— Je vais vous donner mon adresse.

— Nous l'avons déjà, merci, dit la secrétaire d'un ton triomphant. Au revoir. »

Ce ne fut qu'après avoir raccroché qu'Alexandra se demanda comment elle avait pu obtenir son adresse si facilement. Son numéro de téléphone figurait sur la liste rouge ; elle ne pouvait donc pas l'avoir trouvée dans l'annuaire. Puis elle se rendit compte qu'elle était stupide. Lorsque l'on s'appelait Arthur Bannerman, on pouvait sans doute obtenir tout ce que l'on voulait.

Alexandra avait peu d'amies — et certainement aucune capable de savoir ce qu'il fallait porter lorsqu'on avait rendez-vous avec Arthur Aldon Bannerman. Elle ne manquait pas de toilettes — avant de rencontrer Simon, son mode de vie l'avait amenée à posséder davantage de tenues de soirées que la plupart des femmes de son âge. Mais beaucoup n'étaient plus de la dernière mode et de toute manière ne convenaient pas pour une soirée au Metropolitan Museum où pulluleraient douairières et débutantes.

Elle s'arrêta chez Rizzoli pour prendre *Vogue* et *Harper's Bazaar* qui ne lui furent guère utiles, étant donné qu'elle n'avait pas l'intention de dépenser trois ou quatre mille dollars pour une robe du soir plissée de Mary McFalden ou une toilette de perles scintillantes signée Bill Blass. Par curiosité, elle acheta aussi un exemplaire de *Manhattan* plein de photos prises lors de ces réceptions de bienfaisance dont s'était plaint Bannerman. Là, comme dans les pages de *Town and Country*, évoluait une société huppée qui souriait d'un air absent au photographe: Mesa Dadiani et M. « Coco » Brown au bal de la

Recherche contre le cancer; Mlle Amanda « Babe » Saltonstall et M. Deems Vandenplas au gala du Cœur dans la grande salle de bal de l'hôtel Helmsley Palace; M. et Mme Burns Carroll (bronzage Palm Beach et regard vague suggérant une consommation immodérée d'alcool); leur fille Dana (cheveux blonds lisses et le genre de nez pour lequel des mortels moins fortunés se ruinent en chirurgie esthétique) et M. Russel Redbanck Reade Junior, de Cravath, Swain & Moore (le jeune avocat typique de l'establishment protestant dont le charme juvénile était menacé par l'embonpoint) à un dîner de bienfaisance en faveur de l'équipe équestre olympique des Etats-Unis; Tampa Pluckett et M. Burke Gould, son fiancé, tenant les clés de la Porsche 911 Targa qu'ils venaient de gagner à un bal destiné à collecter des fonds pour les enfants d'héroïnomanes.

Mlle Dormaison portait un collier d'émeraudes qui aurait permis d'acheter tout le Bronx, mères héroïnomanes comprises. M. Gould n'avait apparemment d'autres activités que d'« assister M. John Diebold et d'être un plaisancier distingué ». Ce n'était pas le monde d'Alexandra, et cela ne semblait pas non plus être celui de Bannerman. Elle avait du mal à savoir que choisir: une robe longue ou trois quarts, noire ou d'une couleur plus gaie? Certaines de ses relations auraient pu la conseiller, mais c'étaient des femmes avec qui elle ne voulait surtout pas prendre contact. Elle essayait depuis longtemps de les oublier et espérait qu'elles ne se souvenaient plus d'elle.

Alexandra finit par se résoudre à exposer son problème à la seule personne de sa connaissance qui vécût dans le milieu représenté par *Town and*

Country et *Manhattan,* bien qu'il n'y eût pas la moindre intimité entre elles.

La soixantaine bien conservée (ou la cinquantaine décatie, c'était difficile à dire), Mme Eldridge Chantry était une femme redoutable qui gagnait bien sa vie en décorant la maison des riches anonymes ; elle mettait en fait un point d'honneur à *ne pas* avoir affaire à des célébrités, comme pour s'assurer qu'aucune de *ses* pièces ne figurerait dans les pages de *People.* Pour satisfaire les désirs de ses clients, il lui arrivait de venir chercher un tableau chez Simon ou, plus souvent, des objets originaux : une sculpture au néon ou une chaise en lucite. Elle détestait ce style — ses goûts allaient des antiquités françaises du XVIIIe siècle aux croquis impressionnistes, qui rapportaient d'ailleurs des commissions beaucoup plus substantielles — mais de temps à autre il lui fallait bien céder aux caprices de ses clients.

« Sis » Chantry, comme on l'appelait dans la profession, appartenait au gratin new-yorkais par sa naissance comme par son mariage, mais c'était aussi une femme d'affaires avisée. Qu'elle vienne à la galerie un matin où Alexandra s'y trouvait seule était un pur hasard — elle prenait habituellement rendez-vous avec Simon — et une occasion à ne pas laisser passer.

« Je garde mon manteau, dit-elle d'un ton ferme après avoir jeté un regard sur les tableaux de Baldur. Je ne laisserais pas un de mes clients acheter ça même si ma vie en dépendait. » Elle serra son vison autour d'elle en frissonnant. « Seigneur ! Simon devrait avoir honte. »

Alexandra était rarement d'accord avec Sis Chantry mais, là, elles avaient un point commun qui lui fournissait de plus l'entrée en matière rêvée. « Je les trouve horribles moi aussi, dit-elle.

Mais M. Bannerman en a quand même acheté un. »

Sis Chantry haussa un sourcil épilé et dessiné au crayon. « Quel Bannerman ?

— Arthur Bannerman.

— *Arthur ?* Il devait être saoul. Que pouvait-il bien faire ici ? Ce n'est pas du tout le genre d'endroits qu'il fréquente.

— Il est venu au vernissage. Cela m'a étonnée moi aussi. Il s'est montré très aimable.

— Aimable ? fit Mme Chantry en reniflant. Cet homme est un monstre, ma chère ! Ses pauvres enfants... Enfin, ce sont des adultes maintenant, bien entendu... Il s'est conduit de manière abominable envers sa femme. Il n'était même pas à son chevet lorsqu'elle est morte ! Ses enfants ne le lui ont jamais pardonné. Ils ne lui parlent plus depuis des années. Cecilia en a été si bouleversée qu'elle a rompu ses fiançailles et s'est enfuie en Afrique pour soigner les lépreux, ou quelque chose de ce genre... » Mme Chantry frémit. « Il vit presque en reclus à présent, reprit-elle, et il boit comme un trou, paraît-il. S'il a acheté une de ces horreurs, sa famille devrait le faire enfermer dans un de ces asiles du Connecticut et jeter la clé.

— Il m'a paru tout à fait sain d'esprit. Vous le connaissez bien ?

— Je connais tous les Bannerman ; la plupart d'entre eux en tout cas. Ce sont des gens bizarres. Evidemment, avec tout cet argent, ils pourraient difficilement ne pas l'être. Des puritains glacés en surface, mais en ébullition à l'intérieur. Prenez Elliott Bannerman, par exemple, le cousin d'Arthur. C'était un pilier d'église, membre du Conseil des relations étrangères et de toutes les associations philanthropiques imaginables. Eh bien, il s'est suicidé le jour de son cinquantième anniversaire ! Il a gardé la même maîtresse pendant quinze ans — une chic fille d'ailleurs, une de mes clientes. Il lui rendait visite trois fois par semaine, toujours muni d'un petit étui en cuir semblable à ceux des flûtistes. Il y transportait ses fouets qu'il faisait fabriquer spécialement à Londres avec de petites viroles d'or pour que le manche se dévisse, un peu comme une queue de billard pliable. Il aimait se travestir en femme et se faire fouetter par sa maîtresse. Il lui donnait deux mille dollars par mois et l'a même couchée sur son testament pour qu'elle les reçoive jusqu'à la fin de ses jours. On ne peut pas l'accuser d'avoir manqué de générosité et de fidélité, le pauvre homme. C'était une Woodward, mais la branche désargentée... »

Lorsqu'elle se lançait dans les potins mondains, Sis Chantry était intarissable. Mais, comme elle était snob, elle s'interrompit, estimant sans doute en avoir déjà trop dit sur un milieu qui dépassait celui d'Alexandra. « Toutes les grandes familles ont quelque chose à cacher, naturellement. On ne peut les juger selon les critères des gens ordinaires », conclut-elle en lui lançant un regard qui laissait clairement entendre qu'elle la rangeait dans cette catégorie.

Alexandra ravala son ressentiment. Il était inutile d'en vouloir à Mme Chantry qui, de Palm Beach à Newport, avait la réputation de dire ce qu'elle pensait. « Au fait, fit-elle d'un ton détaché. Je vais au dîner des administrateurs du Metropolitan Museum, la semaine prochaine. J'hésitais sur la manière de m'habiller... »

Mme Chantry qui se dirigeait vers la porte s'arrêta net. « Vraiment ? » dit-elle en lui jetant un regard pénétrant, un peu comme une des sœurs de Cendrillon regardant sa cadette enfiler la pantoufle de vair. Devoir reconsidérer la catégorie sociale dans laquelle elle avait placé Alexandra ne lui plaisait manifestement pas. « On dirait que Simon fait son chemin ! »

Alexandra estima qu'il n'y avait aucun avantage à la détromper, et encore moins à lui apprendre qu'elle était invitée par Arthur Bannerman. Celui-ci apprécierait probablement fort peu que Mme Chantry répandît la nouvelle.

« Bien entendu, la tenue importe peu lorsqu'on est jeune et jolie, poursuivit Sis. Ce qui est votre cas, ma chère », ajouta-t-elle en lui adressant un clin d'œil assez explicite pour en être gênant. Personne n'ignorait que Mme Chantry était lesbienne, sauf M. Chantry qui en trente ans de mariage n'avait jamais rien soupçonné. « Robe du soir longue, épaules nues et couleurs soutenues, voilà ce que je vous conseille. Pas de blanc. C'est bon pour les vierges et les débutantes. »

Elle examina Alexandra de la tête aux pieds comme si elle la voyait pour la première fois. « Je crois que vous ferez très bonne figure, ma chérie. De la chair fraîche, ajouta-t-elle avec un rire guttural. Rien de tel pour réveiller tous ces vieux raseurs. »

Elle poussa la porte. « Méfiez-vous de Baxter Troubridge s'il est là. Il a la main baladeuse. » Elle quitta la galerie sur un éclat de rire gras.

Alexandra n'avait jamais eu l'occasion de connaître le trac mais, en entrant dans la pièce au bras d'Arthur Bannerman, elle comprit enfin toute la signification de ce mot. Il y avait près de deux cents personnes dans l'immense annexe vitrée où avait été reconstitué le temple égyptien de Denderah, et toutes la dévisageaient.

Ce n'était pas un effet de son imagination. Le fait qu'Arthur Aldon Bannerman l'accompagne faisait d'elle le point de mire de tous les regards.

Il lui suffit d'un coup d'œil pour voir combien administrateurs et invités le haïssaient et le redoutaient. Pourquoi? Elle était sûre qu'aucun d'entre eux n'avait voté pour lui, et qu'ils ne lui avaient même probablement jamais pardonné de s'être porté candidat.

L'attitude de Bannerman n'avait rien de guindé; il serrait des mains, souriait et lançait des «Salut, vieux!» avec une aisance d'homme politique en campagne. A ses côtés, Alexandra remarquait la désapprobation et parfois même la franche hostilité qu'exprimait le visage de ces gens bien élevés. A l'approche d'Arthur Bannerman, ils souriaient mais, dès qu'il était passé, les sourires laissaient souvent place à la colère ou l'envie. Qu'avait-il fait pour inspirer une aversion aussi marquée à ses pairs? se demanda-t-elle. Il ne semblait pas s'en apercevoir, à moins que sa jovialité excessive ne fût sa manière d'y faire face.

A le regarder, on avait l'impression que quelqu'un l'avait mis au défi de saluer toutes les personnes présentes dans la pièce en moins de dix minutes. Lorsqu'il consentait à échanger quelques mots avec quelqu'un, il présentait Alexandra comme «Mlle Walden» sans autre explication.

Elle saisit quelques noms qui se mélangèrent bientôt dans son esprit, à quelques rares exceptions près: John Phipps (âgé, grand, le crâne dégarni, ressemblant plus à une cigogne qu'à un pingouin dans son smoking); Mme Nelson Makepeace (une poitrine énorme disparaissant sous des flots de diamants; la première personne qu'Alexandra eût jamais vue en chair et en os portant une tiare); M. et Mme William F. Buckley (qui avaient l'air d'avoir avalé un parapluie); M. James Bull (qui ressemblait de manière inquiétante à l'animal du même nom[1]), et bien d'autres encore dont elle n'eut pas le temps de mémoriser l'identité ou le visage.

Elle n'oublierait en tout cas pas Baxter Troubridge qui était manifestement un ivrogne. C'était un homme à la carrure de footballeur dont le temps et l'alcool avaient estompé les traits racés au point qu'ils semblaient près de se dissoudre. Bannerman s'entretint plus longuement avec lui, ou avec plus de chaleur. Alexandra remarqua qu'il était habillé avec une élégance désuète; son smoking croisé d'une coupe impeccable contribuait beaucoup — mais pas tout à fait assez — à dissimuler son embonpoint. Il avait toutefois oublié de boutonner son plastron empesé qui révélait un coin de son maillot de corps à chacun de ses mouvements. Il oscillait sur ses pieds chaussés de cuir verni comme un arbre qu'on va abattre. « Ça faisait longtemps que je ne t'avais pas vu », dit-il avec chaleur. Lui au moins n'avait pas l'air de penser que Bannerman était fou ou dangeureux.

« J'ai été un peu patraque, répondit celui-ci avec bonne humeur.

— C'est ce que j'ai entendu dire. » Son regard pâle et larmoyant se posa sur Alexandra.

« Mlle Walden », fit Bannerman en guise de présentation.

Elle remarqua qu'ils ne semblaient guère avoir besoin de mots pour communiquer.

« Walden ? *Walden,* répéta Troubridge en fermant les yeux pour mieux se concentrer. On n'entend plus beaucoup parler d'eux. C'est une de nos plus vieilles familles hollandaises, comme vous le savez certainement mieux que moi, mademoiselle. Henry Walden a épousé une Blair,

1. *Bull* signifie « taureau » en anglais. *(N.d.T.)*

je crois, mais cela date d'avant mon époque. Son fils s'est marié avec une Peabody, une sacrée idiote dont j'ai oublié le prénom. Il y avait un Walden à Harvard qui a mal fini...

— M. Troubridge est un éminent généalogiste, expliqua Bannerman à Alexandra. Mlle Walden vient de l'Illinois, précisa-t-il à l'adresse de son ami.

— De l'Illinois! s'exclama Troubridge comme s'il s'était agi du Ghana ou de Ceylan.

— Le cœur du pays, Baxter, fit Bannerman avec un sourire féroce. La patrie de Lincoln. C'est là qu'est la véritable Amérique! Là-bas, on ne se préoccupe pas beaucoup de généalogie et on ne s'en porte pas plus mal, bon sang!»

Ce n'était pas tout à fait vrai, pensa Alexandra. Les habitants du comté Stephenson se préoccupaient autant de généalogie que Baxter Troubridge. Une véritable hiérarchie sociale distinguait les Filles de la guerre d'Indépendance, les descendants des premiers colons et ceux qui, comme sa famille, n'étaient installés que depuis trois ou quatre générations. C'était probablement sans intérêt pour Troubridge aux yeux de qui seule une descendance en ligne directe des colons du *Mayflower* devait compter, mais à LaGrange on y attachait une grande importance.

Bannerman la prit par le bras et l'entraîna. Troubridge se balançait d'avant en arrière, essayant sans doute de se rappeler lequel des Walden de New York était allé faire souche dans l'Illinois au XIXe siècle. «Quel vieil imbécile, fit Bannerman en prenant un verre de scotch sur un plateau. C'en était déjà un à Groton et Harvard, et ça n'a pas changé.

— Mais vous êtes amis, n'est-ce pas? Vous paraissez avoir de l'affection pour lui.

— Qu'est-ce qui vous fait dire ça?

— Vous aviez l'air content de le voir. *Vraiment* content. Vous avez deux sourires différents, vous savez. La plupart des gens ont droit au sourire poli, mais M. Troubridge a eu le vrai.»

Il lui jeta un regard pénétrant par-dessus ses lunettes. «Vous êtes une jeune femme très observatrice, dit-il. C'est vrai, Baxter est un vieil ami, tout imbécile qu'il est. La richesse vous isole des autres, voyez-vous. Pour moi, cela a toujours été le cas, même à Harvard. *Surtout* là-bas. Je ne me plains pas, remarquez, je constate simplement un fait.

— Elle ne vous a pas séparé de Troubridge.

— Parce qu'il accorde plus d'importance à la naissance qu'à l'argent, répondit Bannerman en riant. Descendre des colons du *Mayflower* est ce qui compte à ses yeux. D'un point de vue de généalogiste, le seul aspect intéressant de ma famille, c'est le mariage de mon père avec une Aldon. Les Aldon sont arrivés en Amérique avec les Cabot et les Lodge, des puritains bon teint. Savez-vous la première chose qu'ont faite les pères pèlerins du *Mayflower* en débarquant ?

— Je suppose qu'ils sont tombés à genoux pour prier.

— Sans doute, mais juste après ils ont pendu un type qui avait fricoté avec la femme d'un autre pendant la traversée.» Il éclata d'un rire tonitruant qui interrompit un instant les conversations. «Et voilà, ma chère, l'histoire de l'Amérique écrite sur cette fichue plage dès le premier jour : prière, peine de mort, pas touche à la femme du voisin et main basse sur les terres des indigènes. C'est cela qui aux yeux de ce pauvre Baxter passe pour l'aristocratie et la tradition.» Il but une gorgée, ou plutôt une rasade de scotch. «S'il n'avait pas soutenu ma candidature, je n'aurais jamais été admis au Porcellian.

— Qu'est-ce que c'est ?

— Un club de Harvard. Un truc idiot mais qui avait beaucoup d'importance à l'époque. Franklin Roosevelt a été refusé, vous savez, et il ne l'a jamais oublié. C'est sans doute ce qui l'a poussé à devenir démocrate. Les Saltonstall, les Chapin, les Minot, les Aldon et les Troubridge en étaient presque membres de naissance, mais j'ai été le premier Bannerman à entrer à Harvard et, en ce temps-là, beaucoup de gens considéraient encore mon grand-père comme un baron d'industrie sans scrupules. Vous n'avez pas idée de la haine que déclenchait alors la seule mention de son nom.

— C'était il y a très longtemps. Vous en souffrez toujours ?

— Oh oui, hélas ! Il n'y a que les blessures de l'enfance qui comptent, et elles sont longues à cicatriser. »

Dissimulé quelque part sous les voûtes sombres du temple, un petit orchestre jouait de la musique pour cordes que couvrait presque entièrement le brouhaha des conversations. La profusion de fleurs ainsi que les murs et le plafond de verre donnaient à la salle l'apparence d'une immense serre. Parmi les femmes d'un certain âge, beaucoup portaient des robes de bal et des gants montants. Les plus jeunes arboraient le genre de toilettes qu'on voit dans *Vogue* au moment des collections parisiennes, mais rarement sur une personne en chair et en os. Elle reconnut avec beaucoup d'envie Dior, Chanel, Yves Saint Laurent, Ungaro, Valentino, Patou, Givenchy... des robes qui défiaient le sens commun, les contraintes de l'économie et même les formes féminines, des œuvres d'art aussi inutiles et extravagantes que le temple qui les surplombait, le genre de créations *haute couture** que toutes les femmes qualifient d'insensées tout en convoitant secrètement jusqu'à la dernière veste de hussard en fil d'or vingt-quatre carats. C'étaient des tenues qui permettaient à peine de s'asseoir, et encore moins de monter dans un taxi ou d'en descendre, qui ne pouvaient être repassées que par une femme de chambre française et qu'il fallait probablement envoyer à Paris en Concorde pour les faire nettoyer, des toilettes aussi peu pratiques que possible et qui méritaient pourtant presque que l'on tue pour elles...

« Il n'y a pas beaucoup de gens ici à qui j'ai envie de parler, dit Bannerman en regardant autour de lui d'un air dégoûté. La haute société ! jeta-t-il d'un ton méprisant. Je préfère encore les hommes politiques et les banquiers.

— Vous n'aviez pas l'air de les porter dans votre cœur, la semaine dernière.

— Je ne connais pas un seul banquier qui n'ait l'âme d'un malfaiteur, ma chère. Oh ! Zut ! »

Grimaçant comme s'il avait senti une odeur désagréable, il regardait un homme âgé de haute taille qui s'avançait vers eux. Son visage exprimait une consternation et une antipathie manifestes. S'il avait été un cheval, il aurait couché les oreilles en arrière et renâclé. Il se contenta d'adresser au nouveau venu un de ses grands sourires de façade en découvrant ses dents blanches comme s'il était chez le dentiste, et lui serra la main comme s'il s'agissait d'une vieille pompe à eau. « Bonsoir, Courtland ! » hurla-t-il. Il jugeait manifestement que « mon vieux » ne convenait pas.

« Je m'étonne de vous trouver ici, Arthur », dit son interlocuteur en haussant un sourcil. Alexandra trouva ce mouvement assez spectaculaire. Courtland avait des sourcils si broussailleux qu'ils semblaient animés d'une vie propre ; on aurait dit de petits animaux velus accrochés à son front. Sourcils mis à part, il avait un visage distingué quoique lugubre : un front haut profondément plissé, des rides marquées sur les joues, un nez et un menton volontaires. Il avait dû être séduisant dans sa jeunesse mais avait sans doute donné un jour à ses traits une expression sombre et digne qui s'était solidifiée à la manière du ciment, si bien que même son sourire avait quelque chose de glaçant. Cette gravité soigneusement cultivée était toutefois compromise par une moustache qui lui donnait l'air vaniteux plutôt qu'élégant, et des yeux qui rappelèrent à Alexandra ceux d'un basset.

« J'ai entendu dire que vous n'alliez pas très bien, dit-il d'un ton qui suggérait qu'il était déçu de voir Bannerman sur pied et en vie.

— Je ne me suis jamais senti mieux, Cordy, répliqua celui-ci. Je ne vois vraiment pas qui a pu vous dire ça. » Courtland grimaça à ce surnom comme si Bannerman lui avait écrasé un orteil.

« Eh bien, Eleanor déjà. Elle m'a dit ne pas vous avoir vu depuis des mois. »

Bannerman prit une expression de martyr. « Cela ne fait pas si longtemps, répondit-il, sur la défensive. Un mois tout au plus.

— Plutôt deux ou trois. Elle s'imagine que le médecin vous a ordonné de rester au coin du feu à boire des tisanes... »

Courtland DeWitt dévisagea Alexandra un instant, puis se tourna vers Bannerman en haussant de nouveau les sourcils, de manière plus impressionnante encore.

Celui-ci rougit. Elle ne l'aurait pas cru si elle ne l'avait vu. On aurait dit un petit garçon pris en flagrant délit de mensonge. Il en semblait surpris lui-même, comme si c'était une sensation peu familière, un souvenir de son enfance qu'il n'arrivait pas à identifier. Puis, comprenant ce qui se passait, il essaya aussitôt de dissimuler son trouble en sortant sa pochette blanche dont il se tamponna le visage. « Il fait trop chaud ici », grommela-t-il. Il fourra le mouchoir en boule dans la poche intérieure de son smoking qui prit un pli inélégant.

Il s'était éloigné d'elle juste assez pour pouvoir prétendre qu'ils venaient de se rencontrer, et elle pensa un instant qu'il allait le faire. Mais il serra les dents et fit les présentations : « Au fait, Courtland, je vous présente Mlle Alexandra Walden. Mon beau-frère Courtland DeWitt. Un avocat », ajouta-t-il avec dédain.

Celui-ci lui adressa la grimace sinistre qui lui tenait lieu de sourire et lui serra la main avec l'enthousiasme d'un homme qui vient de ramasser un poisson mort. « Enchanté, dit-il, quoiqu'il n'en eût absolument pas l'air. Navré de vous avoir interrompus. »

Il regarda autour d'elle, cherchant apparemment à savoir avec qui elle était, mais il n'y avait aucun homme seul de l'âge requis dans le voisinage. Il espérait manifestement qu'elle aurait le tact de le laisser en compagnie de son beau-frère qui piétinait comme un taureau qui hésite entre charger ou battre en retraite.

« J'aimerais vous parler, Arthur. Vous êtes difficile à joindre ces temps-ci. » Il jeta un regard noir à Alexandra qui eut l'impression qu'il allait lui enjoindre de circuler comme un policier sur les lieux d'un crime.

Elle ne bougea pas. Bannerman rougit de nouveau. « Mlle Walden est mon... euh... invitée », dit-il. Elle se demanda s'il avait failli dire « mon amie ».

DeWitt n'aurait pas eu l'air plus étonné si Bannerman l'avait mordu — il semblait d'ailleurs redouter qu'il ne le fasse à tout moment. « Je vois », dit-il. Il la regarda avec beaucoup plus de curiosité. « Vous êtes une amie de Cecilia, bien entendu ?

— Non, répondit-elle. Je ne l'ai jamais rencontrée.

— Mlle Walden est dans le commerce d'art. Elle m'a vendu un Baldur.

— Un quoi ?

— Un sacré bon peintre. Vous devriez aller jeter un coup d'œil à ses toiles, vous savez, et en acheter une avant que les prix ne s'envolent.

— Si cela ressemble aux tableaux d'Albany qu'Eleanor n'a pas voulu accepter dans la maison, non merci.

— Vous n'avez pas l'esprit ouvert, Courtland. Une vraie mentalité d'avocat ! Est-ce que ma sœur est ici ?

— Non, je ne suis venu que pour le dîner. Je partirai tôt. Elizabeth ne va pas très bien. Je ne veux pas la laisser seule trop longtemps.

— Cela fait trente ans qu'elle ne sent pas bien. En vérité, elle est solide comme un cheval.

— Ce n'est pas son avis. Un coup de téléphone de votre part lui ferait plaisir.

— J'en doute fort. Je crois que nous n'avons plus rien à nous dire après notre dernière conversation. Je n'ai pas besoin d'un nouveau sermon sur mes fautes en tant que parent.

— Ses intentions étaient bonnes, Arthur.

— Là, je suis encore plus sceptique. Je connais Elizabeth depuis plus longtemps que vous. Transmettez-lui quand même mes amitiés. »

Sans qu'on l'eût appelé, un serveur apparut pour échanger le verre vide de Bannerman contre un plein, ce qui parut l'embarrasser autant que d'avoir été surpris en compagnie d'Alexandra.

DeWitt fixa le verre de son beau-frère d'un air

encore plus lugubre, comme un médecin s'apprêtant à apprendre une mauvaise nouvelle à un patient. « Je crois que nous allons bientôt passer à table, déclara-t-il d'un ton lourd de sous-entendus.

— Vraiment ? fit Bannerman. En ce cas, je ferais mieux de finir ce verre avant, n'est-ce pas ?

— Vous êtes le mieux placé pour en juger, dit DeWitt qui semblait convaincu du contraire.

— C'est certain. » Bannerman vida son verre d'un trait et, une fois de plus, un serveur surgit pour l'en débarrasser, comme averti par un signal inaudible. « Venez, Alexandra, dit-il d'une voix forte en lui offrant son bras. Vous devez mourir de faim. » Il ne salua pas DeWitt.

« Qui est Eleanor, Arthur ? » demanda-t-elle en se rendant brusquement compte que c'était la première fois qu'il l'appelait par son prénom.

Il poussa un soupir, fixa la table, puis répondit presque à contrecœur : « Ma mère... »

Il parut un instant incapable de finir sa phrase. « Ma mère est une femme remarquable », reprit-il après s'être éclairci la voix.

« Ma mère. » Lorsque Arthur Bannerman prononçait ces mots, son visage reflétait toute une gamme d'émotions dont beaucoup étaient contradictoires. Alexandra se fit ces réflexions après le dîner tandis qu'ils dansaient posément ensemble.

Le respect teinté de peur avec lequel il parlait de sa mère lui paraissait stupéfiant de la part d'un homme qui avait certainement plus de soixante ans. Eleanor Bannerman semblait représenter pour son fils un ensemble complexe de devoirs, d'obligations et de règles auquel il se mesurait encore, pour se trouver le plus souvent en défaut.

Tout en mangeant du bout des dents, il lui avait parlé de sa mère pour qui il paraissait avoir plus de révérence que d'affection. C'était à cause d'elle que l'autoroute de l'Etat de New York gagnait Albany par la rive ouest de l'Hudson, lui avait-il expliqué. Le tracé initial l'aurait en effet fait passer à côté ou, pire, *à travers* le domaine de Kiawa. Sa mère avait donc convoqué DeWey, l'ancien gouverneur, pour qu'il fasse part de son déplaisir au président Eisenhower qui, en sa qualité de républicain et de général, avait eu la prudence de battre en retraite et d'ordonner une nouvelle étude. C'était grâce à l'obstination d'Eleanor que la gare de Kiawa était toujours en service et dotée d'un portier et d'un contrôleur alors qu'il ne s'y arrêtait plus qu'un train par jour. Le pullman privé de Cyrus, parfaitement entretenu, s'y trouvait toujours sur une voie de garage. Les Bannerman avaient le droit de le faire attacher à n'importe quel train de la ligne Hudson, ce qui avait suscité des problèmes légaux comiques mais exaspérants lors de la fusion de la New York Central et d'Amtrak. Déterminée à empêcher la destruction d'un îlot rocheux au milieu de l'Hudson, Eleanor s'était opposée à trois gouverneurs successifs ainsi qu'au corps d'ingénieurs de l'armée des Etats-Unis et aux gardes-côtes. L'îlot était toujours entre ses mains ou, en tout cas, devant ses yeux, tandis que le chenal, creusé avec beaucoup de difficultés et à un coût considérable pour les contribuables, passait de l'autre côté...

Alexandra essaya d'oublier cette formidable présence dans la vie d'Arthur pour se concentrer sur ses pieds qui avaient une fâcheuse tendance à se mettre en travers de ceux de son cavalier.

Elle n'avait pas souvent l'occasion de danser, du moins ces danses d'autrefois, et n'avait jamais véritablement appris à le faire. Il est vrai qu'à LaGrange on enseignait aux filles les rudiments des danses de leurs parents et grands-parents ; elle se souvenait de ses évolutions maladroites dans le gymnase de l'école, généralement dans les bras d'une autre fille, tandis que, alignés le long des murs, les garçons pouffaient et rougissaient. Mais, lorsqu'elle avait eu l'âge d'aller à de *vrais* bals, ses maigres connaissances ne lui avaient été d'aucune utilité. A sa consternation, Arthur Bannerman dansait avec une précision et un enthousiasme qui lui faisaient honte.

Elle lui savait gré de son tact. « Je suis un peu rouillée, dit-elle d'un ton d'excuse.

— Moi aussi. Cela fait des siècles que je n'ai pas dansé, répondit-il avec un sourire radieux. J'adorais ça. Lorsque j'étais enfant, on nous a appris à danser. Un maître de danse venait nous donner des leçons particulières. Ma mère y assistait et, sous son regard, je vous assure que nous ne commettions pas deux fois la même faute. Mon père aimait beaucoup danser. Le jour de son trentième anniversaire de mariage, il a fait venir un grand orchestre à Kiawa et dansé une valse avec ma mère. Il n'y avait qu'eux sur la piste, tous les autres les regardaient. Je m'en souviens comme si c'était hier. C'était la "Valse de l'Empereur"... Mon père était en frac, Eleanor portait les diamants de la famille et la tiare. Elle avait vraiment l'air d'une impératrice, vous savez. Enfin, je ne crois pas que la salle de bal ait été utilisée plus d'une fois ces dix dernières années...

— A quelle occasion ?

— Le mariage de mon fils Robert », répondit Bannerman d'un ton qui décourageait toute autre question sur le sujet. Il l'enlaça plus étroitement, un changement de pression si imperceptible qu'il serait passé inaperçu à quiconque les aurait observés, mais qu'elle sentit — et comprit — instantanément.

Cela n'avait rien de marqué, d'explicite; il s'agissait simplement d'un changement de degré dans leurs relations, d'un geste de familiarité. Si elle s'était écartée d'un centimètre, Bannerman aurait sans doute déplacé son bras pour ne plus appuyer que le plat de la main contre son dos. Le choix lui appartenait et elle le savait — de manière purement instinctive, car dans les danses de sa génération il n'y avait pas place pour ce genre d'indices ténus et subtils; la méthode directe était de règle.

Elle posa légèrement la tête contre son épaule, y laissant, comme elle s'en aperçut un instant trop tard, une trace de fond de teint Lancôme.

Bannerman n'y prit pas garde. « Je passe une merveilleuse soirée, dit-il. Je suppose que cela n'a rien de très excitant pour vous. Une jolie fille comme vous doit aller danser souvent, non ?

— Non, presque jamais. Personne ne danse plus à New York. Personne de ma connaissance en tout cas.

— Dommage. Ah ! En voici une plus rapide. »

Bannerman resserra son étreinte; elle sentait les boutons de sa chemise contre sa poitrine tandis qu'elle se concentrait pour mettre ses pieds au bon endroit. Il paraissait plus heureux qu'elle ne l'avait encore jamais vu, quoiqu'un peu congestionné. Puis brusquement il s'écarta, le visage figé. « Zut ! dit-il. Arrêtons-nous un instant. »

Elle fut un peu déçue — elle commençait juste à se sentir bien —, mais se rappela qu'il avait plus de soixante ans et présumait peut-être de ses forces. « Vous voulez vous asseoir ? dit-elle.

— Non, non, ça va. » Il parlait d'un ton impatient, voire irrité, et elle se demanda si son comportement y était pour quelque chose, ou s'il regrettait simplement d'être allé trop loin. « Je croyais que DeWitt était rentré chez lui, reprit-il. Mais il est là en train de danser avec une vieille rombière, et il ne nous quitte pas des yeux. »

Elle en éprouva de la contrariété. Si Bannerman avait honte d'être vu en sa compagnie, il n'aurait pas dû l'inviter. De plus, il était majeur et veuf. Puis elle se dit qu'il s'agissait peut-être simplement de dignité : le chef de la famille Bannerman ne devait pas danser en public comme un adolescent avec une fille qui avait la moitié — non, presque le *tiers* — de son âge. « Ce qu'il pense a-t-il de l'importance ? demanda-t-elle.

— DeWitt ? Non, pas la moindre. C'est un imbécile. Depuis toujours. » Il retrouva un peu de sa bonne humeur. « En réalité, j'étais un peu hors d'haleine, dit-il en lui souriant. Mais c'était un vrai plaisir. Je n'ai pas passé un moment aussi agréable depuis des années. »

Elle devina que ce n'était qu'un mensonge poli. Il lui passa toutefois un bras autour de la taille pour la conduire au bar. Elle ne fut pas étonnée d'y trouver Baxter Troubridge qui s'y était apparemment installé pour la soirée et s'appuyait de tout son poids contre la table. Son visage avait la couleur d'une prune mûre, mais il semblait en possession de toutes ses facultés comme si une vie passée à boire l'avait vacciné contre les effets de l'alcool. « Je vous ai vus danser, dit-il en levant son verre. Très impressionnant. Mettre un pied devant l'autre est tout ce dont je sois capable.

— Tu ne t'entretiens pas, Bax, dit Bannerman qui sembla se détendre en sa présence. Je fais un peu d'exercice tous les matins et de la natation quatre fois par semaine. Il faut faire circuler le sang dans nos vieilles veines, Bax.

— J'essaie de ne pas fatiguer les miennes. Une bonne circulation bien régulière me suffit. Je nageais dans le temps, au Racquet Club, mais la vue de mes contemporains en maillot de bain m'en a dégoûté. Où est-ce que tu peux bien aller, toi ?

— J'ai ma piscine, Bax, répondit Bannerman d'un ton bref.

— J'aurais dû le savoir. D'ailleurs, je le savais certainement. Il ne doit pas y avoir beaucoup d'appartements new-yorkais pourvus d'une piscine olympique, mais il est tout à fait logique que tu en aies une.

— William Randolph Hearst avait aussi la sienne », répliqua assez sèchement Bannerman qui semblait pourtant habitué à voir son ami se moquer de lui. Alexandra se rappela que la fortune de Troubridge était plus ancienne que celle de Bannerman, mais probablement beaucoup moins considérable.

« Je n'ai pas dansé depuis longtemps. Pas depuis le mariage de Robert, je crois. Comment va-t-il, à propos ?

— Très bien. »

Troubridge eut un sourire sceptique. « Il doit bien avoir dans les quarante ans maintenant ? Le temps passe si vite ! »

Bannerman n'eut pas l'air ravi de se voir rappeler l'âge de son fils devant Alexandra. « Il a quarante-deux ans, répondit-il de son ton le plus froid.

— Assez vieux pour se présenter aux élections

présidentielles. Tu te rends compte? fit Troubridge en souriant. Difficile à croire, hein?»

Ralenties par l'alcool, les expressions s'attardaient sur son visage, de sorte qu'elles étaient légèrement asynchrones, comme dans un film étranger mal doublé. Lorsqu'il souriait, son sourire restait trop longtemps sur ses lèvres, comme s'il ne pouvait l'en effacer ou avait oublié sa présence. «Quels sont les projets de Robert, au fait? On parle du Sénat, d'un poste de gouverneur... Quand rentre-t-il?

— Quand le Président jugera bon de le rappeler, répondit Bannerman d'un ton contraint. Il est ambassadeur des Etats-Unis.

— Le pauvre garçon doit se languir de New York. Et il doit te manquer aussi, Arthur.

— En effet.» L'expression de Bannerman aurait conduit n'importe qui à abandonner le sujet, mais Troubridge n'y faisait pas attention.

«Un gars du tonnerre, mademoiselle. Vous verrez lorsque vous le connaîtrez. Une vraie tête brûlée, pas vrai, Arthur?

— J'espère que Caracas va l'assagir un peu.

— Ce n'est pas le bon climat, pas le bon climat du tout. Tu aurais dû insister pour le faire nommer à la cour de Saint-James[1]. Il aurait été superbe en culotte. Mais je suppose qu'avec son divorce il n'en était pas question. Eleanor a dû accuser le coup. Comment va-t-elle?

— Plutôt bien étant donné les circonstances.

— Un vrai roc. La huitième merveille du monde. Vous la connaissez, mademoiselle? Non? Eh bien, vous avez un plaisir en réserve.»

L'orchestre se remit à jouer, et Bannerman la prit assez rudement par le bras. «Nous n'allons

1. La cour d'Angleterre *(N.d.T)*.

pas t'accaparer davantage, Bax, dit-il. Je suis sûr que d'autres personnes de ta connaissance ont envie de bavarder avec toi. »

Troubridge leva son verre lorsqu'ils s'éloignèrent. « Je suis désolé, dit Bannerman. Ce pauvre Baxter papote comme une vieille femme.

— Il semble avoir beaucoup d'affection pour votre fils.

— C'est son filleul. Il prend toujours son parti. Robert ne peut mal faire à ses yeux.

— Mais pas aux vôtres ? »

Il lui jeta un regard noir — pour l'avertir qu'elle s'engageait sur un terrain interdit peut-être ? « Je lui laisserai sa chance, fit-il, les dents serrées.

— Il vous ressemble beaucoup. »

Le reste de bonne humeur que conservait encore Bannerman disparut instantanément, et Alexandra eut en face d'elle un homme au visage dur, très différent de celui auquel elle commençait à s'habituer. « Vous le connaissez ? » demanda-t-il d'un ton coupant. Elle constata avec étonnement qu'il paraissait aussi effrayé qu'irrité. Elle eut l'impression qu'il se recroquevillait comme un animal devant un danger inattendu.

« Je l'ai vu sur des photographies.

— Ah ! fit-il avec un soulagement visible. Nous nous ressemblons, en effet, mais malheureusement ce n'est que physique. »

La musique s'arrêta. Bannerman ne relâcha pas immédiatement son étreinte. Il y eut un éclair de flash, et il s'écarta d'un bond, l'air furieux, cherchant aussitôt des yeux le photographe qui se révéla être une jeune femme. S'il s'était agi d'un homme, se dit Alexandra, il aurait laissé libre cours à sa colère, mais en l'occurrence il hésitait manifestement sur l'attitude à adopter. « Je préfère ne pas être photographié sans ma permission, si cela ne vous ennuie pas, dit-il d'un ton sec.

— Je suis navrée, monsieur. Je suis de *Town and Country*. Nous voulions une photo de vous. Si vous n'y voyez pas d'inconvénient, bien entendu. »

Il lui faisait face, les mains enfoncées dans les poches, le visage fermé, le menton en avant. « Très bien, dit-il enfin. Vous pouvez en prendre une, une photo de groupe. La première ne doit pas être utilisée. C'est clair ? »

La photographe rougit de colère mais, toute jeune qu'elle était, elle savait apparemment qu'on ne contrariait pas Arthur Bannerman impunément, et sa détermination ne faisait aucun doute. La jeune femme murmura quelques mots à son compagnon qui notait les noms de ceux qu'elle photographiait, et il demanda aussitôt à quelques personnes de se regrouper autour de Bannerman qui fixait l'appareil d'un air courroucé. Alexandra était à côté de lui, mais il ne la regardait pas. Quiconque verrait la photo pourrait supposer qu'ils ne se connaissaient pas ; rien en tout cas n'indiquait qu'ils étaient ensemble. « Ce sera tout, dit Bannerman d'un ton ferme. Merci. »

Il se détourna, résolu à ne pas laisser une seconde chance à la photographe. « Quelle impertinence, grommela-t-il.

— Elle ne faisait que son travail.

— Lorsque j'étais candidat à la présidence, je me suis fait une règle de ne me laisser photographier ni en train de danser ni coiffé de chapeaux fantaisistes. »

Elle ne le crut pas. Il disait peut-être la vérité pour ses campagnes présidentielles, mais il était évident qu'il n'avait pas voulu qu'on le prenne en train de danser avec *elle* ni même seul en sa compagnie.

Pourquoi est-ce que je réagis ainsi? se demanda-t-elle. Puis elle se dit que c'était plutôt le comportement d'Arthur Bannerman qui était en cause. Croyait-il vraiment pouvoir sortir avec elle, faire comme si elle n'existait pas et, en plus, lui mentir? Que savait-elle de lui en réalité? Presque rien. Sa solitude l'avait séduite, mais après tout il pouvait fort bien y avoir une femme dans sa vie qui n'apprécierait pas de le voir danser avec une autre. Le plaisir qu'elle prenait à la soirée s'évanouit. Elle se sentit utilisée, traitée avec désinvolture et lui en voulut de la décevoir. « J'aimerais rentrer », dit-elle.

Il cligna les yeux d'un air inquiet. Sans doute craignait-il de la voir ajouter à ses ennuis en faisant une scène en public, pensa-t-elle. Apparemment, même Arthur Bannerman redoutait le mécontentement d'une femme. « Vous en êtes sûre? demanda-t-il. Il n'est pas vraiment tard.

— Il est 11 heures passées. En outre, d'autres photographes pourraient arriver. Je ne voudrais pas vous embarrasser en étant trop près de vous lorsqu'ils vous prendront en photo. »

Bannerman n'avait manifestement pas l'habitude qu'on lui tienne tête. Il la regardait d'un air sévère, les paupières mi-closes, les coins de la bouche tirés vers le bas, la mâchoire projetée en avant comme un roc dans la tempête. Alexandra se demanda si ses enfants lui avaient déjà vu cette expression. Si c'était le cas, il n'était pas difficile de comprendre pourquoi il ne s'entendait pas avec Robert et ne voyait pas beaucoup les autres.

« Ne soyez pas ridicule, dit-il.

— Je n'ai pas l'habitude de sortir avec des hommes qui ont honte de moi. C'est une expérience nouvelle. La plupart d'entre eux sont *heureux* d'être vus en ma compagnie.»

Il poussa un soupir. «Je n'ai pas honte de vous.

— Alors, pourquoi cette scène avec cette pauvre photographe? Et pourquoi vous êtes-vous arrêté de danser dès que vous avez aperçu... comment s'appelle-t-il déjà? DeWitt?

— Cela n'a rien à voir avec vous, croyez-moi.

— Comment voulez-vous que je vous croie? C'est l'impression que cela m'a faite et que cela ferait à n'importe qui.

— Oui, sans doute... Vous devez avoir raison...» Il avait perdu son attitude arrogante et avait un air humble et embarrassé. «Ecoutez-moi, fit-il d'un ton pressant. Vous ne comprenez pas ma situation.

— Je comprends la mienne, et elle ne me plaît pas.»

Il la saisit par le poignet. «Je ne veux pas que Robert en entende parler, murmura-t-il d'une voix rauque. Ou qu'il nous voie ensemble sur une photo.»

Elle s'était attendue qu'il lui parle d'une femme qu'il ne souhaitait pas offenser, ou même de sa mère dont l'opinion avait tant d'importance à ses yeux. «Robert? dit-elle. Votre fils?

— Oui.

— Pourquoi s'en soucierait-il? Vous êtes son père. En quoi le fait que vous sortiez avec quelqu'un, avec moi, peut-il bien le regarder?»

Il la dévisagea un instant en silence, comme s'il hésitait à lui confier un secret. «Il y a deux ans, Robert a essayé de me mettre à la retraite, dit-il enfin. Qu'il tombe sur une photographie où je danse avec une jeune femme et, croyez-moi, Alexandra, il quittera Caracas par le premier avion, prêt à sonner l'hallali.»

C'était une des expressions préférées de son père. Curieusement, ce détail fit tomber sa colère — cela et le fait qu'il fût la première personne à l'appeler par son prénom et non par le diminutif d' « Alexa ». Il disait la vérité cette fois. Elle ne comprenait pas très bien pourquoi son fils lui faisait peur, mais c'était manifestement le cas. « Pourquoi ? demanda-t-elle.

— Robert fait partie de ces hommes qui cherchent toujours à avoir barre sur les autres. Il se tient assez tranquille au Venezuela où il joue les diplomates, mais je n'ai aucune envie de le réveiller, pas au moment où je projette quelques grands changements... Mais je ne vais pas vous ennuyer avec tout ça. »

Quelle que fût la nature de ces changements, il parlait si bas qu'elle l'entendait à peine. « Il vaut mieux que mon nom ne figure pas dans un de ces fichus journaux pour l'instant, Alexandra. S'il en allait autrement, je serais heureux d'être photographié en train de danser avec vous. Fier, même. Cela ferait bigrement remonter ma cote parmi mes contemporains ; leur stimulateur cardiaque en bourdonnerait d'envie ! » Il éclata de rire, quoique moins bruyamment qu'à l'accoutumée.

L'irritation d'Alexandra s'était en partie dissipée. Il avait ses raisons et elle était prête à les accepter, bien qu'elle ne fût pas certaine de les comprendre ni d'avoir eu droit à plus d'une fraction de la vérité. Elle le laissa prendre sa main, mais l'humeur n'y était plus, et tous deux le savaient.

« Je crois qu'il se fait vraiment tard », dit-il.

Elle acquiesça. « Je vais chercher mes affaires. » L'air maussade, il se posta derrière un des énormes blocs du temple égyptien, sans doute pour ne pas avoir à saluer les gens qu'il connaissait. Il boudait au milieu des hiéroglyphes comme un aigle en mue, et son expression suffisait à le protéger des importuns.

Alexandra gagna les toilettes où deux femmes bien habillées parlaient de cette voix forte et pleine d'assurance des riches de la haute société tout en rafraîchissant leur maquillage. Elles ne la regardèrent pas. « Quelle soirée épouvantable », dit l'une d'elles. Elle portait une robe de soie grise Valentino qui devait coûter cinq mille dollars et révélait des épaules et des seins bronzés ayant la couleur et la consistance du bacon bien cuit.

« Oh ! Pas vraiment, ma chérie », répondit l'autre. Un peu plus jeune que sa compagne, âgée de quarante ans tout au plus, elle était musclée comme un athlète. De dos, on aurait pu la prendre pour un joueur de tennis professionnel si un collier de diamants n'avait scintillé à son cou. Elle avait le regard vague et le maintien raide de quelqu'un qui boit sec et approche de sa dose limite. « C'est tout de même mieux qu'hier soir au Pierre. Le "bal des mites", comme l'appelle Thomas. Quand je pense à tous ces Sudistes suants en habit de chasse qui dansaient la gigue et chantaient des airs du pays ! Thomas a adoré ça, bien entendu. Toutes les occasions lui sont bonnes pour se cuiter avec sa bande de Virginiens toqués de cheval.

— J'aimais assez ce genre de soirées dans le temps.

— Qui n'aimait pas ça ? A dix-sept ans. Il est vrai que c'est l'âge mental de Thomas. Il pense encore que les femmes et les chevaux se manient de la même façon et il ne s'y prend même pas si bien que ça avec ces pauvres bêtes. Si c'était à refaire, j'épouserais une fortune yankee plutôt que le charme du Sud.

— Vous l'avez déjà fait au moins deux fois, ma chère, vous devez donc savoir de quoi vous parlez. A propos de fortune yankee, il me semble bien avoir vu Arthur Bannerman danser avec une femme assez jeune pour être sa petite-fille.

— Arthur Bannerman ? Je le croyais mort !

— Bien sûr que non, ma chérie. Il est simplement en disgrâce. Un scandale épouvantable... Voyons, de quoi pouvait-il bien s'agir ?

— Le divorce de Robert ?

— Non, non, avant. Quoi qu'il en soit, on ne le voit plus depuis. Une de mes amies — Babs Burgess, celle dont le second mari s'est tué en parachute, vous la connaissez certainement ? Eh bien, elle m'a dit que sa famille l'avait pratiquement enfermé dans une aile de Kiawa comme le prisonnier de Zenda. Sandy Burgess — qui a jamais entendu parler d'un homme s'initiant au parachute à l'âge de soixante ans, je vous le demande ? — m'a confié qu'un de ses amis qui était allé à Kiawa lui avait dit qu'Arthur était fou à lier, ivre mort à midi et qu'il hurlait à la lune toute la nuit enfermé dans une pièce du grenier... Robert aurait décidé qu'il n'était plus capable de s'occuper de la fortune familiale, et cela a donné lieu à une terrible dispute.

— Cela me fait penser à la famille moyenâgeuse de Thomas. A Middleburg, ils hurlent aussi à la lune chaque fois qu'elle est pleine mais, eux, ils trouvent ça normal.

— Je suis allée à Foxcroft, moi aussi. C'est parfaitement normal dans le Sud, ma chérie, mais pas pour un Bannerman.

— Je ne connais que Robert. Il m'a paru assez normal.

— Si c'est ce que vous appelez normal... S'il entre un jour à la Maison Blanche, ce sera un véritable défilé de femmes comme du temps de

Kennedy. On raconte des histoires abominables sur Arthur, vous savez. Thornton m'a dit qu'il ne s'était même pas déplacé pour aller au chevet de sa femme mourante et il a poussé un de ses enfants au suicide. Quoi qu'il en soit, il était là en chair et en os en train de danser avec une fille assez jolie, dans le genre ordinaire. Curieux...

— Qui est-ce ?

— Je n'en ai pas la moindre idée, ma chérie. Il ne doit pas y avoir grand-chose entre eux, elle n'a encore aucun bijou digne de ce nom... »

Alexandra se glissa dans un des w-c, espérant qu'elles avaient épuisé le sujet, lorsqu'elle entendit une voix familière grogner : « Je n'en crois pas mes yeux ! »

Elle n'avait pas vu Sis Chantry de la soirée, ne savait même pas qu'elle y assistait, mais sa voix râpeuse de fumeuse était reconnaissable entre mille. « Vous avez vu Arthur Bannerman ce soir ?

— Nous parlions justement de lui, Sis, dit la femme en robe Valentino. Qui est la fille ?

— Tout ce qu'il y a de plus quelconque. Elle travaille dans une galerie d'art, rendez-vous compte ! Des toiles modernes hideuses. Dire qu'elle m'a passé de la pommade pour savoir quoi porter... »

Alexandra rougit de confusion. Que Mme Chantry la juge « quelconque » ne l'étonnait pas, mais cela n'en était pas moins désagréable à entendre. Vieille bique ! pensa-t-elle. Elle trouverait un moyen de lui faire comprendre qu'elle avait surpris sa remarque.

« D'accord, mais qui est-ce, Sis ? Racontez-nous toute l'histoire.

— Je ne sais pas grand-chose. Bannerman l'a rencontrée lors d'un vernissage. C'est la petite amie de Simon Wolff, le marchand de tableaux.

Ou plutôt, c'était... Je crois qu'il l'a plaquée il y a quelque temps.

— Jamais entendu parler de lui. Mais comment a-t-elle fait pour mettre le grappin sur Arthur Bannerman ? »

Sis Chantry eut un rire guttural. « De la manière habituelle, je suppose. Quelle rusée petite garce, quand même ! Elle ne m'en a pas soufflé mot.

— Elle est donc plus maligne que vous ne le pensiez. Un point pour elle.

— Maligne ? Bannerman a un pied dans la tombe et l'autre dans l'alcool. Il n'est pas bien difficile à une jolie fille d'embobeliner un vieillard.

— Je ne suis pas d'accord, fit la femme en robe Valentino. Je le trouve assez sexy, tout monstre imbibé d'alcool qu'il est.

— Oh oui ! murmura sa compagne d'une voix rauque. Il me fait penser à mon beau-père. Follement séduisant. Quel dommage de le voir s'enticher d'une petite poule comme ça. »

Alexandra suffoqua. Ce n'était plus l'embarras qui empourprait son visage, mais un accès de colère noire. Elle détestait les scènes et faisait en général tout pour les éviter, mais s'entendre traiter de « poule » était plus qu'elle ne pouvait supporter. Elle sortit de son refuge, prête à une altercation, pour s'apercevoir qu'il était trop tard. Les trois femmes venaient de quitter la pièce et elle n'aperçut que leur dos nu au moment où la porte se refermait sur elles. Elle resta devant la glace, jetant des regards furieux à son image, jusqu'à ce que son sang-froid lui revienne.

Curieusement, la conversation qu'elle avait surprise la disposa plus favorablement à l'égard d'Arthur Bannerman. Elle comprenait à présent sa peur d'être vu en public et ses brusques sautes d'humeur.

Bien que le connaissant peu, elle était convaincue qu'il ne méritait pas sa réputation ; il n'était en tout cas ni ivrogne ni sénile. Il savait certainement ce qu'on disait de lui et devait en souffrir mais, en sa qualité de Bannerman, il lui était naturellement impossible de le montrer. Elle avait éprouvé de la sympathie pour lui dès le début. Il s'y ajoutait à présent un certain respect.

Au diable l'opinion des autres, se dit-elle. Elle sortit des toilettes d'un pas assuré, aussi droite que sa mère aurait pu le souhaiter, et rejoignit Arthur. Le regardant droit dans les yeux, elle se hissa sur la pointe des pieds et l'embrassa.

« Merci pour cette charmante soirée », dit-elle.

Elle savait que tous les regards étaient fixés sur eux. Elle n'y fit pas attention. Ils quittèrent la salle ensemble, bras dessus, bras dessous.

« Y a quelque chose pour vous en bas, grogna le concierge. Vous voulez que je le monte ? »

Il nettoyait la glace poussiéreuse du vestibule avec un chiffon crasseux et l'attendait manifestement. Une des ambitions d'Alexandra était de vivre dans un immeuble doté d'un portier — peut-être pas aussi majestueux que celui de Bannerman, mais au moins quelqu'un en uniforme et ganté de blanc. Bien qu'il passât la majeure partie de son temps au sous-sol, le concierge portait plusieurs couches de vêtements au-dessus d'une salopette graisseuse et un bonnet de laine enfoncé jusqu'aux oreilles, même au plein cœur de l'été. S'il avait été noir ou hispano-américain, elle serait peut-être parvenue à se convaincre qu'elle devait l'aimer, mais, étant donné qu'il venait d'Europe centrale et ne faisait pas mystère de ses opinions racistes, elle se sentait libre de le détester cordialement.

Dès le début, et en dépit de pourboires et d'étrennes qu'elle trouvait généreux, il s'était montré peu coopératif et revêche, apparemment convaincu qu'une jeune femme qui vivait seule dans le West Side ne pouvait être ce qu'elle paraissait. Lorsqu'elle recevait des colis, ce qui était rare, il s'arrangeait en général pour être absent quand le postier passait et, si par hasard il les acceptait, il les laissait dans le hall. Proposer de monter quoi que ce soit était tout à fait inhabituel de sa part.

« Si cela ne vous dérange pas », dit-elle. A la manière des habitants du Middlewest, elle se montrait d'une extrême politesse avec les gens qui lui déplaisaient — ce qui ne semblait d'ailleurs avoir aucun effet sur les New-Yorkais.

Elle gagna son appartement et ouvrit la porte. Elle n'avait pas eu le temps de la refermer qu'elle entendait la respiration sifflante du concierge qui gravissait les marches d'un pas lourd. D'habitude, des heures, voire des jours, s'écoulaient avant qu'il tienne une promesse. Elle se demandait encore ce qui l'avait décidé lorsqu'il apparut portant un paquet volumineux avec autant de précaution que s'il s'était agi d'un nourrisson. « Il faut les garder au froid, déclara-t-il. L'homme m'a dit de les mettre dans mon frigo jusqu'à ce que vous reveniez.

— Quel homme ?

— M. Johnson. Si tous les nègres étaient comme lui, on vivrait mieux à New York. » Il se tut un instant. « Je viendrai demain tôt. Pour le robinet. »

Cela faisait des semaines qu'elle se plaignait d'une fuite d'eau dans sa cuisine. En vain. Le concierge disparaissait avec un rare talent chaque fois qu'il y avait une tâche à accomplir, si minime fût-elle. Apparemment, ses sentiments à son égard avaient changé, car il lui souriait d'une oreille à l'autre. Elle le remercia et referma la porte.

Elle défit soigneusement le papier d'emballage et découvrit un panier tapissé de mousse plein d'orchidées. Ce n'était pas celles blanches et sans vie qu'on voit en général chez les fleuristes mais des fleurs aux couleurs chatoyantes et aux formes étranges comme elle n'en avait encore jamais vu, certaines pas plus grosses que des violettes, d'autres énormes.

Une simple carte blanche accompagnait le panier. « Je les ai fait venir de Kiawa », lut-elle. En dessous, Bannerman avait ajouté : « Avec tous mes remerciements. A.A.B. »

Elle se fit du thé et s'assit pour admirer les orchidées qui semblaient illuminer la pièce. Les fleurs en tant que telles ne la surprenaient pas vraiment. Elle n'en recevait pas tous les jours ni même tous les mois, mais c'était le genre de geste qu'on attendait des hommes d'un certain âge — quoique Bannerman fût tellement plus vieux que la plupart des hommes qu'elle connaissait que l'expression n'avait guère de sens.

Ces fleurs représentaient toutefois quelque chose de différent. Combien de gens pouvaient envoyer des orchidées rares venues de leur propre serre ?

Elle se dit que c'était l'occasion rêvée pour l'appeler, puis se rendit compte qu'elle n'avait pas son numéro.

Elle retourna la carte. Au dos, tracé de la même écriture négligée, il y avait un numéro de téléphone.

Arthur Bannerman pensait apparemment à tout.

« Ça alors ! s'exclama Simon lorsqu'elle lui parla des orchidées. J'espère que tu as défait le paquet avec précaution. On ne sait jamais... Il aurait pu dissimuler un bracelet de diamants dans la mousse.

— Ne dis pas de bêtises.

— Des bêtises ! Le duc de Westminster a envoyé une boîte de chocolats à Coco Chanel en glissant un diamant au fond pour qu'elle le trouve lorsqu'elle les aurait tous mangés. Naturellement, Chanel n'aimait pas le chocolat. Alors, elle a donné la boîte à une domestique qui a mangé la première rangée et jeté le reste...

— Je ne vois pas Arthur Bannerman faisant ce genre de chose.

— Non, probablement pas. »

Simon avait retrouvé sa bonne humeur, et ils se parlaient de nouveau. Elle se demandait pourquoi. Il lui arrivait de se dérider spontanément après une dispute, mais en règle générale cela nécessitait soit des excuses et une sorte de sacrifice de sa part, soit un coup de chance assez extraordinaire pour qu'il en oublie son amour-propre blessé.

A son sourire, il était évident qu'il savait quelque chose qu'elle ignorait. Elle ne lui posa pas de questions ; il était incapable de garder un secret assez longtemps pour qu'il vaille la peine de se fatiguer à le lui arracher. « Le musée d'Art moderne m'a appelé, dit-il. Apparemment, il y a quelqu'un là-bas que le Baldur de Bannerman a beaucoup impressionné. Ils veulent en acheter un. »

Il fit craquer ses doigts — un son qu'elle détestait. « Tu sais l'effet que cela va avoir sur le prix de ses toiles ? Lorsque Baldur sera dans la collection permanente du musée, ton ami Bannerman pourra se vanter d'avoir fait une bonne affaire. Te lier d'amitié avec lui est le coup le plus habile que tu aies réussi depuis longtemps, mon chou. Je suis fier de toi. » Il s'éclaircit la voix. « Je regrette de m'être emporté l'autre soir. Tu ne m'en veux pas ? »

Elle l'assura du contraire, le félicita de sa bonne fortune et regagna le placard qui lui servait de bureau.

Elle n'avait pas l'esprit tortueux — elle le savait par expérience — mais il ne fallait pas être Machiavel pour reconnaître la main d'Arthur Aldon Bannerman tirant les ficelles à distance. Il avait deviné à ses propos que Simon était en colère contre elle et trouvé un moyen facile de l'apaiser, en le rendant même *heureux* de la voir fréquenter Bannerman. Le mérite d'avoir fait entrer Baldur au musée d'Art moderne retomberait en partie sur elle, un effet secondaire destiné sans aucun doute à son bonheur à elle. Il y avait une merveilleuse économie dans sa manière de procéder, car il s'était également arrangé pour doubler ou tripler la valeur de son tableau en une nuit ; tout cela grâce à un simple coup de téléphone à un de ses amis du conseil d'administration.

Elle souleva le combiné et composa son numéro. Il répondit dès la première sonnerie.

« J'appelais pour vous remercier, dit-elle. Les fleurs sont superbes.

— N'est-ce pas ? Mon père s'intéressait beaucoup aux orchidées. De son temps, les serres de Kiawa étaient célèbres, vous savez. Il avait des espèces et des hybrides qui n'existaient nulle part ailleurs. Des botanistes venaient du monde entier pour les étudier. La plupart ont disparu maintenant.

— Il paraît que le musée d'Art moderne a décidé d'acquérir un Baldur. »

Bannerman eut un petit rire. « Ils ont eu la révélation, on dirait.

— J'ai pensé que vous y étiez peut-être pour quelque chose.

— Un mot à des gens éclairés, rien de plus. Voilà qui devrait faire plaisir à votre M. Wolff. »

Il avait l'air très content de lui. Elle faillit répliquer que Simon n'était pas *son* M. Wolff mais, se souvenant de la facilité avec laquelle il changeait d'humeur, elle y renonça. « Je n'avais jamais vu autant d'orchidées, dit-elle.

— Vous en aurez autant que vous le désirerez. Eleanor les a en horreur, alors elles ne font que fleurir et mourir. Un vrai gâchis. Comme tant de choses à Kiawa. » Il se tut un instant. Parler de Kiawa semblait toujours le déprimer.

« J'ai passé une merveilleuse soirée, dit-elle pour changer de sujet.

— Moi aussi. Je ne m'étais pas autant amusé depuis des siècles. Au fait, vous ne seriez pas libre à midi, par hasard ? J'avais quelques petites choses à vous dire. Mais je ne voudrais pas accaparer votre temps... »

Elle songea un instant à se prétendre occupée, mais décida que cela n'en valait pas la peine. Un déjeuner avec Arthur Bannerman se révélerait certainement plus intéressant qu'un sandwich au thon dans son bureau. « Oui, je crois que je peux me libérer », fit-elle d'un ton suggérant que cela lui était indifférent. Après tout, elle n'allait pas non plus lui faciliter la tâche.

« Vous êtes sûre que M. Wolff n'y verra pas d'inconvénient ?

— Simon ne s'en apercevra probablement même pas. » Et, même s'il le faisait, se dit-elle, il en serait ravi. Il considérait manifestement ses relations avec Bannerman comme ce qu'elle avait fait de mieux pour lui depuis longtemps, un coup de chance dont on pouvait tout attendre. « Il n'y verra certainement pas le moindre inconvénient.

— Ah ! Très bien. J'enverrai Jack vous prendre à midi et demi. Nous nous retrouverons à la Fondation. »

Pourquoi là ? se demanda-t-elle. La fondation Bannerman était presque aussi célèbre que les fondations Ford ou Guggenheim. Groupe d'experts travaillant pour les Bannerman au départ, elle faisait désormais partie intégrante de la vie culturelle et universitaire des Etats-Unis en multipliant les aides à la recherche, les commissions d'études, les bourses et les polémiques sur tous les sujets imaginables. Des groupes de protestataires allant de créationnistes à des artistes mécontents se rassemblaient quotidiennement devant son siège.

Alexandra fut un peu déçue que Bannerman ne l'invite pas au Lutèce, au Four Seasons, au 21 ou dans tout autre restaurant qu'il fréquentait. Elle aimait être admirée et trouvait que cela n'avait rien de honteux de la part d'une jeune femme séduisante. De plus, elle préférait choisir ses plats sur une carte plutôt que de se voir servir ce que le personnel d'Arthur Bannerman avait décidé de lui préparer.

S'ils devaient s'entendre, il faudrait qu'elle tâche de le débarrasser de ses habitudes.

Elle ne pensait pas que ce serait très difficile.

Bien que loin d'être dépourvu de caractère, le bâtiment paraissait presque agressivement anonyme. Situé juste en face du jardin des sculptures du musée d'Art moderne et à deux pas de l'University Club sur un des terrains les plus chers de la ville, c'était un hôtel particulier de quatre étages en parfait état, le genre de demeure qu'un promoteur donnerait n'importe quoi pour pouvoir démolir. Des marches de marbre conduisaient à une de ces entrées ornementées par lesquelles les nantis du XIXe siècle signalaient leur richesse : nymphes, dieux musclés à cheval et dauphins de pierre soutenaient un auvent de bronze et encadraient des portes art nouveau en fer forgé et verre opaque qu'il semblait impossible à un être humain normalement constitué d'ouvrir.

Sur le côté, au niveau de la rue, se trouvait une porte plus modeste. Jack l'y conduisit et la laissa dans un couloir élégamment meublé. Elle entra dans l'ascenseur qui s'éleva de lui-même. Un Mondrian décorait une des parois. La touche Bannerman, se dit-elle. Il mettait dans les ascenseurs des tableaux que d'autres auraient accrochés au-dessus de la cheminée de leur salon.

La porte s'ouvrit sans bruit sur une pièce qui ressemblait plus à une salle de séjour moderne qu'à un bureau. En dépit de fenêtres à tabatière et d'éclairages indirects qui lui donnaient l'aspect aéré d'une serre, elle avait quelque chose d'aseptisé, comme si personne n'y vivait. Debout devant la cheminée, Arthur Bannerman lui souriait. « C'est gentil à vous d'être venue », dit-il du ton de quelqu'un qui reçoit une relation d'affaires. Il paraissait nerveux.

Se dirigeant vers une table roulante en verre et acier chromé, il se servit un scotch, puis après un instant de réflexion, doubla la dose. Il ouvrit une bouteille de Perrier. Etait-il allé jusqu'à en faire provision pour elle ? se demanda Alexandra. Elle ne put s'empêcher de remarquer qu'il la décapsulait avec difficulté. C'était sans doute le genre de petites tâches domestiques qu'il ne faisait jamais lui-même. Il lui tailla une tranche de citron déchiquetée avec l'expression d'un homme qui accomplit un acte exigeant une grande dextérité.

« Pas de domestiques ici, expliqua-t-il. Ce n'est pas comme dans ce fichu appartement où ils sont toujours dans mes jambes. » Il alla vers le divan et tapota un coussin pour l'engager à s'asseoir près de lui.

Posé sur une table basse devant eux, se trouvait un plateau d'argent garni d'un morceau de fromage et de crackers. Bannerman en fit une belle rangée bien nette comme s'il voulait s'occuper les mains. Il n'en prit pas et ne lui en offrit pas non plus. « On a parfois besoin d'un endroit où... euh... être tranquille.

— Sans doute », dit-elle.

Il posa une main légère sur son genou. « Cela a ses avantages, fit-il d'un air suffisant. Un coin agréable en plein cœur de Manhattan dont personne ne connaît l'existence.

— Je croyais que c'était un immeuble de bureaux.

— Tout le monde le croit. C'est bien là l'intérêt. Même les gens qui travaillent ici ne savent rien de cet appartement ; les rares qui sont au courant pensent qu'il est destiné à des dignitaires en visite, ce qui est à peu près exact. Des personnalités de toutes sortes ont résidé ici sans que la presse s'en doute. C'est fichtrement utile lorsqu'on est dans la politique, ou dans les affaires...

— Je suppose.

— C'est indubitable », fit-il d'une voix retentissante, comme s'il essayait de lui vendre l'appartement. Il vida son verre et jeta un regard morose aux crackers. A côté du plateau, il y avait une clé attachée à une chaîne en or. « Je ne vais pas tourner autour du pot, reprit-il. Vous êtes une jeune femme très séduisante, vous savez. » On aurait dit qu'il lui signalait un détail qui avait peut-être échappé à son attention.

Pourquoi les hommes n'avaient-ils jamais le moindre sens du moment opportun ? se demanda-t-elle. La veille, juste avant qu'il l'ignore devant la photographe, elle aurait peut-être été réceptive, mais aujourd'hui il était aussi guindé et imbu de son importance que s'ils étaient en réunion de conseil d'administration ou discutaient d'une transaction financière. La veille, elle l'avait trouvé attirant en dépit de son âge — peut-être même *à cause* de lui —, mais à présent il jouait simplement un rôle familier, celui d'un homme mûr qui fait des avances à une jeune femme. Elle avait déjà été placée dans ce genre de situation, plus souvent qu'elle ne souhaitait s'en souvenir, et cela n'avait pas le moindre attrait pour elle.

« Merci, répondit-elle d'un air modeste. Mais vous devez connaître beaucoup de femmes séduisantes. »

Il parut décontenancé, ce qui était bien le but recherché. « C'est vrai, reconnut-il avec un peu de suffisance. Mais il y a quelque chose en vous... Enfin, pour parler carrément, vous me plaisez énormément. Je ne me fais peut-être pas bien comprendre. Cela fait un certain temps que je n'ai pas eu de conversations de ce genre.

— Vous vous faites parfaitement comprendre, Arthur. » Elle décida de le laisser se débrouiller.

« Vous n'êtes pas choquée, j'espère ?

— Non, je ne suis pas choquée. D'un autre côté, ce n'est pas exactement ce que j'ai entendu de plus romantique.

— Je suis un peu vieux pour ça, vous ne trouvez pas ? Je pensais qu'aller droit au but permettrait de gagner du temps. Il ne me semblait pas que votre génération avait beaucoup de goût pour les dîners aux chandelles et la musique douce. Mais ne croyez surtout pas que je n'aie pas de sentiments pour vous. Ils sont même très forts, en fait.

— C'est gentil, Arthur. Je suis très contente. Mais quel genre de sentiments ? »

Il réfléchit un instant. « Eh bien... euh... les plus intimes. Des sentiments que je n'avais pas éprouvés depuis des années, à vrai dire. » Il toussa.

« Je ne cherche pas à me montrer difficile, Arthur, mais je n'étais pas préparée à cette conversation. J'aurais dû l'être, je suppose.

— Si j'ai mal choisi mon moment, je vous fais mes excuses.

— Oh ! Ne soyez donc pas si guindé ! Je ne suis même pas sûre de savoir de quoi vous parlez. De plus, vous ne m'avez pas encore regardée une seule fois. Si je vous fais peur et que je vous embarrasse, à quoi bon ?

— Je m'y prends peut-être mal, fit-il avec un soupir. Je sais qu'il y a une grande différence d'âge entre nous...

— Sincèrement, cela m'est égal. Vous êtes un homme très séduisant lorsque vous n'êtes pas pompeux.

— Je ne suis rien de la sorte, dit-il en rougissant.

— Mais si, et plein de condescendance aussi. » Elle essaya de démêler ses sentiments et n'y parvint pas. « J'aimerais qu'un homme puisse au moins me regarder, peut-être même me prendre dans ses bras avant de me faire des propositions.

— Vous vous moquez de moi.

— Non, je vous assure. Mais je ne sais pas ce

que vous avez en tête ou pourquoi il vous est si difficile de le dire. »

Il la dévisagea d'un air sévère. « Je veux faire l'amour avec vous », déclara-t-il du ton solennel d'un homme qui prête serment.

Elle l'avait toujours su, bien entendu, et devait même s'avouer qu'elle s'était demandé avec curiosité quand et comment le sujet viendrait sur le tapis. Mais, bizarrement, elle n'avait pas décidé de son attitude, sans doute parce qu'elle avait été trop occupée à se laisser éblouir par la richesse de Bannerman, comme si sortir avec lui constituait une sorte d'étude sociologique sur le terrain. De l'humeur qui convenait, elle aurait pu coucher avec lui par pure curiosité mais, dès le début, elle avait senti qu'Arthur Bannerman cherchait quelque chose de plus compliqué qu'une aventure d'un soir. Elle aussi d'ailleurs, elle devait le reconnaître pour être *vraiment* sincère avec elle-même, mais pas avec un homme qui se comportait envers elle comme s'il négociait la prise de contrôle d'une société. Il l'avait amenée à espérer mieux, et elle était déçue.

« Si vous m'aviez demandé cela hier soir alors que nous dansions, j'aurais accepté sans hésiter, Arthur. Mais de quoi parlons-nous ici ? Allons-nous être amis, amants, sortir ensemble ? Est-ce pour un jour, une semaine, un mois ? Je ne cherche pas à poser des conditions, je veux simplement savoir dans quoi je m'engage. Je vais être franche avec vous. Les hommes qui veulent coucher avec moi, ou avec n'importe quelle fille raisonnablement jolie, ne manquent pas. Je passe pourtant la plupart de mes nuits seule. Et vous savez pourquoi ? Parce que faire l'amour ne compte pas autant pour moi que de ne pas souffrir. Je suis passée par là et je n'aime pas ça.

— Je n'ai pas la moindre intention de vous faire souffrir.

— Je vous crois. Cela ne veut pas dire que ça n'arrivera pas.

— Vous avez ma parole.

— J'ai tendance à attendre trop des hommes, Arthur. C'est ce qu'on m'a dit, en tout cas. A long terme, je ne crois pas que je me sentirai bien avec un homme qui veut coucher avec moi et feint de ne pas me connaître dès qu'un photographe apparaît. J'ai connu quelque chose de ce genre. J'en ai gardé un mauvais souvenir.

— J'ai mes raisons, Alexandra, et elles n'ont rien à voir avec vous. Je vous l'ai déjà expliqué. »

Il perdait manifestement patience, ce qui l'irrita encore davantage. Il reposa brusquement son verre qui heurta la clé posée sur la table. Elle la fixa comme si elle la voyait pour la première fois : une clé brillante qui sortait de chez le serrurier, attachée à une chaîne en or massif de chez Tiffany.

Qu'il l'ait fait faire pour elle à l'avance, comme un homme qui compte engager une domestique, la rendait furieuse. « C'est pour moi ? demanda-t-elle avec froideur. Est-ce ainsi que vous procédez d'habitude ? J'ai droit à ma propre clé pour pouvoir entrer ? Les horaires sont-ils fixes ? Si cela ne marche pas, que faites-vous ? Vous changez la serrure ? Vous me laissez la chaîne en souvenir ? »

Bannerman s'empourpra. « Mes arrangements précédents, s'il y en a eu, ne vous concernent pas. Cette clé vous est effectivement destinée. C'est un détail purement pratique. Si cela vous offense, n'en parlons plus. »

Ce fut sa colère qui la décida. Il n'y avait rien qu'elle redoutât plus chez un homme, et elle n'avait pas besoin d'un psychanalyste pour savoir pourquoi. Elle s'était enfuie de chez elle pour échapper à la colère de son père et, lorsqu'elle avait été obligée de revenir, cette colère l'avait submergée. Un air menaçant, un ton tranchant, les signes révélateurs de la fureur étaient ce qu'elle craignait par-dessus tout. L'idée de la clé la révoltait mais, s'il l'avait enlacée et embrassée, elle serait sans doute repartie avec — elle le savait. Il s'en voulait d'avoir besoin d'elle, lui en voulait de compliquer les choses, et c'était ce qu'elle ne supportait pas. Le schéma ne lui était que trop familier.

Elle se leva. « C'est peut-être trop pratique, dit-elle. Je vous aimais bien, Arthur. Je ne voudrais pas avoir l'air ridicule, mais c'est vrai. Si vous ne cherchiez qu'une maîtresse qui vienne et parte à heures fixes, munie de sa clé, vous n'auriez pas dû m'amener à vous aimer. J'aurais sans doute refusé une proposition purement commerciale, mais qui sait ?

— Je n'essaie pas de vous acheter ! s'écria-t-il, furieux.

— Je ne fais pas l'amour avec des hommes qui m'invectivent, Arthur. C'est une de mes règles... la plus importante. Et je pense qu'il aurait été plus courtois de me demander mon avis avant de faire faire cette clé. » Elle se dirigea vers la porte. « Ecoutez, je sais que cela ne s'est pas passé comme vous l'escomptiez. C'est peut-être ma faute. »

Il se leva, aussi raide qu'un soldat à la parade. « Jack va vous reconduire à votre bureau, dit-il de sa voix la plus impersonnelle.

— Ce n'est pas nécessaire. Je sais marcher.

— J'insiste », fit-il d'un ton dur.

Il était inutile de le pousser à bout. Après tout, il n'avait rien fait de mal. Beaucoup de femmes auraient été ravies de glisser la clé dans leur sac et d'accepter l'arrangement. A certaines époques de sa vie, celui-ci lui aurait paru fort satisfaisant. Quelques après-midi par semaine avec un milliardaire âgé mais encore séduisant dans sa garçonnière secrète, que pouvait-on trouver à y redire? Il était sans doute généreux, à la manière des hommes de sa classe. Pas de diamants ni de Rolls Royce — c'était bon pour les émirs du pétrole ou les armateurs grecs —, mais sans doute un gentil petit placement quelque part rapportant lentement de modestes revenus. Elle avait connu des femmes — des épouses très respectables — qui avaient eu ce genre d'«arrangement» pendant des années et en semblaient parfaitement heureuses. Il arrivait même qu'elles y soient plus attachées qu'à leur mariage. La vie est pleine de surprises.

D'une certaine façon, elle regrettait de ne pouvoir dire oui. Elle aimait bien Bannerman lorsqu'il n'était pas furieux ou pompeux. C'était bien le problème d'ailleurs. Elle l'aimait trop. «Je suis navrée, dit-elle. Vraiment.»

Bannerman hocha la tête. Il s'était ressaisi; le visage impassible, il avait retrouvé toute sa dignité. «Merci d'être venue», dit-il comme s'il prenait congé d'une parfaite inconnue.

Cette nuit-là, elle enfreignit une de ses petites règles et avala un somnifère, puis un second pour plus de sûreté, et se coucha tôt.

Elle espérait qu'au matin elle aurait toujours l'impression d'avoir pris la bonne décision.

Le bruit de la sonnette la réveilla. Elle enfila son peignoir et se dirigea vers la porte. Il lui avait fallu longtemps pour acquérir le mécanisme de survie urbain et elle ne l'avait jamais adopté comme les New-Yorkais de souche. Sa porte était équipée de l'attirail habituel : serrure, verrous, chaîne et judas, mais elle oubliait souvent de se servir de ses trois clés et ne regardait presque jamais par le judas qui donnait une image si sombre et déformée des visiteurs que même sa mère aurait eu l'air d'un cambrioleur ou d'un violeur. Elle entrouvrit la porte et découvrit Arthur Bannerman, le visage bleuté sous la lumière fluorescente du couloir. « Je vous dois des excuses », dit-il d'une voix épaisse.

Avait-il bu ? Mais, après tout, il buvait continuellement sans jamais avoir l'air ivre. « Vous auriez pu téléphoner, dit-elle.

— Je déteste cet engin. Ouvrez-moi, s'il vous plaît. »

Elle décrocha la chaîne. « Comment avez-vous pu entrer sans utiliser l'interphone ?

— Il y avait un étranger qui traînait dans le hall. Je lui ai demandé de m'ouvrir. »

Le concierge n'était naturellement pas de taille à s'opposer à Bannerman. « Je vous sers quelque chose ? demanda-t-elle.

— Un scotch, répondit-il en regardant autour de lui. C'est joli chez vous.

— Un peu petit comparé à ce dont vous avez l'habitude. »

Il haussa les épaules. Elle alla lui chercher à boire dans la cuisine. Lorsqu'elle revint, il examinait ses livres. Elle regretta de ne pas avoir une bibliothèque plus fournie, regretta que son appartement ne fût pas plus élégant, regretta enfin de ne pas être maquillée et de porter un vieux peignoir usé beaucoup plus court que ne l'aurait voulu la pudeur. « Eh bien, pour une surprise..., dit-elle. Quelle heure est-il ?

— Je n'ai pas de montre. Il doit être 11 heures... Ecoutez, je n'ai pas l'habitude de faire irruption chez les gens comme ça, mais il faut que nous parlions.

— Vraiment? Nous n'avons fait que ça à midi. Tout était sans doute ma faute, d'accord? Je vous l'ai déjà dit. Mais vous ne pouvez pas me faire faire une clé et vous attendre que je vienne à heures fixes comme la fille qui s'occupe des plantes.

— Je n'ai jamais sous-entendu quoi que ce soit de ce genre», fit-il d'un ton pincé, l'air plus furieux que jamais. Puis il rejeta la tête en arrière et éclata de rire. «C'était bien ça, en fait! Et je n'ai à m'en prendre qu'à moi-même. Ecoutez, je vais aller droit au but: *j'ai besoin de vous*. A n'importe quelles conditions.

— Je ne négociais pas.

— Ne soyez pas si susceptible, bon sang! Je voulais simplement dire que nous pouvons être amis, amants, ce qui vous plaira. Vous n'avez pas à prendre cette satanée clé, Alexandra. Je ne vous demande qu'une chose: *voulez-vous de moi?*»

Sans lui laisser le temps de répondre, il la prit dans ses bras et l'embrassa, l'étreignant avec une force surprenante qui lui coupa la respiration. Le souffle lui manqua apparemment aussi, car il s'écarta et but une grande rasade de scotch. «J'ai perdu la main, dit-il.

— Je ne m'en serais pas aperçue.

— Je voulais dire que je n'ai plus l'habitude de parler aux femmes. Pour être tout à fait sincère, j'ai passé ces dernières années à m'apitoyer sur moi-même. Une perte de temps.

— J'ai connu ça.

— Quoi? Ah! Je vois. On ne s'en douterait pas. Vous êtes bien jeune pour ce genre de choses.

— Ce n'est pas une question d'âge.

— Non, sans doute pas.» Il l'enlaça, plus

tendrement cette fois. « Je n'aimerais pas passer pour un vieil imbécile...

— Vous ne l'êtes pas.

— Merci. Mais ce que j'essaie de dire, Alexandra, c'est que cela m'est égal. Pensez ce qu'il vous plaira, je vous désire. »

La solitude, dont elle se satisfaisait pourtant un instant auparavant, lui parut brusquement insupportable. Elle le désirait aussi ; elle se laissa le reconnaître, le sentir et fut en paix avec elle-même, où que cela dût la conduire.

Elle chercha son regard. « Je ne promets rien, Arthur.

— Je ne vous ai pas demandé de promesse.

— Vous... vous aimeriez rester ici ce soir ?

— Oui, beaucoup, répondit-il d'un ton grave. Si vous voulez de moi. »

Il la dominait de la taille, écrasant la petite salle de séjour, bâti à l'échelle des palais dans lequels il vivait. Elle se haussa sur la pointe des pieds et l'embrassa. « Oh oui ! dit-elle. Je veux bien de vous. »

Elle rêva d'un champ de maïs. Elle le traversait en courant sous un beau ciel d'automne. L'air était si vif qu'on y sentait l'approche de l'hiver. Le maïs était beaucoup plus haut qu'elle, prêt à être moissonné, et le plus léger souffle de vent le faisait onduler comme la mer — qu'elle n'avait jamais vue pour de vrai.

Elle portait un Thermos qu'elle tenait à deux mains, pas un petit comme celui qu'elle emportait à l'école avec son panier-repas, mais un de ceux que les hommes mettaient sur le siège avant de leur fourgonnette et qui contenaient assez de café pour les réchauffer pendant toute une matinée de travail par moins dix degrés.

Elle continuait à courir le long d'un étroit

sentier, au milieu des maïs. De temps à autre, elle entendait un animal ou un oiseau s'enfuir à son approche, mais autrement il n'y avait d'autre bruit que le frémissement des feuilles.

Elle éprouvait un sentiment d'urgence comme si son fardeau était précieux ou que quelqu'un en eût un besoin désespéré. Mais, plus elle courait, plus le champ semblait s'étendre et plus le Thermos s'alourdissait. Sa course devint haletante, éperdue, comme s'il s'agissait d'une question de vie ou de mort, pour elle ou pour quelqu'un d'autre.

Un sentiment de panique commençait à l'envahir. Elle trébucha sur les ornières du chemin. « Tu n'arriveras pas à temps », lui dit quelqu'un. Puis elle se retrouva dans une sorte de clairière que le maïs cernait comme une haute muraille verte et, au milieu, il y avait son père en manches de chemise qui lui souriait. Il l'enlaça et la fit tournoyer comme si elle ne pesait rien. Elle sentait ses bras la serrer étroitement contre son torse musclé. « C'est ma petite fille ! » dit-il en la reposant par terre. Elle n'avait pas lâché le Thermos.

Une partie d'elle-même suivait le déroulement du rêve avec perplexité. Avait-elle vraiment couru dans les champs avec un Thermos de café ? Son père l'avait-il jamais prise dans ses bras pour la faire tournoyer dans les airs ? Dans l'ensemble, il évitait plutôt les démonstrations d'affection. Il fallait travailler dur pour mériter son approbation, et il ne la dispensait qu'à petites doses.

La scène avait une clarté presque surréelle, un peu comme dans les tableaux d'un Andrew Wyeth : le geste de son père pour lui prendre le Thermos, les gouttes de sueur qui brillaient sur son torse, le long museau de la moissonneuse qui les surplombait.

La partie rationnelle de son esprit se demandait ce que son père faisait là. Il était doué de ses mains — quel fermier ne l'était pas ? — mais dans une ferme laitière, le temps comptait : réparer le matériel était la tâche de ses frères aînés qui ne s'intéressaient guère à autre chose ; moissonner était également leur travail ou celui d'un ou deux ouvriers agricoles, car il fallait simplement rester assis sur une machine de l'aube à la nuit et faucher par bandes bien droites, tandis que le bec recourbé de la moissonneuse crachait les épis en un geyser doré dans les camions...

Son père considérait comme perdu le temps qu'il passait loin de ses bêtes. Il était donc inexplicable qu'il soit là avec la machine, et avec elle, mais le plaisir rare d'être en sa compagnie la remplissait d'une sorte d'exultation coupable. Il dévissa le bouchon du Thermos et lui offrit du café — ce qui était encore plus étrange car elle n'en buvait jamais. Elle en prit quand même une gorgée pour ne pas gâcher le moment. Cela n'avait pas le goût ni même l'aspect du café. Tout à coup, il y eut un bruit terrible comme un coup de tonnerre et le mur de maïs se resserra autour d'eux, transformant la clairière en une petite chambre sans toit qui les emprisonnait. Le ciel était noir de corbeaux qui croassaient si fort qu'elle se boucha les oreilles.

Son père ne souriait plus. Il avait l'air en colère. Une voix qui ressemblait à la sienne mais qu'on aurait dite amplifiée par un haut-parleur défectueux cria : « Ce n'est pas ma faute ! » Puis il y eut une explosion assourdissante. Son père gisait sur le sol, couvert de sang. Elle s'entendit hurler : « Je ne voulais pas faire ça ! » Puis elle se retrouva seule dans le champ, luttant pour se dégager du maïs qui l'étouffait, tandis qu'au-dessus de sa tête les corbeaux obscurcissaient le ciel et éclataient d'un rire strident.

Elle poussa un cri et ouvrit les yeux. L'air visiblement inquiet, Arthur Bannerman la tenait dans ses bras. « Ça va ? » dit-il.

Elle se demanda un instant où elle était. Elle reconnaissait Bannerman mais n'avait pas la moindre idée de ce qu'il faisait dans son lit. Puis elle reprit ses esprits. « C'était un rêve.

— Un cauchemar ? Vous paraissiez terrifiée.

— Un genre de cauchemar, oui. »

Bannerman se redressa. Il avait les cheveux en bataille. Il n'en paraissait pas plus jeune — ni plus vieux d'ailleurs — mais cela lui ôtait un peu de sa dignité.

Il avait un soupçon de barbe sur le menton et les joues, une ombre d'un blanc argenté qui lui rappela que Bannerman ne différait pas des autres hommes lorsqu'on allait à l'essentiel — ce qu'après tout ils avaient récemment fait. Elle voulait se rendre dans la salle de bains mais répugnait à se montrer nue devant lui. Il était étrange qu'elle n'eût éprouvé aucun honte à faire l'amour avec un homme assez âgé pour être son père mais se sente gênée d'avoir à marcher nue sous son regard. Elle se dit qu'elle pouvait difficilement lui demander de fermer les yeux.

« Je sais une ou deux choses sur les cauchemars, dit-il. Détendez-vous et nous allons en parler. C'est ce qu'il y a de mieux après un verre de lait.

— Il faut que j'aille à la salle de bains d'abord.

— Je vais fermer les yeux.

— Comment avez-vous deviné que je le souhaitais ?

— Je suis beaucoup plus vieux que vous.

— Et vous avez une grande habitude de ce genre de situation ?

— Plus depuis un certain temps. »

Elle se rapprocha de lui. « Je ne voulais pas être indiscrète.

— Absurde. Bien sûr que si, et c'est normal. J'ai le regret de dire qu'il ne s'est pas passé grand-chose d'intéressant depuis quelque temps.

— J'aurais pensé que les femmes enfonçaient votre porte.

— Je ne prétends pas avoir mené une vie de moine depuis la mort de ma femme. Je laisse ça à mon neveu Emmett quoique, à ma connaissance, un prêtre épiscopalien ne soit soumis à aucune obligation de ce genre. Il n'y a rien de tel que le célibat pour rendre un homme fou, à mon avis. J'ai les yeux fermés, au fait. »

Lorsqu'elle revint, vêtue d'une robe de chambre et avec un verre de lait, il était adossé aux coussins, les couvertures pudiquement remontées jusqu'au menton, et les yeux toujours fermés. Portait-il un pyjama ? se demanda-t-elle. Probablement, mais elle n'en avait pas à lui offrir, et un peignoir aurait été ridiculement petit pour un homme de sa taille. Il semblait remplir son lit ; sa chambre à coucher, qui n'était déjà pas grande, paraissait minuscule, comme si elle pouvait à peine le contenir. Il lui fit vaguement l'impression d'un gros animal dans la cage d'un zoo. « Vous pouvez ouvrir les yeux maintenant, dit-elle en se glissant à son côté.

— Dieu soit loué ! Je vais boire un peu de votre lait, si cela ne vous dérange pas. »

Elle lui tendit son verre et pouffa. « Je me demande ce que dirait le reste du monde s'il vous voyait dans ce lit trop petit pour vous en train de boire du lait.

— Je n'en sais rien et je m'en moque. Toute ma vie, les gens se sont attendus que je me comporte d'une certaine façon, et dans l'ensemble je n'y suis pas parvenu. Lorsque Lyndon Johnson était président, je me souviens d'être allé à un barbecue dans son ranch. Il avait invité des personnalités de la côte Est qu'il courtisait, et il y avait David Rockefeller en costume de banquier qui essayait de manger des côtes de porc dans une assiette en carton avec un couteau et une fourchette. Quand je lui ai demandé pourquoi il ne se servait pas de ses mains comme tout le monde, il m'a regardé comme si j'étais fou en disant : "Bon sang, Arthur, je suis le patron de la Chase Manhattan Bank ! Je ne peux pas me permettre de manger avec les doigts en public !" »

Il rit assez fort pour réveiller les voisins. « La dignité de la richesse... J'ai passé ma vie à la servir. Ça ne vaut pas un pet de lapin. »

Il s'était fait une moustache blanche en buvant son lait, comme un enfant. Elle en fut attendrie.

« Excusez-moi, l'amour semble me rendre bavard. A moins que ce ne soit l'âge... Racontez-moi votre rêve.

— Oh ! C'était juste un de ces rêves absurdes.

— Ils ne sont jamais absurdes. Je ne suis pas freudien — à mon avis, Freud a été aussi nuisible que Hitler et Staline —, mais je crois beaucoup aux rêves. Parlez-moi du vôtre. Qu'est-ce qui vous effrayait ?

— Je rêvais de mon père.

— Le fermier qui a voté contre moi ? Continuez.

— C'était un homme très religieux», commença-t-elle.

Bannerman hocha la tête. «Le mien aussi. Cela nous fait un point commun.

— Je ne veux pas dire qu'il avait des idées farfelues comme ces prédicateurs qu'on voit à la télévision, mais il avait une conception très tranchée du bien et du mal, comme la plupart des gens de ma région d'ailleurs. Pourtant, même dans le comté Stephenson, il passait pour une sorte de faucon en matière de péchés. Nous n'avions pas tant de pécheurs que ça, mais le sentiment général était que, si on n'y prenait pas garde, le mal se propagerait depuis Indianapolis ou Chicago, et qu'en un rien de temps tous les enfants liraient *Playboy* et refuseraient de se lever à 3 heures du matin pour traire les vaches.

— Ce n'est pas tout à fait faux.

— Non, bien sûr. Il n'y a qu'à regarder mes frères. Ils lisaient tous *Playboy* et, mis à part les filles et les voitures, il n'y avait qu'une chose qui les intéressait: quitter la ferme et commencer le travail à 9 heures. Ce que je veux dire, c'est que mon père ne tenait pas tellement aux pratiques religieuses, mais qu'il avait en revanche des principes rigides. Il lâchait un peu la bride à mes frères, car il jugeait normal qu'ils fassent quelques frasques — dans des limites raisonnables —, mais il en allait tout autrement pour les filles. Et j'étais sa seule fille.»

Bannerman sourit. «J'aime la métaphore — je monte beaucoup à cheval. Je suppose donc qu'on ne vous a pas laissé la bride sur le cou?

— Non, elle a toujours été tenue très courte.

— Je me suis conduit de manière très similaire avec Cecilia, ce qui explique sans doute pourquoi elle imite Florence Nightingale sur les rives du lac Rodolphe — sans avoir aucune disposition pour le métier d'infirmière, à ma connaissance. Est-ce que vous l'aimiez ?

— Plus que quiconque lorsque j'étais petite. C'est curieux, mais plus il était strict, plus je l'aimais. Et lui aussi, même s'il s'efforçait de ne pas le montrer. Il n'était pas très démonstratif avec ses enfants, vous savez. Il semblait toujours un peu lointain, comme s'il pensait à la ferme et pas à nous. Mais il aimait que je sois avec lui. Il m'emmenait dans sa fourgonnette et me prenait sur ses genoux lorsqu'il conduisait son tracteur. Il venait toujours m'embrasser dans ma chambre le soir, alors que je ne l'ai jamais vu embrasser ma mère. *Jamais*. Puis, quand j'ai eu quatorze ans, il ne l'a plus fait. J'en ai été bouleversée. Je pensais avoir commis une faute.

— Il avait raison, vous savez. C'est l'âge dangereux pour les pères et les filles. J'ai vu ça des milliers de fois. Pas besoin de Freud pour comprendre.

— Moi, je ne comprenais pas. Il s'était montré... si affectueux. Et brusquement, il était distant, presque hostile. Je me suis d'abord sentie coupable, puis je me suis dit qu'il me haïssait. Il me regardait parfois d'un air si furieux... Alors, j'ai riposté de la seule manière qui m'était possible.

— C'est-à-dire ?

— Je suis tombée amoureuse d'un garçon et nous nous sommes enfuis ensemble pour nous marier. »

Bannerman hocha la tête. Grâce à leur richesse, ses propres enfants avaient sans doute trouvé des forces de rébellion bien plus spectaculaires que la sienne. « Jusqu'où êtes-vous allés ?

— Nous comptions gagner Los Angeles, mais on nous a rattrapés dans un motel de l'Iowa.

Jusque-là, nous n'avions pas quitté les routes secondaires. Nous nous étions mariés en chemin, à Zwingle. Nos parents ont fait annuler le mariage dès notre retour.

« Billy n'était pas très chaud, en fait. Je crois qu'il a été soulagé lorsque la police a repéré notre voiture dans le parking. Je lui avais dit de ne pas la laisser en vue, mais il l'a fait quand même. Délibérément, sans doute. Il avait l'air assez emballé au début, mais cela a changé après le mariage.

— Et vous ?

— J'étais folle de peur. J'aurais pourtant continué jusqu'en Californie si la police ne nous avait pas retrouvés. C'est drôle, mais personne n'a blâmé Billy ; tout le monde pensait que c'était ma faute. Il faut dire qu'il était le joueur vedette de l'équipe de foot du lycée, ce qui compte beaucoup dans une ville comme LaGrange. Alors, les gens ont estimé que je l'avais embobiné.

— Je suppose que votre père n'était pas content. »

Elle but une gorgée de lait. C'était la partie de l'histoire qu'elle n'arrivait toujours pas à affronter, celle qui lui donnait des cauchemars. « Il est venu me chercher au commissariat. Il n'a pas ouvert la bouche de tout le trajet. Il serrait le volant à en avoir les jointures blanches. Lorsque nous sommes arrivés à la maison, il m'a dit : "Je ne veux pas savoir ce que tu as fait ni pourquoi tu l'as fait. Ce que tu as à dire ne m'intéresse pas."

« Il ne me regardait même pas ; il avait les yeux rivés sur le pare-brise, comme s'il conduisait encore. Puis il est descendu de la voiture et s'est dirigé vers la grange. »

Elle frissonna. Elle n'avait pas décrit l'expression de son père. Sous l'effet de la colère, le sang s'était retiré de son visage, et il était pâle comme un fantôme. Le seul signe qui trahissait son émotion était une petite crispation de la bouche qui lui donnait l'air de mâcher un chewing-gum — chose qu'il ne faisait jamais et interdisait en sa présence.

Elle ne dit pas à Bannerman que pendant les semaines qui avaient suivi son père s'était comporté comme si elle avait été invisible, qu'il parlait à table — quand il ouvrait la bouche — comme si elle n'avait pas été là. Elle ne lui dit pas non plus que sa mère avait trouvé qu'il faisait trop d'histoires et se minait à force de réprimer ses sentiments.

Mais il avait toujours été ainsi. Sa colère se manifestait par le silence et, lorsque effrayée par la souffrance et les efforts que lui coûtait ce silence, Alexandra lui avait demandé de lui pardonner, elle s'était trouvée face à un inconnu qui la regardait d'un air farouche. « Je t'aurais laissée aller jusqu'en Californie si ta mère n'avait pas insisté pour qu'on te ramène », lui avait-il dit d'une voix aussi tendue qu'une corde de violon. On ne pouvait se méprendre sur l'amertume de son ton que, des années plus tard, elle avait reconnu comme celui d'un amant trahi plutôt que d'un père en colère. Elle aurait dû se rendre compte qu'il s'agissait de jalousie, mais elle ne l'avait compris que lorsqu'il était trop tard.

« Et après ? » demanda Bannerman en posant une main sur la sienne.

Elle ferma les yeux, n'aima pas les images qui défilaient sous ses paupières, et les rouvrit. « Un mois plus tard, il était mort.

— Je vois. »

Mais bien sûr, il ne voyait pas. Comment aurait-il pu le faire ? Son père étendu sur le parquet ciré de son bureau où il n'y avait jamais la moindre boue en dépit des cent vaches qui occupaient l'étable voisine; ses yeux grands ouverts et soudain paisibles; le sang sur sa poitrine qu'un poing géant semblait avoir enfoncée. Il était tout aussi impossible de décrire le silence surnaturel qui avait suivi la détonation assourdissante du fusil. Un plomb perdu avait atteint la vieille pendule et arrêté son tic-tac sonore. Même les vaches étaient silencieuses, encore sous le choc de ce bruit violent.

« Comment est-il mort ? demanda Bannerman avec douceur.

— Un fusil de chasse », répondit-elle. Ce qui était vrai mais passait bien des choses sous silence.

« Ah ! fit-il en poussant un profond soupir. Mais vous n'y étiez pour rien, reprit-il du ton d'un juge qui prononce une sentence. Les gens sont responsables de leurs actes. A mon âge, on commence à comprendre combien la culpabilité est inutile. J'ai beaucoup souffert à la mort de mon fils aîné, mais il n'en est pas revenu à la vie pour autant, et cela m'a empêché de jouer mon rôle de père au moment où mes autres enfants en avaient le plus besoin. Je sais au moins une chose, dit-il en l'enlaçant. Quand quelqu'un a décidé de se suicider, personne ne peut l'en dissuader.

— Je ne veux plus en parler. Je ne sais pas pourquoi j'ai commencé.

— Peut-être parce que vous me faites confiance. Et parce que j'atteins l'âge où on sait écouter. C'est un des rares avantages qu'il y a à vieillir. Dieu sait que je n'en vois pas beaucoup d'autres. »

Elle sourit, réconfortée par sa présence. Un autre homme lui aurait posé des questions, et elle regrettait déjà d'avoir abordé ce sujet. Bannerman ne cherchait pas à obtenir davantage de précisions. « Je trouve que vous vous débrouillez bien, dit-elle. L'âge ne semble pas vous avoir rouillé.

— Je vais prendre cela comme un compliment, quoiqu'en réalité je le sois. Enfin, comme je n'ai jamais pensé que l'amour avait besoin d'être précipité, ce n'est pas si dramatique. »

Elle se serra contre lui. Il n'avait pas l'impatience d'un jeune homme, en effet, mais cela ne la dérangeait pas. Il paraissait parfaitement heureux de rester étendu près d'elle, et c'était précisément ce qu'elle aimait. La plupart des hommes qu'elle connaissait auraient déjà été debout et sur le départ, ou prêts à refaire l'amour, qu'elle en eût envie ou non.

« Vous ne devez jamais craindre de vous confier à moi, dit-il, brusquement sérieux. J'ai vécu assez longtemps pour ne juger personne. Un jour, vous m'en direz plus. Ou vous ne le ferez pas, ça n'a pas d'importance.

— Vous pourriez ne pas me pardonner si je vous disais tout.

— Oh ! Je pense que si. Mais ce n'est pas le plus important. Je ne suis pas Dieu, après tout. Ce qui compte, c'est que vous *vous* pardonniez, et en cela je pourrais peut-être vous aider.

— Vous l'avez déjà fait.

— Je suis flatté. Je devrais peut-être me faire psychanalyste.

— Je n'en ai pas besoin. » Elle posa la tête contre son épaule et se détendit. Rien dans le contact de son corps ne trahissait son âge. Solide, se dit-elle, voilà ce qu'il était. Dans tous les domaines. Elle le voyait comme un arbre massif, de ces espèces qui vivent plusieurs centaines d'années, comme les grands séquoias de Californie. Il en avait les racines et la force.

On pouvait s'appuyer sur lui et ne jamais tomber.

Elle ne s'était jamais sentie aussi proche de quelqu'un, pas depuis l'époque où son père venait encore l'embrasser le soir dans sa chambre.

Pour une fois, elle dormit d'un sommeil sans rêve.

5

Simon ne venait presque jamais dans son bureau et, dès qu'il apparut, tiré à quatre épingles comme toujours, elle comprit qu'il voulait avoir une conversation avec elle.

« Je n'arrive plus à te joindre au téléphone, dit-il. J'ai appelé deux fois hier soir. Pas de réponse. Tu pourrais te servir de ton répondeur, tu sais.

— Je ne me sentais pas bien, alors j'ai débranché le téléphone et me suis mise au lit tôt. » Arthur ne lui avait pas fait jurer le secret, mais elle n'avait pas envie de parler de leurs relations, même à Simon.

« Sans blague ? Tu n'as pas l'air d'avoir dormi beaucoup pour quelqu'un qui s'est couché tôt. » Il l'observa attentivement et poussa un soupir. « Ecoute, s'il y a quelqu'un d'autre, ce n'est pas la fin du monde. Nous ne nous sommes jamais fait ce genre de promesses, n'est-ce pas ? »

C'était faux. Elle avait fait ce genre de promesses, et Simon aussi, quoique assorties d'assez d'options, de clauses échappatoires et de restrictions pour paraître d'une insincérité flagrante, même alors. Tout en devinant qu'il ne lui disait que ce qu'elle souhaitait entendre, elle avait tenu à le croire. Elle garda le silence.

« C'est quelqu'un que je connais ?

— Je ne veux pas en parler, Simon.

— Ecoute, on ne s'est pas beaucoup vus ces derniers temps. C'est peut-être mieux comme ça, non ?

— Oui », répondit-elle machinalement. Simon avait tendance à parler comme un manuel, surtout lorsqu'il essayait de faire contre mauvaise fortune bon cœur.

« Tu n'as pas l'intention de démissionner, j'espère ?

— Bien sûr que non. Je n'ai même pas dit qu'il y avait quelqu'un d'autre.

— Je ne suis pas aveugle, bon sang ! Je ne voudrais pas que tu t'en ailles simplement parce que tu es amoureuse d'un autre. J'ai besoin de toi. »

Elle haussa un sourcil. Il était inhabituel de la part de Simon de reconnaître qu'elle lui était utile. Avait-il des ennuis ?

« Apparemment, tu en as imposé au vieux Bannerman, expliqua-t-il. J'ai eu un coup de fil d'un de ses larbins haut placés. Il souhaite que *nous* recherchions, je cite, “les œuvres d'artistes contemporains de talent à l'avant-garde de leur temps”. Une collection à haut risque, en d'autres termes.

— *Nous ?*

— Le type a été formel. Toi et moi. Est-ce que par hasard tu aurais donné l'impression au vieux que tu t'y connaissais en art ?

— Non. Enfin, si peut-être... sans le vouloir.

— Sans le vouloir ? Cela t'a juste échappé ? Tu devrais avoir honte ! Mentir à un homme de cet âge... Quoi qu'il en soit, te voilà désormais expert en tableaux. Pourquoi pas ? Dieu sait que les vrais ne savent rien non plus. Je lui ai demandé si Bannerman comptait faire construire un musée, mais il l'ignorait — ou n'a pas voulu me le dire. Bannerman ne t'en a pas parlé?

— Non.»

Simon avait l'air sceptique. «Vous avez quand même bien discuté de quelque chose lorsque vous avez déjeuné ensemble?»

Elle se rappela qu'il ne savait encore rien de l'évolution rapide de ses relations avec Bannerman. Il avait été trop occupé à lui prouver qu'il n'avait pas besoin d'elle en s'évanouissant dans la nature. L'absence et le silence avaient toujours été sa manière favorite de la punir. Il partait en voyage d'affaires pour la Californie ou Londres sans la prévenir afin qu'elle n'apprît son départ que par un de ses coups de téléphone ou au hasard d'une conversation. A une époque, elle en avait souffert; à présent, cela lui était indifférent. «Nous avons beaucoup parlé des fermes laitières», dit-elle.

Simon ôta ses lunettes noires et la dévisagea. Il avait horreur qu'on se moque de lui. Il l'observa pendant quelques secondes et conclut qu'elle était sérieuse. «Si ça marche, fit-il d'un ton sec, continue à parler vaches quand tu le revois. Il compte dépenser cinq cent mille dollars, *pour commencer*! Ecoute, je vais avoir besoin de ton aide. Il semble te faire confiance. Est-ce qu'il sait ce qu'il veut, à ton avis?»

Alexandra regarda au-dehors. Sur les trottoirs mouillés et balayés par le vent, une foule dense d'employés de bureau rentraient chez eux.

Encore la fortune des Bannerman à l'œuvre, se dit-elle. Arthur usait de son influence pour lui rendre la vie facile, grâce à de petites interventions en coulisses. Cela ne lui coûterait même rien à long terme. Simon avait assez de relations pour lui trouver le genre de tableaux qu'il désirait, et ces cinq cent mille dollars seraient multipliés par deux ou trois. Midas n'était rien comparé à Bannerman.

« Je crois qu'il sait parfaitement ce qu'il veut, Simon.

— Tu dois le revoir bientôt ?

— Je ne sais pas, répondit-elle prudemment. Pourquoi ?

— Si tu en as l'occasion, dis-lui que je souhaiterais le rencontrer. J'aimerais mieux ne pas avoir affaire à un intermédiaire. »

Arthur, lui, préférerait certainement avoir recours à un intermédiaire chaque fois que possible. Mais elle ne le dit pas à Simon. « Je ne pense pas avoir de ses nouvelles. J'ai simplement attiré son attention lorsque je lui ai vendu le Baldur. Mieux vaut ne pas surestimer l'étendue de son intérêt, je crois.

— C'est bien pour ça que je veux battre le fer tant qu'il est chaud. Quoiqu'on ne sache jamais avec les riches... Regarde Timmy de Hartnung ! Il a attiré l'attention de John Paul Getty lorsque Claus von Bulow l'a laissé filer, et il a fini par acheter la plupart des œuvres d'art du musée Getty. Des millions et des millions de dollars. Sa commission de 10 pour cent suffisait à faire de lui un homme riche. Sans compter ce qu'il s'arrangeait pour voler...

— Je m'en souviendrai. »

Simon lui prit la main. « Nous allons rester amis, n'est-ce pas ?

— Oui », répondit-elle. Et c'était vrai. En dépit de ses défauts, Simon *était* son ami. C'était l'aimer qui l'avait rendue malheureuse.

« Je n'ai jamais été du genre jaloux, dit-il, se félicitant comme à son habitude d'une qualité qu'il ne possédait pas. Je suis vraiment content de te voir heureuse. Ce que je veux dire, c'est que nous n'avons pas à nous comporter comme des étrangers simplement parce qu'il y a quelqu'un d'autre. Pourquoi ne viendrais-tu pas dîner avec lui un soir ?

— Eh bien, pas tout de suite...

— Pourquoi tant de cachotteries ? Ce ne serait pas un de mes amis, par hasard ? Ça ne me dérangerait pas le moins du monde, d'ailleurs, ajouta-t-il précipitamment.

— Non, pas du tout.

— Ne me dis pas qu'il est marié ? Ecoute, tu me connais. Je suis discret.

— Il n'est pas marié, Simon.

— Je dîne avec quelques amis demain. Ferdi et Morgana — ils se sont réconciliés, tu sais —, Jean-Claude et sa nouvelle petite amie... Bref, des gens que tu connais. Nous irons probablement dans la discothèque de Karim Palevi ensuite. Pourquoi ne viendriez-vous pas tous les deux ? »

Elle essaya d'imaginer Arthur Bannerman en compagnie de Ferdi de Basse, un ancien camarade d'école de Simon qui dilapidait allégrement une des plus grosses fortunes belges et s'était fait arrêter si souvent dans les aéroports pour détention de cocaïne (« uniquement pour mon usage personnel, chérie ») que sa famille avait finalement été obligée de lui acheter un passeport diplomatique du Vatican ; ou de Karim Palevi qui portait des costumes Armani sur un tee-shirt et un smoking de cuir noir en guise de tenue de soirée. « Je ne crois pas que ça marcherait, Simon. »

Il la regarda de l'air d'un homme qui pense avoir été insulté mais n'en est pas sûr, comme si elle avait laissé entendre que ses amis n'étaient pas du même monde que son amant — une impression qu'elle s'était efforcée de ne pas donner, précisément parce que c'était vrai.

« Il est riche ?

— Il a beaucoup d'argent, oui.
— Eh bien, c'est déjà quelque chose. »
Si seulement il savait, se dit-elle en regardant la manière étudiée dont il se drapait les épaules de son manteau à la mode européenne et enfilait ses gants.
« J'espère que tu t'amuses avec lui, au moins ?
— Il mène une vie assez calme.
— Si c'est ce que tu souhaites... »
Cela n'avait jamais été ce que souhaitait Simon, pensa-t-elle. En vérité, elle n'avait pas la moindre idée du genre de vie qu'elle mènerait avec Arthur Bannerman. Il semblait vivre dans un monde retiré bien à lui, et elle ne parvenait pas à imaginer la place qui lui serait réservée.
Je le connais depuis une semaine, ai fait l'amour avec lui deux fois et je rouspète déjà, se dit-elle.
Elle allait devoir apprendre la patience.

Moins d'une semaine après la nuit qu'il avait passée chez elle, elle se servait de la clé de son appartement de la fondation Bannerman comme si elle n'avait jamais émis la moindre objection.
Ils dormaient parfois ensemble, parfois pas. Dans ce domaine aussi, Arthur Bannerman n'avait rien d'exigeant : être en sa compagnie, lui parler, sa simple présence comptait autant pour lui que les rapports sexuels. Il n'y avait aucune des pressions qui accompagnent d'habitude une liaison. A maints égards, leurs relations ressemblaient à l'idée qu'elle se faisait d'un mariage au bout de quelques années. Un *bon* mariage.
Pour un homme de sa fortune, Arthur Bannerman semblait avoir très peu de passe-temps. Il n'avait pas de yacht, ne jouait pas au golf et

n'aimait pas voyager. Les lieux de divertissement des riches ne l'intéressaient pas : il n'avait jamais skié à Saint-Moritz ni passé l'été sur la Côte d'Azur, ne possédait ni villa à Cuernavaca ni maison de plage à la Jamaïque. Bien qu'il fût difficile de savoir exactement ce qu'il faisait, il était toujours occupé et il était impossible de le ranger dans la classe des riches oisifs.

Il montrait un certain dédain pour ce qu'il appelait les « joujoux des nantis », dédain qu'Alexandra trouvait parfois teinté d'une pointe d'envie. A une époque de sa vie, il avait eu les divertissements de sa classe : chasse à courre, courses de chevaux, voile dans le Maine. Mais, même alors, il avait feint d'y voir des occupations de vacances, comme s'il menait une vie professionnelle ordinaire et ne disposait que de ses week-ends et de trois semaines en été pour se distraire. A présent, il se conduisait comme s'il s'était retiré des affaires — sans qu'on sût très bien desquelles.

Quoi qu'il en soit, les craintes qu'elle avait pu nourrir de devoir passer ses soirées enfermée avec lui dans l'appartement étaient sans fondement, comme elle s'en aperçut très vite. Bannerman savait exactement où il serait reconnu, et il ne répéta pas l'erreur du dîner au Metropolitan Museum. Ils allèrent au théâtre et à l'opéra, assistèrent à des ballets, gagnant toujours leur siège au moment où les lumières s'éteignaient et quittant la salle alors que les spectateurs applaudissaient encore. Ils évitèrent des restaurants comme le 21, le Lutèce, le Four Seasons ou Mortimer où l'on aurait immédiatement identifié Arthur — ce qui ne le dérangeait d'ailleurs pas le moins du monde, car il préférait des steak-houses comme Christ Cella ou des restaurants de poissons comme Gloucester House que fréquentait une clientèle d'hommes âgés solides et prospères au milieu desquels il passait inaperçu. Alexandra ne pouvait s'empêcher de remarquer que beaucoup d'entre eux étaient également accompagnés de femmes assez jeunes pour être leur fille, mais qui ne l'étaient manifestement pas. Il réservait toujours les tables sous un nom d'emprunt et, si la direction n'était pas dupe, elle n'en disait jamais rien. Dans les galeries d'art et les vernissages, ils arrivaient séparément et se comportaient comme s'ils s'étaient rencontrés par hasard. Le problème des cocktails ne se posa jamais, car Arthur refusait catégoriquement d'y mettre les pieds. Lentement mais sûrement, le champ de leurs activités s'élargit, sans qu'ils semblent attirer l'attention de la presse ou de qui que ce soit d'autre.

Bannerman n'essaya pas de changer sa vie, quoique son influence se fît parfois sentir de manière discrète : un collectionneur suisse, réputé inaccessible, lui écrivit en la priant d'acheter quelques tableaux de jeunes artistes prometteurs de Soho et lui fournit une liste si détaillée qu'elle aurait difficilement pu se tromper ; le directeur d'un musée français demanda si M. Wolff et elle accepteraient d'acquérir certaines œuvres d'art contemporaines contre commission. Chaque lettre ou presque apportait une nouvelle affaire, si petite et bizarre fût-elle, et toutes lui étaient adressées.

« Tu es dans le circuit, lui dit Simon. Tu écoutes enfin ce que je te répète depuis des années. »

C'était vrai. Il la poussait à nouer des contacts et décrocher des affaires depuis qu'ils se connaissaient, mais elle avait toujours considéré que c'était le domaine de Simon et que le sien à elle consistait à s'occuper des détails. Il supposait donc tout naturellement qu'elle mettait enfin ses conseils en pratique, avec un succès inattendu.

Bannerman, lui, ne disait jamais un mot sur le sujet. Il tenait manifestement à ce que ses interventions restent anonymes et qu'elle ne l'en remercie pas. Ce n'était pas non plus le genre de millionnaire à l'emmener chez Cartier ou Harry Winston pour la couvrir de diamants — ce que d'ailleurs elle ne souhaitait pas. Il préférait lui fournir des occasions en la laissant libre de les saisir ou non. Elle trouvait en tout cas fascinant de le regarder vérifier son addition au restaurant d'un air absorbé ; il ne manquait jamais de signaler les erreurs qu'il n'y trouvait que trop souvent, laissait un pourboire de quinze pour cent calculé au centime près et arrondi au chiffre inférieur, et remarquait que dix pour cent auraient largement suffi partout sauf à New York.

Pour un homme qui consacrait des millions à l'acquisition d'œuvres d'art et vivait sur un pied que la plupart des souverains auraient envié, sa répugnance pour les petites dépenses et son souci pointilleux des détails étaient remarquables. Même son habillement était soumis à des règles mystérieuses. Elle apprit vite que, s'il portait un costume bleu sombre le lundi, celui-ci réapparaîtrait le lundi suivant et ceux d'après jusqu'à ce qu'un autre, strictement identique, le remplace. Tous ses vêtements étaient de couleur sombre, solides, légèrement démodés, et il ne se permettait jamais la moindre excentricité. Il adhérait scrupuleusement aux conventions, de la pochette blanche de sa veste jusqu'à la pointe de ses chaussures bien cirées.

Peu à peu, sans même y réfléchir, elle s'efforça de le mettre au goût du jour. Elle devina qu'il lui fallait procéder par petites étapes ; elle ne tenait d'ailleurs pas à le transformer. Elle lui acheta une chemise rayée classique qu'il pouvait difficilement refuser de porter, puis des bretelles rouge vif et une ou deux cravates très légèrement colorées — assez sombres pour convenir à n'importe quel banquier mais pas tout à fait aussi funèbres que les siennes. « Je n'ai pas ouvert de paquet-cadeau depuis des années ! » s'exclama-t-il un soir en dénouant le ruban d'un carton de chez Herzfeld où elle avait choisi une chemise à carreaux à la frontière du classique et de l'ostentatoire. Il la déplia. « Je vais ressembler à Malcom Forbes, dit-il. Ce n'est pas grave. Merci. »

Lui-même ne semblait jamais faire les magasins. Il aimait lui envoyer des cadeaux, mais il s'agissait en général d'objets de grande valeur. Bien qu'il ne fût pas revenu chez elle depuis la nuit qu'ils y avaient passée ensemble, il avait un coup d'œil et une mémoire visuelle à faire pâlir Mme Chantry ou Sister Parrish. En peu de temps, l'appartement fut rempli de ses présents : une table en laque XVIIIe qui s'harmonisait parfaitement avec les couleurs de sa salle de séjour, une pendule Fabergé, un bronze de Degas, une petite scène de plage de Seurat... Lorsqu'elle perdit sa montre, Jack lui apporta, dans une enveloppe ordinaire, une montre Cartier en or d'une facture si élégante qu'elle n'osa d'abord pas la mettre, terrifiée à l'idée de la perdre. « Ma mère l'a donnée à Priscilla, dit Bannerman lorsqu'elle le remercia. Elle a été conçue par le vieux Cartier lui-même avant la Première Guerre mondiale. Ce n'est pas la peine de la laisser à Cecilia ; elle ne l'apprécierait pas. »

Il y avait d'étranges lacunes dans sa connaissance de la vie d'Arthur, surtout lorsqu'il s'agissait de sa famille proche. Quoi qu'il se fût passé, cela ressemblait à une explosion dont la force avait éparpillé les Bannerman aux quatre vents. A une époque, et même après la mort de sa femme, Kiawa avait été un vrai foyer, les enfants s'y réunissaient pour les fêtes comme dans les familles ordinaires, on mettait des cadeaux au pied de l'arbre de Noël... Puis tout semblait s'être brusquement arrêté. Les enfants grandissaient et quittaient leurs parents ; cela, Alexandra le comprenait en raison de sa propre expérience. Mais Arthur Bannerman et ses enfants semblaient s'être placés sur des orbites distinctes en ne laissant au centre que la vieille Mme Bannerman qui vivait dans un isolement splendide au milieu d'une immense maison vide.

Qu'avait-il fait — ou qu'avaient fait ses enfants — pour détruire une famille qui n'avait pas dû être très différente des autres à en juger par les photographies posées sur le bureau d'Arthur ? Quoi qu'il se fût passé, Bannerman semblait en supporter le poids.

Elle se disait parfois qu'il était préférable qu'elle ne sût rien.

Elle découvrit que l'anniversaire d'Arthur était tout proche et se demanda s'il le fêterait en famille. Mais il n'en parla pas, comme si son propre anniversaire appartenait à un passé disparu et ne comptait plus pour lui ni pour quiconque. Irait-il à Kiawa voir sa mère ? L'un de ses enfants — elle savait que Putnam vivait à New York — l'inviterait-il ou viendrait-il le voir ?

Il ne mentionna aucune de ces possibilités et, le jour venu, elle lui envoya donc un bouquet de fleurs et une carte sur laquelle elle écrivit : « Joyeux anniversaire. Je t'invite à dîner. » Après un instant d'hésitation, elle ajouta : « Je t'aime », et griffonna un « A ». Il était plus facile de l'écrire que de le dire, mais cela sonnait faux, précisément parce qu'elle ne le lui avait jamais dit. C'étaient des mots que l'expérience lui avait appris à utiliser avec précaution, et même avec crainte, mais la carte ne semblait pas complète sans eux.

Ce soir-là, lorsqu'elle arriva à La-Domaine, il l'attendait, le sourire aux lèvres. C'était lui qui lui avait fait connaître ce restaurant fréquenté par une clientèle presque exclusivement patricienne, des gens qui passaient l'hiver à Palm Beach, l'été dans le Maine et se considéraient comme le « vieux New York ». La-Domaine était un établissement cher, sombre, mal aéré, élégant sans être chic, le genre d'endroit où les stars de cinéma, les gros industriels et les cadres de la presse se verraient dire que toutes les tables étaient réservées même s'il n'y avait pas âme qui vive. La *nouvelle cuisine** n'y avait pas cours ; on n'y servait que l'ancienne, une nourriture riche et substantielle pour des gens qui ne se souciaient plus beaucoup de leur ligne.

« Bon anniversaire, dit-elle en l'embrassant.

— J'avais presque oublié, franchement. Soixante-quatre ans... Ce n'est pas un âge canonique dans ma famille. »

Elle commanda un Perrier et lui tendit une petite boîte joliment emballée. Il l'ouvrit avec une joie enfantine, sans pour autant négliger de dénouer le ruban qu'il plia soigneusement et mit dans sa poche. Comptait-il s'en resservir ? se demanda-t-elle. Il en sortit un petit canif en argent et se pencha pour l'embrasser. « Je m'en servirai pour couper court à la paperasserie, dit-il. Plus je fréquente les avocats, moins j'ai de respect pour la loi. Une sacrée bande d'imbéciles, tous autant qu'ils sont.

— Tu ne penses pas à ton beau-frère, par hasard ? Comment s'appelle-t-il déjà ? DeWitt ?

— Courtland DeWitt. Je pourrais te raconter des histoires sur son compte qui te feraient bondir. Non, Courtland est l'avocat de la *famille*. Et il prend son rôle au sérieux ! Il est marié à ma pauvre sœur depuis si longtemps qu'il a l'impression d'être un Bannerman de naissance. Que disent les Français déjà ? *Plus royaliste que le roi** ? Eh bien, il se croit plus Bannerman que moi.

— J'ai pu me rendre compte que je ne lui plaisais pas du tout.

— Tu n'es pas la seule, c'est pareil pour moi. J'ai déconseillé à ma sœur de l'épouser il y a trente-cinq ans de cela, et j'avais raison. Il a été un mauvais mari et, bien que je sois mal placé pour juger, un père pire encore. J'ai élevé son fils Emmett comme un de mes propres enfants, et Courtland ne me l'a jamais pardonné. Il me reproche ce qu'il est devenu...

— Il s'agit du prêtre, n'est-ce pas ? Qu'est-il donc devenu ?

— Emmett est un prêtre radical, un vrai brandon de discorde », fit Arthur avec une certaine fierté. Etait-il heureux d'avoir un « brandon de discorde » dans la famille, ou se félicitait-il simplement de la déception et de la colère que devait certainement en éprouver Courtland DeWitt ?

« Un peu comme ces prêtres des années 60 ? Les Berrigan ?

— Grand Dieu, non ! Emmett n'est pas catholique ; même lui n'oserait pas aller aussi loin. Il est parfaitement inoffensif. D'après mon expérience, la plupart des ecclésiastiques sont fêlés. Emmett est simplement un fêlé de gauche.

— Tu le vois souvent ?

— Voir Emmett? Seigneur, non! Je n'ai pas besoin de conseils spirituels, et d'ailleurs je ne me fierais pas beaucoup à lui dans ce domaine. Pourquoi cette question?

— Je sais que cela ne me regarde pas, mais tu n'as pas l'air de voir qui que ce soit dans ta famille. Elle aurait pu se réunir pour ton anniversaire, par exemple... »

Il haussa les épaules. « Nous ne sommes pas très unis, je suppose. Plus maintenant.

— Je n'habite plus chez moi, mais je n'oublie pas l'anniversaire de ma mère. Je lui passe toujours un coup de téléphone.

— Je n'en doute pas. Mais prends Cecilia... Je ne crois pas qu'elle puisse faire grand-chose de son camp de réfugiés en Ouganda. Il n'y a pas de téléphone là-bas. Putnam? Dieu seul sait où il est et ce qu'il fait. Cela m'étonnerait qu'il se souvienne de son propre anniversaire, alors le mien... Robert, lui, en connaît parfaitement la date. Il prierait probablement pour que ce soit le dernier s'il était assez croyant pour le faire. »

Elle n'avait pas eu l'intention d'amener la conversation sur sa famille mais, comme toujours, cela la fascinait. « Tu ne crois quand même pas vraiment que Robert souhaite ta mort? fit-elle, consternée.

— Mais bien sûr! répondit gaiement Arthur. Et si nous commandions? »

Elle le laissa choisir pour eux deux, sachant qu'en matière de gastronomie, il avait comme elle — et peut-être même davantage — le goût des mets simples et ordinaires. Il aurait été parfaitement heureux à la table de sa mère: soupe, steak accompagné de deux légumes, de jus de viande et de pommes de terre, et un dessert consistant étaient ce qu'il attendait d'un dîner.

« Tu n'en souffres pas? demanda-t-elle.

— J'essaie de ne pas y penser. En général, je réussis. »

Il examina sa truite fumée, puis se mit en devoir de la disséquer avec une précision de chirurgien pénible à regarder.

« Vous vous êtes toujours haïs ? demanda-t-elle.

— Nous ne nous haïssons pas du tout.

— Tu dis qu'il serait heureux de te voir mort.

— Heureux ? Je ne suis pas certain que ce soit le mot juste. N'oublie pas que, tant que Robert est mon héritier, ma mort lui donne le contrôle de la fortune. C'est tout ce qu'il veut.

— Et toi, tu souhaitais cet héritage ? »

Il posa sa fourchette et son couteau. « Je regrette d'avoir abordé le sujet, dit-il. Mais la réponse est non. J'admirais mon père et n'avais aucune envie de prendre la relève. Robert n'a pas la moindre admiration à mon égard et pense être capable de faire mieux que moi.

— Je peux poser une autre question ? »

On leur avait apporté le plat suivant, et Bannerman contemplait maintenant un steak. Elle savait qu'il allait en faire de la viande hachée avant de commencer à le manger. Le couteau ne lui plut pas. Il en demanda un autre dont il vérifia le tranchant sur son pouce, un geste qui lui rappela son père. « Vas-y, dit-il.

— Pendant combien de temps faudra-t-il que nous fassions attention à ne pas être vus ensemble ? »

Il poussa un soupir. « Nous ne vivons pas vraiment cachés, Alexandra. Est-ce que tu rongerais ton frein ?

— Peut-être. Pas vraiment. Mais ça pourrait arriver un jour.

— Je vois. Eh bien, pour être franc, je l'ignore. J'ai certaines dispositions à prendre concernant la fortune. Lorsque ce sera fait, je pense que nous pourrons mener une vie moins secrète, si c'est ce que tu veux.

— Est-ce que, *toi,* tu le souhaites ?

— De tout mon cœur, fit-il en souriant. Mais ce n'est pas encore le moment. Il faut que tu me croies sur parole.

— A cause de Robert ?

— En partie. »

Elle picora dans son assiette. Elle savait que c'était une erreur de le questionner mais ne pouvait s'en empêcher. Les rares fois où Arthur parlait de sa famille, il évitait autant que possible le sujet de ses enfants et de sa mère. Si elle n'ignorait rien du mariage de sa sœur Katherine avec un petit Blanc de Virginie, le séduisant James « Beau » Randolph qui s'était enfui avec ses bijoux au bout d'un an, avait gagné Hollywood pour y devenir une star des films de cow-boys et plus tard un politicien conservateur de renom, laissant son épouse élever des chevaux de course et des coqs de combat jusqu'à la fin de ses jours, elle ne savait en revanche presque rien de Cecilia, sinon qu'elle était en Afrique. Les excentriques ne manquaient pas chez les Bannerman, et Arthur aimait en parler, mais en ce qui concernait ses proches elle n'en savait guère plus que lorsqu'elle avait vu leurs photos sur son bureau, plus d'un mois auparavant.

« Le soir où nous sommes allés au Metropolitan, il s'est passé quelque chose de drôle... dit-elle.

— Je me suis mal conduit, si je me souviens bien. Tu n'avais pas trouvé cela si amusant sur le moment.

— Je ne pensais pas à la photographe. Il y

avait deux femmes qui discutaient dans les toilettes. Et Sis Chantry...

— Cette garce! Son mari était un de mes camarades de classe. Un imbécile pompeux.

— Eh bien, elles cancanaient. Sur nous deux, en fait.

— Je vois. Et tu as surpris leur conversation?

— Oui. Elles n'étaient pas très tendres pour moi.

— Jalousie. Il n'y a pas plus malveillant que les femmes envers quelqu'un de plus jeune et joli qu'elles.

— Peut-être, mais elles disaient également que tes enfants avaient essayé de te faire enfermer, et que Robert s'y efforçait toujours. Est-ce que cela va vraiment aussi mal entre vous?»

Il serra les dents. Elle crut un instant qu'il était en colère contre elle — ce qui n'aurait rien eu d'étonnant —, mais il semblait résolu à se montrer patient. «Dieu, que je déteste les ragots! Ecoute-moi, Alexandra, mes enfants ne te regardent pas — et je ne dis pas ça méchamment.

— Mais tu ne veux pas qu'ils apprennent mon existence, n'est-ce pas?

— Non. Pas encore. Et surtout pas Robert.» Il appela le serveur. «Ils font une délicieuse *crème brûlée** ici, dit-il en finissant son steak. Je crois que je vais en prendre. A mon âge, ce n'est plus la peine de compter les calories ou de surveiller son cholestérol.

— Mais si. Tu n'es pas si vieux que ça.» Il jouait les vieillards lorsque cela l'arrangeait, pensa-t-elle. Un peu comme il feignait d'être dur d'oreille avec les inconnus pour éviter d'avoir à leur parler. Tout le monde a ses petits jeux. Qui était-elle pour critiquer les siens?

«Mais assez vieux quand même pour ne pas me

soucier de ce que mes enfants pensent de moi. C'est ce que tu veux dire, non ?

— Non, pas vraiment. S'agit-il bien d'eux d'ailleurs ? Je pensais que tu craignais peut-être la presse, le beau monde, l'opinion publique ou les trois à la fois.

— Je me fiche de l'opinion publique. Je m'en suis toujours moqué. C'est une des raisons pour lesquelles je n'ai jamais obtenu l'investiture, je suppose. Et je ne me préoccupe pas davantage du beau monde, ajouta-t-il en foudroyant son dessert du regard. Ce que les gens pensent de moi m'est complètement indifférent, à vrai dire. Le problème n'est pas là.

— Non, en effet. Pour être sincère, je me demandais si ce n'était pas l'opinion qu'on allait avoir de *moi* qui te gênait. »

Il rougit légèrement, un signe de contrariété qui ne trompait pas. On voyait qu'il n'avait pas l'habitude qu'on lui réponde ; les membres de sa famille exceptés, tout le monde devait respecter sans discuter ses souhaits et ses humeurs. Quant aux rares personnes qui lui tenaient tête, il cessait tout bonnement de les voir. Elle pensa un instant qu'elle était allée trop loin et qu'il allait s'emporter, mais son visage reprit peu à peu sa couleur habituelle. « Je vois, dit-il lentement. J'aurais dû y penser. Tu as peur que j'aie honte de toi, que notre liaison me gêne ? En raison de notre différence d'âge, peut-être ?

— Peut-être.

— C'est stupide, fit-il en hochant la tête. Je m'en fiche complètement et tu devrais faire pareil. Tiens, goûte-moi ça. »

Il mit dans son assiette une grosse cuillerée de son dessert qu'elle regarda sans enthousiasme. La gourmandise n'était pas, et n'avait jamais été, son péché mignon. Elle se força néanmoins à tout manger en signe de réconciliation, bien qu'elle eût horreur qu'on lui dictât sa conduite.

Bannerman engloutit sa crème avec la rapidité et la férocité d'une pelle mécanique, impatient de s'en débarrasser avant de se remettre à parler. La croûte exceptée, cela ressemblait beaucoup à un entremets à la vanille, se dit Alexandra et, de fait, Arthur semblait avoir une prédilection pour la nourriture de cantine.

« D'accord, dit-il enfin. Je vais essayer de t'expliquer la situation pour que nous puissions passer à des sujets plus intéressants. Il y a quelques années, j'ai traversé une période difficile. Ma femme était morte. Mon fils aîné John avait péri dans un accident de voiture dans des circonstances... » Il hésita. « Enfin, peu importent les circonstances. Je n'avais pas non plus obtenu l'investiture. Avec le recul, je ne suis pas certain d'avoir eu tellement envie de devenir président, mais cela me donnait un but, tu comprends ? A mon avis, c'est ce qui fait la moitié du charme d'une telle fonction, d'ailleurs. Cela permet d'oublier les problèmes quotidiens ou familiaux qu'on est incapable de résoudre. On n'a plus le temps d'y penser, un peu comme pendant une guerre. »

Elle acquiesça de la tête. Elle ne connaissait rien de la guerre ni du métier de président, mais fuir des problèmes familiaux insolubles était un sujet dont elle n'ignorait rien.

« Pour ne pas tourner autour du pot, j'ai peut-être bu plus que de raison. Je me suis laissé aller. J'ai pris quelques décisions dont je me repens et négligé d'en prendre d'autres qui étaient nécessaires. Je crois que les psychiatres appellent ça la crise de la cinquantaine dans leur jargon imbécile.

— Ça peut arriver à tout le monde.

— Exact, mais tout le monde n'a pas un fils qui serait ravi de prendre votre place. Pour te dire la vérité, Robert a bien failli me mettre au vert.

— Qu'a-t-il fait exactement ?

— Il a répandu le bruit que j'étais un ivrogne sénile et incompétent, murmuré à la famille que j'étais incapable de m'occuper convenablement du Trust, appâté les milieux financiers avec des propositions qu'il devait réaliser après m'avoir évincé... Et pire encore.

— Et les autres ? Ta mère ? Le reste de la famille ?

— Eleanor a toujours eu un faible pour Robert. Je ne vois vraiment pas pourquoi, mais c'est comme ça. Lorsque j'ai compris ce qui se passait, Robert était à deux doigts de m'expédier dans un de ces asiles très chics pour alcooliques du Connecticut, et de me faire déclarer irresponsable par un charlatan.

— Ça ne doit quand même pas être aussi facile, non ?

— Ça ne l'est pas du tout, mais cela s'est déjà fait. Et Robert est assez malin pour savoir comment s'y prendre. C'est beaucoup plus facile quand votre propre avocat travaille contre vous, et je suis convaincu que c'était le cas de DeWitt. J'étais occupé à acheter des œuvres d'art, tu sais ; je voulais ouvrir un nouveau musée. C'était la seule chose qui me motivait encore. Puis, un jour, je me suis rendu compte que mon personnel ne suivait pas. J'avais acquis une belle collection de sculptures modernes, chère mais dont le prix était justifié, et laissé les employés de mon bureau régler les détails. Cela ne m'intéressait pas et, de toute façon, c'était leur travail. Je n'y ai plus pensé, et quand j'ai fini par demander où étaient mes fichues sculptures, je me suis aperçu que mes ordres n'avaient pas été exécutés. Robert était intervenu ! J'ai eu de la chance, en fait. J'ai perdu ma collection, mais je me suis réveillé et ai compris juste à temps ce qui se passait.

— Qu'as-tu fait ? »

Son expression se durcit. Par moments, son visage ressemblait à une des sculptures du mont Rushmore[1], surtout lorsqu'on s'opposait à lui ou qu'il parlait de son fils. « Je me suis expliqué avec Robert, reprit-il d'un air sombre. Et j'ai gagné. D'extrême justesse. J'ai fort heureusement un ou deux atouts dans mon jeu pour le contrer. La situation n'en a pas moins changé. Il y a beaucoup de gens dans les milieux financiers, et même au sein de ma famille, qui aimeraient voir Robert à ma place. Il utiliserait la fortune à des fins personnelles, et il y a toujours quelque profit à tirer de l'égoïsme de quelqu'un. De plus, il a l'esprit retors. Tu serais étonnée de la facilité avec laquelle il ferait passer notre... euh... amitié pour un signe de folie de ma part. »

Elle fut profondément choquée. Jusqu'à présent, Arthur Bannerman avait représenté pour elle le symbole même de l'autorité et de la force. Il lui était difficile de croire que son propre fils pût l'écarter en tirant simplement argument de sa vie privée.

« Comment pourrait-il s'y prendre ? demanda-t-elle. Il ne peut pas te faire chanter pour quelque chose de parfaitement innocent.

— Je n'ai jamais parlé de chantage. Il déformerait les faits. Il est très doué de ce côté-là. Un vieillard, une jeune femme, des sommes considérables dépensées pour des œuvres d'art aux-

1. Site des Etats-Unis où les visages de Washington, Jefferson, Lincoln et Theodore Roosevelt sont sculptés dans le roc *(N.d.T.)*.

quelles la plupart des gens ne comprennent rien... Cela ferait beaucoup d'effet dans les journaux.

— Qu'est-ce que l'art a à voir là-dedans ?

— Toute ma famille est contre moi dans ce domaine. Robert en tête, bien sûr, quoique ce ne soit qu'un aspect de ce qui nous oppose. Il veut se servir de la fortune alors que je désire l'utiliser en philanthrope. Mais, peu importe, ce sont mes problèmes, pas les tiens. Ce que je veux éviter, c'est que tu sois mêlée à une querelle familiale. Tu serais une cible indirecte, bien entendu, car Robert n'en veut qu'à moi, mais pourquoi courir ce risque ? Tu as beau être beaucoup trop jeune pour avoir quoi que ce soit à cacher, il est tout à fait capable d'inventer quelque chose pour ses amis de la presse. Tu vois, j'ai vraiment mes raisons. Et encore, je ne t'ai pas tout dit. »

Alexandra avait du mal à croire que le jeune homme dont elle avait vu la photographie dans le bureau d'Arthur était en réalité le perfide comploteur qu'il lui décrivait. Il ne faisait toutefois aucun doute qu'il le considérait comme une menace sérieuse. Ses sentiments à l'égard de Robert étaient le premier signe de faiblesse qu'elle découvrait en lui et, curieusement, il ne lui en paraissait que plus attirant. Elle lui était également reconnaissante du tact avec lequel il avait évoqué la possibilité qu'elle eût quelque chose à cacher — mais peut-être en savait-il plus qu'il n'en laissait paraître ? C'était parfaitement plausible. Arthur n'avait rien du vieux fou sénile que sa famille feignait de voir en lui. Il pouvait très bien ne pas chercher à en savoir plus qu'il ne désirait sur son passé, mais il était assez riche pour mener son enquête s'il le souhaitait vraiment. En dépit de la chaleur qui régnait dans le restaurant, elle frissonna.

« Je comprends, dit-elle. Je regrette d'avoir abordé le sujet.

— Non, tu as eu raison. Je ne veux pas qu'il y ait de malentendus entre nous. Je te promets une chose, dit-il en lui prenant la main. Je ne laisserai plus Robert s'immiscer dans ma vie, quoi qu'il arrive. »

Elle n'avait jamais vu une expression aussi implacable sur le visage de quiconque, pas même sur celui de son père.

Elle sourit et leva son verre pour détendre l'atmosphère. « A ton anniversaire », dit-elle.

Il retrouva sa bonne humeur. « Et à tous ceux que nous passerons ensemble », dit-il en se penchant pour l'embrasser. Il éclata d'un rire tonitruant qui fit sursauter les dîneurs. « Robert peut aller au diable ! J'ai l'intention de vivre jusqu'à quatre-vingt-dix ans, peut-être même cent, rien que pour le contrarier. »

Il lui adressa ce sourire qui avait attiré son attention lors de leur première rencontre. Ses yeux pétillaient. Il paraissait vingt ans de moins, tout différent de l'homme qui parlait de Robert un instant auparavant. Et elle le crut. Il vivrait jusqu'à quatre-vingt-dix ans, vigoureux, robuste comme un chêne, et ils seraient heureux ensemble. Toujours.

Elle en avait la conviction intime...

Lorsque Simon l'invita à prendre un verre après le travail, elle sut qu'il avait quelque chose d'important à lui dire, et ce d'autant plus qu'il choisit le Hobe-Sound. Il ne buvait guère mais se rendait toujours dans un bar lorsqu'il souhaitait avoir une conversation sérieuse. Celui-là était si sombre et si vide que les rares personnes qui le connaissaient supposaient qu'il servait de couverture à une activité louche, bien que nul ne parût savoir laquelle. Les serveuses étaient d'âge mur, enjouées et robustes, aucun dealer ne traînait au bar, loin d'être «gaie», l'ambiance était lugubre, et ni les orages artificiels qui se déclenchaient tous les quarts d'heure ni les filets et les bouées qui décoraient le plafond n'arrangeaient les choses.

Elle aurait dû se douter que Simon découvrirait tôt ou tard sa liaison avec Arthur Bannerman. Il pouvait difficilement ne pas remarquer les lettres à en-tête de la fondation Bannerman qui pour la plupart lui étaient adressées, ou les cadeaux qu'elle recevait parfois et ne pouvait dissimuler. Il était d'ailleurs impossible de cacher quoi que ce soit longtemps à Simon et, d'une certaine manière, elle ne souhaitait pas le faire — pas en allant jusqu'à lui mentir directement en tout cas.

«C'est Bannerman, non?» demanda-t-il.

Elle garda le silence.

«Je te connais, reprit Simon. On ne fait pas pire menteuse que toi.

— Je ne t'ai pas menti.

— Non, mais tu n'as pas nié non plus. Ecoute, nous sommes censés être amis. Les amis n'ont pas de secret l'un pour l'autre.»

Elle acquiesça. C'était vrai, à cette réserve près que la vie de Simon était restée pleine de mystères même lorsqu'ils vivaient ensemble. Il était néanmoins inutile de nier ce qu'il savait déjà, et elle en était d'ailleurs incapable.

«J'aurais dû m'en douter, dit-il. Toutes ces affaires que tu as décrochées tout d'un coup... Et ces livraisons de fleurs! Je te tire mon chapeau. Tu es beaucoup plus futée que je ne le croyais, et plus rapide aussi. Je me demande pourquoi je n'y ai pas pensé. J'aurais dû me souvenir que tu avais un faible pour les hommes âgés.

— Ce n'est pas vrai, protesta-t-elle, indignée. Que fais-tu de nous deux ? Tu n'es pas tellement plus vieux que moi.

— Tu y es peut-être allée un peu fort cette fois, remarque. Il ne doit pas avoir loin de soixante-dix ans.

— Soixante-quatre.

— Bon Dieu, Alexa ! Soixante-quatre ans ! Je suppose que cela ne me regarde pas, mais est-ce qu'il peut toujours... ?

— Tu as raison, cela ne te regarde pas.

— D'accord, d'accord... Est-ce que je peux tout de même te demander pourquoi tu en fais un tel mystère ?

— Parce que c'est important. Je suis sérieuse, Simon. Personne ne doit le savoir.

— Important pour qui ? Ne me dis pas qu'il compte se représenter aux élections présidentielles ? Je sais que ce n'est pas rien d'être à la tête de la famille Bannerman, mais ça ne doit quand même pas l'obliger au célibat à vie.

— Il veut que cela reste secret, Simon. C'est important pour lui, et ça l'est donc pour moi.

— Bon, je tiendrai ma langue.

— Il faut que tu me le promettes. S'il te plaît !

— C'est juré, bon sang. Lorsque la nouvelle paraîtra en sixième page du *Post,* je n'y serai pour rien.

— Qu'est-ce qui te fait penser que cela arrivera ?

— Une intuition. D'abord, il a des domestiques, et les domestiques adorent bavarder. Je m'étonne qu'il soit aussi prudent, d'ailleurs. Il est veuf, après tout.

— Il a ses raisons.

— La famille, je suppose. Et, bien sûr, il n'a pas exactement une image de playboy. Ce doit être un peu comme avoir une liaison avec un évêque. Est-ce qu'il sait pour nous deux, au fait ?

— Je ne lui en ai pas parlé, et il ne m'a pas posé de questions. Mais je crois qu'il l'a deviné. Il n'est pas idiot.

— Non, je m'en doute. Il me fait même l'effet d'être plus que perspicace. Quoi d'étonnant, d'ailleurs ? Il tient ça de famille. Maintenant que j'y pense, c'est plutôt une chance pour toi que tout reste secret.

— Pour moi ?

— Tu sais parfaitement ce que je veux dire. Si les journaux te présentent comme la petite amie de Bannerman, tu vas recevoir beaucoup de coups de téléphone de tes anciens amis, et certains d'entre eux ne t'appelleront pas seulement pour te dire bonjour et te féliciter. »

Un coup de tonnerre, suivi d'un éclair et du fracas d'une pluie torrentielle les empêcha de poursuivre. Au bout d'une ou deux minutes, le vacarme laissa place à un bruit du ressac et aux criaillements des mouettes, puis le silence revint.

« C'était il y a longtemps, Simon.

— Deux ans ? Trois ? Cela ne paraît pas si lointain que ça. Et l'une des personnes à qui je pense a une mémoire d'éléphant. Elle n'oublie jamais un nom, un numéro de téléphone ni une insulte, si petite soit-elle.

— Je ne l'ai pas insultée.

— Tu l'as laissée en plan. Au cas où tu l'aurais oublié, c'est moi qui t'ai tirée de ce pétrin-là.

— Je t'en ai toujours été reconnaissante.

— Et tu continueras, j'espère. Je ne sais pas pourquoi, mais j'ai l'impression que Bannerman ne se montrerait pas tout à fait aussi compréhensif que moi. A mon avis, il serait choqué, ou au moins déçu.

— Je n'ai rien fait de si terrible.

— Ce n'est pas ce que j'ai dit. Seulement, quelqu'un d'autre pourrait juger les choses différemment, quelqu'un qui serait un peu plus vieux jeu, mettons. Ce n'est qu'une supposition, bien entendu. »

La pièce s'assombrit. L'orage éclata de nouveau. Des éclairs illuminèrent le port de pêche miniature derrière le bar ; un coup de tonnerre évita à Alexandra de répondre.

Simon s'éclaircit la voix. « Vas-tu continuer à travailler ? » demanda-t-il.

La question la surprit. Il n'allait quand même pas la renvoyer simplement parce qu'elle couchait avec quelqu'un d'autre ? « Bien sûr, répondit-elle. Pourquoi ?

— Eh bien, d'abord, je crois que je devrais t'augmenter. Tu m'apportes beaucoup d'affaires, et je suppose que ce n'est pas fini. »

Elle estimait mériter une augmentation même sans cela, mais l'argent n'avait jamais été un problème entre Simon et elle. Il détestait les discussions financières et préférait la payer généreusement pour éviter d'avoir à en parler. « Combien gagnes-tu en ce moment ? demanda-t-il, quoiqu'il connût la réponse aussi bien qu'elle.

— Soixante mille.

— Soixante-quinze, ça va ?

— Très bien, répondit-elle. Pourquoi pensais-tu que j'allais arrêter de travailler ?

— Eh bien, je me disais que Bannerman le souhaiterait peut-être.

— Il n'a jamais abordé le sujet. Pourquoi donc le souhaiterait-il ? » Simon prit son air de grand sage, son rôle favori. « Des hommes comme Arthur Bannerman s'attendent à payer pour leurs plaisirs. Non, non, ne me regarde pas comme ça. Je veux dire qu'il y a certaines choses qu'un homme riche fait dans ce genre de situations. Il te procure un gentil appartement, par exemple, un endroit avec vue sur le Parc et sans camés dans les rues, et il te fait une petite pension. Après tout, il est riche à millions. Il y a une façon de procéder pour ce genre de choses et, à son âge, Bannerman doit la connaître.

— Je ne lui ai rien demandé, Simon.

— C'est peut-être habile de ta part. Mais que t'a-t-il proposé ?

— Rien. Le sujet n'est pas venu sur le tapis, et il n'y viendra pas.

— Bien sûr que si. Bannerman n'est pas un innocent. Et toi non plus, permets-moi de te le rappeler. Remarque qu'en matière d'argent, tu l'es peut-être. Tu devrais au minimum avoir un appartement dans un bon quartier, un endroit où il peut te rendre visite et se sentir chez lui. A ton nom, naturellement. »

Elle aurait dû se mettre en colère, mais elle connaissait trop bien Simon. Il ne cherchait pas à la provoquer ; c'était simplement sa tournure d'esprit — et peut-être celle de la plupart des gens d'ailleurs. Mais ce n'était pas la sienne. « Je ne suis pas sa maîtresse, Simon », dit-elle alors que l'orage recommençait à gronder.

Il se pencha vers elle, l'air perplexe. « Vraiment ? Alors, qu'es-tu exactement ? »

Elle remarqua à peine le moment où Arthur Bannerman commença à la mettre au courant de ses activités.

Au cours de l'hiver, ils commencèrent imperceptiblement à bâtir une vie commune. Bannerman ne changea pas vraiment ses habitudes qui, comme celles d'un chef d'Etat, étaient soumises aux traditions et aux exigences de son personnel, mais il s'en dégagea un peu afin de passer davantage de temps en sa compagnie. Au début de leur liaison, Alexandra avait pensé qu'il n'avait rien à faire mais, lorsque leur intimité grandit, elle s'aperçut qu'il avait en réalité un emploi du temps chargé. Il n'allait jamais au bureau familial — il n'avait apparemment jamais pardonné à ceux qui y travaillaient d'avoir pris le parti de Robert et Eleanor contre lui lorsque celui-ci avait tenté de prendre le contrôle de la fortune —, mais l'« Ennemi », comme il disait, lui envoyait un flot incessant de dossiers et de visiteurs.

Comme elle le découvrit peu à peu, la gestion de la fortune Bannerman se faisait de manière très peu rationnelle. Comme un monarque constitutionnel entouré d'un gouvernement hostile cherchant à le renverser, Arthur n'avait aucune confiance dans son personnel mais ne pouvait en changer. Elle crut d'abord qu'une tradition familiale lui interdisait de renvoyer qui que ce fût, mais lorsqu'elle lui en parla, il éclata de rire. « Ce n'est absolument pas le cas ! Si je voulais opérer de grands changements, il faudrait que j'aille là-bas et que j'en parle d'abord à Eleanor et à cet imbécile de DeWitt. Sans compter que Robert quitterait instantanément Caracas pour savoir ce qui se passe. C'est beaucoup trop compliqué, voilà tout. »

En conséquence, il devait traiter des piles de dossiers sans l'aide de personne, une tâche rendue plus ardue encore par le fait qu'il lisait lentement. C'était comme si le directeur général d'une affaire qui devait peser un milliard de dollars essayait de s'en occuper de son appartement, assisté d'une secrétaire qui venait deux heures le matin et l'après-midi. Encore celle-ci ne s'occupait-elle presque que de sa vie privée :

refuser des invitations, envoyer des cartes d'anniversaire aux membres éloignés de la famille et diriger ses domestiques.

Arthur se réveillait à 6 heures, lisait les journaux jusqu'à 7, puis s'habillait, déjeunait à 8 heures et s'attaquait aux piles de lettres, de mémos et de documents qui venaient du bureau familial. A 11 heures, sa secrétaire arrivait, et il travaillait avec elle jusqu'au déjeuner. L'après-midi, il recevait des visiteurs. A 4 heures, il allait nager une demi-heure dans sa piscine, puis faisait un somme; à 6, il prenait un verre et, s'il n'avait rien de prévu sur son agenda, dînait à 8 heures, puis lisait des catalogues d'art jusqu'au journal télévisé de 11 heures. Tel avait été son emploi du temps jusqu'à l'arrivée d'Alexandra en tout cas, et elle dut user de beaucoup de persuasion pour l'amener à le modifier, alors qu'il se plaignait pourtant de mener une existence ennuyeuse et solitaire. «Les habitudes ont la vie dure, lui dit-il. Et plus on est vieux, plus c'est le cas.»

Il renonça toutefois sans difficulté à déjeuner chez lui, quoique cela laissât ses domestiques inoccupés. Tous les jours à midi et demi, il passait prendre Alexandra à son bureau. Sa voiture attendait en bas en stationnement interdit, apparemment immunisée contre les contraventions. De 12 h 30 à 2 heures, ils allaient de galerie en galerie, dont beaucoup étaient si obscures qu'Alexandra n'en avait jamais entendu parler. Elle se demanda comment Bannerman les découvrait jusqu'à ce qu'elle comprît qu'il avait d'innombrables sources d'information. Lorsqu'il désirait savoir quels étaient les jeunes peintres qui montaient, il appelait Hugo Pascal, l'enfant terrible de l'art moderne, aussi inaccessible que le dalaï-lama pour la plupart des gens,

Andy Warhol ou Henry Geldzahler — un peu comme il téléphonait au ministre des Finances pour discuter des taux d'intérêt ou à Henry Kissinger lorsqu'il comptait investir à l'étranger.

Vivre à ses côtés donna à Alexandra un premier aperçu du vrai pouvoir de la richesse. Son nom évoquait une liste interminable de fondations, bourses, donations, trusts, organismes culturels, hôpitaux, centres de recherche médicale et parcs. Aucun président républicain ne pouvait refuser un appel du chef de la famille qui était le plus gros soutien financier de son parti à titre privé depuis le début du siècle ; aucun artiste ne pouvait fermer sa porte au président de la fondation Bannerman dont les bourses universitaires permettaient à des centaines de jeunes talents prometteurs de vivre, et aux musées d'acquérir leurs œuvres ; aucun chef de gouvernement ne pouvait refuser les requêtes du président honoraire de la fondation Elizabeth Putnam Bannerman pour la recherche médicale, qui avait construit des hôpitaux et formé des médecins dans le monde entier. Le pape lui-même n'aurait pas éconduit le chef d'une famille qui finançait généreusement toutes les institutions religieuses, pourvu qu'on ne lui demande pas de passer de l'Eglise épiscopale à quoi que ce soit d'autre.

Parfois, lorsqu'ils sillonnaient la ville pour aller d'un atelier ou d'une galerie à l'autre, il lui parlait des nombreux édifices dus à la largesse des Bannerman qu'ils croisaient sur leur chemin et que, pour la plupart, elle n'avait encore jamais remarqués. Il était plus disert sur la fortune que sur lui-même ou ses enfants, et il semblait parfois à Alexandra que d'une certaine manière elle les *remplaçait.* On aurait dit qu'il tenait à lui faire comprendre en quoi consistait la fortune parce que Putnam et Cecilia ne s'y intéressaient pas, et que Robert ne le faisait que pour des raisons peu recommandables.

Elle s'était attendue qu'il garde le secret sur ses affaires, ne fût-ce que parce qu'il en avait la réputation, mais il lui parlait de tout, lui montrait lettres et documents, lui expliquait les raisons de ses décisions.

Au début, elle pensa qu'il cherchait peut-être à l'impressionner, à lui prouver qu'il n'était pas uniquement un riche vieillard désœuvré comme beaucoup de gens le croyaient, ou l'irresponsable au rôle purement décoratif que certains membres de sa famille semblaient voir en lui. Mais, quelles que fussent ses intentions, ce n'étaient pas celles-là. La vanité n'était pas son style. Elle finit par se dire qu'il s'agissait simplement d'un signe de solitude; il éprouvait le besoin de partager ses préoccupations avec quelqu'un, comme n'importe quel homme d'affaires qui ne peut compter sur l'attention de ses enfants.

Un jour, alors qu'ils s'engageaient dans la Cinquième Avenue, il lui désigna le Bergdorf Goodman. « C'est là que Cyrus a fait construire son premier hôtel particulier, dit-il. Au coin de la Cinquième et de la 59e Rue, en face du Plaza. A l'époque, cela paraissait très audacieux parce que trop loin du centre. C'était un bâtiment immense qui couvrait presque la moitié d'un pâté de maisons si l'on compte les jardins et les écuries. Il a été démoli avant ma naissance.

— Il n'a pas dû y habiter longtemps.

— Non, en effet. Les affaires l'ont suivi : boutiques, bureaux, circulation le jour et prostituées la nuit. Il a trouvé que le quartier devenait "insalubre", pour reprendre son expression, et vendu la maison pour en faire construire une autre plus haut sur la Cinquième Avenue. Il avait un orgue digne d'une cathédrale dans son salon, un organiste qui jouait pour lui avant le dîner et une serre où poussaient des orangers. Tout cela a disparu aussi, mais je m'en souviens. C'est là que je suis né, que j'ai grandi et bu le jus des oranges de mon grand-père au petit déjeuner. La maison était entourée de grilles hautes de plus de quatre mètres qui se terminaient en fer de lance. Cela m'impressionnait beaucoup lorsque j'étais enfant ; je les croyais destinées à nous empêcher de sortir et je regardais à l'extérieur comme un prisonnier regarde à travers les barreaux de sa prison. Je ne comprenais pas que Cyrus voulait en fait empêcher les gens *d'entrer*. Il redoutait la violence de la foule, peut-être parce qu'il l'avait provoquée dans ses mines de l'Ouest... et réprimée grâce à une armée de détectives privés.

— Je n'en avais jamais entendu parler.

— Non. On a dépensé beaucoup d'argent pour en effacer toute trace, crois-moi. Lorsque Cyrus s'est installé sur la Cinquième Avenue, l'époque où il faisait tirer sur les mineurs en grève était depuis longtemps révolue. Mais il ne l'avait pas oubliée. Il y avait des gardes armés dans la maison, et il dormait avec un vieux colt chargé sur sa table de nuit. »

Il faisait froid et il bruinait, ce qui n'empêchait pas les passants de lécher les vitrines de la Cinquième Avenue. « Saks, dit Bannerman. Cyrus possédait aussi ce pâté de maisons.

— La moitié de la Cinquième Avenue devait lui appartenir.

— Oh non ! fit Bannerman en riant. Un quart tout au plus. Mon père en a vendu la plus grande partie et consacré l'argent à faire construire des bâtiments destinés à des activités philanthropiques dans toute la ville. Il a changé l'aspect du centre, tu sais, et, à mon avis, c'est un mérite qu'on ne lui a jamais reconnu. L'hôpital épiscopalien de New York, par exemple, c'est à lui qu'on le doit. Il était question de lui donner le nom de Cyrus Bannerman, mais mon père n'a pas voulu en entendre parler. En revanche, il y a le foyer Bannerman des enfants trouvés de la 96e Rue, l'institut Bannerman pour la recherche médicale avancée, à côté du monument Sloan-Kettering, et le pavillon Elizabeth Putnam Bannerman. Ah! J'oubliais l'hôpital Aldon Makepeace Bannerman pour les maladies infantiles de la 14e Rue qui commémore le souvenir du frère cadet de mon père mort en bas âge. Et puis il y a aussi la bibliothèque Bannerman à Columbia, l'institut Bannerman des relations internationales — qui est devenu un bastion gauchiste — et le centre Bannerman de la médecine du travail, à côté de Bellevue. C'était sa manière d'expier pour les milliers d'ouvriers morts dans les mines de Cyrus. Et il ne s'est pas arrêté là. Je suis le seul à m'en souvenir et, mis à part Eleanor, tout le monde dans ma famille semble s'en moquer.

— C'est pourtant tout à l'honneur des Bannerman, non?

— Mon père ne voulait justement pas que nous en éprouvions de l'orgueil. Il payait la dette de Cyrus à l'égard de la société. Rien de plus, rien de moins. En outre, il y avait un problème qu'il n'avait pas prévu. La fortune était devenue si colossale qu'elle s'accroissait plus vite qu'il ne pouvait s'en débarrasser. Il avait hérité du sens des affaires de Cyrus malgré lui. Pour chaque million de dollars qu'il donnait, il en gagnait dix en plus-values et, comme ses dons étaient déductibles des impôts, il n'en payait pas du tout. Plus il se montrait généreux, plus il augmentait ses avoirs et moins il payait d'impôts. Je crois qu'il en était sincèrement affecté. S'il avait été un chevalier d'industrie sans scrupules comme Cyrus, il n'aurait pas fait davantage de profits qu'en se consacrant à la philanthropie à grande échelle. Il a dû distribuer près d'un milliard de dollars pendant sa vie, n'en a pas moins réussi à doubler la fortune et considérait qu'il avait raté sa vie. Un vrai conte moral.

— Quelle en est la morale ?

— Que même les bonnes intentions ont des conséquences inattendues. Mes enfants ne le comprennent pas, tu sais. Pas vraiment. Regarde Cecilia. Elle croit que la seule manière de faire le bien est de souffrir avec les pauvres. C'est totalement absurde ! Parfait pour les martyrs religieux peut-être, mais mon père a plus aidé l'humanité en restant à Kiawa que Cecilia ne le fera jamais en Afrique. Pareil pour Putnam. Il s'est opposé à moi pendant la guerre du Viêt-nam. J'en éprouve du respect pour lui, remarque, et je serais même prêt à partager sa position aujourd'hui. Mais les bourses internationales Bannerman ont davantage contribué à la paix que toutes les actions entreprises par les protestataires. Mes enfants considèrent la richesse de la famille comme allant de soi. Non, c'est faux. En réalité, ils la détestent parce que cela les rend différents des autres. Ils n'y voient pas une responsabilité, quelque chose dont ils pourraient se servir pour aider les autres s'ils s'y intéressaient...

— Robert, lui, s'y intéresse sûrement.

— C'est vrai, mais tu sais bien qu'il n'est pas du genre à se préoccuper du sort des enfants trouvés. »

Il lui parlait de Robert et du reste de sa famille comme si elle les connaissait aussi bien que lui. Lorsqu'il admirait une robe qu'elle portait, il lui arrivait de remarquer: « Ce n'est pas une couleur qui irait à Cecilia, n'est-ce pas? » Comme si sa fille et elle étaient amies intimes.

De la même manière, il avait commencé à l'associer à ses décisions. Il lui montrait des documents qui proposaient un investissement dans un nouvel hôtel au Kenya (mariage parfait d'aide à l'Afrique noire et de profits substantiels) ou une participation accrue de la fondation Bannerman dans les technologies de pointe (qui offrait la possibilité de bénéfices considérables contrebalancée par des risques importants), puis sollicitait son avis, comme si son opinion comptait autant que la sienne.

De temps à autre, elle se demandait quel était exactement le rôle qu'il voulait la voir jouer, et ce que sa famille en penserait si elle était au courant. Elle ne s'était jamais considérée comme une femme d'affaires mais découvrit avec étonnement ce que cela pouvait avoir de passionnant. Les problèmes qu'Arthur Bannerman avait à résoudre n'étaient pas ceux d'un homme d'affaires ordinaire, même riche. Il était sans doute le seul citoyen américain à payer des impôts de son propre chef, par exemple. Les déductions auxquelles lui donnaient droit ses activités philanthropiques étaient si considérables qu'elles équilibraient ses impôts, mais il versait 10 pour cent de plus chaque année à titre de contribution volontaire.

Le flot de courrier qui arrivait du bureau familial ne traitait pas seulement de sujets financiers. A.A.B. (c'était ainsi qu'on l'appelait toujours par écrit) devait-il recevoir à dîner le secrétaire d'Etat soviétique aux Affaires financières, étant donné les réactions que cela pouvait susciter parmi les associations de défense des droits de l'homme et les organisations juives, sans oublier qu'il risquait aussi de froisser la Chine au moment où elle s'apprêtait à autoriser la fondation Bannerman à rouvrir l'Institut américano-chinois de Pékin ? A.A.B. devait-il faire des investissements ostentatoires dans des sociétés appartenant à des Noirs américains ? Que pensait-il du fait qu'une chaîne de télévision dont la famille Bannerman détenait un nombre important d'actions passait des films pornographiques ? (« Je crois que tout le monde est pour, non ? » avait-il dit en éclatant de rire ; elle avait toutefois remarqué quelques semaines plus tard qu'il avait discrètement vendu ces mêmes actions.)

Elle comprit peu à peu les règles très personnelles qu'il appliquait dans sa gestion du Trust : pas d'investissements dans des entreprises ayant des activités de nature à embarrasser la famille ; pas d'association avec des gens dont la réputation laissait un tant soit peu à désirer ; pas d'acquisition de sociétés importantes (il ne fallait pas qu'on soupçonne les Bannerman de vouloir s'assurer le contrôle d'une affaire) ; pas d'investissements à haut risque (préserver la fortune intacte était plus important que d'obtenir des profits élevés), et surtout pas de publicité (le nom des Bannerman ne devait apparaître dans la presse que lorsqu'ils *donnaient* de l'argent, pas quand ils en gagnaient).

Elle se disait parfois que, si leur liaison avait été essentiellement physique, elle aurait peut-être pris fin très rapidement. Ils faisaient l'amour, bien entendu, et cela comptait — un peu pour elle et beaucoup pour lui —, mais il y avait bien plus que cela. Elle n'éprouvait pas un désir passionné pour Arthur et en avait secrètement honte, mais après tout — comme Simon avait aimé le lui faire remarquer — cela n'avait jamais été un aspect essentiel de sa vie jusqu'à présent. Enfant, elle avait vu à quoi cela pouvait mener, et elle ne s'en était jamais complètement remise. Ce qu'elle voulait, c'était une place dans la vie de quelqu'un, et si cela impliquait aussi une place dans son lit, elle n'y voyait pas d'inconvénient et pouvait même y prendre plaisir, mais cela ne comptait jamais autant que la confiance, l'affection et la présence de l'autre.

Contre toute attente, c'était ce qu'elle avait trouvé auprès d'Arthur Bannerman. Elle savait toutefois que, si leur liaison venait à être découverte, on ne verrait probablement en elle que la maîtresse d'un homme riche de quarante ans son aîné et on en conclurait naturellement qu'il n'y avait rien d'autre entre eux que le sexe — et sous son aspect le plus mercantile —, alors qu'en fait leurs relations ressemblaient à celles d'un vieux couple. Ou à des rapports de père à fille, penseraient peut-être certains. Mais c'était une idée qui lui répugnait tellement que son esprit la rejetait instantanément.

Elle parvint peu à peu à introduire un semblant de normalité dans la vie d'Arthur. Ils allaient se promener, léchaient les vitrines et s'arrêtaient parfois pour faire des achats comme tout le monde. Elle réussit même à le convaincre d'aller au cinéma de temps à autre. Sans insister, elle s'intéressa à son régime et surveilla le nombre de verres qu'il buvait. Il paraissait plus jeune, plus mince et plus heureux, et ces changements lui faisaient plaisir.

Elle réglait la question de l'avenir en n'y pensant pas.

Un soir de mars, elle entra dans l'appartement où, comme toujours, il l'attendait déjà. Il était si ponctuel qu'il arrivait toujours le premier.

Il se tenait debout devant la cheminée en

manches de chemise, ce qui était si rare — il portait veste et cravate même lorsqu'ils devaient passer la soirée en tête à tête — qu'elle se demanda ce que cela pouvait bien signifier. Il avait le visage un peu rouge, comme s'il s'était livré à un travail manuel mais, le connaissant, c'était fort peu vraisemblable.

Il l'étreignit chaleureusement. Un des côtés qu'elle appréciait en lui était qu'il ne considérait jamais sa présence comme allant de soi. Il l'accueillait toujours comme s'il la voyait pour la première fois.

« Que faisais-tu ? » demanda-t-elle.

Il eut un sourire coupable. « J'ai quelque chose à te montrer. Je ne l'avais pas regardé depuis des lustres. C'était rangé dans un coin et je l'ai fait apporter ici. »

Elle jeta un œil autour d'elle mais ne remarqua aucun changement, aucun objet en tout cas qu'Arthur aurait dû peiner pour déplacer. Elle sentait son excitation mais éprouvait aussi un léger malaise, sentiment qu'elle ressentait de plus en plus souvent depuis quelque temps.

Elle aurait voulu lui dire qu'il devait éviter les efforts violents ou que la coloration de son visage l'inquiétait, lui demander quand il avait vu son médecin pour la dernière fois et les résultats de cette visite ; elle aurait aimé lui suggérer qu'il n'était peut-être pas très normal pour un homme de soixante-quatre ans de s'empourprer et de perdre le souffle en soulevant un tableau ou une sculpture. Mais elle savait qu'Arthur y verrait une intrusion dans sa vie privée et, d'une certaine manière, il aurait raison.

« Il est à côté, dit-il. Viens. » La prenant par la main, il la conduisit dans le bureau, une de ces pièces absurdes qui semblaient impropres à toute activité humaine, à moins que le décorateur ne l'eût destinée à la signature de traités officiels par un chef d'Etat. Les meubles y étaient trop imposants, très espacés et manquaient de simplicité comme de confort. Un objet volumineux recouvert d'un drap trônait au centre de la pièce. Il ne semblait pas avoir la forme d'une œuvre d'art mais avec Arthur on ne savait jamais. Son goût pour le moderne était enthousiaste et aveugle. Plus un objet était bizarre, plus il était susceptible de s'y intéresser.

Il enleva le drap d'un geste théâtral et découvrit la maquette d'un bâtiment étrange, trapu et sans fenêtres. C'était « moderne », mais ne ressemblait pas aux cubes de verre habituels. Sous certains angles, l'édifice rappelait un temple égyptien ou une ziggourat babylonienne avec terrasses, jardins suspendus, murs de pierre sculptés et balcons en saillie. Bien qu'elle ne se piquât pas de connaissances architecturales, il ne fallait pas être grand clerc pour voir que ce serait certainement l'un des bâtiments les plus remarquables et les plus controversés du monde, s'il était jamais construit.

« Eh bien, qu'en penses-tu ? demanda Arthur avec la fierté d'un père pour son enfant.

— C'est fascinant », dit-elle en espérant avoir employé le mot juste. C'était apparemment le cas, car Arthur s'épanouit. « N'est-ce pas ? Le Guggenheim paraît minable à côté, non ? Frank Lloyd Wright n'était pas mal dans son genre, mais le Guggenheim était l'œuvre d'un homme atteint de sénilité.

— C'est un musée ?

— Evidemment, Alexandra ! Pas un musée, *le* musée. *Mon* musée ! J'avais presque oublié à quoi il ressemblait. Je l'ai fait mettre au grenier quand Robert a essayé de prendre ma place. C'était devenu... » Il chercha le mot exact. « Une pomme de discorde. J'allais paraît-il gaspiller des millions sur ce projet et dilapider la fortune. Ce genre de bêtises... Mais c'était une lutte à mort, alors j'ai tout laissé tomber. Je le regrette maintenant.

— Combien cela aurait-il coûté ?

— A l'époque? Dans les soixante-quinze millions de dollars. Bien sûr, si l'on compte le prix du terrain et celui de la collection, cela fait bien davantage. Mais je ne les compte pas puisque j'ai déjà l'un et l'autre. C'est vraiment dommage de ne pas pouvoir exposer ces œuvres d'art quelque part, quand on y pense.

— Est-ce que cela ne serait pas encore plus onéreux aujourd'hui?

— Si, justement. Lorsque l'on retarde ce genre de projets, il devient de plus en plus difficile de les réaliser. En fait, ce n'est pas aussi cher que tu pourrais le croire. Une grande partie de l'argent est déductible des impôts, et le musée lui-même pourrait couvrir ses frais. Je comptais autoriser la reproduction des œuvres d'art à une grande échelle avec vente par correspondance, comme cela se fait pour les livres, de manière à introduire l'art contemporain chez les gens à des prix modestes... J'avais tout calculé au centime près.

— Qu'en penseraient les artistes ?

— Ils toucheraient des droits d'auteur. Je ne vois vraiment pas pourquoi ils se plaindraient.

— Et ta famille ?

— Ah ! Elle, elle se plaindrait certainement. Mais j'ai soixante-quatre ans, ma chérie. Si je veux le faire, c'est maintenant ou jamais. » Il s'assit sur le divan et lui fit signe de venir le rejoindre. Elle s'installa à côté de lui et l'enlaça.

« En fait, dit-il, je commence à redevenir moi-même, et c'est à toi que je le dois. J'étais en train de *végéter*, et c'est le moyen le plus rapide de se retrouver dans la tombe. Je ne sais pas combien de temps il me reste pour accomplir ce projet, mais je compte m'y attaquer. Avec ton aide.

— Mon aide?

— Je ne vois pas à qui d'autre je pourrais me fier. Toute ma famille était contre moi la dernière fois, et je ne pense pas qu'elle ait changé d'avis. Certainement pas Robert, en tout cas.

— Et cela t'est égal?»

Il haussa les épaules. «Non, cela m'est même très pénible, mais cela ne m'arrêtera pas. Pas cette fois. Je vais opérer certains changements, poursuivit-il en lui prenant la main. Des changements que j'aurais dû faire il y a des années. Je veux que la fortune serve à *aider* les gens, et non qu'elle soit gaspillée ou donnée à des organismes. Si Robert ne veut pas respecter mes souhaits... eh bien, je le déshériterai.»

Elle sentit sa main se crisper sur la sienne. Elle aurait aimé lui dire que cela ne la regardait pas, que le dernier de ses désirs était d'être mêlée à une bataille entre lui et sa famille pour une fortune qui ne la concernait pas, et pour la construction d'un musée dans une ville qui en avait déjà autant ou plus qu'il ne lui en fallait. Mais il lui sembla inutile de discuter. Malgré elle, elle se sentait mal à l'aise. Une fois que la famille connaîtrait le projet d'Arthur, les hostilités seraient déclenchées, et quiconque serait pris sous ce feu croisé risquait d'être grièvement blessé.

«Irais-tu vraiment aussi loin? demanda-t-elle.

— S'il le faut. Ce serait rompre avec la tradition familiale, mais chercher à ôter le contrôle de la fortune à son propre père n'était pas vraiment dans les règles non plus. Et cela n'a pas arrêté Robert.»

Chaque fois qu'il parlait de son fils aîné, il devenait un homme différent, plus lointain, plus dur. «Il est allé jusqu'à préparer le démembrement de Kiawa, tu sais. Cela s'appelait même le "projet d'aménagement de Kiawa". Il avait déjà des architectes, des promoteurs et des appuis politiques à Albany. Barney Roth était derrière, ce gros entrepreneur à qui on doit cette horrible tour de verre noir sur la Cinquième Avenue. Lui et Robert auraient transformé Kiawa en société et construit des milliers de logements! J'y ai mis bon ordre, fit-il en riant. Je n'ai pas la moindre envie de le voir faire du Trust une sorte de conglomérat avec conseil d'administration et actions cotées en Bourse. C'est pourtant bien dans ses intentions.

— A qui d'autre pourrais-tu laisser la fortune?

— Je ne sais pas. Ou plutôt, je n'ai encore rien décidé. S'il y avait quelqu'un en qui j'avais vraiment confiance, je n'hésiterais pas. Malheureusement, Putnam est hors de question. J'ai pensé assez sérieusement à Cecilia à une époque, mais elle finirait par agir exactement comme le souhaite Robert. Il faudra peut-être que j'opte pour plusieurs personnes, bien que cela ne m'enchante guère...

— Mais n'est-ce pas justement ce que tu reproches à ton fils? Cela reviendrait aussi à instituer une sorte de conseil d'administration.

— Absurde! tonna-t-il. Cela n'a rien à voir.» Il la regarda toutefois avec un respect nouveau. Parce qu'elle l'avait contredit? se demanda-t-elle. Ou parce qu'elle avait marqué un point? Il avait l'air pensif. «Tu n'as pas tout à fait tort, naturellement, maugréa-t-il.

— C'était juste une idée.»

Il se leva et se mit à arpenter la pièce d'un pas nerveux. «Je devrais te demander ton avis plus souvent, dit-il. Tu as la tête solidement vissée sur les épaules. Ce n'est pas comme ces satanés avocats. L'ennui, quand on est seul tout le temps, c'est qu'on ne peut discuter avec personne; on ressasse toujours les mêmes idées sans jamais trancher. J'ai trop souvent remis des décisions à plus tard. Eh bien, c'est fini. Je me sens un homme nouveau.

— J'aimais bien l'ancien.

— Tu aimeras encore mieux celui-là, je te le promets.» Il s'interrompit et regarda la maquette. «Je suppose que nous pourrions faire un bureau de cette pièce, dit-il.

— Un bureau?

— Nous allons travailler toi et moi. Si tu es d'accord?

— Oui, bien sûr. Mais qu'allons-nous faire?»

Il rit, plus heureux qu'elle ne l'avait encore jamais vu. «Eh bien, nous allons déjà nous occuper de ce musée. Ensuite, nous déciderons de la manière d'employer la fortune. La philanthropie des années 80... Des actions qui ont un effet sur la vie des gens plutôt que des millions de dollars de dons à des organismes qui en ont déjà trop. Il y a beaucoup à faire, mais nous le ferons ensemble. Cela ne t'ennuie pas?

— Non, bien sûr que non.» Et c'était vrai. Son enthousiasme était contagieux, et il en paraissait soudain rajeuni.

«Topons-là.» Puis, se ravisant, il l'enlaça. «Non, nous allons fêter ça d'une autre façon.» Doucement mais fermement, il l'attira sur le divan et commença à la déshabiller. Jusqu'alors, ils avaient toujours fait l'amour dans un lit en se dévêtant séparément. Et, à dire vrai, elle n'aimait guère que cela se passât ailleurs, car cela manquait généralement de confort.

Elle ôta ses chaussures et son collant tandis qu'il se débattait avec les boutons de son chemisier. Il y avait quelque chose de si spontané et naturel dans ce brusque désir qu'il avait d'elle qu'elle y répondit comme jamais auparavant. Oubliant son âge, l'inconfort du divan et le fait qu'ils n'étaient que partiellement dévêtus, elle l'étreignit aussi fort qu'elle le put alors qu'il la pénétrait de manière abrupte, sans les tendres préliminaires dont il avait l'habitude. « Bon Dieu, que je t'aime ! » dit-il. Elle voulait lui dire combien elle l'aimait elle aussi, mais les mots ne vinrent pas, comme si les prononcer risquait de dénaturer son sentiment.

Elle se sentait en sécurité, désirée ; il avait *besoin* d'elle. C'était la même impression qu'elle avait eue auprès de son père, il y avait très longtemps... Elle toucha du bois. Elle savait mieux que quiconque combien il était dangereux de penser qu'on avait ce qu'on désirait, et la rapidité avec laquelle cela pouvait changer.

Elle chassa cette pensée de son esprit par un pur effort de volonté et s'accrocha à Arthur Bannerman comme si sa vie en dépendait.

6

« Tu devrais porter un chapeau, lui dit-elle alors qu'ils remontaient l'avenue des Amériques.

— Je déteste ça. Ça rend chauve.

— Ça n'a pas l'air d'être ton problème.

— Peut-être parce que je n'en mets pas, justement. » Insensible à la pluie fine et glaciale qui tombait comme un rideau de brume, Arthur marchait à grandes enjambées comme s'il se promenait sur son domaine, apparemment indifférent aux mendiants, à la foule, aux marchands ambulants et au vacarme. Ils croisèrent deux vieux Juifs hassidim barbus et coiffés de noir qui conversaient avec animation ; Arthur les salua, pensant peut-être qu'il s'agissait de rabbins. Ils lui rendirent gravement son salut.

Pas un seul des locataires de ce pâté de maisons, borné par les Cinquième et Sixième Avenues à l'est et à l'ouest et par la 46e Rue au nord et au sud, ne se doutait qu'Arthur Bannerman était son propriétaire, et encore moins qu'il rêvait de raser l'ensemble des bâtiments.

Le délabrement et l'aspect miteux du quartier semblaient le réjouir, comme s'il était le maire non officiel d'une petite ville de maroquiniers qui annonçaient leur « fermeture définitive » d'un bout de l'année à l'autre, de vendeurs de revues pornographiques et de restaurants aux spécialités obscures qui avaient toujours un métro de retard sur les règlements sanitaires. « On ne peut rêver meilleur emplacement », dit-il en s'arrêtant devant un porche où un ivrogne et un drogué se partageaient un lit de vieux cartons.

« Pour un musée ? Je ne vois pas ce que cela a de si idéal. » Elle avait les pieds mouillés, mourait de faim et ne partageait pas le goût d'Arthur Bannerman pour la marche.

« Un peu d'imagination, ma chérie ! A quoi crois-tu que ressemblait le quartier où John Davison Junior a fait construire le centre Rockefeller ?

— Je n'en ai pas la moindre idée.

— C'était un ramassis de taudis ! Des logements insalubres, des bordels réputés, des bars louches, le terreau de tous les vices. Et, maintenant, regarde ! »

A deux pâtés de maisons de là, les tours du centre Rockefeller se dressaient dans la brume, comme détachées du bas monde misérable qu'elles dominaient. « Comment comptes-tu te débarrasser de tous ces immeubles ? » demanda-t-elle.

Bannerman parut surpris. « Tu les démolis petit à petit, dit-il. Tu dédommages les locataires, tu les reloges, et ainsi de suite. Cela demande du temps, bien entendu, mais tout est là. Si l'on ne commence pas un jour, rien ne peut être construit.

— Et tu n'as jamais commencé?

— Si, en fait. Il y a des années de cela. Emmett en a eu vent et il a organisé une grève des loyers. Il a même fait un *sit-in* dans le hall de son immeuble. Ma mère a dû se frayer un chemin à travers les manifestants ! » Il rit si fort que les passants s'arrêtèrent pour le dévisager.

« Ce n'était pas si drôle sur le moment, évidemment. Robert s'en est servi contre moi.» Il s'interrompit pour regarder la vitrine d'un magasin qui vendait des revues et des cassettes vidéo pour «adultes».

«Quand le mot "adulte" est-il devenu synonyme d'obscène? demanda-t-il. Si je me souviens bien des plans, c'est à peu près ici que se trouvera l'entrée du jardin des sculptures. Je ne vois pas qui pourrait contester l'amélioration, mais il y aura certainement des gens pour le faire.

— Dont Emmett?

— Peut-être, quoiqu'il s'intéresse davantage à l'Afrique du Sud en ce moment. Quelle heure est-il?

— 1 heure et quart. Pourquoi?

— Nous avons rendez-vous avec quelqu'un», répondit-il avec un léger sourire. Même Arthur Bannerman ne résistait pas au plaisir d'avoir de petits secrets.

«Ici?» Elle regarda autour d'elle. Il ne semblait y avoir personne aux alentours qu'il fût susceptible de connaître — et aucun endroit où il pût entrer sans réticence: une gargote brésilienne, une petite boutique qui vendait des trains pour enfants, une devanture barricadée qui servait de quartier général à une bande de jeunes livreurs noirs à bicyclette...

La voiture d'Arthur était garée un peu plus bas dans la rue. Jack le suivait toujours discrètement, sans qu'elle sût si cela correspondait à sa volonté ou si le chauffeur considérait simplement de son devoir de veiller sur son employeur. Arthur ne paraissait jamais s'en apercevoir: il détestait tout ce qui pouvait suggérer qu'il avait quelque chose à craindre des autres et exprimait souvent son mépris à l'égard des nouveaux riches qui s'entouraient de systèmes d'alarme, de gardes du corps et de molosses.

Une limousine s'arrêta devant la voiture de Bannerman et fit un appel de phares. Prenant Alexandra par le bras, Arthur se dirigea vers le véhicule. Un chauffeur en sortit aussitôt pour leur ouvrir la portière. En dépit du peu de lumière que laissaient filtrer les vitres fumées, on voyait immédiatement que le propriétaire n'avait pas la même conception de la richesse qu'Arthur Bannerman : la limousine était équipée d'une télévision, d'un magnétoscope, de plusieurs téléphones, d'un bar bien approvisionné, et il y flottait une odeur de cuir luxueux et d'eau de Cologne pour hommes.

Un jeune homme de haute taille vêtu d'un costume noir impeccable était assis sur le siège arrière. Alexandra le reconnut aussitôt, ce qui n'avait rien d'un exploit, car après avoir fait la couverture de la revue *New York* la semaine précédente, il figurait à présent sur celle de *Manhattan Inc.*, et tous les échotiers lui consacraient régulièrement un article. David Roth était le Constructeur, l'homme qui réalisait des miracles de pierre et d'acier, pour qui aucun projet n'était trop ambitieux, coûteux ou spectaculaire. Son grand-père avait acheté des taudis ; son père avait construit des milliers de ces appartements bon marché dans lesquels on entend ses voisins faire l'amour si l'on ne laisse pas marcher sa télévision toute la nuit ; Roth se spécialisait, lui, dans le genre de projets que tout le monde jugeait irréalisables, quand il ne menait pas une vie mondaine digne d'un prince de la Renaissance qui aurait eu l'accent de Brooklyn. Sur les photographies, il paraissait séduisant mais, dans la lumière d'aquarium de la limousine, son visage était blême, empâté et plutôt renfrogné. Il avait des doigts boudinés, trop de bagues, de gros boutons de manchette, une montre qui devait valoir une fortune et l'expression de quelqu'un qui redoute d'être la victime d'une farce compliquée.

Bannerman croisa les jambes avec désinvolture et se cala sur son siège, aussi à l'aise que si la limousine lui appartenait. Alexandra était assise en face d'eux. « Jolie voiture, dit Arthur. Il y a même la télévision. Je me demande ce qu'on va bien pouvoir inventer ensuite.

— J'y passe beaucoup de temps, dit Roth.

— Mais naturellement, mon cher. Je ferais comme vous si j'avais une voiture aussi confortable. Comment va votre père ?

— Il m'a chargé de vous transmettre ses amitiés. »

Bannerman éclata de rire. « J'en doute fort ! Mais j'ai entendu dire qu'il n'allait pas très bien. J'en suis navré si c'est vrai.

— Il a eu deux crises cardiaques et quatre pontages, répondit Roth. Il est dans un fauteuil roulant maintenant. Ma mère l'a emmené en Floride avec infirmière à plein temps et tout le reste. L'ennui le rend fou, en fait.

— Comment va-t-il de ce côté-là ?

— Cela dépend des moments. Il y a des jours où il a toute sa tête, et d'autres... »

Roth haussa les épaules. Il n'y avait ni regret ni compassion dans sa voix. Si son père avait joué un rôle important autrefois, ce n'était plus le cas aujourd'hui, semblait-il dire. Parler de lui était une perte de temps.

« Je suppose qu'il ne m'a jamais pardonné de lui avoir carotté son pâté de maisons ?

— Il ne vous porte pas dans son cœur, c'est vrai, et il vous en veut d'autant plus que vous n'en avez jamais rien fait. Il a horreur du gaspillage.

— Moi aussi. Au fait, je vous présente mon... euh... associée, Mlle Alexandra Walden. Alexandra, David Roth. »

Elle le salua. Il posa sur elle un regard sans expression, puis se détourna. La vie privée d'Arthur Bannerman ne l'intéressait pas. Il était là pour parler affaires, pas pour regarder une jolie fille.

« A votre avis, combien vaut cette parcelle aujourd'hui ? » demanda Bannerman.

Le visage de Roth resta impassible ; il jeta toutefois un rapide coup d'œil au-dehors, comme pour s'assurer que Bannerman et lui pensaient bien au même pâté de maisons. « Qui sait ? dit-il. Pour l'instant, ça ne vaut pas un clou. Les loyers ne couvrent sans doute même pas les impôts, et vous devez vous crever le cul pour les ramasser. »

Alexandra se dit qu'elle avait rarement entendu Arthur proférer des obscénités ou quelqu'un le faire en sa présence, mais il se contenta de rire. « Je n'aurais pas mieux résumé la situation. Pourtant, la valeur du terrain a augmenté de manière vertigineuse ces cinq dernières années. Un pâté de maisons presque entier en plein centre de Manhattan, à un jet de pierre du centre Rockefeller... Vous n'avez pas idée des offres que j'ai refusées. Japonais, Arabes, conglomérats... Stupéfiant.

— Cela vaudrait beaucoup plus si vous possédiez l'ensemble, naturellement, mais ce n'est pas le cas.

— Votre père y a veillé. Je lui ai proposé de racheter ce qui lui appartenait.

— Et il a fait la même chose si mes souvenirs sont exacts. Robert était tout disposé à vendre.

— Ce n'était pas lui qui décidait.

— Cela en avait l'air à l'époque.

— Il n'avait et n'a pas son mot à dire. »

Roth poussa un soupir las. « Ecoutez, sans

vouloir vous offenser, je peux attendre. J'ai des tas d'autres parcelles à mettre en valeur.

— Oui, mais aucune qui vaille celle-ci.

— Et après ? Vous ne pouvez rien y bâtir et moi non plus.

— Nous pourrions construire *tous les deux,* Roth. »

Celui-ci le regarda, les yeux écarquillés. « Vous n'êtes pas promoteur, dit-il. Auriez-vous renoncé à votre musée ?

— Non, mais il y a de la place pour deux. Vous faites ce que vous voulez : un hôtel ou un immeuble de bureaux, peu m'importe pourvu que cela ait de l'allure et que ce ne soit pas une de vos satanées boîtes à chaussures. Et, moi, je construis mon musée. »

Alexandra, qui observait Ruth, se demanda s'il jouait au poker. Il serait certainement un très bon joueur, mais rien ne devait le passionner autant que le genre d'affaires qui faisait sa célébrité et portait sur des centaines de millions de dollars.

« Je n'ai aucun goût pour les associations, dit-il.

— Moi non plus, mais ce n'en est pas une. Vous obtenez ce que vous voulez et moi aussi.

— J'aime traiter avec des gens qui ont quelque chose à perdre, monsieur Bannerman. Ce n'est pas votre cas.

— Très juste. En revanche, je suis un vieil homme pressé, ce qui revient au même. »

Roth hocha la tête. « Nous pourrions rencontrer des obstacles au niveau municipal, dit-il. Et en tout cas à celui de l'Etat.

— Je m'en charge. Il suffit de s'adresser aux bonnes personnes.

— Oui, je suppose que c'est toujours vrai en ce qui vous concerne, fit Roth d'un ton amer. J'aurais dû m'appeler Bannerman.

— Cela présente moins d'avantages qu'on ne le prétend, et vous vous êtes assez bien débrouillé sans cela. Au fait, comment vous entendez-vous avec les banques en ce moment ?

— Je déteste ces foutus banquiers.

— Qui les aime ? Mais il paraît qu'ils se montrent assez prudents à votre égard depuis quelque temps.

— Peut-être. Ils trouvent que je construis trop, fit Roth avec un rire sans joie. Ils préfèrent donner de l'argent au Brésil ou à la Pologne et le regarder s'envoler en fumée. »

Bannerman haussa les épaules. C'était exactement son opinion.

« Typique de leur part. Je pourrais quand même en parler à mon cousin Makepeace Bannerman ou à David Rockefeller. Ils accepteraient peut-être de desserrer un peu les cordons de la bourse pour vous.

— Cela ne me ferait pas de mal. Qu'aurais-je à faire en échange ?

— Garder le secret et vous charger de nettoyer le terrain. Entièrement. Mon nom ne doit pas être prononcé. »

Roth fit la grimace. « Les protestations et les manifestations sont pour moi ?

— Exactement.

— Affaire conclue », dit Roth après un court instant de réflexion.

Bannerman hocha la tête, ouvrit la porte et aida Alexandra à descendre. Il ne serra pas la main de Roth. Avant même qu'ils aient regagné la voiture de Bannerman, la limousine s'était évanouie comme si elle n'avait jamais existé.

« Il ne m'a pas adressé la parole, remarqua Alexandra.

— Non, mais pourquoi l'aurait-il fait ? Roth pense argent avant tout. Il juge sans doute peu profitable de se laisser distraire par une jolie femme. Je suppose qu'il se demande encore pourquoi je suis venu en ta compagnie.

— Moi aussi.

— Il n'y a pas meilleure école. On n'apprend rien dans les papiers, crois-moi. Les affaires, c'est une question d'hommes, pas de bouts de papier. Que penses-tu de M. Roth ?

— Je ne sais pas trop. Il avait l'air de te plaire.

— Il n'arrive pas à la cheville de son père ; il est aussi cupide et sans scrupules. Mais je me fie à lui.

— Pourquoi ?

— Précisément parce qu'il est cupide et sans scrupules. Je lui ai offert la moitié du gâteau ; c'est plus qu'il n'espérait. Il l'obtiendrait tout entier de Robert — du moins le croit-il — mais, maintenant qu'il m'a vu avec toi, il doit se dire qu'il risque d'avoir à patienter longtemps. Son père a à peu près mon âge et il s'attendait sans doute que je sois dans le même état. Au lieu de quoi, il m'a trouvé en compagnie d'une séduisante jeune femme, frais et gaillard. Roth sait que le temps compte en affaires. Il n'a pas envie d'attendre cinq ou dix ans de plus. Maintenant qu'il a constaté que je n'avais pas un pied dans la tombe, nous allons très bien nous entendre. De plus, il voit grand, et j'aime ça. »

Elle aurait dû lui en vouloir de s'être servi d'elle mais ne pouvait se défendre d'une certaine admiration. Elle se demanda si Robert était aussi habile que son père.

« Qu'y a-t-il vraiment entre toi et Robert ? dit-elle. Il ne s'agit pas seulement du contrôle de la fortune, n'est-ce pas ?

— Arrêtez-vous, Jack, ordonna-t-il au chauffeur. Nous allons marcher un peu. »

Ils descendirent au coin de la Sixième Avenue et de la 53e Rue. Arthur lui prit le bras comme s'ils étaient un couple ordinaire en promenade. Il ne paraissait jamais aussi heureux que lorsqu'il était en mouvement et, livré à lui-même, il marchait pendant des heures, quel que fût le temps. « J'ai confiance en Jack, dit-il. Mais il est inutile de l'accabler de secrets. »

Il ralentit son pas pour l'accorder au sien. « Je ne peux pas te révéler ce qu'a fait Robert. C'est un secret que je me suis promis d'emporter dans la tombe. Je m'efforce de lui pardonner depuis vingt ans — et à moi aussi, car j'ai ma part de responsabilité. Mais je n'y arrive pas. Une chose est sûre en tout cas : il défera tout ce que j'ai fait à moins que je ne prenne des dispositions pour l'en empêcher.

— C'est pour cela que tu t'es entendu avec Roth ?

— Bien sûr.

— Le musée compte-t-il vraiment à ce point pour toi ?

— J'y suis très attaché, mais c'est loin d'être ce qu'il y a de plus important. Je ne prétends pas faire une bonne action en construisant un nouveau musée. Si l'on me poussait dans mes retranchements, je reconnaîtrais sans doute que je me moque éperdument que le public y aille ou non. C'est un projet qui m'a toujours tenu à cœur, et je compte le réaliser, voilà tout. Le contrôle de la fortune ou l'indépendance de la fondation Bannerman sont des sujets plus sérieux. Ce qui est primordial, c'est de veiller à empêcher Robert de détruire ce que mon père et mon grand-père ont construit. »

Elle lui serra la main. Elle était glacée — il éprouvait apparemment la même répugnance pour les gants que pour les chapeaux. Le temps se refroidissait et la bruine se muait en véritable pluie, mais il ne semblait pas s'en apercevoir. « Je n'aime pas t'entendre parler de cela, Arthur. On dirait que tu te prépares à mourir.

— J'ai trop longtemps remis à plus tard des décisions indispensables, voilà tout. Je n'ai pas l'intention de mourir plus tôt que je ne le dois, je t'assure.

— Tant mieux, fit-elle un peu sèchement. Ecoute, je sais que ta famille, la fortune... rien de tout cela ne me regarde vraiment. Mais je trouve que tu passes trop de temps à penser à ce qui arrivera après ta *mort*. Je comprends tes raisons, bien sûr, mais cela me paraît un peu... morbide.

— Morbide ? dit-il d'un ton glacial.

— Malsain, en tout cas. Ce n'est pas bon pour toi, à mon avis.

— Qu'est-ce qui te donne le droit de me faire la morale ?

— Le fait que je me soucie de toi, peut-être. Je ne vois personne d'autre le faire, franchement, et je me demande parfois si tu ne t'en fiches pas complètement toi-même. Tu marches sous la pluie sans chapeau ; tu te ronges les sangs à propos de l'argent que tu vas laisser à tes enfants alors qu'ils ne prennent même pas la peine de t'envoyer une carte d'anniversaire ; tu t'éreintes à déplacer des objets lourds jusqu'à en avoir le visage congestionné... A quand remonte ta dernière visite chez un médecin ?

— Les médecins sont des imbéciles, jeta-t-il d'un ton sec.

— Vraiment ? Peut-être n'as-tu tout simplement pas envie d'entendre ce qu'ils pourraient avoir à te dire ?

— Je ne tiens pas à ce qu'on m'importune sur le chapitre de ma santé, et cela vaut pour eux comme pour toi. »

Elle eut du mal à garder son calme. S'il avait eu son âge, elle aurait laissé libre cours à sa colère ou serait partie. « Ecoute, dit-elle avec plus de patience qu'elle n'en éprouvait, je tiens à toi, c'est tout. Tu pourrais te détendre et t'en réjouir, tu ne crois pas ? Tout le monde n'a pas cette chance. »

Il regarda droit devant lui d'un air furieux, puis poussa un soupir. « Tu as raison, dit-il. Excuse-moi, je ne suis pas habitué. Je peux te rassurer sur un point : j'ai beau mépriser les médecins, je suis en bonne santé. Quant au reste, je plaide coupable, mais avec des circonstances atténuantes. Il est peut-être effectivement un peu morbide de ma part de m'inquiéter autant de ce qui se passera après ma mort, mais je n'ai pas le choix. Si je me fiais à Robert, je parviendrais sans doute à me dire : au diable tout ça ! Qu'il se débrouille ! Mais je ne peux pas lui faire confiance. »

Il s'arrêta pour contempler une vitrine, le visage ruisselant de pluie. « Quelle fichue famille, fit-il en soupirant. Mais je ne devrais pas dire ça ; tu en fais presque partie maintenant.

— Non, pas du tout.

— Pas tout à fait, c'est vrai. Le problème, c'est que tu as un pied dedans et l'autre dehors.

— Vraiment ?

— Oh oui ! dit-il d'un ton ferme. A moins que tu n'aies l'intention de faire tes valises et de déménager.

— Je n'ai pas encore emménagé.

— C'est tout comme.

— Si tu as l'intention de me présenter à ta famille, je n'y suis pas prête.

— Elle non plus, peut-être, mais un jour... Enfin, nous verrons. J'aimerais te montrer Kiawa. Je n'y suis pas allé depuis bien longtemps.

— Cela me ferait plaisir, Arthur, mais je ne

pense pas que ta mère déroulerait le tapis rouge pour me recevoir.

— Non, tu as raison, reconnut-il en riant. Bon sang, je regrette de ne pas avoir une famille comme la tienne, tu sais. Je parie que ton père n'aurait pas toléré une situation de ce genre ?

— Ma foi, c'est difficile à imaginer.

— Bien sûr, fit-il avec véhémence. C'est parfaitement inimaginable. Je connais bien ces familles de fermiers ; il en reste encore quelques-unes autour de Kiawa, Dieu merci ! Le sel de la terre. Qui aime bien châtie bien. Je suis sûr que tu n'as jamais désobéi à ton père dans ton enfance ?

— Non », répondit-elle. Et c'était vrai jusqu'à un certain point. Elle lui prit la main, ce qui le fit sursauter comme s'il avait reçu une décharge électrique. Les petits gestes d'intimité en public le rendaient encore nerveux, quoique moins qu'auparavant. « Non, reprit-elle. J'ai toujours fait ce qu'on me disait. »

Sa main était froide et mouillée. Elle aurait voulu qu'il remonte dans la voiture. Elle pensa un instant que le moment en valait un autre pour lui révéler la vérité sur sa famille, sur les conséquences de son éducation de petite fille sage et obéissante, mais elle n'en eut pas le courage. Elle ne l'aurait apparemment jamais.

Parfois, lorsqu'ils étaient étendus l'un près de l'autre le soir, elle était à deux doigts de lui en parler, mais il était généralement un peu somnolent et elle ne souhaitait pas gâcher ces moments d'intimité.

Il n'y avait pas de moment, pas d'endroit idéal, et il n'y en aurait peut-être jamais. C'était aussi bien ainsi, se dit-elle. Qu'il continue à envier sa famille. Il risquait aussi peu de rencontrer ce qu'il en restait qu'elle d'être présentée à la sienne, et cela valait mieux pour eux deux.

« Oh ! Robert aussi était assez obéissant, enfant, fit-il en secouant la tête. Cela ne veut rien dire. Voilà que je recommence! ajouta-t-il avec un sourire. Je te promets de ne plus parler de ma famille de la journée. »

La pluie tombait maintenant à verse. Même Arthur en avait eu son compte, et ils remontèrent dans la voiture bien que le bureau de Simon ne fût plus très loin. Elle se força à penser au travail qui l'attendait et s'aperçut avec étonnement qu'elle aurait plaisir à s'y remettre. Arthur était le moins exigeant des hommes à bien des égards mais, lorsqu'elle était avec lui, elle se comportait comme une petite fille respectueuse. Si elle ne s'en irritait pas vraiment — car après tout c'était sa faute —, elle n'aimait pas beaucoup cela non plus.

« On dîne ensemble », dit-il. Ce n'était pas une question. Elle eut un instant envie de refuser juste pour voir ce qui se passerait, mais elle n'avait pas d'autres projets et ne voyait pas l'intérêt de rester chez elle en compagnie d'une boîte de fromage blanc et d'une pile de revues simplement pour lui donner une leçon. Au fil des mois, les projets d'Arthur étaient devenus les siens, et elle avait pris l'habitude d'adapter son mode de vie à son emploi du temps. Elle supposa qu'on ne définissait pas autrement une maîtresse, ce qui était précisément le nom dont l'avait qualifiée Simon, à sa grande contrariété.

Elle embrassa Arthur et s'élança sur le trottoir mouillé avant même que Jack ait eu le temps de descendre pour lui ouvrir la porte. Je devrais dire non, se dit-elle, juste une fois. Mais, lorsqu'elle se retourna pour le saluer, il la regardait, l'air brusquement las et beaucoup plus âgé, et elle sut qu'elle n'en ferait rien. Il avait besoin d'elle et lui faisait confiance. Cela avait été le cas de peu de gens depuis son père.

Elle essaya de ne pas penser à ce qui en était résulté.

« Le voilà, murmura Simon. Le Baryshnikov du rond de jambe. » Il regarda avec un peu d'envie sir Leo Goldlust traverser le grill-room comme un vaisseau de guerre toutes voiles dehors. Celui-ci vira de bord pour présenter ses respects à Philip Johnson, s'arrêta à la table de Cranston Hornblower en adoptant l'attitude révérencieuse qui convenait devant un grand collectionneur et mécène, suivit la rangée de banquettes en baisant la main des femmes et en serrant celle des hommes comme s'il briguait la présidence d'un pays d'Europe centrale, puis passa aux tables du milieu où il accorda à chacun quelques bribes des derniers potins londoniens comme on distribue des sucreries à des enfants. Il se dirigea enfin vers eux d'un pas lourd, parut un instant avoir l'intention de les dépasser ou de ne s'arrêter que le temps de citer quelques noms, mais se laissa en fait tomber à côté d'Alexandra en déprimant la banquette de plusieurs centimètres.

« Quel plaisir de rencontrer tant d'amis, dit-il en se tamponnant le visage avec un mouchoir de soie.

— Je ne savais pas que Philip Johnson était un de vos amis, remarqua Simon.

— Nous ne sommes pas intimes, fit sir Leo. Mais je tenais naturellement à lui présenter mes respects. »

Alexandra supposa qu'il ne le connaissait sans doute même pas. Il avait simplement reconnu le célèbre architecte et l'avait imprudemment abordé.

Regarder travailler Leo Goldlust la fascinait toujours. Il tenait à faire de la plus mondaine des réceptions un événement particulier dont il était le centre d'intérêt. Depuis des années, il guidait Simon à travers le labyrinthe déconcertant du milieu artistique européen en échange d'une somme rondelette et d'une commission sur chaque affaire conclue — arrangement qu'Alexandra le soupçonnait fort d'avoir avec la plupart des concurrents de Simon. Ses connaissances étaient précieuses, ce qui expliquait pourquoi Simon, qui se levait rarement avant midi et évitait généralement les déjeuners, avait insisté pour l'inviter. Il avait demandé à Alexandra de l'accompagner en grande partie parce que Goldlust aimait les jolies femmes, ou tenait du moins à être vu en leur compagnie. Il aurait sans doute préféré une célébrité ou une épouse riche et belle, mais il appartenait à une génération qui avait appris à tirer le meilleur parti de ce qui lui tombait sous la dent.

Il lui baisa la main, admira sa toilette, fit un boniment d'une minute sur les collections parisiennes d'automne, assorti des commentaires obligés sur la santé et l'état d'esprit des grands couturiers — lesquels étaient bien entendu tous « ses chers amis » — et raconta au pas de course une ou deux anecdotes sur les sommes dépensées par Mme Agnelli chez Balenciaga et les propos échangés entre la comtesse de Ribes (« cette chère Jacqueline ») et Yves Saint-Laurent. Puis, ayant accompli son devoir envers Alexandra, il passa aux affaires sérieuses. Il fallait lui tirer son chapeau, se dit-elle. S'il avait eu le cardinal O'Connor pour voisin de table, il aurait sans doute pu parler avec la même aisance du Sacré Collège. En matière de conversation, il ressemblait à un colporteur qui a une babiole différente pour chaque enfant.

« Vous achetez gros en ce moment, dit-il.

— C'est un marché en plein essor, répondit Simon en haussant les épaules.

— Quelqu'un fait monter les prix.

— Les Arabes, le milieu de l'arbitrage new-yorkais, Boesky... Quand il y a de l'argent neuf, il y a toujours de nouveaux collectionneurs.

— Les Arabes achètent les impressionnistes, mon cher ami. Et ils les cachent parce que leur religion leur interdit l'art figuratif. A Riyad, ils vous prennent à part après le dîner pour vous montrer leur Gauguin comme un hôte de l'époque victorienne ses ouvrages pornographiques. Je ne les vois pas du tout s'intéresser à l'art contemporain ; ce qu'ils aiment, ce sont les nus. »

Il sourit et salua un homme de haute taille qui ne parut pas le reconnaître le moins du monde. « Mon vieil ami John Fairchild, expliqua Goldlust. Il faut absolument que j'aille lui dire un mot tout à l'heure sinon il ne me le pardonnera pas. »

Son attention se porta sur la carte et il se prépara à commander. Il avait été anobli par la reine d'Angleterre pour on ne savait quelle affaire trouble de portraits royaux, mais son titre ne l'empêchait pas de profiter au mieux d'un repas lorsqu'il ne le payait pas. « Puisque vous réussissez si bien, mon cher... », murmura-t-il. Il étudia la carte des vins à travers un monocle cerclé d'or et commanda un bordeaux coûteux dans un français guttural. « Je continue à penser qu'il y a un requin quelque part qui engloutit les petits poissons, reprit-il. Quelqu'un a payé deux cent cinquante mille livres sterling un triptyque de Venable Ford. Trois panneaux immenses, mes chéris, littéralement *trempés* de peinture.

— Une œuvre de musée », fit Simon en prenant un air pensif, sans doute pour dissimuler le fait qu'il n'avait jamais entendu parler du tableau ni même du peintre. En temps normal, Alexandra se chargeait de recueillir assez d'informations pour qu'il fasse toujours bonne figure mais, là, il avait été pris par surprise.

Goldlust s'attaqua à son pain comme un homme qui sort d'un régime affamant et héla le serveur d'une main dodue pour en avoir d'autre. « Intéressant, comme opinion. Je ne suis pas vraiment de cet avis. En fait, je pensais à la *taille* du tableau plutôt qu'à sa qualité — si on peut utiliser ce mot pour un gigantesque barbouillage. Où pourrait-on accrocher un truc comme ça, sinon dans un musée ?

— Les grandes maisons ne manquent pas », remarqua Alexandra qui connaissait parfaitement l'acheteur pour avoir vu une photo du triptyque sur le bureau d'Arthur Bannerman. Elle lui avait d'ailleurs dit qu'elle le trouvait grotesque, à sa grande irritation.

« Un acheteur anonyme, fit Goldlust. Beaucoup de choses sont acquises par "un acheteur anonyme" en ce moment et, apparemment, elles finissent toutes dans un entrepôt quelque part à New York. Je me disais que vous aviez peut-être une idée sur son identité. Il y a bien des bruits qui courent », ajouta-t-il en fixant sur Alexandra un regard qui ne cillait pas.

Elle lutta pour ne pas rougir. Elle savait garder un secret, mais pas mentir, et conserva donc un silence prudent.

« Les rumeurs ne valent pas un clou, dit Simon.

— Dans le milieu de l'art, elles valent des millions, mon cher. Supposons que quelqu'un désire construire un nouveau musée, par exemple. Que lui faut-il avant tout ?

— De l'argent ? » suggéra Alexandra.

Goldlust découvrit ses dents pour indiquer que lui aussi avait le sens de l'humour. « Il lui faut un conseiller, quelqu'un pour qui le monde de l'art n'a pas de secret, qui pourrait jeter les bases d'une collection unique mais aussi servir de directeur, le cas échéant. Naturellement, ce genre d'hommes ne poussent pas comme des champignons. » Il s'interrompit pour appeler le serveur. « Apportez-nous davantage de pain et de beurre. Je ne peux pas manger mes huîtres sans. Il faudrait aussi qu'il soit *cosmopolite* et connaisse différentes cultures, reprit-il.

— Un homme difficile à trouver, apparemment. »

Goldlust s'essuya soigneusement la bouche, puis se tamponna le front de sa serviette. « Très difficile, approuva-t-il. C'est le genre de choses que je pourrais faire, mais à mon âge et avec mes obligations... » Il poussa un soupir modeste. « Bref, il faudrait que cela soit vraiment bien payé pour m'intéresser. Bien entendu, ce qu'il y a d'essentiel en fin de compte, c'est d'aider à promouvoir la culture. L'art n'est pas simplement un commerce, n'est-ce pas ? Dans les circonstances appropriées, je crois que je serais prêt à me sacrifier, si l'on m'en pressait avec assez d'insistance.

— Qu'est-ce qui vous fait penser que nous pourrions vous aider ? demanda Simon. Nous ne construisons pas de musée, après tout. »

Goldlust examina l'assiette qu'on posait devant lui avec un intérêt gourmand : canard, galette de pommes de terre, topinambours à la crème. Il but une gorgée de vin et ferma les yeux comme s'il s'apprêtait à dire le benedicite. Lors de son anoblissement, certains dans le milieu de l'art avaient suggéré qu'il prît pour devise : « Mieux vaut nouveau que jamais ». Son véritable talent consistait toutefois moins à gagner de l'argent qu'à vivre de celui des autres. Il mangeait vite, comme un homme qui craint qu'on ne lui enlève son assiette à tout moment.

« Un nouveau musée, dit-il, la bouche pleine. C'est un projet extrêmement ambitieux quand on y pense. Combien y en a-t-il eu ? Je parle d'entreprises sérieuses ayant des chances de jouer un rôle culturel durable. Le centre Pompidou, bien sûr, mais il a été construit par le gouvernement français — une tentative pour officialiser la culture non officielle. Le Guggenheim ? Il a déjà près de trente ans. Le musée de Norton Simon ? » Il haussa les épaules. « Joli, mais pas vraiment sérieux. De plus, il est sur la côte Ouest ; c'est une attraction touristique, le Disneyland des arts. Un musée digne de ce nom doit avoir un but ; il ne peut se contenter d'être un supermarché de tableaux doté d'un jardin de sculptures en guise de parking. Il doit également être dans une grande métropole pour stimuler la création. Il faut un esprit d'une envergure peu commune pour concevoir quelque chose qui durera des dizaines d'années, voire des siècles, et lui donner la possibilité de croître et d'évoluer... »

Il sauça son assiette avec un morceau de pain et jeta un coup d'œil inquiet vers le plateau des desserts pour s'assurer qu'il était toujours là. « Peu d'hommes riches ont cette qualité, reprit-il. Prenez Arthur Bannerman, par exemple. Est-il capable de voir aussi loin, on se le demande ? Qu'en pensez-vous ?

— Je n'en ai pas la moindre idée », dit Simon.

Sir Leo eut un sourire ironique qui laissait entendre que les idées de Simon, s'il en avait, ne l'intéressaient pas. « C'était à vous que je posais cette question, ma chère, dit-il à Alexandra en lui tapotant la main.

— A moi ? Comment pourrais-je le savoir ? Je ne l'ai vu qu'une ou deux fois.

— Vraiment ? Ah ! Le gâteau au chocolat, s'il vous plaît, *mit Schlag, natürlich,* un express et peut-être un cognac ensuite. Un Hennessy cinq étoiles devrait faire l'affaire, je pense... A propos de Bannerman, le bruit court qu'on l'a vu en ville avec une jeune femme ravissante. Il paraît qu'il vous a emmenée danser au Metropolitan Museum, au fait ?

— Cela ne regarde que moi, sir Leo, dit-elle d'un ton ferme. Je le connais à peine.

— Mais bien sûr, ma chère. Je serais le dernier à me montrer indiscret, croyez-moi. Ces rumeurs sont probablement fausses. On l'a peut-être vu avec quelqu'un d'autre ou même avec plusieurs femmes différentes. Pourquoi un homme de sa richesse se contenterait-il d'une seule femme, après tout ? Je me disais toutefois que si *par hasard* vous le connaissiez assez bien pour cela, vous pourriez glisser un mot en ma faveur. Pour être tout à fait franc — à quoi bon faire le modeste ? —, je suis l'homme qui convient pour ce travail.

— Je ne vois vraiment pas Arthur Bannerman me demander mon avis, répondit Alexandra.

— Tant pis. Qui n'ose rien n'a rien, n'est-ce pas ? » Il se cala sur son siège et parcourut la salle d'un regard réjoui. « Tout cela va bien me manquer la semaine prochaine.

— Vous repartez pour Londres ? demanda Simon avec un soulagement perceptible.

— Hélas, non. Je vais à Caracas.

— Qu'y a-t-il là-bas ? demanda Alexandra en tâchant de se souvenir de quel pays c'était la capitale.

— Eh bien, de l'argent essentiellement. Le Venezuela est membre de l'Opep, ne l'oubliez pas. Là où il y a du pétrole, il y a des fortunes récentes et, par conséquent, des gens qui désirent acquérir des tableaux. » Goldlust demanda un cigare qu'il choisit et alluma en se livrant à un petit cérémonial compliqué. Il le fuma avec une évidente satisfaction, le tenant avec une délicatesse surprenante entre ses doigts boudinés aux ongles vernis. Son expression suggérait toutefois qu'il n'en avait pas encore terminé. « Un pays intéressant, le Venezuela, remarqua-t-il en faisant un rond de fumée.

— Ah oui ? fit Alexandra.

— Par une curieuse coïncidence, les Bannerman possèdent des biens importants dans ce pays. Des terres surtout. Le fils d'Arthur Bannerman y est d'ailleurs ambassadeur. »

Elle manifesta un intérêt poli en se demandant où il voulait en venir.

« Je devrais le voir assez souvent, continua Goldlust avec un sourire entendu. L'Institut panaméricain organise une exposition d'art contemporain à laquelle le département d'Etat tient beaucoup. L'Urss a en effet envoyé son corps de ballet à Caracas l'an dernier et, si les ballets sont préférables aux balles, cela a néanmoins déclenché une guerre froide culturelle. L'ambassadeur des Etats-Unis est le président d'honneur de l'exposition, et je dînerai donc avec lui. Nous sommes de vieux amis, d'ailleurs ; je connais très bien son ex-femme, la belle Vanessa. Je ne vais jamais à Paris sans lui rendre visite...

— Quel genre d'homme est-ce ? demanda Alexandra avec plus de curiosité qu'elle ne souhaitait en montrer.

— Robert ? Il est charmant, séduisant et déterminé. Vanessa et lui se ressemblent beaucoup en fait, ce qui explique sans doute l'échec de leur mariage. Robert est victime de sa famille... C'est très triste. Son père l'a toujours haï, vous savez. Lorsqu'il a touché le fond après avoir perdu la présidence et sa femme — et ce que Robert raconte sur sa conduite a de quoi vous glacer le sang —, son fils a essayé de l'aider à remonter la pente et, pour toute récompense, il a bien failli se faire déshériter. Vanessa dit qu'elle avait l'impression de vivre une tragédie grecque et, étant donné ses relations avec Basil Goulandris, elle doit savoir de quoi elle parle. D'après elle, Arthur perd complètement la raison quand il s'agit de Robert.

— Est-ce qu'il s'intéresse à l'art comme son père ?

— Pas du tout. Cette exposition fait simplement partie des petites obligations de la vie d'ambassadeur. Ce qu'il y a d'ironique, c'est qu'il s'agit précisément du genre d'art que Robert déteste parce que son père en fait la collection. Arthur Bannerman projetait de construire un musée, et c'est ce qui a déclenché une violente querelle entre eux il y a quelques années — vous deviez encore être à l'école, ma chère. Le vieux a gagné d'extrême justesse, mais la sympathie de l'opinion publique et de la majeure partie de la famille allait à Robert. Si celui-ci pensait que son père avait l'intention de remettre ça, je suppose qu'il rentrerait en toute hâte pour y mettre le holà. Naturellement, je ne crois pas que ces rumeurs se soient encore répandues à Caracas, mais si quelqu'un de malintentionné s'en chargeait... »

Sir Leo fit tomber la cendre de son cigare qu'il examina avec soin. « Quelle stupidité de la part des Américains d'interdire les cigares cubains ! Vous n'empêchez pas les Colombiens de faire passer de la cocaïne ou les Japonais de vous inonder de voitures à bon marché. C'est un des bons côtés des Vénézuéliens : ils sont profondément anticommunistes mais ne s'imaginent pas que fumer des cigares de qualité inférieure va renverser Castro. Ce repas était vraiment agréable, mais il faut que je m'en aille...»

Il se leva avec beaucoup de difficulté et agita son cigare au-dessus d'eux en une sorte de geste de bénédiction. «Je suis au Carlyle, dit-il d'une voix enrouée en baisant la main d'Alexandra. Au cas où vous auriez un message à me transmettre.»

Puis il s'éloigna, piquant l'équivalent d'un sprint en direction de la salle de billard — sans doute pour y serrer quelques mains — et laissant derrière lui une odeur de cigare et d'eau de Cologne.

Simon demanda l'addition d'un air maussade. «Je crois que tu ferais bien d'avoir une petite conversation à cœur ouvert avec ton ami Arthur Bannerman, dit-il. Le plus tôt sera le mieux.

— J'espère qu'il ne se moquera pas de moi.» Elle avait du mal à prendre sir Leo Goldlust au sérieux.

Simon regarda les billets posés devant lui, soupira et ajouta vingt dollars de plus. Il n'était pas pingre pour ses propres plaisirs, mais n'aimait pas payer pour ceux des autres. «A mon avis, il ne trouvera pas cela drôle du tout, dit-il. Tu verras.»

«Nom d'un chien! s'exclama Arthur Bannerman. Je croyais pourtant avoir pris assez de précautions! Répète-moi ce que t'a dit ce fils de garce.»

Il arpentait la pièce, les mains derrière le dos et l'air renfrogné. Depuis leur promenade sous la pluie, il souffrait d'un rhume dont il ne parvenait pas à se débarrasser. Il avait les traits tirés et le sommeil semblait incapable de lui rendre son énergie habituelle. Se plaindre d'être fatigué ne lui ressemblait pas, et traiter quelqu'un de «fils de garce» encore moins. Alexandra ne put s'empêcher de remarquer combien il était pâle. Elle se demanda s'il était en colère contre elle.

« Comment diable a-t-il pu découvrir la vérité ?

— Cesse de marcher de long en large, Arthur. Viens t'asseoir.

— Ne me donne pas d'ordres ! Crois-tu que ce soit Wolff ? J'ai toujours pensé que le mettre dans la confidence était une erreur. Je ne comprends vraiment pas pourquoi tu as autant insisté...

— S'il y a une chose que Simon sait faire, c'est garder un secret. S'il te plaît, Arthur, assieds-toi et essaie de te détendre.

— Tu défends toujours ton ami Wolff. »

Sa colère l'étonna et plus encore la susceptibilité dont il faisait preuve. On aurait dit qu'il était brusquement devenu un vieil homme soupçonneux, irrationnel, prompt à s'emporter et à accuser les autres de tout ce qui n'allait pas. Elle s'efforça de prendre un ton aussi conciliant que possible, car il cherchait manifestement l'affrontement. « Simon est un ami. Rien de plus.

— Il était davantage il n'y a pas bien longtemps, non ?

— Je ne pense pas que mon passé te regarde, Arthur. Nous ne sommes pas mariés. Cela ne te regarderait pas plus si nous l'étions, d'ailleurs. »

Il poussa un soupir. « Non, nous ne sommes pas mariés, dit-il lentement. Tu as raison. » Il se laissa tomber à côté d'elle et ferma les yeux. « Je ne sais pas ce qui m'arrive. Je sens mon âge aujourd'hui. Je suis courbatu, fatigué, grognon... Excuse-moi.

— Tu as vu un médecin ?

— Pas encore, mais je le ferai, je te le promets. C'est ce satané rhume, voilà tout. Il me dira de passer un ou deux jours au lit et de boire beaucoup. Pas la peine de dépenser cent dollars pour ça.

— Il vaut quand même mieux que tu y ailles.

— Je n'ai pas le temps. Et je n'ai pas l'habitude de me dorloter. » Il posa une main sur sa cuisse. Même à travers le tissu de sa jupe, elle paraissait anormalement chaude. « A vrai dire, c'est cette histoire de Goldlust qui me tracasse. Je ne suis qu'un fichu imbécile, bien sûr. Il était inévitable que quelqu'un nous voie ensemble un jour ou l'autre et en tire les conclusions qui s'imposaient.

— Qu'arrivera-t-il s'il en parle à Robert ?

— Beaucoup d'ennuis.

— Pourquoi ne pas dire à ton fils de se mêler de ce qui le regarde une bonne fois pour toutes ?

— Tu le sous-estimes, et c'est quelque chose dont tu dois toujours te garder. Robert est rusé, manipulateur et sans scrupules. Lorsque j'étais candidat à la présidence, je l'ai laissé s'occuper de certains aspects de ma campagne. Il a engagé une bande de Cubains qui avaient travaillé pour la CIA, des truands en fait. Ils n'ont rien trouvé de mieux à faire que d'envoyer des prostituées racoler les délégués de Nixon et de Rockefeller ! »

Alexandra pouffa.

« Cela n'a rien d'amusant, fit Arthur d'un ton pincé.

— Oh ! Je sais bien que c'est mal, mais j'ai trouvé ça drôle.

— Mal ? C'était scandaleux ! Et cela ne pouvait qu'être découvert. De plus, ce n'était pas l'œuvre d'un responsable de campagne trop zélé, d'un Haldeman ou d'un Ehrlichman, mais celle de mon propre fils ! Plus je disais tout ignorer de l'affaire, plus je passais pour un imbécile ou un menteur. J'y aurais peut-être survécu — ce genre de choses arrive en politique — si cela ne s'était pas terminé tragiquement, comme toutes les machinations de Robert.

— Tragiquement?

— L'un des délégués s'est suicidé lorsqu'il a su qu'on avait enregistré ses... euh... ébats amoureux. Il s'est jeté par la fenêtre de sa chambre et écrasé près de la piscine. »

Alexandra frissonna. « C'est terrible, dit-elle. Mais Robert ne pouvait pas le prévoir.

— Il est trop intelligent pour ne pas avoir pensé à cette possibilité. En réalité, il s'en *moquait*. La mort de cet homme ne signifiait rien pour lui, je crois.

— Qu'as-tu fait?

— J'avoue que j'ai dissimulé au mieux le rôle qu'il avait joué dans cette affaire. Comme toujours. Ironiquement, les Cubains ont refait parler d'eux, en travaillant pour Nixon cette fois. Ils ont été arrêtés lors du cambriolage du Watergate. J'aurais dû laisser Robert se débrouiller, mais je ne supportais pas l'idée de voir un de mes fils déshonoré aux yeux du monde. »

Alexandra l'enlaça. Si elle avait appris une chose sur lui, c'était qu'il avait un profond besoin d'affection physique, mais se sentait mal à l'aise lorsqu'on la lui offrait. Elle avait d'abord cru qu'il n'aimait pas qu'on le touche, puis compris qu'il n'y était tout simplement pas accoutumé, qu'il s'était fait à sa carapace de dignité. Comme d'habitude, il accepta son étreinte d'un air guindé, puis se laissa aller. « J'aurais dû savoir que c'était trop beau pour durer, marmonna-t-il.

— Je t'en prie, ne dis pas ça.

— Il ne s'agit pas de toi. Je me faisais des illusions en croyant que les choses avaient changé.

— Ce n'est pas vrai. Elles ont changé pour moi.

— Et pour moi aussi, ma chérie. Ce que je voulais dire, c'est que Robert, lui, ne change pas.

— Il n'entendra peut-être jamais parler de nous. Leo Goldlust ne cherchait peut-être qu'à obtenir des informations. D'ailleurs, que peut-il dire ? Qu'on t'a vu en ville avec une jeune femme ? Que tu penses toujours au musée ? Tu crois vraiment que cela a de quoi scandaliser Robert ?

— Tu ne le connais pas ! fit Arthur d'un air sombre. Grâce à toi, j'ai enfin un peu de bonheur dans ma vie. Je ferai ce qu'il faut pour le protéger.

— Tu ne vas quand même pas traiter avec Leo Goldlust ?

— Si. »

Elle fut choquée. Arthur Bannerman avait été pour elle le symbole de la rectitude morale, un homme qui ne consentait pas au genre de compromis que d'autres faisaient tous les jours.

Il toussa, retint son souffle, puis fut pris d'une nouvelle quinte, interminable. Elle crut un instant qu'il allait suffoquer et lui tapa dans le dos. Il eut un geste faible de la main, sans qu'elle sût s'il essayait de lui dire d'arrêter ou de frapper plus fort. Son visage était rouge sombre, presque violet, et son regard, vide. Puis, lentement, il recommença à respirer mais d'une respiration saccadée, douloureuse. Elle regretta de ne pas connaître la méthode Heimlich. Pourquoi pensait-on toujours trop tard à ce genre de choses ? Il se tamponna le visage de sa pochette. « Ça va, gémit-il. Arrête de me frapper.

— J'essayais seulement de t'aider. Tu es sûr que ça va ?

— Je te l'ai dit, non ? » Il respirait toujours avec difficulté en toussant par accès, mais son visage reprenait une couleur normale. Il paraissait furieux. Il détestait les petites indignités de l'existence et lui avait confié un jour n'avoir mangé que des légumes et du pain pendant sa campagne présidentielle de peur de s'étouffer avec un os de poulet ou un morceau de viande devant des milliers de gens et les caméras de télévision. « Un verre d'eau, s'il te plaît », demanda-t-il d'une voix faible.

Elle alla le lui chercher.

« Tu vas te coucher, dit-elle d'un ton ferme. Tout de suite !

— Il n'en est pas question.

— Si, Arthur. J'y tiens.

— Oh ! D'accord. Si cela peut te faire plaisir. » Il paraissait lui passer un caprice, mais elle voyait qu'il était soulagé, qu'il *souhaitait* se coucher et se reposer, pourvu qu'il pût feindre de céder à son désir et non à sa propre faiblesse. Il se dirigea d'un pas chancelant vers la chambre à coucher et s'étendit en poussant un soupir de satisfaction.

« Tu ne ferais pas mieux de te déshabiller ? dit-elle.

— Ce n'est pas nécessaire. Je vais juste me reposer quelques minutes pour reprendre mon souffle. Ensuite, nous irons dîner. Tu dois mourir de faim.

— Non, je n'ai pas le moindre appétit. Et tu vas te mettre au lit. Je te déshabillerai s'il le faut.

— Ne sois pas ridicule. Je ne suis pas un enfant. Je peux me déshabiller tout seul.

— Alors fais-le. » Elle ne lui avait encore jamais parlé ainsi mais, à son étonnement, il ne s'en irrita pas. Il se redressa péniblement et ôta une de ses chaussures, opération qui parut lui prendre un temps infini. Elle s'assit près de lui, lui retira l'autre sans qu'il proteste, puis le débarrassa de sa veste. Sa respiration était toujours oppressée et, de temps à autre, il retenait son souffle comme pour prévenir un nouvel accès de toux.

Elle avait rarement déshabillé un homme — c'étaient généralement eux qui voulaient la dévêtir —, et les complexités du costume masculin lui étaient peu familières. Aider un homme à ôter son jean et son pull était une chose, se débattre avec le nœud de cravate d'Arthur, ses boutons de manchette, son gilet et ses bretelles en était une autre. Elle avait toujours pensé que les vêtements masculins étaient plus rationnels que ceux des femmes, mais le nombre stupéfiant de boutons qui fermaient la chemise et le gilet d'Arthur la fit changer d'opinion. Il leva les bras en gémissant pour lui permettre d'enlever sa chemise et son maillot de corps, s'étendit quand elle ôta son pantalon. Puis elle ouvrit le lit et l'aida à s'y glisser. « C'est faire bien des histoires pour un fichu rhume », grogna-t-il. Mais il ne protestait que pour la forme et paraissait content d'être enfin couché.

« Il ne s'agit pas d'un simple rhume, Arthur. C'est peut-être la grippe.

— Au diable la grippe ! Une bonne nuit de sommeil et il n'y paraîtra plus. » Il essaya de lui adresser un sourire enjoué, mais il était trop las pour réussir plus qu'une ébauche peu convaincante.

« Tu devrais prendre ta température, suggéra-t-elle.

— Je n'en ai jamais. Cesse donc de jouer les infirmières et viens plutôt t'asseoir à côté de moi.

— Je vais faire mieux que ça. » Elle se débarrassa en un clin d'œil de sa robe et de son collant et s'allongea près de lui. Etre une femme présentait certains avantages, après tout !

Elle s'attendait à ce qu'il brûle de fièvre, mais il

était si froid qu'elle l'enlaça instinctivement pour le réchauffer. Il en parut heureux et, pendant quelques minutes, sembla somnoler. Juste au moment où elle le croyait endormi, il se remit à tousser, de façon moins alarmante cette fois. Elle l'aida à se redresser et à se caler sur les oreillers. « J'ai l'impression d'être un invalide, grogna-t-il.

— Ce n'est pas le cas, mais profite quand même de l'occasion.

— J'aimerais en être capable, fit-il avec un petit rire. Tu crois que j'exagère au sujet de Robert, n'est-ce pas? »

C'était effectivement l'opinion d'Alexandra — et elle aurait également aimé qu'il pense plus à elle et moins à son fils —, mais elle hocha la tête en signe de dénégation.

« Oh! Je le vois bien, va... et c'est facile à comprendre. Les parents exagèrent toujours, dans un sens ou dans l'autre. Leurs enfants sont soit des monstres, soit des anges. Ton père te prenait pour un ange, d'après ce que tu m'as raconté, et découvrir que tu n'étais qu'une adolescente comme les autres l'a rendu furieux ; il était déçu.

— Ce n'est pas tout à fait ça. » Fallait-il lui dire la vérité maintenant? se demanda-t-elle. Il était fatigué et souffrant mais, d'un autre côté, c'était peut-être le moment idéal pour se débarrasser du sujet une fois pour toutes. Avant qu'elle ne se fût décidée, Bannerman était revenu au thème qui semblait l'intéresser plus que tout autre.

« En dépit de ses défauts, Robert était mon préféré. Je lui trouvais plus de dispositions, plus d'énergie, plus d'intelligence... Enfant, il m'idolâtrait. Il attendait davantage de moi que je ne m'en demandais moi-même. Lorsque j'étais avec lui, je ne pouvais jamais montrer le moindre signe de peur ou d'hésitation, car je savais que cela le décevrait. Un jour où nous chassions à courre, j'ai sauté un immense mur de pierre sans avoir la moindre idée de ce qui se trouvait derrière, uniquement parce que Robert me regardait et qu'il n'aurait pas compris que je contourne l'obstacle — ce que faisaient tous les autres. Avec raison, d'ailleurs. Je me souviens d'avoir pensé: "Mon Dieu! Je vais me tuer simplement pour que mon fils soit fier de moi!" »

Il s'interrompit pour reprendre son souffle. « Je me suis senti coupable de penser une chose pareille, mais je le vois encore sur son poney... Il y avait de la fierté et de la surexcitation dans son regard, mais autre chose aussi, quelque chose de plus sinistre...

— Quel âge avait-il, Arthur?

— Oh! Je ne sais pas. Dix ans, douze peut-être. Un enfant adorable sur un charmant poney gris pommelé à la crinière blanche. Il s'appelait Méphisto parce que c'était un joli petit diable et qu'il le savait. Je m'en souviens bien; je l'avais acheté à Cornelius Arbogast lorsque sa fille était devenue trop grande pour le monter. Je l'ai payé mille dollars, ce qui n'était pas donné pour un poney à l'époque... Bref, Robert était là en jodhpurs, coiffé d'une toque de velours, avec cet air sérieux qu'il avait toujours, et je me suis dit: "Cet enfant veut ma mort."

— Il ne pensait peut-être rien de tel.

— Tu crois? J'ai toujours pensé qu'il ne me pardonnait pas de ne pas être l'aîné, de passer après John... Et puis Robert est un romantique. Il aime le danger, adore prendre des risques, et je suppose que, lorsqu'il était enfant, je lui ai laissé croire que j'étais comme lui pour gagner son affection. Mais, en réalité, je n'aime pas ça, pas à sa manière en tout cas. »

Il ferma les yeux. Elle espéra qu'il allait

s'endormir, mais il était agité et semblait éprouver le besoin de lui confier les sentiments que lui inspirait son fils.

« Lorsque j'ai décidé d'être candidat à la présidence, reprit-il à voix basse, Robert tenait bien davantage que moi à me voir gagner. Je me demande même si ce n'est pas surtout pour lui faire plaisir que je me suis lancé dans cette aventure. C'était un autre saut, tu comprends, le plus risqué de tous. Et Robert me poussait, me présentait des experts et des enquêteurs qui m'apportaient la preuve mathématique que je pouvais réussir. Je n'allais pas céder à la faiblesse devant mon fils, alors je me suis jeté dans la course, exactement comme je m'étais élancé par-dessus haies et murs de pierre pendant la chasse, et naturellement je me suis cassé la figure.

« Je me souviens du jour où les agents du service secret sont venus discuter de ma protection. Je n'ai aucun respect pour eux, à propos : Roosevelt s'est fait tirer dessus ; Truman, Ford et Reagan aussi, sans parler de Kennedy. Savoir comment ils se proposaient de me protéger ne m'intéressait donc pas beaucoup, car je les en jugeais incapables. Cela *passionnait* Robert, en revanche. Il faut dire à sa décharge que tout ce qui est connaissances techniques le fascine. Il est ce qu'on appelle un auditeur actif ; il écoute l'autre avec tant d'attention qu'il le rend nerveux ou lui donne l'impression d'être suspendu à ses lèvres. Mais cela m'a quand même glacé, comme le jour où j'avais sauté ce satané mur. Je me suis dit : "Si quelqu'un veut tout savoir sur l'assassinat des candidats à la présidence, il faut que ce soit Robert..." C'est injuste, tu me diras.

— Je ne sais pas. Mais c'est bien possible, oui.

— C'est ce que j'ai pensé aussi. Et, pourtant, je

ne pouvais m'empêcher de remarquer qu'il était capable de discuter de l'éventualité de mon assassinat par un cinglé quelconque avec le même sang-froid que les types du service secret. Ceux-ci ne voulaient pas que je prenne des bains de foule et, franchement, je n'y tenais pas beaucoup non plus, pas après la mort de Robert Kennedy et l'attentat contre George Wallace. Mais Robert les a regardés avec un profond mépris en disant: "Mon père ne se fera pas élire en montrant qu'il a peur des électeurs. Et d'ailleurs, il n'a peur de *rien*!" »

Il rit, se remit à tousser et prit une profonde inspiration.

« Typique, n'est-ce pas? Il défendait mon courage sans se demander un instant ce que j'en pensais. Son père n'avait peur de rien, ne *pouvait* pas avoir peur, un point c'est tout.

— Et c'était vrai?

— Pas vraiment. Oh! Je suis fataliste en ce qui concerne la mort, et assez orgueilleux pour être têtu. Je ne suis pas un lâche, mais on ne pouvait pas être candidat à l'époque — ou maintenant — sans penser de temps à autre à ce qui pouvait se passer. Robert a toujours été plus fier de moi que je ne l'étais moi-même. Il ne m'a jamais pardonné de ne pas avoir obtenu l'investiture.

— Je croyais pourtant que c'était sa faute. Les prostituées, tu sais?

— J'aurais peut-être perdu de toute façon. C'était l'année de Nixon, pas la mienne ni celle de Rockefeller. Mais ses manigances ont effectivement assuré ma défaite. Robert voit les choses différemment. Selon lui, j'aurais dû tenir bon. Il a considéré ma décision de me retirer comme un manque de courage. Je suis devenu son idole déchue.

— C'est injuste. Tu ne l'as pas forcé à t'idolâtrer.

— Ce n'est pas si sûr. Qui résiste au plaisir d'être adoré par ses enfants ? Je ne l'ai pas poussé à m'idolâtrer, c'est vrai, mais je n'ai rien fait pour l'en empêcher. Je vais te raconter une autre anecdote. A l'université, Robert s'est mis au polo et y a vite excellé. C'est un sport dangereux, tu sais. J'en faisais moi aussi et j'étais assez bon — je comptais parmi les meilleurs joueurs des Etats-Unis, en fait. Un jour, à Palm Beach, Eduardo Texeira a invité Robert à jouer dans son équipe, et nous nous sommes retrouvés adversaires. Je lui ai dit en plaisantant de ne pas me ménager simplement parce que j'étais son vieux père mais, au regard qu'il m'a jeté, j'ai compris que j'allais passer un mauvais quart d'heure. Il *fallait* qu'il gagne. Ce n'était pas un jeu pour lui, c'était un duel. Je n'ai jamais déployé autant d'énergie ni pris autant de risques mais, quoi que je fasse, Robert était toujours là pour me contrer.

« Le polo est un sport violent, tu sais. Imagine une partie de hockey à cheval où tous les joueurs sont au galop, genou contre genou. Il n'y a pas de blessures légères au polo. Dans la dernière chukka — mon équipe menait ; je ne me souviens plus du score mais il était serré —, je m'apprêtais à frapper la balle quand Robert s'est jeté sur moi et m'a presque désarçonné. Puis il a pivoté et levé son maillet. Et brusquement je me suis dit : "Mon Dieu, il va viser droit sur mon visage !"

« Je crois qu'il a eu la même pensée. Je le voyais dans son regard, et j'ai *su* sans l'ombre d'un doute que je serais mort la seconde suivante. Puis quelque chose a craqué en Robert, sa volonté peut-être. Il a renoncé à son coup et raté la balle, ce qu'aucun joueur de son calibre ne pouvait faire. Je l'ai donc reprise, ai marqué un but, et nous avons gagné.

« Je n'ai plus jamais joué au polo. Peut-être Robert ne désirait-il rien d'autre que me battre dans un domaine où j'excellais, ou me faire renoncer définitivement à ce jeu — ce en quoi il a réussi. Mais il se peut aussi qu'il ait véritablement eu envie de me tuer et n'en ait pas eu le courage. »

Elle se serra contre lui, frappée par son calme. On aurait cru que le fait que son fils cherche à le tuer était parfaitement compréhensible et acceptable. « Tu ne crois pas que tout ça est un peu mélodramatique ? dit-elle.

— Pas du tout. Les enfants ont souvent envie de tuer leurs parents. Freud n'a fait que broder sur une évidence. Tu n'as jamais eu de désirs homicides envers ton père ? Mais les filles sont peut-être différentes... »

Elle frissonna, si fort qu'il le remarqua. « J'espère que tu n'es pas en train d'attraper mes microbes, dit-il.

— Non, je vais bien. » Mais c'était faux. Ce qu'il lui racontait était effrayant, moins en raison des actes ou des intentions de son fils que de la placidité avec laquelle il semblait les prendre. En fait, Robert était toujours son préféré, et il était fort possible que celui-ci l'aime encore.

Elle eut brusquement envie de faire l'amour, plus par besoin d'être rassurée que par désir. Elle ôta son slip et se mit à le caresser, ce qui parut le surprendre un peu. « Je ne suis pas sûr d'en être capable, fit-il d'un ton de regret.

— Oh ! Je crois que je peux m'en charger », murmura-t-elle.

Il eut un petit rire et se mit sur le côté en poussant un grognement tandis qu'elle se pressait contre lui.

« Je crains que ce ne soit peine perdue. Je suis un homme malade.

— Pas si malade que ça. Attends un peu.

— L'attente risque d'être longue. »

Mais elle ne le fut pas. Alexandra avait un peu honte de le forcer ; elle ne savait pas non plus très bien pourquoi elle voulait faire l'amour. Pour lui faire plaisir ? Peut-être. Elle pensait qu'il n'était pas aussi malade qu'il le croyait et que son rhume l'avait simplement déprimé — état qu'aggravaient certainement ses longues considérations sur les défauts de Robert. Rien ne remontait le moral d'un homme plus vite que le sexe. Pour son plaisir à elle ? Elle devait reconnaître que le soigner avait quelque chose d'excitant en raison de son pouvoir sur lui et de sa vulnérabilité. Mais elle éprouvait surtout un besoin de réconfort et d'intimité qui, en fin de compte, ne pouvait être satisfait que d'une seule façon.

Quelles que fussent ses motivations, Arthur répondit enfin à ses caresses — quoique à vrai dire il ne lui en fallût pas davantage qu'à bien des hommes qui étaient loin d'avoir son âge. Elle se pressa contre lui, s'adaptant à son corps comme une pièce de puzzle, bougea juste assez pour l'amener à l'orgasme, puis resta immobile, espérant qu'il s'endormirait. Elle se sentait en sécurité auprès de lui bien qu'elle sût que cette sécurité était illusoire et que le matin y mettrait fin. Etre au lit avec un homme était une trêve, pas un traité de paix, mais c'était mieux que rien et elle l'acceptait avec reconnaissance.

Arthur ne dormait toujours pas. « Pense à me le rappeler surtout, dit-il d'une voix rauque.

— Quoi donc ?

— Je dois m'occuper de procurer à Leo Goldlust le travail qu'il désire.

— Tu vas en faire le directeur de ton musée ? »

Il fut secoué d'un rire silencieux. « Non, des promesses vagues suffiront.

— Que vas-tu lui dire ?

— Moi ? fit-il l'air étonné. Je ne lui dirai pas un mot, mon amour. Ce n'est pas du tout comme ça qu'on procède. Il va falloir que tu apprennes. »

Il serra sa main dans la sienne. « Arthur Bannerman, commença-t-il, parlant de lui à la troisième personne comme il le faisait parfois lorsqu'il discutait de ce qu'il pouvait ou ne pouvait pas faire. Arthur Bannerman ne traite jamais directement avec qui que ce soit dans ce genre d'affaires. Quelqu'un d'autre appellera sir Leo et lui laissera entendre que j'aimerais le voir à son retour de Caracas. Il évoquera vaguement la possibilité d'un emploi important. Goldlust comprendra. S'il manifeste de l'impatience, nous pourrons toujours lui trouver un petit poste agréable à la Fondation. Honoraires confortables, frais de déplacement et un petit tuyau boursier de temps à autre, juste pour aiguiser son appétit... Pourquoi acheter un homme quand on peut le louer ? » Il rit, puis se remit à tousser.

C'était une facette d'Arthur qu'elle voyait rarement. Elle le considérait comme l'exemple même du protestant probe, imposant, digne, d'une moralité à toute épreuve — ce qui était d'ailleurs l'image qu'il aimait donner de lui-même. Mais il pouvait être retors et rusé lorsqu'il le voulait et ce, d'autant plus qu'il était toujours fermement convaincu de rester fidèle à ses principes quoi qu'il fît. Elle avait dévoré tous les livres qu'elle avait pu trouver sur les Bannerman et découvert avec étonnement que, à l'époque de la guerre froide, il avait travaillé pour la CIA. Il avait servi de trait d'union entre le monde de l'espionnage et celui, plus vaste, des affaires, des universités, des fondations et de la vieille aristocratie fortunée du

Nord-Est, et faisait partie de ces « sages » que tous les présidents consultaient. Le nom des Bannerman avait été utilisé pour couvrir des complots et des coups d'Etat, pour aider les dictateurs « amis » d'Amérique latine et renverser ceux qui étaient « inamicaux », pour veiller à ce que les « bons » hommes politiques européens (anticommunistes) bénéficient de fonds secrets pour leur campagne. Les bourses de recherche Bannerman étaient allées à de jeunes étudiants aussi prometteurs que Henry Kissinger, Herman Kahn ou Zbigniew Brzezinski ; leurs dons avaient financé des groupes de réflexion conservateurs, des journaux et des revues de droite du monde entier ainsi que d'innombrables comités qui soutenaient la cause de la démocratie incarnée par des gouvernants tels que le shah d'Iran, le président Marcos ou le général vénézuélien Jimenez...

Arthur Bannerman aimait les sales coups pourvu que ce fût dans l'intérêt de son pays ou de sa famille. Aurait-il hésité à monter une machination du genre de celle de Robert à la convention de Miami si elle avait visé des partisans de Fidel Castro ou ceux qui désiraient exproprier les Bannerman de leurs biens latino-américains plutôt que des délégués républicains ? Alexandra pensait que non.

« On dirait que le pauvre homme va te manger dans la main », dit-elle.

Il bâilla. « Oui, fit-il d'une voix ensommeillée. Il faut travailler en coulisses, comme Cyrus. Obtenir ce qu'on veut avant même que les autres sachent qu'on le veut. » Il émit un ou deux ronflements ; ses poumons congestionnés rendaient sa respiration rauque. Il avait les yeux fermés, et elle pensa un instant qu'il se parlait à lui-même tant sa voix était basse. « Il faut que tu apprennes, crut-elle entendre. Tu dois apprendre à te protéger... mieux que moi... J'espère que tu comprendras... J'espère que tu me pardonneras... »

Puis sa voix s'éteignit. Il s'était enfin endormi. Elle se demanda comment elle allait trouver le sommeil, car il n'était guère plus de 8 ou 9 heures, et elle pouvait difficilement se lever, ou même bouger, sans le réveiller. Dans l'obscurité, elle songea à ce qu'il avait dit. A qui s'était-il adressé ? A Robert ? A lui-même ? A un de ses autres enfants ? Et que voulait-il qu'on lui pardonne ?

Il s'agita et elle le caressa doucement. Puis, très distinctement, comme s'il rêvait, il déclara : « Excuse-moi, Alexandra, mais il n'y a pas d'autre solution. »

Elle passa une bonne partie de la nuit à se demander ce qu'il avait voulu dire mais, au matin, il semblait avoir retrouvé ses forces et ne se souvenait pas de quoi il avait rêvé ni d'avoir parlé.

« Quelle chaleur ! fit-il d'un air maussade en s'essuyant le front. J'ai toujours détesté l'été à New York.

— Cela ne devrait pourtant pas te gêner beaucoup. Tu ne sors guère.

— Justement. L'air conditionné, c'est complètement artificiel. Dans mon enfance, on ouvrait les fenêtres et on faisait tourner les ventilateurs. Les gentlemen mettaient un chapeau de paille et un costume blanc le 30 mai, et les gardaient jusqu'à la fête du Travail, en septembre. Combien de gens portent encore un canotier orné d'un ruban noir ? On ne doit même plus pouvoir trouver un panama correct. Mon oncle John en avait un magnifique, si léger qu'on pouvait le faire voler comme un avion de papier. On savait où on en était à cette époque. En été, il faisait chaud et les gens s'y habituaient. Aujourd'hui, il faut porter des caleçons longs pour aller au restaurant. »

Il alla vers la fenêtre, souleva d'un doigt les lamelles du store vénitien pour regarder la rue, puis poussa un soupir. « A dire vrai, on ne venait en ville que lorsqu'on y était obligé. Ces dernières années, je suis resté terré ici été comme hiver, comme un blaireau dans son trou. Et toi ? Je suis sûr que tu es habituée à autre chose que ça. »

Il désigna le bureau encombré de papiers, les tableaux, les meubles conçus davantage comme des œuvres d'art que dans un souci de confort. Une tapisserie de Chagall ornait un des murs. Combien d'appartements new-yorkais avaient une salle de séjour assez grande pour la contenir ? se demanda-t-elle. Un feu brûlait dans l'âtre bien qu'il fît près de trente-huit degrés à l'extérieur. Arthur aimait les feux ; ses domestiques avaient pour instructions d'en faire un où qu'il se trouve et de régler l'air conditionné en conséquence.

« Tu n'as certainement pas passé tous tes étés à New York ? reprit Arthur. C'est stupéfiant comme je sais peu de chose sur toi, quand j'y pense. Aimes-tu nager ? Fais-tu du ski ? Vas-tu à la plage l'été ?

— Je ne sais pas vraiment ce que j'aime. Je n'ai jamais eu le temps de le découvrir. Quand Simon et moi étions... ensemble, il louait une maison à East Hampton tous les étés, surtout parce qu'il pensait que c'était la chose à faire, je crois. Nous n'y allions pas souvent, sauf lorsqu'il y avait une soirée qu'il ne voulait pas manquer. J'aimais bien aller dans les dunes toute seule et m'étendre au soleil, mais la mer ne m'emballait pas, peut-être parce que je viens du Middlewest. En tout cas, elle me faisait peur. Je suis une piètre nageuse.

— J'aimais beaucoup la mer. C'est toujours le cas, d'ailleurs. J'ai une maison dans le Maine :

Greyrock. Un coin superbe. Lorsque tu te réveilles le matin, il y a des phoques sur les rochers. Dis-moi, tu pourrais te libérer une semaine ?

— Oui, bien sûr. Simon n'y verra pas d'inconvénient. » Cela faisait longtemps qu'elle avait envie de partir quelque part avec lui, sans compter qu'il en avait manifestement besoin. Elle avait entendu parler de Greyrock ; elle connaissait toutes les propriétés d'Arthur, de sa maison de Palm Beach jusqu'à son pavillon de chasse dans les monts Adirondacks : une liste interminable de demeures que personne ne semblait ni utiliser ni vouloir vendre.

Arthur lui avait longuement parlé de ses biens. Il ne s'était jamais complètement remis de son rhume et se sentait souvent trop las pour sortir. Il lui expliquait alors les complexités de la fortune et ses projets. Même à présent, au début de l'été, il paraissait fatigué, dormait mal et s'essoufflait facilement. Il refusait toujours d'aller voir un médecin, avec d'autant plus d'obstination qu'elle ne cessait de l'en presser. Il prétendait connaître une dizaine de personnes frappées du même virus : Elliot Derwenter était au lit depuis des mois ; Channing DeWitt, le frère de Courtland et la brebis galeuse de la famille, avait raté le Kentucky Derby, le Preakness et le Belmont pour la première fois depuis trente ans ; la vieille Mme Douglas Fairchild s'était mise en quarantaine dans sa propre maison de peur de contaminer ses chiens...

Chose curieuse, Alexandra n'avait rencontré personne qui se plaignît de ce fameux virus, et elle en était arrivée à la conclusion qu'il ne touchait que les riches et les personnes âgées. Cela n'empêchait toutefois pas Arthur de s'occuper de ce qui l'intéressait vraiment. Il travaillait avec une énergie forcenée, dévorait listes, tableaux et diagrammes, épluchait les rapports annuels, griffonnait des instructions impatientes aux banquiers, aux agents de change, aux administrateurs, au personnel du bureau familial, et lui expliquait ce qu'il faisait et pourquoi jusqu'à en être aphone.

« Je me demande vraiment ce que vous faites tous les deux, remarquait Simon. Vous passez un de ces temps ensemble... Si vous étiez des jeunes mariés, d'accord, pendant un mois ou deux. Mais Bannerman est un vieil homme, bon sang ! Est-ce que tu essais de le tuer ? »

Elle n'avait pas envie de lui expliquer la vérité et, d'ailleurs, il ne l'aurait probablement pas crue. Dès Noël, le fonctionnement du Trust, le cœur de la fortune, dont Cyrus Bannerman avait fixé les termes au début du siècle, lui était aussi familier qu'à Arthur — sans parler des innombrables trusts de moindre importance qui en dépendaient, comme les fruits d'un arbre d'or. Elle ne connaissait rien au droit, mais il était impossible de ne pas admirer l'intelligence de l'homme qui avait tissé cette toile de documents entrecroisés en essayant de prévoir tout ce qui pourrait un jour affecter ses descendants ou menacer l'intégrité de sa fortune.

Elle n'avait jamais beaucoup pensé à celle-ci. Pourquoi l'aurait-elle fait ? Cela représentait beaucoup d'argent. Qu'avait-on besoin de savoir de plus ? Mais au fur et à mesure que Bannerman passait en revue les biens qui la composaient en lui faisant part de ses préoccupations, elle prit conscience de sa complexité. L'essentiel de la fortune ne consistait pas en argent placé en banque, mais en actions de grandes sociétés américaines qui venaient à peine de voir le jour lorsque Cyrus y avait fait ses premiers investissements. Ceux-ci n'avaient d'ailleurs pas toujours été accueillis avec joie par les propriétaires, car ils préfiguraient souvent une prise de contrôle aussi rapide que brutale, sans aucune des délicatesses imposées plus tard par la commission de contrôle des opérations en bourse. Teddy Roosevelt et les présidents suivants avaient contraint Cyrus à démanteler son empire minier à une époque où l'on disait en plaisantant qu'il possédait tout ce qui était sous terre à l'exception des cadavres et du pétrole, ayant concédé les premiers à Dieu et le second à John D. Rockefeller. Il s'était défait de ses mines, mais en consacrant le produit des ventes à acquérir une énorme portion de l'industrie américaine.

Cyrus avait aidé Walter Durant à créer la General Motors pour contrarier Henry Ford qu'il détestait; il détenait un nombre considérable d'actions de DuPont, Corning Glass, General Electric, IBM, United States Steel, Baldwin Locomotive, General Foods et 3-M; il avait vu si loin qu'aucune invention — de l'ampoule électrique jusqu'à la radio — ne lui avait échappé. Et c'était bien là le problème. Simple pari d'investisseur ou d'homme d'affaires entreprenant lorsque Cyrus Bannerman était dans la fleur de l'âge, les industries sur lesquelles il avait misé rendirent sa famille incommensurablement riche avant sa mort; elles continuèrent à le faire pendant la Seconde Guerre mondiale et jusque dans les années 60 mais, ensuite, elles se mirent à battre de l'aile.

Cyrus avait pensé à tout; pourtant, même lui n'avait pas imaginé une Amérique qui achèterait des voitures japonaises, coréennes et allemandes, où les industries de l'acier, du chemin de fer et de la construction navale péricliteraient, où le prix des matières premières subirait l'assaut des importations des pays du tiers monde.

Pis encore, pendant des années, personne dans la famille n'avait voulu reconnaître que Cyrus s'était peut-être trompé à long terme, ou qu'il était déjà assez extraordinaire qu'il ait eu raison pendant soixante ans. Le père d'Arthur n'avait modifié les investissements familiaux qu'avec la plus extrême répugnance, jugeant les volontés de Cyrus sacrées, et Arthur lui-même ne s'était guère montré plus enthousiaste. Comme il l'expliqua à Alexandra, le nom de Bannerman rendait ce genre de décision encore plus difficile à prendre. Ils auraient dû vendre leurs actions de la General Motors beaucoup plus tôt, sans aucun doute, mais cela ne revenait-il pas à annoncer au monde entier que les Bannerman ne croyaient plus les Etats-Unis capables de construire et vendre des voitures ? Ils s'étaient retirés de Big Steel bien trop tard, mais on avait considéré que la vente de leurs actions avait donné le *coup de grâce** à l'industrie de l'acier. Les Bannerman avaient des responsabilités *sociales* — et c'était justement ce que Robert refusait de comprendre !

« Il est parfait pour donner des leçons après coup », avait jeté Arthur d'un ton sec. Alexandra ne pouvait toutefois s'empêcher de penser que ce n'était pas aussi simple. Robert avait eu raison et son père, tort : une grande partie de la fortune des Bannerman était restée investie dans l'acier et l'automobile bien longtemps après qu'elle eût dû être placée dans la Silicon Valley, les technologies de pointe et les industries de services.

Ce qui la surprit le plus fut de découvrir qu'elle était douée pour ces questions et s'y intéressait. L'argent, celui qu'on dépense à une échelle humaine, ne la passionnait guère. Mais, à l'échelle des Bannerman, cela devenait une sorte de gigantesque jeu de Monopoly, à cette différence près que les biens existaient réellement et qu'il s'agissait souvent d'immeubles devant lesquels elle passait tous les jours. Elle connut bientôt le détail des avoirs de la famille presque aussi bien qu'Arthur et commença à comprendre ses préoccupations pour l'avenir de la fortune.

Arthur se tamponna de nouveau le visage de son mouchoir. Les climatiseurs fonctionnaient à un tel régime qu'Alexandra avait toujours froid, et elle avait laissé plusieurs gilets dans l'appartement pour pouvoir s'en couvrir les épaules. Pourtant, Arthur donnait souvent l'impression d'étouffer, comme si les appareils ne marchaient pas du tout. Il en accusait tantôt l'humidité de l'air, tantôt sa sécheresse. A l'extérieur, il se plaignait de la pollution, des gaz d'échappement et avait du mal à faire plus de quelques pâtés de maisons à pied. La nuit, il dormait d'un sommeil agité, avait trop chaud ou trop froid, et était parfois réveillé par des accès de toux qui le laissaient haletant. Le jour, il travaillait à son bureau jusqu'à l'épuisement, trop têtu pour faire un somme, au point que même David Roth avait pris Alexandra à part pour lui suggérer de l'amener à se ménager. Roth avait l'air menaçant même lorsqu'il était sincère, mais son sérieux ne faisait pas de doute.

« Il se surmène, lui avait-il murmuré. Ce genre de projets demande du temps. J'ai des centaines de gens à expulser. Je ne peux pas le faire en une nuit. Nous ne sommes pas en URSS ! »

En dépit de son antipathie initiale à l'égard de Roth, elle apprit vite à lui faire confiance. Menant une vie secrète lui-même, il était tout disposé à accepter les secrets des autres sans poser de questions. Il n'avait aucun charme et pas le moindre sens de l'humour, mais il savait ce qu'était la qualité et ne se satisfaisait de rien d'autre. Son nom faisait trembler l'entrepreneur le plus endurci, car il n'hésitait pas à salir un de ses costumes à mille dollars pour trouver une dalle trop mince de quelques millimètres ou un conduit qui ne correspondait pas au cahier des charges. En sa compagnie, Arthur semblait rajeunir de dix ans. Il adorait les plans, les épures et les dessins d'architecte ; Alexandra fut d'ailleurs étonnée de l'étendue de ses connaissances. « J'aurais fait un bon pharaon, lui avait-il dit un jour avec fierté.

— Si vous aviez eu un Moïse », avait ajouté Roth.

Sans lui, le musée ne verrait pas le jour, et Arthur tenait à ce que les travaux commencent avant son soixante-cinquième anniversaire. Il accepta donc Roth dans le monde secret qu'il partageait avec Alexandra. Celui-ci venait souvent le soir, après avoir téléphoné de sa voiture, pour lui apporter les dernières nouvelles de sa partie du projet, qui semblait surtout consister à faire pression sur les autorités et les juges de la ville.

Fidèle à sa promesse, Arthur avait parlé à ses amis banquiers ; Roth obtenait de nouveau des crédits et construisait à tour de bras. Les deux hommes paraissaient se détendre lorsqu'ils étaient ensemble, soit parce qu'ils partageaient la même obsession, soit parce que, pour des raisons différentes, l'un et l'autre avaient très peu d'amis. Roth, le solitaire qui ne se fiait à personne, et Arthur Bannerman qui s'était coupé de tout le monde aimaient contempler la maquette du bâtiment que tous deux s'étaient engagés à construire, pour des motifs bien différents. Ils parlaient peu. Arthur sirotait un scotch ; Roth qui ne buvait pas — il semblait avoir peu de faiblesses humaines, la cupidité exceptée — fumait un cigare.

De temps à autre, Roth se levait et effleurait un détail de la maquette. « Je pourrais utiliser du travertin de quartz rose pour ça, disait-il. Du vrai, des blocs de carrière, pas des saloperies minces comme des feuilles de papier. Je vous en apporterai un échantillon.» Ou bien encore, fixant le modèle d'un regard perçant, la tête légèrement inclinée, il remarquait: «Ces sculptures vont être sacrément difficiles à faire correctement. Il va falloir sculpter plus profondément au fur et à mesure que l'on s'élève, sinon on ne verra rien de la rue...»

Roth connaissait la pierre, Roth connaissait l'acier, Roth décelait les failles d'un plan ou d'une maquette du premier coup d'œil. Il était le seul avec qui Arthur pût discuter de son rêve en détail. Alexandra se disait parfois que celui-ci se comportait avec lui comme il le faisait avec elle. De la même manière qu'elle apprenait les rouages compliqués de la fortune, Roth apprenait tout ce qu'il y avait à savoir sur le musée, comme si Arthur avait l'intention de lui confier la supervision du projet. A présent, il était là, debout devant la maquette, animé d'une sorte de fièvre qu'elle n'avait pas encore remarquée. «Tu pourrais partir d'ici deux jours?» demanda-t-il.

Elle acquiesça. Plus vite il quitterait New York et se reposerait, mieux cela vaudrait. En outre, c'était une nouvelle étape dans leurs relations, le signe qu'ils pourraient peut-être vivre un jour comme des gens normaux au lieu de mener une existence secrète, laquelle se déroulait en grande partie dans cet appartement.

«Ça me fait mal au cœur de laisser tout cela en plan, remarqua-t-il en regardant les piles de dossiers, les plans et la maquette.

— Cela peut attendre, Arthur.

— Bien sûr», dit-il. Mais il ne paraissait pas convaincu.

7

La passion d'Arthur pour l'anonymat faisait ressembler ses préparatifs de voyage aux déplacements d'une armée en campagne. L'idée de voler sur une ligne « commerciale » ne lui vint même pas à l'esprit mais, d'un autre côté, il ne voulait pas utiliser l'avion dont la fondation Bannerman disposait pour les besoins de ses cadres et de son personnel. « Cela reviendrait à annoncer directement mes projets à ma mère, et sans doute à Robert aussi, grommela-t-il. J'essaie de me débarrasser de ce fichu engin depuis des années, mais de nos jours on ne peut embaucher aucun élément de valeur s'il doit faire la queue à l'aéroport. Méfie-toi de la Fondation, à propos. Tout ce que tu dis aux gens qui y travaillent est aussitôt transmis à Robert. »

Il finit donc par téléphoner à un de ses anciens camarades de Harvard qui lui proposa immédiatement le Gulfstream de la Morgan Guaranty. « Il n'est pas aussi bien que le mien, dit Arthur. Mais à cheval donné... »

Alexandra trouva l'appareil fort convenable. Elle remarqua que l'équipage traitait Bannerman avec la déférence qu'il aurait témoignée au pape, sans jamais mentionner son nom.

« Incroyable ! fit-il en dégustant son scotch. A

peine une heure et demie de New York à Camden. Lors de mes premiers voyages, il n'y avait que le train. » Il vida son verre et regarda par le hublot. « Je regrette cette époque. Les avions ne me passionnent pas du tout. Mon père refusait de prendre quelque moyen de transport que ce fût s'il ne pouvait pas dormir dans ses draps... Zut ! La nostalgie est le premier symptôme de la vieillesse.

— Oh ! Je ne crois pas. Et quel serait le second? »

Il se pencha vers elle et l'embrassa sur la joue. « Grâce à toi, je n'en souffre pas. Nous allons atterrir. »

Le soleil brillait lorsqu'ils descendirent de l'avion, quoique la température fût assez fraîche pour faire regretter à Alexandra de ne pas avoir de pull. Le petit aéroport était désert. Seul un homme âgé en pantalon de travail et chemise de flanelle les attendait, appuyé contre un vieux break rouillé. A l'étonnement d'Alexandra, il ne montra aucune déférence particulière à l'égard de Bannerman. « On ferait mieux de se dépêcher, dit-il. Le brouillard va tomber. »

Alexandra en douta ; le ciel aurait difficilement pu être plus pur.

« Ça fait un bout de temps, hein, Ben ? Tu n'as pas vieilli d'un poil.

— Foutaises ! Je touche déjà mes chèques de la Sécurité sociale. Et ce sera bientôt votre cas aussi, sauf que vous en avez moins besoin que moi.

— Je suis étonné que tu les encaisses, Ben.

— Si le gouvernement est assez stupide pour les donner, je ne vois pas pourquoi je ne passerais pas à la caisse comme tout le monde. Et, maintenant, y a ces foutus tickets alimentaires en plus. La moitié des pique-assiette du comté se saoulent à la bière tous les vendredis grâce à vos impôts et aux miens.

— Je te présente mon... euh... Mlle Alexandra Walden. Alexandra, Ben Kidder. »

Celui-ci lui serra la main d'une poigne d'acier. Il jeta à Bannerman un regard qui disait clairement ce qu'il pensait d'un vieil imbécile voyageant avec une jeune femme, puis ouvrit la porte de la voiture à Alexandra. Il ne prit pas la peine d'en faire autant pour Arthur.

Si Alexandra ne connaissait pas la région, elle lui était pourtant familière : le village de Nouvelle-Angleterre avec ses maisons blanches et son clocher guindé servait de toile de fond à des films et des émissions télévisées innombrables. Ils dépassèrent une place de village où le monument aux morts se dressait exactement où elle s'attendait à le voir. Assis côte à côte à l'avant, Ben Kidder et Bannerman se taisaient, ayant apparemment épuisé leur stock de conversation. Elle ne put s'empêcher de remarquer qu'Arthur était plus à l'aise qu'elle ne l'avait jamais vu. En dépit de son costume sombre et de sa chemise blanche, il paraissait davantage chez lui ici qu'à New York.

« Comment va la pêche? demanda-t-il.

— Pourrie.

— Tu disais la même chose il y a dix ans. D'après toi, elle était même condamnée, si je m'en souviens bien.

— Ouais. Eh bien, maintenant, avec toutes ces saloperies qu'ils balancent dans la baie du côté de Bangor, c'est presque vrai. Comment vont les gosses ?

— Très bien ! répondit Bannerman d'un ton enthousiaste. On ne peut mieux.

— Vraiment ? » Ben jeta un coup d'œil dans le rétroviseur. « Ça fait longtemps que nous n'avons pas vu Cecilia. Elle doit avoir à peu près le même âge que Mlle Walden maintenant, non ?

— Dans ces eaux-là », marmonna Bannerman, gêné.

Kidder arrêta la voiture près d'un quai marqué « Privé » et porta leurs sacs jusqu'à un petit bateau de pêche blanc. Bannerman aida Alexandra à monter, puis gagna la poupe de l'embarcation pour larguer les amarres tandis que Ben mettait le moteur en marche. Un instant plus tard, comme pour prouver les connaissances météorologiques de celui-ci, un brouillard dense et froid qui semblait surgi de nulle part les enveloppa. Alexandra n'en fut pas particulièrement effrayée, ne serait-ce que parce que Ben et Arthur ne montraient pas le moindre signe d'inquiétude, mais son estomac lui rappela qu'elle détestait les bateaux. Sans être malade — elle était seulement transie et mal à l'aise —, elle sentait que cela pouvait arriver à tout moment. Elle s'imagina en train de vomir par-dessus bord sous les yeux de Ben et d'Arthur et imposa à son estomac de se tenir tranquille.

Arthur se glissa dans la cabine avec une agilité qu'elle ne lui avait encore jamais remarquée et en ressortit avec deux cirés. « Il est trop grand pour toi, dit-il. Mais mets-le quand même. Tu as l'air un peu pâlotte. »

Elle enfila le ciré avec reconnaissance en se demandant ce qu'il avait voulu dire par « pâlotte ». Les gouttes d'humidité qu'elle sentait sur son visage devaient certainement avoir un effet désastreux sur son maquillage. Ses cheveux ne frisaient jamais, Dieu merci, mais elle regretta de ne pas avoir pensé à les natter.

Elle regarda Arthur pour oublier son malaise qui menaçait de se muer en véritable supplice. Dans son ciré jaune, les cheveux blancs perlés de gouttelettes, il paraissait vingt ans de moins. Lui et Ben auraient pu être frères : solidement bâtis, ils avaient le même nez d'aigle, le teint haut en couleur, les yeux bleu vif. Ben était une version plus brute, plus mince, mais qui sortait du même moule. Elle se rappelait que les Bannerman étaient originaires de la Nouvelle-Angleterre. Parmi leurs ancêtres, il y avait eu des pêcheurs de baleines, des paysans qui avaient cultivé des terres produisant plus de pierres que de pommes de terre.

Depuis qu'elle connaissait Arthur, elle avait lu assez de récits sur la famille Bannerman pour savoir que le père de Cyrus s'était enfui de chez lui dans sa jeunesse afin de s'embarquer sur un baleinier. A son retour, quelques années plus tard, il s'était fait fermier dans le Massachusetts, puis, poussé par une forme d'ambition moins disciplinée que celle qui animerait son fils, il avait abandonné femme et enfants pour devenir vendeur itinérant de médicaments et prédicateur à mi-temps. Il était la brebis galeuse d'une famille qui avait produit une succession ininterrompue de commerçants et de fermiers yankees rusés, durs en affaires et possédant le talent peu sympathique de racheter les biens de leurs voisins moins fortunés pour une bouchée de pain.

Une forme sombre émergea du brouillard sur leur droite. « L'île Whiskey, cria Arthur pour couvrir le vacarme du moteur Diesel. Nous venions y pique-niquer. Tu te souviens, Ben ?

— Ouais, répondit celui-ci en crachant pardessus bord. C'était il y a longtemps.

— Tu es un peu près, il me semble.

— Non, je suis dans le chenal. C'est vous qui vous êtes échoué par ici en 1963. Et en précipitant Mlle Cecilia par-dessus bord. Elle n'a même pas crié. "On s'attendrait qu'un homme qui s'occupe d'un milliard de dollars soit capable de se souvenir de l'emplacement de ces bon Dieu de rochers, que j'ai dit à ma femme. Surtout après avoir navigué vingt ans dans les parages..."

— Ah! C'était le bon temps!» fit Bannerman avec un grand sourire.

Alexandra eut brusquement froid. Le brouillard n'était pas seul en cause; elle se sentait exclue. Quels que fussent les souvenirs d'Arthur, elle n'y avait aucune place, et cela l'affectait. Elle n'allait cependant pas gâcher sa bonne humeur, même si elle ne pouvait la partager.

Elle regarda par-dessus bord et vit des rochers juste au-dessous de la surface — peut-être pas ceux sur lesquels Arthur s'était échoué, mais des rochers quand même. Il lui sembla qu'ils n'étaient qu'à quelques centimètres de la surface et assez gros pour déchiqueter le bateau. Elle s'apprêtait à jeter un cri d'alarme lorsqu'une bouée émergea du brouillard, si près d'elle qu'elle aurait pu la toucher. Une mouette y était perchée et la regardait d'un air malveillant. «En plein dessus!» s'écria Arthur dont le brouillard amplifiait étrangement la voix.

L'eau était plus profonde à présent, et cette masse noire et sans fond lui parut encore plus menaçante que les rochers. Elle n'était jamais restée assez longtemps en mer pour s'apercevoir qu'elle en avait peur, et le fait de le découvrir — et de ne rien pouvoir y faire — la rendait encore plus malheureuse que le brouillard.

Elle sentit un souffle sur son visage. Le ciré d'Arthur se mit à claquer comme un drapeau, et la mer qui avait été aussi lisse qu'une plaque de verre s'anima de longues ondulations. Comme si un magicien avait levé sa baguette, le brouillard disparut.

A un ou deux kilomètres devant eux — il était

difficile d'évaluer les distances —, se dressait une île rocheuse couverte de bois. Elle lui sembla d'abord inhabitée ou, plus exactement, inhabitable, mais, lorsqu'ils eurent dépassé un promontoire, une maison apparut. Elle était peinte en blanc et dotée de volets verts dans le plus pur style des fermes de Nouvelle-Angleterre ; sa taille avait de quoi couper le souffle. On avait du mal à imaginer comment elle avait pu être construite dans un endroit aussi perdu, à des kilomètres de la terre ferme. Alexandra distingua des vérandas, une longue jetée qui se terminait par un belvédère, une grande serre, des hangars à bateaux, mais ce fut surtout la maison qui retint son attention. Combien de pièces pouvait-elle contenir ? Cinquante ? Cent ? Elle était aussi grande qu'un hôtel de bonne taille.

« Voilà le pavillon », annonça Bannerman. Puis, devinant peut-être qu'elle se sentait seule, mal à l'aise dans un monde qui faisait partie de son passé, il vint s'asseoir près d'elle et l'enlaça. « Cela appartenait à ma femme, tu sais. C'est son père, le vieux Jock Merrivale, qui l'a fait construire. Il s'asseyait sur ce belvédère là-bas, vêtu d'un blazer bleu, d'un pantalon blanc et d'un panama, et regardait ses enfants se baigner. S'il avait vécu jusqu'à l'époque du bikini, le spectacle l'aurait certainement tué. Tu vois le port ? On a fait sauter la roche pour le construire. Il est assez profond pour un contre-torpilleur. Et le brise-lames ? Des blocs de granit aussi gros qu'une maison qu'il a fait venir de Bangor sur des péniches ! Naturellement, tout cela a été construit avant que la Crise ne rogne les griffes des Merrivale, ajouta-t-il avec satisfaction. Tu as froid ?

— Un peu.

— On va vite te réchauffer. Un verre, un bon

feu, et nous dînerons tôt. Comment va ton estomac?

— Il tient le coup. Pourquoi?

— J'aurais dû te demander si tu aimais le bateau.

— Je n'en savais rien. C'est une nouveauté pour moi. Je ne suis toujours pas fixée, d'ailleurs.

— Eh bien, tu as de la chance que je ne fasse plus de voile. J'avais un neuf mètres ici et je le manœuvrais seul, ce dont peu de gens sont capables. Mais je n'ai plus les mains assez solides pour ça maintenant. C'est bien dommage que j'aie tout laissé tomber.

— Tu pourrais recommencer.

— Peut-être, fit-il avec entrain. Ça ne serait pas une mauvaise idée!» Elle ne l'avait jamais vu aussi gai.

Ils entrèrent dans le port, longèrent le brise-lames et accostèrent. Elle ôta son ciré, heureuse de se débarrasser de son étreinte humide, monta une échelle de bois et s'immobilisa un instant, les jambes tremblantes, soulagée d'être sur la terre ferme. Arthur la suivit, souriant comme un gamin, puis Kidder qui sembla grimper l'échelle raide sans effort en dépit des sacs qu'il portait.

Bannerman prit le bras d'Alexandra et, après avoir quitté la jetée, ils traversèrent une superbe pelouse où se dressait un mât arborant le drapeau américain. Il était flanqué d'un gros canon.

«Jock Merrivale était un patriote, expliqua Arthur. Lorsqu'il séjournait ici, on tirait le canon tous les soirs au coucher du soleil en amenant les couleurs. Tout le monde devait se mettre au garde-à-vous, quelle que soit son activité du moment. C'est une tradition que je n'ai pas perpétuée.

— Elle avait au moins l'avantage de ne pas gêner les voisins.

— En effet. L'île habitée la plus proche est à

près de dix kilomètres. Elle s'appelle Safe Harbor[1], de manière fort peu appropriée d'ailleurs car des bateaux ne cessent de s'y échouer depuis le XVIe siècle. »

Une femme aux cheveux grisonnants apparut sur le perron pour les saluer, l'épouse de Ben Kidder sans doute. Si elle fut étonnée de voir Arthur Bannerman en compagnie d'une jeune femme, elle le garda pour elle, ce qui ne l'empêcha cependant pas de dévisager Alexandra d'un regard pénétrant. Mais à Greyrock, Arthur ne pouvait mal faire. Le couple lui était dévoué, et il était évident qu'il ne les traitait pas en domestiques.

Alexandra se sentait toutefois un peu mal à l'aise. A New York, ils menaient une vie secrète, et c'était la première fois qu'elle pénétrait dans l'univers d'Arthur, un monde de maisons immenses où des serviteurs l'attendaient — pendant des années parfois — pour veiller à son confort. Elle ne voyait pas comment elle pourrait s'adapter à ce monde, si elle avait jamais à le faire, ni ce qu'il attendrait d'elle.

Elle se blottit devant l'énorme cheminée, se sentant plus dépaysée qu'elle ne l'avait jamais été...

« C'est superbe, non? »

Elle acquiesça de la tête. Le panorama était effectivement magnifique. Tout l'argent du monde n'aurait pu acheter un paysage comme celui-ci mais, naturellement, lui seul pouvait en préserver la beauté ou en réserver l'usage exclusif à une seule famille.

Appuyé contre un rocher, Arthur paraissait un autre homme, plus jeune, en meilleure santé et

1. Port sûr. *(N.d.T.)*

bien plus actif physiquement qu'il ne l'était à New York. Sa toux avait disparu, il avait un teint plus sain et dormait comme un enfant. Vêtu d'une vieille chemise, d'un pantalon ample et de chaussures de sport qui semblaient dater de son passage à Harvard, il avait non seulement la tenue appropriée à l'endroit mais paraissait ne jamais avoir rien porté d'autre.

Ils s'étaient installés dans une petite baie rocheuse, sous le vent, comme disait Arthur, et avaient étendu des couvertures sur les galets. Kidder les avait amenés là en bateau, puis était reparti en leur laissant un panier de pique-nique, une glacière et un radiotéléphone pour l'appeler lorsqu'ils souhaiteraient rentrer. Ils étaient aussi seuls qu'on pût l'être, si l'on excluait les phoques qui, comme promis, faisaient surface de temps à autre pour les observer avec une curiosité amicale. Alexandra leur jeta quelques sandwiches — Mme Kidder avait préparé de quoi nourrir une dizaine de personnes, et peut-être même une dizaine de phoques — mais, contrairement à leurs congénères des zoos, ceux-ci ne savaient pas attraper la nourriture au vol, ou n'en voyaient pas l'utilité. Ils attendaient que les sandwiches flottent jusqu'à eux pour les happer.

« Il y aura un orage demain, dit Arthur. Peut-être même avant.

— Cela m'étonnerait. Il fait trop beau. » Il faisait même si chaud qu'elle ôta son pull, puis s'assit près de lui, sa chemise déboutonnée jusqu'à la taille.

« Tu verras, fit-il en l'enlaçant. Nous aurions dû aller à la Jamaïque ou à Porto-Rico. On peut compter sur le soleil là-bas. Ma famille y possède des hôtels, tu sais, des complexes immenses avec terrain de golf, plages, appartements en copropriété... Il faudra que je pense à t'en parler en détail. Mon père était fermement convaincu qu'il fallait investir en Amérique latine et dans les Caraïbes. Il s'est toujours méfié de l'Europe. C'est moi qui me suis occupé de la construction de ces hôtels. J'ai engagé les architectes, suis allé sur place avec les géomètres, me suis entendu avec les gens du pays. J'avais vingt-cinq ans quand mon père m'a chargé de ce projet, juste après la guerre, et j'ai fait du sacré bon travail.

— Voilà qui explique pourquoi Roth et toi vous entendez si bien. Je préfère quand même être ici.

— Moi aussi, mais j'aimerais te voir en bikini au bord d'une piscine.

— Tu n'es pas vieux à ce point, si c'est à cela que tu penses.

— Je crois que je ne serai jamais trop vieux pour prendre plaisir à te regarder, ma chérie. Mais j'ai tout de même soixante-quatre ans.» Il se tut un instant, l'air sombre, et parut hésiter à poursuivre. «Le moment est sans doute mal choisi pour en parler, dit-il enfin. Mais je pense avoir pris ma décision.

— Ta décision? A propos de quoi?

— Du Trust, fit-il d'un ton brusque. Le jour de mon soixante-cinquième anniversaire, je réunirai mes enfants pour leur dire qu'à ma mort ils recevront leur trust ainsi qu'une somme supplémentaire, mais que le gros de la fortune deviendra une œuvre de charité. Chacun d'entre eux n'aura qu'une voix pour décider de son utilisation. Il y aura un conseil d'administration dont je serai le président et qui comprendra au moins deux administrateurs étrangers à la famille. Je choisirai quelqu'un pour me succéder avant mes soixante-dix ans, peut-être parmi les Bannerman, mais pas obligatoirement... Voilà l'idée générale, même s'il y a encore beaucoup de détails à régler. Mes enfants seront riches, beaucoup plus qu'ils ne le sont à présent, mais aucun Bannerman ne contrôlera plus jamais l'ensemble de la fortune.

— Et tu crois que Robert acceptera ça?

— Je l'y obligerai, répondit Arthur d'un air grave. Je veux que ce soit fait, Alexandra, et *maintenant,* pendant que nous avons encore le temps de profiter de la vie ensemble. Lorsque tout sera réglé, nous pourrons voyager, faire ce qui nous chante... Qu'en dis-tu ? »

Sa décision l'alarmait; elle savait tous les ennuis qui en découleraient. C'était bien la dernière chose dont elle eût envie de discuter maintenant, alors qu'ils passaient une semaine de vacances ensemble pour la première fois. « J'irai où tu voudras, dit-elle. Je n'ai jamais quitté les Etats-Unis. Je ne connais pas Londres, Paris ou Rome. Je rêvais de voyager quand j'étais enfant mais je ne suis jamais allée plus loin que New York. »

Elle était heureuse qu'il l'eût associée à ses projets d'avenir, plus nettement qu'il ne l'avait encore jamais fait. Il y avait toutefois du rêve éveillé dans ses propos, comme s'il ne voulait pas gâcher le plaisir de la journée en se montrant trop précis.

Elle ne le souhaitait pas davantage. Etendue près de lui sur la couverture, elle sentait la chaleur du soleil et le contact de son bras autour de ses épaules. Le panier de pique-nique était ouvert à leurs pieds — une vieille malle d'osier et de cuir pleine d'instruments mystérieux en argent: des boîtes, quelque chose qui ressemblait à une lampe à alcool, une théière, des couverts, des verres de cristal et des tasses monogrammées en porcelaine.

« Il fait une de ces chaleurs! dit Arthur. Je piquerais bien une tête.

— L'eau doit être glacée.

— Fraîche. Je déteste l'eau chaude. On a l'impression de nager dans de la soupe.

— De toute façon, tu n'as pas de maillot de bain.

— Je m'en fiche. C'est mon île, et il n'y a pas un chat.

— Tu ne vas pas te baigner avec tous ces phoques, Arthur.

— Ils disparaîtront dès que je mettrai le pied dans l'eau. On ne peut pas rêver animal plus inoffensif, ma chérie. Pourquoi crois-tu qu'il est si facile aux chasseurs de les massacrer à coups de gourdin ? »

Alexandra haussa les épaules. Il n'y avait pas un souffle d'air et la chaleur était étouffante. S'il voulait se baigner, qu'il le fasse, se dit-elle.

Elle ôta son jean et sa chemise et se recoucha sur la couverture en regrettant de ne pas avoir emporté de maillot. Elle avait bu un verre de vin blanc avec son sandwich — plus parce qu'Arthur avait pris la peine de déboucher une bouteille que par véritable envie — et se sentait aussi engourdie que les phoques qui se chauffaient à présent au soleil, les yeux clos.

Arthur entra hardiment dans l'eau. Elle ferma les yeux et entendit un plouf sonore. « Fameux ! » s'écria-t-il, quoique sa voix exprimât davantage la souffrance que le plaisir. Alexandra avait trempé sa main dans l'eau sur le bateau de Kidder, et cela lui avait suffi. Elle était d'une température avoisinant le zéro, assez froide en tout cas pour expliquer que les phoques préfèrent se chauffer au soleil sur les rochers.

Alexandra somnola, gagnée par une demi-torpeur, pensant vaguement à Bannerman et à sa famille. La chaleur semblait peser sur elle et la clouer au sol. La sensation n'était pas désagréable quoiqu'elle sût qu'il lui faudrait bientôt se lever si elle ne voulait pas griller. Elle s'accorda une ou deux minutes, et fut prise d'un brusque frisson. Elle ouvrit les yeux. Un nuage passait devant le soleil, et il faisait froid. On n'était pas sous les tropiques, après tout, mais dans le Maine. La chaleur était trompeuse, et il suffisait que le soleil se cache pour vous le rappeler.

Elle raccrocha son soutien-gorge, puis se redressa et regarda la baie. L'eau était devenue gris acier, l'horizon avait disparu et une forte brise qui s'était levée sans avertissement creusait la mer de façon inquiétante. Alexandra sentit son estomac se soulever à l'idée du voyage de retour en bateau.

Puis elle se rendit compte qu'Arthur n'était nulle part dans ce paysage. Les rochers commençaient à scintiller sous l'assaut de petites vagues ; les phoques s'agitaient et protestaient en glapissant contre la brusque interruption de leur bain de soleil ; sur les galets, les vêtements d'Arthur reposaient, soigneusement pliés. Alexandra eut l'impression que la distance qui la séparait de l'eau s'était rétrécie. La marée montait-elle? Pendant combien de temps avait-elle somnolé ?

La panique lui serra la gorge. Elle appela Arthur aussi fort qu'elle le put mais, s'il y eut une réponse, elle fut noyée par le cri des phoques. Elle appela encore. Le vent qui avait encore forci lui renvoyait sa voix, et les vagues battaient maintenant les rochers avec violence.

Debout sur la plage devenue menaçante, frissonnant dans ses sous-vêtements, elle essaya de se persuader que Bannerman lui jouait une sorte de farce masculine stupide et sentit monter sa colère. Il y eut un brusque vacarme sur les rochers, mais ce n'étaient que les phoques qui, se résignant au changement de temps, se laissaient glisser dans l'eau avec des reniflements dégoûtés. Sa colère s'évanouit.

Elle s'efforça de réfléchir logiquement. S'il avait été emporté par la marée ou les courants, elle ne pouvait rien faire. En revanche, s'il avait eu un accident et était toujours conscient, il essaierait d'atteindre les rochers et de s'y accrocher. C'était là qu'elle devait le chercher en allant aussi loin que possible sans perdre pied, car elle ne nageait pas assez bien pour survivre longtemps dans une mer aussi agitée.

Elle entra dans l'eau jusqu'à la taille et fut saisie par le froid qui lui engourdit les jambes presque instantanément. Ses pieds dérapaient sur la mousse et les algues, mais elle continua à progresser vers les rochers où les phoques s'étaient dorés au soleil quelques instants auparavant. Elle glissa une ou deux fois dans des trous plus profonds et barbota désespérément pour reprendre pied. Elle s'écorcha les genoux, s'égratigna les mains, se cassa les ongles mais parvint néanmoins à atteindre les gros rochers qui marquaient l'extrémité de la baie.

Dès qu'elle eut dépassé leur protection, le vent se mit à mugir. De longues bandes d'écume zébraient la mer et, autour d'elle, l'eau était d'un noir d'encre. Elle était allée aussi loin qu'elle le pouvait — elle savait qu'il lui faudrait toutes les forces qui lui restaient pour regagner la plage et n'était même pas sûre d'y parvenir. Elle pleurait maintenant, et le sel de ses larmes se mêlait à celui de la mer au point de la rendre presque aveugle. Une vague l'envoya heurter un rocher, si brutalement qu'elle ne sentit même pas le choc. S'était-elle cassé quelque chose ? Il était inutile d'y penser. Elle s'accrocha au rocher en gémissant, sentant l'odeur de poisson que les phoques avaient laissée derrière eux.

S'agrippant aux algues afin de ne pas être emportée par les flots, elle contourna le rocher pour tenter de se mettre sous le vent — était-ce la bonne expression ? Elle chercha un appui derrière elle et sa main rencontra quelque chose de mou. Elle la retira en poussant un cri, étonnée d'être encore capable d'avoir peur. Les phoques mordaient-ils ?

Puis elle se rendit compte que ce qu'elle avait touché n'avait pas de poils. Elle se retourna et vit Arthur qui s'accrochait à l'autre face du rocher. Bien qu'il eût les yeux ouverts, il semblait incapable de parler et respirait par saccades. Une plaie profonde barrait son front, mais ce qui effraya le plus Alexandra, ce furent ses ongles bleu sombre, presque violets, qui contrastaient avec ses mains livides.

Elle dut rassembler tout ce qu'il lui restait de forces pour l'entraîner loin du rocher. Elle ne s'y connaissait guère en techniques de sauvetage et encore moins en médecine, mais elle savait qu'il mourrait de froid si elle ne le ramenait pas sur le rivage. Il lui était impossible de le soulever — il était trop lourd pour cela — et il paraissait incapable de faire le moindre mouvement. C'était un poids mort, se dit-elle. Le mot résonna de manière sinistre dans son esprit.

A chacun de ses pas, la tête d'Arthur s'enfonçait sous l'eau. En regardant la distance qui la séparait encore de la plage, elle conclut qu'elle l'aurait noyé bien avant d'atteindre celle-ci. Elle le mit sur le dos, lui passa les bras autour de la poitrine et, lui soulevant la tête autant qu'elle le put, reprit sa marche à reculons.

Elle glissa, trébucha, coula, dut même parfois nager maladroitement en le soutenant d'un bras, convaincue qu'ils allaient se noyer tous les deux. Elle aurait voulu prononcer quelques paroles encourageantes, mais elle claquait tellement des dents qu'elle y renonça. Elle sanglotait si fort que le bruit de ses sanglots couvraient celui du vent et des vagues. Enfin, au prix d'un ultime effort, elle le hala sur les galets, avec tant de rudesse qu'elle eut peur de lui avoir brisé le dos.

Elle s'efforça de le tirer hors de l'eau, puis courut chercher la couverture en envoyant voler le panier de pique-nique qui y était posé, et en enveloppa Arthur. Il avait toujours les pieds dans l'eau, mais elle avait fait de son mieux.

Sa respiration se fit plus profonde. Un bon ou un mauvais signe? Elle n'en savait rien. Elle s'étendit près de lui, cherchant à lui communiquer le peu de chaleur que son corps pouvait encore offrir. Ses lèvres remuèrent, et elle tendit l'oreille pour saisir ses paroles. « Qui dit mieux ? » crut-elle entendre. Mais ce n'était certainement pas ça. « Kidder ! répéta-t-il plus fort. Radio ! »

Elle avait complètement oublié le radiotéléphone. Elle maudit sa stupidité, puis se dit qu'il n'aurait servi à rien d'appeler Kidder avant d'avoir trouvé et sauvé Arthur.

Elle se précipita vers l'endroit où ils avaient pique-niqué, s'affola un instant en ne trouvant pas l'appareil, puis courut vers le panier renversé et repêcha la radio enfouie sous un amas de verre brisé et de sandwiches mouillés. Une pluie cinglante ponctuée d'éclairs tombait maintenant par rafales. Elle se demanda le danger qu'il y avait à se tenir là, trempée jusqu'aux os, avec une antenne de radio pointée vers le ciel. Elle avait assez vécu à la campagne pour savoir ce dont la foudre était capable. Elle sortit l'antenne télescopique et attendit l'éclair qui la brûlerait ou la réduirait en cendres. Puis elle se rendit compte qu'elle ignorait tout du fonctionnement de l'appareil. Il avait des touches comme un téléphone et un affichage digital qui brillait d'un vert spectral. Une barre rectangulaire illuminée portait la mention « Envoi ». Elle la pressa, colla sa bouche contre l'appareil et cria : « Monsieur Kidder ! Ben ! Au secours ! »

Après des crépitements assourdissants, la voix de Kidder lui parvint, aussi claire qu'un son de cloche. « Ne hurlez pas, dit-il. Vous avez failli me faire éclater les tympans.

— Il faut que vous veniez tout de suite.

— Je suis déjà en route. Je suis parti dès que j'ai vu que le temps changeait. Il fait un peu humide, hein ?

— Arthur a manqué se noyer. Je ne sais pas quoi faire. Dépêchez-vous, je vous en prie !

— Dans quel état est-il?

— C'est très grave. Il vit toujours, mais à peine.

— Couvrez-le. Essayez de le réchauffer. Appuyez sur sa poitrine pour chasser l'eau de ses poumons. Est-ce que vous pouvez tenir une vingtaine de minutes ?

— Je ne sais pas. Vous ne pourriez pas envoyer un hélicoptère ?

— Pas par ce temps, mademoiselle. Couvrez-le de votre mieux et priez. »

Elle rejoignit Arthur, se serra contre lui et, pour la première fois depuis son enfance, pria.

Elle récitait encore le « Notre Père » lorsque Kidder arriva, une éternité plus tard.

Il était appuyé contre des coussins, blanc comme un linge, les yeux fermés. Son front bandé lui donnait l'air d'un général blessé au combat. Il ne manquait qu'un groupe d'officiers à la mine grave pour compléter le tableau.

Assise près de lui, Alexandra grelottait, ne parvenant toujours pas à se réchauffer malgré le feu, d'innombrables tasses de thé, et même un verre de cognac qui n'avait réussi qu'à la faire suffoquer.

Bannerman respirait normalement et lui tenait la main, comme un enfant effrayé. Il avait toujours les ongles bleus, mais d'une teinte plus pâle. Elle espéra que c'était bon signe. Dehors, la tempête faisait rage. Les arbres gémissaient et craquaient sous le vent et, de temps à autre, la maison elle-même semblait frémir. Alexandra nourrissait à présent à l'égard des côtes du Maine une antipathie qui durerait probablement sa vie entière.

Elle veillait Arthur depuis deux heures, et les Kidder faisaient de courtes apparitions pour lui donner des nouvelles de la tempête qui avait coupé l'électricité et les lignes téléphoniques. Le couple était dans son élément. Alexandra se dit que la mer leur offrait un feuilleton à l'eau de rose d'un bout de l'année à l'autre. Mme Kidder pouvait débiter des histoires de noyades, de naufrages, de tempêtes épiques et de sauvetages héroïques à n'en plus finir — et elle ne s'en privait pas.

Une rafale plus violente ébranla la maison ; des étincelles volèrent dans la cheminée. Bannerman ouvrit les yeux et la regarda. « C'est toi qui devrais être au lit, dit-il. Tu as encore les mains glacées.

— Chut ! Ne t'inquiète pas pour moi. Il faut que tu restes couché jusqu'à ce que Ben puisse aller chercher un médecin.

— Je n'ai pas besoin d'un cul-terreux de médecin. J'ai eu une crampe, c'est tout. Dans cette eau froide, cela aurait pu arriver à n'importe qui.

— Tout le monde ne s'évanouit pas à la suite d'une crampe.

— Je me suis cogné la tête. J'ai bien failli me noyer. Horrible comme sensation. Tu sais à quoi j'ai pensé, accroché à mon rocher? Je me suis dit: voilà bien la chance de Robert; je vais me noyer avant d'avoir pu modifier mon testament.

— Cela compte vraiment à ce point pour toi?

— Oh oui! Sans aucun doute.» Il lui serra la main avec force.

«J'ai ressenti une douleur abominable, pire que tout ce que j'ai pu connaître.

— Ben Kidder pense qu'il s'agissait d'une crise cardiaque, Arthur. Moi aussi.

— Mon cœur est en parfait état.

— De toute façon, cela ne te fera pas de mal de te reposer jusqu'à l'arrivée du médecin...

— Qu'il aille au diable! Je ne veux pas qu'on me traite en infirme.»

Alexandra s'apprêtait à riposter avec violence — elle ne lui avait pas sauvé la vie pour se faire invectiver simplement parce qu'elle se préoccupait de sa santé —, mais elle remarqua son expression. Il avait peur. Peur de quoi? se demanda-t-elle. Peur de s'entendre dire la vérité par le médecin ou peur que, elle, l'apprenne? Et quelle était cette vérité? Peut-être simplement qu'il avait soixante-quatre ans et le cœur d'un homme de son âge. S'il détestait la faiblesse chez les autres, combien il devait la haïr chez lui!

Curieusement, cet éclat sembla lui redonner des couleurs et lui faire retrouver sa bonne humeur naturelle. «Excuse-moi, dit-il. Je n'aurais pas dû élever la voix. Je me suis conduit comme un satané imbécile et tu m'as sauvé la vie. Un de mes cousins s'est noyé ici lorsque j'étais enfant, et j'aurais dû être plus prudent. Tu t'es montrée très courageuse, tu sais, ajouta-t-il en lui caressant la joue. Bien plus que je ne le méritais.

— J'étais terrifiée.

— Tu as quand même eu assez de présence d'esprit pour me retrouver et me ramener. Peu de gens en auraient été capables. » Il lui adressa un sourire, le premier depuis qu'il l'avait quittée pour aller se baigner. « Et peu de gens en auraient eu *envie*.

— Mets-toi encore en colère et je ne le ferai peut-être pas la prochaine fois. »

Il ferma les yeux, et son humeur changea de nouveau.

« J'ai effectivement pensé à Robert, dit-il, et à ce que ma noyade aurait d'ironique. Mais ce n'est pas tout ce qui m'est passé par l'esprit. On est censé voir sa vie entière défiler au ralenti lorsqu'on se noie. Eh bien, ça n'a pas du tout été le cas pour moi. J'étais même un peu déçu. Au lieu de cela, je me suis dit que j'allais te perdre et, brusquement, j'ai trouvé assez de force pour nager jusqu'à ce rocher. Je le voyais, tu sais, il n'était qu'à quelques mètres, mais j'étais incapable de l'atteindre, même pour sauver ma vie. Et puis j'ai pensé à toi et, l'instant d'après, je me cognais la tête contre ce foutu caillou. Etonnant, non ? En fait, tu m'as sauvé la vie *deux* fois.

— Et je vais le faire une troisième en te disant de t'étendre et de te reposer.

— Pas question. » Il se redressa vivement, puis gémit. « Flûte ! Je suis aussi faible qu'un chaton. Ecoute, je vais te poser une question. Je veux que tu me répondes sincèrement, d'accord ? »

Elle acquiesça. Elle n'aimait pas ce genre de jeux. Lorsque les gens se mettaient à faire tout un plat de la sincérité, c'était généralement pour vous dire quelque chose que vous ne souhaitiez pas entendre ou vous poser une question à laquelle vous ne désiriez pas répondre. Au ton pressant d'Arthur, elle comprit toutefois qu'il y accordait beaucoup d'importance.

« Ce que je dois savoir, Alexandra — et je veux la vérité —, c'est si tu m'aimes. »

Elle le dévisagea avec étonnement. Il avait l'expression grave d'un juge et ne la quittait pas des yeux. Prise de panique comme elle l'avait été dans les vagues, elle lui en voulut un peu de l'acculer de la sorte. Puis, elle se rendit compte qu'il n'y avait qu'une réponse possible. « Oui, fit-elle avec calme.

— C'est tout ce que j'ai besoin de savoir. Tu n'aimes pas le dire, n'est-ce pas ? Tu t'y refuses, en fait. Est-ce dû à moi ou y a-t-il d'autres raisons ?

— Cela n'a rien à voir avec toi, Arthur. J'ai dit à des gens que je les aimais alors que c'était faux, et je m'en suis voulu. Lorsque j'ai été sincère, cela ne m'a valu que des souffrances — à moi ou à ceux à qui je le disais, ce qui est pire.

— Je suis d'accord avec toi d'une certaine manière. Il n'y a sans doute pas de phrase qu'on utilise davantage à tort et à travers. Ma grand-mère racontait une belle histoire à ce propos. Peu après son mariage avec Cyrus, elle a attendu qu'il soit assis devant son petit déjeuner et lui a demandé : "M'aimez-vous vraiment, Cyrus ?"

« Dieu sait comment elle a trouvé le courage de lui poser la question. Toujours est-il que mon grand-père a déplié sa serviette, décapité son œuf à la coque et répondu : "Ecoutez, je vous ai aimée dès le premier jour ; je vous aime aujourd'hui ; je vous aimerai toujours. Ce sont mes derniers mots sur le sujet, et je ne veux plus jamais en entendre parler !" »

Il éclata de rire et elle l'imita, heureuse de le voir redevenir lui-même et imaginant avec amusement Cyrus Bannerman avec son col empesé et ses bottines à boutons dictant sa loi à sa jeune épouse dans ce qui avait dû être l'unique conversation romantique de leur mariage. « Cyrus et moi aurions peut-être formé un couple bien assorti, dit-elle.

— Oh ! Il appréciait les jolies femmes — bien qu'il n'ait jamais dévié du droit chemin. A Kiawa, il aimait avoir quelques jeunes femmes séduisantes à sa table, et c'était un grand charmeur quand il le voulait. Oui, tu te serais bien entendue avec le vieux. Il ne parlait pas dans le vide et tenait toujours ses promesses. »

Elle lui jeta un regard méfiant. « Est-ce que cela signifie que tu vas me demander de t'en faire une ? »

Il acquiesça de la tête. Rire paraissait avoir épuisé ses forces. « Plusieurs, dit-il.

— Vas-y.

— La première ne devrait pas te coûter beaucoup. Ce... euh... cet accident ne s'est jamais produit. Pas un mot à qui que ce soit.

— Tu sais bien que je n'en aurais pas parlé, Arthur. Mais que fais-tu des Kidder? Mme Kidder adore manifestement les commérages.

— Je sais. Il n'y a rien d'autre à faire ici l'hiver — à part les guirlandes de Noël. Mais ils feront ce que je leur dirai. Les gens du pays connaissent tous les secrets, mais ils n'en parlent jamais aux étrangers, crois-moi.

— Et l'autre promesse?

— Elle est plus délicate. Je vais fêter mon soixante-cinquième anniversaire dans moins d'un an, ce qui me laisse le temps de prendre mes dispositions concernant le Trust. Oh ! J'établirai peut-être un document temporaire avant cette date pour plus de sûreté. Je n'ai pas la moindre intention de me rebaigner dans une eau glacée, je t'assure, mais là-bas, sur mon rocher, je me suis dit que j'étais un damné imbécile de ne pas avoir mis mes intentions par écrit. En tout cas, je voudrais que tu t'accommodes de nos relations actuelles jusque-là, si insatisfaisantes que tu les trouves.

— Je n'avais pas l'intention de partir, Arthur. Je ne t'ai pas sauvé de la noyade pour te quitter.

— Ce n'est pas ce que je voulais dire. Je parlais de la vie que nous menions... Tous ces fichus secrets. Tu n'aimes pas ça, et je ne t'en blâme pas. Moi non plus.

— Je ne me suis pas plainte.

— Non, et je t'en suis reconnaissant. Mais le silence est parfois une forme de reproche. Quiconque a été marié le sait.

— Je n'ai pas été mariée.

— C'est vrai, répondit-il vivement. J'avais oublié. Ce n'est pas aussi bien qu'on le prétend... Enfin, peu importe. Je veux que tu me promettes autre chose.

— Tout ce que tu veux.

— Non, non, c'est très précis et cela ne va pas te plaire. Tu connais mes intentions concernant le Trust, ma famille, l'avenir... C'est quelque chose que nous allons partager, mais si, pour une raison quelconque, nous ne le pouvions pas... Bref, je voudrais que tu fasses exécuter mes volontés si j'en étais incapable.

— Et pourquoi le serais-tu ? »

Il lui lança un regard furieux. « Parce que je peux mourir, bon sang! Ou devenir infirme.

— Je ne veux pas y penser. Ça n'arrivera pas.

— Bien sûr que non. C'est simplement un plan d'urgence, comme on dit.

— C'est morbide.

— Pas du tout. Donne-moi ta parole et n'y pensons plus. Je te promettrai tout ce que tu veux en échange. Même de ne plus boire.

— Tu n'as pas besoin de faire un pareil sacrifice, fit-elle en riant. Tu as ma parole puisque tu y tiens, et je te demande seulement d'aller voir un ´decin à New York pour te faire faire un bilan de santé comme n'importe quel homme raisonnable.

— Tu es dure en affaires, mais c'est entendu.

— Et fais ce qu'il te dit.

— Bon Dieu! J'aurais préféré que tu me demandes des diamants. Je déteste les médecins.

— Je sais. Les diamants, ce sera peut-être pour la prochaine fois.

— Oui, murmura-t-il juste avant de sombrer dans le sommeil. Il faudra que tu penses aux diamants... Vanessa les a toujours... Il y a tant de choses à régler... »

C'était une habitude qu'il avait prise lorsqu'il était fatigué. On aurait dit qu'il se parlait à lui-même. « Il faudra que tu t'occupes de la Fondation », marmonnait-il tard le soir alors que la conversation roulait sur un autre sujet, ou : « Il faudra regarder de près le trust de mère. »

Alexandra savait combien ses responsabilités — ou le sentiment de les avoir trop longtemps négligées — l'obsédaient. Elle ne s'étonnait donc pas qu'il continue à y penser même dans son sommeil...

Elle se demandait quand même pourquoi il accordait brusquement tant d'importance aux diamants, quoi qu'ils représentent pour lui. Elle ne le bouscula pas. Il avait des rendez-vous avec des avocats, des banquiers, des conseillers fiscaux, des gens qui semblaient consacrer leur vie à étudier les affaires financières des Bannerman dans leur moindre détail comme les Juifs orthodoxes étudient le Talmud. Arthur ne leur divulguait rien de ses projets ; il donnait simplement l'impression de vouloir se mettre au courant, à la manière d'un propriétaire absentéiste qui se décide enfin à faire une inspection en règle de ses biens. Quelle que fût la complexité du sujet, il insistait pour qu'on lui en rende compte sur une seule feuille de papier dactylographiée, leçon qu'il avait retenue de sa campagne présidentielle. « Qu'ils fassent le travail, lui disait-il. C'est pour cela qu'ils sont payés. Je n'ai pas besoin d'un roman ni d'un tas de faits et de statistiques dépourvu de signification. Je veux les chiffres, les problèmes et les choix possibles. J'ai appris cela d'Ike. "Un bon général est un bon organisateur", me disait-il, et il avait raison. Ne l'oublie jamais. »

Il ne semblait pas à Alexandra qu'elle aurait jamais besoin de cette connaissance et encore moins de la mettre en pratique. Arthur était plein de bons conseils depuis quelque temps. Ayant survécu à une demi-noyade et à une tempête, il était « *high* », comme aurait dit Simon. Il débordait d'énergie et étudiait des piles de rapports d'une page en y prenant apparemment un plaisir de tous les instants. Elle ne lui rappela sa promesse qu'au bout d'une semaine. Comme elle le prévoyait, il se renfrogna. « Je t'ai donné ma parole, dit-il d'un ton bref.

— Mais tu ne l'as pas encore tenue.

— J'ai un rendez-vous pour la semaine prochaine. Blumenthal est un homme occupé. Il ne pouvait pas me recevoir avant lundi. Après tout, il a de vrais malades à soigner. »

Elle n'insista pas. Elle était convaincue qu'il s'était bien gardé d'insister et avait laissé croire à une simple visite de routine. Aucun médecin, si occupé et célèbre fût-il, n'aurait refusé de recevoir Arthur Bannerman dans la journée. Quoi qu'il en soit, si quelque chose n'allait pas, Blumenthal le verrait. Elle aurait aimé lui téléphoner pour lui raconter ce qui s'était passé dans le Maine, mais Arthur ne le lui aurait jamais pardonné. Contrairement à lui, et n'ayant jamais été malade elle-même, elle avait une foi aveugle dans les médecins.

D'ailleurs, on ne pouvait nier qu'il paraissait entièrement remis. Il avait le teint sain, dormait bien et marchait à une allure qu'elle avait du mal à suivre.

Elle se dit qu'elle n'avait aucune raison de s'inquiéter.

« En pleine forme, dit-il en l'embrassant.

— Tu lui as parlé de ce qui t'est arrivé dans le Maine ?

— Bien sûr. Il a mis cela sur le compte de l'épuisement, de l'hypothermie et du choc. J'ai une patente de santé en bonne et due forme. »

Bien que son visage rayonnât de satisfaction, elle ne crut pas un mot de ce qu'il disait. Pourtant, s'il avait eu quoi que ce soit de sérieux, Blumenthal l'aurait certainement envoyé dans un hôpital, ne fût-ce que pour lui faire passer des examens.

Il se dirigea vers le bar et déboucha une bouteille de champagne.

« Je croyais que tu n'aimais pas ça, dit-elle.

— Oh ! Je n'ai rien contre. Cela me donne juste des gaz. Et puis, c'est la boisson qui convient dans les grandes occasions.

— Que fêtons-nous ? »

Il servit le champagne, choqua son verre contre le sien, puis frotta le bouchon contre son oreille. « Ça porte chance, paraît-il. Blumenthal ne s'est pas contenté de m'examiner, il m'a également fait une analyse de sang.

— Une analyse de sang ? Qu'est-ce qu'il y a à fêter là-dedans ?

— Tu devrais t'en faire faire une toi aussi.

— Je ne vois vraiment pas pourquoi. »

Il lui sourit, d'un sourire à la fois timide et

sournois. « Eh bien, je vais te le dire : parce qu'on ne peut pas se marier sans analyse de sang dans l'Etat de New York. » Il toussota. « En bref, je te demande de... m'épouser. »

Prise au dépourvu, elle le dévisagea, cherchant à démêler ses propres sentiments. Sa première pensée fut qu'il plaisantait, mais ce n'était pas dans sa nature. Elle vida son verre de champagne d'un trait, ce qui lui fit aussitôt tourner la tête. « Tu es sûr ? demanda-t-elle avec plus de prudence qu'elle ne le souhaitait.

— Tout à fait sûr, répondit-il en la resservant. Nous nous connaissons depuis plusieurs mois et tu m'as sauvé la vie. Beaucoup de gens se marient bien plus hâtivement que ça. Sans compter que je t'aime.

— Depuis quand y penses-tu, Arthur ?

— Oh ! Ce n'est pas un coup de tête, je t'assure. J'ai simplement décidé qu'il était inutile d'attendre plus longtemps. Je sais bien que tu n'es pas forcément d'accord mais, pour ma part, cela me rendrait très heureux. »

Elle ne savait que dire, ne savait même pas vraiment ce qu'elle éprouvait. Elle avait soigneusement évité de penser à l'avenir. Le mariage était une possibilité qu'elle n'avait même pas voulu envisager, un engagement si irrévocable — et qui aurait des répercussions si inimaginables — qu'elle en avait peur. En épousant Arthur, elle ferait partie de sa famille, deviendrait la belle-mère de Robert ! Il aurait voulu qu'elle l'enlace et lui dise oui, bien sûr, et elle se sentait coupable de ne pas le faire, mais lui en voulait aussi de la mettre si brutalement au pied du mur.

« Eh bien, je suis flattée, dit-elle. Et un peu déconcertée, je suppose. Que va dire ta famille ? Elle ne m'accueillera certainement pas à bras ouverts.

— Non, fit-il en riant, et c'est bien dommage. Mais personne ne saura rien pour l'instant. J'ai réfléchi au problème, et il suffira en fait d'agiter un peu la carotte et le bâton. Je les réunirai tous à Kiawa pour mon soixante-cinquième anniversaire — ils seront bien obligés de venir, même Cecilia —, et je leur ferai part de mes décisions concernant le Trust. La carotte, c'est que chacun d'eux sera traité généreusement — *très* généreusement —, Robert compris. Mais, pour cela, il faudra qu'ils t'acceptent, ma chérie, et c'est cela le bâton, pour parler carrément.

— Ce n'est pas vraiment la meilleure manière de les amener à m'aimer.

— Ne t'inquiète pas pour ça. Le temps arrangera peut-être les choses. Ou peut-être pas. L'important n'est pas qu'ils t'aiment, mais qu'ils acceptent le mariage avec le minimum d'histoires et d'intrigues. Il y aura des orages, je n'en doute pas, mais, une fois qu'ils auront compris qu'ils risquent de perdre vingt-cinq millions de dollars s'ils ruent dans les brancards, ils se calmeront vite. Robert aura beau être furieux, sa situation financière ne lui permet pas de riposter. Cecilia... Il faudra user de beaucoup de persuasion. Ce ne sera pas facile. Quant à Putnam, je suppose qu'il s'en moquera éperdument.

— Et ta mère ?

— Elle est réaliste. Je ne dis pas qu'elle sera ravie, mais je ne vois pas pourquoi elle n'apprendrait pas à t'aimer pourvu que tu ne te mêles pas de la façon dont elle gère Kiawa — ce que tu es bien trop sensée pour faire. Ces considérations sont toutefois inutiles si tu ne veux pas de moi pour mari. »

Il but une gorgée de champagne, fit la grimace et alla se servir un scotch. « Il nous faudrait naturellement établir un contrat de mariage, reprit-il. Et tu bénéficierais d'un trust important. L'argent ne devrait pas influencer ta décision — je sais que ce ne sera pas le cas —, mais je dois néanmoins te signaler que tu seras un jour une femme très riche. Ce sujet t'embarrasse, n'est-ce pas ? Il faut que tu comprennes que parler d'argent ne me gêne pas le moins du monde.

— Je ne suis pas gênée. Je ne sais pas quoi dire, c'est tout.

— Pourquoi n'essaierais-tu pas de dire oui ?

— Ce n'est pas aussi facile. » Elle aurait aimé avoir le temps de réfléchir mais elle savait qu'il n'en était pas question.

« Est-ce notre différence d'âge ? Je reconnais que c'est un problème. Lorsque tu auras trente-cinq ans, j'en aurai *soixante-quinze* ! Et les hommes vivent longtemps dans ma famille. Tu risques d'être une vieille dame avant de devenir une riche veuve.

— Non, il ne s'agit pas de cela. Ton âge m'est complètement égal, et j'aimerais beaucoup être ta femme. C'est ta famille qui m'effraie. Je ne sais pas si je parviendrai à m'habituer à elle, ni même si j'ai envie d'essayer.

— Tu ne l'affronterais pas seule, je serais là pour t'aider. Sans compter que tu n'auras pas à la voir souvent. Il y a pire que d'être un Bannerman, tu sais.

— Ce n'est tout de même pas pareil que d'épouser son voisin de palier, non ? Ça ressemble un peu à un mariage royal. Il faudrait que je sois à la hauteur, que je corresponde à l'idée que se font les autres de ce qui est bien ou mal pour un Bannerman. J'aurais l'impression de vivre dans une vitrine, exposée à tous les regards.

— Je ferai l'impossible pour te faciliter les choses, je te le promets. D'ailleurs, lorsque l'avenir de la fortune sera réglé, je ne vois vraiment pas ce qui nous empêcherait de mener une vie paisible et heureuse. J'ai beaucoup à faire. Je construirai mon musée, et cela nous pourrons nous en occuper ensemble. Nous voyagerons, nous ferons tout ce qui nous chantera...

— Tu présentes les choses sous un jour idyllique, Arthur. Mais ça ne sera pas aussi facile. Dès que la nouvelle sera connue, les journalistes vont s'intéresser à moi. Ils parleront à tous les gens que j'ai connus, fouilleront dans mon passé à la recherche du moindre ragot...

— Et après? fit-il en haussant les épaules. Je m'en fiche, et tu devrais faire pareil. »

Elle déglutit. C'était certainement le moment ou jamais de lui avouer la vérité, mais elle ne pouvait s'y résoudre, ne parvenait pas à trouver les mots qui convenaient. « J'ai fait des choses que je regrette, murmura-t-elle enfin. Des choses dont j'ai honte aujourd'hui... »

Bannerman rougit de colère. « Je m'en moque! tonna-t-il. Et je ne veux rien savoir! Qui peut se vanter d'être parfait! Tu seras ma femme. Rien d'autre ne compte pour moi, c'est clair? »

Elle fut à la fois étonnée par cet éclat et effrayée par ses conséquences: il avait le visage empourpré, les mains tremblantes, ses lèvres avaient pris cette teinte bleuâtre qu'elle avait déjà remarquée dans le Maine, et il respirait avec difficulté.

Tous les inconvénients de ce mariage défilèrent dans son esprit comme des signaux d'alarme clignotant furieusement dans l'obscurité. Les enfants d'Arthur s'y opposeraient farouchement; la redoutable Mme Bannerman (elle devinait déjà qu'il ne pourrait y avoir qu'une seule Mme Bannerman et que ce ne serait pas elle) la haïrait immédiatement; elle serait accablée de responsabilités qu'elle ne désirait et ne saurait pas assumer: la fortune, les maisons, les domestiques, les problèmes familiaux... Et son passé ? Quoi qu'Arthur en dise maintenant, il ne serait pas ravi de le voir révélé au grand jour. Sans parler de la réaction de sa famille...

« Bon sang, Alexandra, je t'aime ! Je te veux pour femme. J'ai droit à une réponse. Oui ou non ? »

Sa voix lui parvint à travers le brouillard de craintes au sein duquel elle se débattait, et elle sut qu'elle ne pouvait faire marche arrière. Si elle refusait, il lui pardonnerait peut-être, mais rien ne serait jamais plus pareil entre eux. Elle lui en voulait de lui imposer ce changement brutal sans avertissement, mais elle comprenait aussi qu'il lui offrait la richesse, la sécurité, une position sociale, le pouvoir d'agir à sa guise. Il lui apportait tout cela sur un plateau d'argent. De plus, elle l'aimait, et c'était ce qui comptait le plus en définitive. La *seule* chose qui comptait.

Elle avait déjà pris des risques dans son existence, mais aucun de cette importance. Elle avait cent raisons, mille peut-être, de dire non. Elle s'entendit pourtant répondre « oui » d'une voix faible.

Lorsque Arthur Bannerman voulait quelque chose, il l'obtenait vite.

Le lendemain, il passa la matinée au club de Harvard, déjeuna avec Baxter Troubridge qu'il trouva naturellement au bar, rendit visite en personne — événement rare — au directeur de la succursale du Centre Rockefeller de la Morgan Guaranty, passa quelques coups de téléphone du bureau privé de celui-ci et se fit conduire chez lui pour se changer avant de retrouver Alexandra. Il lui raconta tout cela au Lutèce où ils dînèrent au premier étage à une table discrètement dissimulée par un paravent.

« Est-ce que Baxter était ivre ? demanda Alexandra qui l'était un peu elle-même, car Arthur avait tenu à commander du champagne.

— Baxter n'est jamais ivre au sens ordinaire du terme. Son organisme a simplement besoin d'une certaine quantité d'alcool, un peu comme le moteur d'une voiture a besoin d'huile. Il a toutefois le mérite de connaître très précisément cette quantité. Je ne l'avais pas vu depuis longtemps. J'avais oublié combien il est ennuyeux. Il m'a chargé de te transmettre ses amitiés, au fait. Il a découvert plusieurs branches de la famille Walden dans l'Etat de New York. Je n'ai pas eu le cœur de lui dire qu'il n'y avait aucun lien de parenté. C'est dommage, car tu aurais deux évêques épiscopaliens, un maire de Rochester et un sous-secrétaire à la Marine dans ton arbre généalogique.

— Je peux vivre sans eux.

— Il me semble aussi. En tant que Bannerman, tu auras plus de parents que n'importe quel être humain raisonnable n'en souhaiterait, évêques inclus... Je ne comprends pas pourquoi les Français se croient toujours obligés de gâcher un bon steak en le couvrant de sauce. » Il aperçut André Soltner, propriétaire et chef du restaurant, qui du seuil lui adressait un large sourire. « *Très, très bien* !* », cria-t-il en lui rendant son sourire. Puis, dès que Soltner eut le dos tourné, il se mit en devoir de débarrasser sa viande d'autant de sauce qu'il le put. « Tu pourrais te libérer une heure ou deux demain, à l'heure du déjeuner ?

— Oui, bien sûr. Pourquoi ?

— J'ai parlé au gouverneur. Un type bien pour un démocrate. Nous devons nous marier demain à 1 heure dans le cabinet du juge Rosengarten. Jack t'emmènera faire une analyse de sang tôt le matin. Tout est arrangé. Il n'y aura ni tralala ni journalistes. Nous nous rendrons au tribunal de Foley Square, nous nous garerons sur le parking des juges, prendrons un ascenseur privé et repartirons par le même chemin... Ça n'a pas l'air de te ravir ?

— Je ne m'attendais pas à ce que cela se fasse si vite. Je ne sais même pas quels vêtements porter.

— C'est un mariage civil, ma chérie. Je ne pense pas qu'il soit nécessaire de te mettre en frais.

— Une femme doit s'habiller convenablement pour son mariage.

— Oui, bien sûr. » Alexandra le trouvait un peu brusque pour un homme qui avait obtenu ce qu'il désirait. Il semblait préoccupé.

Il repoussa son assiette. « Le lendemain du mariage, nous signerons quelques papiers, dit-il. Je les ai fait établir par un jeune avocat. Pour des raisons évidentes, il était hors de question que je passe par De Witt. En attendant, j'ai deux choses à te donner. »

Il sortit deux enveloppes de sa poche. Il ouvrit la première qui contenait une petite clé. « Morgan Guaranty, agence du Centre Rockefeller. Demande Gerald Summers, le directeur.

— Pourquoi, Arthur ?

— S'il m'arrive quelque chose, tu dois donner cette clé à Summers qui te conduira au coffre que j'ai pris à ton nom. Il faudra que tu y ailles tout de suite. Tu as bien compris ?

— Oui, mais pourquoi ? Rien ne va t'arriver.

— J'espère que non. Je suis *sûr* que non. C'est une simple précaution. Après tout, on ne prend pas une assurance parce qu'on compte mourir la semaine suivante — je n'en ai jamais eu, cela dit...

— Qu'y a-t-il dans ce coffre, Arthur ?

— Des papiers, des instructions. Il n'y a pas un risque sur un million que tu aies à l'ouvrir, alors ne t'inquiète pas pour ça. Mais ne perds pas cette fichue clé. C'est la seule pièce d'identité dont tu auras besoin. »

Il la remit dans l'enveloppe qu'il lui tendit. « Et maintenant, quelque chose de plus gai, dit-il en ouvrant la seconde. C'est pour toi. Un cadeau de mariage. »

Il s'agissait d'un magnifique solitaire, une énorme pierre montée sur un anneau d'or très sobre.

Il le lui glissa au doigt avec la délicatesse d'un joaillier et hocha la tête. « Ça a l'air d'aller, dit-il avec satisfaction.

— Est-ce que c'est comme la pantoufle de vair ? Il fallait qu'elle m'aille pour que je sois celle qui convienne ?

— Oh non ! fit-il en riant. Cette bague est dans ma famille depuis des années mais, à ma connaissance, elle n'a rien de magique. Cecil Rhodes a offert ce diamant à mon grand-père lorsque celui-ci lui a fourni une partie du capital nécessaire à l'ouverture des mines d'Afrique du Sud. Cyrus l'a fait monter en bague pour ma grand-mère qui ne l'a jamais portée. Elle l'a laissée à ma mère qui l'a donnée à Priscilla. Son histoire n'est pas vraiment aussi longue que celle des joyaux de la Couronne d'Angleterre, mais tu seras la quatrième Mme Bannerman à la posséder. »

Elle regarda le solitaire en essayant d'imaginer sa valeur. Plus d'argent que son père n'en avait gagné en une vie de labeur sans doute. Pour la première fois, l'idée qu'elle allait bientôt devenir « Mme Bannerman » prit une certaine réalité à ses yeux.

Chose curieuse, le diamant ne la mit pas de bonne humeur. Il lui faisait l'effet d'un objet d'un autre monde qui n'avait rien à voir avec elle. Elle doutait d'avoir jamais le sentiment qu'il lui appartenait.

« On dirait que tu vas pleurer, dit Arthur.

— Je n'en ai pas l'intention et je ne le ferai pas. Mais je ne crois pas que je m'habituerai à porter cette bague.

— Oh si ! Tu verras, fit-il en souriant. A un long et heureux mariage », ajouta-t-il en levant son verre.

Elle choqua son verre contre le sien en se demandant ce que serait leur vie. Il n'y aurait sans doute guère de changements dans le futur immédiat, mais que se passerait-il une fois qu'Arthur aurait réuni les siens, l'aurait amenée à Kiawa et présentée comme sa femme à sa famille et au monde ?

Elle contempla fixement le diamant comme s'il pouvait lui révéler l'avenir, mais il ne lui renvoya que son éclat, froid, brillant et étrangement sinistre.

Le jour lui-même lui laissa une impression confuse. Jack l'emmena faire son analyse de sang à l'aube. Il était bien entendu dans le secret et semblait considérer le mariage avec un amusement tranquille. Il avait toujours traité Alexandra avec courtoisie, mais il y avait un changement indéfinissable dans son attitude, un respect à peine plus marqué mais néanmoins perceptible. Alexandra Walden, petite amie ou maîtresse d'Arthur Bannerman, était une chose ; une nouvelle Mme Bannerman en était une autre. Il se tint plus raide qu'à l'accoutumée sur son siège et descendit lui ouvrir la portière avec une vivacité qui contrastait avec sa nonchalance habituelle.

Elle passa la matinée dans un état second, ravie que Simon n'eût pas pris la peine de venir au bureau. Elle s'était décidée pour une jupe et une veste crème, une imitation d'un ensemble Chanel qui semblait convenir parfaitement à la circonstance. Incapable de se résoudre à porter le solitaire, elle l'avait mis dans son sac et s'assurait toutes les demi-heures qu'il y était toujours, terrifiée à l'idée de se le faire voler ou de le perdre. S'habituerait-elle jamais à la richesse ? Son premier contact avec celle-ci la rendait aussi nerveuse qu'un chat.

Ce ne fut que lorsqu'ils furent dans le cabinet du juge, accompagnés de Jack qui leur servait de témoin, que le mariage devint réel à ses yeux. Elle signa les documents, étreignit la main d'Arthur et se tint devant le juge comme si elle attendait une condamnation. Elle entendit à peine ce qu'il disait et fut incapable de se rappeler le moment où elle avait dit « oui ». Elle ne garda qu'un souvenir flou du juge dont le visage exprimait un certain scepticisme — à moins qu'il ne fût simplement jaloux de Bannerman, un homme de son âge qui épousait une femme d'une vingtaine d'années. Il était encadré du drapeau des Etats-Unis et de celui de l'Etat de New York et, derrière lui, il y avait une photographie signée de Franklin Delano Roosevelt qu'Arthur fixa avec un dégoût manifeste. Puis ce fut fini. Arthur l'embrassa, le juge lui serra la main et elle se retrouva dans la voiture, mariée à l'un des hommes les plus riches du pays.

La bague était toujours dans son sac. Elle avait oublié de la mettre.

Leur nuit de noces fut calme, très domestique, en fait. Arthur semblait las et même irrité, sans doute parce que son avocat avait dû retarder la signature du contrat de mariage d'un jour ou deux. « Encore un fichu paperassier ! grommela-t-il. Il est aussi lent que Courtland.» Ils dînèrent en regardant un film à la télévision. «Je crois que je couve un autre rhume, dit Arthur. Je suis vraiment désolé. C'est une piètre nuit de noces.

— Ne t'inquiète pas pour ça. Ce n'est pas notre première soirée ensemble, après tout. Et puis, tu as vraiment l'air fatigué.

— Oui. Je vais prendre de la vitamine C et me coucher tôt pour étouffer tout ça dans l'œuf.»

Il dormit bien, mais ne se sentit pas mieux au matin. Il resta même couché tandis qu'elle s'habillait pour aller travailler, ce qui ne lui ressemblait guère.

«Il faisait trop chaud dans le cabinet du juge, dit-il. Je ne supporte pas les pièces surchauffées. Enfin, peu importe. Nous sortirons ce soir. Nous sommes mariés depuis trop peu de temps pour commencer à passer toutes nos soirées devant la télévision.

— Cela ne me dérange pas.

— Moi, si. Et tu changerais vite d'avis.

— Il faut que je passe chez moi en sortant du bureau. J'ai besoin de vêtements.

— A propos de bureau, est-ce que tu comptes continuer à travailler?

— Bien sûr.

— Pour Simon? Je pourrais te trouver quelque chose de beaucoup plus agréable, tu sais.

— Ce que je fais me plaît. Lorsque nous serons vraiment installés quelque part et que nous n'aurons plus à nous cacher, j'y réfléchirai.»

Il n'éleva pas d'objection. Il semblait trop fatigué pour discuter. «Entendu, dit-il lentement en prononçant chaque mot avec effort. Je n'ai jamais pensé que les femmes devaient vivre dans une cage dorée. Je passerai te prendre chez toi à 7 heures.» Il eut un accès de toux qui le laissa haletant. Elle se demanda si elle ne devrait pas rester avec lui, mais elle savait qu'il ne voudrait pas en entendre parler.

Elle lui téléphona deux fois dans la journée sans obtenir de réponse et supposa donc qu'il allait mieux.

Lorsqu'il arriva chez elle à 7 heures, il avait effectivement meilleure mine, car son visage avait repris des couleurs. « Alors, quel effet cela fait-il d'être Mme Bannerman ? lui demanda-t-il en l'embrassant.

— Pour le moment, il n'y a guère de différence. J'étais heureuse avant ; je le suis maintenant.

— J'en suis *ra-vi*, comme disait mon père. » Il se servit un verre de scotch et s'assit lourdement. « J'ai eu une journée chargée. Je suis passé à la banque, puis suis allé secouer un peu ce satané avocat. Ils croient avoir la vie devant eux dans cette profession... »

Il paraissait d'humeur irritable. Les rhumes avaient cet effet-là sur les gens, se dit Alexandra. C'était vrai pour elle en tout cas. « Tu as encore l'air fatigué, remarqua-t-elle.

— Oui, et je le suis, bon sang ! J'ai pris un ou deux cachets mais ils m'ont mis à plat. Je me demande si on ne se portait pas mieux du temps où les médecins prescrivaient du thé au citron et une cuillerée de miel. »

Il avait des cernes sous les yeux et se déplaçait avec une certaine raideur, comme si ses articulations le faisaient souffrir. « Ecoute, dit-elle d'un ton ferme. Nous ne sommes pas obligés de sortir. Etends-toi et repose-toi. Je vais préparer quelque chose à manger.

— Je n'ai pas très faim, mais je t'ai promis un dîner.

— Ne sois pas stupide. Ce sera pour une autre fois. »

A son étonnement, il n'insista pas. Elle s'était

attendue qu'il proteste, mais il semblait content de céder, signe infaillible qu'il ne se sentait pas dans son assiette.

« Un petit somme ne me fera pas de mal », dit-il. Il ôta ses chaussures, s'étendit sur le lit et s'endormit presque instantanément.

Alexandra le laissa dormir plus d'une heure, puis se dit qu'il ferait aussi bien de passer la nuit chez elle. Elle descendit dans la rue, se dirigea vers la voiture et frappa à la vitre.

« Bonsoir, mademoiselle, dit le chauffeur. Euh... madame, je veux dire...

— M. Bannerman dort, Jack. Son rhume a empiré et je l'ai mis au lit. Je pense qu'il n'ira nulle part ce soir. Vous feriez aussi bien de rentrer chez vous et de revenir demain matin.

— Vous croyez? dit-il, l'air dubitatif. Ça m'est égal d'attendre.

— J'en suis certaine, Jack. Je ne le laisserai pas se lever.

— Que quelqu'un lui dise ce qu'il doit faire, ça, c'est un changement, fit-il en riant. Mais vous avez raison. Faites-le rester au lit. C'est vous le patron maintenant. Bonne nuit, madame. »

Elle regarda la grosse voiture noire s'éloigner silencieusement, puis regagna son appartement. Arthur s'était réveillé.

« Je me sens fichtrement mieux. Ce petit somme m'a requinqué.

— Tu vas pouvoir dormir tout ton saoul. J'ai dit à Jack de rentrer. Tu peux te déshabiller maintenant.

— Il n'en est pas question !

— Fais ce que je te dis, Arthur, juste une fois, pour me faire plaisir. A quoi bon te lever si tu es mal fichu ?

— Je suis en pleine forme », répondit-il d'un ton de défi. Mais lorsqu'il voulut se redresser, il ferma les yeux un instant, haletant comme s'il venait de faire un exercice violent. « Tu as peut-être raison, reconnut-il à contrecœur.

— Et comment! » Après l'avoir aidé à se mettre au lit, elle alla se déshabiller, se démaquilla et prépara du thé. Lorsqu'elle revint se glisser à son côté, il somnolait. « Même pas de pyjama, grommela-t-il. Ce n'est pas décent pour un homme de mon âge...

— Oh! Bois ton thé et arrête de dire des bêtises.

— Je préférerais un scotch mais, pour une fois, je vais me laisser brimer. » Il parut siroter son thé avec plaisir. Alexandra l'aimait assez ainsi, affaibli et accommodant. Avait-elle un instinct d'infirmière? Non, il ne s'agissait pas de cela. Arthur se montrait rarement malléable, et elle éprouvait une indéniable satisfaction à l'avoir temporairement en son pouvoir. Elle décida d'en profiter pleinement. Il serait sans doute de nouveau aux commandes dès le lendemain et recommencerait à donner des ordres, à prendre les décisions, à organiser sa vie et la sienne, comme à son habitude.

« Drôle de lune de miel! dit-il. Mais nous allons faire un voyage de noces du tonnerre, je te le promets. Quand nous aurons signé ces fichus papiers, nous partirons quelques jours dans un endroit chaud, pas comme le Maine. Je connais un coin superbe en Californie, dans le désert. Nous monterons à cheval dans les montagnes et déjeunerons sous des palmiers, près de sources claires comme du cristal. Je n'ai pas monté à cheval depuis des siècles. Ça me ferait certainement du bien. Et après mon soixante-cinquième anniversaire, tu verras! Nous ferons le tour du monde... »

Il se tut un instant. « Dieu, que tu m'as rendu

heureux, murmura-t-il avec douceur. Tu m'as donné une nouvelle vie à un âge où la plupart des hommes s'apprêtent à jeter l'éponge. »

Elle se pencha pour l'embrasser mais, avant qu'elle eût pu dire « je t'aime » — car elle avait enfin ces mots sur les lèvres —, il était profondément endormi.

Elle lut un peu, puis éteignit la lumière. A minuit, ou peut-être plus tard, il s'agita. « Rendors-toi, dit-elle en l'enlaçant.

— Je ne fais pas grand-chose d'autre depuis quelque temps. Tu as toujours la clé que je t'ai donnée ?

— Bien sûr.

— C'était juste une question. » Il paraissait inquiet. Il se redressa avec effort, se frotta les yeux comme s'il essayait de se réveiller et prit une profonde inspiration. « J'ai tant de choses à te dire. Des choses que tu dois savoir.

— Nous avons le temps, Arthur. A quoi penses-tu ?

— A la fortune. A la famille.

— Rien ne presse.

— Robert, par exemple...

— Ne te mets pas à parler de Robert, Arthur. Tu ne vas plus dormir de la nuit.

— Il faut que tu m'écoutes. J'ai toujours remis cela à plus tard... pour toutes sortes de raisons. Surtout parce que j'avais peur de ce que tu penserais de moi, je suppose. Je voulais t'en parler dans le Maine, mais je n'en ai jamais eu le courage. Je l'ai maintenant, et je vais te dire ce qu'il y a entre Robert et moi.

— Je le sais.

— Tu ne sais rien », fit-il avec rudesse. Puis il lui prit la main et la serra dans la sienne. « Excuse-moi. Je ne voulais pas élever la voix. C'est un sujet qu'il m'est pénible d'aborder.

— Rien ne t'y oblige.

— Si, dit-il en fermant les yeux. Tu es ma femme maintenant. J'avais quatre enfants, commença-t-il dans un murmure.

— Un de tes fils est mort dans un accident de voiture, n'est-ce pas ? John.

— Oui, John. Pauvre John. Robert était mon préféré. J'adorais Cecilia, bien sûr — tous les pères ont un faible pour leur fille —, mais c'était Robert que je préférais. Et Dieu sait qu'il faisait l'impossible pour mériter mon approbation. Il avait du cran.

— Et John ? »

Perdu dans ses souvenirs, il ne parut pas l'entendre. « Putnam était le bébé de la famille. Je n'attendais pas beaucoup de lui, et il n'a donc jamais réalisé grand-chose. Enfin, peu importe. Il a du cœur ; c'est un bon garçon. John était différent. Il détestait la fortune, tu sais, et voulait même changer de nom. Nous avions de terribles disputes. Maintenant qu'il est trop tard, je comprends son point de vue. Je suis même d'accord avec lui. J'aurais dû le laisser agir à sa guise, lui permettre de trouver sa voie. Il aurait fait un bon professeur. Il avait l'enthousiasme qu'il fallait, l'éloquence, une sorte de sincérité obstinée... Mais je me suis dressé contre lui, l'ai obligé à aller à Harvard.

— Cela ne me paraît pas si dramatique que ça. La plupart des parents auraient réagi comme toi.

— Le soir de sa mort, nous avons eu une violente altercation. C'était au cours d'un de ces dîners familiaux à Kiawa qui vont de mal en pis. Je ne me souviens même pas sur quoi nous nous opposions : la politique extérieure, la politique tout court, la moralité de l'argent... Tout et rien. Je pensais que John cherchait à me mettre hors de moi alors qu'en fait il se montrait simplement sincère. Robert a tenté de nous apaiser. Il avait de l'affection pour John, même s'il était rarement de son avis. Et puis, il en était jaloux, bien sûr...

— Tout le monde connaît des problèmes de ce genre, Arthur. Si tu savais avec quelle virulence mon père s'en prenait à mes frères parce qu'ils ne voulaient pas être fermiers !

— Oui, oui, fit-il d'un ton impatient, refusant de se laisser distraire. John avait bu. Moi aussi, d'ailleurs. Ce n'était pas un gros buveur, tu comprends, mais il réagissait à l'atmosphère tendue de la soirée. Après le dîner, je lui ai dit : "Si tu as tellement honte de ton nom et de la fortune, quitte cette maison !" »

Il secoua la tête comme un boxeur qui vient de recevoir un violent coup de poing. « Il a répondu : "C'est bien ce que je compte faire." Je l'entends encore. Il est parti en claquant la porte, et je ne l'ai jamais revu vivant.

— Oh ! Mon Dieu ! C'est terrible, mais...

— Il y a bien pire, Alexandra. Robert a estimé que John était trop ivre pour prendre le volant, et il avait raison, bien sûr. Il l'a suivi, s'est disputé avec lui parce qu'il insistait pour conduire et a finalement réussi à le pousser sur le siège du passager. Robert m'a raconté tout cela après... Je ne sais pas où ils comptaient aller. A New York, je suppose. Ils ne sont jamais arrivés.

— Un accident ?

— Il pleuvait. La Taconic est une route dangereuse par temps de pluie. John avait une de ces satanées voitures de sport étrangères. Il en était fou. Elle a dérapé au sud de la route Nine Partners et heurté un break. Le conducteur a été tué. Sa fille de neuf ans aussi. »

Alexandra garda le silence. Il n'y avait rien à dire. C'était une tragédie, mais une tragédie banale. Dans sa région, tout le monde commençait à conduire à seize ans. Avant que vous n'en ayez vingt et un, un camarade de classe, un garçon ou une fille que vous connaissiez bien, avait forcément péri dans un accident de voiture. Comme pour les victimes d'une guerre, on essayait de ne pas trop y penser. « Et John ? demanda-t-elle avec douceur.

— Mort sur le coup. »

Elle aurait voulu qu'il cesse de se torturer et s'endorme.

« Robert... » Une quinte de toux l'interrompit. « Robert conduisait, comme je te l'ai dit. Il avait eu la prudence de boucler sa ceinture de sécurité et n'a pas perdu connaissance. Il a compris les conséquences que cet accident pourrait avoir sur sa carrière politique. Bref, il a mis le corps de John derrière le volant. »

Elle le contempla, stupéfaite. Son visage ne trahissait pas plus d'émotion que s'il avait été en train de commenter un article financier du *New York Times*. « Et John a porté la responsabilité de l'accident ?

— Oui. Robert m'a raconté ce qu'il avait fait. Avec beaucoup de calme. Et je l'ai laissé s'en tirer comme ça. Je n'ai rien révélé à la police. Pourquoi ruiner son avenir ? me suis-je dit. J'avais déjà perdu un fils, je ne voulais pas détruire la vie d'un autre.

— Je comprends, Arthur.

— Je n'avais pas pensé au prix qu'il me faudrait payer. Cecilia, Putnam, ma mère, tout le monde savait que je m'étais querellé avec John et l'avais laissé prendre le volant alors qu'il avait bu. "Irresponsabilité criminelle", a dit ma mère. Mais j'avais donné ma parole à Robert, tu comprends ? Je lui avais promis de garder son secret et, jusqu'à présent, je l'ai fait. »

Elle comprenait maintenant les relations tendues entre Arthur et ses enfants, son exil de Kiawa, ses rapports distants avec sa femme, la froideur de sa famille... Il avait assumé la culpabilité de Robert au prix de ce qu'il aimait, au prix de l'amour lui-même. Et puis, bien sûr, son fils s'était retourné contre lui si bien qu'il avait tout sacrifié pour rien.

« Ma responsabilité ne faisait de doute pour personne, reprit-il. J'aurais aussi bien pu le tuer de mes propres mains. Sans parler de ce pauvre type et de sa petite fille.

— Pourquoi Robert ne t'en est-il pas au moins reconnaissant ?

— C'est un fardeau trop lourd à porter. Je sais la vérité, et il ne peut me le pardonner. Ou peut-être qu'"une bonne action ne reste jamais impunie", comme disait Oscar Wilde. » Il eut un rire amer. « Sauf qu'il ne s'agissait pas d'une bonne action.

— Mais tes intentions l'étaient, Arthur. C'est important, non ?

— Tu crois ? J'ai détruit ma famille pour sauver mon fils. Je ne vois rien de bien là-dedans. Même Cecilia, qui me voue un amour excessif, est partie en Afrique après l'accident. Elle n'a pas pu me pardonner la mort de John.

— Pourquoi m'as-tu raconté tout cela ?

— Parce que tu dois savoir la vérité. Sur moi. Sur Robert. La police de l'Etat n'a pas cru un mot de son histoire, tu sais. Ce ne sont pas des imbéciles et ils voient beaucoup d'accidents. En fin de compte, j'ai parlé au gouverneur, passé quelques coups de téléphone et versé une grosse indemnité à la famille des victimes. Mais c'est surtout mon *nom* qui a sauvé Robert. Personne n'a osé contredire Arthur Aldon Bannerman. Le commissaire de l'Etat de New York est même venu en personne à Kiawa m'apporter le rapport de l'enquêteur ; il établissait avec précision ce qui s'était réellement passé et recommandait l'inculpation de Robert pour homicide involontaire et falsification de preuves. "Vous feriez mieux de le garder, monsieur", m'a-t-il dit. J'ai pris le rapport et je l'ai remercié. »

Il poussa un profond soupir et ferma les yeux. Il semblait épuisé et sa voix devenait aussi rauque que celle d'un gros fumeur. « Cela m'a fait du bien de t'en parler, murmura-t-il. Beaucoup de bien. Nous ne devrions avoir aucun secret l'un pour l'autre. »

C'était le moment idéal pour lui révéler le sien.

« J'ai une histoire à te raconter, moi aussi, commença-t-elle. Elle est peut-être même encore plus terrible que la tienne... » Puis, à sa respiration, elle se rendit compte qu'il dormait. Elle le couvrit, éteignit la lumière et se blottit contre lui.

Une ou deux heures plus tard, il bougea. Elle crut d'abord que son rhume l'incommodait mais, lorsqu'elle l'enlaça, elle comprit que ce n'était pas le cas. « Je t'aime, murmura-t-il. Tout vieux que je suis, je t'aime.

— Tu n'as pas l'air si vieux que ça.

— Jamais, j'espère. »

Elle comprit qu'il avait besoin de savoir qu'elle n'était pas choquée ou déçue, qu'elle pouvait connaître son pire secret et continuer à l'aimer. Elle se demanda s'il aurait la même attitude à son égard. C'était un risque qu'il lui faudrait courir. Demain.

Elle se serra contre lui. Si elle-même n'éprouvait aucun désir, celui d'Arthur était perceptible. Faire l'amour ne pouvait certainement pas lui faire de mal si c'était ce dont il avait envie. Et puis n'était-ce pas bon signe?

Elle le guida en elle et le laissa se mouvoir à son propre rythme. Elle était heureuse de lui donner un moment de plaisir, d'autant plus que cela semblait indiquer qu'il se sentait mieux.

Il poussa un gémissement de satisfaction et frissonna. Elle s'attendait qu'il lui caresse les cheveux ou lui murmure quelque chose — il se montrait généralement le plus tendre et le plus reconnaissant des amants. A son étonnement, il n'eut pas un geste. Charitablement, elle mit son attitude sur le compte de son rhume et des médicaments.

Quelques minutes passèrent. Sa position devint inconfortable, et elle se dégagea doucement en tâchant de ne pas le réveiller. Son corps était étrangement inerte, un poids mort qu'il était impossible de confondre avec celui d'un homme simplement endormi.

Son esprit refusa de l'accepter, refusa même de l'envisager. Elle ne pouvait se résoudre à tenter de l'éveiller. Il le *fallait* pourtant. Il avait peut-être perdu connaissance ou eu une attaque. Il lui faisait peut-être une farce.

L'improbabilité de cette dernière pensée la frappa mais, déjà, la vérité s'imposait à elle, la paralysant, ne laissant place dans son esprit qu'à la panique.

Elle n'avait pas peur, n'éprouvait même ni douleur ni chagrin, rien qu'une certitude glaçante et un sentiment d'impuissance totale. Elle resta immobile pendant une demi-heure, plus peut-être — c'était difficile à dire. Puis, la raison lui revint lentement. Il fallait qu'elle fasse *quelque chose.*

Elle se leva et alluma la lumière. Arthur gisait sur le côté, les yeux ouverts, les lèvres légèrement entrouvertes. Son visage avait repris des couleurs.

Ce n'était plus l'homme pâle et malade qu'il avait été quelques heures à peine auparavant. Il aurait pu avoir l'air en parfaite santé, sauf qu'il ne donnait plus le moindre signe de vie.

Elle savait qu'elle aurait dû appeler une ambulance, le faire transporter d'urgence dans un hôpital où on lui aurait appliqué des électrodes sur la poitrine, donné de l'oxygène, pris des mesures héroïques...

Mais elle savait aussi que cela aurait été inutile. Il suffisait de regarder ses yeux. Ils disaient la mort, définitive, irréversible, au-delà de tout miracle de la médecine moderne. Ils étaient paisibles, clairs et totalement dépourvus de vie.

Elle se demanda s'il l'avait su. Avait-il précipité leur mariage en raison de ce que le médecin lui avait appris ? Avait-il deviné qu'il pouvait mourir aussi vite, et probablement ainsi ? Elle se sentait trahie mais se refusait à le blâmer.

Elle rabattit le drap sur son visage et s'assit pour réfléchir. Elle ne pleura pas. Elle était au-delà des larmes, trop profondément bouleversée pour s'y abandonner. « Je t'aime », s'entendit-elle répéter encore et encore. Mais il était trop tard.

Troisième Partie

Un temps pour pleurer

8

Le cabinet de DeWitt dans Wall Street était une pièce sombre et lugubre, l'endroit idéal pour recueillir les secrets des riches. La seule tache de couleur y était apportée par un drapeau américain placé derrière le bureau de l'avocat, à côté d'un portrait à l'huile de Cyrus Bannerman dont le regard froid semblait fixer avec mépris les livres de droit rangés à l'autre extrémité de la pièce. L'idée d'avoir à écouter DeWitt déprimait Alexandra, à moins que ce ne fût la vue du patriarche de la famille Bannerman qui la foudroyait du regard dans son cadre doré comme si elle était une intruse. Ses yeux semblaient la suivre, comme ceux des tableaux d'enfants de Day Keane.

« C'est comme un mauvais rêve, dit-elle. Je pense toujours que je vais me réveiller et que rien ne sera arrivé.

— En effet », approuva DeWitt, les sourcils en berne. Il avait l'expression d'un ordonnateur de pompes funèbres présentant ses condoléances à un client qui lui a commandé un enterrement à bon marché. « Tout cela est très fâcheux.

— Fâcheux ? » Elle était à cran, et l'expression lui paraissait peu appropriée.

DeWitt en essaya une autre. « Pénible ? » Il fit tinter la monnaie qu'il avait dans la poche.

« Douloureux, dit-il enfin en hochant la tête d'un air satisfait.

— Cela l'a certainement été pour ma cliente », intervint Lincoln Stern d'un ton brusque. Il saisissait toutes les occasions pour parler à la place d'Alexandra qui commençait à s'en irriter.

« Sans aucun doute, dit DeWitt en reniflant. Et pour la famille aussi. Asseyez-vous, je vous prie. »

Alexandra et Stern prirent place sur le divan tandis que DeWitt s'installait en face d'eux sur une chaise d'époque qui semblait bien trop petite et fragile pour lui. Il croisa les jambes, adoptant une position d'un remarquable inconfort, et révéla une paire de chaussettes noires ornées d'un discret motif rouge — exactement le genre qu'Arthur méprisait.

Que ce fût à dessein ou par accident, l'avocat avait fourni à ses clients les symboles les mieux faits pour les mettre à l'aise : Cyrus Bannerman et le drapeau américain. Pour ceux qui auraient encore nourri quelques doutes, il y avait une série de photographies : DeWitt, la mine lugubre, dominant de la taille un Nelson Rockefeller souriant ; DeWitt serrant la main d'Eisenhower ; DeWitt, une expression de martyr sur le visage, en grande conversation avec Nixon.

Le cœur d'Alexandra se serra à la vue d'une autre photo : Arthur, plus jeune et plus élégant qu'elle ne l'avait jamais vu, descendait de son avion de campagne, les bras levés comme s'il bénissait la foule. Derrière lui se tenait Robert, âgé d'à peine trente ans. Le père et le fils avaient les mêmes traits, mais une différence microscopique donnait à celui-ci un air plus dur.

Elle se demanda si cela ne venait pas simplement de la photo. Après tout, le visage d'Arthur avait la rondeur de l'âge mûr, alors que celui de

Robert était mince et lisse. Des cernes sombres marquaient ses yeux comme s'il n'avait pas dormi depuis des jours alors que le candidat paraissait, lui, reposé et détendu. Debout à côté de Robert, DeWitt contemplait avec un dédain bien élevé les efforts que déployait son beau-frère pour plaire à l'homme du peuple.

Alexandra songea qu'elle ne connaissait en fait presque rien de la famille d'Arthur. Elle n'en savait que ce qu'il lui en avait dit, et c'était insuffisant dans sa position. Il n'y avait pas place dans ses connaissances pour cette photo, ni pour celle d'à côté : un pique-nique familial lors d'une rencontre équestre. Arthur et DeWitt vêtus de tweed encadraient une belle femme en tenue de cheval qu'elle reconnut confusément comme l'épouse d'Arthur. Couchés aux pieds de celui-ci, deux labradors le regardaient avec adoration.

DeWitt jeta un coup d'œil à la photographie. Rien ne lui échappait. « Oxridge, déclara-t-il. En 1960, je crois. Priscilla y a remporté le trophée Blair. C'était une cavalière remarquable.

— C'est ce que disait Arthur.

— Vraiment ? fit-il en lissant sa moustache. Je n'aurais pourtant pas cru que cela l'intéresse beaucoup. Je m'étonne qu'il vous ait parlé de sa femme.

— Il me parlait de beaucoup de choses, monsieur DeWitt.

— Sans doute. Ah ! Voici le café. »

Une secrétaire déposa un plateau d'argent sur la table. DeWitt ne se contentait pas des tasses ou des gobelets en plastique habituels dans les bureaux. Il possédait un beau service en porcelaine tendre anglaise et, à en juger par l'arôme, le café ne venait pas d'un distributeur. L'admiration manifeste avec laquelle il avait parlé de Priscilla Bannerman n'avait pas échappé à Alexandra.

Avait-il été jaloux d'Arthur? Estimait-il que celui-ci avait maltraité sa femme? Etait-ce pour cela que les deux hommes s'étaient détestés?

Stern s'éclaircit la voix. « J'étais opposé à cette rencontre, déclara-t-il. Je le suis toujours. La situation me paraît très claire. Il y a un testament dont ma cliente est la principale bénéficiaire, et le défunt lui a confié la charge de ses affaires. Nous nous attendons naturellement à ce que toutes les informations financières...

— Un instant, coupa DeWitt en levant la main. Nous ne sommes ici que pour un petit entretien. La famille est bouleversée, comme cela se comprend aisément. Eleanor — Mme Bannerman — est particulièrement contrariée par les spéculations de la presse concernant les... euh... circonstances de la mort d'Arthur.

— Ma cliente — contre mon avis, je dois le dire — a gardé le mariage secret. Je pense qu'une conférence de presse assainirait l'atmosphère.

— Vraiment? Aucun d'entre nous n'est près d'oublier que la presse s'en est donné à cœur joie sur le divorce de Robert grâce à vous, monsieur Stern. La famille Bannerman n'est guère ravie du choix de votre nouvelle cliente. Cela dit sans offense, bien entendu. »

Les deux hommes se jetèrent un regard noir par-dessus leur tasse de café. Alexandra se dit une fois de plus qu'elle se serait épargné bien des difficultés si elle avait mieux connu l'histoire des Bannerman. Elle se demanda si prendre Stern pour avocat n'avait pas été une erreur. Simon le lui avait recommandé pour sa combativité, et Roth avait approuvé ce choix, mais elle n'avait pas pensé alors qu'un affrontement était le dernier de ses désirs. La courtoisie de Stern l'avait séduite, mais son agressivité était aussi déplaisante pour elle que provocante pour DeWitt et, à son avis, parfaitement stérile. Elle aurait également dû se douter que le divorce de Vanessa et Robert Bannerman avait créé de l'animosité entre les deux hommes. Si seulement elle avait observé Arthur avec plus d'attention! Il savait si bien manier les gens lorsqu'il le voulait... Mais il était trop tard à présent. Elle pouvait du moins mettre fin aux chamailleries des deux avocats. "Ecoutez, dit-elle d'un ton ferme. Allons au fait, je vous prie. Je suis venue ici pour connaître ma position.

— Votre position ? fit DeWitt en prenant un air grave. Pour nous, vous n'en avez aucune.

— Vous plaisantez, DeWitt! intervint Stern d'un ton sec. Nous avons un testament et un certificat de mariage. Sa position est inattaquable.

— Vous croyez ? Il y a bien un testament. Il est ici sur mon bureau. Un document préparé avec soin, peaufiné depuis des dizaines d'années par les meilleurs avocats du pays et remis à jour tous les ans pour profiter des moindres changements législatifs et fiscaux. Arthur l'a approuvé il y a moins de six mois. Voilà son testament, monsieur, signé, attesté et notarié ; c'est autre chose qu'un bout de papier écrit à la hâte au club de Harvard au cours d'un déjeuner copieusement arrosé avec Baxter Troubridge, et dans des circonstances qui laissent planer de sérieux doutes sur son état mental.

— Il était parfaitement sain d'esprit, dit Alexandra en élevant la voix en dépit de sa volonté de rester calme. Et ce n'était pas un déjeuner arrosé.

— C'est toujours le cas avec Baxter Troubridge, et nous ne devrions avoir aucun mal à le prouver devant un tribunal, le cas échéant. » Il sortit un morceau de papier de sa poche, chaussa ses lunettes et lui adressa un sourire sinistre. « Deux soupes du jour, une salade du chef, une assiette anglaise, *six* scotches dont deux doubles et deux cognacs. Ce n'est pas vraiment un repas d'abstinents, vous ne trouvez pas ? »

Pour la première fois depuis qu'elle le connaissait, Alexandra éprouva un certain respect pour DeWitt. Il avait fait son travail, ou quelqu'un s'en était chargé pour lui. Même Stern gardait le silence, pesant l'atout de son adversaire.

« Je parie que Baxter Troubridge en a bu la plus grande partie, dit-elle. Arthur a sans doute pris un double scotch avant le déjeuner et peut-être un simple avec sa salade. Pas plus. Il avait réduit sa consommation d'alcool.

— En fait, Arthur a pris l'assiette anglaise. Il n'y a pas touché, selon le serveur. Même d'après vos estimations, mademoiselle, il aurait bu trois scotches à jeun. On ne peut pas dire qu'il était dans l'état d'esprit adéquat pour rédiger un testament, surtout s'agissant d'une fortune comme celle-ci. »

Stern avait retrouvé sa pugnacité. « La loi n'exige pas d'examen de sobriété, DeWitt. Vous le savez parfaitement. Feriez-vous subir un alcootest à vos clients, par hasard ?

— Deux vieillards ivres au club de Harvard. Cela ne passera pas, Stern. Arthur ne savait pas ce qu'il faisait, et Troubridge ne savait pas ce qu'il signait. La rédaction d'un testament est une affaire grave qui ne se décide pas sur un coup de tête après une beuverie. Sans compter que boire était précisément ce qu'Arthur n'aurait pas dû faire. Il était très malade, comme vous le saviez certainement, mademoiselle. »

Alexandra eut du mal à dissimuler sa stupéfaction. « Je l'ignorais, répondit-elle d'une voix tendue. Il m'a toujours paru en parfaite santé. »

DeWitt haussa un sourcil. Sa moustache eut un

frémissement de compassion, apparemment involontaire. « Il vous a parlé de Priscilla et pas de son cœur ? Excusez-moi, mais j'ai du mal à le croire.

— Il ne m'en a jamais dit un mot.

— Ça suffit, intervint Stern. Vous n'avez pas à faire subir de contre-interrogatoire à ma cliente, DeWitt. Je me moque de la santé du défunt comme de son déjeuner. Il a rédigé un nouveau testament et avait parfaitement le droit de changer d'avis.

— Booker et moi-même étudierons cela de près, monsieur.

— Faites ce qu'il vous plaira. Nous disposons d'un testament et d'un certificat de mariage.

— Ah oui ! Le mariage, dit DeWitt en prenant une expression écœurée. Il faudra que nous nous penchions là-dessus.

— Pour quoi faire ? Si vous voulez une copie du certificat, nous vous la fournirons.

— Ce ne sera pas nécessaire, merci. » DeWitt prit une autre feuille de papier qu'il tint du bout des doigts d'un air dégoûté. « Avec le chauffeur pour témoin. Je ne me fierais pas davantage à lui qu'à Baxter Troubridge si j'étais à votre place.

— Je ne vous permets pas d'insinuer qu'Arthur et moi n'étions pas mariés.

— Je n'insinue rien. Je pose simplement des questions.

— Auxquelles ma cliente ne répondra pas, DeWitt. D'ailleurs, je ne vois guère dans vos paroles qu'un mélange déplaisant de sous-entendus et de menaces.

— S'il en était ainsi, vous seriez certainement le premier à reconnaître ce qu'on s'accorde généralement à définir comme *votre* style, monsieur Stern.

— Je vous en prie ! intervint Alexandra qui commençait à éprouver une antipathie égale pour les deux avocats. Je ne suis pas venue ici pour me quereller ni répondre à des questions. Je ne veux pas de mal à la famille d'Arthur.

— Voilà qui est un peu fort! Arthur était un homme malade, mourant, en fait. Son médecin en témoignera. Il prenait des médicaments et buvait beaucoup — contre les recommandations du médecin, faut-il le préciser? Dans un état qu'on peut charitablement qualifier de troublé, il a été poussé à un mariage hâtif et incité à rédiger un nouveau testament quarante-huit heures à peine après que son médecin lui eut annoncé de mauvaises nouvelles sur son cœur. Le lendemain, il mourait, dans des circonstances trop déplaisantes pour être évoquées. En vous appuyant sur cette série d'événements sordides, vous prétendez à l'une des plus grosses fortunes des Etats-Unis. Et, pourtant, vous dites ne pas vouloir de mal à la famille Bannerman! Que pourriez-vous leur faire de pire, je vous le demande?»

Alexandra l'écoutait à peine. «Le médecin lui a vraiment dit qu'il allait mourir? Deux jours avant notre mariage?

— Bien sûr, répondit DeWitt d'un ton impatient. Je suis allé le voir moi-même.»

Luttant pour refouler ses larmes, elle essaya de se souvenir de l'attitude d'Arthur le jour où il était allé consulter son médecin sur ses instances, pour ce qu'il avait décrit comme un examen de routine. Il n'avait pas semblé particulièrement inquiet. Lorsqu'elle l'avait revu ce soir-là, il paraissait détendu et faisait une réussite devant la cheminée, entouré de catalogues de salles des ventes, un verre à demi plein près de lui. «En pleine forme, avait-il déclaré. C'était une perte de temps et d'argent.»

Il ne lui était jamais venu à l'esprit que sa brusque décision de l'épouser — et la rapidité avec laquelle il avait tout arrangé — avait pu lui être dictée par la certitude d'une mort imminente. Avant sa visite chez le médecin, pensait-il avoir des années devant lui, dix ou plus avec un peu de chance? Et lorsqu'elle l'avait trouvé en train de faire une réussite, savait-il que son avenir se mesurait en mois, peut-être même en jours?

Pourquoi ne lui avait-il rien dit? se demanda-t-elle avec tristesse. Mais, bien sûr, il ne le voulait ni ne le pouvait; cela aurait été contraire à son code. Il aurait détesté qu'elle le considérât comme un infirme. Il l'avait épousée de peur de ne pas pouvoir le faire plus tard, avait rédigé un nouveau testament au cas où il mourrait avant d'avoir pu disposer de la fortune dans les formes, lui avait laissé le soin d'exécuter ses volontés parce qu'il n'était plus sûr de pouvoir s'en charger lui-même...

«Je disais que j'étais allé le voir moi-même», répéta DeWitt en haussant le ton comme si elle était sourde.

Elle détestait le son de sa voix, son ton d'homme imbu de son importance. Elle le soupçonnait de ne pas hésiter à écraser l'adversaire lorsqu'il pensait s'en tirer à bon compte, et il estimait manifestement pouvoir le faire avec elle. «Je vous ai entendu, fit-elle d'un ton sec. Vous suggérez que je savais qu'Arthur était mourant et l'ai poussé à m'épouser et à rédiger un nouveau testament.»

Il battit prudemment en retraite. «Je n'ai rien insinué de tel, mais il m'est venu à l'esprit qu'il avait peut-être été... influencé.

— Ma cliente n'est pas ici pour se faire insulter, DeWitt!

— Et je ne l'insulte pas, j'espère. J'exprime seulement mon opinion sur l'état d'esprit de mon défunt beau-frère. La famille Bannerman ne nourrit aucune inimitié envers votre cliente, je vous assure.»

Alexandra se demanda pourquoi aucun des deux avocats ne pouvait l'appeler par son nom.

« Son seul souci est de préserver l'intégrité du Trust et de défendre ses droits contre l'acte soudain et irréfléchi d'un homme à l'article de la mort.

— Soudain, peut-être, fit Stern en haussant les épaules. Irréfléchi, nous le nions, et vous ne pouvez le prouver.

— Irréfléchi, monsieur Stern, répéta l'avocat sans chercher à dissimuler son mépris. Nous ne parlons pas de quelques centaines de milliers de dollars, vous savez, ni du testament de quelque grossiste en prêt-à-porter. » Sa moustache formait une fine ligne droite au-dessus de ses lèvres minces. Se la faisait-il teindre en noir? se demanda Alexandra. « Nous parlons de la fortune des Bannerman !

— Ne me jetez pas le prêt-à-porter à la figure ! tonna Stern, les yeux brillants de rage. Je ne supporterai pas ce genre d'insinuations de la part d'un avocat de Wall Street qui n'a pas eu une plaidoirie originale depuis des dizaines d'années. »

DeWitt se gonfla comme un dindon en colère. « Je n'insinuais rien, monsieur. J'ai le plus grand respect pour vos coreligionnaires. Certains des membres les plus valables de mon personnel...

— Taisez-vous ! » Sa voix était si forte qu'elle la surprit — et réduisit les deux avocats au silence. « L'argent ne m'intéresse pas. »

DeWitt ferma les yeux à demi comme s'il était absorbé dans de profondes réflexions. « Pour l'amour du ciel, laissez-moi parler, Alexandra, dit Stern en lui jetant un regard d'avertissement.

— Non. Je n'ai pas épousé Arthur pour son argent. Je l'ai fait parce qu'il me l'a demandé, parce qu'il le *voulait*. Les Bannerman et moi allons devoir vivre ensemble.

— Vraiment ? » DeWitt parcourut la pièce du regard comme s'il cherchait quelque chose. Ses yeux s'arrêtèrent sur la porte entrouverte de sa salle de conférence, puis revinrent se poser sur Alexandra. « M. Stern a raison de défendre vos intérêts, mademoiselle. Vous le payez pour cela. Mais avez-vous pensé aux frais qu'entraînerait un procès ? Sans parler du temps, des ennuis et du tapage médiatique.

— Cela ne vous regarde pas, dit Stern.

— C'est vrai, mais je suis un homme raisonnable. En confidence, et sans préjuger de la position qu'elle prendra dans l'avenir, la famille est prête à se montrer raisonnable, elle aussi. Un procès ressemble à une guerre ; c'est la pire et la plus coûteuse manière de régler un conflit. Il est toujours préférable de parvenir à un arrangement à l'amiable que d'avoir affaire à un juge et un jury, surtout dans une affaire comme celle-ci. Si les conditions étaient réunies, je pourrais convaincre les Bannerman de se montrer généreux. Très généreux.

— Et quelles seraient ces conditions ? demanda Alexandra avant que Stern ait pu réagir.

— Eh bien, le prétendu testament devrait naturellement passer par-dessus bord... Pour commencer.

— Je pense que ma cliente n'a pas à faire de commentaires sur ce point », déclara Stern en lui jetant un regard impératif.

DeWitt se racla bruyamment la gorge. « Oh ! Bien entendu. C'est notre métier à nous, avocats, de parler de ce dont on ne parle pas. »

Alexandra s'efforça de maîtriser son impatience et sa colère. Elle commençait à être lasse de s'entendre appeler « mademoiselle » et « ma cliente ». Elle ne voyait pas clairement l'avenir — il lui faudrait progresser pas à pas —, mais elle n'abandonnerait pas sans s'être battue. « Je ne suis pas venue ici pour marchander, monsieur DeWitt, dit-elle d'un ton ferme. Je veux rencontrer la famille d'Arthur. Face à face, et pas par avocats interposés. Je veux leur dire quelles étaient les volontés d'Arthur.

— C'est hors de question », répondit DeWitt, l'air scandalisé.

C'était plus qu'elle n'en pouvait supporter. Elle se leva, prit ses affaires et dévisagea DeWitt. « En ce cas, nous n'avons plus rien à nous dire, déclara-t-elle. Je vais exposer ma situation à la presse. »

A son étonnement, cela marcha. La pomme d'Adam de DeWitt monta et descendit. Le coup avait apparemment porté. Les Bannerman redoutaient les médias comme la peste. Elle en prit note pour l'avenir. DeWitt lui-même semblait avoir peur. De qui ? De Robert ? D'Eleanor Bannerman ? Pourquoi ?

« Vous ne feriez pas une chose pareille ? dit-il d'une voix étranglée. Un cirque médiatique ? Qu'en aurait pensé Arthur ?

— Je n'en ai pas la moindre idée. Si sa famille se refuse à me parler, je raconte mon histoire, c'est tout ce que je sais. »

Prendre ce ton impérieux ne lui était pas facile, surtout avec un homme de l'âge de DeWitt. La terre ne s'ouvrit pourtant pas sous ses pieds, et l'avocat parut même impressionné par sa sortie. « Je vais y réfléchir, dit-il à contrecœur. Je ne peux m'avancer davantage. Cela ne dépend pas de moi.

— Je n'attendrai pas longtemps, monsieur DeWitt. L'idée d'une conférence de presse ne me plaît pas plus qu'à vous et je ne souhaite pas davantage aller devant les tribunaux, à moins que vous ne m'y contraigniez. Mais je ne me laisserai pas traiter comme une paria.

— Vingt-quatre heures, DeWitt, jeta Stern d'un

ton sec. Ensuite, j'exige des informations financières complètes pour ma cliente et je convoque une conférence de presse pour annoncer son mariage avec Bannerman. »

DeWitt se leva brusquement. « J'ai dit que j'y réfléchirais. »

Debout, il avait l'air un peu plus imposant, se dit Alexandra. Il la raccompagna jusqu'à la porte et lui serra la main. « Merci d'avoir accepté ce petit entretien, mademoiselle. »

Elle le regarda droit dans les yeux — aussi droit qu'elle le put du moins, étant donné leur différence de taille. « Je suis lasse de m'entendre appeler "mademoiselle", monsieur DeWitt, déclara-t-elle avec un sourire poli. Je préférerais que vous m'appeliez dorénavant "madame Bannerman", si cela ne vous ennuie pas. »

Il rougit, de gêne ou de colère, c'était difficile à déterminer. Elle entendit, ou crut entendre, un son familier. Elle faillit se retourner pour chercher Arthur. C'était son rire, un éclat de rire retentissant, comme un coup de tonnerre lointain.

Elle se dit que son imagination lui jouait des tours et s'éloigna, Stern à son côté, pour laisser DeWitt à ses problèmes pendant qu'elle avait encore l'avantage.

« Vous n'auriez pas dû rire. Elle a dû deviner que vous écoutiez.

— Et alors ? Vous regardiez si souvent dans ma direction qu'elle l'aura sans doute deviné, de toute façon.

— C'est parfaitement incorrect. Je n'aurais jamais dû accepter.

— Nous sommes en guerre, Cordy. De quel côté êtes-vous donc ?

— Inutile de me rappeler ce que j'ai à faire. Je suis dans le métier depuis quarante ans.

— Et où croyez-vous que vous en seriez si vous n'aviez pas eu les Bannerman pour clients ? Je suis navré de heurter votre sensibilité d'homme de loi, mais il fallait que je sache à quoi elle ressemblait.

— Eh bien, vous l'avez vue. Qu'en pensez-vous ?

— Elle vous a coincé, mon vieux.

— Absurde. Je reconnais qu'elle est plus combative que je ne m'y attendais. Elle m'avait paru plutôt timide lors de notre première rencontre.

— Vraiment ? Elle a épousé père, l'a convaincu de modifier son testament et est venue à son enterrement sans y être invitée. Je ne vois guère de timidité là-dedans. En plus, elle a été assez futée pour prendre ce salaud de Stern comme avocat.

— Il ne m'a pas beaucoup impressionné, je dois dire.

— Il l'a laissée parler. Je trouve que c'est une bonne tactique. Peu d'avocats sont assez malins pour faire ce genre de choses. Ne le sous-estimez pas, Cordy. Il m'a baisé dans les grandes largeurs lors de mon divorce.

— Etant donné les circonstances, n'importe quel stagiaire aurait pu en faire autant, Robert. A mon avis, nous devrions la laisser abattre ses cartes.

— Tiens donc ! Et pourquoi ?

— Admettons qu'elle mette ses menaces à exécution — et rien n'est moins sûr. Elle tient une conférence de presse, accorde quelques interviews, fait la une des journaux pendant quelques jours... Ce ne sera pas une partie de plaisir, d'accord, mais de toute manière nous n'y échapperons pas. Plus elle en dira aux journalistes, plus nous en saurons, et mieux nous serons armés pour le procès. »

Robert Bannerman alluma une cigarette et

hocha tristement la tête. «Pas question, Cordy. Grand-mère ne voudra pas en entendre parler, et moi non plus d'ailleurs. C'est trop risqué. Pourquoi lui laisser l'avantage? Lorsque nous aurons quelque chose à utiliser contre elle, nous le communiquerons à la presse. En attendant, moins on en saura, mieux ça vaudra.

— Qu'est-ce qui vous laisse penser que nous trouverons quoi que ce soit? Elle m'a fait l'effet d'une jeune femme sans histoires.

— Cela n'existe pas, Cordy. Il suffit juste de creuser un peu.

— Et s'il n'y a rien?

— Nous récolterons ce que nous aurons semé, comme dirait ce cher Emmett.

— Je n'ai rien entendu, Robert.

— Parfait. Je ne tiens pas à discuter d'éthique avec un homme de loi. Pour l'instant, il ne nous reste qu'à lui accorder ce qu'elle demande.

— Est-ce bien sage?

— Ce qui ne le serait pas, ce serait de la laisser raconter son histoire avant que nous n'ayons notre propre version. Je dois énormément d'argent à des tas de gens qui me l'ont prêté parce qu'ils savaient que j'hériterais un jour de la fortune des Bannerman. Je vais briguer le poste de gouverneur... Non, ne me faites pas un sermon sur la politique, j'en sais plus long que vous sur le sujet. Et je vais *gagner*. Mais je n'y parviendrai pas sans argent, et je ne l'obtiendrai pas si je ne rembourse pas les dettes de ma dernière campagne. Me comprenez-vous bien, Cordy? Je ne laisserai pas cette Mlle Walden raconter au *New York Times* qu'elle a la fortune en main. Elle m'appartient, et je compte bien l'avoir. Dieu sait que je l'ai attendue assez longtemps!»

Un éclair de colère passa dans son regard.

«Mais sans beaucoup de patience. Vous savez

aussi bien que moi ce qu'en pensait votre père.

— Il est mort. Nous allons devoir apprendre à nous passer de son avis. Et du vôtre aussi, si nécessaire.

— Pas de menace, Robert, fit DeWitt d'une voix tendue.

— Ce n'en est pas une. Si Mlle Walden l'emporte, elle s'empressera de se débarrasser de vous. Eleanor ne vivra pas éternellement, vous savez. Vous ne pouvez miser que sur moi, à moins que vous ne souhaitiez recommencer à racoler le client sur vos vieux jours.

— Je suis un homme riche, Robert, dit DeWitt sans conviction.

— Qui a des goûts de luxe. D'ailleurs, vous deviez sans doute vouloir dire que vous aviez une *femme* riche. Si cette chère tante Elizabeth savait ce que je sais sur vous... Cette jolie petite suite au Carlyle qu'elle paie, par exemple. Il suffirait qu'elle regarde ses comptes d'un peu près... Mais pourquoi nous querellerions-nous, vous et moi ? Nous avons les mêmes intérêts. Vous, vous voulez garder la clientèle de la famille et moi, la fortune.

— Vous ne pouvez pas me faire chanter, Robert.

— Foutaises ! Donnez-moi un homme qui veut que sa femme le croie fidèle, et je le tiens par les couilles ! » Il se leva et écrasa sa cigarette. « Dites à cette fille que nous acceptons de la rencontrer.

— Nous ? Eleanor n'y consentira jamais, vous le savez bien.

— Mlle Walden le sait aussi. Elle n'est pas idiote. Dites-lui que Cecilia, Putt et moi-même la rencontrerons. Cela devrait la calmer pendant un petit moment.

— Et si elle insiste pour voir Eleanor ?

— Bon sang, Cordy ! Elle ne le fera pas ! C'est

quelqu'un de sensé. Même vous êtes capable de le voir. Dites-lui que grand-mère est malade, qu'elle respecte encore le deuil. Dites-lui ce que vous voulez, cela n'aura aucune importance.

— Qu'est-ce qui vous fait croire que Cecilia sera d'accord ?

— C'est mon problème. Il faudra qu'elle avale la pilule. Nous gagnons du temps, c'est tout. »

DeWitt se lissa la moustache comme pour s'assurer qu'elle était toujours là. « Est-il bien sage de mêler Cecilia à tout cela ? demanda-t-il.

— Sage ? » Robert lui jeta un regard qui aurait pétrifié la plupart des gens. DeWitt y était habitué ; son visage prit simplement une teinte violacée.

« Je voulais dire qu'elle était encore bouleversée.

— Si elle peut supporter plusieurs milliers d'Ougandais affamés pendant un an, elle doit pouvoir supporter Mlle Walden pendant une heure. »

DeWitt rassembla son courage, gonfla les joues et se jeta à l'eau. « Je crois que vous feriez mieux de n'avoir aucun contact avec cette jeune femme, dit-il d'une traite. La meilleure stratégie consiste à attaquer le testament. C'est un acte défectueux et facilement contestable, à mon avis.

— Vous croyez ? fit Robert d'un ton glacial. Qu'en pense Booker ?

— Je ne l'ai pas consulté.

— Moi si, et il ne semblait pas partager votre opinion.

— J'ai plus d'expérience que lui dans ce domaine. Les tribunaux détestent les actes qui ne sont pas rédigés par des hommes de loi.

— Et si nous perdons ? » Le ton de Robert indiquait clairement ce qu'il pensait d'un échec.

« En tant qu'homme de la partie, je pense que nous gagnerons.

— Y a-t-il le moindre risque que nous perdions ?

— Il y en a toujours un, oui, marmonna DeWitt à contrecœur. Mais très faible selon moi.

— Je me fous qu'il soit faible ou non. Je veux quelque chose de sûr, pas une décision qui dépende de ce que pense un démocrate en chambre passé juge des testaments manuscrits. Surtout lorsque l'affaire concerne le candidat favori du parti républicain.

— Favori ?

— J'ai bien l'intention de le devenir, Cordy. Je ne peux pas me permettre de tout risquer dans un procès interminable. C'est le mariage qu'il faut attaquer. S'il ne tient pas, le testament ne compte plus, n'existe même plus.

— Je le sais, Robert. Nous allons regarder ça de près. En commençant par Jack.

— Qu'est-ce qu'il a à voir là-dedans, bon sang !

— C'était le témoin. Il nous faudra prouver qu'Arthur a été influencé. Il était peut-être trop ivre pour savoir ce qu'il faisait, par exemple.

— Et si ce n'était pas le cas ? N'oubliez pas qu'ils ont été mariés par un juge.

— C'est quand même une possibilité à ne pas négliger.

— Trop lent. Trop aléatoire. La plupart des jurés ne trouveront pas qu'épouser cette fille était un signe d'incapacité mentale. Pas les hommes, en tout cas, pas avec les jambes qu'elle a. L'ennui, c'est que nous ne savons rien d'elle. » Il tambourina sur la table, puis se mit à arpenter la pièce comme un prisonnier sa cellule. « Envoyez Booker dans l'Illinois.

— Dans l'Illinois ? Pour quoi faire ? Votre père et cette fille se sont mariés ici.

— Parce qu'elle *vient* de l'Illinois.

— Je vous rappelle qu'Eleanor vous a demandé de ne pas vous mêler de ça, Robert !

— Ce qu'elle ignore ne lui fera pas de mal. Et, si vous lui en souffiez un seul mot, je torpille votre double vie si vite que vous n'aurez pas le temps de comprendre ce qui vous arrive. Mes gars sont capables d'obtenir tous les renseignements, depuis les mensurations de Mlle Walden jusqu'aux nom et adresse de ses petits amis newyorkais, mais je ne les vois pas se débrouiller aussi bien dans un bled perdu du Middlewest.

— Qu'est-ce qui vous faire croire que Booker s'y prendra mieux ? Et que comptez-vous trouver ?

— Je n'en ai pas la moindre idée, mais il y a toujours quelque chose. Et Booker est parfait. C'est un avocat, il est intelligent, bien élevé, ne se montre ni agressif ni poseur. S'il a réussi à rendre Cecilia amoureuse de lui, il devrait parvenir à mettre les amis et la famille de Mlle Walden en confiance sans trop de mal. Il a l'air honnête.

— Il l'est.

— Il est aussi ambitieux. Si vous lui faisiez miroiter l'espoir d'une association, croyez-vous que cela le motiverait ?

— Il est bien trop tôt pour cela.

— Allons donc ! Si Cecilia l'avait épousé, vous le lui auriez immédiatement proposé. D'ailleurs, vous n'avez pas besoin de passer aux actes. Il vous suffit de mentionner la chose en passant et de le laisser en tirer les conclusions. Je peux toujours lui en glisser un mot.

— Je ne veux pas que vous interveniez dans mes affaires, Robert. »

Celui-ci semblait avoir perdu tout intérêt pour la discussion.

« Comme vous voudrez, fit-il avec ennui. Faites pour le mieux, mais envoyez-moi Booker dans l'Illinois en vitesse, que nous sachions à qui nous avons affaire.

— On dirait que vous êtes sûr de trouver quelque chose. »

Robert s'immobilisa, la main sur la poignée de la porte. « Ah bon ? Je n'en sais pas plus que ce que disent les médias. Elle est partie de chez elle à dix-sept ans pour monter à New York.

— Comme beaucoup de filles.

— Je sais, merci, fit Robert d'un ton sec. Elles viennent ici pour devenir mannequins ou actrices. J'en ai baisé des dizaines. Mais il y a un détail intéressant, Cordy. *Mlle Walden n'est jamais retournée chez elle !* J'ai lu une interview de sa mère dans le *Post*, juste quelques lignes. Mme Walden n'a pas vu sa fille depuis plus de six ans, pas une seule fois, que ce soit à Noël ou pour le jour de l'an. »

Il fit un petit signe d'adieu à DeWitt, un sourire cynique aux lèvres. « J'ai du nez pour ce genre de choses, Cordy, et mon nez me dit qu'il y a quelque chose de louche chez Mlle Walden. Peut-être qu'elle est indésirable dans son patelin. Tâchons de trouver pourquoi. »

Alexandra sonna à la porte de l'appartement que possédait Robert Bannerman sur Park Avenue en se faisant un peu l'effet d'un Daniel féminin pénétrant dans la fosse aux lions. Elle pouvait toutefois difficilement s'en plaindre puisqu'elle venait de son plein gré, en dépit des objections véhémentes de Stern. Elle ne savait pas très bien quel était son but, d'ailleurs, ou plutôt était incapable de l'exprimer sans paraître naïve, même à ses propres yeux. Elle n'escomptait pas vaincre l'hostilité des Bannerman par son charme — les enjeux étaient trop importants pour cela —, mais elle espérait au moins leur prouver qu'elle n'était pas l'aventurière intrigante qu'ils voyaient manifestement en elle.

Une domestique la débarrassa de son manteau et la conduisit dans une pièce aussi accueillante que la salle d'attente des premières dans un grand aéroport. Elle se figea en apercevant Robert Bannerman, bouleversée une fois de plus par sa ressemblance avec Arthur.

Putnam, le cadet de la famille, se tenait légèrement en retrait. Il était très différent de son père et de son aîné. Au premier abord, les traits d'Arthur paraissaient sévères et aristocratiques, ceux de Robert, séduisants ; chez Putnam, les mêmes éléments ne donnaient qu'un air gamin et bon enfant, avec un rien de malice peut-être. Pour une raison quelconque, il rappela à Alexandra un bon gros chien, un labrador ou un terre-neuve. Il aurait dû rendre visite à son coiffeur depuis deux longs mois pour satisfaire aux critères de sa famille, s'était coupé en se rasant et avait une petite tache de sang sur son col de chemise. Il avait conservé une allure d'étudiant jusque dans sa manière de s'habiller : veste de sport en tweed usée et mocassins avachis. Ses chaussettes étaient de couleurs légèrement différentes, caractéristique du célibataire qui n'a pas de domestique.

« Mon frère Putnam, dit Robert. Cici... Cecilia est un peu en retard.

— Comme d'habitude, fit Putnam.

— Tu es mal placé pour la critiquer », déclara Robert avec un sourire indulgent de frère aîné mais avec quelque chose d'impérieux dans le ton. Alexandra remarqua que Putnam ne lui rendait pas son sourire. Il avait la mine renfrogné de quelqu'un qui maîtrise avec peine de vieilles rancunes, comme s'il avait perdu l'habitude d'être remis à sa place par son grand frère et avait du mal à reprendre le pli.

La domestique revint. Alexandra demanda un

Perrier, et Robert un scotch avec de la glace allongé d'un peu d'eau, exactement comme son père. Il avait aussi sa manière de s'adresser à son personnel : sans être vraiment impoli, il se montrait sec, distant, leur parlait sans les regarder comme s'ils étaient invisibles — une attitude qui ne s'apprenait pas, car il fallait avoir grandi entouré de gens qui n'avaient d'autre tâche que de s'occuper de vous.

« Je vais prendre une bière », dit Putnam. Le sourire franc qu'il adressa à la domestique indiquait clairement qu'il n'adoptait pas le comportement de son père ou de son frère aîné. Alexandra se demanda s'il s'agissait d'un penchant naturel pour la démocratie, si cela faisait partie de sa révolte contre les principes de la famille Bannerman ou s'il cherchait simplement à contrarier Robert. Si c'était le cas, il y réussit pleinement.

« Nous ne sommes pas dans un bon Dieu de foyer, jeta Robert d'un ton sec. Nous n'avons pas de bière. »

Putnam sourit, heureux d'avoir irrité son frère, et demanda un Martini avec une courtoisie exagérée. Il semblait avoir mis au point tout un répertoire de petites actions destinées à agacer Robert. Une guerre à coups d'épingle, se dit Alexandra.

« Cette rencontre ne ravit guère Cecilia, dit Robert. Ne lui en tenez pas rigueur. Elle est encore bouleversée.

— Je comprends, répondit-elle en le regardant dans les yeux. Moi aussi.

— Naturellement. Pour être franc, la convaincre de venir n'a pas été une mince affaire. En fin de compte, c'est Booker qui y est parvenu. Ils seront ensemble. Pour la soutenir *moralement,* vous comprenez », ajouta-t-il en souriant.

Elle fronça les sourcils. Stern avait été catégorique. Sa présence était indispensable si un avocat assistait à l'entrevue.

« Fort bien, dit-elle, mais il n'était pas question d'un avocat.

— Booker vient en tant que membre de la famille.

— Il n'en fait pas partie.

— Je suis d'accord avec vous, mais Cecilia le traite comme tel lorsque l'humeur l'en prend. Accordez-moi cette faveur, je vous en prie. Vous me comprendrez mieux lorsque vous aurez vu Cecilia. »

Alexandra acquiesça, non parce qu'elle était convaincue, mais parce que Robert ressemblait tant à son père qu'il lui était facile de lui céder.

« Vous n'avez pas à craindre sa présence, je vous assure, mademoiselle... » Il s'interrompit et secoua la tête. « Verriez-vous un inconvénient à ce que je vous appelle Alexandra ? demanda-t-il. Mlle Walden semble délibérément provocateur, et pour certains d'entre nous il n'y a qu'une Mme Bannerman. Depuis la mort de mère, en tout cas.

— Je vous en prie.

— Parfait. Appelez-moi Robert. Quels que soient nos différends, des cérémonies inutiles ne nous avanceraient à rien. » Il jeta un coup d'œil vers la porte, puis à sa montre. « Vous venez de l'Illinois, je crois ? dit-il, comblant les temps morts avec une aisance de diplomate. D'une région agricole, n'est-ce pas ?

— Oui.

— Père voulait être fermier, vous savez. Lorsqu'il était enfant, la ferme était ce qu'il préférait à Kiawa. Il y était toujours fourré. Grand-père a fini par le rappeler à ses devoirs : un Bannerman ne pouvait passer sa vie à charrier du foin et soigner le bétail. Je crois qu'il aurait été plus heureux à la tête d'une ferme que de la fortune, mais ce n'était pas son destin.»

Il eut un petit geste de regret, quoique son sourire ironique sous-entendît qu'il trouvait l'intérêt de son père pour l'agriculture excentrique ou peut-être simplement incongru.

«Kiawa lui manquait, dit Alexandra. Il en parlait beaucoup.

— Vraiment? Mère se plaignait souvent de ne pas pouvoir l'y garder plus de deux jours.» Des voix se firent entendre dans le vestibule. Robert lança à Putnam le regard d'avertissement d'un sergent signalant l'arrivée de l'officier chargé de la revue, puis se précipita vers la porte pour accueillir sa sœur.

Alexandra eut l'impression que la température baissait brusquement, comme si la simple présence de Cecilia Bannerman suffisait à rendre ses frères nerveux. Mais, si Robert semblait sincèrement préoccupé — au point qu'Alexandra aurait pu croire qu'il attendait une infirme si elle n'avait déjà vu sa sœur à l'enterrement —, l'expression de Putnam était plus difficile à analyser. Elle crut pourtant y déceler de l'exaspération et même de la jalousie, ainsi que l'inquiétude d'un petit garçon qui n'a pas fait ses devoirs et redoute l'arrivée de son professeur.

Alexandra se leva. Robert enlaça sa sœur et la conduisit au centre de la pièce. Il faisait plus que l'enlacer, remarqua Alexandra. Il la soutenait comme si elle allait s'effondrer d'un instant à l'autre et lui serrait la main à en avoir les jointures blanches.

L'objet de sa sollicitude ne parut pas particulièrement fragile à Alexandra. Cecilia était grande, musclée et très bronzée; elle avait les mêmes yeux bleu vif que le reste de la famille et des cheveux blonds décolorés par le soleil et grossièrement coupés. Elle ne semblait pas ravie des attentions de Robert, mais il était assez difficile d'interpréter son expression; elle avait l'air naturellement boudeur, comme si le monde la décevait depuis de nombreuses années et qu'elle n'envisageât aucun changement.

Si elle avait pris la peine de se maquiller, d'arranger un peu sa coiffure et de porter une tenue plus élégante qu'une vieille jupe et un col roulé noirs qui semblaient dater de ses années d'étudiante, elle aurait été d'une beauté saisissante. Alexandra se demanda quand et pourquoi elle avait choisi de ne pas l'être. Elle ne portait aucun bijou, à l'exception d'une montre d'homme bon marché, et la peau de ses ongles, qu'elle avait très courts, était assez abîmée pour laisser supposer qu'elle se les rongeait de temps à autre.

Ils gardèrent un silence gêné tandis que la domestique servait un scotch à Booker — qui paraissait en avoir besoin — et un jus d'orange à Cecilia. L'avocat eut au moins la politesse de lui serrer la main quoique avec réticence, comme s'il risquait à tout moment de se faire accuser de trahison.

En tant qu'aîné de la famille, Robert se sentit manifestement obligé de briser la glace. « Cici, fit-il d'une voix si apaisante que c'en était presque un murmure. Je te présente... euh... Alexandra. »

Cecilia la dévisagea, se mordit la lèvre et s'assit, jambes et chevilles fermement jointes dans le plus pur style couvent des Oiseaux, mains crispées sur les genoux. « Comment allez-vous ? » dit-elle, les dents serrées.

Alexandra ne s'attendait pas à de la sympathie de la part de Cecilia Bannerman, mais l'hostilité glaciale que celle-ci ne se donnait même pas la peine de dissimuler l'exaspéra. « Je vais aussi bien que possible étant donné les circonstances, merci, répondit-elle. Croyez-moi, la situation est aussi difficile pour vous que pour moi, mademoiselle.

— Difficile? Qu'est-ce qui vous fait penser qu'elle l'est? Gênante, certainement, mais pas difficile. Père était un homme. Je ne doute pas qu'il ait eu des maîtresses. Mais il ne les amenait pas à Kiawa et ne nous obligeait pas à les rencontrer. »

Alexandra réagit comme si on l'avait giflée. « Je n'étais pas sa maîtresse. J'étais sa femme.

— Vous avez été sa maîtresse. Et, maintenant, vous *prétendez* être devenue sa femme à la dernière minute. Puisque vous nous avez obligés à cette rencontre, je vais être franche. Personne, et moi moins que quiconque, n'aurait reproché à mon pauvre père de chercher à adoucir ses vieux jours. Il avait droit à ses plaisirs, après tout. Dans des circonstances adéquates, j'aurais même éprouvé une certaine gratitude pour la femme qui les lui aurait procurés. Mais avoir à l'accepter, à *vous* accepter comme un membre de la famille est entièrement différent. »

Un jour — elle devait avoir dix ou onze ans —, une de ses camarades d'école l'avait accusée de lui avoir volé un stylo. Alexandra avait éprouvé, par vagues successives comme les secousses d'un tremblement de terre, un sentiment de culpabilité, de la peur, puis de la colère — colère de se sentir coupable et effrayée alors qu'elle était innocente. Tandis qu'elle luttait pour réprimer ses larmes, elle avait regretté — sans doute pour la seule fois de sa vie — de ne pas être un garçon. Dans une situation similaire, ses frères se seraient servis de leurs poings. A sa consternation, elle éprouvait les mêmes sentiments à présent. Elle se serait fait un plaisir de se jeter sur Cecilia et de lui cogner la tête par terre jusqu'à ce qu'elle demande grâce. Mais, une fois de plus, elle fut envahie par une honte et une culpabilité qui se muèrent en colère. Elle compta jusqu'à dix et, à son étonnement, cela marcha. « Il m'aimait, dit-elle avec calme. Et nous étions mariés, mademoiselle Bannerman. Vous allez devoir l'accepter parce que c'est vrai.

— Je n'ai pas à accepter quoi que ce soit. Je suis venue ici parce que Robert me l'a demandé. Je ferai tout ce que je peux et dois faire pour qu'il obtienne ce qui lui appartient, mais, ce qui me bouleverse, c'est que vous vous prétendiez des droits sur mon père.

— Ça suffit, Cici ! dit Robert en posant les mains sur ses épaules. Tu vas te faire du mal, murmura-t-il. Ça n'en vaut pas la peine.

— Je crois que nous devrions écouter ce que... euh... Mme Bannerman a à dire », intervint Booker d'un ton neutre. Il avait prononcé « Mme Bannerman » très vite en espérant peut-être que cela passerait inaperçu, mais tout le monde le dévisagea fixement comme sous l'effet d'un choc. Alexandra se dit que le regard de Cecilia avait de quoi changer Booker en pierre, mais il ne fit que rougir.

Debout derrière sa sœur qui ne pouvait le voir, Robert grimaça un sourire et haussa les épaules. « Booker a raison, dit-il. Nous sommes là pour parler. Dites-nous quelles sont vos intentions... Alexandra.

— Eh bien, d'abord, je ne suis pas venue ici pour me faire insulter.

— Acceptez mes excuses. Vous devez comprendre que cette nouvelle a bouleversé Cecilia. Et nous tous. Rien ne nous laissait supposer que père envisageait de prendre une mesure aussi soudaine et... radicale.

— Cela n'aurait pas dû être radical, et je ne suis pas du tout certaine que cela ait été soudain. Il comptait vous en parler lors de son soixante-cinquième anniversaire.

— C'est-à-dire dans près d'un an. Avait-il l'intention de garder le mariage secret aussi longtemps ?

— Oui, il y était décidé. Il y avait mûrement réfléchi. »

Cecilia ferma les yeux comme si elle souffrait. « Je ne vous crois pas. Il buvait trop. Il était vieux, fatigué, malade, et vous avez profité de sa faiblesse. Je connais mon père mieux que vous. Il n'aurait jamais fait une chose pareille s'il avait été dans son état normal.

— Je le connaissais mieux que vous ne le croyez, mademoiselle. Il savait *parfaitement* ce qu'il faisait, mais, si vous aviez été plus proches de lui ces dernières années, je pense qu'il ne m'aurait pas épousée. En fait, il se sentait très seul. »

Robert s'assit à côté de Cecilia et posa sa main sur la sienne, comme si elle avait besoin d'un réconfort constant.

Personne, pas même Robert, ne voulait assumer la responsabilité de rendre Cecilia malheureuse — ou *plus* malheureuse encore, car son malheur était le ciment qui les liait tous à elle au départ. La seule chose que Cecilia ne pouvait se permettre était de sourire.

Et elle ne souriait certes pas. Des cernes sombres marquaient ses yeux qui brillaient de colère. « Seul ? » fit-elle d'une voix étonnamment basse et voilée — une voix qui aurait pu être sensuelle chez n'importe quelle femme moins déterminée à ne pas l'être. « *Seul ?* répéta-t-elle d'un ton théâtral, comme si Alexandra venait d'inventer le mot. Je serais restée à la maison pour veiller sur père s'il l'avait voulu, et il le savait.

— Ce n'était pas un infirme, répliqua Alexandra. Il n'avait pas besoin qu'on "veille sur lui". Il se sentait seul, c'est tout.

— Il buvait énormément.

— Non, fit Alexandra en serrant étroitement les mains l'une contre l'autre comme pour s'empêcher de frapper Cecilia. Il buvait un peu plus qu'il n'aurait dû, mais il avait beaucoup réduit sa consommation après notre rencontre.

— Il était ivre lorsqu'il vous a emmenée au dîner du Metropolitan Museum. Oncle Cordy l'a vu. Il a dit que sa conduite avait scandalisé les invités.

— Il a pris un ou deux verres et nous avons dansé. Qu'y a-t-il de scandaleux là-dedans? M. DeWitt ne sait pas ce qu'il dit.

— Il connaissait mon père depuis plus de quarante ans. Je suppose qu'il est capable de savoir s'il était ivre ou non.

— Votre père n'aimait pas Courtland DeWitt, et c'était réciproque. M.DeWitt n'est pas vraiment un témoin impartial.

— Je crois que vous connaissiez très mal père. Courtland était son meilleur ami. Soit vous lui inventez des opinions pour des raisons que j'ignore, soit il était si malade et ivre qu'il ne savait pas ce qu'il disait les trois quarts du temps.

— Je t'en prie, Cici, cela ne nous conduit nulle part.» Le ton de Robert était plus implorant qu'impérieux, mais il fit son effet. Cecilia se mordit la lèvre et s'enferma dans un silence boudeur. «Nous allons tenir pour acquis que vous connaissiez père, reprit-il. Vous m'étonnez un peu en affirmant qu'il se sentait seul. Il a tout fait pour nous éloigner, y compris Cecilia avec qui il avait pourtant les liens les plus étroits. En réalité, père a toujours eu un caractère de chien et, l'âge et la boisson aidant, cela n'a fait qu'empirer. Je sais que ce n'est pas très beau de parler ainsi de son père, mais il était rongé par la colère, contre ses enfants en tout cas. Lorsque nous discutions, je craignais toujours qu'il ait une attaque ou une crise cardiaque, et je ne suis guère surpris que ce soit finalement arrivé. En fait, il ne se comportait plus de façon rationnelle depuis des années, depuis la mort de John tout du moins.

— Il s'en jugeait responsable», dit Alexandra d'un ton uni en le regardant dans les yeux.

Elle remarqua que le sujet le mettait mal à l'aise bien qu'il l'eût abordé lui-même. Son regard si ferme d'ordinaire était devenu fuyant. «Vraiment ? fit-il. Mais ne parlons pas de cela. Je disais simplement que père se montrait peu raisonnable lorsqu'il s'agissait de ses enfants.

— C'était l'homme le plus raisonnable que j'aie jamais rencontré. Quant à son caractère, je ne l'ai pas vu s'emporter une seule fois. Je ne veux pas dire que c'était un saint, mais il n'avait rien de l'ivrogne monstrueux que vous décrivez.»

Robert se montra brusquement plus conciliant. Redoutait-il qu'elle ne parle de nouveau de John ? Il semblait en tout cas décidé à ne pas la provoquer. «Je n'ai pas dit que père était un monstre mais seulement qu'il avait mauvais caractère.

— Je ne m'en suis jamais aperçue, monsieur Bannerman. L'homme que vous décrivez ne ressemble pas à mon mari.» Au mot de «mari», Cecilia eut la moue de quelqu'un qui vient de mordre inopinément dans un morceau de citron. Robert, lui, arborait toujours son sourire diplomatique.

«Appelez-moi Robert, fit-il d'un ton affable. Nous en étions convenus. Père m'en voulait-il toujours ?

— Oui, mais il considérait que c'était sa faute. Il aurait souhaité une réconciliation mais pensait que les choses étaient allées trop loin, qu'il était trop tard.

— Il avait probablement raison. Et Cecilia? Etait-il disposé à lui pardonner de s'être enfuie en Afrique?

— Il semblait estimer qu'il n'y avait rien à pardonner. Elle lui manquait. Il parlait souvent d'elle.

— Ah bon? fit Robert d'un ton légèrement soupçonneux. On dirait qu'il vous parlait beaucoup de nous.

— Vous étiez ses enfants. Il pensait énormément à vous.

— Vraiment? En ce cas, pouvez-vous me dire pourquoi il se proposait d'aller contre les traditions familiales en vous donnant le contrôle de la fortune? Si ce nouveau testament est valable, naturellement.

— Il l'est.

— Cela reste à voir. »

Elle se rendait compte que Robert la soumettait à un contre-interrogatoire mais, curieusement, elle s'en moquait. Il lui aurait suffi de fermer les yeux pour avoir l'impression qu'Arthur était là. De plus, rien dans son ton ne suggérait de l'hostilité. Il se montrait apaisant, poli et sincèrement intéressé. Le regard perçant de ses yeux bleus — qui lui était si familier — indiquait de la compassion, du respect pour la délicatesse de sa position et même une certaine sympathie.

Cecilia, qui avait retiré sa main de celle de son frère, apparemment lasse de se faire pétrir les doigts, semblait en transe et arborait une expression dégoûtée tandis que Booker et Putnam, toujours debout, se tenaient derrière elle comme pour la protéger.

« Je ne crois pas que nous devrions aborder ce sujet en l'absence de M. Stern, dit Alexandra. Essayez de me comprendre : le testament de votre père a été une aussi grande surprise pour vous que pour moi.

— Une surprise agréable ?

— Non, pas du tout.

— Oh, *vraiment* ! » fit Cecilia.

La colère d'Alexandra fut si manifeste qu'elle eut une expression de triomphe, heureuse qu'un de ses coups porte enfin.

Robert poursuivit son interrogatoire sans relever l'intervention de sa sœur. « Vous deviez pourtant vous douter qu'en épousant père vous deviendriez une femme très fortunée.

— Je n'y pensais pas. » Ce n'était pas tout à fait vrai. Elle y avait pensé, bien sûr, mais cela ne lui avait jamais paru très réel. Si elle en avait eu le temps, elle aurait sans doute commencé à envisager les conséquences matérielles de son mariage avec Arthur, mais cela lui avait été refusé. « Ecoutez, reprit-elle. *J'ignorais* qu'Arthur allait écrire un nouveau testament, et je n'avais pas non plus la moindre raison de penser qu'il allait mourir. Je savais ce qu'il voulait faire de la fortune parce qu'il m'en parlait souvent, mais je pense qu'il aurait agi de même s'il ne m'avait pas rencontrée.

— Ah bon ? fit Robert avec un sourire ironique. Expliquez-nous ça, je vous prie. »

Il se moquait peut-être d'elle, mais elle décida de ne pas en tenir compte. « Il avait l'impression de ne pas avoir fait assez. Assez de bien, ajouta-t-elle en se rendant compte qu'elle parlait avec trop de chaleur. Son père et son grand-père avaient été de grands philanthropes, et il se disait qu'il n'avait pas suivi leur exemple, qu'il avait laissé les choses aller à vau-l'eau... Prenez la fondation Bannerman, par exemple...

— Oh non ! Je vous la laisse ! fit Robert en riant. Un tas d'universitaires de gauche pleurnichards qui se tirent dans les pattes pour obtenir des bourses.

— Arthur n'était pas exactement de cet avis. Il estimait toutefois qu'elle avait "dégénéré vers un intellectualisme creux", pour citer ses paroles, et qu'au lieu d'être utile, elle ne produisait plus que des thèses de doctorat et de la propagande de gauche — ce qui n'était pas du tout dans les prévisions de son père, pardon, de votre grand-père.

— Ça, c'est certain ! fit Robert. Grand-père se retournerait dans sa tombe s'il savait que la Fondation avait sorti un rapport recommandant d'élever les droits de succession au point de supprimer les héritages.

— Votre père avait ses doutes sur le sujet. Toujours est-il que, ne pouvant changer la Fondation, il voulait recommencer de zéro, utiliser la fortune pour faire le bien mais à une échelle plus humaine. "Une philanthropie directe et non plus institutionnelle", disait-il.

— Que diable entendait-il par là ? demanda Robert, l'air perplexe.

— Cela signifie financer des projets qui aident personnellement les gens au lieu de créer des organismes gigantesques comme la Fondation qui finissent par échapper à tout contrôle. » Elle eut de nouveau l'impression de parler avec trop d'enthousiasme, mais Arthur avait eu une foi ardente en ses idées, et elle désirait convaincre ses enfants. « Cela signifie essayer de savoir quels sont les besoins des gens au lieu d'en décider à leur place. Votre père y avait beaucoup réfléchi. Il cherchait un moyen d'échapper à ce qu'il appelait la "philanthropie tour d'ivoire". Il souhaitait que l'argent serve à améliorer la vie des autres et aimait dénicher de petites associations dont les actions l'intéressaient. C'était une sorte de hobby pour lui. Il a financé une école de danse à Harlem, une école d'artisanat traditionnel pour les Indiens navajos, toutes sortes de projets dont personne d'autre ne semblait se soucier. Il ne voulait plus se contenter de faire construire une nouvelle bibliothèque à Harvard ou d'occuper des universitaires.

— Cela ressemble aux idées fumeuses d'Emmett.

— Cela n'avait rien de fumeux. Il avait tout élaboré avec beaucoup de soin. D'ailleurs, il trouvait les idées d'Emmett assez sensées. Certaines d'entre elles du moins.

— Et son satané musée? Est-ce qu'il faisait également partie de ses projets?»

Elle avait trouvé les idées d'Arthur si convaincantes que le scepticisme et l'hostilité de ses enfants l'étonnaient — et l'agaçaient. Elle comprenait la réaction de Robert. En tant qu'héritier, il était blessé dans son orgueil et se retrouvait privé d'une fortune qu'il avait dû considérer comme sienne. Mais Putnam et Cecilia n'avaient aucune raison de s'opposer aux projets d'Arthur. «Oui, répondit-elle. Il comptait le faire construire, mais il voulait que ce soit davantage qu'un musée, vous comprenez? Il trouvait le musée d'Art moderne sans intérêt, et le Guggenheim encore plus. Il tenait à ce que cela soit aussi un centre culturel financièrement autonome, un lieu où l'art ne serait pas seulement accroché aux murs mais où les gens *participeraient*.

— J'ai déjà entendu tout cela, fit Robert d'un ton las. C'est absurde. Un monument à la vanité de père.

— Absolument pas! répliqua Alexandra en

élevant la voix. Il y avait travaillé avec soin. Je peux vous montrer les plans...

— Je ne perdrai pas mon temps à les regarder, intervint Cecilia. Père n'avait certainement pas la moindre intention de faire tout ça, et si c'était le cas, il était fou, ivre ou manipulé par vous.

— C'est faux ! C'était un homme qui voyait loin...

— Et vous nous demandez de croire qu'il discutait de tout cela avec une parfaite inconnue ? » Alexandra remarqua que Cecilia était déterminée à éviter son regard. Même lorsqu'elle s'adressait à elle, elle s'arrangeait pour fixer un point au-dessus de sa tête. « Vous êtes peut-être parvenue à lui faire signer un bout de papier parce qu'il était vieux et malade, mais il n'aurait jamais trahi les siens.

— Je n'étais pas "une parfaite inconnue", mademoiselle Bannerman, dit Alexandra en s'autorisant à laisser percer sa colère. De plus, votre père se souciait beaucoup de vous tous. Il n'aimait pas les conséquences que la fortune avait eues sur sa vie et était résolu à vous les éviter. »

Robert s'assit sur le bras du fauteuil de sa sœur, les jambes négligemment croisées, ressemblant davantage à un étudiant élégant qu'à un ambassadeur des Etats-Unis de quarante-cinq ans. Il passa le bras autour des épaules de Cecilia d'un geste à la fois intime et possessif. Et, de fait, il se comportait envers elle davantage comme un fiancé — ou un ex-fiancé — que Booker et paraissait avoir mis au point tout un ensemble de petites ruses destinées à repousser l'avocat à l'arrière-plan qu'il considérait manifestement comme sa place. « Chut, Cici, fit-il. Laisse parler Alexandra. Dites-nous donc quelles étaient les intentions de père puisqu'il en discutait si librement avec vous ? demanda-t-il en lui adressant un sourire encourageant.

— Il ne voulait plus que le Trust soit aux mains d'une seule personne.

— Vous êtes une jeune femme pleine de tact, mais soyons francs. Il ne voulait pas que j'en aie la charge, n'est-ce pas ? C'était *moi* qui l'inquiétais, non ? »

Elle fut soulagée qu'il ait abordé le sujet lui-même.

« Oui, répondit-elle avec calme. Mais ce n'était qu'un aspect de ses préoccupations. »

Il hocha la tête. Il avait l'air un peu triste mais ne paraissait ni surpris ni indigné. « C'est une vieille histoire, dit-il. Je ne vous ennuierai pas avec les détails. Ils n'ont d'ailleurs guère d'importance à présent. Père ne m'a jamais pardonné son échec aux présidentielles. Il m'en a considéré comme responsable alors que je n'agissais que selon ses désirs. Il a tenté de se venger en établissant ce prétendu testament. Je regrette seulement qu'il vous ait mêlée à cette sordide petite tragédie œdipienne. Alors, selon lui, je n'étais pas apte à m'occuper du Trust ?

— Il avait l'impression que vous aviez essayé de prendre sa place.

— Je sais, fit Robert en soupirant. C'est ridicule. Il était dans un tel état après la mort de John qu'il ne s'occupait plus de rien. Il en était *incapable*. Je me suis donc efforcé de me charger de ce fardeau. Il savait parfaitement ce que je faisais. Je ne m'en suis jamais caché. Malgré le respect que j'ai pour ma grand-mère, il faut reconnaître qu'il lui aurait été difficile de s'occuper de tout. Il y a quand même des questions plus importantes à régler que la propriété d'un rocher au milieu de l'Hudson ou l'opportunité de continuer à verser un salaire aux domestiques de

Kiawa qui ont dépassé l'âge de la retraite depuis longtemps et touchent une pension. Lorsque père a retrouvé ses forces... Non, soyons francs, lorsqu'il a plus ou moins réussi à limiter sa consommation d'alcool et à surmonter sa dépression, il s'en est pris à moi comme si j'avais eu l'intention de raser Kiawa pour bâtir un gratte-ciel sur le domaine. Il vous a affirmé que j'utiliserais le Trust pour servir mes propres desseins, je suppose ? »

Elle acquiesça, contente de nouveau qu'il l'ait dit le premier.

« Mon Dieu ! Cecilia sait bien qu'il n'en est rien. Et Putnam aussi, n'est-ce pas, Putt ? »

Apparemment arraché à ses pensées, celui-ci haussa les épaules. Son expression était difficile à déchiffrer, mais Robert choisit d'y voir une approbation. « Vous voyez, reprit-il. Ils ne pensent rien de tel. Ma grand-mère et DeWitt non plus. C'est une pure invention de père. Non, non, laissez-moi finir. Vous n'y êtes pour rien, je le sais. Vous avez cru ce qu'il vous disait, et c'est parfaitement compréhensible. Il se trouve simplement que c'est faux.

— Votre père semblait pourtant convaincu du contraire.

— Ecoutez, il y a vingt ou trente ans d'histoire familiale derrière tout cela. Comment voulez-vous comprendre la situation en entrant sur scène à la dernière minute ? Que vous le sachiez ou non, père s'est vengé de moi, c'est tout. Et en bouleversant les traditions familiales de surcroît.

— En apparence seulement. Il faut que vous compreniez que tout cela n'est pas arrivé par *ma* faute. Si Arthur avait vécu, il aurait réalisé ses projets lui-même. Il comptait vous révéler notre mariage et ses intentions concernant la fortune. Lorsqu'il a appris qu'il n'aurait peut-être pas le temps de le faire, il m'en a confié la responsabilité pour que j'exécute ses volontés. Il se *fiait* à moi, voyez-vous, et je ne peux pas le décevoir.

— C'est un lourd fardeau. » Il n'y avait pas trace d'ironie dans la voix de Robert. Alexandra se dit qu'il aurait fait un merveilleux acteur, puis se reprocha d'être injuste ; jusqu'à présent, elle n'avait aucune raison de mettre sa sincérité en doute. « Il vous a laissé le contrôle de la fortune en s'attendant que vous y renonciez ? Il devait avoir une immense confiance en vous !

— Oui. Je ne sais pas pourquoi, et c'est sans importance. Je ne lui ai rien demandé, mais je lui ai fait une promesse et je dois la tenir.

— Rien ne vous y oblige, Alexandra. Vous avez dix manières différentes de vous en dégager et d'épargner bien des ennuis à tout le monde. Nous pouvons parvenir à un accord. Renoncez à vos prétentions, reconnaissez que père n'avait pas toutes ses facultés mentales lorsqu'il a établi ce testament. Vous serez une femme riche — une *veuve* riche. Nous vous donnerons cinq millions, dix, plus si vous insistez, puis nous reviendrons au premier testament sans porter cette affaire devant les tribunaux. Vous ne souhaitez pas passer les dix prochaines années en procès, n'est-ce pas ? Et si vous gagnez — ce qui n'a rien de certain —, tenez-vous vraiment à consacrer le reste de votre existence à vous préoccuper de la fortune ? Ou de la famille ? Pourquoi perdre votre vie à combattre pour quelque chose que père vous a imposé sans même vous en avertir ? Cela n'en vaut pas la peine ! Laissez-moi me tracasser pour Kiawa, les cousins, cette satanée fondation Bannerman et tout le reste. J'ai été élevé pour ça, après tout. »

Il lui sourit. Avec son bronzage, ses dents parfaites et sa carrure, Robert avait une prestance qui aurait fait de lui le point de mire de tous les regards, même s'il y avait eu cent personnes dans la pièce. A côté de lui, les pauvres Booker et Putnam paraissaient ternes et falots, de simples figurants.

DeWitt lui avait fait les mêmes propositions, avec moins de franchise, sans la tenter le moins du monde. Robert leur donnait un aspect si séduisant qu'elle faillit accepter. Elle s'aperçut même qu'elle hochait la tête tandis qu'il parlait, comme si elle approuvait chacune de ses paroles. Il se pencha vers elle — une sorte d'exploit pour un homme perché de manière précaire sur le bras d'un fauteuil — et effleura sa main comme par inadvertance. « Réfléchissez-y, dit-il. A long terme, c'est la meilleure solution. »

Sans ce geste, elle aurait peut-être cédé sur-le-champ. Non qu'elle en fût offensée — elle avait au contraire éprouvé une sorte de décharge électrique —, mais elle n'aurait eu qu'à fermer les yeux pour entendre Arthur. Même les yeux ouverts, Robert le lui rappelait avec une telle acuité qu'il lui était impossible d'oublier les volontés de son mari. « C'est hors de question », dit-elle avec fermeté.

Il se recula, souriant toujours, mais quelque chose dans son regard indiqua à Alexandra qu'il avait pris une décision. « Je crois que vous commettez une erreur », fit-il d'un ton affable.

Cecilia se couvrit le visage de la main. « Finissons-en, Robert. Tu n'arrives à rien et cela me donne la migraine.

— Je veux simplement me faire une idée précise de ce qu'Alexandra nous réserve.

— Nous le savons déjà, Robert. En ce qui me concerne, en tout cas. » Elle se tourna vers Alexandra qu'elle regarda droit dans les yeux pour la première fois. « Si personne d'autre dans cette famille ne veut le dire, je vais le faire. Vous avez honteusement profité de mon père. Il était furieux contre Robert, déçu par Putt ; il ne comprenait pas pourquoi j'étais partie en Afrique, ne *voulait* pas le comprendre. Vous avez joué sur ses sentiments, attisé sa colère à des fins égoïstes et cupides. Vous nous l'avez volé et maintenant vous essayez de voler la fortune. Et, pour vous justifier, vous nous racontez n'importe quoi sur le musée de père et ses projets concernant la famille. Comme si vous aviez le moindre droit de nous dicter votre loi ! »

Elle s'interrompit. L'air modeste, les mains sur les genoux, une expression aimable sur le visage, elle avait sur les lèvres l'ombre de ce qu'un parfait inconnu aurait pu prendre pour un sourire poli. Seuls ses yeux, immenses, voilés de larmes et aussi froids que ceux d'un assassin, révélaient une émotion quelconque — ses joues se colorèrent toutefois, lui donnant l'air de quelqu'un qui s'est promené trop longtemps par un froid vif.

« Robert peut essayer de vous prendre par les sentiments s'il le désire, reprit-elle. Je ne l'imiterai pas, même pour l'aider. » Elle sourit comme si elle s'apprêtait à dire quelque chose d'agréable à Alexandra, un compliment peut-être. Ou n'était-ce qu'une simple habitude, un tic social si profondément enraciné qu'elle ne pouvait y renoncer, même hors d'elle ? Alexandra ne s'était pas encore avisée de ce que le sourire de Cecilia, tout rare qu'il était, dénotait une antipathie certaine, qu'il était davantage destiné à montrer la perfection de ses manières, même envers un inférieur, qu'à exprimer un plaisir quelconque.

« Aucune flatterie ne me convaincra, mademoiselle Bannerman », dit-elle en s'efforçant de garder un ton neutre. Elle était résolue à ne pas se laisser provoquer par Cecilia, bien qu'elle sentît la colère monter en elle comme la lave dans un volcan. « Et je ne me laisserai pas non plus traiter comme une domestique.

— Une domestique ? Les nôtres sont des gens honnêtes et respectables qui savent garder leur place. Une attitude que vous n'êtes guère à même de comprendre, je suppose.

— Assez, Cici, intervint son frère. Cela ne nous avance à rien.

— On m'a appris à être franche, Robert. Je suis sûre que Mlle Walden ne s'attend à rien d'autre.

— Je ne suis pas "Mlle Walden" ! fit Alexandra en se levant. Je me moque de la fortune et je me moque de ce que vous pensez de moi, mais je suis la femme de votre père... sa veuve. Et tant que vous ne l'accepterez pas, je vous disputerai jusqu'au dernier centime, cela devrait-il durer ma vie entière ! »

Elle s'accorda la satisfaction de quitter la pièce sur ces paroles.

Booker remarqua que Robert Bannerman paraissait ravi de l'éclat d'Alexandra.

A son étonnement, celui-ci lui demanda de rester tandis que Putnam, en bon soldat, s'occupait de Cecilia. Lorsqu'il en comprit la raison, il regretta de ne pas avoir eu l'intelligence de raccompagner Cecilia lui-même. Un tête-à-tête avec Robert signifiait presque toujours des ennuis.

« Ne me servez plus de conneries morales, grogna celui-ci. Je ne suis pas d'humeur à les écouter.

— Il ne s'agit même pas de morale, Robert, mais de simple bon sens.

— Le bon sens ne m'intéresse pas davantage pour l'instant. Si je voulais un gratte-papier, je m'adresserais à oncle Cordy. Ce crétin n'est bon qu'à ça. Je l'ai observée avec attention. Elle a quelque chose à cacher, Martin, je le *sais*. Cessez de me contredire et partez pour l'Illinois.

— J'ai déjà dit non à DeWitt lorsqu'il m'en a parlé. Je suis avocat, pas détective.

— Je me fous de ce que vous avez répondu à Cordy. C'est entre vous et moi, Martin. Vous ai-je jamais demandé une faveur ?

— Souvent, très souvent, et j'ai toujours fait de mon mieux pour vous satisfaire.

— Et m'en avez-vous jamais demandé une ? »

Booker poussa un soupir. Ils étaient dans le bureau de l'appartement de Robert, entourés de rayonnages sculptés à la main que le décorateur avait garnis d'innombrables livres. Robert — quand par hasard il lisait — aimait les romans d'espionnage, et une des tâches de sa secrétaire consistait à veiller à ce qu'il y en ait toujours un stock des plus récents sur sa table de nuit. Sa bibliothèque contenait les ouvrages que le décorateur avait estimés appropriés pour un ambassadeur : livres d'histoire, atlas, encyclopédies, biographies-fleuves et éditions reliées des grands classiques que ne touchait que la femme de ménage. L'énorme télévision qui trônait en face des deux hommes diffusait un match de football américain que Robert regardait sans le son. « Je vous ai posé une question, dit-il.

— Oui, reconnut Booker à contrecœur. Je vous ai demandé une faveur.

— Et je m'en suis occupé, n'est-ce pas ?

— C'était il y a longtemps, Robert.

— Qu'est-ce que le temps vient faire là-dedans ? Me suis-je lamenté ? Ai-je essayé de me dérober ? Non. J'ai convaincu la fille de ne pas faire d'esclandre, ce qui n'était pas facile. J'ai fait taire son mari, ce qui était encore plus dur. Et j'ai veillé à ce que Cici n'en entende jamais parler, raison pour laquelle vous m'êtes véritablement redevable.

— N'insistons pas sur les détails.

— Comme vous voulez, mon vieux, mais ne les oublions pas pour autant, d'accord ? Vous aviez de petits ennuis, et je vous ai aidé. Maintenant, c'est moi qui en ai, et j'ai besoin de quelqu'un à qui je puisse me fier. Quelqu'un de respectable et d'intelligent qui ne fera pas n'importe quoi. Si j'envoyais un de mes gars dans ce bled, cela pourrait foirer. Vous savez à quoi ils ressemblent.

— Cela me déplaît quand même.

— Je ne vous demande pas d'y prendre plaisir, Martin. Bon Dieu ! Regardez-moi ce placage ! » Ils fixèrent l'écran un instant : Robert avec la concentration d'un athlète qui n'est jamais revenu de sa passion pour les sports violents, Booker avec le regard un peu absent de quelqu'un qui a décidé depuis longtemps qu'on ne peut réussir dans la vie sans feindre pour le sport un intérêt qu'on n'a jamais éprouvé.

« Le salaud ! s'écria Robert. Vous avez vu ça ! »

Booker fit signe que oui et prit l'air impressionné. Cela suffisait généralement à satisfaire Robert, mais pas toujours.

« Je vais vous mettre les points sur les i, Martin. Depuis combien de temps travaillez-vous pour DeWitt ?

— Une dizaine d'années.

— Onze, pour être précis. Cordy va sur ses soixante-dix ans, mon vieux. Lorsqu'il prendra sa retraite, vous pourriez devenir l'avocat de la famille, de la Fondation, de tout.

— Qu'est-ce qui vous fait penser qu'il va prendre sa retraite ?

— Je m'en occuperai, Martin. Vous me rendez ce service et vous avez ma parole, d'accord ? Pourquoi faire tout le boulot pour Cordy pendant onze ans et le laisser empocher les bénéfices sans en être récompensé à la fin ? Ce serait absurde. J'ai oublié ce que la Fondation a rapporté à DeWitt l'an dernier mais c'était de l'ordre du million, je crois bien.

— Il y a eu beaucoup de procès.

— Dont vous vous êtes occupé pour la plupart. C'est pourtant Cordy qui roule dans une Mercedes avec chauffeur et possède une maison à Pound Ridge avec deux tennis et six domestiques.

— Cette idée ne me rend quand même pas fou de joie.

— Qui parle de joie, mon vieux ? Est-ce que je suis content ? Est-ce que Mlle Walden l'est ? Quelqu'un s'en soucie-t-il ? Etes-vous prêt à perdre onze ans de labeur pour vous remettre en quête d'un travail ? Croyez-vous que je vais abandonner sept cent cinquante millions de dollars et les clés de Kiawa à Mlle Walden, si jolie soit-elle ? Où est donc votre problème ?

— Eh bien, il vient en partie de ce que je crois à son histoire.

— Quelle histoire ?

— Je ne pense pas qu'elle soit une coureuse de dot. A mon avis, elle dit la vérité.

— Bonté divine, Martin ! Moi aussi. Cela ne change rien. Cette fille me plaît. Je l'ai même invitée à dîner ce soir pour me faire pardonner la conduite de Cecilia, et elle a accepté. Je ne compte pas pour autant renoncer au Trust, compromettre mes chances d'être élu gouverneur ou la laisser engloutir cent millions de dollars dans la réalisation d'un des projets absurdes de père. Grandissez un peu, mon vieux ! Ce n'est pas parce qu'elle a des jambes superbes que je vais m'écarter et faire le mort. J'ai attendu mon heure, Martin. Et vous aussi. Le moment est venu de passer à la caisse.

— D'accord, d'accord, mais qu'est-ce qui vous fait penser que c'est la meilleure manière de procéder ?

— Mon intuition, la conviction qu'elle cache quelque chose, le fait que, si nous passons par les tribunaux, le procès traînera en longueur et qu'il me sera impossible de financer ma campagne. Sans compter que nous risquons de perdre. Et ne me dites pas que DeWitt pense que nous gagnerions parce que nous savons tous les deux qu'il déconne. Elle s'est enfuie de chez elle et ne peut pas y retourner, j'en suis convaincu. Quand je saurai pourquoi, j'aurai une arme.

— Et ensuite?

— Je m'en servirai, maître.

— Et si je ne découvre rien ?

— Nous oublierons le plan A pour passer au plan B.

— C'est-à-dire ? »

Robert Bannerman fixa l'écran, apparemment fasciné par une séquence au ralenti du match. « Regardez-moi ça, fit-il d'un air dégoûté. Cent kilos de muscles et il a peur, le fils de pute ! On ne peut pas jouer au football américain si l'on a peur de prendre des coups. Ou d'en donner. C'est le jeu, Martin. Il faut de l'adresse et des couilles, rien de plus. Des couilles, surtout. Vous feriez mieux d'aller voir comment se porte Cici. »

Booker comprit qu'il était congédié, et cela ne lui plut pas. Il se dit qu'il n'avait pas à supporter ce genre d'attitudes de la part de Robert Bannerman, ce qui était en partie vrai. Puis il se dit qu'il n'avait pas peur de lui mais, là, ce n'était pas vrai du tout, et il le savait. Robert aussi malheureusement.

Booker n'aurait su dire avec précision *pourquoi* il redoutait Robert, mais c'était un fait avec lequel il avait appris à vivre au fil des ans. D'une certaine manière, Robert le fascinait, un peu comme les sports dangereux fascinent certaines personnes. Sa peur était un défi, mais il ne parvenait pas à la surmonter, ce qui expliquait en partie l'emprise que Robert avait sur lui. On ne savait jamais ce que celui-ci allait faire ni jusqu'où il irait.

« A propos du plan B », dit-il en se levant.

Robert ne quitta pas l'écran des yeux. « Le plan B ? » répéta-t-il comme s'il entendait ces mots pour la première fois.

Booker hésita. « N'allez pas trop loin.

— Ne vous tracassez donc pas tant, mon vieux, dit Robert en remontant le son. Je veux simplement des renseignements. Il n'y aura pas de coups fourrés. J'ai appris ma leçon il y a longtemps. A Miami, vous vous souvenez ? »

Booker était déjà dans le couloir lorsqu'il se rappela l'incident auquel Robert faisait allusion, et il en eut des sueurs froides.

Il venait juste de finir ses études de droit à cette époque, mais il se souvenait encore de la photographie du *Post* de New York. La police écartait du bord d'une piscine des hommes bronzés et des femmes en bikini dont le visage exprimait un mélange d'horreur et de curiosité. A côté d'une chaise longue à fleurs, on voyait deux pieds, l'un chaussé d'un mocassin Gucci, l'autre nu. Le titre disait : « SUICIDE D'UN DÉLÉGUÉ : CHANTAGE EN CAUSE ? »

Quel que fût le plan B de Robert, pensa Booker, il lui faudrait veiller à ce qu'il ne soit pas nécessaire. Dans l'intérêt de tout le monde.

Si Arthur avait toujours évité le 21, comme tous les endroits où il risquait d'être reconnu, Robert Bannerman s'y sentait manifestement à l'aise. Il était salué par des hommes mûrissants d'aspect prospère, des self made men qui savaient faire chanter une caisse enregistreuse, se dit Alexandra. Elle reconnut un célèbre financier de Wall Street et deux spécialistes de l'OPA qui avaient récemment fait la une des journaux. C'étaient des hommes de la même espèce que Robert, corps musclé par l'exercice et la raquette et regard froid ; des prédateurs qui renonçaient à leur course à l'argent l'espace d'une soirée pour dîner avec leur épouse, des femmes généralement âgées de dix à vingt ans de moins qu'eux, blondes et belles, dont beaucoup jetaient à Robert le genre de regard que n'échangent que des gens qui ont couché ensemble, un regard et un sourire si dépourvus de signification, si délibérément indifférents qu'ils équivalaient à un aveu.

Après tout, cela ne la concernait pas, se dit Alexandra, amusée de voir que les maris ne s'apercevaient de rien. Ils étaient bien trop occupés à échanger des poignées de main viriles avec Robert et semblaient appartenir au genre d'hommes qui ne s'intéressent guère à leur épouse de toute manière — ce qui expliquait probablement en partie le succès de Robert, mais pas entièrement, car elle devait reconnaître qu'il était extrêmement séduisant... Et persuasif, sinon elle n'aurait jamais accepté son invitation.

Elle ne put s'empêcher de remarquer que, contrairement à son père qui aurait choisi une table discrète, Robert s'était installé là où on ne pouvait manquer de le voir. Un flot ininterrompu de gens s'arrêtait pour le saluer et, en homme politique consommé, il avait un mot pour tous. Certains d'entre eux la dévisagèrent, reconnaissant apparemment en elle une célébrité quelconque mais sans savoir au juste laquelle, ce qui était aussi bien. Robert passa la commande avec l'indifférence des Bannerman pour la nourriture et parla de choses et d'autres jusqu'à ce qu'un homme trapu vînt l'interrompre. Alexandra identifia vaguement celui-ci comme un partenaire de golf fortuné du Président.

« Il paraît que vous allez briguer le gouvernorat ?

— Et l'obtenir, mon vieux.

— Venez à Washington, nous discuterons politique. Il est temps que nous ayons de nouveau un républicain à Albany.

— Comptez sur moi », répondit Robert en lui décochant un sourire incandescent. Lorsque l'homme se fut éloigné, il se tourna vers Alexandra. « Père ne croyait pas que je pourrais être élu, n'est-ce pas ?

— Il ne m'en a pas parlé.

— J'apprécie votre tact, mais nous gagnerions du temps en nous en dispensant.

— Très bien. Il pensait en effet que vous seriez battu.

— Ce que père savait de la politique tiendrait dans une tête d'épingle. En réalité, il ne pouvait supporter l'idée que je l'emporte dans une élection importante alors que lui-même avait échoué. Il a catégoriquement refusé d'user de son influence en ma faveur alors que n'importe quel père digne de ce nom en aurait été fier. Regardez ce que Joseph Kennedy a fait pour John et Robert, bon sang ! Il n'a même pas voulu m'aider à rembourser les dettes de ma campagne sénatoriale.

— Il estimait que vous vous étiez déjà servi de son nom pour la financer.

— De *notre* nom. Pourquoi ne l'aurais-je pas fait ? Je le porte depuis ma naissance, après tout, comme lui. Lorsque les républicains accordent l'investiture à un Bannerman, ils en attendent certaines choses, et notamment que le financement de la campagne ne pose aucun problème.

« Ce n'est pas le cas de la mienne, dit-elle.
— Ah bon ? Votre situation doit quand même la préoccuper ?
— Elle pense que je suis capable de me débrouiller toute seule.
— Et vous l'êtes ?
— J'y suis arrivée jusqu'à présent. »
Il hocha la tête. « Mais vous n'avez rien connu de comparable, j'imagine ?
— Pire.
— Ah ? fit-il avec une apparente indifférence. Vous avez du cran. Il va vous en falloir, vous savez.
— Si je perds, vous voulez dire ? fit-elle en riant.
— Oh non ! Si vous gagnez. S'occuper de la fortune des Bannerman est un sacré boulot. » Il la dévisagea avec attention, les yeux mi-clos pour se défendre de la fumée de sa cigarette. « Pensez-vous que nous pourrions être amis, Alexandra ?
— Amis ? » Il lui aurait été facile de répondre oui, mais elle doutait fort que ce fût ce qu'il avait en tête.
« J'aimerais beaucoup que nous le soyons, continua-t-il en lui prenant la main. J'ai déjà tous les ennemis qu'il me faut. »
Elle trouva sa main trop chaude mais peut-être était-ce simplement dû au trouble qu'elle éprouvait à ce contact ? Elle aurait voulu qu'il soit moins séduisant, qu'il ressemble moins à son père...
« J'aimerais vous connaître mieux, murmura-t-il. Beaucoup mieux. »
Qu'il ressemble moins à son père... Elle retira sa main d'un geste brusque. Si séduisant que fût Robert — et comment n'aurait-elle pas été attirée par une réplique d'Arthur en plus jeune ? —, il *n'était pas* Arthur. Elle était furieuse contre elle-même et lui en voulait, quoique avec moins de

violence, de profiter de sa faiblesse. « Je crois que nous nous entendrons très bien lorsque tout sera réglé », dit-elle plus sèchement qu'elle n'en avait eu l'intention.

Il acquiesça de la tête avec l'expression de quelqu'un qui a essayé une tactique, échoué et décidé de renoncer. « Pourquoi ne pas accepter ce satané argent et en profiter, Alexandra ? dit-il en reprenant un ton d'homme d'affaires. Fixez votre prix.

— Je vous l'ai déjà dit. Je me moque de l'argent et je n'ai pas de prix. »

Il eut un rire sans joie. « Vous parlez comme une Aldon. Eux aussi se fichent de l'argent, mais ils veillent à ce que leurs filles épousent des hommes qui en ont ! » Son rire était aussi retentissant que celui de son père mais, pour la première fois, elle y décela une note âpre. « Sérieusement, la famille Bannerman n'est pas un cadeau pour une fille qui aime la vie et a la tête solidement plantée sur les épaules. J'y suis né et je n'ai donc pas le choix, mais pourquoi vouloir en faire partie alors que rien ne vous y oblige ? Etre un Bannerman n'a rien de drôle, croyez-moi.

— Arthur avait une idée très précise de ce qu'il voulait faire du Trust. Il y pensait beaucoup, et cela comptait énormément pour lui. Sa seule crainte était d'avoir trop tardé à réaliser ses projets, et elle s'est malheureusement révélée exacte. Je crois que c'est pour cela qu'il m'en parlait autant. Je ne fais pas cela pour m'amuser.

— Laissez-moi le soin de deviner, dit Robert en poussant un soupir. Par sens du devoir peut-être ? En ce cas, vous tombez dans la famille idéale. C'est notre malédiction... Le devoir et la culpabilité d'être beaucoup plus riches que la normale.

— Vous noircissez le tableau.

— Non, fit-il en frissonnant. Père vous a raconté l'histoire de la famille sous un jour flatteur. Souvenez-vous aussi que lorsque vous l'avez rencontré, il avait renoncé à faire quoi que ce fût pour les siens ou la fortune. »

Elle fut stupéfaite de constater combien Robert connaissait peu son père. La réciproque était-elle vraie ? Arthur avait-il eu lui aussi une vision déformée de son fils ? C'était possible.

« Vous vous trompez, vous savez, dit-elle avec patience, désireuse de le convaincre. Il s'en préoccupait beaucoup, trop peut-être. Je ne dis pas qu'il n'a pas commis d'erreurs, mais qui n'en fait pas ? Je crois aussi qu'il regrettait parfois de ne pas avoir eu davantage le choix dans sa jeunesse. Saviez-vous qu'il avait voulu être peintre ? »

Robert la regarda avec une stupéfaction sincère. « Peintre ? Qu'est-ce qui vous fait penser une chose pareille ?

— Il me l'a dit. Son père l'en a empêché.

— Cela ne m'étonne pas. Dieu tout-puissant ! Vous imaginez père dans une mansarde du Village ? Il se moquait peut-être de vous. Ou alors il délirait.

— Il était parfaitement sain d'esprit, fit-elle avec colère. Et sérieux. D'ailleurs, rien ne l'aurait obligé à habiter une mansarde. Il aurait pu mener une existence très respectable tout en étant peintre. Regardez Wyeth.

— C'est une anecdote intéressante, dit Robert d'un air songeur. Je me demande pourquoi il n'en a jamais parlé. Il nous en aurait paru beaucoup plus humain : l'héritier de la fortune Bannerman annonçant à son père qu'il veut peindre des paysages, des nus, ou je ne sais quoi d'autre.

— Il pensait peut-être que vous ne comprendriez pas.

— Non, en effet. Et je ne comprends toujours

pas, mais c'est une histoire touchante. Je voulais être explorateur, vous savez, ajouta-t-il en riant. Je me voyais diriger des expéditions dans le monde entier et donner mon nom à des montagnes et des rivières mais, lorsque j'en ai parlé à père, il a réagi comme si je voulais devenir musicien des rues ou moine. C'était hors de question !

— Pourquoi explorateur ?

— Pourquoi pas ? Les Bannerman ont peut-être ça dans le sang. Cyrus était une sorte d'explorateur, un aventurier en tout cas. S'il n'était pas allé en Californie via Panama pour voir ce qui se passait dans les mines, il n'aurait peut-être jamais fait sa première pelote. Son frère cadet chassait la baleine. Il est allé deux fois en Chine, a fait naufrage dans les îles Fidji où l'on suppose qu'il a été tué et mangé par des cannibales. Un autre de ses frères, le "Dr" Alexander Bannerman, vendait des fusils et du whisky aux Indiens et s'est fait lyncher par la foule à Laramie. A juste titre, j'imagine. »

L'expression de Robert s'adoucit. « Lorsque père a acheté des terres au Venezuela, j'avais une quinzaine d'années. J'y ai passé un été à surveiller le bétail, camper dans la jungle, descendre les rivières pour aller voir des villages indiens... C'était extraordinaire. » Il semblait se parler à lui-même et fixer des horizons lointains. « Naturellement, mon père était membre du conseil d'administration du *National Geographic,* du musée d'Histoire naturelle et du club des Explorateurs. Il ne m'était donc pas très difficile de m'imaginer à la tête d'une expédition. Mais il n'y avait aucune chance pour que cela se produise, j'aurais dû le savoir. Père m'a dicté mon itinéraire : Harvard, la *Business School* et quelques années d'apprentissage dans le bureau familial. Il m'a fallu des années pour comprendre que plus je réussissais dans ce qu'il voulait que je fasse, plus il me détestait.

— Il ne vous détestait pas.

— Excusez-moi, mais je le sais mieux que vous. Vous êtes arrivée en fin de course et ne connaissez qu'une version des faits.

— Je ne prends pas parti.

— Mais si », fit-il en souriant. Elle se demanda un instant comment il pouvait avoir les dents aussi blanches en fumant autant. Allait-il chez le dentiste toutes les semaines pour se les faire nettoyer, ou n'était-ce qu'un nouvel exemple d'un heureux patrimoine héréditaire ? « Vous avez pris son parti à fond, votre musée compris.

— *Son* musée, Robert. »

Il ne touchait presque pas au contenu de son assiette. Il sortit une cigarette du paquet, la tapota contre son poignet et s'enveloppa d'un nuage de fumée sans la quitter des yeux un seul instant. « Son musée ? Oui, bien sûr, mais il n'est plus là, Alexandra. Alors je crains bien que ce ne soit le vôtre désormais. »

Elle crut voir passer un éclair d'hostilité dans son regard mais, si c'était le cas, il se reprit aussitôt. « Nous n'avons aucune raison de croiser le fer, dit-il d'un ton aimable. Réglons cette affaire et reprenons le cours de notre vie. »

C'était un terrain glissant, et elle le savait. Stern lui avait recommandé de n'avoir aucune discussion importante sans lui. « On ne peut revenir sur ses paroles, lui avait-il dit d'un air sévère. Vous pouvez vous mordre la langue autant que vous le souhaitez mais pas les effacer. Prononcez le mot "accord", et Robert vous poursuivra comme un requin qui a flairé l'odeur du sang. Vous devez le convaincre que nous ne transigerons *jamais*. »

C'était une position qui n'enchantait guère Alexandra, même dans le bureau de Stern. Robert était un Bannerman, le fils d'Arthur, et elle, une intruse. Dans l'ensemble, elle était plutôt de son avis. La perspective d'une dizaine d'années de litiges coûteux ne lui disait rien, même si Stern s'en réjouissait. En outre, elle commençait à éprouver assez de sympathie envers Robert pour se demander si Arthur avait vraiment compris son propre fils. Son désir de devenir explorateur lui avait paru touchant ; il en avait parlé avec la même nostalgie qu'Arthur de son rêve d'être peintre, comme si le père et le fils avaient découvert à peu près au même âge que, non seulement l'argent n'achetait pas tout, mais qu'il pouvait même vous empêcher de faire ce que vous désiriez le plus.

« Il m'est impossible de consentir à un accord qui irait contre les volontés de votre père... directement, du moins, biaisa-t-elle. Cela ne signifie pas que je ne suis pas disposée à discuter », ajouta-t-elle gauchement.

Elle avait l'impression de trébucher sur un chemin rocailleux dans des chaussures de ville. Robert ne lui vint pas en aide. Un sourire aux lèvres, il fumait, le regard aussi inexpressif que si elle avait parlé swahili. « Il pourrait y avoir... » Elle chercha une formule qui ne marquerait rien de plus que sa bonne volonté et ne contrarierait pas Stern. « ... des zones de compromis », dit-elle enfin en se décidant pour une des expressions favorites de Simon.

Robert la regarda, la tête légèrement de côté, comme s'il attendait que la phrase lui soit traduite. Elle se dit qu'elle n'était pas sur son terrain. En sa qualité d'homme politique et de diplomate, Robert devait être un négociateur consommé. « Telles que ? demanda-t-il.

— Eh bien, le musée n'est pas une zone de compromis, par exemple.

— Non ? Très bien. Qu'est-ce qui l'est, alors ? »

La discussion allait plus vite qu'elle ne le désirait. « Le contrôle du Trust ? Après tout, votre père voulait qu'il soit confié à plusieurs personnes. Et bien utilisé.

— Un partage ? Oui, bien sûr. » Il parut réfléchir à la question. « Peut-être. C'est envisageable.

— Je dois en parler à M. Stern, naturellement.

— Bien entendu, fit-il avec gravité. Vous le payez pour ça et, d'après ce que j'ai entendu dire, il n'est pas donné.

— Il faudrait aussi que je sois sûre que le reste de la famille est prêt à un compromis.

— Même Cecilia ? »

Elle acquiesça. Il était vain de chercher à parvenir à un accord tant qu'un seul membre de la famille y serait opposé. Robert semblait être de son avis. « Si nous en arrivons là, je m'occuperai de Cecilia, dit-il. Ne vous inquiétez pas pour ça.

— Et Eleanor ?

— Eleanor ?

— Si j'en crois votre père, rien ne peut se faire sans son approbation.

— Sur ce point, il avait raison, fit Robert avec un petit rire. Sans Eleanor à bord, pas la peine de lever l'ancre !

— M. DeWitt m'a dit qu'elle ne voyait personne ?

— Ah bon ? »

Sa manie de répondre à une question par une autre était exaspérante, mais c'était un défaut qui semblait bien anodin comparé aux péchés dont l'avait accusé son père. « Je pensais que vous le sauriez, dit-elle.

— Ah oui ? Vous n'allez quand même pas me dire que vous désirez parler à ma grand-mère ?

— Je ne le souhaite pas, non, mais je pense qu'il le faut.

— Ne croyez surtout pas que je veuille me montrer grossier, mais qu'est-ce qui vous fait croire qu'elle acceptera de vous recevoir ? L'évêque d'Albany essaie de la voir depuis des années — sans succès —, et il ne menace pourtant pas la fortune de la famille. Vous l'avez rencontrée à l'enterrement, vous vous souvenez ? C'était suffisant, non ?

— Elle m'a dit de rester à l'écart, mais je n'en ai pas l'intention.

— On ne discute pas avec Eleanor, Alexandra, croyez-moi.

— Il faut que j'essaie de lui faire comprendre ce qu'Arthur voulait.

— C'est important pour vous ?

— J'ignore pourquoi, mais ça l'est, oui. A l'enterrement, j'ai pensé... je ne sais pas, peut-être simplement que je ne voulais pas qu'elle me haïsse. Et il me semble que ce n'était pas le cas. D'après ce que tout le monde m'avait dit, y compris votre père, je m'attendais à avoir peur d'elle, vous comprenez ? Or, je n'ai pas eu peur, pas du tout.

— C'est peut-être un tort.

— Je ne crois pas.

— Mettons que grand-mère accepte de vous voir — ce dont je doute —, que lui direz-vous ?

— Eh bien, d'abord que je ne suis pas une ennemie, que j'aimais Arthur.

— Ce sont des choses qu'elle n'a peut-être pas envie d'entendre.

— Je veux quand même les lui dire. »

Robert sifflota doucement entre ses dents. « Si je parviens à la convaincre de vous recevoir — notez que je ne promets rien —, renoncerez-vous à cette conférence de presse ? »

L'idée était de Stern et ne l'avait jamais enthousiasmée ; elle répugnait néanmoins à renoncer à l'atout de l'avocat sans même l'avoir consulté. « Il faudrait que j'y réfléchisse, répondit-elle.

— Annoncez publiquement que vous étiez l'épouse de père et c'est le branle-bas de combat pour nous tous. Non, non, je ne vous menace pas. Je vous signale simplement un fait. Eleanor remontera le pont-levis, et tout espoir de dialogue raisonnable sera définitivement perdu. Je vous conseille de patienter un peu.

— J'en parlerai à M. Stern. Nous pouvons attendre. Quelque temps, en tout cas.

— Magnifique ! » Il choqua son verre contre le sien, en but une gorgée, puis le reposa. Il semblait soulagé et satisfait de sa réponse, si hésitante qu'elle eût été. Elle remarqua cependant qu'il était perpétuellement en mouvement ; il tripotait le pain et les couverts, appelait le serveur et le maître d'hôtel, les renvoyait, picorait dans son assiette, saluait des personnes de connaissance... Elle devina que sous le sourire ironique et le charme étudié qu'il présentait aux autres, il y avait une nervosité et une impatience bouillonnantes, toujours prêtes à prendre le dessus. C'était une qualité qui ne lui déplaisait pas.

Elle se recommanda la prudence.

9

« Courage, dit Simon. Ça va te faire du bien de voir des gens et de t'amuser un peu.

— L'idée de sortir me fait quand même peur. Quelqu'un me reconnaîtra forcément.

— Ah ça ! Etant donné que tu es passée à la télévision et que tous les journaux de la ville ont publié ta photo, c'est inévitable. "La mystérieuse petite amie d'Arthur Bannerman" ! Mais dans l'entourage de Hugo, personne ne s'en préoccupera.

— Je l'ai déjà rencontré. Avec toi.

— Je sais. Mais Hugo traite tout le monde comme s'il venait de les rencontrer. Carter Pierrepoint a eu une liaison avec lui — je me demande bien pourquoi, sinon parce que c'était un must dans les années 60, après Yale. Bref, il m'a dit que lorsqu'il vivait avec Hugo, il devait se présenter de nouveau tous les matins au réveil. Hugo n'est pas grossier, il lui est simplement impossible de se souvenir de quelqu'un plus de vingt-quatre heures.

— Je n'ai jamais beaucoup aimé ce qu'il faisait.

— Personne n'aime ça, même pas lui. C'est de l'anti-art, une plaisanterie monumentale. Des boîtes de céréales d'un mètre cinquante avec de vraies céréales à l'intérieur! Hugo ne peint même plus lui-même. Il s'assoit sur un divan et dit à ses assistants ce qu'il faut faire. Ce sont les critiques qui prennent son travail au sérieux, pas lui.

— Que fête-t-il ?

— Les gens qui l'entourent organisent un déjeuner une fois par semaine pour faire savoir qu'il est toujours en vie. En parlant de ça, les gens ne vont pas tarder à se poser la même question à ton sujet. Il est mort depuis combien de temps ? Une semaine ?

— A peu près.

— Cela fera une semaine demain. Tu ne peux pas te cacher éternellement.

— Je ne me cache pas.

— Ah bon ? Tu vis dans ma chambre d'ami, tu utilises l'escalier de service pour tes allées et venues, le monte-charge quand tu vas au bureau, et tu te promènes avec un chapeau et des lunettes de soleil comme Greta Garbo.

— Je ne veux pas être interviewée.

— Ça, je te comprends. "Arthur Bannerman est-il mort dans votre lit ?" Ce n'est pas une question à laquelle on aimerait répondre, je suis d'accord. Mais tu as beaucoup mieux à leur raconter. Fais-le, bon sang ! Stern te le conseille et ton ami Roth aussi. Qu'est-ce que tu attends ?

— Je veux que la famille m'accepte. Faire de nouveau la couverture du *Post* de New York ne me paraît pas la meilleure manière d'y parvenir.

— C'est complètement chimérique. Ils ne t'accepteront jamais. Plus vite tu sortiras tes griffes et mieux tu t'en trouveras.

— Je ne suis pas d'accord. Cecilia a été abominable, c'est vrai, mais Putnam ne s'est pas montré hostile, et Robert est prêt à discuter.

— Tu parles ! » Il jeta un coup d'œil à la glace de séparation pour assurer que le chauffeur ne pouvait les entendre. « Il te baise, oui ! Il ne cherche qu'à gagner du temps. »

Elle fronça les sourcils. Elle n'aimait pas ce genre de langage et n'en avait plus l'habitude. Arthur ne parlait jamais ainsi, et c'était une des nombreuses choses qu'elle avait appréciées en lui. Toutefois, même sans lunettes de soleil, regarder Simon en fronçant les sourcils était une perte de temps. « Ecoute, dit-elle. D'une certaine manière, c'est ma famille maintenant, même s'ils me détestent. L'idée de faire les gros titres des journaux et de m'engager dans un procès interminable ne me plaît pas plus qu'à eux. C'est précisément ce qu'Arthur souhaitait éviter.

— Il s'y est pris d'une drôle de façon. Cela dit, je te crois, Alexa, et tu n'as pas tout à fait tort. Regarde les Johnson : près de dix ans de procès et plus de cent millions de dollars de frais de justice. Sans parler de la vie privée de tout le monde étalée partout dans les journaux, ajouta-t-il d'un ton lourd de sous-entendus.

— Je n'ai rien fait dont j'aie à avoir honte, Simon.

— Qui parle de honte ? Ah ! Nous y sommes. »

La voiture s'arrêta devant un immeuble banal, généreusement décoré de graffiti. Sur une porte coupe-feu cabossée d'un rose saisissant — la marque de fabrique de Hugo Pascal —, un écriteau annonçait : « Le Groupe ». Simon pressa un bouton, hurla son nom dans une petite grille et ouvrit la porte d'un coup d'épaule lorsque la sonnerie retentit. Ils montèrent un escalier en spirale rouillé jusqu'au premier étage, point où on l'avait transformé en décor de mauvais film de Tarzan produit pour la télévision. Peint en vert, il était couvert de plantes grimpantes en plastique et de fleurs en soie fanées et poussiéreuses attachées au petit bonheur. De faux oiseaux perdaient leurs plumes dans le feuillage ; un perroquet, en plastique lui aussi, se balançait au bout d'une patte en fil de fer ; un singe empaillé et borgne lançait des œillades lubriques. Profondément enfoui dans la verdure, un haut-parleur beuglait des bruits de jungle.

Ils poussèrent une porte marquée : « Entrée interdite » et se retrouvèrent dans une pièce aux allures de caverne, le loft des lofts, assez vaste pour contenir un dirigeable. Murs et plafonds disparaissaient sous des centaines de mètres carrés de feuilles d'aluminium déchirées et froissées. Diverses créations de la période « sculptures gonflables » de Hugo pendaient du plafond : un ballon Marilyn Monroe de six mètres de long, nu, des valves en guise de bout de seins et une fermeture Eclair étincelante entre les cuisses ; « La Meneuse de ban », une horreur rose vif qui avait déclenché une émeute à la Biennale de Venise de 1971 lorsque des féministes en colère avaient essayé d'y mettre le feu ; une Raquel Welch pneumatique en bikini fluorescent et bottes de cow-boy qui décochait un colossal sourire sexy de ses lèvres écarlates de trente centimètres de large. Il y avait également plusieurs sculptures qui ressemblaient à de gros morceaux de plastique fondu, dont l'une paraissait palpiter d'une effrayante vie propre, et des tableaux faits de vieux vêtements agrafés à la toile.

Alexandra se souvint qu'Arthur possédait des œuvres de Pascal datant de la période où il peignait encore, pochait ou utilisait une technique quelconque pour reproduire dans des proportions gigantesques des marques de produits ménagers connus. Depuis lors, comme Dali dans une génération précédente, Pascal se consacrait à plein temps à construire sa légende au lieu de peindre.

Moins il créait, plus il devenait célèbre et plus les critiques le prenaient au sérieux.

Au centre de la pièce, une dizaine d'hommes et de femmes élégamment vêtus se serraient frileusement les uns contre les autres comme des captifs dans un village indien, cernés par les suivants de Pascal : des filles étranges au regard mort coiffées à la punk et arborant d'énormes pendants d'oreilles vaguement obscènes, des jeunes gens androgynes et une poignée d'anciens membres du Groupe, des rescapés des années 60 qui avaient l'air fraîchement sortis de leur tombe, comme Simon le lui murmura à l'oreille. Les hommes avaient les cheveux qui leur tombaient à la taille ; les femmes portaient ce qui ressemblait à de vieilles tentures de l'époque victorienne et de lourds bijoux cliquetants qu'on aurait dits dessinés par un amateur dément. Un petit groupe de motards graisseux vêtus de cuir moulant avec clous, chaînes, croix gammées et tête de mort faisaient office de serveurs.

Il fallait reconnaître cette qualité à Simon, se dit Alexandra : il savait vous distraire. Il redoutait si intensément l'ennui qu'il découvrait tout ce qui pouvait être nouveau, original ou, dans le cas présent, bizarre, comme guidé par une sorte de radar intérieur.

Il s'avança vers un groupe d'invités dont elle reconnut vaguement certains : Chloe Kahn, le critique, avec son monocle et son chapeau melon ; Gunther von Sandow, le mari d'une des femmes les plus riches des Etats-Unis, qualifié d'homosexuel, de drogué et de sadique par ses amis, et de nécrophile par ses ennemis ; Norman Mailer dont l'expression suggérait que toutes les personnes présentes se retrouveraient tôt ou tard dans un roman ; sir Leo Goldlust, bien sûr, yeux rusés aux aguets et visage luisant de sueur ; José Diaz y

Doro, un camarade de classe de Simon, héritier d'une fortune minière bolivienne, qui avait pour habitude d'aborder les femmes dans les restaurants ou la rue en déchirant un billet de cinq cents dollars dont il leur offrait la moitié, accompagnée de sa carte de visite ; Aaron Diamond, le super-agent, minuscule et affublé d'une immense paire de lunettes qui lui donnait l'air d'une chouette surprise par la lumière. Il y avait d'autres célébrités, ou ce que Hugo Pascal considérait comme des célébrités en tout cas : un homme du monde connu en procès pour le meurtre de sa femme, une star du tennis transsexuelle, un présentateur de télévision à qui sa concubine réclamait plusieurs millions de dollars de pension. « Une vraie parade des monstres ! » murmura Simon.

Alexandra se dit qu'elle faisait probablement partie des « monstres » de Hugo Pascal : la fille dans les bras de qui Arthur Bannerman était mort. Diaz lui baisa la main ; le transsexuel — paré de ce qui était certainement la seule robe plissée à fleurs Mary McFadden jamais faite pour une personne de plus d'un mètre quatre-vingts bâtie comme un haltérophile — lui serra la main avec une vigueur toute masculine ; l'homme accusé d'assassinat lui exprima sa sympathie pour la manière dont la presse la traitait. (« Il sait de quoi il parle », chuchota Simon.)

Aaron Diamond, dont le crâne luisant bronzé par le soleil californien avait la couleur et la texture d'une figue sèche, la reconnut immédiatement. « Je vends votre histoire quand vous voulez, grogna-t-il. Un coup de téléphone à Joni Evans ou Howard Kaminsky cet après-midi, et je vous obtiens deux cent cinquante mille dollars d'entrée de jeu. Non, qu'est-ce que je raconte ? Cinq cent mille, au moins...

— Je n'y tiens pas, merci.

— Comme il vous plaira, fit-il d'un ton aimable, perdant instantanément tout intérêt pour elle et changeant de vitesse avec la rapidité d'un pilote de Formule 1. J'ai rencontré Bannerman un jour. J'ai essayé de le convaincre d'écrire ses mémoires, mais ça ne lui disait rien. Difficile de le lui reprocher : il n'avait pas besoin de l'argent. Un type assez sympa mais un peu constipé. Qui est donc cette grande femme qui ne vous quitte pas des yeux ? »

Alexandra regarda autour d'elle, aperçut un visage familier — teint pâle, nez aquilin, sourire distingué légèrement condescendant — et sut immédiatement qu'elle avait commis une erreur en acceptant de venir. « Simon, dit-elle. Dans le coin, là-bas...

— Oh ! Merde ! » Mais il était déjà trop tard. La femme se dirigeait vers eux en souriant à Alexandra comme à une vieille amie. « Quel plaisir de vous revoir ! » dit-elle avec une élocution si parfaite qu'Aaron Diamond la dévisagea comme si elle parlait une langue étrangère.

Cela devait forcément arriver un jour ou l'autre, se dit Alexandra. Elle avait réussi à éviter Brooke Cabot pendant trois ans, ce qui n'était pas vraiment un exploit, car leurs chemins se croisaient rarement. Brooke fréquentait son milieu, de vieilles et respectables familles protestantes dont le sang commençait à s'épuiser et dont la richesse était tarie depuis longtemps, des gens qui « gardaient les apparences » — carte de membre de Metropolitan Club, squash ou Racquet Club, étés à Dark Harbor, hivers à Hobe Sound, appartement sur Park Avenue, maison en Virginie ou dans la bonne partie du New Jersey avec chevaux, grange et histoire familiale — mais qui devaient désormais travailler pour y parvenir.

C'était le genre de gens pour qui le travail était un secret honteux, quelque chose que leurs parents et grands-parents n'avaient jamais envisagé et à quoi ils ne les avaient pas préparés. Ils ne descendaient pas d'un ancêtre immensément riche comme les Bannerman, mais de générations d'Américains aisés qui vivaient de leurs rentes sans jamais toucher à leur capital ni l'investir dans des projets ambitieux. Ne spéculant pas, ils avaient peu souffert de la crise de 1929 ; c'étaient les droits de succession et la Seconde Guerre mondiale qui avaient consommé leur perte, et notamment celle des parents de Brooke.

Celle-ci avait fait du poney, fréquenté l'école de Mlle Porter, débuté dans le monde et passé l'année de rigueur en Europe pour y étudier l'art avant de s'apercevoir qu'elle n'avait plus rien, pas la moindre possibilité de joindre les deux bouts. Toutefois, à la différence de la plupart de ses amies, elle avait un certain esprit d'entreprise, un reste de cette audace qui avait poussé ses ancêtres à quitter l'Angleterre pour le Nouveau Monde. Très peu pour elle un emploi « respectable » dans le département « Publications » du Metropolitan Museum ou de la fondation Ford. « Je préférerais encore faire la lecture aux aveugles », aurait-elle déclaré. S'il lui fallait travailler pour vivre — et à moins de se marier, elle n'avait guère le choix —, elle tenait à ce que ce fût payant.

Elle était également résolue à garder le secret. Aux yeux du monde — de celui qui l'intéressait en tout cas —, elle continuerait à mener la vie active d'une jeune rentière de bonne famille, ferait partie des « bons » comités, travaillerait bénévolement pour les œuvres de charité les plus à la mode, assisterait aux déjeuners, dîners et bals de bienfaisance habituels, « bien » habillée certes, mais jamais de manière outrageusement coûteuse ou excentrique. Le style de Brooke était « simple » et de bon ton, ses manières, irréprochables. Elle portait toujours des gants blancs l'été.

Personne n'aurait deviné que cette jeune femme calme et réservée possédait et dirigeait le service d'accompagnatrices le plus cher et le plus fermé de New York.

« Cela fait une éternité que nous ne nous sommes vues », dit-elle à Alexandra d'un ton affable. Il y avait quelque chose d'étrangement masculin dans sa façon de serrer la main ; son étreinte ne manquait pas de délicatesse, mais elle se tenait aussi droite qu'un sergent des marines — ressemblance accentuée par sa taille —, les pieds formant un angle de quarante-cinq degrés et chaussés d'escarpins à talons plats.

Involontairement, Alexandra se redressa, non qu'elle se tînt mal — on pouvait même raisonnablement dire que son maintien était parfait —, mais Brooke Cabot ne se satisfaisait pas du raisonnable.

Comme Alexandra ne le savait que trop bien, la perfection suffisait à peine à Brooke qui pouvait dénombrer le nombre de points d'une couture à l'autre bout d'une pièce. Elle se surprit en train de passer mentalement sa tenue en revue. Son ensemble Donna Karan gris anthracite ? Convenable mais un peu trop à la mode ; la jupe était sans doute trop courte de deux ou trois centimètres. Un chemisier de soie blanche ? Acceptable, mais Brooke le lui aurait fait boutonner jusqu'au cou. Un collant noir ? Elle l'aurait renvoyée chez elle sur-le-champ. Elle ne tolérait que les bas couleur chair et sans couture, bien entendu. Brooke avait toujours réussi à lui donner l'impression d'être un lapin pris dans le pinceau des phares, talent qu'elle n'avait pas perdu. Alexandra se força à réagir. « Vous avez l'air en forme », dit-elle. Et c'était vrai. Brooke avait un de ces visages lisses qui ne semblaient jamais vieillir ; la peau en était aussi propre, astiquée et saine que dans une publicité pour savonnettes.

« Merci. Vous aussi. Et vous vous êtes fort bien débrouillée, Alexa. Ravie de vous voir, Simon.

— Comment vont les affaires ? » demanda celui-ci avec politesse. Brooke Cabot lui inspirait du respect, en tant que femme d'affaires d'abord, mais aussi et surtout parce que c'était quelqu'un qu'on ne contrariait pas impunément. « Florissantes. » Peu de gens savaient comment elle gagnait sa vie. Simon qui avait le goût du sordide était naturellement du nombre. Si Brooke ne parlait jamais ouvertement de ses activités à qui que ce soit, c'était avec les gens de son monde qu'elle gardait le plus jalousement le secret. Or, elle avait depuis longtemps décidé que Simon n'en faisait pas partie.

« J'ai si souvent entendu parler de vous, dit-elle à Aaron Diamond en lui adressant son sourire le plus distingué. Quel plaisir de vous rencontrer enfin !

— Ah oui ? C'est quoi votre partie ?

— Partie ?

— Vous venez de dire que vos affaires marchaient bien. »

Brooke rit, un petit rire musical qu'on devait lui avoir appris dans son enfance au même titre que la danse, le maintien et le français, une aptitude sociale plutôt qu'un signe de bonne humeur. « J'ai une petite société de services, fit-elle d'un ton léger. Avec une clientèle choisie. »

Diamond hocha gravement la tête. « Vous êtes une fine mouche. » Il s'interrompit un instant, cherchant apparemment à se souvenir sur quelle côte il était, puis reformula ce qu'il avait à dire en prenant son accent côte Est, mêlant la prononciation des loubards juifs de Brooklyn à de fausses intonations britanniques en un curieux mélange qu'il prenait apparemment pour la langue de Harvard, Yale et Groton. « Vous avez raison, fit-il d'une voix de basse profonde. J'ai la même démarche. Une clientèle limitée et sélect. Rien que l'élite. Des tas de gens me supplient de les représenter. Vous savez ce que je leur dis ? "Allez voir William Morris, c'est bien assez bon pour vous", voilà ce que je leur dis. » Son regard brillait de passion. Comme la plupart des gens de la côte Ouest, il parlait de lui-même comme s'il relatait une profonde expérience religieuse. « Je suis trop vieux pour faire des choses qui m'ennuient, franchement. En revanche, prenez mademoiselle... euh... Waldheim...

— Walden.

— C'est ce que je disais. Son histoire est intéressante. Une belle jeune femme, un homme plus âgé...

— Beaucoup plus âgé, fit Brooke en adressant un sourire charmant à Alexandra.

— Bannerman n'était pas si vieux que ça, protesta Diamond en reprenant brusquement son accent naturel. Il avait soixante-cinq ans, pas plus. Il ne prenait probablement pas soin de lui comme je le fais, bien sûr. N'empêche que l'histoire de Mlle Waldman est parfaite. Sexe, amour, argent, tout y est. Avec une combinaison pareille, vous êtes sûr de gagner à tous les coups, croyez-moi.

— Pourrions-nous parler d'autre chose, je vous prie ? » dit Alexandra. Si elle en avait eu la possibilité, elle se serait élancée vers la sortie. Mais elle était cernée. La pièce commençait à se remplir d'invités qui savaient qu'il fallait arriver chez Hugo Pascal après 14 heures ou qui étaient systématiquement en retard parce qu'ils estimaient que rien d'important ne pouvait se produire avant leur arrivée.

Aux mots « sexe » et « argent », sir Leo Goldlust s'était rapproché et ses petits yeux rusés passaient d'Alexandra et Brooke à une demi-douzaine d'inconnus qui discouraient à tue-tête. En dépit de la taille du loft, tout le monde voulait en occuper le centre si bien que la foule y était aussi dense que dans un wagon de métro aux heures de pointe. Dans les vastes espaces vides, les motards de Pascal dressaient des tables et s'asticotaient comme des gorilles joueurs. Surgi de nulle part, un groupe de rockers au visage terreux attaqua un morceau de musique ; on aurait dit qu'un orage venait d'éclater dans la pièce. Le tapage était tel qu'Alexandra eut un instant l'impression de *voir* les ondes sonores briller et vibrer dans l'air vicié et enfumé du loft. Puis elle se rendit compte que ce n'étaient que des effets lumineux programmés par Pascal, une survivance des années 60, époque à laquelle il avait inventé le « happening » ou, du moins, l'avait sorti des salles de théâtre pour l'introduire dans les salons.

Elle eut un éblouissement, comme le signe avant-coureur d'une migraine. Le chanteur principal, un blond d'aspect neurasthénique qui avait le visage d'un enfant martyr, un teint d'albinos et était vêtu de dentelles en loques, de cuir noir et de chaînes, hurlait des paroles à tel point amplifiées par les haut-parleurs qu'elles en devenaient un vacarme dénué de sens. Il régnait dans le loft une odeur de vestiaire, rendue plus insupportable encore par les effluves de parfum et de marijuana. La fumée des cigarettes flottait en couches épaisses comme le smog au-dessus de Los Angeles quand on y arrive par avion.

« Alexandra a toujours su s'y prendre avec les hommes âgés, dit Brooke. N'est-ce pas, ma chère ? » Il n'y avait pas trace d'hostilité dans sa voix, mais son regard était glacial. Brooke n'oubliait et ne pardonnait jamais rien. Elle n'hésitait pas à renvoyer quiconque travaillait pour elle à la moindre vétille, mais démissionner signifiait devenir son ennemi à vie.

C'était ce qu'avait fait Alexandra. Avec un peu de chance, elle aurait pu passer des années sans rencontrer Brooke, mais la chance l'avait abandonnée. « Je ne comprends pas ce que vous voulez dire.

— Oh ! Je crois que si, fit Brooke en souriant. Ce n'est pas gentil de laisser tomber ses vieux amis. Il faut que nous déjeunions ensemble très bientôt pour potiner un peu.

— J'en serais ravie », répondit Alexandra, bien que l'idée de potiner avec Brooke Cabot lui donnât des sueurs froides. Elle avait l'habileté d'un interrogateur du KGB lorsqu'il s'agissait d'arracher leurs secrets aux gens. Alexandra n'avait pas la moindre intention de la revoir si elle pouvait l'éviter.

« Connaissiez-vous M. Bannerman depuis longtemps ? demanda Brooke.

— Plusieurs mois.

— Vraiment ? Vous m'impressionnez. Il avait la réputation d'être difficile d'accès. J'ai entendu dire qu'il buvait beaucoup, le pauvre homme.

— C'est totalement faux.

— Tant mieux. On entend de ces rumeurs... Vous avez rencontré sa famille ? Des gens si charmants ! Cette chère Cecilia qui est une sorte de Florence Nightingale moderne, et Robert, de loin le plus séduisant d'entre eux. Ma tante est mariée à un de leurs cousins, je suis donc au courant de tous les potins de la famille.

— Ah bon ? » fit Alexandra avec froideur en se demandant si Brooke essayait de la pousser à bout. Elle était parfaitement capable de s'inventer des parents. Cette tante pouvait fort bien ne pas exister ou ne pas être la femme d'un cousin des Bannerman. Brooke feignait toujours d'en savoir plus que vous pour vous prendre au dépourvu, puis vous tirer les vers du nez.

« Vous connaissiez Arthur ? demanda Alexandra.

— Bien sûr. Je le voyais de temps à autre, répondit-elle en lui décochant un sourire si félin qu'on s'attendait presque à l'entendre ronronner. C'était un client, vous savez », ajouta-t-elle dans un murmure.

Alexandra fut prise d'une bouffée de colère. « Je ne vous crois pas, dit-elle si fort que Simon qui discutait avec Aaron Diamond lui jeta un regard d'avertissement.

— C'est pourtant vrai. Je vous avouerai même que, lorsqu'on a annoncé sa mort, j'ai eu très peur. J'ai pensé qu'il pouvait être avec une de mes filles. C'était déjà arrivé, et vous n'imaginez pas ce que cela coûte d'étouffer un scandale. Mais ensuite, j'ai téléphoné au bureau — vous vous souvenez certainement de notre organisation, ma chère —, et nous n'avions pas de réservation à son nom, Dieu merci ! Comme vous êtes pâle, Alexandra ! Vous mangez convenablement, au moins ? »

La première impulsion d'Alexandra fut de la gifler, la seconde de se dire qu'elle n'était qu'une sale garce, la troisième de s'élancer vers la sortie, mais elle ne put en réaliser aucune, car un brusque silence s'abattit sur la pièce. Hugo Pascal faisait son entrée, accompagné de ses intimes.

L'entrée du pape dans Saint-Pierre n'aurait pas

été accueillie avec plus de solennité. Il est vrai que Hugo était une légende. Né à Skokie dans l'Illinois d'un père boucher qui buvait et battait sa femme et d'une mère qui faisait des ménages et servait parfois dans des gargotes, il avait contracté toutes les maladies et eu tous les malheurs qu'un enfant puisse connaître. Son homosexualité lui avait valu d'être traité en brebis galeuse dès ses premières années d'école. Presque illettré, il avait un petit don pour le dessin et, peut-être en raison des corrections infligées par son père et ses camarades, une grande résistance à la douleur.

Jeune homme pâle et frêle, il attirait les sadiques comme la flamme les papillons, et c'était en acceptant de se faire fouetter, piétiner, battre et assommer que Hugo Paskalowicz était monté de Skokie à New York où il était entré comme aide-décorateur chez Bloomingdale. Au bout d'un an, il dessinait avec application des chaussures pour *Vogue*; au bout de deux, ses boîtes de céréales géantes qui tournaient l'idée même d'art en dérision attiraient l'attention des critiques et le catapultaient vers la célébrité et la fortune.

Depuis, il avait été blessé par balle une fois, poignardé deux, battu et laissé pour mort sous la West Side Highway à diverses reprises. Il avait survécu à tout, régimes affamants, drogues et jeûnes compris, si bien que son apparition, le simple fait qu'il pût encore respirer et marcher faisait sensation, même parmi les gens les plus blasés.

Pascal présentait d'ailleurs un aspect si fantomatique qu'il était facile de croire qu'on venait de le sortir de son cercueil. Il avait un teint d'albinos, un visage grêlé par l'acné, des cheveux longs, raides et d'une blancheur neigeuse. On ne pouvait voir ses yeux, dissimulés par les verres rouge et bleu d'une paire de lunettes dont la monture de plastique blanc s'ornait de minuscules lumières clignotantes.

Il avait un appareil acoustique dans chaque oreille — l'une des maladies ou des corrections de son enfance l'avait rendu sourd. Si beaucoup de gens pensaient qu'il ne le mettait jamais en marche et expliquaient ainsi le flou de sa conversation, d'autres affirmaient que l'usage prolongé du LSD avait tout simplement court-circuité la plupart de ses synapses. Il portait un blouson de cuir noir, une chemise blanche étonnamment propre et un pantalon de flanelle grise bien repassé. Deux Hell's Angels le soutenaient comme s'il risquait de s'effondrer à tout instant. Une foule hétéroclite le suivait : ses admirateurs, ses « protégés », et le genre d'illuminés qui l'idolâtrait et tentait de temps à autre de l'assassiner.

Dans un silence religieux, il fit le tour des invités d'un pas chancelant, échangeant avec chacun une molle poignée de main et marmonnant quelques mots de salutation. L'un de ses fidèles le filmait tandis qu'un autre recueillait ses moindres paroles, armé d'une perche à son. Le Dalaï-Lama n'aurait pas été traité avec plus de révérence.

« Ne provoque pas Brooke, murmura Simon à Alexandra.

— Elle ment.

— Probablement, mais qu'est-ce que ça change ?

— Je ne crois pas qu'Arthur ait jamais été un de ses clients, certainement pas après notre rencontre, en tout cas. Il m'aimait, Simon ! Personne ne semble le comprendre.

— Calme-toi, pour l'amour du ciel ! Elle cherche à t'exaspérer, c'est tout. Ignore-la.

— Je suis si lasse de tout ça ! Ses enfants me

traitent plus bas que terre; Brooke Cabot le fait passer pour un de ses clients et un ivrogne... C'est faux, Simon. Arthur était mon *mari*.

— Ch'était auchi un grand collectionneur.» Alexandra entendit à peine les mots que murmurait Hugo Pascal avec ce chuintement qui lui avait valu tant de déboires dans son enfance.

En se retournant, elle se retrouva nez à nez avec son hôte dont les lunettes colorées clignotaient à quelques centimètres à peine de son visage. «Toutes mes condoléanches, dit-il d'un ton lugubre. Vous a-t-il laiché beaucoup d'argent?

— Euh... non... Je ne sais pas...

— Je suis chûr que oui, mais vous voulez pas le dire.» Il y avait quelque chose d'à la fois naïf et rusé dans son attitude: on aurait dit un gamin malicieux — et, de fait, il parlait un peu comme un enfant, mêlant niaiseries et questions embarrassantes. «Ne vendez pas cha collection, reprit-il. Che cherait un crime.

— Je suis d'accord avec vous, mais je ne pense pas que cela dépende de moi.» Prenant conscience de la présence du micro et de la caméra, Alexandra se rendit compte qu'il s'agissait d'une sorte d'interview. Elle se consola en pensant que Pascal se faisait filmer depuis si longtemps qu'il devait avoir des milliers d'heures de pellicule que personne ne regardait ni ne regarderait jamais. Elle l'espérait du moins.

«Merchi d'être venue», marmotta-t-il avant de saluer Brooke Cabot avec un enthousiasme qui parut suspect à Alexandra.

Mal à l'aise, elle garda le silence pendant le déjeuner tandis que les Hell's Angels apprivoisés de Pascal posaient brutalement les plats sur les tables et apostrophaient les invités en grommelant. Elle ne toucha pas au repas qui, en raison d'une erreur du traiteur ou des motards, commença avec de la glace fondue et finit par une salade, le plat principal consistant en un monceau de pâtes si peu appétissant que personne n'y toucha.

Coincée entre Leo Goldlust et Simon qui étaient tout à fait capables de discuter du prix des œuvres d'art pendant des heures sans se lasser — un peu comme les catholiques égrènent leur chapelet —, elle eut tout le loisir de se reprocher d'être venue.

La voix de Simon l'arracha à ses réflexions. « Je disais qu'ils formaient un drôle de couple.

— Excuse-moi. De qui parles-tu ?

— Regarde là-bas. Je n'aurais pourtant pas cru que Brooke puisse intéresser Hugo. »

Alexandra jeta un coup d'œil par-dessus son épaule. A la table centrale, Brooke Cabot et Hugo Pascal discutaient avec animation, le regard fixé sur elle. Pascal avait ôté ses lunettes pour mieux la voir.

Elle éprouva un moment de pure panique. Elle aurait dû dire la vérité à Arthur, ne rien lui cacher. Elle avait voulu le faire mais retardé le moment jusqu'à ce qu'il soit trop tard. S'il avait su, lui aurait-il pardonné ? Elle le pensait. Mais il y avait plus important. Il aurait compris qu'elle n'était pas en mesure de s'opposer à sa famille pour exécuter ses volontés.

Il n'était néanmoins plus temps de se tourmenter à ce sujet. Arthur lui avait fait confiance, à tort ou à raison.

« Raccompagne-moi à la maison, Simon », demanda-t-elle.

Il acquiesça d'un air sombre. « Tout est ma faute, dit-il. Je suis désolé.

— Non, tu n'y es pour rien. Je ne me doutais pas que j'étais devenue une célébrité pour toutes ces langues de vipère. Je n'y suis pas habituée.

— La voiture attend en bas. Tu vas pouvoir te détendre.
— Je n'en ai pas le temps, Simon. Il faut que je passe un coup de téléphone. »

« J'espère que vous avez bien dormi, grand-mère ?
— Je dors toujours bien. Qu'est-ce qui m'en empêcherait ? A la différence de certaines personnes, j'ai la conscience tranquille.
— Bien sûr.
— Les gens qui n'arrivent pas à dormir m'exaspèrent. Ta sœur se plaint toujours de ses insomnies. Je lui ai dit que c'était parfaitement stupide. Il n'y a rien de plus naturel que le sommeil. On se couche, on ferme les yeux et on s'endort. Cecilia prend même des somnifères. Ce n'est guère surprenant, en fait. Une fille de son âge devrait être mariée. Il n'y a rien de tel qu'un mari pour vous faire dormir. »

Robert hésita. Voulait-elle dire que les maris étaient ennuyeux ou fallait-il voir dans ses propos une allusion voilée aux rapports sexuels ? Cela paraissait peu probable mais, avec Eleanor, on ne savait jamais.

Elle l'avait reçu à 8 heures du matin, étendue dans son lit, un plateau de petit déjeuner sur les genoux. Il connaissait ses habitudes aussi bien que les siennes, mieux même, car la vie de la famille était réglée sur celles d'Eleanor depuis soixante ans. Elle se levait à 6 heures, heure à laquelle sa femme de chambre lui apportait un verre d'eau chaude et un demi-citron pressé. Ce qu'elle faisait entre 6 heures et 7 heures et demie n'était connu que de celle-ci et de Dieu mais, à 7 h 45 précises, elle était toujours de retour dans son lit, maquillée, coiffée, parée de ses « diamants du matin » et attendant son petit déjeuner. Ses chemises de nuit n'avaient jamais été vues par personne, ses domestiques et son époux exceptés (quoique, dans le cas de ce dernier, Robert n'en aurait pas mis sa main au feu), mais ses sauts-de-lit étaient célèbres — des assemblages compliqués de dentelle, satin et rubans que la plus habile des femmes de chambre mettait des heures à repasser et qu'elle faisait faire à Paris par une *lingère** qui aurait pu avoir appris son métier à l'époque de Marie-Antoinette. Eleanor devait en avoir des quantités impressionnantes, car Robert ne lui avait jamais vu la même deux fois. Il est vrai qu'elle avait des quantités impressionnantes de tout.

Assise bien droite, elle s'appuyait sur des coussins ourlés de gros-grain rose si lourdement brodés qu'on se demandait comment elle pouvait dormir. La courtepointe qui couvrait ses pieds était si légère et duveteuse que seul le plateau de petit déjeuner semblait l'empêcher de s'envoler. Celui-ci se composait invariablement de thé au citron servi dans une tasse en porcelaine de Limoges, d'un toast, d'un demi-pamplemousse et d'un vase fleuri d'une rose unique, blanche l'été, rouge en hiver, rose au printemps et jaune en automne, époque où Eleanor éprouvait le besoin d'une touche de couleur vive pour la ragaillardir.

On lui apportait également un exemplaire soigneusement plié du *New York Times* et du *Dutchess Freeman,* car elle lisait avec autant d'attention, sinon plus, les nouvelles locales — naissances, morts, ventes de terrain, prix des récoltes — que les nouvelles nationales. Une loupe signée Fabergé reposait toujours près de sa serviette de lin pour lui permettre de lire les petits caractères, de même qu'une paire de gants fraîchement lavée, car Eleanor n'aimait pas se tacher les doigts d'encre. Elle s'intéressait de près aux ventes de fermes et de terrains. Au fil des ans, elle n'avait cessé d'acquérir des parcelles autour de Kiawa, comme pour former une zone démilitarisée entre celui-ci et les promoteurs. Sa famille murmurait d'ailleurs que, si elle vivait assez longtemps, Kiawa finirait par s'étendre jusqu'au centre commercial d'Albany ou même la frontière canadienne.

« Qu'est-ce qui t'amène aussi tôt, Robert ? Tu dois avoir quitté New York à 5 heures et demie.

— Je suis un lève-tôt, grand-mère.

— Pas tant que ça, et jamais pour rien. Ne me dis pas que tu t'es levé à l'aube simplement pour me demander si j'avais bien dormi.

— Non. Il faut que nous parlions.

— Je vois. Je suppose qu'il s'agit de cette fille ?

— Oui.

— Ce vieil imbécile de DeWitt m'a dit que Booker menait une enquête sur son passé.

— Ah bon ?

— Cesse de faire l'innocent. De la manière dont en a parlé DeWitt, je sais que tu t'en es mêlé. Contre ma volonté. Grâce à ton père, nous avons suffisamment d'ennuis comme ça pour que tu n'y ailles pas de tes machinations.

— J'ai simplement donné quelques conseils à Booker.

— Qu'il sera assez intelligent pour ne pas suivre, j'espère. Ton pauvre père t'a trop gâté. Je lui avais bien dit que cela te rendrait désobéissant.

— Désobéissant ? Je suis adulte, grand-mère.

— Fariboles ! Tous les hommes sont des enfants. Ils ne mûrissent jamais.

— Et mon arrière-grand-père ?

— Cyrus était l'exception qui confirme la règle.

Dis-moi plutôt pourquoi tu es ici. Dans quel pétrin t'es-tu fourré ?

— Aucun. J'ai peut-être la solution à nos problèmes.

— Nos problèmes ? Tu dois certainement parler des tiens, Robert. A moins que tu n'aies eu une illumination sur la Taconic comme Saül sur la route de Damas, j'ai du mal à croire que c'est la famille qui t'intéresse. Tu es bien trop égoïste pour ça. »

Robert réprima son désir de riposter. Discuter avec quelqu'un qui prenait plaisir à avoir le dernier mot depuis des dizaines d'années était une perte de temps. « Est-ce égoïste de vouloir obtenir ce qui m'appartient ?

— C'est exactement ce que je voulais dire. Ce n'est pas à toi que le Trust appartient mais à la famille.

— Je le sais. Vous ne souhaitez pourtant pas plus que moi le voir tomber entre les mains de Mlle Walden.

— Je veux qu'il soit entre les mains de la personne le plus apte à s'en occuper, Robert. Je t'accorde toutefois que, sauf circonstances extraordinaires, je préférerais que cette personne soit un descendant de Cyrus et non un étranger.

— Considérez-vous comme moi qu'il vaut mieux que tout cela reste dans la famille pour le moment et ne fasse pas la une des journaux ?

— Sans doute. Après le scandale de la mort d'Arthur, nous sommes déjà la risée de tout le monde.

— Ce n'est pourtant rien comparé à ce qui se passera à l'annonce du mariage. Ou du procès, si nous contestons le testament.

— *Si ?* Bien sûr que nous le contesterons. Cela donnera lieu à un battage effroyable, mais il n'y a pas d'autre solution.

— Nous pouvons gagner du temps.

— Et dans quel but ?

— Eh bien, pour permettre à Booker de se charger tranquillement de son travail déjà.

— Cela ne me paraît pas très loyal. Et puis DeWitt a déjà rencontré cette fille.

— Ce n'est pas l'homme qui convient. Elle ne l'aime pas.

— Voilà qui parle en faveur de son bon sens. Que suggères-tu ?

— Je l'ai vue moi aussi. »

Elle but une gorgée de thé et lui jeta un regard froid. « Je t'avais dit de ne pas t'en mêler, Robert. DeWitt est un avocat. S'il n'est pas à la hauteur de sa tâche, nous en trouverons un autre. Traiter directement avec cette fille ne peut nous amener que des ennuis.

— Au contraire. C'est la seule manière de s'y prendre. L'argent ne l'intéresse pas, grand-mère. Pas autant que vous pourriez le penser, du moins. Elle veut vous parler.

— Tu ne veux quand même pas que je l'accueille à bras ouverts comme un membre de la famille, fit Eleanor en le regardant d'un œil noir. Ce n'est qu'une coureuse de dot qui prétend avoir épousé Arthur !

— Je n'en suis pas si sûr, à vrai dire. Je crois que tout vient de père, pas d'elle, et qu'elle pense sincèrement agir selon ses désirs. Elle n'en est pas moins dangereuse, au contraire, mais si nous ne voulons pas qu'elle revendique publiquement la fortune dans "Today Show" ou "Sixty Minutes", nous ferions bien de discuter avec elle sans plus tarder.

— Tu lui as déjà parlé. Quelle a été ton impression ?

— C'est une jeune femme assez agréable. Et obstinée. A mon avis, elle ne renoncera pas. D'un autre côté, je ne pense pas qu'elle cherche le scandale pour le scandale. Elle passerait très bien à la télévision. Et à la barre des témoins aussi. »

Eleanor Bannerman ferma un instant les yeux. « Je ne pardonnerai jamais cela à ton père, dit-elle. Cesse donc de balancer ta jambe comme ça ! » Elle reposa sa tasse, et ses diamants tintèrent contre la porcelaine. « Il m'est difficile de recevoir cette jeune femme alors que Booker cherche à prouver que le mariage n'est pas valide. Ce serait aussi malhonnête qu'inconvenant.

— Mais non. Vous pouvez parfaitement vous montrer sincère avec elle.

— J'espère l'être avec tout le monde.

— Personne ne dira jamais le contraire. »

En dépit du regard sévère qu'elle lui jeta, Robert savait qu'elle n'était pas en colère. De tous les membres de la famille, il était celui qui la comprenait le mieux. La mère d'Eleanor était originaire de Virginie, une beauté du Sud qui avait épousé un Bostonien et s'était retrouvée à Beacon Hill comme un poisson hors de l'eau. De son père bien-aimé, Eleanor avait hérité des principes puritains rigides ainsi que la conviction que Dieu et les Aldon parlaient d'une même voix. Sa mère, elle, lui avait légué la féminité du Sud, c'est-à-dire la conviction que le matriarcat était dans l'ordre naturel des choses et une coquetterie que l'âge n'avait pas diminuée.

Robert se montrait charmeur avec elle comme avec toutes les femmes et, étant donné qu'il était le seul à le faire dans la famille, elle avait pour lui un faible qu'elle s'efforçait de dissimuler de son mieux.

« Je suis assez vieille pour dire ce que je pense, reprit-elle. C'est peut-être le seul avantage de l'âge.

— Vous l'avez toujours fait, grand-mère. Quant

à votre vieillesse, c'est ridicule ! Vous êtes toujours la plus belle femme de la famille.

— N'essaie pas de m'entortiller par des flatteries, répliqua-t-elle en lui tapant sur les doigts avec sa loupe. Je ne veux pas voir cette fille, un point c'est tout.

— Puis-je vous demander pourquoi ?

— Parce que la recevoir ici reviendrait à reconnaître qu'elle est bien l'épouse de ton père. Parce que, te connaissant, je devine que tu joues un double jeu et que je ne veux pas m'en rendre complice.

— Même si je vous le demande comme une faveur ?

— Oui, répondit-elle après un instant de réflexion. Ce serait immoral et stupide. Une fois de plus, tu te conduis égoïstement en faisant passer ton élection et les dettes de ta campagne avant les intérêts de la famille. Je dois penser à tous les Bannerman, la prochaine génération comprise. L'idée d'un affrontement public me déplaît encore plus qu'à toi mais, s'il doit en être ainsi, tant pis. »

Robert ne s'était pas attendu à obtenir son accord du premier coup. Eleanor ressemblait à un cuirassé : on ne pouvait la dérouter que lentement et par petites étapes.

Il lui adressa son sourire le plus charmeur, sachant que le moindre signe de mauvaise humeur de sa part lui serait fatal. « Je comprends, dit-il. Si, je vous assure... Je suis convaincu que grand-père aurait eu la même position.

— Bien sûr. Il a toujours agi avec droiture, quoi qu'il dût lui en coûter. Il n'y avait pas une once de duplicité en lui.

— C'est vrai. Je me demande quand même si Cyrus aurait vu les choses de la même manière.

— Cyrus ?

— Oui. Lorsque j'hésite sur la conduite à adopter, je me demande souvent ce qu'il aurait fait, lui.

— En ce cas, je m'étonne que tu cherches autant les ennuis. Cyrus avait un flair de vieux renard pour les éventer.

— C'est bien possible.

— C'est indiscutable! fit-elle en s'animant. Lorsque ce gros lourdaud démagogue de Teddy Roosevelt a fait voter la loi antitrust, il s'est aperçu que Cyrus avait déjà scindé ses sociétés et les avait dispersées dans différents Etats pour que la loi ne s'applique pas à lui.

— Je suppose qu'il n'avait averti personne de ses intentions ?

— Bien sûr que non ! Il agissait toujours dans le plus grand secret et ne se confiait à personne. Des centaines de gens achetaient et vendaient des actions pour lui afin que la Bourse ne sache pas ce qu'il faisait.

— Je crois que ce serait illégal aujourd'hui.

— Ce n'est pas ça qui l'aurait arrêté! Il aurait trouvé un moyen de faire ce qu'il voulait. Il en trouvait toujours un.

— Alors, d'après vous, comment aurait-il procédé avec cette fille ?

— Il l'aurait rencontrée, essayé de l'acheter, fait traîner les négociations en longueur afin de trouver un moyen d'invalider ses prétentions... » Elle foudroya Robert du regard. « Tu as délibérément cherché à me prendre au piège !

— J'essayais seulement de vous faire comprendre mon point de vue, grand-mère.

— Tu n'es pas Cyrus.

— Non, pas plus qu'aucun d'entre nous. Mais nous pouvons prendre exemple sur lui, non ?

— Cyrus était unique », fit-elle en poussant un soupir.

Le feu dont brûlait ses joues ne devait rien au maquillage. Elle s'enflammait toujours lorsqu'elle parlait de Cyrus. On ne pouvait douter que c'était lui qu'elle avait admiré, et non son mari qui avait grandi dans l'ombre du vieil aigrefin en éprouvant tant de crainte et de respect pour lui qu'il n'avait jamais développé de personnalité propre.

« Vous ne pensez pas que Cyrus aurait parlé à cette fille ? Je suis sûr qu'il ne se serait pas contenté de confier l'affaire à un avocat et de s'en remettre aux tribunaux.

— Je ne crois pas qu'il ait jamais eu à régler un problème de ce genre, dit Eleanor après un instant de réflexion. Mais cela ne l'aurait pas scandalisé. Rien ne le scandalisait jamais. Lorsqu'il est allé en Californie, les mineurs étaient si furieux qu'ils ont engagé un homme de main pour l'abattre. Cela n'avait rien de très inhabituel à l'époque. On ne respectait pas beaucoup la loi à l'ouest du Mississippi, et Cyrus avait pour mission d'empêcher les directeurs des mines de voler les actionnaires. Il n'était donc pas très populaire. Lorsqu'il a entendu parler du complot, il est allé trouver son assassin dans un saloon, s'est installé à sa table et lui a dit avec un calme glacial : "Il paraît qu'on vous a payé deux cents dollars pour me tuer. Me voici. Tirez maintenant si vous en avez le courage ; sinon, je vous offre cinq cents dollars pour aller abattre l'homme qui vous a engagé."

— Et que s'est-il passé ?

— Je l'ignore. Ton arrière-grand-père nous a simplement dit qu'il n'avait plus eu de problèmes ensuite. »

Elle agita une petite sonnette en vermeil. « Tu ferais mieux de partir à présent. Il est grand temps que je m'habille.

— Verrez-vous cette fille, grand-mère ?

— Oui, mais pas pour te faire plaisir, Robert. Je le ferai dans l'intérêt de la famille. Je ne veux pas qu'elle aille raconter son histoire à la presse à sensation comme une des épouses de Tommy Manville. Ce genre de scandales nous a été épargné jusqu'à présent, Dieu merci ! » Elle lui jeta un regard perçant, la tête légèrement de côté comme un oiseau en colère. « Exception faite de ton divorce, bien sûr. Il est de ma responsabilité d'éviter un autre désastre si je le peux. »

La femme de chambre entra pour prendre le plateau. « Après tout, dit Eleanor en renvoyant Robert d'un geste de la main, nous ne voulons pas que les gens pensent que nous ne sommes pas différents des autres riches, n'est-ce pas ? »

A l'étonnement d'Alexandra, revoir Roth la bouleversa. Il lui rappelait toutes les soirées qu'Arthur, elle et lui avaient passées ensemble. Lorsqu'elle l'avait appelé pour lui dire qu'elle avait des ennuis, il avait accepté de venir sur-le-champ mais, à présent, il y avait une étrange gêne entre eux, comme s'ils s'attendaient à ce qu'Arthur entrât et s'étonnât de les voir ensemble. Roth semblait éprouver la même impression, car il ne cessait de jeter des regards inquiets vers la porte.

« Ecoutez, dit-il. Dans l'immobilier, les contrats tombent parfois à l'eau. Ce sont les risques du métier. » Il détourna aussitôt la conversation. « Combien vous a coûté cet appartement ?

— Il n'est pas à moi, mais à Simon Wolff. Il l'a payé cent cinquante mille dollars, je crois.

— Du vol. Il pourrait facilement en obtenir un million maintenant, peut-être même un million et demi. Mais ces vieux bâtiments n'apportent que des emmerdements. Lorsqu'ils sont en copropriété, personne ne veut dépenser de l'argent à les entretenir. Votre ami devrait me laisser le soin de le vendre. Je lui obtiendrai le maximum et lui trouverai quelque chose dans un de mes nouveaux immeubles. J'en ai un qui se construit sur Central Park West : vue sur le Parc, jacuzzi en marbre dans toutes les salles de bains, air climatisé... Il ne perdrait pas au change.

— Je crois qu'il se plaît ici.

— Ah ! Alors... » David Roth haussa les épaules. Il avait proposé une faveur qui avait été refusée. Il était satisfait. Alexandra remarqua qu'il portait un costume identique à ceux d'Arthur ; il avait cependant conservé la tournure d'esprit de l'immobilier où l'on essayait toujours de conclure une affaire, si petite fût-elle.

« Pourquoi vouliez-vous me voir exactement ? demanda-t-il.

— Pour vous parler du musée.

— Du musée ? Laissez tomber. Arthur est mort. Je m'occupe d'autre chose. J'ai un casino à construire à Atlantic City, un hôtel à Palm Beach, juste en bord de plage... C'était une bonne idée, mais c'est comme ça.

— Elle vous plaisait beaucoup, pourtant.

— Tant que Bannerman était en vie. Lui seul aurait pu la réaliser.

— Mais nous aussi, David. C'est encore possible, même sans Arthur.

— Ecoutez, je vais être franc avec vous...

— Allez-y.

— Bannerman mort, il n'y a plus rien à faire. Robert ne construira pas le musée et, quels que soient ses projets pour cet emplacement, il ne fera pas appel à moi. Il bâtira un immeuble de bureaux sur le terrain qui lui appartient, une merde bon marché qui se fissurera avant même que les murs soient secs, et voilà tout. Arthur voyait grand ; Robert veut des profits immédiats.

— Arthur est intervenu pour vous auprès des banques, n'est-ce pas ?
— Ouais.
— Il vous a rendu un grand service.
— Peut-être.
— Selon lui, c'était très important pour vous. Il m'a dit — et ce sont ses mots exacts : "Walter et David voulaient mettre Roth à genoux, mais je les en ai empêchés." Il s'est servi de son influence pour vous.
— Et alors ?
— Alors, vous avez peut-être une dette envers lui.
— Il est mort.
— Je vais vous faire une confidence, David. Arthur disait que vous saviez garder un secret. Est-ce vrai ?
— J'ai fait beaucoup de choses pas très propres dans ma vie, mais je n'ai jamais trahi un secret, même devant un tribunal.
— Arthur et moi étions mariés.
— Il vous a épousée ! » Pour la première fois depuis qu'elle le connaissait, Roth éclata de rire.
« Qu'est-ce que cela a de si drôle ? »
Il se tamponna les yeux de son mouchoir. « Je voyais bien qu'il en pinçait pour vous, sans vouloir vous offenser, mais je n'aurais jamais cru qu'il irait aussi loin. Robert est au courant ?
— Oui, mais pour de nombreuses raisons, cela reste un secret.
— J'aurais donné un million de dollars pour voir sa tronche ! Eh, une minute ! Je sais ce que vous allez me dire. Arthur a modifié son testament ? »
Elle acquiesça de la tête.
« Si ma mère meurt un jour — que Dieu la bénisse et lui accorde de vivre cent ans ! —, je placerai mon père sous surveillance vingt-quatre

heures sur vingt-quatre. Je ne laisserai pas une seule femme s'approcher du vieux ! » conclut-il en riant de nouveau.

Alexandra réprima son irritation. Elle éprouvait de la sympathie pour Roth et, même si ce n'avait pas été le cas, elle avait besoin de lui. « Ce que je voulais dire, David, c'est que nous pouvons continuer. »

Ses yeux gris pâle étaient indéchiffrables. « Vous plaisantez ? dit-il. Vous allez être en procès pendant les vingt prochaines années et, pour ne rien vous cacher, j'ai déjà tout ce qu'il me faut dans ce domaine. Je ne tiens pas en plus à me mettre les Bannerman sur le dos.

— Si j'avais le contrôle de la fortune, reprendriez-vous le projet avec moi ?

— Peut-être, fit-il en lui jetant un regard pénétrant. C'est un emplacement superbe.

— Et si j'avais besoin de votre aide, pourrais-je compter sur vous ? »

Il réfléchit un instant.

« Arthur vous a aidé, David. Il croyait que vous désiriez réaliser quelque chose qui sorte de l'ordinaire. “Roth veut construire un édifice qui fera passer son nom à la postérité”, disait-il. Lui aussi pensait que vous voyiez grand.

— OK, OK ! Si je peux vous rendre service, je le ferai, d'accord ?

— Il faudra peut-être exercer des pressions sur quelqu'un », dit-elle en se penchant vers lui.

Roth prit un air inquiet. « Je ne brutalise personne, Alexa. Quoi qu'on en dise.

— Il s'agirait plutôt de pressions *immobilières,* David. Un rachat de bail, mettons...

— Ah ! fit-il du ton d'un homme que rien ne peut étonner en matière d'immobilier. Ça, je peux le faire. »

Voilà un problème de réglé, se dit Alexandra.

Si seulement il n'y avait eu que celui-là !

Cyrus Bannerman avait construit Kiawa sur une colline pour que tous les passagers qui remontaient l'Hudson par la ligne de chemin de fer de Commodore Vanderbilt la voient, et s'il avait eu l'intention d'impressionner ses concitoyens, il avait pleinement réussi. La demeure surplombait le fleuve, aussi visible que le mont Rushmore et guère moins imposante.

Le majordome salua Alexandra d'une infime inclination de tête lorsqu'elle pénétra dans le vestibule où une domestique la débarrassa aussitôt de son manteau. Le mot « vestibule » n'était d'ailleurs guère approprié pour un espace qui aurait mieux convenu à une gare ou un opéra. Devant Alexandra, haut d'au moins dix mètres, un immense escalier de marbre s'élevait en une courbe gracieuse jusqu'au premier étage ; très loin au-dessus d'elle, un énorme lustre de cristal était accroché au dôme du plafond. L'escalier avait été conçu pour des entrées théâtrales ; on imaginait sans mal un empereur le descendre devant une foule de courtisans admiratifs. Dans la cheminée, assez vaste pour rôtir un bœuf — possibilité qui avait vraisemblablement été envisagée lors de sa construction — brûlait un feu qui n'avait toutefois rien de chaleureux, étant donné les dimensions du vestibule. Alexandra se dit qu'il était typique des Bannerman de faire du feu dans une pièce vide.

Elle se demanda si Mme Bannerman comptait descendre l'escalier à sa rencontre pour l'impressionner, puis se rappela que la vieille dame n'avait aucune raison de chercher à le faire. Ici, elle n'était qu'une intruse, et il était peu probable que la mère d'Arthur la reçoive en grande pompe.

« Par ici, s'il vous plaît. » Le majordome murmurait comme pour lui suggérer de marcher sur la pointe des pieds afin de ne pas réveiller les morts. Et il régnait certes une atmosphère d'outre-tombe dans cette immense pièce silencieuse où, mis à part un feu inutile, on ne décelait pas la moindre trace de présence humaine.

Il la conduisit jusqu'à un petit ascenseur lambrissé dont il ferma la grille de cuivre avec cérémonie. Alexandra eut l'impression de se retrouver dans un confessionnal, tel qu'elle les imaginait en tout cas, car en sa qualité de luthérienne, l'idée même de confessionnal avait quelque chose d'étrange.

Elle suivit ensuite le majordome le long d'un couloir. Il poussa une porte à double battant et, dans un chuchotement, annonça : « Mlle Walden, Madame.

— Faites-la entrer », dit Eleanor Bannerman d'une voix ferme qui ne trahissait rien de son âge.

Assise devant la cheminée, elle aurait pu paraître minuscule dans ce salon d'apparat de taille à contenir plusieurs appartements new-yorkais, celui d'Alexandra compris. Mais en dépit de la richesse de l'ameublement, Mme Bannerman éclipsait tous les objets de la pièce. Alexandra la contempla avec fascination. Ses cheveux d'un bleu argenté coiffés avec art formaient autour de sa tête une sorte de halo scintillant qui ne devait rien à la nature ; c'était une œuvre d'art qu'il avait certainement fallu des heures pour modeler, sécher et laquer. Le résultat était imposant et inspirait presque une crainte sacrée, un peu comme les coiffures de guerre des tribus primitives.

Son visage avait d'ailleurs quelque chose d'un masque, effet renforcé par les sourcils soigneusement épilés, passés au mascara et dessinés —

peut-être involontairement — de manière à lui donner une expression d'étonnement bien élevé, comme si la vulgarité du monde ne cessait de la surprendre. Elle portait en signe de deuil un ensemble Chanel bleu sombre de soie moirée auquel le feu donnait des reflets presque violets. Les perles qui ceignaient son cou étaient si grosses qu'on aurait dit des bijoux de théâtre, mais Mme Bannerman ne s'était certainement jamais parée de joyaux valant moins de quelques centaines de milliers de dollars. Ses ongles étaient longs, pointus et rouge vif; ses pieds — si petits qu'on se demandait comment elle pouvait marcher — étaient chaussés de gracieux escarpins bleus et reposaient sur un petit coussin brodé. « Asseyez-vous », dit-elle d'un ton qui réussissait à être impérieux sans qu'elle l'élevât le moins du monde.

Alexandra obéit, genoux serrés, mains crispées sur son sac, se sentant aussi gauche qu'une collégienne. Entre elles, comme les murs d'une forteresse, se dressait un service à thé d'époque si complexe qu'Alexandra eut du mal à identifier bon nombre de ses pièces. « Lait ou citron ? » demanda Mme Bannerman.

L'expérience qu'Alexandra avait de ce breuvage se limitait au thé en sachets. « Citron », répondit-elle en supposant que cela faisait plus distingué.

Mme Bannerman haussa un sourcil et se livra à une petite cérémonie compliquée requérant l'utilisation de plusieurs instruments en argent, puis lui tendit une tasse et se servit du thé au lait. Alexandra devina obscurément que son choix lui avait fait perdre des points. Mais après tout, elle n'était pas là pour passer un examen de savoir-vivre.

« Désirez-vous quelque chose ? fit Mme Bannerman en désignant d'une petite main soignée une profusion de cakes, biscuits, toasts et pâtisseries.

— Non, merci. C'est très aimable à vous de me recevoir. » Son intuition lui disait que Mme Bannerman était accoutumée à la déférence qu'on témoigne d'ordinaire aux personnages royaux et au président des Etats-Unis.

« Oui, fit Eleanor Bannerman. Mais je suis âgée, voyez-vous. Un nouveau visage est toujours intéressant, si déplaisantes que soient les circonstances, ajouta-t-elle d'un ton glacial. Je crains de m'être montrée impolie envers vous lors de l'enterrement d'Arthur. J'espère que vous me le pardonnerez. Si vous lui avez apporté un peu de bonheur pendant les derniers mois de sa vie, je ne puis que vous en savoir gré. » Elle parvenait sans grand effort à exprimer un immense mépris qu'Alexandra s'efforça de ne pas relever.

« Je crois qu'il était heureux, en effet. Plus heureux que lorsque je l'ai rencontré, en tout cas.

— Notez bien que je n'approuve pas qu'un homme de son âge recherche le bonheur, fit Mme Bannerman en lui jetant un regard de basilic. Je ne comprends pas ce qui a pu lui passer par la tête. Son mariage avec Priscilla ne l'a jamais rendu heureux, et je ne vois aucune raison de penser qu'il l'aurait été davantage dans un second s'il avait vécu... S'il était effectivement marié.

— Il l'était, dit Alexandra d'un ton ferme.

— Cela reste à démontrer, riposta sèchement Mme Bannerman. Il faut que je vous prévienne : l'idée de passer par un tribunal pour prouver que mon propre fils souffrait de démence sénile ne me dit rien, mais si c'est mon devoir, je le ferai.

— Arthur n'était pas sénile.

— Son comportement me laisse penser le contraire.

— Il était parfaitement sain d'esprit.

— Vous vous montrez impertinente. Puis-je savoir pourquoi vous n'avez pas encore raconté votre histoire à la presse ? »

Alexandra fit de son mieux pour prendre un ton conciliant bien que Mme Bannerman l'exaspérât. « Je ne souhaite pas le scandale, madame. Sinon je ne serais pas ici. »

Eleanor Bannerman inclina légèrement la tête. Son regard faisait penser à celui d'un oiseau, un de ces jolis oiseaux bigarrés que l'on voit chez les oiseleurs et qu'on vous recommande de ne pas approcher, car il vous mordrait le doigt si vous le passiez à travers les barreaux de la cage. « Et pourquoi donc êtes-vous ici ?

— Parce que je veux que les volontés d'Arthur soient exécutées. Parce que je suis sa femme. Vous estimez peut-être que je n'ai pas ma place dans cette maison, mais s'il avait vécu, il m'y aurait amenée.

— Sans doute pas de mon vivant, ma chère. Arthur a toujours eu peur de moi. C'est le cas de tous mes enfants d'ailleurs, je me demande bien pourquoi. Je suis loin d'être aussi redoutable qu'ils l'imaginent. »

Alexandra sc demanda comment il fallait interpréter ses paroles. Cherchait-elle sa compassion ? Cela semblait peu probable. Mme Bannerman lui paraissait effectivement fort redoutable. Elle se contenta d'un hochement de tête diplomatique.

« Une famille a besoin d'un centre, poursuivit Mme Bannerman. Sinon ce n'est guère qu'un ensemble de gens portant le même nom qui se réunissent une fois par an pour Noël. Ou pour les enterrements, bien sûr. J'ai été ce centre pendant de bien nombreuses années, non que je l'aie désiré, mais parce que personne d'autre ne jouait ce rôle. Mon défunt mari avait beaucoup de qualités — c'était un homme de bien au vieux sens du terme — mais il a vécu trop longtemps dans l'ombre de son père. Putnam avait la cinquantaine lorsque Cyrus a commencé à lui confier certaines responsabilités et, même alors, c'était toujours mon beau-père qui avait le dernier mot. Quant à mon pauvre fils... C'était une maison divisée[1]. »

Elle dévisagea Alexandra un instant comme pour s'assurer que sa citation biblique avait bien été comprise. Alexandra hocha la tête. Née dans une famille où l'on parlait du Livre comme s'il n'y avait que celui-là, elle était aussi familière de la Bible que Mme Bannerman.

Sûre de ne pas avoir affaire à une païenne, celle-ci poursuivit : « Une partie de lui voulait assumer les responsabilités qu'impliquaient la famille et la fortune, l'autre désirait les fuir. Son sens du devoir était plus élevé qu'on ne le reconnaît généralement, mais il ne lui apportait aucune satisfaction et n'a jamais été tout à fait assez fort. Alors, pendant toutes ces années, j'ai représenté... je ne sais pas quoi au juste : la continuité de la famille, l'idée qu'elle ne se limite pas simplement au fait d'être riche, ou peut-être qu'une fortune de cette importance doit avoir une signification plus vaste, qu'elle doit d'une certaine manière entrer dans les desseins de Dieu... Vous êtes croyante ?

— Non. Ma famille était très religieuse, mais mon père est mort... et la foi ne m'a pas beaucoup aidée. »

Curieusement, Mme Bannerman ne parut pas disposée à la contredire. « Bien sûr que non, fit-elle

1. « Et si une maison est divisée contre elle-même, cette maison-là ne pourra se maintenir » (Marc, III, 25).

sèchement. Seuls les hommes d'Eglise sont assez stupides pour croire ça... D'après Robert, vous auriez réfléchi à la manière de régler cette affaire ? »

Il fallait conserver toute sa présence d'esprit lorsqu'on parlait avec Eleanor Bannerman. Elle discutait de choses et d'autres, puis, brusquement, visait la cible et faisait mouche.

« Très vaguement. Je ne souhaite pas combattre la famille d'Arthur.

— Vraiment ? C'est précisément pour cette raison que Cyrus voulait que le Trust passe directement d'un héritier au suivant sans contestation possible. Il pensait à ces honteuses querelles familiales qui ont été le lot des Bingham : les enfants qui s'opposent aux parents, les sœurs qui s'acharnent à ruiner leurs frères et les cadavres qu'on sort des placards. Vous les connaissez ?

— Les Bingham ? Non, mais j'ai entendu parler d'eux.

— Je croyais que vous étiez originaire de la même région ?

— Je suis de l'Illinois. Ils vivent dans le Kentucky.

— Ah ! Il y a des gens très respectables dans le Kentucky. Dans l'Illinois aussi, je suppose, quoique je n'en aie jamais rencontré.

— C'est ce que nous aimons à penser. » Alexandra se domina. Il était inutile de contredire Mme Bannerman dont les préjugés étaient immenses et inexplicables. Après tout, elle n'était pas venue à Kiawa pour prouver qu'elle était digne d'être la femme d'Arthur ou avait de bonnes manières. Elle décida de se montrer directe. « Que cela vous plaise ou non, madame, Arthur m'a épousée. Et, que cela me plaise ou non, il m'a chargée d'exécuter ses volontés. C'est de cela que je suis venue discuter. »

Le visage de Mme Bannerman prit une expression dure, celle d'un juge qui va prononcer sa sentence. « Je ne tolérerai pas qu'on me menace dans ma propre maison, dit-elle. Pas plus qu'ailleurs.

— Je ne vous menace pas. J'aimerais obtenir votre coopération.

— Pour déshériter mon propre petit-fils ? Pour détruire ma famille ?

— Pour réaliser ce que votre fils avait décidé de faire après mûre réflexion. »

Mme Bannerman prit une profonde inspiration et garda un instant le silence. « Vous êtes une jeune femme têtue, dit-elle enfin. Mais j'ai promis à Robert de vous écouter, et je tiens toujours parole.

— Et moi, je suis fidèle à la promesse que j'ai faite à Arthur. C'est quelque chose que vous devez certainement comprendre. »

Mme Bannerman ignora sa remarque. « Si vous restez à l'écart des journalistes, je réfléchirai à notre conversation. Nous pourrons peut-être trouver un compromis quoique j'aie du mal à imaginer lequel. Je suis peu encline aux compromis, je dois dire, mais je ferai l'impossible — dans les limites du raisonnable — pour éviter tout nouveau préjudice à ma famille. Suis-je bien claire ? »

Alexandra réprima son irritation et acquiesça.

« Il faut qu'un certain nombre de conditions soient remplies, naturellement. Votre silence en est une. L'idée que toutes ces bêtises de mariage et de testament soient connues du public me répugne. Toutefois, avec du temps et un peu de bon sens, nous devrions au moins pouvoir sauver la face. Ce serait peut-être plus facile si vous vous éloigniez quelque temps pendant que vos avocats règlent l'affaire avec DeWitt. Vous aimez les voyages ?

— Je n'en ai jamais fait beaucoup.

— Eh bien, le moment serait bien choisi pour commencer. Il y a bien des choses qui valent la peine d'être vues dans le monde quoique, à mon avis, beaucoup soient surfaites. Quoi qu'il en soit, je compte sur votre silence. Et, bien entendu, il ne faut pas qu'il y ait de surprises désagréables de nature à embarrasser la famille. »

La porte s'entrouvrit. « J'ai dit que je ne voulais pas être dérangée », fit Mme Bannerman d'un ton ferme. Elle n'obtint pour toute réponse qu'un léger reniflement. Un vieux labrador obèse entra en se dandinant et vint s'effondrer à ses pieds. « C'est le monstre de Cecilia, dit-elle d'un ton étonnamment affectueux. Lorsque les enfants vivaient encore ici, la maison était pleine de chiens. Priscilla en avait des dizaines qui servaient également de chiens de chasse à Arthur. Chacun des enfants avait le sien, sauf Robert. Il ne les aime pas. Et vous ?

— Beaucoup. Nous en avions chez moi, mais je n'en ai jamais pris à New York.

— Vous avez raison. Je n'apprécie pas la ville, et je ne crois pas que les chiens le fassent davantage. » Elle donna un morceau de gâteau au labrador, puis s'essuya les doigts sur une serviette vaporeuse. « Il est bien trop gros et totalement inutile, dit-elle. Il a vécu trop longtemps. Moi aussi peut-être, ajouta-t-elle en poussant un petit soupir. Qu'en pensez-vous ? »

La question était déconcertante, *voulait* l'être. Mme Bannerman ne s'attendait certainement pas qu'elle lui réponde avec franchise et se souciait sans doute fort peu de son opinion. Sa conversation tenait de la séance d'électrochocs. Fallait-il y voir les divagations de la vieillesse, accentuées par la solitude et un moi hypertrophié? Après tout, elle dictait sa loi à la famille depuis plus de soixante ans et avait également été d'une grande beauté. Elle n'avait dû avoir que très rarement l'occasion d'être contredite.

«Je ne crois pas que vous teniez vraiment à avoir mon opinion, madame, dit Alexandra, résolue à se montrer sincère. Mais je ne le pense pas, non. Le chien peut-être, pas vous.»

Elle crut discerner une lueur de respect dans le regard de Mme Bannerman, une lueur à peine perceptible, certes, mais qui était pourtant là. La vieille dame et elle pourraient-elles arriver à s'entendre? Cela semblait presque inimaginable, mais le fait qu'elle fût en train de discuter de l'avenir d'une des plus grandes fortunes des Etats-Unis ne l'était-il pas tout autant? Elle ne savait pas vraiment comment accomplir la tâche dont Arthur l'avait chargée. Sans l'accord de sa famille, elle ne voyait pas ce qu'elle pourrait faire sinon s'engager dans un procès pour lequel elle n'était pas davantage préparée. S'il lui fallait apprendre à vivre avec Mme Bannerman, elle le ferait. La réciproque était une tout autre question.

Le chien dressa les oreilles et alla se cacher sous le divan après avoir jeté un regard craintif en direction de la porte.

Celle-ci s'ouvrit — à l'étonnement d'Alexandra qui aurait cru que personne n'entrait sans frapper dans une pièce où se trouvait Mme Bannerman.

Cette dernière parut également surprise. Elle se retourna pour foudroyer l'intrus du regard, puis sourit — un sourire plutôt glacial, mais un sourire tout de même. «Il ne fallait pas venir si tôt, Robert. Je t'aurais fait appeler.»

En dépit du sourire qu'il adressa à Alexandra, il y avait quelque chose d'inquiétant dans son attitude: sa façon de serrer les mâchoires, une ombre de tension ou de colère peut-être. Elle ne le connaissait pas assez bien pour interpréter son expression, mais si elle avait vu la même sur le visage d'Arthur, elle aurait été alarmée.

Il posa un baiser sur la joue de sa grand-mère avec la solennité d'un catholique embrassant une relique. Elle se laissa faire mais sans manifester le moindre signe d'affection.

Cette courte scène familiale glaça Alexandra davantage encore que la taille de Kiawa. Il y avait quelque chose qui l'effrayait chez les Bannerman : leur froideur ou plus exactement leur incapacité à se livrer. Elle l'avait sentie chez Arthur chaque fois qu'il parlait de ses enfants comme s'ils avaient toujours été — et étaient encore — des étrangers pour lui. Il ne s'agissait pas d'indifférence, les sentiments qu'il éprouvait pour eux étaient même intenses, mais il semblait incapable de les leur montrer, et c'était réciproque. Ils étaient apparemment condamnés à des rapports aussi cérémonieux que des statues dans un jardin.

« Pardonnez-moi de vous interrompre », dit Robert en gratifiant Alexandra d'un pâle fantôme de sourire qui contrastait avec l'attitude chaleureuse qu'il avait eue au 21.

Il ne s'assit pas. Il répugnait apparemment à s'installer à côté d'Alexandra et ne souhaitait peut-être pas renoncer à l'avantage que lui donnait sa taille en s'asseyant près de sa grand-mère. Il avait une liasse de journaux sous le bras. « Cici aurait dû faire piquer cette bête il y a des années, dit-il en foudroyant le chien du regard.

— Tu sais bien qu'elle n'y consentira jamais. Comment va-t-elle ?

— Elle a mal à la tête et est allée se promener.

— Je n'ai jamais eu de migraine de ma vie.

Pourquoi ne t'assieds-tu pas, Robert, au lieu de faire les cent pas ?

— Je ne fais pas les cent pas.

— Si tu dois rester, assieds-toi.

— Je ne pense pas rester, et je crois qu'il serait préférable que vous partiez aussi, Alexandra. »

Elle lui jeta un coup d'œil, juste à temps pour voir à quel point il était furieux. Il se dominait parfaitement ; à peine leurs regards se croisèrent-ils qu'il sourit de nouveau, un sourire affable et un peu supérieur qui lui serra l'estomac.

Elle se demanda ce qu'elle avait fait, ce qui s'était passé, mais éprouva aussi un brusque sentiment de culpabilité dont elle comprit aussitôt la cause. Elle commençait à avoir de la sympathie pour Robert, à penser qu'il y avait — ou pourrait y avoir — certaines affinités entre eux. Or, son expression disait clairement que ce n'était plus le cas et ne l'avait peut-être jamais été. « Que voulez-vous dire ? » demanda-t-elle.

Il déplia son journal d'un geste théâtral. On y voyait une grande photographie d'elle et une autre, plus petite, d'Arthur. « BANNERMAN AURAIT ÉPOUSÉ UN EX-MANNEQUIN », proclamait le titre.

Même de loin, elle pouvait se rendre compte que la photo avait été prise lors du déjeuner chez Hugo Pascal. Elle fut prise de nausées à l'idée que tout était sa faute. Hugo avait surpris sa remarque et il était inévitable que lui ou un de ceux qui l'entouraient en fasse part à la presse. Les ragots étaient la véritable œuvre artistique de Pascal. « Je ne l'ai pas fait exprès, dit-elle d'une voix étouffée. C'était un accident.

— Peut-être, fit Robert en haussant les épaules. Ça n'a aucune importance. Si le *Post* en fait sa couverture, ce sera dans tous les journaux dès demain. La voiture vous attend. Si vous vous dépêchez, vous pourrez peut-être partir d'ici avant que les journaliste ne mettent le siège devant les grilles.

— Ce serait arrivé tôt ou tard. C'est la vérité.

— Vraiment ? Nous verrons. Une chose est sûre en tout cas : si j'avais su que cela allait se produire, je n'aurais pas convaincu grand-mère de vous recevoir. »

Alexandra se tourna vers Mme Bannerman qui restait impassible. « Je suis vraiment navrée, dit-elle. Je parlais à un ami. Je ne me suis pas rendu compte qu'on m'écoutait. » Elle fut étonnée de constater combien elle souhaitait que Mme Bannerman lui pardonne ou du moins la comprenne.

Elle se leva, furieuse de se sentir comme une enfant prise en faute. Mais, face à Mme Bannerman, c'était un sentiment auquel il était difficile d'échapper et qu'Arthur avait apparemment éprouvé, même à soixante ans.

La vieille dame ne dit rien. Il y eut un long silence que ne brisèrent que les ronflements du chien. Même Robert, qui semblait plus à l'aise avec sa grand-mère que la plupart des gens, avait l'air d'un artificier qui s'attend à voir exploser entre ses mains un paquet suspect.

Mais Mme Bannerman se leva calmement, évita le chien endormi et avança vers Alexandra. Ses yeux bleus ne trahissaient rien de ses sentiments. En les regardant, Alexandra eut un instant l'impression d'être devenue invisible. Mme Bannerman ne semblait pas en colère, elle paraissait seulement l'avoir effacée de son champ visuel et regarder à travers elle comme si elle n'existait plus.

Pourtant, à l'étonnement d'Alexandra, elle parla. « Nous n'avons plus rien à nous dire, fit-elle d'une voix nette. Votre place n'est pas ici. Partez, s'il vous plaît. »

C'était une sentence sans appel. Alexandra obéit, suivit le majordome jusqu'au grand vestibule vide, puis gagna la cour de graviers où la voiture attendait.

C'était la pire épreuve qu'elle traversait depuis la mort d'Arthur, et l'idée du long trajet de retour lui semblait insupportable. Elle avait l'impression d'avoir trahi son mari.

Simon fut parfait, comme il l'était généralement lorsque les choses tournaient mal. Il lui fit couler un bain, lui servit un verre en dépit de ses objections et lui massa la nuque tandis que, assise devant le feu dans un peignoir, elle essayait de se remettre des deux heures qu'elle avait passées à s'adresser remontrances et reproches à l'arrière de la limousine de Robert Bannerman.

Comme elle s'y attendait, l'alcool ne fit qu'accentuer son abattement. Elle aurait aimé que quelqu'un la prenne dans ses bras et la réconforte, mais la seule personne qui aurait pu le faire était Arthur. Même le fait que Simon lui masse la nuque lui apparaissait comme une sorte de trahison. Après tout, qu'aurait-on pensé en voyant une veuve de fraîche date à moitié ivre (enfin, pas vraiment, même pas au quart ivre, elle devait le reconnaître) assise en peignoir devant le feu et s'abandonnant aux mains de son ancien amant? D'un mouvement involontaire, elle s'écarta et alla se réfugier à l'autre bout du divan de cuir, les bras autour des genoux, avec un nouveau motif de culpabilité.

Simon poussa un soupir, s'assit loin d'elle et la regarda.

« Tu n'y es pour rien, dit-il.

— Je sais, mais je me suis montrée imprudente.

— Ça arrive. Les Bannerman ne t'aimaient

pas ; ils t'aiment encore moins à présent. Et alors ? Que t'importe ?

— Cela m'importe, voilà tout.

— Réponse intelligente. Ecoute, accepter de ne pas révéler ton mariage était une erreur. Tout le monde te l'a dit. Tu n'aurais jamais dû faire cette promesse à Robert. Maintenant, le secret a été éventé, et c'est tant mieux.

— Tu ne comprends pas, Simon. Je pensais qu'Eleanor Bannerman commençait à éprouver de la sympathie pour moi. J'ai vraiment eu l'impression qu'elle allait m'accepter.

— Regarde donc la vérité en face. La seule chose qui pourrait faire plaisir aux Bannerman, c'est que tu te fasses renverser par un bus.

— Je n'arrive pas à le croire.

— Alors, essaie de penser que tu as raison et eux tort, pour changer. Tu étais mariée à Arthur. Tu es sa veuve. Ils refusent de l'accepter. Ce n'est pas toi mais eux qui font des histoires. Arthur aurait-il souhaité que tu te traînes à genoux devant eux ?

— Je ne sais pas.

— Mais si, tu le sais. Si j'étais à ta place, je négocierais, prendrais l'argent et oublierais les satanées volontés d'Arthur concernant la fortune. Mais si tu es décidée à les exécuter, alors fais-le et cesse de te demander si les Bannerman t'aiment ou non. Soit tu es Mme Bannerman, soit tu ne l'es pas. Si tu l'es, dis-le, bon sang ! Il n'y a pas de quoi en avoir honte, non ?

— Non, dit-elle.

— Alors, cesse de te sentir coupable. Tu es une veuve. Ils te doivent, je ne sais pas moi ! Du respect, de la sympathie, *quelque chose* ! Au lieu de cela, ils te demandent de dissimuler ton mariage parce que cela leur convient. Envoie-les au diable, Alexa ! Ils se radouciront lorsque tu auras gagné, et même si ce n'est pas le cas, ce n'est pas ton problème mais le leur. Après tout, c'est la première fois que j'entends dire qu'un mariage n'est pas valable dans l'Etat de New York tant qu'Eleanor Bannerman ou Robert ne l'a pas approuvé. D'accord ?

— D'accord. » Bizarrement, elle se sentait déjà mieux. Simon avait remis les choses à leur place. Elle savait mieux que quiconque que la culpabilité était un sentiment inutile, une fausse monnaie qui, en fin de compte, ne rachetait jamais aucune faute. Elle en avait fait l'expérience pendant des années.

« On va beaucoup parler de toi dans les prochains jours, reprit Simon. Tu ferais bien de t'y préparer. Je ne le dis pas de gaieté de cœur, mais quand les journalistes vont se mettre à te chercher, il vaudrait mieux qu'ils ne te trouvent pas dans cet appartement. »

Elle fut brusquement prise de panique. « Ne dis pas ça, Simon. Où veux-tu que j'aille ?

— Je ne sais pas. A mon avis, tu devrais quitter la ville.

— C'est ce que m'a conseillé Eleanor Bannerman.

— Eh bien, elle n'a pas tort, même si ses raisons diffèrent sans doute des miennes. Elle veut t'éloigner pour que tu ne racontes pas ton histoire ; moi, je crois que tu devrais la raconter, puis disparaître pour ta propre tranquillité d'esprit.

— J'ai du mal à voir si loin.

— Tu ferais bien de t'y mettre. Robert ne va pas t'attendre, crois-moi.

— Je ne vois pas ce qu'il peut faire.

— Ne sois pas stupide. Ce ne sont pas les moyens qui lui manquent. A propos, David Roth a appelé pendant que tu faisais ton pèlerinage à Kiawa. Il m'a dit qu'il s'était occupé de ton affaire.

Tu es au courant, je suppose? Bizarrement, il a également essayé de me vendre un appartement sur Central Park West. Il paraît qu'il t'en a parlé et que tu as trouvé que c'était une bonne idée.

— Ce n'est pas du tout ce que j'ai dit.

— Je m'en doutais. Tu fais confiance à Roth ?

— Oui, je crois. Arthur se fiait à lui.

— Voilà que tu parles comme une vraie Bannerman ! » Il se leva et lui posa un baiser chaste sur la joue. « Bonne nuit et *courage** », ajouta-t-il en français, sa langue préférée pour prendre congé.

Elle lui jeta un regard reconnaissant : contre toute attente, il avait réussi à lui remonter le moral.

« *Courage**, répéta-t-il avec un sourire triste. Quelque chose me dit que tu vas en avoir besoin dans les jours qui viennent. »

Quatrième Partie

La fortune

10

Dans sa voiture de location, Booker se serra dans son manteau à col de velours tout en regardant les essuie-glace lutter contre la neige. Il estima qu'ils étaient en train de perdre.

Il se demanda s'il ne ferait pas bien de sortir pour dégager le pare-brise, puis se rappela qu'il portait des chaussures anglaises sur mesure valant deux cent cinquante dollars. D'après ce qu'il pouvait voir des habitant de LaGrange, ils ressemblaient à des illustrations du catalogue de Sears. Enveloppés dans de volumineuses parkas, chaussés de caoutchoucs et coiffés de casquettes à oreillettes, les quelques passants qui déambulaient dans la Grand-Rue ressemblaient à des répliques du bonhomme Michelin. Le feutre et les gants en peau de porc de Booker reposaient sur sa serviette, cadeau que lui avait fait Cici des années auparavant. C'était le seul objet qu'il aurait pu utiliser pour racler le pare-brise.

L'attitude de Cici à l'égard de l'argent l'avait toujours étonné et constituait encore une des nombreuses barrières qui les séparaient — quoiqu'elle fût loin d'être la plus importante. Il lui fallait bien admettre qu'elle était radin. Elle achetait ses sous-vêtements en solde, des culottes et des soutiens-gorge en coton, le genre de dessous qu'on joindrait au trousseau d'une adolescente qui part en colonie de vacances. Les rares fois où elle voyait quelque chose qui lui plaisait, sac ou paire de chaussures, elle renonçait généralement à se les acheter en disant sans la moindre ironie: « C'est trop cher pour moi. »

Cici réglait le problème de la richesse en se refusant catégoriquement à reconnaître qu'elle avait de l'argent, si bien que l'acquisition d'une serviette en cuir Crouch & Fitzgerald de cinq cents dollars, gravée d'initiales en or, munie de coins en cuivre et d'assez de lanières et de boucles pour harnacher un cheval, témoignait certainement d'une affection sincère. C'était du moins ce que se disait Booker de temps à autre en l'absence de preuves plus récentes.

La serviette était en tout cas assez solide pour gratter la glace d'innombrables pare-brise, mais il ne pouvait se résoudre à maltraiter de la sorte un cadeau de Cici. Sans compter qu'elle prendrait la moindre égratignure comme une insulte personnelle. Booker mit le dégivrage à fond et appuya sur l'accélérateur. Il fit bientôt aussi chaud dans la voiture que dans le bain turc du Downtown Athletic Club; la glace fondit peu à peu. Il démarra et dérapa sur la chaussée verglacée, dépassé par des camionnettes qui roulaient à fond de train en l'éclaboussant de neige boueuse.

Dans la tempête, le centre de LaGrange (mais y avait-il autre chose?) ressemblait à une ville fantôme. Il dépassa deux stations-service qui se faisaient face sur la Grand-Rue (comment pouvaient-elles prospérer toutes les deux?), une alimentation, un concessionnaire Ford et le genre de supermarchés qu'on ne voit qu'en dehors de New York, immense et illuminé comme le Lincoln Center la nuit. Devant lui, il discerna vaguement un vieux bâtiment en brique et pierre, plus grand, plus massif et plus orné que toutes les autres constructions de la ville. Il freina instinctivement, glissa et s'immobilisa à quelques centimètres d'un parcmètre. Si délabrée que fût LaGrange, il n'y avait qu'une chose capable d'inciter les Américains de la fin du XIXe siècle à bâtir pour les siècles à venir. Sans même se donner la peine de vérifier l'adresse figurant sur l'enveloppe qu'il avait dans sa poche, Booker sut qu'il était arrivé.

Il sortit de sa voiture et monta l'escalier du tribunal du comté.

« Enchanté de vous voir », dit Grimm en jetant des regards inquiets à la serviette de Booker comme si elle contenait un objet dangereux.

Il portait un costume en tweed de la couleur d'une tache de moutarde séchée, un gilet assorti et une cravate persil. Il évoquait à la fois le professeur d'université et une illustration du catalogue des Trois-Suisses des années 50.

Grimm était bien plus jeune que Booker ne s'y attendait. Il avait une expression sournoise, le visage des gens du Middlewest — rond, honnête, haut en couleurs, prompt à sourire —, mais son regard ne cessait d'aller de Booker aux casiers de son classeur comme s'il cachait un secret coupable.

« En quoi pouvons-nous vous être utile ? » dit-il.

Booker se demanda pourquoi il parlait toujours de lui au pluriel. Le « nous » renvoyait peut-être à son cabinet, mais celui-ci semblait se limiter à Grimm lui-même et à une secrétaire assez âgée pour être sa mère. « Je souhaiterais faire quelques recherches », répondit-il.

Grimm déglutit. Ses yeux tristes et larmoyants se fixèrent sur le nœud de cravate de Booker. Un échange de regards semblait au-delà de ses forces. «Des recherches?

— De nature confidentielle.

— Confidentielle?» Il parut déconcerté ou effrayé peut-être.

«Je vais aller droit au but. Le nom de Walden vous est-il familier?

— Il y a beaucoup de Walden par ici.

— Il s'agit d'un fermier que vous aviez pour client.

— Tout le monde est fermier dans la région, et celui dont vous parlez devait sans doute être en relations avec mon père.

— Vous êtes bien Eldridge Burton Grimm?

— Junior. Papa est mort il y a un mois.

— Je vois. Toutes mes condoléances, monsieur.

— Appelez-moi Burt.

— Voyez-vous... euh... Burt, je représente la famille Bannerman dans une affaire qui met en jeu de grosses sommes.

— Ah! Cette Walden-là! fit Grimm. La fille avec qui était Arthur Bannerman lorsqu'il est mort? J'aurais dû le deviner. Depuis quelques jours, la ville est pleine de gens qui posent des questions sur son passé.

— Des journalistes?»

Grimm acquiesça. «Je ne leur ai pas parlé, vous comprenez, ce n'est pas mon rôle, mais on peut dire qu'on s'intéresse beaucoup à elle. Un type est venu voir papa avant sa mort; il voulait tout savoir sur elle.

— Il y a un mois!

— Plutôt deux ou trois.»

Booker se demanda qui cela pouvait bien être. La presse ne connaissait pas encore le nom d'Alexandra à cette époque. «Un journaliste? demanda-t-il.

— Je ne sais pas. Papa ne s'est pas montré bavard. Il n'avait pas vraiment l'air d'un journaliste ; il était trop bien habillé pour ça. Un avocat peut-être ou un détective privé.

— Et votre père ne vous a rien dit ?

— Non, il a gardé le secret. » Il haussa les épaules comme s'il répugnait à reconnaître que son père ne lui faisait pas de confidences. « Il était comme ça, ajouta-t-il tristement avant de revenir au présent. Alors, est-ce que Bannerman lui a laissé de l'argent ? C'est pour ça que vous êtes venu ?

— Peut-être, répondit Booker d'un ton hésitant. Cela dépend de beaucoup de choses. »

Grimm hocha la tête d'un air incrédule. « La petite Lizzy Walden aurait enfin eu un coup de veine ? » Il était difficile de savoir s'il s'en félicitait ou pas. « Elle était convaincue que cela arriverait un jour. Elle était bien la seule, à ma connaissance.

— Pourriez-vous me parler d'elle ? »

Grimm lui jeta un coup d'œil en biais. « Suis-je engagé par votre cabinet ?

— Je pensais que cela allait de soi.

— Laissez-moi vous offrir un sandwich, Marty, fit Grimm en caressant du regard le verre vide posé sur son bureau. Je vous dirai ce que je sais. »

S'il y avait une chose que Booker détestait, c'était bien qu'on l'appelle « Marty », mais les années qu'il avait passées au service des Bannerman lui avaient appris à se maîtriser. « Avec plaisir, Burt », répondit-il entre ses dents.

Il regrettait de ne pas avoir dit à Robert de se charger de sa sale besogne lui-même. La fille lui plaisait, même s'il ne lui était pas facile de le reconnaître ; il espérait presque que Grimm n'avait rien à lui raconter tout en soupçonnant déjà le contraire. Puis il compara sa carrière à celle de Grimm, pensa à son appartement de Beekman Place, à sa BMW 635, à tous les avantages dont les Bannerman faisaient bénéficier un serviteur loyal qui *pourrait* un jour devenir le mari de Cecilia : places à l'Opéra, invitations au genre de soirées que la plupart des gens ne connaissent que par les journaux, week-ends à Kiawa — sans parler du respect que lui valait immédiatement le simple fait de dire qu'il représentait la famille Bannerman... Alors, avec un soupir de regret, il se leva et enfila son manteau, prêt à écouter Grimm devant le sandwich promis.

« Le vieux Walden et mon père étaient comme les deux doigts de la main », dit Grimm.

Ils étaient attablés dans un restaurant voisin du tribunal. Au comptoir, une rangée de dos imposants en chemise de flanelle leur faisait face. Sur les portemanteaux, des casquettes de baseball vantaient John Deere, Cat Diesel Power et Ralston Purina Feed. Le feutre de Booker trônait dans un isolement splendide. Il était le seul client de l'établissement à porter un costume trois-pièces et une chemise blanche.

« Walden n'était pas si âgé que ça, en fait. Il devait avoir quarante-cinq ans, cinquante au maximum. Je crois qu'il faisait vieux parce qu'il prenait tout au sérieux. Il payait ses factures au jour dit, recomptait toujours deux fois sa monnaie. Il parlait très lentement comme si les mots coûtaient de l'argent, et il ne disait jamais grand-chose. Au bout d'un certain temps, les fermiers se mettent à ressembler à leurs vaches, vous savez. C'est normal. Ils passent plus de temps avec elles qu'avec leurs semblables.

« Il avait quand même de l'influence dans le

coin. Ses ancêtres étaient installés ici depuis deux générations. Ils n'étaient pas riches, mais c'étaient de bons fermiers, du solide. On respectait le père de Lizzy sans l'aimer, si vous voyez ce que je veux dire. »

Booker hocha la tête; il voyait très bien. On aurait pu dire à peu près la même chose des trois premières générations de la famille Bannerman. Grimm s'interrompit pour avaler une ou deux bouchées de son hamburger. Il paraissait si heureux de pouvoir parler avec quelqu'un que Booker se demanda s'il avait beaucoup de clients.

« Il était dur avec ses enfants, reprit Grimm. D'après ce que papa disait, en tout cas.

— Trop dur ?

— Nous ne sommes pas à New York. Les fermiers tiennent à ce que leurs gamins y mettent du leur. En matière d'éducation, "qui aime bien châtie bien" est encore la recette du coin. Walden se montrait exigeant envers ses garçons, trop sans doute parce qu'ils ont quitté la ferme tous les quatre à la première occasion. Ils se sont bien débrouillés d'ailleurs.

— Est-ce que vous les aviez pour clients ? »

Grimm se remit à son hamburger qu'il mâchonna du bout des dents. Peu charitablement, Booker se dit qu'il avait probablement plus envie d'un verre que de nourriture. « Non, répondit Grimm en reposant son sandwich qu'il contempla d'un air lugubre. Pour tout vous dire, Marty, la clientèle ne se bouscule pas dans le coin. Les fermiers font faillite : les gens consomment de moins en moins de produits laitiers. Qui aurait jamais pensé que le gouvernement lui-même déconseillerait à la population de boire du lait ? Nous vivons des temps difficiles.

— C'est en général dans ces périodes-là que les avocats prospèrent.

— Pas ici. Les banques font des saisies et ont leur propre service juridique. De plus, quand vous vous occupez de ce genre d'affaires, les gens vous en veulent et vous vous retrouvez très vite sans clients. Enfin, vous n'êtes pas venu ici pour m'écouter parler de mes malheurs. »

Booker approuva de la tête. « Et sa fille ? dit-il.

— C'était une vraie beauté.

— Je le sais déjà.

— Oui, bien sûr. Nous avons pas mal de belles filles par ici, ajouta-t-il comme s'il parlait d'une culture locale. Il y a un ou deux ans, une des reines de beauté du comté est même arrivée en demi-finale de l'élection de Miss Amérique. Ensuite, elle a laissé tombé son statut d'amateur pour devenir le "modèle du mois" de *Penthouse*. Lizzy Walden, c'était autre chose. Papa disait qu'elle lui rappelait Garbo, ou ce qu'avait dû être Garbo dans son enfance. Elle impressionnait son père, un peu comme s'il avait planté une rangée de blé et découvert une orchidée en plein milieu. Elle était sa préférée, ça c'est sûr. On ne pouvait pas faire plus dur que lui, sauf lorsqu'il s'agissait de sa fille.

— Il la gâtait ?

— Non, pas vraiment. Il était de la vieille école, le genre d'homme qui appelle sa femme "mère" et ne lui sourit jamais en public, mais il était complètement gaga devant Lizzy. Il la prenait sur ses genoux lorsqu'il partait sur son tracteur et l'emmenait partout avec lui. Je crois qu'il se serait arrangé pour qu'elle n'aille pas à l'école s'il l'avait pu, mais c'était un luthérien, pas un membre d'une de ces sectes d'illuminés — et nous en avons quelques-uns dans le coin, croyez-moi. Et puis il croyait aux vertus de l'instruction. D'après papa, cela lui a fendu le cœur quand il l'a mise dans le bus de ramassage scolaire pour la première fois. Je suppose que beaucoup de pères sont comme ça avec leurs filles — j'ai deux garçons, alors je n'en sais trop rien —, mais en général ça leur passe. Le problème avec Walden, c'est que ça ne lui a pas passé. Vous avez des enfants ? »

Booker fit signe que non. Grimm haussa un sourcil comme pour indiquer qu'un homme de la quarantaine sans enfants est soit suspect, soit à plaindre.

« Voilà ce que c'est d'habiter à New York. En tout cas, Lizzy n'avait aucune des distractions des filles de son âge, ce qui fait qu'elle n'était pas très populaire. Elle ne sortait pas avec les garçons, n'avait pas d'amies intimes et n'essayait même pas de fumer en douce dans les toilettes. Après l'école, elle rentrait directement chez elle, et son père l'attendait au bout du chemin. Il faisait toujours semblant de passer par hasard par là avec sa camionnette juste au moment où elle arrivait. Il se postait à une centaine de mètres de l'arrêt et la regardait descendre du bus en feignant de travailler ou en examinant ses pneus.

— Vous avez l'air d'en savoir long sur elle.

— Pas vraiment. Ma sœur a un ou deux ans de plus que Lizzy, et elles allaient à l'école ensemble. Elle la détestait. Elle trouvait que c'était une petite pimbêche prétentieuse.

— Vous pensez que son père se montrait trop protecteur ?

— Peut-être.

— Est-ce que les gens en parlaient ?

— LaGrange est une petite ville. » Grimm jeta un coup d'œil vers la dizaine d'hommes assis cuisse contre cuisse au comptoir qui, tous, regardaient le reflet de Booker dans la glace accrochée derrière la vitrine à gâteaux. « Ils pensaient que cela tournerait mal. Une fille est une fille. On ne peut pas les enfermer à la maison lorsqu'elles ont seize ans ou dix-sept ans, et si on le fait, elles finissent par faire des bêtises. C'était l'avis des gens d'ici en tout cas. Le père de Lizzy construisait un mur autour d'elle, et tout le monde estimait qu'elle le franchirait tôt ou tard. C'est bien ce qui s'est passé, ajouta-t-il avec satisfaction.

— Racontez-moi ça, fit Booker, animé d'une curiosité qui n'avait rien de professionnel.

— Il n'y a pas grand-chose à raconter. Elle n'a rien trouvé de mieux que de s'enticher de ce bon à rien de Billy Zuber.

— Pourquoi dites-vous cela?

— C'était le joueur vedette de l'équipe de football. Ce n'est pas rien dans une petite ville. Personnellement, il m'a toujours fait l'effet d'être un peu débile. Il a obtenu une bourse et est allé à l'université d'Etat de l'Illinois, mais il était à côté de ses baskets là-bas, aussi bien au niveau sportif que pour le reste. Il a épousé une fille qu'il avait engrossée — on ne peut pas faire plus stupide à l'époque de la pilule et de l'avortement légal — et a fini par revenir à LaGrange pour travailler dans l'affaire de son père: assurance et immobilier. Il a cinq ou six enfants, je ne sais plus très bien. Je suppose qu'il n'a toujours pas entendu parler du contrôle des naissances.

— Vous ne l'avez pas pour client?

— Du temps de papa, si. Le père de Billy et lui étaient très liés.»

Un ivrogne et un raté, se dit Booker. Rien ne l'agaçait plus que d'avoir affaire à des perdants. Pour l'instant toutefois il n'avait que lui sous la main, à moins de se risquer sur une route enneigée pour aller voir Mme Walden et lui demander si elle voulait bien l'aider à déshériter sa fille. «Ce Billy et Mlle Walden ont été amants? demanda-t-il.

— Amants ? répéta Grimm d'un air perplexe comme s'il s'agissait d'un mot étranger. Nous ne sommes pas dans un film français mais dans une région agricole, Marty. Si vous voulez savoir s'ils ont couché ensemble ou fait ça à l'arrière de la voiture de Billy, la réponse est probablement non, même s'il était plus que partant. Lizzy était sans doute la seule fille du lycée capable de lui dire non et de le dire sérieusement. Il paraît qu'ils se sont enfuis ensemble. Ça a été le grand moment romantique de la vie de Billy et il a tout gâché. »

Booker le regarda avec étonnement. « Vous dites qu'ils se sont enfuis ! »

Grimm cligna les yeux. Le ton pressant de Booker l'alarmait.

« C'est ce que j'ai entendu dire, en tout cas, fit-il, sur la défensive.

— Et ils se sont mariés ?

— Je ne peux pas l'affirmer. Les flics les ont ramassés dans un motel et ramenés ici.

— Pourquoi la police ? Quel âge avaient-ils ?

— Je ne sais pas très bien. Billy, dix-sept ou dix-huit ans, Lizzy peut-être seize. La loi n'avait sans doute rien à voir là-dedans. Je crois que Walden, mon père et celui de Billy se sont simplement mis d'accord pour les rattraper. C'étaient des hommes influents dans cette ville, vous savez. S'ils ont fait pression sur le shérif, celui-ci s'est certainement plié à leurs volontés, surtout dans une affaire familiale comme celle-là.

— Auraient-ils pu être mariés ?

— Je suppose. Pourquoi y attachez-vous autant d'importance ?

— Oh ! C'est juste pour savoir.

— Ma foi, étant donné que Billy est un époux parfaitement respectable et un père de famille nombreuse, j'imagine qu'il n'a pas épousé Lizzy.

— A moins qu'ils n'aient divorcé ou que le mariage n'ait été annulé. A-t-on parlé de quelque chose de ce genre ?

— Pas à ma connaissance, non. En fait, toute l'affaire a été étouffée si vite que personne n'a jamais vraiment su ce qui s'était passé. Lizzy n'avait pas d'amies intimes à qui se confier, et Billy a été expédié à l'université en quatrième vitesse — ce qui expliquerait que l'actuelle Mme Zuber l'ait cueilli au vol si facilement », ajouta-t-il avec un rire amer qui en disait long sur l'opinion qu'il avait du mariage.

Booker écarta le sujet de Mme Zuber d'un geste de son hamburger. Il détestait manger avec les doigts mais lorsqu'il avait demandé un couteau et une fourchette, la serveuse l'avait regardé comme un extra-terrestre et la moitié des clients s'était retournée pour le dévisager. Tout à fait hors de propos, il se rappela que pendant sa campagne électorale, Arthur Bannerman avait donné des instructions strictes pour qu'on ne le photographiât jamais en train de manger. Un jour, un entrepreneur local avait cependant réussi à lui offrir un hot-dog et il l'avait passé à Booker qui avait dû le tenir pendant une demi-heure avant de pouvoir s'en débarrasser tandis que la choucroute et la moutarde dégoulinaient sur son gilet et son pantalon. Ce que je ne fais pas pour les Bannerman quand même ! se dit-il. « Vous avez sans doute un compte rendu des événements dans vos dossiers ? demanda-t-il.

— Il y a un petit problème de ce côté-là, fit Grimm d'un ton embarrassé.

— Ah bon ? Lequel ?

— Certains des dossiers de papa ont... euh... disparu. Il était devenu assez négligent à la fin. Vous savez comment sont les vieux. Il a sorti celui-là quand ce type est venu et ne l'a jamais remis à sa place.

— Et vous ne l'avez pas retrouvé ? »

Grimm fit signe que non.

Booker se demanda s'il lui disait toute la vérité. Mais il y avait plus important encore : qui s'était préoccupé du passé d'Alexandra Walden et pourquoi ? Il savait comment opéraient les journalistes. Ils avaient pu s'intéresser à la liaison de Bannerman avec une jeune femme, puis décider de ne rien publier. Arthur Bannerman avait le pouvoir d'empêcher un journal de faire paraître un article sur lui-même ou sa famille s'il y était décidé. Quoi qu'il se fût passé, Grimm n'avait sans doute pas été mis au courant. Il était donc inutile de le presser de questions sur ce sujet. « Il doit bien y avoir un dossier au tribunal du comté ? dit-il.

— Probablement pas, répondit Grimm avec gêne. Il faudrait que vous alliez dans l'Iowa ou le Missouri, je suppose. J'ai oublié dans quel Etat on les avait rattrapés. »

La perspective d'avoir à s'enfoncer plus profondément dans le cœur du pays déprima Booker. Il avait espéré rentrer à New York le lendemain.

« Nous sommes vendredi, poursuivit Grimm. Il faudrait que vous attendiez lundi. Où êtes-vous descendu, au fait ? »

Booker parcourut le restaurant du regard. « Je suppose que je pourrais prendre une chambre dans un motel », dit-il d'un air lugubre. Il en avait vu un à l'entrée de la ville qui ressemblait à l'hôtel de Norman Bates dans *Psychose*.

« Nous vous hébergerions avec plaisir », fit Grimm avec l'expression d'un homme qui espère voir son invitation refusée.

« Le motel sera parfait.

— Comme il vous plaira, dit Grimm avec soulagement.

— Je pourrais peut-être mettre le week-end à profit pour m'entretenir avec quelques personnes.

— D'accord. A qui pensez-vous ?

— Billy peut-être ?

— Pas de problème. Je peux vous présenter.

— Et la mère de Mlle Walden ? »

Grimm haussa les épaules. « Là, je vous abandonne. J'aurais des scrupules à jouer les intermédiaires. »

Il y avait des limites à ce qu'il était prêt à faire, se dit Booker qui se promit de diminuer ses honoraires de quelques centaines de dollars. « J'espère que vous ne verrez pas d'inconvénient à me dire où la trouver, au moins ? fit-il.

— Oh! Ça, bien sûr. » Grimm se racla la gorge et demanda l'addition. « Ne vous attendez pas à être reçu à bras ouverts, Marty, ajouta-t-il après un silence.

— Parce que je suis un avocat de New York ?

— Non, parce que personne ne voudra parler de Lizzy. On ne lui a pas pardonné ce qui est arrivé à son père. »

Booker frissonna. Jusqu'à présent, Grimm ne lui avait rien raconté que de très banal : une beauté de village qui déclenche un petit scandale. Pas de quoi fouetter un chat. Le fait qu'Alexandra Walden se soit enfuie et ait peut-être même été mariée était nouveau, certes, mais la manière dont Grimm avait évoqué la mort de son père semblait indiquer quelque chose de plus sombre et de plus sérieux qu'une simple escapade d'adolescente.

Booker éprouva des sentiments curieusement contradictoires. L'avocat en lui souhaitait découvrir la vérité et fournir des résultats à son client mais, en même temps, il répugnait à en apprendre davantage et désirait qu'Alexandra fût innocente. Il pouvait néanmoins difficilement demander à Grimm de se taire. « Qu'est-il arrivé à son père ? fit-il en s'étonnant de la rudesse de son ton.

— Ce n'était peut-être pas la faute de Lizzy. L'histoire était si horrible qu'elle a plus ou moins été étouffée.

— Qu'est-ce qui a été étouffé, bon sang ?

— La mort de Walden. Il s'est suicidé une semaine après la fugue de sa fille et de Billy.

— Suicidé ? parce qu'elle s'était enfuie ?

— C'est ce qu'on a dit.

— Comment s'y est-il pris ?

— Avec un fusil de chasse. Une vraie boucherie.

— J'imagine », dit Booker qui n'imaginait rien du tout et ne souhaitait pas le faire. En vrai citadin, il ne savait rien des armes à feu sinon qu'elles l'effrayaient.

Grimm s'anima. Sur ce sujet-là au moins il parlait avec autorité. « Il s'est tiré une balle en pleine poitrine. Vous n'avez pas idée des dégâts que fait un fusil de calibre douze à bout portant. Aujourd'hui, les gens achètent des revolvers, des mitraillettes, des fusils d'assaut et je ne sais pas quoi encore. Eh bien, croyez-moi, rien ne vaut un bon vieux calibre douze. Ça vous fait sauter la tête d'un homme à deux mètres... et lui ouvre un trou de la taille d'une assiette à soupe dans la poitrine.

— Je n'en doute pas, dit Booker, résolu à clore une conversation qui lui soulevait le cœur. On se serait pourtant attendu à ce qu'il choisisse cette solution, ajouta-t-il, incapable de chasser les visions que lui présentait son imagination.

— Quelle solution ?

— Eh bien, se tirer une balle dans la tête. C'est

comme ça que la plupart des gens se suicident, non ? Il ne doit quand même pas être facile de se tirer dans la poitrine avec un fusil de chasse ? »

Grimm réfléchit un instant. « Non, c'est vrai, reconnut-il. Il faut sans doute tenir le canon contre sa poitrine de la main droite et allonger le bras gauche comme ça, expliqua-t-il en joignant le geste à la parole. Mais en matière de suicide on ne peut pas prévoir ce que les gens vont faire. Un de mes clients s'est mis au fond de son silo, a ouvert le toboggan et s'est noyé dans son propre blé. Les hivers sont longs dans la région, et il y a des gens qui ne s'y font pas. Il se peut que Walden ait pensé à sa fille, vous savez. Il voulait peut-être lui épargner ce spectacle.

— Le spectacle ? Vous voulez dire qu'elle a découvert le corps ?

— Pas vraiment, fit Grimm en poussant un soupir. Il s'est tué devant elle. »

Booker eut un haut-le-cœur. « Elle était là quand il s'est suicidé ? Elle l'a vu faire ?

— Ouais, c'est à peu près ça. Elle était aussi près de lui que vous de moi. »

Booker ferma les yeux et essaya d'imaginer la scène. Il n'y parvint pas, ou plutôt son esprit s'y refusa. Envahi par une profonde tristesse, il comprit un instant pourquoi Alexandra répugnait tant à parler de son enfance. Quant à sa force de caractère... Combien de jeunes femmes étaient capables de survivre à une telle épreuve ? La plupart auraient sans doute sombré dans la folie ou la dépression, mais Alexandra était partie pour New York et avait recommencé sa vie. Il éprouva de la compassion et de l'admiration pour elle, puis se rappela qu'il n'était pas là pour ça. « Quel terrible drame pour une jeune fille ! dit-il. Elle devait avoir seize ou dix-sept ans, non ?

— Dans ces eaux-là. »

L'instinct professionnel de Booker refit surface malgré lui. Si exercer le droit vous apprenait quelque chose, c'était que peu de gens disent la vérité, toute la vérité en tout cas. Même les clients dont vous défendiez les intérêts mentaient, dissimulaient des faits ou en omettaient d'autres qui les présentaient sous un jour défavorable. « Comment se fait-il que les gens d'ici ne lui aient pas montré plus de sympathie? demanda-t-il. Son père s'est tué devant elle, bon sang! »

Grimm s'agita. « Eh bien, comme ça s'est passé juste après son escapade avec Billy et qu'ils connaissaient les sentiments que son père avait pour elle... ils en ont conclu que c'était probablement sa faute.

— Sa faute! Ce n'était qu'une enfant. Que pouvait-on bien lui reprocher? » Booker se faisait l'impression d'être l'avocat de la défense interrogeant un témoin à charge.

Mal à l'aise, Grimm cligna les yeux, ne sachant pas très bien quel rôle on s'attendait à le voir jouer. « Je n'ai pas vraiment d'opinion sur la question, dit-il d'un ton circonspect. Que les gens soient trop prompts à juger, ça, je suis d'accord. Surtout quand il s'agit d'une jolie fille. Papa, lui, a toujours soutenu qu'elle n'y était pour rien. Il était très lié à Karl Ehmer, notre ancien shérif qui est mort lui aussi, et Karl lui a confié que c'était l'affaire la plus triste qu'il ait jamais vue, plus triste qu'on ne le pensait.

— Que voulait-il dire? Cela me paraît déjà assez triste comme ça.

— Je ne sais pas. Papa ne voulait pas en parler. » Grimm semblait impatient de changer de sujet. « Si vous voulez voir Billy Zuber, nous pourrions y aller tout de suite », fit-il en jetant un coup d'œil à sa montre.

Il régla l'addition, laissa un pourboire qui parut

ridiculement petit à Booker et se dirigea vers les toilettes. Lorsqu'il revint, il avait les joues rouges et un air beaucoup plus enjoué. Booker était prêt à parier qu'il avait une flasque d'alcool dans la poche de son manteau et, quand il poussa la porte du restaurant, il fut presque tenté de lui en demander une gorgée. Le grésil et la neige voltigeaient ; un vent cinglant fouetta son chapeau, l'obligeant à le tenir d'une main. « On dirait qu'il va faire mauvais », remarqua Grimm avec satisfaction, comme si le temps faisait partie des attractions touristiques de la ville.

« Quels sont les sentiments de Zuber à l'égard d'Alexandra Walden ? » dit Booker en se casant tant bien que mal sur le siège encombré de la familiale de Grimm. A son étonnement, c'était une Mercedes flambant neuf. Il se demanda comment Grimm avait pu se la payer.

« Billy n'est pas du genre à dire du mal de qui que ce soit mais il est quand même un peu amer en ce qui concerne Lizzy, euh, Alexandra. C'était la star de LaGrange, vous comprenez ; tout le monde l'admirait. Et puis il s'est enfui avec elle et tout a mal tourné pour lui. Je suppose qu'il lui en veut un peu, même si ce n'est pas vraiment sa faute. Après tout, il est toujours ici et travaille dans le bureau de son père alors qu'elle est devenue riche et célèbre à New York.

— Célèbre, oui. Riche, cela reste à voir. » Il y avait des poils de chien sur les sièges. Booker se demanda s'il avait pensé à emporter une brosse. Des boîtes de cartouches, des laisses emmêlées et un carton plein de bottes boueuses s'entassaient à l'arrière de la voiture. Lorsqu'il s'agissait de fusils, Grimm savait manifestement de quoi il parlait.

« Quelle a été l'attitude de la famille d'Alexandra ?

— Je ne suis pas allé à l'enterrement mais je leur ai présenté mes condoléances plus tard. Il y avait une de ces tensions! A couper au couteau. Ses frères la regardaient comme si c'était elle qu'ils auraient voulu enterrer. Quant à sa grand-mère, qui était encore en vie à l'époque, elle l'ignorait carrément.

— Cela a dû être très pénible pour elle.

— Je suppose. Mais elle n'a pas versé une seule larme, vous savez. Les gens se seraient montrés beaucoup plus compréhensifs si elle avait pleuré un peu. »

Booker se remémora l'enterrement d'Arthur Bannerman. Là non plus, Alexandra n'avait pas pleuré et, d'après DeWitt, elle n'avait pas non plus versé de larmes sur le corps d'Arthur lorsqu'il gisait dans son appartement. Il se rappela alors qu'Eleanor Bannerman aussi avait gardé les yeux secs; les deux femmes avaient peut-être quelque chose en commun, après tout. « Elle avait peut-être ses raisons, remarqua-t-il. A l'enterrement d'Arthur Bannerman, j'ai eu l'impression qu'elle était trop fière pour pleurer.

— Ou trop têtue? Elle ressemble à son père. Toujours est-il qu'elle n'a pas montré assez de chagrin au goût des gens d'ici. Ça ne l'a pas empêchée d'attendre d'avoir passé son bac pour partir.

— Pour devenir mannequin?

— Je ne sais pas. Je suppose que, dans les petites villes, la plupart des jolies filles veulent être mannequins ou actrices. Elles regardent les revues et la télévision et se disent que c'est à leur portée. Pourquoi perdre sa beauté dans un trou pareil? ajouta-t-il en désignant les bâtiments disgracieux de LaGrange d'une main gantée.

— Elle est donc partie pour New York?

— Je crois qu'elle est d'abord allée à Chicago où

elle a essayé de trouver un emploi de secrétaire. C'est ce que j'ai entendu dire, en tout cas. Ah! Nous y voilà!»

Comme presque toutes les constructions de la ville, le bureau de William Zuber & fils était un bâtiment sans étage. A travers les vitres, on apercevait deux filles au visage renfrogné qui tapaient à la machine avec lenteur et mauvaise volonté.

«Billy est là?» demanda Grimm d'un ton enjoué.

Une des secrétaires se leva et se dirigea vers une porte fermée en ondulant des hanches — encore une candidate à la page centrale de *Penthouse,* se dit Booker. Du moins vue de dos. Les trophées sportifs de Billy Zuber trônaient en évidence dans la pièce; sur les murs, des plaques et des certificats encadrés rendaient hommage aux qualités morales de Zuber père qui semblaient toucher à l'héroïque. Francs-maçons, chevaliers de Columbus, membres du Rotary club et de l'Ordre protecteur des élans, Boyscouts et Association des shérifs de l'Illinois témoignaient tous, en plastique, bronze ou cuivre gravé, de la générosité et de l'idéalisme de William Zuber père. Eparpillées entre les plaques, des photographies montraient un homme grassouillet, lunetté et souriant de toutes ses fausses dents en train de serrer la main de différents personnages officiels parmi lesquels figuraient bon nombre de shérifs et de chefs de police. Booker se dit que le père de Billy Zuber n'avait dû avoir aucun mal à convaincre la police de l'Iowa de lui ramener son fils.

«Salut, Burt!» Billy Zuber ressemblait à un géant: ses épaules occupaient presque toute la largeur de la porte et sa tête en frôlait le sommet. Il ne donnait pourtant pas une impression de force, en partie parce que ses muscles avaient laissé place à un embonpoint précoce, mais surtout parce que son visage avait quelque chose d'enfantin, comme si ses traits ne s'étaient pas encore affirmés et ne le feraient jamais. Ses joues étaient couvertes de taches de rousseur, ses cheveux blond roux clairsemés formaient une houppe, et il avait encore le sourire du garçon le plus populaire de l'école. Il lui restait des traces de son charme d'antan mais qui céderaient bientôt la place à un sourire vide et mou de vendeur professionnel. Impossible d'imaginer Alexandra dans les bras de Billy Zuber, se dit Booker qui fut étonné de constater combien il prenait la chose à cœur.

Grimm fit les présentations. Le bureau de Zuber était une petite pièce sinistre, faite pour un homme qui accomplit l'essentiel de son travail par téléphone. Il n'y avait qu'une chaise pour les visiteurs. Booker s'y assit, sa serviette sur les genoux. « Je viens vous demander une faveur plutôt que parler affaires, monsieur Zuber, dit-il.

— Billy.

— Billy. Je fais quelques recherches pour un client.

— De New York ? »

Booker acquiesça. Zuber prit un air songeur. « Je ne connais qu'une seule personne à New York.

— Alexandra Walden ?

— Elle est toujours Lizzy pour moi. Elle a des ennuis ? fit-il d'un ton qui suggérait qu'il n'en serait pas surpris.

— Pas nécessairement.

— Que diable voulez-vous dire ? » Il était beaucoup moins affable à présent ; son regard exprimait un peu de cette agressivité dont il avait dû faire preuve un jour sur les terrains de football.

« Vous savez qu'elle était... très liée à feu Arthur Bannerman ?

— Nous recevons les journaux, fit Zuber d'un ton uni. Et nous regardons même les informations à la télé, si incroyable que cela paraisse. Nous avons vu Lizzy tous les soirs. Sue Ellen n'a parlé de rien d'autre pendant une semaine. Ça me rendait dingue.

— Qu'en avez-vous pensé ?

— J'ai trouvé qu'elle était pas mal, répondit prudemment Zuber. Plus belle que jamais, en fait. »

Booker crut déceler une note de regret dans sa voix. Zuber rêvait-il parfois de Lizzy Walden lorsqu'il était au lit avec son épouse ou regardait un match de foot à la télévision ? Sur son bureau, une photographie montrait une femme aux cheveux blonds coupés court, une matrone nourrie au maïs qui ne s'acheminait que trop visiblement vers l'embonpoint. Elle souriait, mais il y avait une certaine tristesse dans son regard. Avait-elle commis une erreur en épousant Billy ? Ou savait-elle simplement que lui en avait commis une et qu'elle n'était qu'un prix de consolation ? Pourquoi donc était-ce toujours la femme qu'on avait perdue ou celle qu'on ne pouvait avoir qui hantait vos rêves ? se demanda Booker.

C'était Cici qui avait tenu ce rôle dans sa vie, des années après la rupture de leurs fiançailles et son départ pour l'Afrique. Il ne menait pas une vie monacale — pourquoi l'aurait-il fait ? —, mais c'était toujours son visage qu'il avait espéré voir sur l'oreiller en se réveillant au lieu de celui de la fille qui partageait son lit. Il se rendait compte, non sans culpabilité, qu'Alexandra était en train de remplacer Cici dans ses fantasmes. Lorsqu'il sombrait dans le sommeil après avoir pris ses somnifères, passé en revue ses rendez-vous du lendemain et posé son stylo et son bloc près du réveil, c'était elle qu'il imaginait désormais près de lui. Aussi nettement que si elle avait réellement été là, il voyait ses yeux gris pâle le fixer avec cette intensité qui l'avait tant frappé lors de leur première rencontre et n'était peut-être qu'un effet de la lumière.

Booker s'arracha à ses rêveries et entendit Zuber dire avec un petit ricanement: «Elle est devenue célèbre, ça, c'est sûr. Il faut dire qu'elle n'en a jamais douté.

— Même quand elle était enfant? Quand vous vous êtes enfuis ensemble?

— Elle vous en a parlé? fit Zuber en souriant. C'était il y a longtemps.» Il ferma les yeux un instant, souriant toujours à ses souvenirs. Lorsqu'il les rouvrit, il regarda la photo de sa femme d'un air étonné comme s'il ne l'avait encore jamais vue sur son bureau ou se demandait qui elle pouvait bien représenter. «C'était son idée, vous savez, dit-il en poussant un profond soupir. Elle me rendait dingue à force de me répéter que nous allions partir pour la Californie et vivre toutes sortes de choses merveilleuses. Je ne me souviens même pas de ce qu'elle disait! J'allais devenir professeur de gymnastique ou quelque chose de ce genre et elle, mannequin. Elle avait tout prévu. Vous savez ce que c'est... Je me suis mis à la croire et nous nous sommes retrouvés sur la route. Mais en quoi tout cela peut-il vous intéresser?

— La succession d'Arthur Bannerman pose quelques problèmes. Ma tâche consiste à les régler.

— Que lui a-t-il légué?» demanda Zuber avec curiosité.

Booker poussa un soupir. «Si elle gagne, toute sa fortune.

— Et ça se monte à combien ?

— C'est difficile à dire. Personne ne le sait vraiment. Cela dépend beaucoup de la manière dont on évalue ses biens. Un milliard de dollars me paraît une estimation assez réaliste, mais cela pourrait être le double. »

Il y eut un long silence, puis Billy se mit à rire. « Seigneur ! s'exclama-t-il. Je crois que j'aurais dû rester marié avec elle ! »

Booker ouvrit sa serviette et en sortit un bloc-notes. Il avait atteint son but et le regrettait. « Parlez-moi de cette histoire », dit-il.

Booker s'allongea sur son lit en sachant déjà qu'il était trop mou, qu'il ne dormirait pas de la nuit et aurait sans doute mal au dos le lendemain.

La chambre était petite et triste, le genre d'endroit où un routier pouvait réussir à dormir cinq ou six heures s'il en était arrivé à un stade d'épuisement lui interdisant de conduire une minute de plus — quoique à en juger par les bruits qui lui parvenaient de la pièce voisine, le motel accueillait aussi les couples qui ne pouvaient aller ailleurs.

Il s'efforça de ne pas entendre les grognements, les gémissements et les coups sourds, mais le *New Yorker* qu'il avait eu la prévoyance de glisser dans sa serviette ne réussit pas à captiver son attention. Dehors, le vent hurlait : le steak qu'il avait mangé dans une gargote voisine lui restait sur l'estomac et il se sentait aussi mal en point que l'acteur souffrant d'une publicité pour bicarbonate.

Il retint son souffle lorsque le couple approcha bruyamment de l'orgasme qu'il n'atteignit apparemment pas. Il se demanda si Billy Zuber et Lizzy Walden avaient passé leur nuit de noces dans un motel comme celui-ci et si le bruit de leurs ébats avait retenti à travers des murs minces pendant les quelques heures qui avaient précédé l'arrivée de la police. Etant donné la taille de Billy Zuber, il espéra que le lit avait été plus grand.

Booker ouvrit sa serviette et lut ses notes, repassant dans son esprit ce que Zuber lui avait dit et les informations qu'il était parvenu à tirer de Grimm lorsqu'ils étaient retournés à son bureau. A côté du nom de Zuber, il avait tracé un grand point d'interrogation. Celui-ci lui avait fait l'effet d'un type assez sympathique, pas très futé et dont la seule vocation consistait apparemment à élever le taux de natalité national de quelques points.

Il sortit son dictaphone et le mit en route. Il se faisait une assez bonne idée de ce qui s'était passé. Il n'avait pas de preuves, bien sûr, pas encore, mais il se fiait à son instinct, à sa capacité de lire entre les lignes. « Si mes suppositions sont exactes, le père de Grimm sabotait son travail, dit-il à haute voix. Il a peut-être eu une ou deux attaques qu'il a dissimulées à tout le monde et feint d'être en bonne santé alors qu'en fait il perdait la tête. Il était sénile mais rusé et décidé à s'accrocher. C'est ce que Burt Grimm semble penser en tout cas, bien qu'il ne le dise pas carrément. Et avec le genre de clientèle qu'il avait, ça n'était guère difficile. Dans une petite ville, un avocat peut travailler comme un cochon pendant des années sans qu'on s'en rende compte. Après tout, on ne s'aperçoit qu'un testament ou un acte notarié a été mal rédigé que lors d'un décès ou de la vente d'un bien. Et puis, le vieux devait en imposer : langue acérée, impatient avec les imbéciles, ce style-là. Son numéro devait être convaincant et ses clients marchaient. Tout le monde se fiait à Eldridge Grimm, et pourquoi pas ? Seulement, en réalité, c'était un vieil homme malade et fatigué qui n'avait plus que la moitié de ses cellules grises, et encore ! »

Booker s'interrompit, rassembla ses notes et se demanda ce qu'il allait bien pouvoir faire de l'enregistrement. « Il ne faisait pas son travail, reprit-il. C'est aussi simple que ça. Il était capable de sauver les apparences devant un client mais, ensuite, il lui était sans doute impossible de se rappeler de quoi ils avaient discuté ou de relire ses notes. Soyons charitable : il croyait peut-être s'occuper de ses dossiers, mais c'était faux.

« Je n'ai aucune preuve naturellement. Les preuves, si elles existent, se trouvent dans un fichier quelque part dans l'Iowa, à moins que le mystérieux visiteur de New York n'ait également mis la main dessus. Quelque part, il y a — ou il y avait — un certificat de mariage et sans doute un acte de divorce ou d'annulation, si Grimm père s'est donné la peine d'aller jusque-là. Même s'il ne l'a pas fait, le mariage n'était probablement pas valable. Zuber est assez vague sur le sujet, mais lui et Alexandra ont dû tricher sur leur âge. Les lycéens ont souvent de faux papiers d'identité pour pouvoir consommer de l'alcool, etc. Ce n'était certainement pas le cas d'Alexandra, mais Billy en possédait peut-être et il est possible qu'il soit parvenu à lui en procurer.

« Quoi qu'il en soit, il est probable que leur mariage ne tenait pas légalement. Zuber a peut-être été assez futé pour comprendre qu'elle ne coucherait jamais avec lui sans une forme de cérémonie. Ou, alors, c'est elle qui a insisté. Quant à Grimm, il a peut-être jugé inutile de défaire des liens qui n'avaient jamais été noués. Dieu seul sait comment un tribunal trancherait aujourd'hui. Après tout, Zuber s'est remarié de bonne foi et a six enfants qui pourraient être illégitimes. Je ne l'imagine pas faire une chose pareille s'il avait eu la moindre crainte de se rendre coupable de bigamie. Et Alexandra? Aurait-elle épousé Arthur Bannerman si elle avait su ou soupçonné que son premier mariage était toujours valable?»

Il réfléchit un instant. «Ma foi, ce n'est pas impossible. Bannerman ressemblait à un rouleau compresseur lorsqu'il voulait quelque chose. Si elle avait soulevé des objections, il les aurait écartées. D'ailleurs, elle a peut-être trouvé que le moment était mal choisi pour parler de Billy et de leur fugue.» Pourquoi donc est-ce que je lui cherche des excuses? se dit-il.

Un cri sauvage monta de la chambre voisine tandis qu'un chasse-neige passait devant le motel dans un grondement de tonnerre. Booker perdit un instant le fil de ses pensées, rempli d'admiration pour ce qui paraissait être d'héroïques exploits sexuels. Il se demanda s'il souffrait d'éjaculation précoce. La vieillesse le guettait-elle? Depuis quelque temps, il avait le genre de problèmes qui fait dire aux femmes: «Ce n'est rien, ne t'inquiète pas pour ça» ou «Ça arrive à tout le monde, je t'assure. Tu dois être fatigué, voilà tout». Il aurait été curieux de savoir si elles tenaient les mêmes propos à Robert.

Penser à Robert lui fit reprendre son dictaphone. Tout valait mieux que d'écouter ce qui ressemblait à la bande son d'un film porno. «Le père d'Alexandra, reprit-il d'un ton brusque. Billy ne m'a pas appris grand-chose sinon qu'il ne l'aimait pas du tout. C'est intéressant dans la mesure où tout le monde en dit du bien — avec circonspection. Billy, lui, le voit comme un prophète de l'Ancien Testament en bleu de travail immaculé toujours près de sortir de ses gonds. Apparemment, il en a fait l'expérience les rares fois où il est allé chercher Alexandra chez elle. D'après ses dires, il a bien cru que c'était sur lui que le vieux Walden allait décharger son fusil de chasse et, à l'époque, il n'avait rien fait d'autre qu'emmener sa fille au cinéma. Mettons donc que Walden était trop protecteur et peut-être un peu jaloux.

« Billy ne sait pas grand-chose sur le suicide. Bizarrement, le shérif actuel, un type du nom de Plass, est le premier à être arrivé sur les lieux. Lorsque Ehmer, l'ancien shérif, l'a rejoint, il paraît qu'ils se sont violemment disputés et n'étaient pas du tout d'accord sur ce qui s'était passé. Billy a entendu dire — nous sommes dans le domaine de la pure rumeur — qu'Ehmer a ordonné à Plass de la fermer et d'obéir ou de rendre son étoile. Le père de Billy, Walden et le shérif Ehmer étant copains — le mot convient sans doute mal —, je suppose que celui-ci désirait protéger la famille d'Alexandra. Mais de quoi ? Walden s'est tué devant sa fille ! Que peut-on imaginer de pire ? Apparemment, toute la ville a su ce qui s'était passé, alors qu'y avait-il à cacher ? Il va falloir que je parle à la mère d'Alexandra et probablement à Plass aussi. Bon Dieu ! Encore une journée à passer ici. »

Booker éteignit le dictaphone et se coucha. Il jeta un coup d'œil au téléphone. Il aurait dû appeler Robert, il le savait. Il se dit qu'il était trop tard — 1 heure du matin passée à New York —, mais ce n'était pas une excuse. Même à 5 ou 6 heures du matin, il n'aurait pas dérangé Robert. Puis il se dit qu'il était inutile de lui téléphoner avant d'avoir des preuves solides, mais cela ne tenait pas debout non plus. En l'absence de faits, Robert serait tout aussi intéressé par les rumeurs.

Des faits, il en avait d'ailleurs certains et

pouvait deviner une grande partie de ceux qui lui manquaient. Le problème, comme il s'en rendit compte peu à peu, c'était qu'il ne tenait pas vraiment à recueillir des preuves.

Il n'avait aucun désir de voir Robert perdre. Le bon sens, son goût pour l'ordre et la tradition exigeaient même que Robert reçoive son héritage comme son père et son grand-père avant lui. Mais d'un autre côté, il ne voulait pas non plus qu'Alexandra soit humiliée ou vaincue.

Booker éteignit la lumière et essaya de dormir. Puis il soupira, prit le dictaphone et effaça la bande.

Il se sentit immédiatement mieux et dormit comme un loir.

Le lendemain de son excursion à Kiawa, Alexandra se réveilla pour découvrir que les journalistes avaient mis le siège devant l'appartement de Simon. Celui-ci fit de son mieux pour dissimuler sa contrariété mais, à la fin de la journée, il était à bout. « Rester ici ne rime à rien, même de ton point de vue, fit-il d'un ton patient. Je suis sûr que tu le comprends. »

Elle le comprenait mais cela ne lui plaisait pas. « Je ne peux pas aller chez moi, tu ne veux plus de moi ici et, maintenant, tu refuses même que j'aille travailler. Ce que je comprends, c'est que tu me jettes par-dessus bord.

— Sois raisonnable. Pour l'instant, tu es la nouvelle la plus sensationnelle de tout le pays. Dans l'absolu, je me moque que les journalistes campent devant mon immeuble et mon bureau avec leurs micros et leurs caméras, mais c'est la mort de mes affaires. Tu sais aussi bien que moi que mes clients fuient la presse comme la peste. Moi aussi d'ailleurs. Je n'ai pas vraiment envie qu'un reporter fasse ma biographie.

— Je sais.
— Il faut que tu comprennes que tu es suivie sans arrêt. Et pas seulement par les journalistes. »

Elle était trop abattue pour le contredire. Simon avait beau voir des détectives privés à chaque coin de rue, elle ne voulait pas croire que les Bannerman s'abaisseraient à ce genre de procédés. Lorsqu'elle était passée prendre quelques vêtements chez elle, elle avait essuyé un feu roulant de questions. Elle avait refusé de confirmer ou de nier son mariage avec Arthur Bannerman mais, dès le lendemain, la copie de son certificat de mariage figurait dans tous les journaux, accompagnée de photos datant de l'époque où elle posait pour des publicités de lingerie fine. Même le juge qui les avait unis avait consenti à une interview, profitant de l'occasion pour prononcer une longue homélie sur les dangers des mariages de « mai avec décembre » et brosser un portrait peu flatteur d'Arthur (« Je ne dirai pas qu'il était sénile, non, sinon je ne les aurais pas unis, mais il n'avait manifestement pas toute sa lucidité »). Les Bannerman s'étaient contentés d'une déclaration pleine de dignité qui déplorait le retentissement de l'affaire et exprimait des doutes bien élevés sur la validité du « prétendu » mariage d'Arthur Bannerman.

« Ecoute, dit Simon en haussant les épaules pour indiquer qu'il était la victime des circonstances. Si tu veux rester, reste. Je m'en irai pendant une semaine ou deux. Si nous habitons tous les deux dans le même appartement, on va en tirer des conclusions erronées. Ton avocat t'a déjà mise en garde.

— Je sais. » Stern l'appelait nuit et jour pour lui donner des conseils qu'elle trouvait hors de propos ou blessants pour la plupart : elle devait quitter l'appartement de Simon, éviter le sien, ne parler à personne, porter le deuil et refuser tout appel des Bannerman.

« Je continuerai à te verser ton salaire, proposa Simon. Quoique ce ne soit pas très important, je suppose.

— Au contraire! répondit-elle d'un ton sec. L'argent qu'Arthur m'a laissé et mon salaire sont loin de couvrir mes frais judiciaires et, même si je gagne, le procès durera des années. Dans l'intervalle, je paie un appartement que je ne peux habiter. Stern m'a conseillé de prendre une chambre dans un hôtel "discret", le Carlyle ou le Wyndham, mais je n'en ai pas les moyens et je détesterais ça. Sans compter que quelqu'un se chargerait d'avertir la presse dès que je donnerais mon nom à la réception.

— Il te suffit de prendre un faux nom, bon sang! C'est facile. Les gens font ça sans arrêt. Je m'en occuperai, si tu veux.

— Merci! Dire que personne n'avait jamais entendu parler de moi il y a deux semaines et que maintenant je ne peux même pas entrer dans un magasin sans être reconnue! Je commence à comprendre ce qu'éprouve Jackie Onassis.

— A mon avis, elle y trouve son compte quelque part.

— Eh bien, moi non.

— Tu pourrais laisser tomber, tu sais. »

Elle regarda par la fenêtre d'un air sombre. « Et, ensuite, qu'est-ce que je dis? "D'accord, nous n'étions pas mariés, ce n'était qu'une blague?" Je l'ai vraiment épousé, Simon, quoi qu'on en dise maintenant. Je ne peux pas faire comme si rien ne s'était passé.

— Tu le pourrais peut-être mais tu ne le veux pas. D'après moi, tu devrais te trouver un coin tranquille et laisser Stern s'occuper de tout jusqu'à ce que ça se tasse.

— Je ne m'enfuirai pas. C'est ce que tu m'as conseillé, tu te souviens ? Cela reviendrait à reconnaître que j'ai quelque chose à me reprocher, ce qui n'est pas le cas.

— Comme tu voudras», fit Simon avec un haussement d'épaules en allant se servir un verre de vin. Il avait pris une douche et était encore en peignoir.

Pour Alexandra, une des difficultés de leur cohabitation venait de ce qu'ils avaient été amants. Elle pouvait difficilement protester lorsque Simon déambulait à demi vêtu dans l'appartement ou faisait irruption dans la salle de bains pour lui annoncer qu'on la demandait au téléphone. Il était chez lui, après tout, et ils s'étaient vus nus assez souvent pour que ce genre de pudeur soit déplacé entre eux.

Ces moments d'intimité accidentelle la mettaient pourtant mal à l'aise. Elle devinait que Simon y prenait plaisir et qu'il lui arrivait même de les provoquer. C'était une source d'agacement supplémentaire dont elle se serait bien passée, mais elle ne savait comment y mettre fin sans déclencher une dispute — et se quereller avec Simon était bien la dernière chose dont elle avait besoin en ce moment.

Celui-ci s'étendit confortablement sur le divan sans faire le moindre effort pour resserrer son peignoir.

S'attendait-il vraiment à ce qu'elle couche avec lui ? se demanda-t-elle. Elle le connaissait cependant assez bien pour deviner qu'il avait autre chose en tête que le sexe. Se disait-il qu'elle avait de bonnes chances de gagner et qu'il ne serait pas mauvais de reprendre leurs relations là où ils les avaient laissées ? Après tout, elle était une veuve potentiellement riche, la veuve la plus riche du monde en fait, à moins d'une maharani dont elle ignorait l'existence. C'était une possibilité qui aurait fait réfléchir même quelqu'un de moins calculateur que Simon.

Elle se reprocha aussitôt ses soupçons. Pour la première fois, il lui vint à l'esprit que la richesse se payait probablement d'une suspicion perpétuelle, que ses sentiments envers Simon devaient ressembler — toutes proportions gardées — à ceux qu'éprouvaient les Bannerman à son égard, ou aux doutes qui avaient manifestement empoisonné la vie de Cecilia et jusqu'à ses rapports avec le pauvre Booker.

Une chose était sûre en tout cas : il fallait qu'elle quitte l'appartement de Simon. L'opinion des gens mise à part, la tension deviendrait vite intolérable entre eux. Que Simon déménage n'était pas une solution. Il lui ferait payer son sacrifice tôt ou tard, et elle n'avait déjà que trop de dettes envers lui.

« Je partirai demain, dit-elle.

— Rien ne presse, fit-il sans feindre de vouloir la retenir.

— Non, cela vaut mieux. Tu as raison.

— Tu pourrais utiliser la garçonnière de Bannerman, tu sais. Tu en as toujours la clé, non ? »

L'idée ne lui était jamais venue à l'esprit mais elle ne lui plaisait guère ; elle avait quelque chose de macabre. D'un autre côté, n'était-il pas plus macabre encore de retourner dormir dans le lit où Arthur était mort, assiégée par une armée de journalistes ?

« Je ne sais pas si je peux y aller, dit-elle d'un ton hésitant.

— Je ne vois vraiment pas ce qui t'en empêcherait.

— L'appartement ne m'appartient pas. Je ne sais pas si j'ai le droit...

— Il est probablement à toi, bon sang! Et puis, il y a de grandes chances pour que personne n'en ait jamais entendu parler. Sans vouloir t'offenser, Bannerman ne s'était certainement pas aménagé une petite garçonnière en plein centre pour le crier sur les toits. Nelson Rockefeller avait une demi-douzaine de pied-à-terre dont personne ne connaissait l'existence à l'exception de son garde du corps et du type qui s'occupait de ses intérêts immobiliers.

— Arthur n'était pas Nelson Rockefeller.

— Non, bien sûr. Je ne les comparais pas — quoique beaucoup de gens l'aient fait, reconnais-le. Je veux simplement dire que sa famille ignore sans doute tout de cet appartement, et la presse aussi. Personne ne saurait que tu y habites, excepté les domestiques, et Dieu sait qu'ils doivent avoir l'habitude de se taire!

— Il n'y a qu'une femme de ménage qui vient tous les jours. Elle ne parle pas anglais.

— Tu vois bien.

— J'ai même des vêtements là-bas.

— C'est encore mieux.

— Je suppose, fit-elle, indécise. Mais l'idée ne me plaît quand même pas.

— Si tu veux être Mme Bannerman, tu ferais mieux de te conduire en tant que telle. Tu as épousé la richesse et le pouvoir, que tu le veuilles ou non. Prends ce qu'il t'a laissé et sers-t'en, Alexa, ou alors laisse tomber tout de suite.

— Je ne laisserai pas tomber», fit-elle avec plus d'assurance qu'elle n'en éprouvait.

«Je ne reçois pas beaucoup de visiteurs, dit Mme Walden d'un ton soupçonneux. Vous dites que c'est Liz qui vous envoie?

— Non, j'ai dit que je la connaissais.» Booker se sentait un peu mal à l'aise. Il était là davantage par curiosité, parce qu'Alexandra l'intéressait, que par loyauté envers son client. Il se faisait un peu l'effet d'être un intrus.

«Je suis contente de rencontrer un de ses amis.»

En fait, Mme Walden n'avait pas été particulièrement ravie de le voir. Sans l'accueillir le fusil de chasse à la main, elle lui avait montré une hostilité manifeste jusqu'à ce que, frissonnant dans le vent glacial, il réussisse à la convaincre qu'il n'était pas journaliste et lui présente sa carte.

Lorsque, muni des indications de Grimm, Booker avait gagné la ferme des Walden, il s'était attendu à trouver une maison pittoresque et même un peu primitive mais, agrémentée d'une piscine, celle-ci n'aurait pas paru déplacée dans le comté Fairfield. Blanche, dotée de volets verts et entourée d'une véranda couleur pain d'épice, elle était grande et entretenue avec soin, quoique écrasée par des granges immenses qui ressemblaient davantage à des bâtiments d'usine qu'à l'idée que Booker se faisait d'une ferme.

Mme Walden ne correspondait pas non plus à l'image qu'il se faisait d'une femme ou d'une veuve de fermier. Avec ses pommettes hautes, ses yeux gris pâle et ses lèvres pleines, elle ressemblait à Alexandra de manière saisissante. Bien conservée pour son âge — Booker lui donnait dans les cinquante-cinq ans —, elle avait une silhouette de jeune fille. Au lieu de la vieille dame qu'il avait imaginée assise, solitaire, dans une cuisine à l'ancienne mode, il avait découvert une femme vive, vêtue avec élégance, maquillée et coiffée avec soin, et une cuisine équipée de tous les appareils modernes connus.

« Les journalistes ont été abominables, dit-elle. Heureusement, la neige les a chassés.

— A en juger par les journaux que j'ai pu lire, vous ne leur avez pas dit grand-chose.

— Je ne leur ai rien dit du tout. Ils ne peuvent pas déformer des propos qu'on n'a pas tenus. »

Booker constata que Mme Walden semblait en savoir beaucoup plus sur la manière de se comporter avec les journalistes que la plupart des Bannerman qui caressaient toujours l'illusion qu'il suffisait de raconter sa version des faits avec suffisamment de patience pour que la presse finisse par en tenir compte.

« Cela a dû être une épreuve pour vous.

— Ça nous a changés de notre routine, je dois dire. Les deux premiers jours, on se serait cru sur le parking de la foire de l'Etat. Je crois que ça n'a pas déplu aux vaches ; elles n'ont jamais donné autant de lait.

— Vous vous occupez toujours de la ferme ?

— Les vaches ne sont pas là pour faire joli, monsieur Booker, répliqua-t-elle d'un ton acerbe. Mais je ne m'en occupe plus moi-même, non. J'afferme les granges et les pâturages. Mon défunt mari disait toujours que c'était un travail d'hommes, et je suis parfaitement d'accord avec lui. D'ailleurs, étant donné le prix du lait de nos jours, ce serait plutôt un travail de dupes. Si un de mes fils avait voulu prendre le relais, j'aurais continué, mais ils préfèrent les emplois de bureau. Ils ont assez manié de fumier dans leur enfance pour leur vie entière. Je les comprends, remarquez. Je ne voulais pas vivre dans une ferme moi non plus, y être née me suffisait, mais j'ai rencontré Tom et me voici ! J'étais comme Elizabeth, vous savez. J'étais sûre que je me retrouverais un jour à Los Angeles ou New York. Je n'allais pas passer ma vie à me lever à 3 heures du matin, mariée à un homme qui s'intéressait plus à ses vaches qu'à sa femme. Mais voilà, les voies du Seigneur sont impénétrables, n'est-ce pas ? Elizabeth me ressemble. Même quand elle était petite, je la regardais en me disant : "Je parie qu'elle s'en ira dès qu'elle le pourra." Je le voyais dans ses yeux.

— Et cela ne vous ennuyait pas ?

— M'ennuyer ? Grand Dieu non ! »

Booker sirota son café. Il s'était attendu à trouver une femme fragile, désorientée par le tapage qu'on faisait autour de sa fille, mais Mme Walden ne semblait pas bouleversée le moins du monde. Au lieu de la familiale rouillée ou de la camionnette délabrée qu'il avait imaginées, c'était une Chrysler rouge foncé toute neuve qui était garée dans la cour. En passant devant la salle de séjour, il avait aperçu de beaux meubles, une armoire vitrée remplie de porcelaines, un poste de télévision dernier modèle et une table basse où reposaient les best-sellers les plus récents, le *Reader's Digest, Time* et le *Ladies Home Journal* ainsi que des sucreries et des amuse-gueules joliment disposés dans des plats en forme de feuille, comme si des invités devaient arriver d'un instant à l'autre. « Est-ce que vous avez parlé à votre fille depuis ces événements ?

— Naturellement, dit-elle en lui jetant un regard pénétrant. Aurait-elle des ennuis ?

— Oui et non. Je vais être franc avec vous. »

Mme Walden se versa une autre tasse de café et s'installa à la grande table en pin de la cuisine, face à Booker. « Dois-je comprendre que vous ne l'avez pas été jusqu'à présent ? » demanda-t-elle.

Il se sentit rougir. Comme un bon avocat de prétoire, Mme Walden plongeait ses yeux dans les vôtres lorsqu'elle posait une question, et le fait qu'ils aient exactement la même couleur que ceux d'Alexandra accentuait encore la gêne de Booker.

« Je représente la famille Bannerman, dit-il.

— Ça n'a pas l'air de vous ravir. Et si vous en veniez au fait, monsieur Booker ?

— Votre fille vous a-t-elle parlé du testament ? »

Elle acquiesça d'un geste de tête impatient comme si le sujet ne présentait aucun intérêt pour elle.

« S'il est valable, Alexandra va être très, très riche...

— Je n'arrive pas à m'habituer à ce prénom d'Alexandra, remarqua Mme Walden avec une certaine irritation. Je suppose que tout est ma faute, continua-t-elle. Je lui ai toujours conseillé de partir et de devenir quelqu'un, même quand elle était petite. Eh bien, c'est ce qu'elle a fait, non ?

— Oui, sans doute. Le testament d'Arthur Bannerman pose quelques problèmes, madame Walden. Comme vous pouvez l'imaginer, sa famille n'est guère ravie de ce mariage. »

Il avait touché un point sensible. « Tant pis pour eux ! Nous ne sommes peut-être pas aussi riches que les Bannerman, vous savez, mais nous avons une longue histoire. La famille de mon père, les Branau, venait de Pennsylvanie ; mon arrière-arrière-arrière-grand-père était un soldat de Hesse qui a déserté pendant la guerre d'Indépendance pour se rallier aux troupes américaines. La famille de mon mari est arrivée ici juste après la guerre de Sécession et a pratiquement créé l'industrie laitière dans ce comté. De plus, ils gagnaient tous honnêtement leur vie, ce dont ne peuvent se vanter les Bannerman. »

Booker arrêta ce flot d'informations généalogiques d'un geste de la main. Eleanor Bannerman et Mme Walden s'entendraient à merveille si elles se rencontraient un jour. « Vous me comprenez mal, dit-il. Les Bannerman ne pensent pas qu'Alexandra n'est pas assez bien pour eux... Ou, plus exactement, certains d'entre eux estiment que *personne* n'est digne de leur famille. Tout le problème vient en fait de ce qu'elle prétend qu'Arthur Bannerman lui a confié la responsabilité du Trust, de sa fortune. »

Mme Walden poursuivit sur sa lancée sans tenir compte de son interruption : « Et moi, comment croient-ils que je prends les choses ! La presse a traité ma fille comme si elle était une femme entretenue ou pire encore. Je n'ai rien contre les Bannerman, remarquez, sauf qu'ils sont trop riches pour leur bien d'après ce que j'entends dire. Mais vous vous imaginez que cela me plaisait d'avoir un beau-fils plus âgé que moi ? J'espérais autre chose, croyez-moi ! Je trouve que c'est dégoûtant de la part d'un homme de cet âge d'épouser une fille comme Liz — et d'avoir le mauvais goût de mourir dans son appartement.

— Vous saviez qu'elle était mariée !

— Bien sûr ! Elle m'a appelée à l'aube le jour où il est mort. Elle ne voulait pas que j'apprenne tout par les journaux. Liz pense à moi, vous savez, même si nous ne nous parlons pas très souvent. Elle m'a fait promettre de garder le secret. J'ai trouvé que c'était idiot et je le lui ai dit. Maintenant, les journaux et la télévision ne parlent plus que de ça, exactement comme je l'avais prévu. Ce n'est pas moi qui ai vendu la mèche, en tout cas. Je lui avais conseillé de tout révéler le plus tôt possible, mais elle est têtue comme une mule ; elle ne m'a jamais écoutée. En revanche, quand son père disait quelque chose — ce qui n'arrivait pas souvent —, là ce n'était plus pareil. »

Booker commençait à comprendre pourquoi Alexandra appelait rarement sa mère. D'un geste las, il leva sa tasse pour tenter de distraire Mme Walden. L'interrompre demandait du doigté et un ton ferme. « C'est la vérité qui m'intéresse, fit-il avec douceur. C'est pour cela que je suis ici. Je ne dis pas qu'Alexandra ment, mais elle ne vous a parlé de ses relations avec Arthur Bannerman que lorsque sa mort brutale l'y a obligée. Et elle ne semble avoir dit à personne qu'elle avait déjà été mariée.

— Déjà mariée ? Que voulez-vous dire ?

— Avec Billy Zuber. »

Mme Walden se tut un instant, au grand soulagement de Booker. Elle remplit sa tasse de café et la lui tendit. « Ce n'était qu'une escapade d'adolescents, dit-elle. Une bêtise.

— Tout le monde semble l'avoir pris très au sérieux pourtant.

— C'est la faute de mon mari. Elle serait revenue toute seule un ou deux jours plus tard, s'il n'avait pas ameuté tout le comté pour la rattraper. Liz avait une trop haute opinion d'elle-même pour gâcher sa vie avec une andouille comme Billy Zuber. Elle aurait compris son erreur bien avant qu'ils n'atteignent la Californie.

— Mais ont-ils été mariés ?

— Billy a effectivement convaincu un juge de paix stupide de se livrer à un genre de cérémonie, mais ce n'est pas ce que j'appelle un mariage. Je me demande comment Billy en a trouvé le courage ou l'énergie. Il n'a plus jamais montré le moindre cran depuis. Lorsque mon mari a découvert ce qu'ils avaient fait, il était furieux. »

Mme Walden s'interrompit pour rassembler ses idées ou, du moins, les tourner vers un nouveau sujet. « Le sexe, reprit-elle d'une voix forte qui fit sursauter Booker. On s'attendrait que les gens qui vivent dans une ferme fassent preuve d'une certaine sérénité dans ce domaine. Les ennuis que cela provoque ! On aurait pu penser qu'un homme de l'âge de M. Bannerman en avait fini avec tout cela depuis longtemps, non ?

— C'est l'avis de sa mère. Et de ses enfants aussi, d'ailleurs.

— Oh ! les enfants ne comprennent jamais leurs parents, monsieur Booker. » Il y avait de l'amertume dans sa voix. Booker avait l'impression que son bavardage n'était qu'un écran fragile qui lui servait à dissimuler ou peut-être à refuser quelque chose. Mme Walden le rendait nerveux. Non, se corrigea-t-il, c'était elle qui était nerveuse. Une fois que l'on s'était accoutumé à son bavardage, à ses coq-à-l'âne, à ses brusques coquetteries, on décelait une peur sous-jacente qui pouvait difficilement échapper à l'avocat qu'il était.

Il n'avait pas observé Mme Walden très attentivement ; maintenant qu'il le faisait, il remarquait la crispation de son visage, son cou raidi, le frémissement nerveux de sa main lorsqu'elle soulevait sa tasse de café. Ses yeux — si semblables à ceux d'Alexandra — la trahissaient. Booker y lisait de la peur.

Que redoutait-elle ? A l'entendre, la fuite d'Alexandra avec Billy n'avait été qu'une escapade d'adolescente... Une escapade qui avait toutefois abouti à la mort de son mari.

Quelque part dans cette maison pimpante, Thomas Walden s'était tiré une balle dans la poitrine en présence de sa fille. « Pourquoi Liz s'est-elle enfuie avec Billy, madame Walden ? »

Elle pouffa, une réaction qui choqua Booker jusqu'à ce qu'il comprenne qu'elle était purement nerveuse. « Oh ! Vous savez bien comment sont les filles ! répondit-elle en battant des cils. Elles font des sottises à cet âge.

— Sans doute, mais pourquoi avoir choisi Billy ? Je l'imagine mal aimant ce genre de garçons, même adolescente. Et pourquoi la Californie ? En fait, je me demande si partir le plus loin possible d'ici n'était pas beaucoup plus important à ses yeux que d'épouser Billy. Elle n'avait peut-être pas le courage de s'en aller seule, mais elle était résolue à le faire. Et vous aussi, vous désiriez qu'elle parte, n'est-ce pas ? Vous me l'avez dit vous-même. Pourquoi ?

— Je ne voulais pas qu'elle croupisse dans une petite ville, comme moi.

— Je pense que vous aviez d'autres raisons. »

Le visage de Mme Walden sembla s'affaisser. Booker savait que ce n'était qu'un effet de son imagination, mais elle paraissait s'être brusquement transformée en une vieille femme effrayée. « Vous avez parlé au shérif Plass ou écouté les bavardages d'ivrogne de Grimm, c'est ça ? De quel droit venez-vous fouiner dans nos affaires ?

— Ecoutez, madame Walden, votre fille prétend à l'une des plus grosses fortunes des Etats-Unis. Quoi que vous dissimuliez, cela finira par se savoir. Je représente les Bannerman, c'est vrai, mais j'ai une sincère affection pour Alexandra. A mon avis, il est dans son intérêt de parvenir à un accord avec la famille. Il n'y aurait rien de pire pour elle qu'un procès interminable — surtout si elle a quelque chose à cacher. Mes questions vous déplaisent ? Je le comprends. Mais en cas de procès, c'est à une star du barreau que vous aurez affaire ainsi qu'à une demi-douzaine d'enquêteurs qui multiplieront les citations à comparaître et enregistreront les dépositions. »

Mme Walden semblait fixer un point au-dessus de sa tête. Regardait-elle l'endroit où son mari s'était tué ? se demanda Booker. Il lui était impossible d'aborder le sujet de front — ce qui expliquait sans doute pourquoi il n'était jamais devenu avocat plaidant. Roy Gruttman, Edward

Williams ou Barry Slotnick, eux, auraient posé la question de but en blanc sans se soucier de ses sentiments. Mais il avait beau avoir honte de lui, il fallait pourtant qu'il sache ce qui s'était passé, pas pour Robert mais pour lui. Et pour Alexandra. « Liz et son père étaient-ils très proches ? » murmura-t-il.

Elle acquiesça, les yeux fermés comme pour ne pas voir quelque chose.

« Trop proches ?

— C'était plus fort que lui », dit-elle avec un haussement d'épaules.

Vas-y doucement, se dit Booker, rempli de dégoût pour lui-même.

« Oui, bien sûr, approuva-t-il d'un ton apaisant. Vous n'en avez pas parlé à quelqu'un qui aurait pu vous aider ? À un conseiller ?

— Ce n'est pas le genre d'homme avec qui on pouvait aborder un sujet pareil.

— Liz a donc décidé de régler le problème pour vous en s'enfuyant avec Billy ? Et son père l'a rattrapée ?

— J'ai prié pour qu'elle atteigne la Californie. Je n'avais pas beaucoup d'estime pour Billy mais j'ai quand même prié.

— Et lorsqu'elle est revenue, que s'est-il passé ? »

Il avait posé la question avec douceur et comprit aussitôt que c'était une erreur. Roy Cohn l'aurait aboyée et profité de cet instant pour arracher la vérité à son témoin. Booker en était incapable. Mme Walden le regarda droit dans les yeux. « Vous le savez déjà, dit-elle d'un ton ferme. Mon pauvre mari s'est suicidé. Il était hors de lui. »

Elle avait retrouvé ses forces. Elle avait été prise au dépourvu mais c'était bien fini ; il le voyait à son regard. « Il faut que vous partiez maintenant, dit-elle en se levant pour le raccompagner. Je suis ravie d'avoir fait votre connaissance», ajouta-t-elle avec une politesse machinale. Puis, au moment où il franchissait le seuil, elle déclara d'une voix haute et claire : «Ne revenez plus, je vous prie.»

Booker ne s'était jamais senti aussi honteux de sa vie.

«Je me fiche que vous soyez avocat et je me fiche de savoir pour qui vous travaillez. Ennuyez encore Mme Walden et je vous colle au trou, compris ?»

Lorsque Booker était rentré à son motel, une voiture de police l'attendait, gyrophare en marche. Son écusson s'ornait de diverses variations sur le thème de la gerbe de maïs, de l'inscription «Shérif du comté Stephenson» en lettres dorées et d'une devise proclamant : «Votre sécurité est notre métier.»

Celle de Booker ne semblait toutefois pas être le premier souci du shérif Plass, un grand jeune homme mince qui le fixait d'un regard froid et perçant de héros de western. Son uniforme semblait avoir été plongé dans l'amidon, le pli de son pantalon aurait forcé l'admiration d'un sergent instructeur des marines et son insigne de cuivre brillait comme de l'or. Il portait un énorme revolver à la ceinture sur lequel il posait une main tout aussi impressionnante. A en juger par son air, rien ne lui aurait fait plus plaisir que de le dégainer et de l'essayer sur Booker.

«Pour quel motif m'arrêteriez-vous ?

— Trouble de l'ordre public. Je trouverais bien quelque chose, ne vous en faites pas.»

Booker devina qu'il ne plaisantait pas. Il ne semblait pas du genre à se perdre dans les subtilités du règlement. «Montez, dit Plass.

— Pas question.»

Le shérif soupira. Booker ne se laisserait manifestement pas intimider. « Ecoutez, je vous dis ça parce qu'il fait froid dehors, c'est tout. Vous voulez me parler ? Allons à mon bureau et parlons. »

La proposition paraissait assez sensée. Booker désirait discuter avec Plass, et il n'y avait certainement aucune raison valable de le faire sur un parking en pleine tempête de neige. Après avoir repassé dans son esprit la réglementation de la garde à vue, il monta dans la voiture de police et appuya la tête sur le grillage qui formait une cage pour tous ceux qu'on plaçait à l'arrière. Il se cogna le genou contre les deux fusils rangés dans une sorte de râtelier près du chauffeur. Encore un adepte du fusil de chasse, se dit-il. Plass garda le silence pendant les cinq minutes qu'il leur fallut pour gagner le tribunal. Il s'effaça poliment devant Booker lorsqu'ils pénétrèrent dans les locaux du shérif, qui étaient plus propres que n'importe quel commissariat de grande ville : linoléum impeccable, lumières éclatantes, couleurs gaies et fichiers flambant neufs. Plass prépara deux tasses de café et conduisit Booker dans une pièce qui ressemblait fort à une cellule. Quels que fussent les passe-temps, les récompenses et les liens de famille du shérif, il n'en faisait pas étalage. Il posa son chapeau sur un bureau entièrement nu et se tourna vers Booker. « Vous avez du culot, dit-il.

— Que diable voulez-vous dire ?

— Je vous serais reconnaissant de ne pas jurer, maître. Nous ne sommes pas à New York. Je suppose que vous avez le droit de mettre votre nez partout puisque vous êtes payé pour ça, mais déranger Mme Walden, c'est une autre affaire. Elle est veuve et elle a beaucoup souffert. Vous auriez dû la laisser tranquille.

— Elle a accepté de me recevoir. Je ne suis pas entré de force. Je lui ai dit pour quoi je venais.

— Ça m'étonnerait ! Burt Grimm m'a dit que vous représentiez la famille Bannerman ? »

Booker acquiesça.

Plass ne parut pas impressionné. Il avait un visage inexpressif, celui qu'on s'attend à voir à la portière de sa voiture lorsqu'on est arrêté pour excès de vitesse.

« Mme Walden s'est-elle plainte de ma visite ?

— Bien sûr, puisqu'elle m'a appelé. Nous sommes là pour ça, monsieur Booker.

— Vraiment ? Je n'ai pourtant commis aucun crime, que je sache ?

— Peut-être bien. C'est vous l'avocat. Moi, je ne suis qu'un flic et, pour moi, c'est un crime de fouiner dans les tragédies des autres. Quelles que soient les sommes en jeu.

— Vous n'avez pas tort, mais, si cette affaire finit devant un tribunal, tout se saura, et de la manière la plus sordide. C'est pour cela que je souhaite qu'Alexandra... euh... Liz, accepte un arrangement à l'amiable. C'est dans son intérêt.

— Elle est d'accord ?

— Non, pas encore. »

Plass cligna les yeux, l'air un peu moins hostile. « J'ai l'impression que vous vous prenez pour Dieu, monsieur Booker. Une maladie assez fréquente chez les avocats, à mon avis. Le père de Grimm en souffrait lui aussi.

— Il pensait savoir ce que les autres devaient faire ?

— Oui. Moi, je me contente d'appliquer la loi, quelles que soient les conséquences. L'ancien shérif et Grimm essayaient d'en faire ce qu'ils estimaient qu'elle devait être ; ils jouaient à Dieu à qui mieux mieux.

— C'est à ce propos qu'Ehmer et vous vous disputiez le soir où vous avez découvert le corps de Tom Walden ?

— Grimm parle trop, même pour un avocat. Je n'ai pas "découvert" le corps, monsieur. On m'a appelé par radio et j'ai répondu.

— Selon Grimm, Ehmer et vous n'étiez pas d'accord.

— Il y avait beaucoup de choses sur lesquelles nous n'étions pas d'accord.

— Mais un suicide est un suicide, non ?

— Je suppose », répondit Plass en fuyant son regard.

Un terrible soupçon naquit dans l'esprit de Booker. « Vous êtes arrivé le premier sur les lieux du drame, n'est-ce pas ? »

Plass acquiesça.

« Ce devait être horrible à voir.

— On s'y habitue dans mon métier.

— Oui, bien sûr, mais il ne doit quand même pas y avoir beaucoup de gens qui se tirent une balle dans la poitrine avec un fusil de chasse ? »

Plass déplaça son chapeau de quelques centimètres comme s'il cherchait le centre exact de son bureau. « Je n'en ai pas vu beaucoup, non. Pas beaucoup du tout.

— Est-ce que c'est possible ? Physiquement, je veux dire. »

Plass regarda son chapeau, enfin satisfait de sa position, semblait-il. Il paraissait un peu plus détendu maintenant que Booker lui posait des questions d'ordre technique. « Oh ! bien sûr. Pour un homme qui a de longs bras et un pouce costaud, pas de problème. » Il réfléchit un instant. « Les gens font des trucs impossibles pour se suicider.

— M. Walden avait de longs bras ? »

Plass hésita. « Normaux, je dirais. Il n'était pas grand.

— Je vois. Cela lui aurait donc été difficile ? »

Plass semblait perdu dans ses pensées. Quoiqu'il prétendît être habitué à ce genre de drames, il y avait manifestement quelque chose qui le hantait dans la mort de Walden. « Il aurait peut-être pu tirer un coup, mais pas deux », dit-il comme s'il poursuivait un vieux débat engagé avec un autre. Puis son regard se posa sur Booker et il reprit un ton professionnel. « De toute façon, l'affaire est classée depuis des années.

— Qu'essayait-il de faire, shérif ? Qu'essayait-il de faire à sa fille ? »

Plass se leva, il dominait l'avocat d'une tête, même sans son chapeau. Son visage semblait sculpté dans la pierre. « Disons qu'il a eu le sort qui l'attendait, monsieur Booker. Il faut que j'y aille maintenant.

— Vous aviez conclu au meurtre, n'est-ce pas ? Puis Ehmer vous a fait déchirer votre rapport. Le vieux Grimm s'en est probablement mêlé lui aussi. Il était au courant, en tout cas. Ils savaient que la thèse de l'accident ne tiendrait pas, alors ils ont décidé de faire croire à un suicide pour protéger la fille, ou peut-être simplement pour protéger la réputation de Walden. »

Plass remit son chapeau. « Pures spéculations, monsieur. Mais si cela s'était passé comme vous le dites, cela aurait été condamnable, sans aucun doute. La seule attitude convenable, c'est de s'en tenir aux faits, maître. La vérité, la loi, quel qu'en soit le coût. Vous devriez le savoir.

— Et ces faits, c'est un homme qui se tire deux fois dans la poitrine à bout de bras ?

— Je n'ai jamais dit qu'il y avait eu deux coups de feu, monsieur. Vous avez dû mal entendre. » Plass jeta un coup d'œil dans le couloir où des fusils, une chaîne munie d'un cadenas passée dans leur sous-garde, étaient alignés sur un râtelier. « Naturellement, les fusils sont des engins bizarres, fit-il avec calme. Il paraît qu'un automatique tire parfois deux coups en même temps. C'est pour cela que je préfère les fusils à pompe comme ceux-là. »

Il tendit la main à Booker. « Revenez nous voir bientôt, monsieur, mais laissez Mme Walden tranquille. Elle n'a déjà été que trop éprouvée. »

Booker pataugea dans la neige pour regagner son motel, régla la note et monta dans sa voiture. Après quelques arrêts en ville, notamment chez Grimm à qui il fit ses adieux, il prit la route d'Indianapolis et remarqua alors qu'une voiture de police le suivait. A la sortie du comté Stephenson, elle fut remplacée par une autre qui l'accompagna jusqu'à l'aéroport où un agent assista à son embarquement, les yeux fixés quelque part au-dessus de sa tête comme s'il regardait autre chose. S'agissait-il d'un avertissement ? se demanda Booker. Ou Plass tenait-il simplement à s'assurer qu'il rentrait bien chez lui ?

Cela n'avait aucune importance. Il avait deviné la vérité.

Ce qu'il ignorait, en revanche, c'était ce qu'il allait en faire.

Booker lut les coupures de journaux dans l'avion. Le *Husbandman* de LaGrange avait consacré un article long mais assez réservé à la mort de Thomas Walden. Dans un journal dont la plupart des gros titres commentaient le prix du soja et le sort de l'équipe de football du lycée, le suicide d'un personnage éminent de la ville avait dû poser quelques difficultés au rédacteur en chef qui avait essayé de ne pas tomber dans le sensationnel.

Booker apprit avec soulagement que Walden n'était pas mort dans la cuisine mais dans son bureau. « Après la traite », précisait le journaliste, comme si le fait que les vaches n'aient pas eu à en souffrir atténuait l'atrocité du drame. A en croire l'article — et Booker ne le croyait pas —, Walden était revenu de la grange, avait enlevé ses bottes, mis des mocassins et échangé quelques mots avec sa fille qui vérifiait les livres de comptes comme elle le faisait toujours l'après-midi après l'école. Puis il s'était dirigé vers le coin de la pièce où il gardait toujours un fusil chargé au cas où un chien se mettrait à courser ses vaches dans les champs, et s'était calmement logé une balle dans la poitrine.

L'histoire ne semblait pas plausible à Booker, non plus d'ailleurs qu'à l'auteur de l'article, si l'on lisait entre les lignes.

Il ferma les yeux et se demanda pourquoi ils n'avaient pas essayé de faire croire à un accident : Walden aurait pu se tuer en nettoyant son arme. Mais cela n'aurait pas marché, bien sûr. Personne à LaGrange n'aurait cru un seul instant qu'un fermier pouvait se mettre à nettoyer un fusil après une journée de travail de quinze heures ou qu'un homme comme Walden aurait été assez négligent pour le faire sans l'avoir déchargé au préalable. En outre, ils avaient dû disposer de très peu de temps avant l'arrivée de la police, pas assez en tout cas pour trouver les ustensiles de nettoyage de Walden et les disposer correctement.

Alexandra avait-elle menacé de dire la vérité ? Si Walden avait essayé de la violer et qu'elle ait tiré pour se défendre, ses amis avaient peut-être estimé que faire croire à un suicide était le meilleur service qu'ils puissent lui rendre. Tout valait mieux que d'accuser sa fille d'homicide et de l'entendre raconter son histoire devant un tribunal. Voulant à tout prix éviter le scandale, ils avaient donc cherché à limiter les dégâts et obligé Plass à se taire.

Booker ouvrit les yeux et parcourut de nouveau les coupures. Lorsque Plass avait été nommé shérif — un autre article de première page —, on l'avait qualifié de « poulain de Karl Ehmer », ce qui laissait supposer un accord : le poste de shérif contre son silence.

Mais peut-être était-ce Mme Walden qui les avait convaincus de sauver la réputation de sa fille ? Possible. Booker imaginait les trois hommes sur les lieux du drame : Plass, l'air sombre, sachant la vérité et résolu à aller jusqu'au bout ; Grimm et le shérif, bouleversés par la mort de leur ami mais aussi par ce qu'ils découvraient sur lui et cherchant à trouver la meilleure solution. Les uns comme les autres avaient dû éviter de regarder ce qui restait de Tom Walden après deux coups de fusil de chasse tirés à bout portant. « Un trou de la taille d'une assiette à soupe », avait dit Burt Grimm. Sans avoir la moindre expérience dans ce domaine, Booker imaginait aisément que cela n'avait pas été une mort propre.

Il avait dû y avoir du sang partout dans cette petite pièce — et Alexandra tapie quelque part qui tentait de trouver un moyen de vivre avec les conséquences de son acte. Il frissonna à cette pensée et sonna l'hôtesse pour avoir un scotch, bien que boire en avion lui donnât toujours mal à la tête.

Il reprit le récit de la mort de Walden. Il y avait trois photos en première page du *Husbandman*. La première et la plus grande était celle de Thomas Walden, debout à côté d'un taureau primé. Il ne semblait pas heureux de cette victoire, et le taureau non plus. C'était un bel homme mais qui n'avait apparemment pas le sourire facile.

Son expression ressemblait en fait à celle du taureau, un mélange d'obstination et d'irritation à peine contenue.

La photo de Mme Walden montrait une jolie jeune femme au visage un peu triste. Celle d'Alexandra était apparemment une photo de classe. Elle n'avait pas changé mais, comme ses parents, elle avait aussi l'air solennel et même malheureux. Ces trois personnes avaient vécu une tragédie familiale qui s'était terminée dans le sang, et Booker avait l'impression qu'elle était déjà inscrite sur leurs visages. Mais peut-être lisait-il trop de choses dans ces photos.

Commençait-il à comprendre les ressorts secrets d'Alexandra ? C'est-à-dire simplement le fait qu'Arthur Bannerman ait été pour elle à la fois une figure paternelle bienveillante et un amant. Ou s'y ajoutait-il un besoin de sécurité ? Elle avait peut-être eu le sentiment qu'il lui offrait un monde où tout marchait comme prévu, du moins en surface. S'il en était ainsi, il lui avait certainement joué un tour monumental en mourant dans son lit... non sans lui avoir toutefois donné accès à l'ultime sécurité : la fortune des Bannerman.

Dans les archives du journal, il avait trouvé une page du bulletin annuel édité par le lycée de LaGrange qui comportait un court paragraphe sur Alexandra. Elle ne semblait pas avoir eu beaucoup d'activités périscolaires : elle n'avait pratiqué aucun sport, ne s'était intéressée ni au théâtre ni aux groupes de discussion. « Tout le monde sait que Liz est la personne à aller voir lorsqu'on ne comprend pas un problème de mathématiques », notait le rédacteur sans enthousiasme.

Une qualité qui ne lui serait pas inutile, se dit Booker. Après tout, Eleanor Bannerman était capable de battre un ordinateur et de calculer des intérêts composés de tête lorsqu'il s'agissait de la fortune. Chaque paragraphe se terminait par quelques considérations sur la réussite future des élèves. Liz avait droit à ce seul commentaire : « Il faut se méfier de l'eau qui dort. »

Alexandra entra dans l'appartement en se faisant l'effet d'être un cambrioleur. Elle se sentit plus mal à l'aise encore lorsqu'elle eut refermée la porte derrière elle et débranché le système d'alarme.

Moins de deux semaines auparavant, Arthur l'aurait attendue devant le feu, pantalon soigneusement tiré sur les genoux pour en préserver le pli et chaussures noires immaculées fermement posées sur le tapis. Son visage aurait eu ce teint rosé que la plupart des gens prenaient à tort pour un signe de santé.

Il se levait toujours pour l'accueillir d'un baiser curieusement cérémonieux, étant donné la nature de leurs relations. A présent, l'appartement était vide, de ce vide particulier que seule la mort peut produire. C'était pure imagination, bien sûr, mais elle avait éprouvé le même sentiment à la mort de son père, comme si la vie s'était également retirée de la maison tout entière. Mais peut-être cela venait-il simplement du fait que l'appartement était resté désert pendant près de deux semaines.

Puis elle se rendit compte que ce n'était pas l'absence d'Arthur qu'elle ressentait mais bien plutôt sa présence : une paire de lunettes à monture d'écaille posée sur le bureau près de la serviette en cuir dans laquelle on lui apportait quotidiennement son courrier ; ses objets de toilette soigneusement rangés sur la tablette de marbre de la salle de bains ; son peignoir de soie encore accroché à la porte.

Brusquement épuisée, elle s'étendit. D'une certaine manière, cette fatigue était une bénédiction, car elle lui permit de surmonter sa répugnance initiale à s'approcher du lit. Lorsqu'elle eut ôté ses chaussures et se fut allongée, elle s'attendit presque à voir Arthur adossé aux coussins, ses lunettes au bout du nez pour pouvoir la regarder par-dessus les verres, plongé dans la lecture d'un catalogue de salle des ventes ou de la rubrique financière du *New York Times*.

Elle se roula en boule, prise à la fois de paresse et d'une immense lassitude, comme si elle avait la grippe ou un mauvais rhume. Elle ferma les yeux et se laissa aller un instant, contente de pouvoir s'abandonner et s'attendrir sur elle-même comme on le fait lorsqu'on est malade et que l'on se délecte à l'idée de pas avoir à utiliser ses membres douloureux pendant les heures qui viennent... Elle rouvrit les yeux au prix d'un grand effort et ne vit que les coussins à côté d'elle avec leur housse fraîchement lavée et les initiales d'Arthur discrètement brodées dans un coin : « AAB ».

Puis elle sombra dans un sommeil agité.

Elle se réveilla une ou deux heures plus tard avec l'impression qu'elle avait des millions de choses à faire. Mais lorsqu'elle essaya de déterminer lesquelles, elle ne put dresser qu'une interminable liste de vétilles.

Sans raison apparente, elle fut prise d'une peur soudaine. Elle avait déjà été seule — souvent même — mais, depuis quelques mois, elle s'était habituée à la présence d'Arthur qui organisait sa vie et la mêlait étroitement à la sienne. A présent, elle était seule dans cet appartement vide et, à l'exception de Simon, personne ne savait qu'elle y était.

Malgré elle, elle se mit à écouter les petits bruits

qu'on entend dans tout appartement, fût-il aussi insonorisé que le pied-à-terre d'Arthur : le ronflement de la climatisation, le déclic assourdi du thermostat, le bourdonnement de la pendule électrique, la sirène d'une voiture de police ou d'une ambulance. Elle aurait voulu qu'il soit moins grand ; ses pièces obscures s'étendaient à l'infini dans son imagination.

La seule manière de calmer sa peur aurait été de les parcourir de bout en bout en allumant toutes les lumières, mais elle était trop lasse pour bouger et se sentait d'ailleurs plus en sécurité dans son lit que debout. Elle savait que son état d'esprit n'était que le produit de sa fatigue et de son anxiété, tout comme elle savait qu'en se dissimulant sous ses couvertures elle recherchait la sécurité illusoire de son enfance quand elle écoutait les bruits de la vieille ferme, le vent d'hiver qui ébranlait ses fenêtres et faisait gémir ses poutres massives, et qu'elle imaginait que monstres et démons rampaient du grenier vers sa chambre. Lorsque la peur était trop forte, elle se glissait silencieusement dans la chambre de ses parents pour se blottir entre eux, un peu à la manière d'un chat — une habitude que sa mère combattait avec fermeté mais qui ne semblait pas déplaire à son père.

Penser à son enfance la tira de sa somnolence, comme si son esprit était aux aguets et essayait d'éviter que trop de souvenirs ne lui reviennent en mémoire. Il devait quand même bien y avoir des gens qui savaient qu'elle était là, se dit-elle. Sa mère, Stern, Roth et peut-être même Robert Bannerman. Si elle les appelait, sa peur s'en irait peut-être. Cela valait la peine d'essayer.

Elle se redressa, attrapa le téléphone et composa le numéro de sa mère. Elle devait être en train de regarder la télévision et n'apprécierait sans doute pas d'être dérangée.

La sonnerie retentit plusieurs fois avant que sa mère ne réponde, manifestement contrariée.

« C'est moi, dit Alexandra.

— Qui ? » On entendait un spot publicitaire en bruit de fond.

« Alexandra, maman. Baisse le son.

— C'est toi, Elizabeth ? Une minute. » Alexandra se demanda si sa mère comprendrait jamais qu'elle ne voulait pas qu'on l'appelle Elizabeth, Liz ou, pis encore, Betty.

« Tu as regardé "Dynasty" ? dit sa mère.

— Non, maman.

— Tu ne sais pas ce que tu rates. Mais, évidemment, ce ne sont pas les distractions qui manquent à New York. Ce n'est pas comme ici.

— Je ne sors pas beaucoup. Je suis veuve depuis peu de temps, tu t'en souviens ? En fait, je suis dans l'appartement d'Arthur parce que les journalistes campent devant le mien. Je ne peux même pas rentrer chez moi et, si je sortais d'ici, je serais certainement suivie par une meute de reporters et de photographes. Et pour couronner le tout, je me sens déprimée et seule.

— Broyer du noir ne te fera aucun bien.

— Je ne broie pas du noir. » Elle n'aurait pas dû l'appeler. Après tout, c'était une femme qui avait réussi à se persuader que son mari était mort accidentellement. Elle savait qu'il n'en était rien, naturellement, mais elle avait affronté l'horreur de ce drame en se contentant de nier la réalité. Alexandra se demanda si sa mère faisait parfois des cauchemars, s'il lui arrivait de se remémorer avec précision ces moments atroces. Si c'était le cas, elle ne s'en ouvrait jamais à personne.

Alexandra fit une nouvelle tentative. « Que me

répondrais-tu si je te disais que j'ai peur, que je me sens seule et que je ne sais pas quoi faire ?

— Je te conseillerais de te montrer plus positive. Tu es jeune, jolie, tu as la vie devant toi et, d'après ce que j'ai entendu dire, tu as de grandes chances de devenir très, très riche.

— Ne crois pas ce que racontent les journaux.

— Je ne les crois pas, mais quelqu'un m'en a parlé tout récemment... Hooker ? Un jeune homme sympathique. C'est du moins ce que j'ai pensé au début.

— Hooker ? Ce ne serait pas plutôt Booker ?

— Si, c'est ça.

— Booker est venu à LaGrange ! Il t'a parlé ? Que voulait-il ? » Mais elle connaissait déjà la réponse et sentait la peur et la colère monter en elle. « Que lui as-tu dit ?

— Absolument rien, ma chérie. »

Alexandra pressa l'écouteur contre son oreille à s'en faire mal. « Combien de temps est-il resté ?

— Eh bien, nous avons pris une ou deux tasses de café. Une heure, peut-être. »

Une heure. Alexandra connaissait assez sa mère pour deviner qu'une heure lui avait suffi pour étourdir Booker de paroles. « Pourquoi l'as-tu laissé entrer, bon sang !

— Tu ne voulais quand même pas que je le laisse mourir de froid devant la porte ! Et puis, il avait déjà rencontré Burt Grimm.

— Il a vu ce vieil imbécile !

— Non, chérie. Il est mort, tu as oublié ? M. Booker a vu son fils.

— C'est encore pire. » Elle était tout à fait réveillée à présent. Robert avait envoyé Booker chez elle ! Elle aurait dû s'en douter. Mais qu'aurait-elle pu faire ? Rien. Simon avait raison. Il était inévitable que Robert cherche à en savoir plus sur elle que ce qu'en disaient les journaux.

Elle était choquée que Booker — un avocat diplômé de Harvard qui était quasiment le gendre d'Arthur — se soit introduit chez sa mère comme le pire des journalistes de la presse à scandale.

« Que voulait-il savoir ? demanda-t-elle. Tu lui as parlé de... ce qui est arrivé ?

— Ce qui est arrivé ? »

Sous son ton d'innocence outragée, Alexandra perçut sans grande difficulté une pointe de culpabilité. Sa mère n'avait pas beaucoup de visiteurs, et presque aucun qui vînt des vastes horizons qui s'étendaient au-delà de l'Illinois. Elle avait certainement été ravie d'accueillir Booker et de bavarder avec lui. « A père, précisa Alexandra à qui il était toujours aussi difficile de prononcer ce mot.

— Bien sûr que non, ma chérie, répondit machinalement sa mère d'un ton peu convaincant. Enfin... il en a parlé. Il avait manifestement rencontré d'autres gens. Grimm, je suppose. Et il a fini par devenir si insistant que j'ai dû lui demander de partir. Ça m'a un peu contrariée, et j'ai téléphoné au shérif.

— Au shérif ! A propos de Booker ? Pour quoi faire ?

— J'ai eu tort, je sais. Le shérif s'est montré très compréhensif. M. Booker m'avait énervée avec toutes ses questions, voilà tout.

— Des questions sur père ? De quel genre ?

— Oh ! Je ne m'en souviens pas, chérie. De toute façon, ce qui l'intéressait vraiment, c'était Billy Zuber.

— Billy ? Qu'est-ce qu'il pouvait bien lui vouloir ?

— Il était allé le voir.

— Tu es sûre ?

— Oh oui ! Billy m'a même téléphoné pour m'en parler.

— Comment va-t-il ? » demanda Alexandra qui savait que la réponse de sa mère lui laisserait le temps de réfléchir et se moquait un peu de ce qu'était devenu son petit ami de lycée — si tant est qu'il l'ait jamais été. Elle l'avait choisi, s'était escrimée à attirer son attention et y était parvenue. En y repensant, elle s'étonnait encore de l'audace de son plan. Ils devaient fuir ensemble, se marier et, lorsque ce serait fait, elle n'aurait plus à craindre son père. Mais cela ne s'était pas passé ainsi, naturellement. Elle aurait difficilement pu tomber sur quelqu'un de moins courageux ou entreprenant que Billy Zuber qui l'avait déçue à presque tous les niveaux. Mais en quoi cette histoire pouvait-elle bien intéresser Booker ? Elle n'avait rien de très reluisant, certes, mais ce genre d'escapade était fort banal. S'il fallait en croire Arthur, Putnam n'était jamais resté une année scolaire complète dans les écoles où on l'avait envoyé.

Pauvre Billy, pensa-t-elle. Tout bien considéré, Sue Ellen ou une femme de son style était pourtant exactement ce qu'il méritait. « Il voulait savoir si Billy et toi étiez mariés, dit sa mère, arrachant instantanément Alexandra à ses réflexions.

— De quoi parles-tu, maman ? Nous n'avons jamais été mariés.

— Bien sûr, ma chérie. C'est ce que j'ai dit à M. Booker.

— Il pensait que nous l'avions été ?

— Ma foi, vous êtes quand même allés voir un juge de paix tous les deux. Vous comptiez vous marier. C'est ce que j'ai expliqué à ton père : tes intentions étaient bonnes, même si ton choix n'était pas très heureux. Je lui ai dit que tu ne te serais jamais enfuie avec un garçon si tu n'avais pas voulu l'épouser, et j'avais raison.

— Oui, mais le mariage n'était pas valide. De toute façon, père m'avait dit que Grimm s'occuperait de tout.

— Je suis sûre qu'il l'a fait, chérie. Ne t'inquiète pas pour ça. »

Alexandra s'absorba dans ses pensées tandis que sa mère faisait dévier la conversation sur les nouvelles locales. De temps à autre, elle murmurait « Non ! Tu plaisantes ? » ou se contentait de pousser les exclamations d'étonnement ou d'intérêt appropriées. Sa mère ne s'arrêterait que lorsqu'elle aurait épuisé son stock de commérages ou perdu le souffle, l'un et l'autre ne risquant pas de se produire avant un certain temps.

Des noms familiers surgirent comme des écueils du brouillard ; des morts, des naissances et des adultères défilèrent dans la brume tandis qu'Alexandra se remémorait sa brève et désastreuse aventure avec Billy Zuber. Il était vrai qu'elle lui avait fait promettre de l'épouser avec l'idée ridicule qu'il serait mal de s'enfuir avec lui, ou simplement parce qu'elle espérait que la colère de son père en serait atténuée. Pour une fois, Billy s'était montré à la hauteur et avait déniché un ministre d'une obscure secte protestante qui exerçait également la fonction de juge de paix. Celui-ci avait expédié la cérémonie sans poser trop de questions et en ne jetant qu'un rapide regard à leurs papiers d'identité. Il leur avait ensuite déclaré qu'ils étaient mariés aux yeux de Dieu, avec une expression laissant penser qu'il estimait que celui-ci commettait peut-être une erreur, mais s'était montré plus vague sur le point de vue qu'en auraient les gens et l'Etat d'Iowa.

Elle se souvenait de la scène avec une étrange netteté — étrange parce qu'elle n'y avait pas pensé depuis des années : le pasteur en manches de chemise qui portait une cravate très peu religieuse ornée de faisans et de canards en plein vol, et précipitait la cérémonie, soit parce qu'il voulait toucher ses vingt dollars, soit parce qu'il tenait à tirer quelques oiseaux à collier avant la tombée de la nuit. Cette dernière hypothèse était d'ailleurs la plus plausible, car il était chaussé de grosses bottes et un vieux retriever somnolait à ses pieds, les regardant d'un air pensif, l'œil mi-clos, comme un témoin inattentif. Il y avait un drapeau des Etats-Unis dans la pièce ainsi qu'une photographie de Richard Nixon, bien que deux présidents se soient succédé depuis sa démission, ce qui en disait long sur les sentiments républicains de l'Amérique profonde.

Billy avait oublié de se munir d'une alliance ; ils durent donc se contenter de sa chevalière aux armes du collège : détail qui symbolisait bien l'absurdité de cette cérémonie, se dit Alexandra. Si elle avait véritablement aimé Billy, elle aurait accepté de faire l'amour avec lui sans mariage, valide ou non. Son insistance lui avait prouvé même alors qu'elle commettait une erreur.

Comment avait-elle bien pu se lancer dans une aventure pareille ? Billy était un lourdaud, sans aucun doute, et elle une fille qui se faisait des scrupules moraux de tout et pour qui il était impensable de manœuvrer un homme, même si elle en avait possédé le talent — ce qui n'était pas le cas en temps ordinaire. Elle savait toutefois parfaitement où elle avait puisé son courage et sa ruse : dans la peur de ce qui se produirait si elle restait chez elle.

Elle n'avait qu'une piètre connaissance des hommes à cette époque — qu'elle ait choisi Billy comme preux chevalier le prouvait assez —, mais son intuition était suffisante pour l'avertir que l'affection jalouse de son père se muait rapidement en quelque chose de plus menaçant. Elle ne pouvait en parler à sa mère et, d'ailleurs, elle n'avait jamais douté que celle-ci *savait*. Elle savait mais sans vouloir l'admettre.

On était censé chercher de l'aide dans des situations comme celles-là, mais auprès de qui? Comment aurait-elle pu confier à un de ses professeurs ou au shérif qu'elle avait peur de son père?

Tandis que sa mère poursuivait son bavardage qu'elle entendait mais n'écoutait pas, un peu comme le bruit de la circulation dans la rue, Alexandra essaya de se rappeler comment cela avait commencé. Y avait-il eu un moment précis où elle avait cessé d'être la petite fille de son père pour devenir son obsession? Elle ne se rappelait aucune scène particulière. Ils s'étaient toujours bien entendus et avaient souvent ri ensemble lorsqu'il l'emmenait sur son tracteur ou qu'elle se blottissait contre lui sur le siège de sa camionnette. Puis, un jour, les rires s'étaient tus. Tout semblait pareil mais ne l'était plus. Les gestes d'affection de son père qui avaient été si naturels, si réconfortants, étaient devenus quelque chose qu'elle redoutait; sa main paraissait brûlante lorsqu'il lui effleurait la jambe en changeant de vitesse, d'un poids oppressant quand il la posait sur son épaule. Si elle s'était enfuie seule, on l'aurait ramenée — c'était ce qu'elle avait pensé en tout cas. Le plus paradoxal était qu'elle se serait sans doute mieux débrouillée sans Billy.

« Papa a-t-il laissé des papiers? demanda-t-elle.

— Que dis-tu?

— Sais-tu où sont les papiers de papa?

— Bien sûr, ma chérie. Pourquoi?

— Parce que je voudrais que tu regardes s'il y a quoi que ce soit qui concerne Billy et moi.

— C'est qu'il y en a vraiment beaucoup. Que cherches-tu au juste?

— Je ne sais pas. Une annulation ? N'importe quoi.

— Mon Dieu, mais il y en a des boîtes entières ! Je n'ai rien jeté. Je ne sais même pas très bien où je les ai mises.

— Tu dois avoir examiné ses papiers, quand même ?

— J'ai laissé M. Grimm s'en occuper. Tout ce qui concernait la ferme, les assurances et ce genre de choses était à la banque, soigneusement rangés comme ton père en avait l'habitude.

— Regarde, maman, c'est tout ce que je te demande.

— Si je ne sais même pas ce que je cherche... Pourquoi ne viens-tu pas le faire toi-même ? »

Alexandra poussa un soupir. Toujours le même vieux chantage. Elle ne retournerait à LaGrange pour rien au monde, et sa mère le savait parfaitement. Elle ne tenait d'ailleurs pas tellement à ce que sa fille vienne lui rappeler des souvenirs qu'elle avait fait de son mieux pour oublier. Elle l'aimait — Alexandra n'en avait jamais douté — mais trouvait plus facile de le faire à distance en se persuadant qu'elle avait quitté LaGrange pour réussir à New York, et non parce qu'il lui était impossible de rester. Comme la présence d'Alexandra aurait dissipé cette illusion, le fait qu'elle ne revienne jamais chez elle les arrangeait toutes les deux. Il fallait cependant que Mme Walden s'en plaigne comme si sa fille était seule responsable de cette situation.

De temps à autre, Alexandra se demandait quelle serait sa réaction si elle lui répondait : « Entendu, j'arrive. Prépare mon lit. » Mais toutes deux savaient que ce n'était pas possible, pas encore, et comme ce « pas encore » durait depuis des années, il revenait à un « jamais ». Elle n'en éprouvait aucune amertume. Sa mère s'était forgé une illusion pour surmonter l'horreur du drame; elle aurait bien aimé trouver une solution aussi efficace pour elle-même. Alexandra se dit alors qu'il y avait peut-être de cela dans son désir d'être acceptée par les Bannerman.

« Maman, dit-elle. Si quelqu'un d'autre vient te poser des questions, ne leur parle pas, d'accord? Appelle-moi. »

Il y eut un silence, puis, d'une voix changée, comme si au lieu de la commère distraite qui vivait dans un monde où aucune tragédie ne s'était jamais produite, c'était sa véritable personnalité qui refaisait surface, sa mère dit dans un murmure: « Tu vas t'en sortir?

— Je ne sais pas, répondit-elle doucement.

— Tu n'as rien fait de mal, n'est-ce pas?

— Non, je n'ai rien fait de mal. » Elle lui dit au revoir et raccrocha, se sentant plus seule que jamais. Elle commençait à se rendre compte que, si Booker savait ce qui s'était passé entre son père et elle, ou même s'il le devinait, il détenait une carte maîtresse. Pour rien au monde, fût-ce les dernières volontés d'Arthur et la fortune, elle n'obligerait sa mère à revivre cette nuit-là. Il lui était impossible d'accepter que les circonstances de la mort de son père soient révélées au grand jour; il était impossible que sa mère survive si elle en entendait le récit aux actualités télévisées en sachant que ses voisins étaient eux aussi devant leur poste.

En dépit de sa colère contre Booker, elle se força à dormir.

Elle se réveilla en sursaut en entendant la porte d'entrée s'ouvrir et resta immobile, tâchant de se rappeler à quelle heure la femme de ménage arrivait. Le bourdonnement du système d'alarme retentit un instant, la lumière rouge de la commande à distance posée près de son lit clignota, puis passa au vert lorsque le code fut composé. Alexandra regarda sa montre et constata avec étonnement qu'il était 3 heures du matin.

Elle poussa un soupir et se pelotonna de nouveau sous les couvertures en espérant se rendormir. Puis elle se redressa brusquement. Elle était new-yorkaise et les récits de cambriolages faisaient partie de sa vie, même si elle n'en avait jamais été victime elle-même. Quelques heures auparavant, se retrouver seule dans l'appartement l'avait effrayée, et elle s'était convaincue que sa peur était irrationnelle. A présent qu'il y avait véritablement de quoi avoir peur, elle était d'un calme surprenant.

Quel que fût l'intrus, il avait la clé et connaissait le code. Un gardien de nuit peut-être? Pourtant, jamais aucun gardien ne les avait dérangés lorsqu'ils passaient la nuit dans l'appartement. C'était tout de même une possibilité. Fallait-il qu'elle appelle l'agence de sécurité? Mais elle ne connaissait ni le numéro ni l'endroit où il était inscrit. Elle pouvait appuyer sur le bouton d'alarme de la commande à distance mais elle ignorait ce qui se passerait alors. L'appartement resterait-il silencieux ou une sirène se déclencherait-elle ? Et combien de temps faudrait-il pour que la police et les gardiens arrivent ? Elle hésitait à composer le 17, car elle avait entendu dire que les standardistes étaient lents et tatillons en diable. Et puis il n'y avait guère qu'une semaine que la moitié de la police de la ville avait envahi son appartement pour examiner le corps d'Arthur.

Immobile, absurdement consciente de ne porter que son soutien-gorge et un slip, elle entendit l'intrus — si c'en était bien un — se déplacer à l'étage d'en dessous. Il lui vint soudain à l'esprit qu'il risquait de monter d'un instant à l'autre et de la tuer ou de la violer. Elle souleva silencieusement le combiné pour appeler la police — elle commençait à se dire qu'elle serait la bienvenue, à regretter en fait qu'elle ne fût pas déjà là — et entendit une voix à l'accent espagnol. « Je suis entré, disait l'inconnu. Pas de problèmes. »

Les cambrioleurs passaient-ils des coups de téléphone dès qu'ils avaient enfoncé une porte ? se demanda Alexandra. Retenant son souffle, elle écouta. Il y eut un grognement étouffé à l'autre bout de la ligne, puis elle entendit une série de déclics, un bruit de papiers remués, une respiration rauque, suivie d'une toux de fumeur. « Il n'y a rien dans le bureau.

— Vous êtes sûr ? Une enveloppe bulle ? » Bien que la voix fût assourdie, elle sembla vaguement familière à Alexandra. Elle se demanda si c'était celle de Robert Bannerman et sut aussitôt qu'elle devinait juste.

« Je sais ce que je cherche, répondit sèchement l'homme à l'accent espagnol. Je vais faire le tour de l'appartement. »

Il raccrocha. Elle l'écouta un instant poursuivre ses recherches en se demandant quoi faire. Si elle appelait la police, il l'entendrait sûrement. Or celle-ci pouvait mettre une bonne demi-heure pour arriver, ce qui laisserait assez de temps à l'inconnu pour la tuer s'il en décidait ainsi. Lorsqu'il monterait à l'étage où elle se trouvait, elle ne pourrait se cacher nulle part, pas s'il s'agissait d'un professionnel, ce qui était plus que vraisemblable. Il fouillerait certainement les placards, la salle de bains et, de toute manière, il devinerait sa présence dès qu'il verrait le lit.

Elle sentit une odeur âcre, une odeur de cigarette, mais un tabac étranger, brun et fort. En entendant le déclic d'un interrupteur au pied de l'escalier, elle pressa le bouton d'alarme sans un instant d'hésitation et fut récompensée par un hurlement strident qui lui déchira les oreilles. Il eut apparemment le même effet sur l'intrus, car il cria : « *Coño !* » et s'élança vers la porte d'entrée.

En dépit du vacarme, elle poussa un soupir de soulagement. Le téléphone sonna. Elle décrocha et donna le numéro de code au gardien en espérant que c'était la procédure à suivre. La sirène s'arrêta. « Qui êtes-vous ? demanda le gardien.

— Mme Arthur Bannerman.

— Je n'ai pas de Mme Bannerman sur ma liste, dit-il après un court silence.

— Essayez Mlle Alexandra Walden.

— C'est bon, madame. Des ennuis ?

— Non, j'ai pressé le bouton par erreur. »

Elle lui souhaita bonne nuit et raccrocha.

Elle pensa un instant appeler Stern mais elle ne savait pas très bien quoi lui dire ni ce qu'il pouvait faire, et, de plus, elle avait un peu honte de lui avoir dissimulé les drames de son passé. Quant à Roth, il pourrait sans doute lui dire comment s'y prendre avec Booker, mais ni lui ni l'avocat ne seraient capables d'arrêter Robert s'il était décidé à révéler son histoire à la presse. Si seulement Arthur avait été là ! se dit-elle. Puis, couchée dans ce lit qu'elle avait partagé avec lui, il lui vint à l'esprit qu'il avait prévu une situation de ce genre et s'y était préparé.

Sans même prendre la peine de s'habiller, elle descendit à l'étage inférieur, chercha le carnet d'adresses d'Arthur dans le bureau que l'intrus avait passé au crible et composa le numéro de Baxter Troubridge.

L'appartement de Troubridge était vieux et immense. L'absence de style y était amplement compensée par l'abondance de l'ameublement. On aurait dit que les meubles de plusieurs demeures et générations s'y entassaient, au point qu'il était difficile de trouver un endroit où s'asseoir. Des portraits, probablement de ses ancêtres, couvraient les murs du sol au plafond ; il y avait des piles de livres sur les chaises ; d'innombrables services de porcelaine encombraient le plancher. On ne pouvait poser le regard nulle part sans qu'il rencontre des objets appartenant au passé de Troubridge qui, pour la plupart, disparaissaient sous la poussière.

Troubridge lui-même, quoiqu'il ne fût que 10 heures du matin, portait une veste de velours prune, un pantalon de flanelle grise au pli très marqué et des escarpins, de velours également, brodés aux armes de sa famille. Alexandra compta une dizaine de chats avant de renoncer à les dénombrer. A en juger par l'odeur, il y avait longtemps que personne n'avait pris la peine de nettoyer les litières éparpillées dans tout l'appartement.

« Pardonnez-moi de vous avoir appelé si tard hier soir, dit-elle.

— Ce n'est pas grave, je ne dors pas beaucoup. Et vous n'avez heureusement pas réveillé père.

— Père ? » Elle se demanda un instant s'il s'agissait d'un de ses chats ou si Troubridge était déjà ivre.

« Il dort mieux que moi, fit celui-ci d'un air sombre. Et il mange comme quatre. Mais, une fois qu'il est réveillé, il veut parler, et il n'est plus question de sommeil pour personne. »

Alexandra médita un instant sur sa réponse. « Quel âge a-t-il ?

— Quatre-vingt-dix-huit ans. Dieu merci, il dort pour l'instant. Une jeune femme jolie comme vous l'êtes réveille toujours ses pires instincts.

— Vous vous occupez de lui ?

— Oh ! Père n'est pas très dérangeant. Il est assez autonome. De plus, sa... euh... *fiancée** vit ici elle aussi. Ils se sont installés chez moi lorsque père a perdu sa maison à la suite de son dernier divorce. »

Alexandra le contempla avec stupéfaction en se demandant s'il se moquait d'elle, et conclut que non. « Quel âge a-t-elle ?

— Dieu seul le sait ! Je ne suis pas bon juge en la matière. Cinquante ans, peut-être. » Il se pencha vers elle, les yeux humides et l'air lugubre. « Ils le font toujours.

— Quoi donc ?

— L'amour. » On aurait dit qu'il allait fondre en larmes. « Moi, je ne peux plus depuis des années, mais ce vieux bouc s'en donne à cœur joie. Tous les jours. Il m'arrive de les entendre », ajouta-t-il en lui posant la main sur le genou.

Alexandra se recula. Les problèmes de Troubridge ne la concernaient pas, et ses besoins non plus. « Arthur m'a écrit une lettre avant sa mort, monsieur, dit-elle d'un ton ferme.

— Arthur ?

— Arthur Bannerman. Mon mari. Mon défunt mari, se corrigea-t-elle.

— Ah oui ! Vous portez une bien jolie robe.

— Merci. Il m'a dit de venir vous trouver si j'avais des ennuis avec Robert.

— Robert, répéta Troubridge en poussant un soupir. J'aime ce garçon, vous savez.

— Je n'en doute pas.

— Pour ne rien vous cacher, j'avais prévenu Arthur. Je lui avais dit qu'un homme de son âge ne devait pas épouser une jeune femme ! Entre nous, c'était ridicule. J'étais jaloux, c'est tout. J'aimerais pouvoir l'imiter. Je l'avais aussi averti que Robert ferait des difficultés, mais n'importe quel imbécile s'en serait douté.

— Qu'est-ce qu'Arthur voulait que je sache exactement ?

— Robert a beaucoup de qualités. Je n'ai jamais eu d'enfants.

— J'en suis désolée pour vous.

— Oh ! Ça n'en vaut pas la peine. Regardez Arthur. On ne peut pas dire qu'avoir des enfants l'ait rendu heureux.

— Je n'en suis pas certaine. Que voulait-il donc que je sache ? »

Troubridge haussa les épaules. « Je n'en sais fichtre rien !

— Il ne vous a rien dit ?

— Non. Il m'a donné quelque chose pour vous, c'est tout. "A utiliser avec précaution" : ce sont ses mots. Qu'est-ce que j'ai bien pu en faire ? »

Il se leva, déplaça des piles de papiers, des chats, des livres et des classeurs en grommelant au milieu des nuages de poussière. Alexandra entendit un curieux caquetage venu des profondeurs de l'appartement, une sorte de rire cassé suivi d'un gémissement rauque de femme. Le père de Troubridge et sa *fiancée** le « faisaient-ils » ? se demanda-t-elle.

« Ah ! Ah ! s'écria Troubridge qui revint d'un pas traînant, une enveloppe bulle à la main. Je savais bien que je l'avais, dit-il en la lui tendant avec cérémonie. Vous ne voudriez pas rester déjeuner, par hasard ?

— Je regrette, mais je ne peux pas.

— Un autre jour peut-être ?

— Peut-être. »

Troubridge hocha la tête d'un air triste comme s'il s'y était attendu. Puis il lui prit la main et s'inclina : « Arthur était mon meilleur ami », dit-il.

Il s'interrompit un instant, sans paraître remarquer les bruits étranges qui montaient du fond de l'appartement.

« J'ignore ce que contient cette enveloppe. J'ai peut-être une petite idée, mais je préfère ne rien savoir... Quoi que vous fassiez, Alexandra, soyez prudente. »

Il ouvrit la porte et attendit l'ascenseur avec elle, une courtoisie surannée qu'elle apprécia jusqu'à ce qu'au dernier instant, alors qu'elle allait pénétrer dans l'ascenseur, il lui pinçât énergiquement les fesses.

Lorsqu'elle se retourna, il avait disparu.

Elle ouvrit l'enveloppe dans le taxi et en examina le contenu. C'était un rapport d'accident établi par la police de l'Etat de New York. Aussitôt lus les premiers paragraphes, elle sut de quoi il s'agissait. Arthur lui avait raconté ce qu'il avait fait pour sauver Robert mais le rapport, rédigé dans un jargon administratif, donnait un aspect plus effrayant encore aux événements de cette nuit-là. Elle ne pouvait entièrement blâmer Robert, d'ailleurs. Elle savait ce que c'était de commettre un crime et de le dissimuler bien que, dans son cas, on s'en fût chargé à sa place. Elle avait néanmoins accepté passivement le scénario imaginé par le shérif Burton Grimm et sa mère et, plus tard, leur en avait su gré en dépit d'une certaine honte.

Qui pouvait comprendre mieux qu'elle les efforts désespérés de Robert pour se tirer d'affaire, son frère étant déjà mort ? Il avait dû lui falloir une certaine forme de courage — quoiqu'il y en ait sans doute de plus admirables — pour s'extraire du véhicule accidenté, placer le corps de John derrière le volant et se hisser jusqu'à la route afin de chercher de l'aide : conclusions auxquelles étaient d'ailleurs arrivés les enquêteurs après avoir examiné la voiture et le rapport d'autopsie. Robert conduisait et avait bouclé sa ceinture, ce qui lui avait indubitablement sauvé la vie ; John n'avait pas attaché la sienne. Ses blessures avaient convaincu la police qu'il ne pouvait être au volant.

Alexandra essaya d'imaginer la scène : la voiture dérapant et heurtant le break, le visage terrifié du conducteur et de sa fille, Robert comprenant que le choc était inévitable et, après l'accident, lorsqu'il s'était rendu compte que son frère était mort ou mourant, l'instant où il avait décidé de sauver sa carrière... et compris qu'il était enfin l'héritier de la fortune.

Elle se souvint de ce qu'elle avait éprouvé en contemplant le corps de son père affaissé contre un mur comme un animal abattu, la poitrine déchiquetée par les deux coups de feu qu'elle avait tirés...

Il lui était impossible de blâmer Robert. « Laissez les morts enterrer les morts », avait dit Burton Grimm, appelant comme tant de gens la Bible à la rescousse pour justifier ses actes. Et les morts supportent sans aucun doute beaucoup plus facilement le poids de la culpabilité que les vivants, si bien qu'il n'avaient peut-être pas eu tort.

Alexandra comprenait pourquoi ce document avait tant d'importance aux yeux de Robert. C'était son Chappaquiddick, l'instant de panique où il avait opté pour la solution de facilité et fait porter la responsabilité de trois morts à son frère. La presse serait ravie de le juger pour un accident survenu vingt ans auparavant ; des policiers à la retraite viendraient raconter à la télévision comment on les avait obligés à enterrer leur rapport ; des psychiatres commenteraient l'affaire dans « Nightline » et « 20/20 ». Ce serait la fin de sa carrière politique. Et sa famille ? En raison de la querelle qui avait précédé l'accident, les Bannerman avaient reproché la mort de John à Arthur et continuaient de le faire. Apprendre que Robert était au volant les bouleverserait certainement. Alexandra se demanda si Eleanor savait la vérité. Arthur la lui avait-il révélée ? Probablement pas.

Toutefois, si Robert était prêt à porter le fer à LaGrange — elle brûlait toujours de colère en pensant que Booker avait fouillé dans son passé, puis rusé pour obtenir confirmation de ses soupçons auprès de sa mère —, elle pourrait faire de même à Kiawa.

Elle fut tentée de prendre l'avis de Stern mais, à la réflexion, comprit que c'était impossible. Elle avait un secret de famille entre les mains et ne pouvait le confier à aucun étranger.

« Cette rencontre est parfaitement irrégulière, dit Booker qui paraissait pourtant plutôt content d'être là.

— Je sais.

— Et ce n'est probablement pas une bonne idée. En ce qui vous concerne, je veux dire.

— Je m'en moque peut-être. »

La nervosité de Booker était manifeste. Alexandra s'efforçait de maîtriser la sienne. Elle avait dû déployer beaucoup d'efforts pour le convaincre de venir. Il semblait avoir peur de croiser son regard et ne ressemblait pas à un avocat, mais plutôt à un adolescent timide devant une fille qu'il n'ose pas inviter.

« Je regrette que nous n'ayons pas eu l'occasion d'apprendre à nous connaître, dit-elle en lui souriant. J'aimerais savoir pourquoi vous êtes allé à LaGrange déranger ma mère alors que vous auriez pu vous adresser directement à moi, ajouta-t-elle d'un ton aussi aimable que possible. Je ne savais pas que les avocats jouaient les détectives privés. »

Booker rougit jusqu'aux oreilles. « Je ne jouais pas les détectives.

— Que faisiez-vous alors ?

— Des recherches pour compléter mon dossier.

— Je vois. Cela exigeait-il que vous fassiez irruption chez ma mère pour l'interroger ?

— J'aurais dû l'appeler avant, répondit Booker d'un ton contrit. Je suis vraiment navré.

— Je me demande ce qu'Arthur en aurait pensé ?

— Je n'en ai pas la moindre idée.

— Il était partisan de la franchise, de l'honnêteté. Je crois qu'il n'aurait pas apprécié que son avocat se transforme en espion.

— Ce n'était pas le cas.

— Vous a-t-il jamais demandé un travail de ce genre, monsieur Booker ?

— Appelez-moi Martin. Non. Jamais.

— Il avait une haute opinion de vous, monsieur Booker. Il vous considérait presque comme son beau-fils.

— Martin, s'il vous plaît. Ce que vous dites m'étonne beaucoup.

— Pourquoi ? Vous faisiez quasiment partie de la famille. Il vous voyait davantage que ses propres enfants.

— C'est vrai, mais je n'ai jamais remarqué les sentiments auxquels vous faites allusion.

— Arthur était un homme très réservé, Martin, dit-elle en souriant.

— Sans doute.

— Je crois qu'il regrettait de n'avoir jamais exprimé ce qu'il éprouvait envers vous et ses enfants. Cela faisait partie de ses préoccupations, voyez-vous.

— Je n'avais jamais envisagé les choses sous cet aspect.

— Eh bien, lui, oui. Ecoutez, vous travaillez pour Robert et je le comprends. Je peux me faire à l'idée d'affronter un tribunal, même si je dois perdre, mais pensez-vous qu'il soit honnête d'aller déterrer toutes sortes de ragots sur mon enfance? Quel rapport cela a-t-il avec le présent et qu'est-ce qui vous donne le droit de faire souffrir ma mère?

— Je ne veux aucun mal à votre mère, Alexandra, croyez-moi.

— Vraiment? Vous vous imaginez que révéler publiquement les circonstances de la mort de mon père ne lui fera pas de mal?»

Booker ne sut que répondre. Il contempla fixement ses chaussures, ôta ses lunettes, se frotta le menton. «Je crois que je sais ce qui est arrivé à votre père», murmura-t-il.

Elle le dévisagea, horrifiée. «Non, vous ne le savez pas!

— Je n'ai aucune preuve mais j'en suis assez sûr.»

Essayait-il de lui arracher la vérité? Prise de panique, elle essaya de deviner ce qu'il savait vraiment. Il lui suffit toutefois de le regarder pour comprendre qu'il ne bluffait pas. Son visage exprimait une sympathie sincère, et peut-être même davantage.

Elle lui avait toujours trouvé un côté enfantin, peut-être parce qu'il avait tant sacrifié de lui-même aux besoins de la famille Bannerman. Mais il paraissait plus âgé, à présent; il avait le visage marqué de rides et des cernes profonds sous les yeux. Il était plus séduisant que dans son souvenir et semblait très las.

« C'est une situation difficile pour moi, dit-il. J'aimerais que nous ne soyons pas dans des camps opposés...

— Est-il vraiment nécessaire que nous le soyons ?

— Je suis avocat. Je représente Robert et la famille. Un avocat ne devrait pas se prendre pour le Tout-Puissant, comme me l'a très justement fait remarquer le shérif Plass. Je regrette d'être allé à LaGrange. Dieu sait que je ne le souhaitais pas ! Mais puisque c'est fait, c'est fait.

— Et vous allez raconter à Robert des rumeurs et des ragots qu'il pourra utiliser contre moi ?

— Non, je ne crois pas, répondit-il en soupirant. Je préfère les faits aux on-dit. De toute façon, c'est pour parler de vous que je suis venu ici, et pas de cette satanée fortune.

— Cela ne vous regarde pas.

— Peut-être. Ecoutez, je ne cherche pas à vous tirer les vers du nez. Je ne crois pas que vous allez me raconter ce qui s'est passé et je ne le souhaite même pas. Je voulais simplement vous dire que vous êtes trop dure envers vous-même. J'y ai réfléchi pendant tout le trajet de retour. Je me moque de ce que pensent Plass, Grimm, ce gros bêta de Zuber ou même votre mère... quoique à mon avis elle partage mon point de vue.

— Certainement pas. Elle m'en tient pour responsable et le fera toujours. »

Elle ne pouvait lui mentir ni nier ce qu'il avait deviné.

« Vous vous trompez. Si vous étiez moins dévorée de culpabilité, vous vous en seriez aperçue depuis des années. Elle vous a pardonné. Elle ne vous a peut-être même jamais reproché quoi que ce soit, d'ailleurs. »

Alexandra dut faire un effort sur elle-même pour répondre.

« C'est possible. Je ne souhaite pas en parler.

— Nous allons pourtant le faire, dit Booker avec force. Vous êtes-vous confiée à Arthur ?

— Je voulais le faire. J'ai essayé...

— Il aurait probablement été d'accord avec moi. Quoi que vous en disiez, je pense qu'il ne m'aimait pas beaucoup. C'était reciproque, d'ailleurs, mais je lui reconnais une qualité : il était juste, surtout dans les affaires de famille, et on ne le choquait pas facilement. Si cela ne l'a pas empêché d'être un père exécrable, il en avait du moins conscience.

— J'ai essayé de lui en parler, mais le courage me manquait toujours... jusqu'à ce qu'il soit trop tard. »

Booker essuya ses lunettes, puis les remit. « Vous n'avez jamais pensé qu'il savait peut-être déjà ?

— Comment aurait-il pu l'apprendre ?

— Quelque chose m'a beaucoup intrigué à LaGrange. Quelqu'un y est passé avant moi alors que le vieux Grimm était encore en vie et *trois mois* avant qu'Arthur vous épouse. J'ai d'abord pensé qu'il s'agissait d'un journaliste mais, plus j'y réfléchissais, plus cela me paraissait absurde. Bref, j'ai invité Burt Grimm à boire quelques verres avec moi juste avant mon départ, et il m'a appris que l'inconnu en question avait l'air d'un homme de loi de Wall Street : costume anglais, chaussures de luxe, accent de Harvard, etc. Il ne m'a pas été très difficile de comprendre qu'il avait dépensé une grosse somme pour avoir le privilège de passer quelques heures en particulier avec le vieux et d'emporter un dossier. Ce qui expliquerait pourquoi Grimm qui a une clientèle presque inexistante roule dans une Mercedes neuve. Je vais vous dire ce que j'en pense : Arthur a deviné que la mort de votre père et peut-être aussi votre mariage avec Billy posaient des problèmes. Il a donc envoyé quelqu'un à LaGrange pour enquêter et lui rapporter les documents. A mon avis, il a toujours su et vous avait pardonné.

— C'est impossible.

— Pourquoi ? Il était perspicace et il vous aimait. Il a dû brûler le dossier de Grimm ainsi que bon nombre d'autres papiers. C'est sans doute pour cela que Burt Grimm était si certain que je ne trouverais rien au tribunal du comté... et craignait tant que je ne m'y rende et ne pose des questions embarrassantes sur la disparition de certains documents. J'approuve ce qu'Arthur a fait, à propos. »

Ils restèrent silencieux quelques instants. Elle n'avait pas besoin de l'absolution de Booker mais lui en était néanmoins reconnaissante. « Merci, dit-elle.

— Mais vous ne vous pardonnez quand même pas ?

— Non. Un jour peut-être. Vous êtes le premier à me dire que je devrais le faire.

— Je crois que si vous en aviez parlé à Arthur, il vous aurait dit la même chose.

— J'aurais aimé qu'il le fasse.

— Vous l'auriez cru ?

— Oui. J'avais confiance en lui, Martin. C'était le premier homme en qui je me sois vraiment fiée... depuis mon père.

— Et c'est pour cela que vous estimez devoir vous battre pour lui ?

— Oui.

— Je n'étais jamais venu dans cet appartement, dit Booker d'un air sombre. On a beau travailler des années pour les Bannerman, il y a toujours des choses qu'on ignore. Et je travaille pour eux, Alexandra.

— Je sais.

— Je me suis mis dans une situation impossible. Un conflit d'intérêts. Je devrais peut-être renoncer à cette affaire, quitter DeWitt. Je ne sais pas... C'est un gros sacrifice.

— Vous n'avez pas à le faire, Martin. Pas pour moi.

— Je ne pensais pas à vous. C'est une question de déontologie. Je pourrais être rayé de l'ordre des avocats à cause de cet entretien. » Il secoua la tête, comme consterné par sa propre stupidité.

« Je vous promets de n'en parler à personne.

— Quant à LaGrange, je ne sais vraiment pas quelle décision prendre.

— Agissez comme vous le jugerez bon, Martin. Si vous devez en parler à Robert, faites-le.

— C'est bien mon problème. J'aimerais... » Il s'interrompit, regarda sa montre et se leva.

« Vous aimeriez ?

— Eh bien, que nous ne soyons pas adversaires, déjà. »

Il lui serra la main et ramassa sa serviette. « Puis-je vous donner un conseil ? S'il y a... euh... d'autres petits problèmes dans votre passé, vous feriez bien de traiter avec les Bannerman tout de suite. Robert les découvrira tôt ou tard, avec ou sans mon aide. Fixez votre prix, signez et disparaissez.

— Il n'y a pas d'autres problèmes, Martin.

— J'avais entendu dire... Enfin, peu importe. »

Il s'immobilisa sur le seuil, l'air grave. « Si Arthur a agi comme je le pense, tenez-en compte, Alexandra. C'était un gage de son amour, le plus important qu'il pût vous donner peut-être. Qui l'aurait cru capable d'un geste aussi romantique ! »

Puis, cherchant son regard, il ajouta : « Lorsque tout sera réglé, nous pourrions peut-être apprendre à nous connaître un peu mieux et parler d'autre chose que de la fortune des Bannerman... Cela me plairait beaucoup, vous savez. »

Alexandra se dit que cela ne lui déplairait pas non plus. Plus elle voyait Booker, plus il lui inspirait de sympathie. Mais le conflit qui l'opposait aux Bannerman durerait sans doute des années — éternellement même, s'il fallait en croire Stern. Or, en dépit de l'affection manifeste que l'avocat avait pour elle, il était dans l'autre camp. « Peut-être, dit-elle en accordant à Booker, et à elle-même, un court moment d'espoir. Cela risque d'être long.

— Je suis très patient. Je vais prendre cela comme une expression d'optimisme prudent, si vous n'y voyez pas d'inconvénient.

— Non, aucun, répondit-elle en souriant.

— Parfait. Faites attention à vous, Alexandra. »

Dès qu'il fut parti, elle se mit à pleurer, comme si elle essayait de rattraper toutes les larmes qu'elle s'était obstinément refusée à verser à l'enterrement de son père et devant le cercueil d'Arthur.

Elle savait à présent combien celui-ci l'avait aimée. Elle ne le trahirait pas, quoi qu'il dût lui en coûter.

Booker fixait ses chaussures d'un air lugubre, évitant le regard de Robert. Pour la première fois de sa vie, il ne savait plus très bien de quel bord il était, et il en éprouvait une sorte de nausée. « Elle a apparemment mené une vie très banale, dit-il avec autant de fermeté qu'il le put.

— J'aurais dû envoyer quelqu'un d'autre.

— Il n'aurait rien trouvé de plus que moi, Robert. Rien d'important, en tout cas. »

Booker n'avait jamais menti à un client et

encore moins à un Bannerman. Il avait l'impression de jouer les funambules au-dessus des chutes du Niagara.

«Pas de petits amis?

— Si, le joueur vedette de l'équipe de foot du lycée. Je lui ai parlé. Un brave type. Et même si elle avait couché avec toute l'équipe, quelle différence cela ferait-il? Elle n'est pas candidate à la canonisation.

— Pas grand-chose à se mettre sous la dent, apparemment. Vous ne me cacheriez pas quelque chose, par hasard, mon vieux?

— Pourquoi le ferais-je? répondit Booker en espérant que son visage ne le trahissait pas.

— Je n'en ai aucune idée.

— Eh bien, ça n'est pas le cas.

— Je l'espère, jeta Robert d'un ton sec. Parlez-moi de ce bled. Comment s'appelle-t-il déjà? LaGrange?

— C'est une petite ville typique du Middle-west.

— Epargnez-moi les détails touristiques, Martin. Je ne compte pas la visiter.

— Ce que je voulais dire, c'est qu'il y a beaucoup de bruits qui courent comme dans toutes les petites villes. Tout le monde se connaît.

— Et quel genre de bruits court-il sur la belle Mlle Walden?

— Pas grand-chose. J'ai parlé à son petit copain de lycée, un type du nom de Zyber.

— Et?

— Ils se sont enfuis ensemble, semble-t-il.

— Ah! Ah! Une histoire de fesses. C'est déjà ça.

— Il ne s'agissait pas vraiment d'un scandale, Robert. Ils n'ont guère fait qu'une centaine de kilomètres avant que leurs parents les ramènent. Tout le monde a été bouleversé, mais sans véritable raison. C'était une escapade assez innocente.

— Quel âge avait-elle ?

— Dans les seize ans. L'âge où les mômes font ce genre de bêtises.

— Je ne savais pas que vous étiez psychologue à vos heures perdues. Continuez.

— Eh bien, peu après cet incident, son père est mort. Il s'est suicidé, en fait.

— Vous appelez ça une vie banale ? Comment s'est-il tué ?

— Un coup de fusil. Apparemment, il était abattu et irritable. Une personnalité de type dépressif.

— Vous abusez de ma patience, Martin. Lorsque je voudrai un cours de psychologie, je vous ferai signe, d'accord ? S'est-il tué parce qu'elle s'était enfuie ?

— Cela a peut-être joué, oui.

— Est-ce pour cette raison qu'elle ne retourne plus chez elle ?

— Je le pense. De mauvais souvenirs et un gros sentiment de culpabilité. J'ai discuté avec sa mère. Alexandra a été bouleversée par la mort de son père mais elle est apparemment la seule à s'en considérer responsable. J'ai fait quelques recherches ; rien qui puisse vous servir, à mon avis.

— Zut ! J'espérais mieux que ça. Vous avez vu les journaux ?

— La plupart d'entre eux.

— Affligeant, vous ne trouvez pas ? Nous faisons la couverture de tous les canards du pays. Même celle du *New York Times*, bon Dieu ! Nous ne pourrons pas éternellement nous refuser à tout commentaire. Ted Koppel voulait que je passe à « Nightline » ; des journalistes campent devant mon immeuble et deux personnes au moins se proposent d'écrire un livre sur le sujet. Le Président m'a appelé, au fait.

— Le président des Etats-Unis ?

— Naturellement, Martin ! Vous en connaissez un autre ? Grâce à nous, la crise du budget ne fait pas la première page, et il tenait à m'en remercier ! Nous avons un remarquable comédien à la Maison-Blanche. Même ce sale hypocrite de Beau Randolph m'a téléphoné. Comme s'il faisait encore partie de la famille ! Dire que ce crétin d'acteur qui n'a pas deux sous de cervelle brigue le poste de gouverneur de Californie ! Et il a des chances de gagner, en plus ! Merde !

— Comment Eleanor prend-elle la situation ?

— Ne vous inquiétez donc pas pour elle. Essayez plutôt de vous préoccuper de moi. Sans même parler du contrôle de la fortune, quelle chance va-t-il me rester d'obtenir l'investiture avec tout ce tapage ? C'est moi qui suis dans les ennuis jusqu'au cou, et vous ne pensez qu'aux états d'âme d'Eleanor !

— Et Alexandra ? Que fait-elle ?

— Par bonheur, elle n'a encore rien dit aux journalistes. Elle a disparu, en fait, mais le mystère ne fait qu'attiser leur curiosité. J'ai appris quelques détails intéressants sur sa vie à New York, à propos. Très intéressants. Bien sûr, si nous nous mettons à la couvrir de boue, il risque d'y avoir des retours de bâton. » Il éclata de rire, le rire tonitruant des Bannerman. « Voilà une métaphore incohérente bien digne d'un homme politique ! Je dois commencer à perdre les pédales.

— Quel genre de détails ?

— Avez-vous déjà entendu parler de Brooke Cabot ?

— Non. Je devrais ?

— Brooke est une mère maquerelle assez spéciale.

— Spéciale ?
— Je ne veux pas dire qu'elle se charge de satisfaire des goûts particuliers, quoiqu'elle le fasse certainement, dans les limites du raisonnable. Ce qu'elle a de particulier, c'est qu'elle appartient à la famille des Cabot, une vraie descendante des puritains avec un arbre généalogique assez long pour contenter même ce vieil imbécile de Baxter Troubridge. Cici et elle ont fréquenté la même école, d'ailleurs. Avoir une bonne éducation et pas d'argent est une triste situation, et c'est précisément le problème de cette pauvre Brooke. Je la connais depuis des années. Bref, il y a un ou deux jours, elle m'a téléphoné. Or ce n'est pas le genre de femme à appeler pour parler de la pluie et du beau temps, pas à moi en tout cas. Elle ne démarche pas non plus ses clients par téléphone. Elle m'a dit qu'elle désirait me voir pour une affaire qui pourrait nous être "mutuellement profitable", pour la citer. A mon avis, elle sait quelque chose sur notre Mlle Walden.
— Oh non ! C'est impossible », s'exclama Booker, manifestement choqué.
Robert parut amusé de sa réaction. « Cela ne me surprendrait pas le moins du monde. Vous êtes un naïf, Martin. Un avocat ne peut pas se permettre d'être bégueule. Je peux vous dire qu'il y a quantité de femmes très respectables qui se sont livrées à ce genre d'activités. Je ne parle pas de prostitution au sens strict du mot, bien entendu, quoique cela existe aussi. Les jeunes femmes qui travaillent pour Brooke sont très convenables à tous points de vue, leur gagne-pain excepté. Mais, après tout, on pourrait dire exactement la même chose des banquiers et de presque toutes les personnalités de Wall Street.
— On dirait que vous l'admirez.
— C'est le cas. Si mes soupçons sont exacts,

c'est ce que j'aurai appris de plus positif sur elle jusqu'à présent. Je ne suis pas un homme moral, Martin, comme vous avez peut-être eu l'occasion de vous en rendre compte. Je réserve cela pour mes discours politiques car, là, on attend de vous une certaine dose d'hypocrisie. Je serais soulagé de savoir qu'Alexandra Walden partage ma conception de la moralité. Si elle ne me tenait pas à la gorge, elle aurait droit à toute ma sympathie. Vous vous sentez bien? demanda-t-il en dévisageant Booker avec attention.

— Très bien. Pourquoi?

— Vous avez l'air un peu secoué. Seriez-vous tombé sous le charme de la petite Walden, Martin?

— Absolument pas, répondit celui-ci, étonné de constater à quel point il était facile de mentir. Je n'aurais pas cru que c'était son genre, voilà tout.

— Mais si, et ça explique pas mal de choses, d'ailleurs: comment elle a fait la connaissance de père, par exemple. Quelqu'un va devoir rencontrer Brooke.

— Je suppose.

— Je pensais que vous pourriez aller la voir.

— Moi?

— Pourquoi pas?

— Je ne pense pas être la personne indiquée, Robert.

— Et pourquoi donc?

— Ce n'est pas le travail d'un avocat.

— Ah bon? A moins que vous n'ayez pas envie de découvrir la vérité? Vous avez fait un bide dans l'Illinois et, à présent, vous refusez de parler à quelqu'un qui a peut-être des renseignements importants à nous fournir. Dans quel camp êtes-vous donc, Martin?

— Le vôtre, vous le savez parfaitement.

— Non. N'essayez pas de me baiser, maître. J'ai assez d'influence pour veiller à ce qu'aucun cabinet new-yorkais digne de ce nom ne vous emploie. Vous pourriez fort bien finir votre carrière à vous occuper de litiges entre locataires et propriétaires du Bronx, si je le voulais. Ne l'oubliez surtout pas. »

Brooker s'épongea le front. « Tout ce que je voulais dire, c'était qu'il était peut-être préférable que vous la voyiez d'abord. Elle parlerait sans doute plus librement à quelqu'un qui n'est pas avocat. »

Robert prit un air songeur. « Vous n'avez pas tort, je n'avais pas pensé à cela. Mais je ne peux pas aller la voir ; c'est bien trop dangereux pour le candidat que je suis. Elle pourrait être sous le coup d'une enquête, suivie par les flics ou même avoir un micro sur elle. Vous savez quel emmerdeur est le procureur de Manhattan ! Je ne peux pas courir ce risque. »

Booker poussa un soupir. Aller voir Brooke Cabot ne présentait pas que des désavantages, après tout. Il saurait au moins s'il s'était trompé sur Alexandra depuis le début. En outre, depuis son voyage dans l'Illinois, elle lui inspirait une vive curiosité. Sa personnalité ressemblait à un puzzle dont il avait trouvé certaines pièces, mais pas assez pour avoir l'image d'ensemble. Il comprenait ce qui s'était passé avec son père, mais pas ce qui lui était arrivé depuis ni ce qui l'avait conduite jusqu'à Arthur Bannerman. « J'irai, fit-il.

— Naturellement, et le plus vite possible. Appelez-la tout de suite. » Robert alluma une cigarette et le regarda d'un air sombre. « Il y a autre chose, dit-il. Je voudrais que vous examiniez les dossiers de père et regardiez si vous trouvez une liste de ses coffres en banque.

— A ma connaissance, il n'en avait aucun. Il détestait les banques.

— Je cherche quelque chose. J'ai passé ses deux appartements au peigne fin et fouillé Kiawa. J'ai même demandé à l'archiviste du bureau familial d'éplucher ses papiers, mais sans résultat.

— Si je ne sais pas de quoi il s'agit, je ne peux pas vous aider.

— C'est un document, fit Robert d'un ton sec. Un rapport d'accident établi par la police de l'Etat de New York en novembre 1967 », ajouta-t-il après un instant d'hésitation.

Booker reconnut la date de la mort de John Bannerman, mais se garda d'en faire la remarque. « Un rapport de police ? demanda-t-il.

— Exact. Père vous en a parlé ?

— Non, jamais. Je l'ai interrogé une fois sur John, et il a détourné la conversation. Qu'y a-t-il dans ce rapport ?

— Peu vous importe. Il doit être dans une enveloppe scellée portant la mention "Confidentiel" ou peut-être mon nom. Son intérêt est... euh... purement historique. Si vous trouvez quoi que ce soit qui y ressemble, apportez-le-moi immédiatement sans l'ouvrir.

— C'est peut-être DeWitt qui l'a.

— Non, DeWitt est la dernière personne à qui père l'aurait confié.

— Je chercherai mais cela risque d'être long.

— C'est important, Martin.

— Un rapport d'accident ? Pourquoi ?

— Essayez de le trouver, c'est tout. D'accord ?

— Il est possible que Mlle Walden possède quelques-uns de ses papiers, vous savez... » Il s'interrompit, frappé par l'expression de Robert, une expression qu'il ne lui avait encore jamais vue. Il avait pâli sous son bronzage et, pendant un court instant, il parut effrayé, presque terrifié.

Puis, visiblement au prix d'un gros effort sur lui-même, il se reprit et tira sur sa cigarette en inhalant profondément. « Non, fit-il avec un rire sans joie. Je ne crois pas que père aurait fait ça. C'est une affaire de famille, Martin. Il ne s'en serait pas ouvert à quelqu'un d'extérieur. »

Booker se dit que pour Arthur Bannerman, Alexandra faisait partie de la famille, qu'il avait même davantage confiance en elle qu'en Robert, mais il jugea prudent de garder ses réflexions pour lui.

« C'est si aimable à vous de venir me voir », dit Brooke à Alexandra.

En dépit de sa taille, Brooke était frêle comme un oiseau ; ses membres étaient si déliés et si fins qu'il semblait miraculeux qu'elle arrive à marcher. Qu'elle eût réussi à conserver des chevilles aussi délicates et parfaites après une enfance passée dans des pensionnats chics où elle avait joué au hockey, pratiqué l'équitation et la gymnastique tenait du mystère génétique. Aussi admirablement modelés que la porcelaine ancienne, ses os paraissaient également en avoir la fragilité. Elle avait des yeux couleur de jade un peu trop rapprochés et le regard perçant. Elle n'était pas belle : son nez droit et ses lèvres minces donnaient à ses traits une sévérité puritaine qu'elle accentuait en coupant ses cheveux blonds très court, presque comme un homme.

« Je comptais vous appeler depuis notre dernière rencontre », commença Alexandra.

Brooke découvrit de petites dents parfaites en un semblant de sourire. « Je suis contente que vous vous soyez enfin décidée à le faire.

— J'ai été très occupée.

— Apparemment. Mais on ne devrait jamais

l'être au point d'oublier ses vieilles amies, vous ne croyez pas ?

— Nous n'étions pas amies.

— C'était un simple malentendu, Alexa. Je me suis peut-être un peu emportée, je le reconnais. Et vous aussi. Mais je ne suis pas rancunière. »

Alexandra lui rendit son sourire pour indiquer qu'elle aussi était capable de pardonner et d'oublier — quoique, en réalité, elle aurait préféré se réconcilier avec un serpent à sonnettes qu'avec Brooke Cabot. Après tout, il y avait entre elles plus qu'un simple malentendu ou une petite brouille. En dépit de ses bonnes manières et de ses gants blancs, Brooke dirigeait ses affaires d'une main de fer, et elle avait adressé toutes sortes de menaces à Alexandra lorsqu'elle était partie — des menaces qu'elle avait prises et prenait toujours au sérieux.

Brooke était froide, autoritaire et si distinguée que les doutes qu'Alexandra avait nourris sur le travail qu'elle lui proposait lui avaient paru non seulement déraisonnables mais carrément honteux. Le bureau de Brooke ressemblait à une agence pour l'emploi de grande classe ; une réceptionniste maternelle vous y accueillait dans une salle d'attente élégante où s'alignaient des rangées impressionnantes de classeurs, tous vides comme Alexandra devait le découvrir par la suite, car Brooke estimait peu sage de conserver des dossiers là où n'importe qui pouvait s'en emparer.

Alexandra avait travaillé quelque temps comme « accompagnatrice » lorsqu'elle s'était aperçue que son travail de mannequin ne lui rapportait pas assez d'argent pour lui permettre de payer l'appartement qu'elle partageait avec une autre fille. Une de ses connaissances le lui avait suggéré, et elle avait hésité pendant des semaines jusqu'à ce qu'elle n'eût plus le choix qu'entre cette possibilité et rentrer à LaGrange. Elle avait alors mis ses vêtements les plus convenables — jupe plissée, chemisier et veste en tweed ; le genre de tenue qu'elle aurait pu porter pour aller passer le week-end dans une propriété de campagne si l'occasion s'en était jamais présentée — et elle avait monté les deux étages qui conduisaient au bureau de Brooke.

Celle-ci parlait de son métier comme d'un service d'aide sociale ; il s'agissait de secourir les pauvres riches esseulés, de les arracher à la solitude de leur suite d'hôtel ou de leur appartement de peur qu'ils ne se mettent à boire ou regarder des films pornographiques à la télévision, au détriment de leur santé physique et morale. Après tout, quel mal y avait-il à dîner avec des messieurs charmants et bien élevés de Tokyo, Dubai ou Fort Worth ? Les hommes n'aiment pas sortir seuls, c'est bien connu, et Brooke fournissait des accompagnatrices triées sur le volet à une clientèle tout aussi choisie. Elle insistait effectivement sur le fait qu'elle sélectionnait ses clients avec autant de soin que ses employées, ne les acceptait que sur recommandation d'au moins deux autres personnes et uniquement après un entretien qu'elle menait elle-même. « Nos clients savent qu'ils ont affaire à un service d'*accompagnatrices,* avait-elle dit à Alexandra d'un ton ferme en la regardant droit dans les yeux. Rien de plus, rien de moins. »

Il y avait eu beaucoup plus. Comme Alexandra s'en était aperçue, travailler pour Brooke revenait à pénétrer dans un de ces pièges pour animaux sans issue. Outre son charme, celle-ci avait le don d'exploiter vos moindres faiblesses, la curieuse habitude de faire appel à votre loyauté même lorsque vous en étiez dépourvu et une habileté de femme du monde pour vous ridiculiser à vos propres yeux comme à ceux des autres lorsque vous osiez vous opposer à elle ou simplement la mettre en question.

Alexandra avait eu peur d'elle, et elle avait encore davantage à redouter maintenant. Elle dévisagea Brooke qui, sourire aimable et regard froid, posait devant une véritable galerie d'ancêtres et se rappela qu'elle était, elle, la veuve d'Arthur Aldon Bannerman. Il lui avait appris à regarder le reste du monde en face. Un Bannerman joue toujours cartes sur table, disait-il, et n'était-elle pas une Bannerman par alliance?

« Je ne vous en veux pas non plus, dit-elle d'un ton ferme. Vous m'aviez avertie que, si je vous quittais, je le regretterais. Ça n'a pas été le cas jusqu'à présent. Il me semble me souvenir que vous vous étiez promis de me détruire si je n'agissais pas selon vos désirs. Je vous cite assez exactement, je crois.

— Je ne me rappelle pas avoir dit quoi que ce soit de ce genre, Alexa. Cela ne me ressemble pas du tout.

— En ce cas, vous avez une mémoire très sélective. Peu importe le passé, d'ailleurs. C'est le présent qui m'intéresse.

— Je ne vois pas de quoi vous voulez parler.

— Je pense que si. Je pense que vous vous préparez à vendre ce que vous savez sur moi au plus offrant, c'est-à-dire à Robert Bannerman, je suppose. Ou à la presse, peut-être? Mais cela m'étonnerait. Juste quelques mots à Robert ou même une simple allusion. Quel service vous rendrait-il en échange, je me le demande?

— Vous avez une tournure d'esprit fort déplaisante, Alexa. Je suis choquée.

— J'en doute. Si les journalistes apprenaient que j'avais travaillé pour vous, nous ferions toutes les deux la une des journaux. Comme vous ne le souhaitez certainement pas, il ne reste que Robert.

— Je n'ai rien à cacher ni à gagner. J'ai vendu cette affaire depuis longtemps. J'ai gardé les dossiers de quelques personnes qui travaillaient pour moi, bien sûr. Simple précaution.

— Je vois. J'ai pourtant entendu dire que vous étiez toujours en activité.

— J'ai investi dans quelques sociétés d'un genre tout différent, en effet. Cela ne vous regarde pas.

— Qui sait? Vous avez toujours été plus douée que moi en affaires. Ce joli petit immeuble que vous louez sur la 53e Rue Est, par exemple — deux étages et un bureau au rez-de-chaussée... vous l'avez eu pour une bouchée de pain.»

Brooke sourit, sans montrer ses dents cette fois, un sourire à vous glacer le sang. «Je ne sais pas de quoi vous parlez.»

Alexandra sortit un papier de son sac. Elle avait demandé une faveur à Roth et il la lui avait rendue. «Il est équipé d'un nombre de lignes téléphoniques impressionnant. Vous ne vous occuperiez pas d'une de ses lignes roses, par hasard? Cela expliquerait pourquoi la société s'appelle "La Prière exaucée", je suppose. Déménager tout cet équipement vous reviendrait très cher, je crois. Sans compter que vous ne trouveriez jamais un pareil espace et un endroit aussi discret au même prix. Les loyers sont si inabordables de nos jours!

— Je ne vois pas où vous voulez en venir.

— Je tenais simplement à vous prévenir que vous aviez un nouveau propriétaire.

— Je ne comprends pas.

— Vos anciens propriétaires viennent de vendre.

— A qui ? »

Alexandra lut la note de David Roth. « A la société immobilière Dovidel, dit-elle.

— Dovidel ? fit Brooke en haussant un sourcil parfaitement épilé. Quel nom bizarre ! Je ne vois pas en quoi cela me concerne. Les immeubles ne cessent de changer de mains. Mon bail est solide.

— Vous en êtes sûre ? A la troisième page, en petits caractères, il y a une clause précisant que le bail peut être résilié en cas d'utilisation "illégale ou immorale", des locaux. Je ne sais pas quel arrangement vous aviez avec le précédent propriétaire, mais son successeur verra peut-être les choses différemment.

— Et qui est ce nouveau propriétaire ?

— Disons qu'il est de mes amis.

— Je vois. » Le visage de Brooke exprima toute une gamme d'émotions dont aucune n'était particulièrement aimable. Elle se décida finalement pour un petit sourire de sainte. « Vous avez toujours été plus intelligente qu'il n'y paraissait, dit-elle. J'aurais dû m'en souvenir. C'est pour cela que votre départ m'a tant contrariée. Si je vous comprends bien, vous me menacez d'expulsion.

— Je ne vous menace absolument pas. Je vous propose simplement un marché.

— C'est ce que disent tous ceux qui prononcent des menaces, Alexa. Savez-vous que je vous aimerais bien davantage si vous le faisiez ouvertement ? Enfin, peu importe. Que dois-je faire pour que vous ne m'obligiez pas à fermer boutique ?

— Ne dites rien à Robert Bannerman ni à qui que ce soit d'autre. »

Brooke acquiesça. Elle était réaliste. On l'avait accusée de beaucoup de choses, mais jamais de ne pas savoir veiller sur ses intérêts. « J'ai rendez-vous avec un avocat de Robert, un nommé Booker.

A mon avis, il vaut mieux que je ne l'annule pas. Il serait capable de m'envoyer quelqu'un d'autre qui pourrait se révéler plus difficilement maniable. Je dirai à ce Booker qu'on l'a mal informé.

— Booker ! » s'exclama Alexandra, bouleversée. Elle n'avait pas le talent de Brooke pour dissimuler ses sentiments. La nouvelle trahison de l'avocat la consternait, car elle l'avait cru sincère, mais elle se reprochait aussi d'avoir été assez crédule pour penser qu'il lui disait la vérité. Elle s'était laissée aller à lui révéler ce qu'elle n'avait jamais confié à personne, pas même à Simon, et voilà que le jour même il se chargeait de nouveau des basses besognes de Robert Bannerman, cette fois auprès de Brooke Cabot.

Elle en éprouvait une telle rage qu'elle pensa un instant vomir. Booker lui avait plu, l'affection timide qu'il lui avait paru avoir pour elle l'avait touchée. Ne pouvait-elle donc se fier à personne ? Ce n'était pourtant pas beaucoup demander. Si, il y avait toujours Arthur, se dit-elle. Cela étant, elle n'avait d'autre choix que de se battre seule pour exécuter ses volontés. Au prix d'un effort sur elle-même, elle reporta son attention sur Brooke qui paraissait terrifiée.

« Vous vous sentez bien ? » demanda celle-ci d'un ton inquiet.

Alexandra prit une profonde inspiration et compta jusqu'à dix.

« Bien sûr, répondit-elle avec autant de calme qu'elle en était capable. Pourquoi ?

— Votre expression... Vous aviez l'air si furieuse. Je ne dirai rien à Booker, je vous le promets. »

Alexandra hocha la tête. Les promesses de Brooke ne valaient sans doute pas grand-chose mais, si elle lui avait fait peur sans le vouloir, il y avait de grandes chances pour qu'elle se taise.

« Je compte sur vous pour veiller à ce que je n'aie pas d'ennuis avec votre M. Dovidel, n'est-ce pas ?

— Je m'en occuperai.

— Merci. Au fait, je plaisantais au déjeuner de Hugo : Arthur Bannerman n'a jamais été un de mes clients.

— Je le savais », répondit Alexandra avec froideur.

Ce n'était pas la première fois que Booker essuyait la colère de Robert ; son brusque accès de rage le déroutait toutefois, car celui-ci parvenait en général à dissimuler ses sentiments sous des sarcasmes polis. Or il avait les mains tremblantes, le visage empourpré et toute sa personne respirait la violence.

« Elle n'a rien dit ! hurla-t-il. Comment osez-vous revenir ici bredouille ! »

Le visage déformé par la colère, il faisait face à Booker qui pensa un instant qu'il allait se jeter sur lui. Son instinct lui commandait de battre lentement en retraite comme devant un fauve, mais il ne bougea pas. Brooke Cabot s'était montrée polie et confondue en excuses. Elle avait connu Alexandra quelques années plus tôt, avait entendu quelques ragots à son sujet, des amitiés avec des hommes âgés mais, renseignements pris, ces rumeurs s'étaient révélées fausses ou exagérées. Le soulagement de Booker avait été tel qu'il n'avait pas pensé à la réaction de Robert. A son étonnement, d'ailleurs, ses attachements contradictoires lui donnaient une sorte de courage lucide. « Rien », répéta-t-il d'un ton ferme en s'attendant à recevoir une volée de coups dans la minute qui suivait.

Il y eut un court silence, puis Robert lança son verre avec violence. Booker se baissa, pensant être la cible, mais, avec la précision d'un athlète,

Robert avait en fait visé un miroir d'époque qui se fracassa sous le choc ; des éclats de verre volèrent à travers la pièce. Booker se dit que, si l'un d'eux avait atteint sa veine jugulaire, il serait probablement en train de se vider de son sang sur le précieux tapis d'Aubusson, puis que le miroir valait sans doute l'équivalent de plusieurs années de son salaire.

Il entendit un son étrange et se rendit compte que c'était le rire de Robert. « Si vous voyiez votre tête ! »

Booker se passa la main sur le visage, s'attendant à y trouver du sang.

« Non, non, je parlais de votre expression, Martin, fit Robert d'un ton enjoué. Elle vaut largement ce que ce fichu machin a dû coûter, je vous assure. »

Booker n'avait jamais autant haï un homme. Robert sourit, s'excusa, lui servit un verre, débarrassa le divan de quelques éclats de verre et s'assit en croisant les jambes avec désinvolture comme si rien ne s'était passé. « Quelqu'un a vu Brooke avant vous, dit-il. J'en suis sûr.

— D'où tenez-vous cette certitude ?

— De ma profonde connaissance de la nature humaine. Enfin, c'est ma faute, j'ai été trop lent. Si j'y étais allé moi-même, je lui aurais peut-être arraché la vérité. Cela aurait été risqué, politiquement parlant, mais peut-être payant. » Il alluma une cigarette. Ses mains ne tremblaient plus. Seuls les morceaux de verre éparpillés sur le tapis témoignaient encore de son accès de rage. Il paraissait de bonne humeur et en paix avec le monde. Booker se dit un court instant que Robert était fou, mais repoussa aussitôt cette idée. Il était simplement sous pression, et il était normal qu'il perde parfois son sang-froid.

«Que nous reste-t-il comme possibilités?» demanda Robert.

Booker qui n'avait rien d'un gros buveur, avala une grande rasade de scotch; il en éprouvait le besoin. «Essayer de parvenir à un accord ou contester le testament. Nous pourrions faire les deux, d'ailleurs: le contester et choisir le bon moment pour transiger.

— J'en parlerai à Eleanor. Pour ma part, je préférerais un procès s'il ne traîne pas trop en longueur. Elle se dégonflerait peut-être devant un tribunal.»

Booker acquiesça. Il était convaincu du contraire mais jugeait inutile de le dire.

«Quelles sont nos chances?

— Difficile à dire. Il y a des précédents.» Il ne précisa pas qu'ils n'étaient guère convaincants.

«Et les papiers que je vous ai demandé de trouver?

— Rien. J'ai pourtant organisé des recherches en règle.»

Robert éteignit sa cigarette et se leva. «Faites attention en partant, Martin, dit-il d'un ton aimable. Ne glissez pas sur le verre. Vous m'excuserez, mais j'ai un coup de téléphone à passer.»

Booker évita les éclats de verre avec précaution. Ce ne fut qu'une fois dans l'ascenseur qu'il se demanda qui Robert avait l'intention d'appeler.

«Je déteste l'odeur de ces satanées cigarettes», dit Robert.

L'homme qui était près de lui ne manifesta pourtant pas la moindre intention de l'éteindre. Il ne regardait pas Robert mais les lumières du pont de la 59e Rue, comme s'il contemplait le plus beau spectacle du monde. «Les Américains sont obsédés par la cigarette. Pourquoi?

— Vous ne lisez pas ? C'est mauvais pour la santé. J'aimerais pouvoir m'arrêter.

— Les Américains se préoccupent trop de leur santé, je trouve. Le cancer ? C'est une maladie de vieux. Dans mon pays, comme personne ne compte vieillir, tout le monde fume. » Il avait un accent espagnol, une voix douce et grave, et parlait comme si chaque mot pesait lourd et ne devait être prononcé qu'après mûre réflexion.

« La santé mise à part, c'est de bonne politique. Je ne fume plus en public. De nos jours, une cigarette coûte plus de votes qu'un adultère.

— Les Américains se préoccupent trop de ça aussi. Un leader devrait avoir beaucoup de maîtresses pour montrer son pouvoir. J'ai vécu ici vingt-cinq ans, et je ne comprends toujours rien à la politique américaine.

— Je crois pourtant me souvenir que vous avez contribué à y apporter quelques changements. »

L'homme eut un rire rauque. « Quels changements ? Castro est toujours à La Havane et, moi, toujours à Miami. Vos présidents changent mais, pour les Cubains, c'est toujours la même chose. Vous combattez le communisme en Angola, au Nicaragua et au Viêt-nam, vous donnez des armes aux résistants afghans et aux Israéliens mais, à nous, *nada*. Nous pouvons aller nous faire foutre ! Peut-être aurait-il fallu que nous naissions juifs pour avoir droit aux chasseurs F16 et aux roquettes antichars dernier modèle.

— Je ne suis pas indifférent à votre cause, Ramirez. »

Celui-ci poussa un soupir, éteignit sa cigarette et en alluma une autre. « Qu'est-ce que ça veut dire, "pas indifférent" ? C'est du blabla de diplomate. Kenn-ii-dii n'était pas "indifférent" lui non plus, dit-il en prononçant ce nom avec lenteur et d'un ton venimeux. Pareil pour Johnson, Nixon,

Ford, Reagan et même ce *cabrón* de Carter. Pourtant, Castro continue à faire des discours à La Havane et nos gars se font arrêter par vos agents fédéraux chaque fois qu'ils essaient d'acheter des fusils.

— Vous pouvez difficilement reprocher à Nixon de vous en avoir voulu après le Watergate.

— C'était sa faute, pas la nôtre. On a chargé mes hommes d'effectuer un cambriolage, et ils ont fait du travail soigné. Qui aurait pu se douter que les types de la Maison Blanche n'auraient ni l'intelligence de neutraliser la police de Washington ni le cran de leur faire quitter le pays quand ça a mal tourné ? Des amateurs ! s'exclama-t-il avec mépris. Des rigolos ! Un complot, c'est du sérieux, pas une partie de base-ball qu'on peut annuler pour cause de pluie. »

Il sourit, découvrant des dents blanches, alignées comme des soldats à la parade, qui scintillèrent sous son épaisse moustache noire. « Pour en revenir à la fille, dit-il. Je l'ai observée. Une tâche plutôt agréable, d'ailleurs.

— Oui, en effet.

— Comme vous le savez, nous avons mis son téléphone et celui du *señor* Wolff sur écoute. Vous avez les enregistrements.

— Oui, rien de très excitant.

— Ça, nous n'y sommes pour rien, Excellence. Vous nous demandez de capter ses communications, on vous le fait. Ce qu'elle raconte au téléphone ne dépend pas de nous. C'est comme à la pêche, on attrape une épinoche, un requin ou rien du tout. »

Robert approuva de la tête. Il se gardait de tout commentaire sarcastique avec Ramirez, d'abord parce que celui-ci connaissait son métier à fond et savait de quoi il parlait, ensuite parce que c'était un homme dangereux — et pas uniquement en raison de son tempérament latin. Même parmi les professionnels du danger les plus endurcis, les types payés par la CIA pour accomplir des missions clandestines au Nicaragua, les tueurs qui perpétraient des assassinats « politiques » au Salvador, les mystérieux contre-terroristes que rien ne différenciait des terroristes (et qui travaillaient souvent pour l'un et l'autre camp), Ramirez passait pour ressembler à une grenade dégoupillée. On disait que ses bandes de tueurs opéraient toujours à Cuba, qu'il était l'homme qui avait contacté Lee Harvey Oswald pour le meurtre de Kennedy — quant à savoir pour le compte de qui, c'était un sujet sur lequel on ne murmurait même pas. Il y avait aussi des gens pour jurer qu'on l'avait vu penché sur le corps d'Allende, un revolver à la main, peu après l'assassinat.

Il avait une réputation si redoutable qu'on se risquait rarement à l'employer et, de l'avis de nombreux hommes politiques, c'était la décision prise par Robert de l'engager lors de la première campagne présidentielle de son père qui avait coûté la Maison-Blanche à celui-ci. Ramirez et ses complices avaient intercepté des communications téléphoniques, coupé l'air conditionné dans la suite de Hugh Scott, crevé les pneus de la limousine de Nixon afin qu'il arrive en retard à un meeting important, payé des prostituées pour séduire certains délégués afin de les filmer et de les faire chanter. Ils passaient également pour avoir mis du LSD dans le punch servi au quartier général de Stassen.

Grâce à Robert, Ramirez avait touché plus d'un million de dollars, pris sur les fonds électoraux d'Arthur Bannerman. Ses activités lui avaient en outre valu de retenir l'attention de l'équipe de Nixon et, par suite, de jouer un rôle majeur dans les cambriolages d'Ellsberg et du Watergate ainsi que dans l'incendie manqué de l'institut Brookings. Quoiqu'il y eût peu de place pour la gratitude dans le cœur endurci de Ramirez, il avait un petit faible pour Robert qui lui avait remis le pied à l'étrier et, pourvu que celui-ci y mît le prix, il était prêt à lui rendre tous les services, ou plutôt à s'arranger pour qu'on les lui rendît, car il tenait désormais davantage de l'entrepreneur que du simple exécutant. Grâce à une réussite dans la plus pure tradition américaine, il possédait en effet une agence immobilière à Miami, plusieurs restaurants dans la partie cubaine de cette ville, une demi-douzaine d'immeubles de bureaux, un motel prospère, et une compagnie d'aviation spécialisée dans la location d'appareils faisant la navette entre les Etats-Unis et la Colombie. Il envisageait à présent l'acquisition d'une petite banque à Fort Lauderdale et supposait — à juste titre — qu'un mot de recommandation de Robert à la commission bancaire de Floride ferait merveille.

« J'ai fouillé son appartement, poursuivit-il.

— Et ? »

Ramirez sourit de nouveau, comme s'il venait de retrouver un vieil ami. « Elle a des goûts raffinés en matière de lingerie. Cet érotisme caché des Américaines m'a toujours intéressé. Dans mon pays, tout est extérieur, vous comprenez. En raison du climat, les femmes dénudent leurs épaules, portent des robes moulantes, etc. : il n'y a pas grand-chose de dissimulé. Mais ici, on ne sait jamais ce qui se passe sous les imperméables et les pulls. Derrière la façade puritaine, il y a toutes ces fantaisies de nylon et de dentelle. C'est fascinant, je trouve. »

Robert n'avait guère envie d'entendre Ramirez disserter sur les femmes américaines en pleine nuit et sur un terrain de jeux en bordure de l'East

River. « Et le document ? demanda-t-il avec brusquerie.
— Introuvable, fit Ramirez d'un ton enjoué. Je vous avais bien dit qu'il y avait une chance sur cent, ajouta-t-il avec un petit rire satisfait.
— Vous êtes sûr de vous ? »
Quoique froissé, Ramirez sourit pour indiquer qu'il était disposé à pardonner à Robert ce qu'il n'aurait pardonné à personne d'autre. « Je suis un professionnel, Excellence. Je peux vous dire que cette jeune femme prend la pilule, porte des soutiens-gorge taille 85 B, a environ six mille dollars sur son compte chèque et un permis de conduire périmé établi dans l'Illinois, mais je n'ai trouvé aucun document.
— Excusez-moi.
— Les excuses ne sont pas nécessaires entre amis », fit Ramirez d'un ton qui suggérait que Robert n'appartenait peut-être pas au genre d'amis qu'il avait en tête. « Que faisons-nous maintenant ?
— Nous continuons à chercher.
— Et si nous ne trouvons rien ?
— Je n'en sais rien, bon Dieu ! Ce dégonflé de Booker a complètement merdé, et le temps presse.
— Vous devriez l'épouser, Excellence, vous n'auriez plus de problèmes. »
Robert eut un rire amer. « J'y ai pensé, bien entendu, quoique je ne sois même pas sûr que ce soit légal... Dieu sait que j'ai fait de mon mieux pour l'amadouer ! Mais elle est têtue comme une mule... Non, il faut que vous trouviez ce document, il n'y a pas d'autre solution. » Il alluma une cigarette et jeta l'allumette dans le bac à sable, sous le regard désapprobateur de Ramirez. « Si vous n'y parvenez pas, il ne vous restera plus qu'à la liquider », conclut-il en riant.

Ramirez, lui, ne rit pas.

Alexandra ne s'attendait pas à joindre Eleanor Bannerman au téléphone facilement, et elle ne fut pas déçue. Une succession de domestiques lui répondit qu'elle n'était «pas libre» pour des raisons diverses.

Elle laissa son numéro et patienta. Une heure plus tard, elle se dit qu'elle perdait son temps. Fallait-il qu'elle loue une voiture, gagne Kiawa et affronte Mme Bannerman ? Cette perspective ne la réjouissait pas, mais c'était peut-être la seule solution. Toutefois, si la vieille dame refusait de lui parler au téléphone, il y avait peu de chances qu'elle consente à la recevoir.

La sonnerie du téléphone la fit sursauter. Elle souleva le combiné, espérant à demi que ce fût quelqu'un d'autre, mais la voix cassante de son interlocutrice, son ton plein de vertueuse indignation ne lui laissèrent aucun doute.

«J'ai cru comprendre que vous désiriez me parler, dit Eleanor.

— Il le faut.» Alexandra s'efforça de rivaliser de fermeté avec Mme Bannerman, mais sans succès. «C'est important pour nous deux, ajouta-t-elle.

— Maintenant que, grâce à vous, le prétendu mariage d'Arthur est connu de tous, communiquer par l'intermédiaire de nos avocats me semble plus opportun.

— Je pense que ce n'est pas souhaitable, madame. Cela concerne Robert.

— Alors pourquoi ne pas vous adresser à lui ? Il est majeur.

— Je ne peux pas, pas sur ce sujet... C'est très difficile pour moi.

— Etre franc n'est jamais difficile.»

Alexandra envia à Mme Bannerman son absolue certitude d'avoir toujours raison et de savoir répondre à tout. Elle comprenait pourquoi, même lorsqu'il était candidat à la présidence, Arthur n'avait jamais appris qu'il avait sa mère en ligne sans avoir des sueurs froides.

« Avant de... euh... rendre l'âme, Arthur m'a confié certains papiers.

— Il n'a rendu ni l'âme ni l'esprit. Il est mort. A mon âge, les euphémismes sont inutiles. Ces papiers appartiennent à la famille et doivent lui être restitués. Demandez à votre avocat de les envoyer à DeWitt ou à Booker.

— Arthur y attachait beaucoup d'importance, madame. Il s'agit du rapport de police établi lors de l'accident de John Bannerman. »

Eleanor Bannerman garda le silence. Alexandra crut entendre un soupir, mais ce n'étaient peut-être que des parasites sur la ligne. « Quel idiot ! dit enfin la vieille dame sans son énergie habituelle.

— Vous en connaissez le contenu ?

— Absolument pas, jeta sèchement Mme Bannerman, retrouvant toute sa vigueur. Tout ce que je sais, c'est que vous cherchez à détruire la famille. Si vous vous proposez de me faire chanter avec ce prétendu document, je vous conseille de ne pas vous y risquer.

— Je n'en ai pas la moindre intention. Pour l'instant, c'est moi que Robert essaie de faire chanter. Il a envoyé Booker menacer ma mère dans l'Illinois.

— Votre mère ! s'exclama Mme Bannerman, comme surprise d'apprendre qu'Alexandra en avait une. J'avais demandé à Robert de ne pas s'en mêler. Avez-vous parlé de ce document à quelqu'un ?

— Non, dit Alexandra. Pas encore, ajouta-t-elle.

— Vous êtes peut-être plus sensée que je ne le pensais. Vous feriez bien de venir ici immédiatement, reprit-elle après un silence.

— Eh bien, si cela ne vous dérange pas...

— La commodité ou l'incommodité de la chose n'a rien à voir là-dedans. Il se trouve d'ailleurs que cela tombe on ne peut plus mal puisque je dois recevoir l'ensemble de la famille mais, apparemment, c'est nécessaire. Je vous attends ce soir avant 6 heures. Vous passerez la nuit ici, bien entendu, dit-elle d'un ton péremptoire. La route est bien trop longue pour que vous rentriez après le dîner. N'en déduisez surtout pas que j'accepte vos prétentions. J'agis simplement au mieux des intérêts de la famille.

— Moi aussi.

— J'ai du mal à le croire», répliqua Mme Bannerman d'un ton sévère avant de raccrocher.

« J'espère que cela vous convient, madame, dit le vieux majordome anglais. Ces appartements ont accueilli le duc de Bedford — le duc actuel, bien entendu, pas son père — ainsi que le colonel et Mme Lindbergh. A l'époque, je ne servais pas encore ici. » Il inclina légèrement la tête vers une photographie encadrée montrant le jeune Aigle solitaire et sa nouvelle épouse qui, l'air intimidé, posaient sur la pelouse entre Eleanor Bannerman et son époux. A côté de celui-ci se tenait un jeune garçon qui devait être Arthur. A sa déception, Alexandra ne put trouver aucune ressemblance entre l'homme qu'elle avait épousé et ce gamin souriant en culottes courtes et grandes chaussettes.

La femme de chambre, qui arriva dès que le majordome eut battu en retraite, l'appela également « madame » et espéra aussi que les appartements étaient à sa convenance. Alexandra répondit par l'affirmative — après tout, Mme Lindbergh et le duc de Bedford s'en étaient contentés — et eut droit à une rapide visite guidée : un petit salon qui donnait sur l'immense pelouse et l'Hudson, à peine visible dans le lointain ; une chambre à coucher où trônait un énorme lit à colonnes, de ceux dans lesquels les gens naissent, enfantent et meurent ; une salle de bains confortable mais sans plus, comme pour indiquer que les Bannerman et leurs invités n'étaient pas le genre de personnes à y passer plus de temps qu'il n'était strictement nécessaire. « Le dîner sera servi à 8 heures, dit la femme de chambre, les yeux résolument rivés sur le plancher. Les cocktails se prennent dans le grand salon du rez-de-chaussée à 7 heures. Aurez-vous besoin de moi pour vous habiller ?

— M'habiller ?

— Oh ! Ce n'est pas un dîner de cérémonie, madame. Mme Bannerman porte toujours une robe longue le soir, mais les messieurs n'auront pas de cravate noire.

— Je pense pouvoir me débrouiller seule.

— Si vous changez d'avis ou si vous voulez que je vous fasse couler un bain, vous n'avez qu'à sonner. Je m'appelle Lucille et je suis à votre service. C'est l'heure du thé ; dois-je vous en apporter ? »

Alexandra jeta un coup d'œil par la fenêtre. La nuit tombait. Quoique la pelouse fût assez grande pour contenir plusieurs terrains de football, on n'y voyait pas la moindre feuille morte. Elle essaya d'imaginer le nombre de jardiniers qu'il fallait pour balayer les allées de gravier, ratisser les immenses pelouses, nettoyer les interminables terrasses de pierre et les escaliers de marbre, tailler les kilomètres de haies...

Dans les dernières lueurs du jour, le domaine de Kiawa avait la perfection d'une toile de fond de théâtre. Au loin, là où la pelouse cédait la place aux bois, elle aperçut une silhouette. L'homme — à sa façon de marcher les mains dans les poches comme Arthur, elle était sûre qu'il s'agissait d'un homme — s'arrêta, se tourna vers la maison, sembla fixer ses fenêtres, puis traversa la pelouse sans se presser et disparut. « Robert Bannerman est-il à Kiawa ? demanda-t-elle.

— Monsieur Robert est arrivé il y a quelques heures, madame. De New York », ajouta la femme de chambre comme s'il s'agissait d'une ville lointaine et mystérieuse connue des seuls Bannerman.

Elle tira les rideaux et tapota quelques oreillers qui n'en avaient nul besoin. Le peu qu'Alexandra avait vu de la maison avait suffi à lui apprendre que, en matière de ménage, les exigences d'Eleanor Bannerman atteignaient un niveau surhumain. « Je prendrais du thé avec plaisir », dit-elle.

Après le départ de Lucille, elle se rendit dans la salle de bains et sortit son nécessaire de toilette. Kiawa la déprimait, non en raison de sa taille, mais parce qu'elle s'y sentait une étrangère, une intruse, en fait. Même si elle y était venue en compagnie d'Arthur, elle n'aurait sans doute jamais pu en faire son foyer. Il devait d'ailleurs être le dernier Bannerman, Eleanor exceptée, pour qui Kiawa avait représenté un « foyer » — et même lui avait préféré ne pas y vivre. Aux yeux de ses enfants, la maison appartenait déjà au passé ; aucun d'eux n'y habitait, et ils ne montraient guère d'empressement à y séjourner. Et pourtant, se dit Alexandra, sans Kiawa, la famille Bannerman n'aurait plus de centre. Ses membres seraient toujours riches, certes, mais c'en serait fini du respect mêlé de crainte qu'inspirait leur nom et qui venait en partie de ce royaume magique où l'on ôtait les feuilles mortes au fur et à mesure de leur chute, et où les us et coutumes de l'Amérique du XXe siècle n'avaient pas cours.

On frappa à la porte. « Entrez ! » cria-t-elle. Elle entendit un tintement de porcelaine et d'argenterie. « Merci, Lucille », dit-elle, se faisant l'effet d'un imposteur comme chaque fois qu'elle s'adressait à des domestiques, et surtout à ceux de Kiawa qui semblaient avoir été conservés dans l'ambre jaune depuis l'époque d'*Upstairs, Downstairs*. Elle ne pensait pas pouvoir jamais s'habituer à se faire servir par Lucille ni trouver le ton juste pour lui parler — et à Kiawa, il devait y avoir une centaine de domestiques qui, comme elle, consacraient leur vie à satisfaire les moindres désirs des Bannerman et de leurs invités. Où vivaient-ils ? Combien les payait-on ? Que se passait-il lorsqu'ils prenaient leur retraite ? Qui s'occupait de ces problèmes ? Mais c'étaient sans doute des détails sur lesquels les Bannerman ne se penchaient jamais, qui ne leur venaient même pas à l'esprit.

« Lait ou citron ? demanda une voix familière lorsqu'elle entra dans le salon.

— Que faites-vous ici ? » Elle aurait dû éprouver de la peur ou peut-être même de la colère, mais Robert ressemblait tant à son père que, pendant un instant, il lui parut parfaitement naturel qu'il soit là, assis sur le divan.

« J'ignorais que vous étiez arrivée, dit-il en souriant. Lorsque je l'ai appris, j'ai remplacé Lucille et vous ai apporté votre thé moi-même. Je n'ai rien contre quelques travaux manuels de temps à autre. Je suis un homme du peuple, voyez-vous. »

Robert avait-il simplement voulu la surprendre en lui faisant une sorte de farce ? Cela ne lui ressemblait guère. Il servit le thé sans cesser de sourire mais en la dévisageant d'un regard perçant. « Ce serait plutôt à moi de vous demander ce que vous faites ici, dit-il.

— Votre grand-mère désirait me voir.

— Tiens ? J'avais l'impression que c'était l'inverse. Et à quel propos ? »

Eleanor l'avait-elle mis au courant ? C'était peu probable. Mme Bannerman ne semblait pas du genre à se confier à qui que ce soit, pas même à Robert, avant de connaître la totalité des faits. « A propos de certains objets appartenant à votre père », dit-elle gauchement en espérant qu'il n'insisterait pas.

Il ne le fit pas. « Faut-il y voir un assouplissement de votre part ? demanda-t-il d'un ton indifférent.

— Peut-être. Votre grand-mère a-t-elle fait la moindre concession ? Et vous ?

— Je suis toujours prêt à négocier, Alexandra. C'est l'essence même de la diplomatie. »

Elle détourna la conversation. C'était à Mme Bannerman qu'elle voulait parler, pas à Robert. « C'est vous que j'ai vu dans le jardin ? demanda-t-elle.

— Il ne s'agit pas du jardin, ma chère Alexandra, mais de la Grande Pelouse que nous distinguons ainsi de celle qui s'étend à l'arrière de la maison et qu'on appelle, elle, le Jardin, on ne sait trop pourquoi. Mais oui, c'était bien moi. »

Dans sa tenue de week-end, Robert était plus séduisant encore que de coutume. Celle-ci n'avait d'ailleurs rien de très décontracté : costume de tweed, chemise à carreaux, cravate unie et chaussures élégantes qui semblaient sortir de chez le meilleur chausseur londonien.

Il lui tendit une assiette garnie de rondelles de citron qu'elle refusa : « Du lait, s'il vous plaît, dit-elle.

— Je vois que vous suivez l'exemple d'Eleanor.

— Pourquoi regardiez-vous mes fenêtres ?

— Pourquoi ? Mais parce qu'elles étaient allumées. Personne n'a occupé ces pièces depuis fort longtemps. C'est plutôt triste quand on y pense. »

Un court instant, elle perçut sa tristesse et le crut. Elle fut presque tentée de lui donner le rapport de police et d'accepter ses conditions, quelles qu'elles fussent. Puis il posa sa tasse et se dirigea vers la fenêtre. « Vous ne voulez pas de tout cela, dit-il. Pourquoi vous battez-vous pour l'obtenir ?

— Je ne me bats pas. J'accomplis les volontés de votre père.

— Ses volontés ? Je n'ai entendu parler que d'elles toute ma vie. Il est mort, et cela continue. J'aimerais qu'on s'intéresse aux miennes pour changer ! »

Elle ne voyait pas son visage, mais la violence de son ton avait quelque chose d'effrayant. Puis il se retourna, ayant apparemment retrouvé toute sa bonne humeur. « Il faut que je me change avant le dîner, dit-il. Nous parlerons plus tard. »

Elle le suivit des yeux en se demandant comment interpréter son sourire ironique. Il était si expert dans l'art de dissimuler ses sentiments qu'il paraissait parfois les ignorer lui-même. Etait-il venu la voir en signe de réconciliation ou par simple curiosité ? Il ne le savait peut-être pas lui-même. Quelles qu'aient été ses intentions, il avait apparemment changé d'avis et était reparti sans lui en faire part.

Alexandra se dit qu'elle n'avait aucune raison de le craindre. Elle sortit néanmoins le rapport de police de son sac, le roula et le glissa dans une de ses bottes qu'elle bourra ensuite de Kleenex en se sentant un peu ridicule. Mais, après tout, si Arthur avait tenu à garder ce document secret, elle se devait au moins de suivre son exemple.

Elle se fit couler un bain — y avait-il vraiment des gens qui demandaient à la domestique de le faire ? — et se prépara pour le dîner. Elle porterait une robe en tricot Donna Karan gris foncé, simple et discrète, dont le décolleté n'était ni pudibond ni provocant et la longueur suffisante — du moins l'espérait-elle — pour mériter l'approbation de Mme Bannerman, tout en restant attrayante aux yeux de Robert. Elle décida de ne pas mettre de bijoux ; Eleanor Bannerman l'éclipserait certainement dans ce domaine. Elle savoura son bain avec l'impression d'être coupée du monde : les journalistes ne viendraient pas la traquer ici, elle n'avait aucune obligation immédiate. Lucille et le reste du personnel satisferaient ses moindres besoins. Il lui vint à l'esprit qu'il y avait beaucoup à dire en faveur de la richesse.

Elle entendit un léger coup frappé à la porte, puis la voix de Lucille qui lui apportait ses vêtements fraîchement repassés. Il devait être facile de s'habituer à ce mode de vie, se dit-elle. Elle se sentit brusquement honteuse, et même coupable, de se soucier de son apparence...

Pourtant, lorsqu'elle s'habilla, acceptant cette fois la présence de Lucille qui tournait dans la pièce, prête à l'aider en cas de besoin, elle ne put s'empêcher de penser qu'elle n'avait jamais été plus séduisante.

Elle glissa le diamant à son doigt — elle le considérait désormais comme sa bague de mariage —, se redressa et s'apprêta à rejoindre la famille. Sa famille !

Mme Bannerman était assise au centre du grand salon, vêtue d'une robe du soir moirée gris argent qui lui arrivait à la cheville. L'œil exercé d'Alexandra reconnut une toilette de Balenciaga. En dépit de ses années, Eleanor Bannerman ne s'habillait pas comme une femme âgée. Elle avait toutefois l'intelligence de dissimuler ce qui ne pouvait être déguisé. Les manches longues cachaient ses bras, des bagues et des bracelets imposants détournaient l'attention de ses mains et une rivière de diamants couvrait une bonne partie de son cou et de sa poitrine.

Ses boucles d'oreilles auraient à elles seules permis à une famille de quatre personnes de vivre au-dessus du seuil de pauvreté jusqu'à la fin de leurs jours et, bien qu'elle ne portât pas de diadème, elle se tenait si droite qu'Alexandra s'imaginait presque en voir un sur ses cheveux argentés. Mme Bannerman étudia Alexandra de la tête aux pieds, ses petits yeux vifs notant chaque détail sans l'aide de lunettes.

« Venez vous asseoir près de moi, dit-elle d'un ton aussi poli que péremptoire. Désirez-vous boire quelque chose ?

— Un Perrier, je vous prie.

— Vous ne me choqueriez pas en prenant un alcool. Ma mère était une abstinente convaincue, pas moi.

— Je ne craignais pas de vous choquer. Je bois rarement, tout simplement.

— En ce cas, c'est parfait. Je ne suis pas non plus pour la boisson, vous comprenez. Mon pauvre frère en était esclave. Il faut dire qu'on attendait des gens de sa génération et de sa classe qu'ils soient ivres une grande partie du temps, et il s'est montré à la hauteur de cette attente. Mon mari était une exception. De nos jours, c'est plutôt la drogue, je crois. Vous en prenez ? »

Alexandra sursauta. Mme Bannerman allait toujours droit au but. « Non. J'ai essayé la marijuana, à vrai dire, mais je n'ai pas aimé ce que cela me faisait et j'en suis restée là.

— Je ne cherche pas à me montrer indiscrète. Je suis simplement curieuse. On en parle beaucoup aujourd'hui, et je ne connais personne autour de moi qui en prenne. Je suppose que Putnam fume de la marijuana, étant donné le milieu bohème qu'il fréquente. J'ai souvent l'impression qu'il va s'assoupir d'un instant à l'autre lorsqu'il est ici, mais ce n'est peut-être que l'effet de l'ennui. Si je lui posais la question, il nierait certainement. Vous ne l'avez pas fait. Je trouve cela intéressant, quoique je ne vous approuve pas, naturellement.

— Je ne vois pas l'intérêt de mentir. D'ailleurs, je suppose que tous ceux de ma génération ont tâté de la drogue au moins une fois, si vous considérez la marijuana comme telle.

— J'ignore quelle est mon opinion sur la question. Emmett, mon idiot de petit-fils, a déclenché un scandale en menant une campagne pour "décriminaliser" la marijuana — Dieu que je déteste ces horribles néologismes ! —, mais de nos jours l'Eglise épiscopale semble dirigée par des fous ou des radicaux. Je pourrais vous raconter des histoires incroyables sur l'évêque d'Albany ! Vous êtes luthérienne, si je me souviens bien. Votre Eglise semble conserver quelques restes de bon sens... Ah ! Merci. »

Alexandra prit son Perrier sur le plateau que lui présentait le majordome et Mme Bannerman, un élégant verre à pied : « Du xérès, dit-elle. J'en prends toujours un verre avant le dîner et un autre pendant le repas. Jamais plus, jamais moins. » Elle semblait considérer la boisson comme un devoir à remplir avec exactitude. « Nous ne serons que trois à table, reprit-elle. Cecilia est partie pour New York. Le jeune M. Booker, que vous connaissez, l'emmène au théâtre. C'est du moins ce qu'elle m'a dit. S'amuser un peu ne lui ferait pas de mal, à mon avis. »

La loquacité et l'hospitalité naturelles de Mme Bannerman semblaient l'avoir temporairement emporté sur l'antipathie que lui inspirait Alexandra — à moins qu'elle ne fût simplement avide de compagnie. Alexandra se dit que Cecilia n'était vraisemblablement allée à New York que pour l'éviter. Mme Bannerman pensait apparemment la même chose, car elle ajouta : « Peut-être vaut-il mieux qu'elle ne soit pas ici, étant donné ses sentiments à votre égard.

— Je comprends ce qu'elle éprouve.

— Comment le pourriez-vous ? » riposta sèchement Mme Bannerman. Puis, fixant soudain la main d'Alexandra, elle remarqua d'un ton accusateur : « C'était la bague de Priscilla. Elle est dans ma famille depuis des générations.

— Arthur me l'a donnée. C'est ma bague de mariage. »

L'expression de Mme Bannerman lui rappela celle d'un serpent s'apprêtant à mordre. Elle crut un instant qu'elle allait exiger la restitution du diamant, mais la vieille dame se ressaisit. « A cause de vous, ma famille connaît le trouble et le déshonneur, dit-elle avec un calme glacé, pire que ne l'eût été une explosion de colère. Et vous êtes ici pour m'apporter d'autres mauvaises nouvelles. En comparaison, que vous portiez une bague à laquelle vous n'avez aucun droit n'a guère d'importance, je suppose. Venons-en donc au fait. Que contient ce rapport qu'Arthur s'est donné tant de peine pour dissimuler ? John conduisait en état d'ivresse ; il est mort après avoir tué deux autres personnes. Robert a eu la chance de s'en sortir vivant. Que pourriez-vous me révéler de pire, je me le demande ?

— Il y a pourtant bien pire, dit Alexandra en

rassemblant son courage. John n'était pas au volant. »

Mme Bannerman posa son verre et la regarda fixement.

« C'était Robert qui conduisait. Après l'accident, il a changé de place avec John... »

Mme Bannerman ne paraissait pas l'écouter. Son visage n'exprimait ni étonnement ni trouble. Seules ses joues s'empourprèrent légèrement sous le fard. C'était de la colère qu'elle éprouvait, mais contre qui ? Alexandra se prépara à essuyer une tempête. Rien ne vint. Les joues de Mme Bannerman reprirent la couleur de son maquillage et elle souleva son verre d'une main ferme. « Robert ? » demanda-t-elle d'un ton calme.

Alexandra acquiesça.

« Vous en êtes sûre ?

— C'est écrit noir sur blanc dans le rapport.

— La police commet parfois des erreurs. La plupart des agents de cette région sont des rustres paresseux qui ne voulaient plus travailler à la ferme.

— Peut-être, mais il n'y a apparemment pas l'ombre d'un doute. De plus, Robert a tout avoué à son père. C'est pour cela qu'Arthur a fait retirer le rapport des dossiers de police. Il a étouffé l'affaire pour couvrir Robert. »

Mme Bannerman ferma les yeux. Lorsqu'elle les rouvrit, son regard était lointain, comme fixé sur une scène du passé.

« Diriger cette famille n'est pas une tâche facile, dit-elle. Arthur croyait sans doute bien faire alors que, en réalité, il s'est contenté d'opter pour une solution commode. Et il ne m'a rien dit, ce qui est bien le plus stupide.

— Peut-être ne le pouvait-il pas.

— C'est possible, fit Mme Bannerman en soupirant. Je me suis sans doute montrée trop exigeante envers lui.

— Vous ne vous êtes jamais doutée de quoi que ce soit ?

— Bien sûr que non ! Pour être parfaitement honnête, reprit-elle après un silence, j'ai soupçonné qu'on me cachait quelque chose. Mais je ne savais pas quoi. » Elle poussa un nouveau soupir. « Peut-être n'avais-je pas envie de le savoir. Le drame, c'est que la mémoire de ce pauvre John a été ternie. Nous le croyons responsable de cet accident depuis tant d'années, et voilà que vous me dites qu'il n'y était pour rien...

— Et vous avez tous reproché à Arthur de s'être querellé avec lui cette nuit-là.

— Oui. Arthur s'est chargé d'un fardeau bien lourd. Et bien inutilement. Pour éviter une tragédie, il en a créé une autre... beaucoup d'autres. Il aurait dû se confier a moi.

— Lui auriez-vous pardonné ?

— Je pardonne à quiconque me dit la vérité et prend les intérêts de la famille à cœur.

— Et Robert ?

— J'ai beaucoup d'affection pour lui, mais John était d'une autre trempe. De plus, Robert dit rarement la vérité et ne pense qu'à lui. Si choquante que soit cette révélation, je dois malheureusement avouer qu'elle ne me surprend pas.

— Que comptez-vous faire ?

— C'est plutôt à vous qu'il faut poser cette question, non ?

— Je veux que Robert cesse de fouiller dans ma vie privée et de harceler ma famille. Je ne veux plus que ma mère soit importunée. Si elle l'est encore, je n'hésiterai pas à utiliser ce document contre lui.

— Je lui parlerai.

— Je voudrais aussi que nous ne soyons pas ennemis.

— Ennemis ? Est-ce à moi que vous pensez ou à Robert ?

— Je ne souhaite être l'ennemie de personne.

— Je suis heureuse que vous soyez venue me trouver au lieu de tout révéler à la presse. Je ne peux pas dire que j'ai de la sympathie pour vous, mais vous avez agi avec bon sens, comme je l'aurais fait. Je n'en dirais pas autant d'Arthur. Quant à Robert, je ne crois pas qu'il vous pardonnera, mais il m'obéira. »

L'attitude de Mme Bannerman était bien plus raisonnable qu'Alexandra ne l'avait espéré. Pour la première fois, elle éprouva de l'affection pour la vieille dame, bien davantage que les membres de sa propre famille, semblait-il. Il est vrai qu'elle n'avait pas grandi à Kiawa sous le regard de ses yeux perçants et implacables. « Si je pouvais fuir tout cela, je le ferais, dit-elle. Demain. Ce soir même.

— Vous y avez pensé ?

— Continuellement.

— Pourtant, vous n'avez pas renoncé. Pourquoi ?

— Je fais ce qu'Arthur voulait que je fasse, c'est tout. Je ne peux pas manquer à ma promesse. Enfin, je le pourrais peut-être, mais je ne le veux pas.

Mme Bannerman eut un petit rire. Une ombre de sourire passa sur son visage, lui donnant l'air bien plus jeune et beaucoup moins redoutable. Alexandra se dit qu'elle ne respectait les gens que s'ils lui tenaient tête, ce que personne dans sa famille ne semblait capable de faire. « Vous parlez comme une Aldon, dit Mme Bannerman. Walden ? Aldon ? Je me demande s'il y aurait des liens de parenté ? C'est le genre de question qui passionne ce vieux fou de Baxter Troubridge.

— Je ne le pense pas ; la famille de mon père venait de Suisse.

— Aucun rapport, en effet, fit Mme Bannerman qui parut déçue. Ah ! Voici Robert. » Elle lui sourit, mais son regard resta froid.

Celui-ci ne sembla pas s'en apercevoir. Il avait passé son habituel costume bleu foncé. Bien qu'il fût à New York depuis plus d'une semaine, il était encore hâlé. Se servait-il d'une lampe à bronzer ? se demanda Alexandra.

Il embrassa sa grand-mère, serra la main d'Alexandra et alla se poster devant la cheminée, exactement comme son père lorsqu'il entrait dans une pièce. Le majordome lui apporta un verre et un carafon de cristal juste assez grand pour contenir deux scotches. « J'ai fait une grande promenade cet après-midi, dit-il. J'avais oublié combien le domaine était beau. Les plantes tropicales n'ont plus d'attrait pour moi. Même si le Président me le demandait à genoux, je ne retournerais pas à Caracas.

— J'espère bien que tu iras là où il t'enverra, fit Eleanor d'un ton ferme. Quel que soit mon peu d'estime pour l'homme.

— Je préférerais servir à Albany, dit Robert en adressant un clin d'œil à Alexandra. Grand-mère est une royaliste, au fond.

— Absurde ! Je crois aux droits de propriété, c'est tout. Comme les pères pèlerins. »

Elle parlait d'un ton si tranchant que Robert parut s'en alarmer. « Moi aussi, dit-il. Mais les choses changent. Même les riches doivent s'adapter.

— Je ne suis pas contre le changement. En revanche, je me refuse à abandonner ce qui vaut la peine d'être préservé simplement parce que la tâche est difficile. Ce n'est pas le changement qui me dérange, mais la capitulation.

— Ce n'est quand même pas capituler que de penser à l'avenir ? Pourquoi s'opposer à la mise en valeur de terres que nous ne pouvons même pas exploiter, par exemple ? »

Le sang monta aux joues de Mme Bannerman. Elle parut rajeunir, comme si discuter d'un sujet qui lui tenait à cœur lui donnait une nouvelle énergie. « Je ne veux pas en entendre parler dans cette maison, Robert », dit-elle avec colère.

Alexandra se souvint que le « projet d'aménagement de Kiawa » figurait en bonne place dans la liste des forfaits qu'Arthur reprochait à son fils, et qu'il avait divisé la famille Bannerman en factions rivales. C'était sur les instances d'Eleanor qu'Arthur était finalement sorti de son isolement volontaire pour reprendre le contrôle de la fortune et expédier Robert au Venezuela, où il ne pouvait nuire qu'à la politique extérieure des Etats-Unis en Amérique du Sud, laquelle, de l'avis de son père, n'avait plus rien à craindre même des talents dévastateurs de Robert.

Chose curieuse, Eleanor avait pardonné à son petit-fils qui avait eu l'idée d'exploiter un coin de son Kiawa bien-aimé et accablé Arthur qui avait sauvé la propriété. Cela ne s'était pas arrêté là, malheureusement. Emmett DeWitt avait dénoncé l'indifférence de son oncle aux besoins des pauvres dans un sermon enflammé, la presse s'était emparée de l'affaire, et Arthur avait dû verser des millions de dollars de dédommagement aux promoteurs et se défendre contre une pluie de procès en s'attirant de surcroît la rancune tenace de Barney Roth, le plus puissant magnat de l'immobilier de New York. Sauver Kiawa lui avait coûté de l'argent, des ennuis personnels et beaucoup d'irritation. Pourtant, Robert passait encore pour la victime aux yeux de la plupart des gens.

« Comme vous voudrez, grand-mère », dit-il d'un ton apaisant.

La discussion fut heureusement interrompue par l'entrée du majordome qui les conduisit à la salle à manger. Le dîner se déroula dans un silence presque total que le cadre rendait plus oppressant encore.

Quarante personnes auraient pu tenir à l'aise autour de la table en acajou. Mise pour trois, elle paraissait plus immense encore et évoquait le pont d'un porte-avions. De grands tableaux lugubres ornaient les murs lambrissés, des natures mortes de grands maîtres hollandais représentant des fruits, des légumes et du gibier à plumes. Alexandra avait beau savoir qu'ils avaient de la valeur — elle connaissait en fait leur prix exact, car Arthur lui avait confié l'inventaire de la collection familiale en lui demandant de le remettre à jour —, la vue de tous ces faisans, canards, coqs de bruyère, lapins, cerfs, sangliers et poissons morts qui la contemplaient de leurs yeux tristes et accusateurs n'en aiguisait pas pour autant son appétit. Un seul des six lustres était allumé, mais des bougies illuminaient la table et un feu brûlait dans la cheminée — ainsi que dans toutes les pièces de Kiawa, semblait-il. À l'autre extrémité de la salle, un groupe de domestiques attendaient dans l'obscurité, comme des oies se pressant autour d'une mare au crépuscule.

Après le dîner, Mme Bannerman, qui n'avait presque rien mangé, se retira et laissa Robert et Alexandra en tête à tête dans le grand salon. Comme elle n'avait pas montré le moindre signe de fatigue, celle-ci en conclut, peu charitablement, que son départ était délibéré. Peut-être la vieille dame espérait-elle qu'ils parviendraient à un accord. En ce cas, elle serait déçue. Le vernis d'amabilité de Robert s'était écaillé au fil de la soirée, peut-être sous l'effet de l'alcool, et il ne semblait pas d'humeur à négocier un compromis.

« Grand-mère et vous semblez vous entendre mieux que je ne l'aurais cru », dit-il. Il paraissait tendu, soit qu'il eût l'impression de ne plus maîtriser la situation, soit qu'il en voulût à sa grand-mère de ne pas lui avoir révélé la raison de la présence d'Alexandra à Kiawa.

« J'ai moins peur d'elle que je ne m'y attendais, voilà tout.

— Vraiment ? » Il vida son verre d'un trait et se resservit. Elle devina qu'il se piquait de bien tenir l'alcool. Ce soir, pourtant, on aurait dit qu'il était décidé à se soûler, comme s'il *souhaitait* perdre le contrôle de lui-même. « Il faut avoir du courage pour ne pas craindre grand-mère, dit-il avec un sourire dur. Mais nous savons déjà que vous n'en manquez pas.

— Qu'est-ce qui vous fait dire ça ?

— Eh bien, le fait que vous soyez venue à New York, par exemple. Il a dû vous en falloir beaucoup pour quitter les vôtres après ce qui était arrivé. J'admire ce genre de courage. »

Alexandra se demanda ce que Booker lui avait révélé. « Ce n'était pas du courage, dit-elle.

— Vous avez vécu une terrible tragédie et vous vous en êtes sortie. Cela demande du courage. Je le sais.

— J'ignore ce qu'a pu vous raconter Booker, mais vous n'auriez pas dû l'envoyer à LaGrange. Vous n'aviez pas le droit d'importuner ma mère ; elle n'est pour rien dans cette affaire. »

Robert souriait toujours, mais ce n'était que l'acte réflexe d'un homme qui se flattait d'être maître de lui en toutes circonstances. Sans être ivre, il n'était plus capable de dissimuler entièrement ses sentiments. « Il me semble que vous êtes assez mal placée pour critiquer les gens qui se mêlent des affaires d'autrui », répliqua-t-il sèchement. Puis il eut un petit rire gêné et changea de ton. « Booker a outrepassé ses instructions. J'en ai été aussi choqué que vous.

— Je ne veux pas qu'on tourmente ma mère, dit-elle en le regardant dans les yeux. Je suis toujours prête à accepter un compromis mais seulement si je pense que votre père l'aurait approuvé.

— Ah oui ? En ce qui concerne votre mère, vous pouvez être tranquille. Vous ne pourrez toutefois pas cacher votre passé éternellement, Alexandra. Vous êtes célèbre à présent, et les journalistes s'y intéresseront tôt ou tard.

— Uniquement si quelqu'un les met sur la piste, Robert. Et, si cela se produit, je ne serai pas la seule à me préoccuper du passé ; votre père y a veillé. »

Elle sut immédiatement qu'elle avait commis une erreur, mais il était trop tard. Si Robert avait encore nourri des doutes sur le possesseur du rapport, il savait désormais à quoi s'en tenir. Elle crut un instant qu'il allait lui jeter son verre de cognac à la figure, tant il la regardait avec haine. Puis il effaça si complètement cette expression de son visage qu'elle crut avoir rêvé.

Elle lui dit bonne nuit et il lui serra la main, aussi charmant et détendu que de coutume, mais en quittant la pièce, elle le vit dans une glace, appuyé contre la cheminée, les yeux fixés sur elle.

Un feu brûlait dans l'âtre, et il faisait chaud dans le salon. Elle ouvrit la fenêtre et entendit un moteur de voiture, des voix, puis un silence auquel il était difficile de s'habituer après des années de vie new-yorkaise. En ville, on ne percevait que les sons capables de couvrir le bourdonnement de la circulation. Enfant, elle avait su distinguer tous les petits bruits d'une ferme, le mouvement des bêtes dans l'étable, le meuglement d'une vache inquiète, le couinement d'une souris attaquée par un des chats, le vent dans les champs de maïs. A Kiawa aussi, le silence était trompeur. Il y avait le bruissement sec des feuilles d'automne, un chien aboyait au loin, une chouette ululait...

Elle éprouva une sensation de bien-être, l'impression d'être chez elle. En réalité, elle ne s'était peut-être jamais vraiment faite à New York ou à la vie citadine en général. Elle entendit un renard glapir, un cri qu'elle n'avait pas entendu depuis des années, et fut contente d'être encore capable de le reconnaître. Chez elle, il se serait glissé vers le poulailler ; ici, il était probablement nourri par les gardes-chasse en prévision d'une chasse à courre. N'empêche, un renard était un renard, qu'il vive à Kiawa ou dans le comté Stephenson. Cela faisait partie des joies qu'elle avait espéré partager avec Arthur, un campagnard à sa manière lui aussi. Il avait parlé de revenir vivre à Kiawa avec elle, de se remettre à l'équitation, de reprendre cette existence de gentleman farmer à laquelle il avait aspiré avant que le nom qu'il portait ne lui impose d'autres choix. Aurait-il mis ses projets à exécution ? se demanda-t-elle. Probablement, et elle aurait aimé cette vie.

Puis, alors qu'elle rangeait ses vêtements, Alexandra eut brusquement le sentiment que quelque chose n'allait pas. Il lui semblait qu'on violait son intimité, et elle éprouvait le genre de peur irrationnelle qui s'empare parfois la nuit des gens les plus raisonnables quand, malgré les rideaux tirés et la porte verrouillée, on se sent seul et vulnérable et qu'on court se blottir sous les couvertures. Elle réfléchit un instant et se rendit compte qu'il s'agissait d'autre chose. Elle avait l'impression que ses affaires avaient été déplacées, de manière à peine perceptible, que la pièce avait été fouillée de fond en comble. Tout était là où elle l'avait laissé, mais pas *exactement*, comme si un fantôme ou un esprit était passé par là.

Elle eut beau se dire qu'elle avait trop d'imagination, elle ne put se défaire du sentiment que quelqu'un avait examiné ses effets avec méthode. Il lui était impossible de le prouver ; elle n'avait pris aucune de ces précautions dont on parle dans les romans : le cheveu que le fouilleur dérange sans s'en apercevoir, les vêtements pliés de façon particulière... Pourtant, elle en avait la certitude. Elle enfonça la main dans sa botte, constata avec soulagement que le rapport y était toujours et se reprocha aussitôt d'être paranoïaque.

Il lui vint alors à l'esprit que Lucille avait sans doute rangé la chambre lorsqu'elle avait préparé son lit pour la nuit. Etant donné le perfectionnisme qui régnait à Kiawa, c'était très probable.

Elle s'assoupissait déjà lorsqu'elle remarqua une odeur de tabac dans la pièce, l'odeur forte et familière d'une cigarette étrangère. Puis elle s'endormit, et l'impression s'effaça.

« Je suis dans la cabine téléphonique d'une station-service, dit Ramirez à Robert. Nous pouvons parler sans crainte.

— Vous avez trouvé ce foutu rapport ?

— Pas encore.

— Vous avez perdu la main ! fit Robert, furieux.

— Je ne peux pas trouver ce qui n'est pas là, Excellence.

— Il est à Kiawa, je le sens !

— *Nada,* Excellence. »

Robert sortit de ses gonds. Il s'était fié à Ramirez et avait été trahi, comme d'habitude. « Pas de vos *nada* avec moi ! jeta-t-il d'un ton sec. Vous pouvez oublier notre arrangement.

— Nous avions conclu un marché...

— Je n'en ai rien à foutre ! J'attendais des résultats, Ramirez, et vous avez fait chou blanc. Vous pouvez dire au revoir à votre banque. Fini les faveurs. A partir de maintenant, vous vous débrouillez seul avec la commission bancaire, le fisc et l'immigration.

— Vous ne pouvez pas faire ça », dit Ramirez comme s'il exposait un fait. Son calme était plus glaçant qu'un éclat de colère, mais Robert ne parut pas s'en apercevoir.

« Je vais me gêner ! Faites ce que je vous ai demandé, Ramirez, ou vous vous en mordrez les doigts ! » Il raccrocha brutalement, content de lui. Il ne doutait pas que Ramirez redoublerait d'efforts. On pouvait toujours compter sur un homme cupide, l'expérience le lui avait appris.

Alexandra avait décidé de rentrer à New York au matin. Il lui semblait inutile de s'exposer davantage à l'hostilité de Robert ou de sa grand-mère. Toutefois, lorsque Lucille lui apporta son petit déjeuner — un luxe auquel elle n'était pas habituée —, elle trouva un mot d'excuse de Robert sur le plateau. De la même écriture négligée que son père, il se disait navré de sa conduite de la veille. « Grand-mère et moi pensons qu'il serait dans l'intérêt de la famille que vous restiez un ou deux jours à Kiawa afin que nous nous efforcions de trouver un terrain d'entente et éviter un procès interminable. Si vous estimez que vous avons la moindre chance de parvenir à un accord, je suis prêt à m'y employer au mieux. »

Il avait signé : « Amicalement, Robert », et le ton

de la lettre était incontestablement amical. Alexandra se demanda un court instant si Mme Bannerman la lui avait dictée, puis décida que cela n'avait pas vraiment d'importance. C'était une offre de paix, et elle n'avait rien à perdre à la considérer comme telle. Elle fit dire par Lucille qu'elle restait et passa la matinée à se promener dans le domaine. Elle chercha les endroits qu'Arthur lui avait décrits, étonnée de constater combien, grâce à ses descriptions, ce qu'elle voyait lui semblait familier.

De temps à autre, une voiture arrivait — Mme Bannerman l'avait prévenue qu'elle attendait ses proches parents à déjeuner. Alexandra était donc prête au pire lorsqu'elle suivit le majordome dans la salle à manger.

A en juger par leur expression, les autres convives l'étaient aussi, et notamment Cecilia dont la fureur était manifeste. Seule Mme Bannerman paraissait à l'aise. L'arrivée d'Alexandra avait malencontreusement coïncidé avec l'une des rares réunions de famille qu'elle organisait à Kiawa mais, comme à son habitude, elle s'était refusée à changer ses projets. Alexandra était son invitée, si importune fût-elle, et elle serait traitée comme telle, que cela lui plût ou non. Aux yeux de la vieille dame, sa présence à table allait autant de soi que celle de Cecilia et, comme elle était chez elle, toute discussion était exclue. Alexandra pensa que c'était peut-être aussi sa manière de faire — ou d'imposer — la paix.

Mme Bannerman l'avait informée que ce serait un déjeuner « sans façons ». S'il l'était vraiment, Alexandra imaginait mal ce que pouvait donner un repas de cérémonie. La table était splendide, il y avait des fleurs partout — dont un énorme bouquet au centre de la table qui empêchait efficacement tous les convives, Robert et Emmett exceptés, de se regarder sans attraper un torticolis — et la rangée habituelle de domestiques amidonnées s'efforçant de rester hors du champ de vision de Mme Bannerman.

Alexandra avait opté pour une robe en jersey en supposant que « sans façons » n'avait pas pour Mme Bannerman le sens que lui donnait le reste du monde. Elle constata avec soulagement qu'elle avait eu raison. La vieille dame portait un tailleur Chanel rose dont la veste était brodée d'or, des chaussures de la même couleur et ses diamants du jour. Robert, plus resplendissant que jamais, arborait un blazer à la coupe impeccable et une cravate qui indiquait sans doute son appartenance à quelque club hippique très fermé, à en juger par les chevaux en fils d'or qui y caracolaient. Booker, l'air lugubre, avait son habituel costume trois-pièces, ne voulant apparemment pas se risquer à mettre une tenue plus campagnarde au milieu de gens capables de juger de la qualité d'un tweed à cent mètres. Putnam, qui avait provoqué un petit scandale en arrivant vêtu d'une vieille veste et d'un jean, avait immédiatement été expédié au premier étage pour y chercher un pantalon de flanelle. Quant à Cecilia, elle semblait à son habitude avoir commandé sa jupe et son chemisier dans un catalogue de vente par correspondance, ce qui était probablement le cas. Comme tous les autres, elle cherchait à donner l'impression que la présence d'Alexandra était normale en l'ignorant. Même Putnam, qui lui adressait des sourires gênés, ne voulait pas être le premier à lui parler.

Alexandra n'avait jamais vu Emmett en civil. Même sans robe, sa tenue proclamait le prêtre, quoique avec une certaine excentricité. Son costume noir aurait indiqué son état à n'importe qui mais, pour plus de sûreté, il portait un col dur au-dessus d'un plastron d'un bleu azur étincelant, ainsi qu'une colombe blanche grossièrement imitée et une belle croix en or passées à une chaîne qui semblait constituée d'anneaux de boîtes de soda. Ses yeux, grossis par les verres épais de ses lunettes, avaient la même couleur que son plastron. A son arrivée, il avait insisté pour que son chauffeur portoricain déjeune avec eux. Alexandra avait toutefois l'impression qu'il n'y tenait pas sérieusement, car il céda sans trop de protestations. « Jésus a autant le droit de s'asseoir à cette table que n'importe qui », dit-il en dépliant sa serviette. Il y eut un silence stupéfait. Même Robert n'osa pas contester cette affirmation.

Cecilia fronça les sourcils. « S'Il apparaissait, je suis convaincue que nous Le prierions de s'asseoir, Emmett. Je pense toutefois que le nom de ton chauffeur se prononce "Heyzus", non ? Je croyais que le sujet était clos.

— Je voulais faire ressortir un argument.

— Eh bien, l'argument est stupide, fit Robert avec humeur. Il n'y a pas le moindre rapport entre ce que nous ferions si Jésus, le fils de Dieu, entrait ici et le fait d'admettre un chauffeur de taxi portoricain, gitan en plus, à la table familiale.

— Qu'il soit médaillé ferait-il une différence ?

— Pour l'amour du ciel, Emmett ! Bien sûr que non ! C'est un chauffeur de taxi, pas le fils de Dieu.

— Il est pauvre comme Celui dont il porte le nom.

— Qu'est-ce que la pauvreté vient faire là-dedans ? Nous respectons Jésus parce qu'Il était le fils de Dieu et non parce qu'Il était pauvre.

— Et pourquoi, à ton avis, Dieu a-t-il voulu Son fils pauvre alors qu'Il aurait pu Le faire prince ? » Son regard brûlait d'une intensité fanatique. Il parlait d'une voix aiguë mais forte qui aurait mieux convenu dans une église qu'à une table.

« Ça suffit », ordonna Mme Bannerman d'un ton tranchant, sans pourtant manifester la moindre colère. Elle avait apparemment pour Emmett l'indulgence qu'on témoigne à un enfant retardé. « Il ne nous appartient pas de discuter des mobiles divins, Emmett. De plus, je ne souhaite pas qu'on parle religion à table. »

La pomme d'Adam d'Emmett monta et descendit avec violence. « Comme vous voudrez, grand-mère, dit-il avec docilité. Naturellement, j'ai toujours pensé que les domestiques devraient manger avec nous, eux aussi. Nous sommes tous égaux devant le Seigneur.

— Cela, ce n'est pas de la religion mais de la politique, répliqua sèchement Mme Bannerman. Je ne veux pas non plus entendre parler politique à table, et surtout pas politique de gauche. »

La soupe, comme la plupart des choses à Kiawa, exigea toute leur attention. Elle était servie avec d'innombrables accompagnements — citron, crème aigre, ciboulette, poivre noir, œufs de saumon —, si bien que, chaque fois que vous pensiez pouvoir commencer à la manger, une serveuse apparaissait à votre côté avec un nouveau plateau d'argent. Hormis Emmett qui engloutit la sienne comme s'il jeûnait depuis des jours, les Bannerman ne touchèrent pas à leur assiette. Par politesse et pour éviter un sermon de Mme Bannerman, Alexandra en prit une cuiller et ne lui trouva aucun goût identifiable.

« Un repas tout simple, dit Mme Bannerman, comme si tous les convives y prenaient plaisir. La journée est si belle que je me suis décidée pour une sorte de pique-nique, le genre de repas que les Français font si bien. Ta mère aimait beaucoup ce genre de déjeuners, Cecilia. Elle adorait la France, la pauvre.

— Je ne m'en souviens pas », répondit Cecilia d'un ton buté.

Pourquoi « la pauvre » ? se demanda Alexandra. Parce qu'elle était morte jeune, assez jeune en tout cas, ou parce qu'elle n'avait pas pu vivre en France ? Elle se rappela qu'Arthur détestait ce pays, et notamment sa cuisine. Si Priscilla avait aimé la France, elle aurait difficilement pu trouver un mari qui partageait moins ses goûts.

« Quand retournes-tu en Afrique, Cecilia ? » demanda Emmett. Posée par quelqu'un d'autre, la question aurait pu paraître désobligeante mais, en raison de son comportement et de son costume clérical, Emmett passait pour une sorte d'innocent dépourvu de toute arrière-pensée. Comme il était impossible de l'offenser, personne ne semblait s'offusquer de ce qu'il disait.

« Bientôt, j'espère. Cela dépend de beaucoup de choses, Em.

— Remarque que tu ne fais rien de bon là-bas. Cela ne sert à rien d'aider les gens sans les organiser et leur apprendre à se dresser contre leurs oppresseurs. Ils devraient manifester contre l'impérialisme et le colonialisme au lieu d'être nourris à la cuiller.

— La plupart d'entre eux ne tiennent même pas debout. Em. Et puis, contre qui veux-tu qu'ils manifestent ? Ils ont déjà un gouvernement noir anticolonialiste et anti-impérialiste, et c'est lui qui les affame. Tu ne connais rien au problème.

— Je sais ce qu'est l'injustice.

— J'en doute. Quoi qu'il en soit, tu ignores tout de l'Afrique.

— Oncle Edward aimait beaucoup ce continent, intervint Mme Bannerman qui, comme à son habitude, ramenait toute conversation sur le sujet de la famille. Il a passé la moitié de sa vie à y faire des safaris. Les indigènes l'adoraient. Je crois qu'ils ont donné son nom à un lac ou à une cascade, je ne sais plus très bien. Je suppose que tout a changé maintenant.» Elle indiqua d'un signe de tête au majordome qu'il pouvait faire desservir. «Les missionnaires ont tout gâché, reprit-elle d'un air sombre. C'était l'opinion d'Edward, en tout cas.»

Ni Cecilia ni Emmett ne semblaient décidés à défendre les missionnaires, se dit Alexandra qui fut distraite par l'arrivée d'un immense récipient d'argent recouvert d'une serviette blanche et porté sur un plateau par le majordome en personne. En tant qu'invitée, elle serait la première servie, et elle se demanda de quoi il s'agissait. Le récipient lui-même ne lui donnait aucune indication: son contenu pouvait être chaud ou froid, solide ou liquide, mou ou dur. Comme ils venaient de manger de la soupe, le liquide lui semblait exclu. Toutefois, Mme Bannerman avait des idées excentriques dans beaucoup de domaines et pouvait fort bien estimer qu'une soupe froide devait être suivie d'une soupe chaude.

Elle ne souhaitait ni poser la question ni se ridiculiser, mais le majordome était déjà près d'elle, le visage un peu empourpré par l'effort. Il n'y avait aucun ustensile sur le plateau. Les avait-il oubliés ou fallait-il qu'elle se serve avec les doigts? Espérant ne pas être la victime d'une sorte de farce, elle souleva un coin de la serviette avec précaution et glissa une main dans le récipient. Elle rencontra quelque chose de froid, rond et glissant et s'en saisit. «Des œufs durs, madame», dit le majordome au moment où celui qu'elle avait pris lui échappait et roulait sur la table en direction de Robert.

Celui-ci le rattrapa et le lui tendit en souriant.

« Grand-père avait un faible pour les œufs durs », expliqua-t-il. Il était le premier à lui adresser la parole. « C'est une sorte de tradition familiale. »

Elle remarqua en effet que tout le monde en prenait un, le saupoudrait de sel et le mangeait, à l'exception de Mme Bannerman qu'il était difficile d'imaginer mangeant quoi que ce soit avec les doigts.

« Certaines traditions valent la peine d'être préservées et d'autres pas, remarqua Emmett. Je crois que nous sommes trop respectueux des traditions. Oh ! Je ne parle pas des œufs... Encore que ce soit un gâchis d'en faire bouillir des dizaines pour sept personnes alors que des familles entières meurent de faim.

— Les domestiques les mangent certainement, Em, intervint Putnam.

— Les pauvres n'ont qu'à se satisfaire des restes des riches ? C'est ça, ton idée de la justice sociale ?

— Bon Dieu ! Détends-toi un peu, Em. D'ailleurs, les domestiques ne sont pas pauvres. » Putnam regarda fixement son cousin, comme s'il venait juste de remarquer sa tenue.

« Qu'est-ce que c'est que cette horrible chaîne que tu as autour du cou ? »

Emmett se rengorgea comme un oiseau disgracieux au plumage ébouriffé. « Elle a été fabriquée par un prisonnier des quartiers de haute sécurité d'Attica. Je m'y rends régulièrement.

— Et on t'a laissé entrer !

— On ne peut pas m'en empêcher. Je suis prêtre. Le malheureux qui m'a fait ce présent est un prisonnier politique.

— De quoi l'accuse-t-on ?

— On prétend qu'il a attaqué un fourgon bancaire. Encore une victime du système.

— Ce ne serait pas le type qui a abattu deux

gardes et un policier, par hasard? demanda Putnam. Mohammed quelque chose?

— Il s'appelle Andrew Young Smith maintenant. Il s'est converti au christianisme. Un homme remarquable condamné à la prison à vie par une société raciste pour un acte de légitime défense.

— Je croyais qu'il avait exécuté les gardes. Il ne les a pas forcés à s'agenouiller, menottes aux poignets, avant de leur tirer une balle dans la nuque? C'est pourtant ce que j'ai lu dans le *Times*, il me semble.

— Le *Times* est un organe de l'establishment. On ne peut pas croire un mot de ce qui y est écrit.

— Votre grand-père était du même avis quand ce journal a pris le parti de Franklin Roosevelt en 1932», dit Mme Bannerman, ramenant fermement la conversation sur le terrain qui lui convenait.

Emmett hésita, tenant certainement à préciser qu'il ne critiquait pas le *Times* du même point de vue que son grand-père. Alexandra sentit que tout le monde — même Robert qui s'efforçait d'ignorer les propos de son cousin comme si une discussion eût été indigne de lui — espérait qu'il allait s'attirer les foudres de Mme Bannerman. Celui-ci parut toutefois se raviser et se rabattit sur Alexandra, estimant sans doute de son devoir de chrétien de la faire participer à la conversation.

«Vous êtes très silencieuse... euh... Alexandra, commença-t-il, hésitant comme les autres sur la manière adéquate de s'adresser à elle. Oncle Arthur a certainement dû vous faire part de ses opinions?

— Oui, bien sûr. J'ai aussi les miennes, d'ailleurs.

— Il faut supposer que l'idée de gaspiller une

fortune à la construction d'un musée ne vous heurte pas.

— Arthur ne le voyait pas comme un gaspillage.

— Mais vous, qu'en pensez-vous ?

— J'estime qu'Arthur était parfaitement en droit de présumer que ses volontés seraient exécutées, répondit-elle d'un ton ferme.

— Voilà une réponse bien évasive, fit Emmett en lui jetant un regard sévère. J'attendais mieux de vous. Si les tribunaux tranchaient en votre faveur — et je prie Dieu qu'il n'en soit rien — feriez-vous construire la folie d'Arthur ou utiliseriez-vous cet argent plus raisonnablement ? Il y a des enfants qui meurent de faim à New York, Alexandra, et pas seulement à Kampala.

— Arthur le savait, Emmett, et moi aussi. C'était même sa préoccupation essentielle : il voulait que la fortune serve à changer la vie des gens. Le musée n'était qu'un de ses projets, et il n'a rien d'extravagant. Si l'on construit en même temps un immeuble de bureaux, une esplanade et des espaces publics, les avantages fiscaux obtenus en paient presque le coût. Nous avons tout calculé. Ensuite, il suffirait de vendre les reproductions des œuvres d'art à une grande échelle, grâce à un catalogue de vente par correspondance par exemple, pour que le musée couvre ses frais de fonctionnement. Cette idée plaisait particulièrement à Arthur. Il voulait “mettre l'art à la portée de tous”. Lorsque l'ensemble commencerait à produire des bénéfices, on pourrait les verser à une œuvre de bienfaisance, je suppose. »

Les convives ruminèrent ses propos en silence, sans enthousiasme apparent, puis Emmett demanda : « Etait-ce l'idée d'oncle Arthur ou la vôtre ?

— Eh bien, la mienne... La dernière partie, du moins.

— C'est très astucieux, fit Emmett avec une pointe d'admiration. J'avais un projet très similaire. Je voulais vendre les droits aériens à l'Eglise épiscopale de Saint-James et utiliser les recettes au financement d'une association charitable. Mais, comme de coutume, la commission concernée et l'archevêque ont fait obstacle au progrès.

— Je croyais que c'étaient tes paroissiens qui s'y étaient opposés», dit Robert. Son expression était toujours aussi aimable, mais son regard trahissait sa colère. Avec sa gaucherie habituelle, Emmett avait abordé le sujet du musée et permis à Alexandra de paraître raisonnable et intelligente.

«Leur attitude a été très peu chrétienne, je le reconnais. Par bonheur, leurs arguments ne tiennent guère.» Alexandra remarqua qu'Emmett partageait l'attitude de sa famille face à l'opposition, un mélange d'arrogance et d'obstination hautaine. Il avait peut-être des opinions plus à gauche que le reste des Bannerman mais sa vision du monde était identique: il détenait la vérité, et quiconque n'était pas d'accord avec lui avait obligatoirement tort.

Il prit un morceau de saumon sur un plateau où gisait un poisson entier, cuit, coupé en tranches, puis reconstitué avec art sans son arête et couché sur un lit de verdure pour donner l'impression qu'il venait d'être pêché. Alexandra n'y avait pas touché en raison d'une prévention contre le poisson, commune aux gens du Middlewest, et d'une véritable répugnance à manger quoi que ce soit possédant encore une tête, des yeux et une queue. DeWitt n'avait pas de ces dégoûts, à moins qu'il eût tout simplement faim. Il mangeait vite, comme s'il craignait que Robert ne lui arrache son assiette d'un instant à l'autre.

« L'art à la portée de tous, dit-il entre deux bouchées. C'est assez séduisant. Je ne suis pas pour les musées en tant que tels mais l'idée d'allier cupidité et snobisme culturel pour donner de l'argent aux pauvres est intéressante. Après tout, c'est ce que New York est devenue, non ? Les gens qui se sont enrichis dans l'immobilier veulent s'acheter des goûts raffinés. Et que peut-on rêver de mieux que l'art ? »

Il s'interrompit un instant pour mastiquer son saumon avec application — on lui avait manifestement appris dans son enfance qu'il fallait mâcher ses aliments au moins dix fois avant de les avaler. « Tu sais, Robert, reprit-il enfin, cette jeune femme a du plomb dans la tête. C'est la meilleure idée que j'aie entendue depuis longtemps dans cette famille. »

Il y eut un long silence, le calme avant la tempête, puis Robert dit d'un ton bas mais distinct : « Ferme-la, Emmett !

— Sois poli avec ton cousin, Robert, fit Mme Bannerman comme si elle parlait à des enfants de dix ans.

— Je ne supporterai pas qu'Emmett se mêle de mes affaires ou me fasse la morale, déclara Robert. Je ne vais pas me laisser sermonner par un tordu sous mon propre toit. »

Le teint coloré d'Emmett devint brusquement livide. « Ce n'est pas ta maison ni ton argent, dit-il. Le Trust appartient à la famille.

— Mon père en a hérité de son père.

— Oui, et même si j'ai beaucoup plus de respect pour oncle Arthur que tu n'en avais, je trouve qu'il ne s'est pas très bien acquitté de sa tâche. Il faut toutefois lui reconnaître le mérite de n'avoir jamais considéré le Trust comme sa fortune personnelle. Il estimait à juste titre qu'il devait être utilisé à faire le bien en notre nom à tous.

— Ne critique pas père, intervint Cecilia. Surtout devant une étrangère. »

Emmett s'efforça de s'excuser sans céder de terrain.

« Je ne le critiquais pas, Cecilia. Il a fait de son mieux, et je l'ai toujours dit, contrairement à certaines personnes ici présentes. Peut-être n'était-ce pas assez, voilà tout. Quant à Alexandra, il est difficile de la qualifier d'"étrangère".

— Elle en est une pour moi. Je ne serais pas assise à la même table qu'elle si grand-mère ne me l'avait pas demandé.

— Je ne suis pas une étrangère, déclara Alexandra d'un ton ferme. Mme Bannerman m'a invitée. Votre père m'a épousée. Aucune loi ne nous oblige à nous aimer, mais je ne disparaîtrai pas simplement pour vous faire plaisir. »

Cecilia jouait nerveusement avec ses couverts et ses verres. Son visage bronzé était marbré de plaques rouges, et elle avait les paupières bouffies comme si elle avait eu le rhume des foins. Booker lui tapotait la main de temps à autre sans parvenir à l'apaiser. « Arrêtez ça ! » lui jeta-t-elle avec violence. Il rougit et dissimula ses deux mains sous la table.

« Je trouve que père mérite notre admiration, déclara Putnam avec un temps de retard sur la conversation. S'il nous avait expliqué son projet aussi raisonnablement qu'Alexandra, je suppose que nous n'aurions pas soulevé beaucoup d'objections. Il y a des années de cela, lorsqu'il commençait juste à y penser, je lui avais suggéré une collection de photos de reportage. L'idée avait paru l'intéresser mais, ensuite, il n'a plus voulu en discuter. Il nous a caché ce qu'il faisait parce qu'il savait que nous étions contre son musée. J'étais convaincu qu'il y avait renoncé.»

Alexandra ne savait pas s'il lui fallait voir un allié en Putnam. Il était assez neutre, en tout cas. Elle ne représentait pour lui qu'un nouveau problème familial qu'il aurait préféré éviter.

«Il n'a jamais renoncé au musée, dit-elle. Et il n'a jamais oublié vos photos. Il me les a montrées. Il était très fier de votre travail. Lorsqu'il a repris le projet, sa première décision a été de consacrer une aile à la photo de reportage. Il voulait l'appeler la "galerie de l'histoire vivante".»

Le majordome lui présenta un nouveau plateau, une volaille cette fois, rôtie, coupée en tranches et reconstituée, la tête et les plumes de la queue dressées comme si elle était encore en vie. Elle refusa d'un signe de tête en se demandant pourquoi le chef tenait à faire un exercice de taxidermie de chaque plat. Elle regretta de ne pas avoir mangé son œuf dur.

Putnam paraissait troublé. «Il en avait vraiment l'intention? dit-il. Je n'en avais pas la moindre idée.

— Il y était déterminé. Il voulait même que vous l'aidiez, en fait.

— Pourquoi ne m'en a-t-il jamais parlé?

— C'était un homme très fier. Il pensait que vous étiez tous contre lui, et il aurait eu l'impression de mendier votre soutien. C'est du moins ce que je crois. Il ne me disait pas tout.

— Oh! Pour l'amour du ciel, Putt! s'exclama Robert. Tu ressembles au chien de Cecilia. Il suffit de te jeter un os pour que tu te mettes à quatre pattes. J'en ai plus qu'assez d'entendre parler du fichu musée de père.

— Ne jure pas à table, je te prie», dit Mme Bannerman.

Robert parut sur le point d'exploser. C'était un

adulte, après tout, et il ne devait certainement pas apprécier d'être traité en enfant mais, avec sa grand-mère, sa capacité à se maîtriser semblait atteindre des dimensions herculéennes. Il soupira et se défoula en lançant un regard si féroce au majordome que le pauvre homme faillit en lâcher son plat.

« Il y a pire qu'un musée pour laisser sa marque, reprit Putnam avec hardiesse. Père voulait au moins faire quelque chose.

— Sa marque ? » fit Cecilia d'un ton suraigu. Booker se redressa aussitôt comme un chien de garde sur le qui-vive. « Pourquoi faut-il que tout le monde dans cette famille ait à laisser une marque ? Pourquoi nous dit-on toujours : "C'est très bien d'être un Bannerman et d'avoir tout cet argent, mais qu'allez-vous faire de votre vie ?" Regardez père. Rien ne l'obligeait à briguer la présidence. Mère l'a supplié d'y renoncer... et elle était déjà malade. Il n'y a qu'une chose que je ne pourrai jamais lui pardonner malgré tout mon amour pour lui : il n'est pas revenu à la maison alors qu'elle était mourante...

— Il ne s'est peut-être pas rendu compte de la gravité de son état, Cici. Vous le savez bien. » Booker jeta un regard à Robert. Un avertissement ? se demanda Alexandra. Ou l'implorait-il seulement de calmer sa sœur ? Tout le monde semblait avoir oublié sa présence, même Cecilia qui reprenait manifestement un vieux grief.

« Cici, dit Robert de ce ton apaisant qu'on prend parfois avec les chevaux. Ne recommençons pas à parler de ça. »

Mais Cici était décidée à poursuivre. « Je ne comprendrai jamais. Nous lui avons envoyé un message, et il n'est pas venu.

— Sa présence n'aurait rien changé.

— C'était important pour elle, Robert ! Je le

sais. Tu l'as averti, mais il est quand même allé à Kansas City pour prononcer un discours devant les Jeunes Républicains. Et elle est morte sans le revoir...

— C'était une campagne présidentielle, Cici. Nous en avons parlé mille fois. Tu dois comprendre ce qu'est une campagne.

— Il n'a pas prêté la moindre attention à notre message.

— Ce n'est pas vrai, Cici. Il a seulement sous-estimé l'urgence de la situation. Il a jugé qu'il devait prononcer ce discours et, s'il n'avait pas neigé à Kansas City ce soir-là, il aurait été de retour à temps. »

Alexandra pensa soudain que Robert ne disait peut-être pas toute la vérité. Elle savait qu'Arthur s'était reproché de ne pas s'être rendu immédiatement au chevet de sa femme, mais il avait également laissé entendre que ce n'était pas sa faute, qu'il y avait là un autre de ses différends avec Robert. Est-ce que celui-ci ne lui avait pas transmis le message? Ou en avait-il atténué l'urgence parce qu'il voulait que son père prononce son discours? L'une et l'autre hypothèse étaient possibles. Ce qui était presque certain, en revanche, c'était qu'Arthur avait endossé la faute et protégé Robert. Il l'avait toujours fait. On ne pouvait expliquer autrement que Robert fût prêt à le défendre, si mollement que ce fût. C'était *lui* le responsable, et Arthur s'était chargé du poids de sa culpabilité — plus important encore, du poids du silence.

Elle croisa son regard et y lut de la peur, comme s'il se doutait que son père lui avait révélé la vérité. Puis il se tourna vers Cecilia. « Ne ressortons pas ces vieux griefs, Cici, fit-il d'un ton presque implorant. Nous avons assez à faire avec nos ennuis actuels. »

Mais Cici ne se laissait pas aisément dévier de sa route. « Le problème, c'est qu'il se croyait *obligé* de faire ses preuves. Être un Bannerman ne lui permettait pas de rester simplement aux côtés de mère pendant sa maladie. Il n'aurait pas dû se lancer dans la politique. Toute la famille était contre.

— C'est faux, Cici, intervint Putnam. Tu oublies que Robert était son directeur de campagne ! J'étais trop jeune pour avoir une opinion sur la question, mais John aussi le soutenait. Il avait beau ne pas être d'accord sur ses prises de position, il trouvait quand même que père ferait un bien meilleur président que Nixon ou Harold Stassen. Et il avait raison. »

Robert s'esclaffa, manifestement soulagé que Cecilia ne parle plus de la mort de leur mère. « Ah ça, oui ! dit-il. Je me souviens de leurs discussions comme si c'était hier. John voulait qu'il se fasse le candidat de la paix, vous vous souvenez ? Et père était scandalisé. En revanche, il écoutait les conseils de John dans de nombreux domaines : écologie, droits civiques, environnement... Tout sauf la guerre froide et le Viêt-nam. John lui avait fait lire le livre de Rachel Carson et l'avait presque converti ! Ce n'était pas très difficile, bien entendu. Père a toujours préféré une rivière propre à une usine chimique, et il n'avait aucun respect pour les hommes d'affaires. "Ils vendraient les parcs nationaux ou leur père pour une hausse d'un point de leurs actions", disait-il. Non, John n'était pas contre les ambitions politiques de père. Il avait bon espoir de le rallier à ses idées avant son entrée à la Maison Blanche.

— Je ne savais pas que père écoutait John. Je croyais qu'ils ne cessaient pas de se disputer.

— Tu étais trop jeune, Putt. John était le seul à pouvoir le contredire impunément. Il me manque », ajouta-t-il en souriant. Il avait l'air parfaitement sincère.

« Il nous manque à tous, dit Cecilia d'une voix tremblante. Père voulait qu'il fasse ses preuves lui aussi, et regardez ce qui est arrivé.

— C'était un accident, Cici, fit Robert qui paraissait déjà regretter de s'être étendu sur le sujet. Nous parlions du musée...

— Au diable le musée ! Ce n'est qu'un exemple de plus de la folie des grandeurs de père. Un monument à sa gloire dont il n'avait nul besoin. S'il n'avait pas obligé John à retourner à Harvard...

— Je t'en prie, Cici ! Pas maintenant !

— Pas maintenant ? Et pourquoi ? Parce qu'elle est là ? dit-elle en fusillant Alexandra du regard. Ça, c'est le coup de grâce ! Dire qu'il nous faut subir la présence d'une fille que père a peut-être ramassée sur le trottoir ! »

Alexandra fut trop abasourdie pour réagir mais quatre personnes au moins crièrent : « Cecilia ! » d'un ton plus ou moins horrifié, tandis qu'Emmett fermait les yeux comme en prière. Ce fut Mme Bannerman qui s'exprima avec le plus d'autorité, pas assez toutefois pour empêcher Cecilia de jeter sa serviette et de sortir en claquant la porte. Elle manqua de peu le majordome qui entrait chargé d'un autre plateau, sur lequel Alexandra souhaita désespérément ne pas voir la tête d'un nouvel animal. Un cochon de lait ou une tête de veau l'aurait achevée plus sûrement encore que les insultes de Cecilia.

« Je vais lui parler, dit Booker en repoussant sa chaise.

— Vous n'en ferez rien, monsieur Booker, intervint Mme Bannerman d'un ton glacial. Nous ne sommes pas dans une cafétéria. Cela vaut pour toi aussi, Emmett, ajouta-t-elle en voyant qu'il se levait également.

— Mais les nerfs de Cecilia...

— Balivernes ! Assieds-toi. Elle devrait surveiller ses manières plutôt que ses nerfs. C'était une enfant boudeuse et, maintenant, c'est une adulte qui joue à l'enfant boudeuse. Je lui parlerai moi-même. Vous ne mangez pas beaucoup, dit-elle en s'adressant brusquement à Alexandra. J'espère que vous ne faites pas partie de ces jeunes femmes qui sont perpétuellement en train de suivre un régime ? » Sa voix était toujours aussi glaciale, comme si Alexandra avait insulté son chef.

« Je n'ai pas très faim.

— Si vous ne vous sentez pas bien, vous devriez faire une sieste après le déjeuner, déclara Mme Bannerman du ton dont elle aurait donné un ordre.

— En fait, j'ai quelques coups de téléphone à passer.

— Allez dans le cabinet de travail. Vous y serez à votre aise, et personne ne vous dérangera.

— Je pensais que nous pourrions avoir un petit entretien plus tard, Alexandra, dit Robert. Si vous vous sentez d'attaque.

— Mais bien entendu, intervint Mme Bannerman en la foudroyant du regard. Vous pouvez desservir », dit-elle à l'adresse du majordome.

Alexandra examina ses couverts en espérant que le repas arrivait à sa fin. Etant donné qu'il ne lui restait plus qu'une cuiller et une fourchette, il y avait une chance pour que le plat suivant soit le dessert. « Si nous devons discuter de quoi que ce soit en détail, je souhaiterais que M. Stern soit présent », dit-elle d'un ton résolu.

Mme Bannerman acquiesça de la tête. La remarque était destinée à Robert, mais la vieille dame avait la manie de répondre avant tout le monde.

La conversation cessa un instant à l'arrivée du dessert, un énorme gâteau au centre duquel trônait une sorte de crème caramel décorée. Alexandra qui n'aimait pas les douceurs n'en prit pas et remarqua que, en dépit de son antipathie pour les régimes, Mme Bannerman faisait de même. Toujours désireux de se montrer poli, Booker se servit une petite part. Robert écarta le plateau d'un geste impatient, et Putnam remplit son assiette comme un écolier gourmand, ce qui lui valut un grand sourire de sa grand-mère. « Un *saint-honoré**, dit-elle en prononçant ce mot français avec une précision impressionnante. Je me suis souvenue que c'était ton gâteau préféré.

— Un dessert de gosse », fit Robert d'un ton méprisant.

Il suivit des yeux le majordome qui quittait la pièce. Alexandra commençait juste à se rendre compte que les Bannerman réglaient leur conversation sur les allées et venues des domestiques avec un à-propos qui aurait fait honneur à des acteurs professionnels. Ils attendaient qu'ils aient quitté la pièce pour aborder les sujets qui ne pouvaient l'être en leur présence. Mme Bannerman semblait savoir à la minute près le temps qui s'écoulerait jusqu'à leur retour. Elle détournait la conversation pendant le temps requis vers un des sujets anodins dont elle avait une réserve inépuisable.

La porte se referma sur le majordome, et Robert se désintéressa aussitôt des goûts culinaires de Putnam. « Il serait préférable que nous discutions d'abord sans nos avocats respectifs, dit-il à Alexandra. Lorsque vous le souhaiterez, naturellement. Rien ne presse. »

Elle trouva soudain curieux qu'il ne montre pas

plus de hâte. Pensait-il que le temps jouait en sa faveur et, si oui, pourquoi ? Mais son comportement s'expliquait peut-être simplement par le fait qu'il était chez lui.

Il s'interrompit en fronçant les sourcils au retour du majordome qui apportait — enfin ! — le café. « Il fait un temps magnifique, dit-il en jouant l'hôte parfait. Il serait dommage de ne pas en profiter. Vous savez monter, Alexandra ?

— Pas vraiment, non.

— Tu pourrais participer à la chasse à courre, Robert, intervint Mme Bannerman. Ils seraient ravis de revoir un Bannerman parmi eux, quoique les choses aient bien changé depuis l'époque où ton père était grand veneur. Beaucoup d'hommes de loi et d'agents de change ont leur résidence secondaire par ici, maintenant... Une assiette déplorable et des manières pires encore. Et les femmes ! Des blondes trop maquillées qui cherchent un mari.

— Juste ce qu'il me faut, grand-mère, fit Robert en souriant.

— Oh ! Ne sois donc pas ridicule. Tout de même, ce serait un bon geste de ta part. Cette chasse est censée être la nôtre, tu sais.

— Ma foi, j'hésite... Je ne crois pas avoir la tenue requise.

— Toutes tes affaires sont ici, Robert. Maitland pourrait te les préparer en un rien de temps.

— Je vais vous dire ce qui me plairait vraiment. Je laisserais bien les renards aux avocats new-yorkais et à leurs dames pour tirer quelques faisans. Cela m'a manqué au Venezuela. À part le polo et le football, il n'y a pas grand-chose en matière de sports là-bas. Le président de la République m'a bien emmené chasser, mais cela consistait à descendre une rivière en pleine jungle dans un canot à moteur en tirant sur tout ce qui bougeait. Ce n'est pas mon idée du sport.

— Parles-en à McGiverney, alors. Il meurt d'envie d'organiser une battue. Il se plaint sans cesse que les faisans pullulent sans pour autant renoncer à en élever.

— Qu'en dis-tu, Putnam ? demanda Robert d'un ton enjoué. Tu es partant ? Cinq dollars par oiseau pour le meilleur ?

— Ça ne me tente guère. Je ne me suis pas servi d'un fusil depuis des années et, si tu t'en souviens bien, je n'ai jamais vraiment aimé ça.

— Tu étais un sacré bon tireur pourtant. Allez, viens donc, ça te fera du bien.

— Bon, d'accord. » A contrecœur, mais comme toujours face à son frère, Putnam céda.

« Vous êtes des nôtres, Alexandra ? demanda Robert.

— J'ignore si je serai encore là.

— Nous organiserons ça pour demain si le temps se maintient. Vous ne le regretterez pas, je vous le promets.

— Eh bien, peut-être », fit Alexandra, se sentant gagnée par l'enthousiasme de Robert. Il y avait quelque chose dans sa manière de la regarder droit dans les yeux qui rendait toute résistance difficile. De plus, elle gardait un bon souvenir du temps où elle accompagnait ses frères à la chasse à travers champs.

Chose curieuse, ses sentiments humanitaires n'incluaient pas les faisans. Elle n'avait jamais vraiment aimé les manger, considérant comme son père que le poulet était meilleur et beaucoup moins pénible à tuer. C'était pourtant une des rares activités qu'elle avait pu partager avec ses frères et, en dépit de son horreur du sang et des tueries, elle avait toujours pris plaisir à leurs expéditions. Elle devait courir pour rester à leur hauteur, encourageait les chiens et portait un gros Thermos en bandoulière, car il faisait souvent froid lorsqu'ils partaient au petit jour, et elle se souvenait de la fine pellicule de glace argentée qui craquait sous leurs pieds, puis fondait aux premiers rayons du soleil.

« D'accord, dit-elle.

— Parfait », fit Robert d'un ton si soulagé qu'elle se demanda un instant quelle aurait été sa réaction si elle avait refusé.

En pénétrant dans le cabinet de travail, Alexandra pensa que c'était dans cette pièce que Putnam père avait sermonné Arthur et celui-ci, ses propres enfants, dans cette pièce que John et lui avaient eu leur dispute fatale.

Elle s'assit au bureau, se sentant écrasée par sa masse. Cyrus avait été un homme de haute taille et commandé ses meubles en conséquence. C'était certainement là qu'il s'était penché sur ses livres de comptes et que Putnam père avait tenté de gérer seul sa fortune d'un milliard de dollars. C'était ce bureau qui avait tant impressionné Arthur dans son enfance. Un téléphone y était posé, un appareil démodé comme on en voit dans les films des années 40, sans touches ni lignes multiples.

Elle composa le numéro de Stern. « Où diable étiez-vous passée ? » demanda-t-il.

Elle lui expliqua pourquoi elle avait quitté l'appartement de Simon.

« Je sais tout ça. Je vous avais d'ailleurs conseillé de ne pas vous installer chez lui. Votre situation est comparable à celle des couples en instance de divorce d'autrefois. Le mari allait s'installer dans sa maison du Hampshire, sa femme restait dans l'appartement, l'un et l'autre engageaient des détectives privés, et tout le monde était censé vivre dans la chasteté jusqu'à la signature des documents. Les divorces étaient sacrément plus intéressants à cette époque. Pourquoi n'êtes-vous pas retournée chez vous ?

— Les journalistes y étaient. Je ne voulais pas être interviewée.

— Ma foi, c'est raisonnable. Où êtes-vous en ce moment ?

— A Kiawa.

— A Kiawa ! Vous êtes folle ?

— Il fallait que je voie Mme Bannerman. Une affaire de famille. » Elle se demanda si elle devait lui parler de la mort de John mais décida de n'en rien faire pour l'instant.

« Ce n'est pas votre famille ! Pas encore, en tout cas. Si vous ne me dites pas ce que vous faites, je vois mal comment je pourrais vous représenter.

— C'était une erreur, je sais, mais il fallait que je le fasse. D'ailleurs, je crois que cela a marché.

— Elle vous a parlé ? Quelle a été son attitude ?

— Si le reste de la famille se montrait aussi raisonnable...

— Le reste ? fit-il d'un ton inquiet. Qui y a-t-il là-bas ?

— Putnam, Cecilia, Emmett DeWitt et Robert.

— Robert ! Bon Dieu ! Méfiez-vous, Alexandra.

— De quoi ?

— Eh bien, de ce que vous dites, déjà. De tout. Comment est l'atmosphère ?

— Un peu tendue, mais Cecilia est la seule à s'être montrée vraiment hostile. Je crois que Mme Bannerman souhaite parvenir à un accord. En fait, je voulais vous demander de nous rejoindre pour que nous puissions en discuter.

— Un accord ? Notre position est pourtant

assez forte pour que toute concession de notre part soit inutile. Je pense que nous gagnerions devant un tribunal, et j'aimerais beaucoup voir la tête de Courtland DeWitt lorsque cela se produira.

— C'est justement ce qui me tracasse. Je ne suis pas certaine de vouloir gagner de cette façon. Pas si la famille accepte les volontés d'Arthur.

— Je suppose que nous pouvons discuter sans que cela engage l'avenir, dit Stern d'un ton circonspect. Qu'en dit Robert ?

— Il semble pencher pour une solution à l'amiable. Il s'est montré très raisonnable, en fait. »

Il y eut un long silence. « Vraiment ? » fit l'avocat. Elle crut percevoir un avertissement dans sa voix, comme s'il eût voulu en dire davantage. « Je ferais mieux de venir tout de suite. »

Simon qu'elle appela ensuite avait l'air inquiet lui aussi. « J'ai essayé de te téléphoner, dit-il, mais le numéro est sur la liste rouge. J'ai laissé des messages au bureau des Bannerman, à la Fondation, partout. Personne ne s'est donné la peine de les transmettre, apparemment. Je me disais qu'on t'avait peut-être enfermée dans une tour, comme le prisonnier de Zenda. Tu aurais pu appeler, tu sais.

— Je ne pensais pas que tu t'inquiéterais.

— Bien sûr que je m'inquiète. Tu es en pays ennemi — quoique la vieille dame ne puisse pas te faire grand mal, je suppose. Robert n'est pas là, j'espère ?

— Si.

— Seigneur ! Fais attention, Alexandra !

— A quoi ?

— Pas au téléphone. Est-ce que ce sale bêcheur de Booker est là ?

— Il est arrivé avec Cecilia. Je ne sais pas s'il

est bêcheur, mais c'est un infâme petit mouchard.

— Méfie-toi de lui aussi. Ecoute, je vais venir. Je serai là pour le dîner, d'accord ? Plus tôt, peut-être. Arrange-toi pour qu'ils ne lâchent pas leurs chiens sur moi.

— Entendu. Je vais demander à Mme Bannerman si elle n'y voit pas d'inconvénients.

— Ne le lui demande pas, Alexa. C'est ta maison, pas la sienne, tu te rappelles ?

— Ce n'est pas comme ça que je vois les choses, et Mme Bannerman non plus, j'en suis convaincue.

— Tu ferais bien de t'y mettre, pourtant.

— M. Stern doit venir, au fait.

— Magnifique ! Ça bouge enfin, on dirait. Je l'emmènerai dans ma voiture. Et surtout, pas un mot avant notre arrivée Alexa. »

Il raccrocha abruptement au moment où elle s'apprêtait à lui dire que Lincoln Stern n'aimerait peut-être pas dévorer la route de Manhattan à Kiawa à cent soixante kilomètres à l'heure. Le combiné toujours à la main, elle entendit un brusque déclic sur la ligne. Simon avait-il raison pour une fois ? Quelqu'un écoutait-il vraiment ses conversations téléphoniques ?

Elle décida que c'était de la paranoïa.

Il faisait frais par cet après-midi automnal, mais Robert ne portait pas de manteau et ne paraissait pas s'en apercevoir. Il marchait à grandes enjambées, exactement comme son père, les mains enfoncées dans les poches de sa veste, tandis qu'elle luttait pour rester à sa hauteur en pestant contre ses chaussures à talons. « Vous semblez avoir fait la conquête de grand-mère, dit-il.

— Je ne m'en étais pas aperçue.

— Ah non ? Cela se comprend, remarquez. Elle a été une étrangère dans cette famille, elle aussi. Quand elle est arrivée à Kiawa, elle n'était que la jeune épouse rougissante et fort séduisante de Putnam père — quoique je ne l'imagine guère rougir. Et vous ?

— Il n'y a pas la moindre ressemblance entre nous, à mon avis. Elle ne venait déjà pas d'une ferme du Middlewest.

— Non, c'était une Aldon. A l'écouter, on penserait que Dieu est un Aldon. Et qui sait ? C'est peut-être le cas. Cela expliquerait que le monde soit un tel merdier, je suppose. Quoi qu'il en soit, les Aldon n'étaient pas riches. C'étaient des gens aisés, selon la formule consacrée. Comme ils n'avaient pas besoin de gagner leur vie, ils se consacraient au service de l'Etat. Savez-vous qu'il y a eu jusqu'à sept Aldon dans l'annuaire du Département d'Etat ? Roosevelt s'en est plaint un jour en déclarant que, si ce ministère en engageait un de plus, il ne lui resterait plus qu'à installer ses locaux à Boston pour leur éviter la fatigue des aller-retour.

« Mais les Aldon n'avaient pas la fortune des Bannerman, et certainement rien qui ressemble à Kiawa. Ils n'en auraient probablement pas voulu, d'ailleurs. Qui les en blâmerait ? »

Il désigna d'un geste la demeure qui se dressait derrière eux, si énorme qu'un des premiers astronautes mis en orbite autour de la terre, enfant du comté Dutchess, l'avait vue dans son télescope et commenté le fait à la télévision, sans étonner qui que ce soit.

« Vous pourriez prendre ces satanés machins pour votre musée », dit Robert en montrant une série de mobiles d'Alexander Calder, tous de la taille d'une maison et qui évoquaient les grotesques extra-terrestres d'un film de science-fiction hollywoodien. Des vaches paissaient paisiblement à leur pied.

« Grand-mère ne voulait pas qu'on les voie des fenêtres de Kiawa, reprit Robert. Alors père les a installés dans les prés. Je suppose qu'ils valent une fortune ?

— Simon vous le dirait mieux que moi, mais il y en a effectivement pour des millions. » Robert venait-il d'accepter la construction du musée ? se demanda-t-elle. Cela en avait tout l'air. « Je serai preneuse, dit-elle. Arthur comptait en mettre un ou deux sur l'esplanade.

— Personne ne les regrettera, à part les vaches. Mettons que vous construisiez ce musée, reprit-il après un silence. Que ferez-vous ensuite ?

— Que voulez-vous dire ?

— Père voulait son satané musée, un édifice inutile de plus à New York. Parfait, mais, vous, que voulez-vous ?

— Arthur avait beaucoup d'autres projets, et vous le savez. Je veux qu'ils soient réalisés et je veux être reconnue comme sa veuve. Ensuite, je suppose que je reprendrai le cours de ma vie. Je n'y ai pas vraiment réfléchi, en fait

— Vous devriez le faire, fit Robert d'un ton sec. Comptez-vous vous installer dans son appartement et goûter à la vie mondaine new-yorkaise, par exemple ? Porter le nom des Bannerman ne suffit pas, vous savez, pas pour ça. Il vous faudra donner des réceptions, bien choisir vos œuvres de bienfaisance, cultiver les *grandes dames** et les chroniqueurs mondains, porter les toilettes adéquates et les bijoux de la famille. Cela ne devrait pas être difficile. Vous avez déjà la beauté, l'argent et le nom qu'il vous faut. Que diable vous faut-il de plus ? Bon Dieu ! Mettez-y un peu du vôtre, et Brooke Astor aura l'air d'une vieille peau mal attifée à côté de vous. Jeune, belle, riche... Vous serez la reine de New York !

— Ce n'est pas du tout ce que j'ai envie de faire, répliqua-t-elle avec colère. J'ai vingt-quatre ans. J'aimerais mener une vie normale, me remarier peut-être et avoir des enfants, le genre de choses auquel tout le monde aspire.

— Normale ? Si vous désiriez une existence normale, vous avez choisi la mauvaise famille. Les gens normaux ne prétendent pas entrer en possession d'une fortune d'un milliard de dollars et ne construisent pas de musée en plein Manhattan. Si vous croyez qu'un type sympa et normal va vous épouser un de ces jours, lorsque vous aurez fini de pleurer mon père, vous vous trompez lourdement. L'argent a d'étranges répercussions sur la vie des gens. Regardez ce qui est arrivé à Sunny von Bülow.

— Je ne suis pas une héritière à la recherche d'un titre, Robert. Je gagne ma vie depuis que je suis partie de chez moi.

— Ah oui ? Mais vous avez rencontré père, ce qui modifie un peu les choses, non ? Vous êtes mal placée pour me faire un sermon sur les héritages. » Il s'interrompit et la dévisagea. L'hostilité affleurait sous le vernis de charme, comme s'il venait de remarquer qu'elle pourrait très bien s'adapter à Kiawa, ou que sa beauté et son intelligence constituaient des armes redoutables. Son sourire était parfait mais mécanique ; ni glacial ni menaçant, il n'exprimait rien, sauf peut-être un doute fugitif qui s'évanouit aussitôt.

« De toute façon, c'est vous que cela regarde, pas moi. Grand-mère souhaite parvenir à un accord le plus rapidement possible, ajouta-t-il d'un ton posé.

— Et vous ?

— Je n'ai pas vraiment le choix, vous ne croyez

pas ? Tout dépend de notre capacité à nous entendre en fin de compte.

— J'espère que nous y arriverons. »

Robert garda le silence. Devant eux, une volée de marches montait vers un petit bâtiment étrange à demi caché par les arbres.

« La Maison de poupée, dit Robert. J'avais presque oublié qu'elle était là.

— A quoi peut-elle bien servir ?

— Mon arrière-grand-père l'a fait construire à la naissance de Katherine et d'Elizabeth. Tout y est à l'échelle d'un enfant.

— J'aimerais beaucoup la visiter. Elle est ouverte ?

— Ma foi, c'est possible », répondit Robert avec une certaine hésitation.

Il tâtonna le long d'une corniche sculptée à la recherche de la clé. « Toujours à la même place, remarqua-t-il. Rien ne change jamais à Kiawa. »

Il ouvrit la porte, se courba en deux pour entrer et alluma. Alexandra découvrit alors avec étonnement une maison de Hans et Gretel en miniature. L'effet était assez hallucinant. Rien ne manquait et tout, des petites fenêtres ornées de rideaux jusqu'à la cuisine bien équipée, était construit à la taille d'une enfant de six ou sept ans. Elle s'attendait presque à voir surgir le lapin d'Alice, sa montre à la main.

On n'y sentait ni l'humidité ni le moisi. Comme tout ce qui appartenait aux Bannerman, la maison était entretenue aussi parfaitement que si on l'utilisait quotidiennement. Des rangées de poupées, assez anciennes pour la plupart, trônaient sur des étagères immaculées ; un service à thé miniature était posé sur la table ; un petit placard vitré contenait des livres pour enfants et des jeux ; fleurs et oiseaux de couleurs vives décoraient le plafond, et l'ensemble évoquait l'intérieur d'une pendule à coucou. Alexandra se pencha et regarda par la fenêtre. On y avait une vue imprenable sur Kiawa. En comptant les étages et les fenêtres, elle put même distinguer ses propres appartements.

Elle avait conscience de la présence de Robert derrière elle, rendue plus perceptible encore par l'exiguïté de l'espace. Sans qu'elle sût pourquoi, la maison ne lui parut plus amusante mais sinistre. Elle ne pouvait se défaire du sentiment qu'elle servait de cachette, que ce n'était pas par hasard qu'on voyait aussi bien ses fenêtres. Elle se sentit brusquement prise au piège.

Deux rais de lumière se réfléchirent dans la glace murale, puis disparurent. « Une voiture, dit Robert. Vos amis, sans doute. Nous ferions bien d'y aller. »

Alexandra acquiesça, soulagée. Elle se demanda si elle souffrait de claustrophobie. La maison n'était pourtant pas si petite, mais Robert et elle semblaient soudain y occuper autant de place que deux géants.

Elle gagna la porte tandis qu'il tirait les rideaux. « Je suppose qu'à l'exception des domestiques personne n'a mis les pieds ici depuis trente ans ou plus, dit-il. Une extravagance typique des Bannerman, comme la maison de thé de grand-père que je vous montrerai demain. »

Il s'effaça pour la laisser passer et éteignit la lumière, pas avant toutefois qu'elle n'eût aperçu sur une étagère une série d'objets incongrus. Entre deux poupées — vêtues l'une d'une chemise de nuit de l'époque victorienne, l'autre d'une robe du soir en dentelle, et dont les yeux de porcelaine grands ouverts étaient du même bleu surprenant que ceux des Bannerman —, il y avait des jumelles militaires, un magnétophone et deux paquets de Gauloises à côté d'un cendrier de cuivre plein de mégots.

Les pouces dans l'entournure de son gilet, Lincoln Stern la dévisageait avec la même sévérité que si elle eût été un témoin de la partie adverse. « Vous êtes aussi têtue que les Bannerman, dit-il. Nous avons un dossier solide. Qu'ils le contestent ! Le temps, voilà ce qui fait gagner les procès. Le temps et la patience. Vous vous souvenez de cette fille Rockefeller qui a épousé le marquis de Cuevas, puis laissé sa fortune à la maîtresse de son mari ? Cela traîne depuis des années. Leurs enfants ont la cinquantaine maintenant, et la moitié des témoins sont morts. Les plus patients se tailleront la part du lion, vous pouvez me croire. »

Il avait englouti un verre de scotch dès son arrivée, et ses muscles faciaux semblaient toujours paralysés, comme s'il avait gardé les dents serrées de New York à Kiawa. Alexandra avait oublié l'effet d'un trajet en voiture avec Simon sur les non-initiés. Stern commençait à se remettre mais, au début, on aurait dit qu'il allait tomber à genoux et embrasser le sol pour remercier les dieux d'avoir survécu, comme un voyageur d'autrefois touchant enfin terre après des mois de traversée. Il avait encore le regard vitreux et lointain d'un homme qui a contemplé la mort pendant deux heures. Simon était vautré sur un divan derrière lui.

« Je veux en finir, dit-elle. Et maintenant.

— C'est parfaitement naturel, fit-il en lui adressant un sourire paternel. Mais l'affaire est complexe. Je n'en ai encore débroussaillé qu'une infime partie. Il y a des centaines de millions de dollars en jeu. Même si DeWitt se montrait coopératif — et il ne le sera que si un tribunal l'y contraint —, il faudrait des années pour y voir clair et Dieu sait combien de temps pour établir un document que je pourrai vous laisser signer.

— Je ne vais pas attendre des années.

— Nous n'avons même pas une idée précise de la masse successorale, Alexandra. Pourquoi cette hâte ? On dirait que vous avez peur de quelque chose.

— J'ai peur, c'est vrai. Je ne sais pas pourquoi... C'est peut-être cette maison. » Elle s'interrompit et regarda par la fenêtre en pensant à Arthur. « Je croyais que nous vivrions heureux ensemble, reprit-elle tristement. Oh ! Il y avait notre différence d'âge, je sais, mais ce n'était pas un problème pour moi. Nous aurions voyagé, construit le musée, habité la maison de Palm Beach. Je l'aurais rendu heureux. Cela n'avait rien de très extravagant, n'est-ce pas ? Je n'avais pas tort ?

— Non, pas du tout. En contemporain de votre défunt mari, je dirais même qu'il a eu beaucoup de chance de vous rencontrer. Et vous avez raison : s'il avait vécu, vous n'auriez jamais eu à vous préoccuper des trusts ou à affronter sa famille. Quelles qu'aient été les intentions de Bannerman — et, à mon avis, il était d'un optimisme excessif —, sa famille aurait sans doute continué à lui battre froid, et il aurait fini par décider, très raisonnablement, de refaire sa vie avec vous au lieu de s'en soucier. Malheureusement, cela ne s'est pas passé ainsi. Il vous a légué ses problèmes et sa fortune. Ce que vous en faites dépend de vous.

— Je pensais agir comme il souhaitait que je le fasse, comme il aurait agi lui-même, mais je ne peux pas corriger tout ce qu'Arthur a ou n'a pas fait à ses enfants depuis avant ma naissance.

— C'est vrai, mais cela n'a aucun rapport avec vos droits à la fortune.

— Si, justement. Ce n'est pas la mienne, elle appartient à la famille. Robert m'a demandé ce que j'allais faire de ma vie, et je me suis rendu compte que je n'avais pas de réponse.

— Tu as eu un entretien à cœur ouvert avec Robert ! s'exclama Simon. Etait-ce bien sage ?

— Il m'est difficile de l'ignorer. D'ailleurs, il avait raison. Plus vite cette affaire sera réglée, plus vite nous pourrons reprendre le cours de notre vie, quel qu'il soit.

— Et en quoi cela consiste-t-il pour toi ? demanda Simon.

— A cesser de me cacher, déjà. Cela dure depuis deux semaines, et j'en ai assez. Saviez-vous que Robert avait envoyé Booker fouiner dans LaGrange et interroger ma mère ?

— Je m'étonne que M. Booker s'en soit chargé lui-même, fit Stern d'un ton grave. Je me serais plutôt attendu à des détectives privés. Que cherchait-il, d'ailleurs ?

— A récolter n'importe quel ragot. Mais c'est là que j'ai su que les choses allaient trop loin. Il faut en finir. Je suis lasse d'essayer de cacher les secrets de ma famille et je ne veux plus entendre parler de ceux des Bannerman. Qui sait ? Robert sera peut-être un gouverneur épatant, si c'est ce qu'il souhaite.

— Oh non ! fit Stern en secouant la tête. Il veut être président. Que Dieu nous en préserve ! Il ne se contentera pas d'Albany. Je comprends ce que vous éprouvez, Alexandra, mais vous n'avez pas suffisamment réfléchi. Je pense qu'un tribunal trancherait en votre faveur et, dans le pire des cas, vous pourriez quand même obtenir une somme considérable. Vingt ou trente millions de dollars, beaucoup plus peut-être.

— Je ne veux pas d'un partage de la fortune, dit-elle d'un ton ferme. C'est précisément ce qu'Arthur souhaitait éviter. »

Stern poussa un profond soupir. « Vous êtes à bout de nerfs, dit-il. Un état d'esprit peu indiqué pour prendre des décisions ou faire des concessions. »

Simon eut un petit rire. « Je crois que vous faites fausse route, monsieur Stern. Alexandra commence à croire que c'est sa famille, et il lui est donc difficile de la combattre. Je me trompe ?

— Je n'en sais rien, Simon. Tais-toi.

— Tu ne m'as quand même pas fait venir jusqu'ici pour me faire taire. Je croyais que tu voulais mon avis. Et celui de M. Stern, bien sûr.

— Je voulais ton soutien, la présence d'un ami.

— Ah ! Je te soutiendrais si je pensais que tu avais raison mais, franchement, tu débloques. Si tu annonces à Robert que tu es prête à négocier, il prendra cela pour un signe de faiblesse, rien de plus. Il dira oui à tout ce que tu voudras, puis, petit à petit, il prendra le contrôle et t'écartera. Si tu le menaces — ce que tu es trop intelligente pour faire, je l'espère —, il rendra coup pour coup. M. Stern a parfaitement raison. C'est à toi qu'Arthur a laissé la fortune. Alors, attends donc que Robert te propose un marché. Il le fera tôt ou tard, tu sais. Il n'a pas le choix.

— Le conseil est bon, reconnut Stern à contrecœur. Vous avez l'avantage, gardez-le.

— Quel avantage ? répliqua Alexandra. Je ne peux même plus rentrer chez moi, sauf si je désire voir ma photo — et mon adresse — en première page du *Post* de New York. Robert paraît estimer que nous pouvons travailler ensemble, partager le contrôle du Trust et, tant que les volontés d'Arthur sont respectées, je suis d'accord. Je ne veux pas d'un procès et je ne veux plus être traquée par les journalistes. Allez parler à M. DeWitt, monsieur Stern, et demandez-lui quelles sont ses propositions. Si elles se rapprochent de ce que nous avons dit, je suis partante.

— Cela affaiblit considérablement notre position.

— Je m'en moque. Faites-le, c'est tout. Vous trouverez probablement M. DeWitt dans la bibliothèque.

— Vu le nombre de bouquins dans cette pièce, je pensais qu'on y était, dit Simon.

— Ici, c'est le cabinet de travail. Il y a une bibliothèque, un grand et un petit salon, et Dieu sait quoi encore! Il y a même une salle de bal quelque part, et je ne l'ai même pas vue.» Elle sonna le majordome pour qu'il montre le chemin à Lincoln Stern.

«Je ferai ce que vous souhaitez, dit celui-ci. J'essaierai d'indiquer aussi clairement que possible que cette discussion ne préjuge pas de notre position future. Nous explorons des possibilités, rien de plus.» Puis, avec une expression aussi mélancolique que celle de son homonyme, il lui demanda: «Faites-vous confiance à Robert? Il faut que je le sache.»

Alexandra contempla fixement le feu. La pièce était sombre, mais ne manquait pas de chaleur. Des appliques éclairaient les tableaux, et les livres reliés luisaient sur les étagères.

Chose curieuse, c'était une des rares pièces de Kiawa où ne trônaient ni photos ni représentations de Cyrus Bannerman. Il y avait en revanche un petit portrait assez médiocre de sa femme, encore jeune, probablement peint avant que Cyrus n'ait fait fortune ou lorsqu'il commençait juste à la bâtir. Ses cheveux tirés en arrière révélaient un front haut, sa robe noire était boutonnée plus strictement encore que ne l'exigeaient les conventions de l'époque, et elle ne portait pas le moindre bijou. Elle avait la même bouche que Robert, et le pli de celle-ci joint au regard de ses yeux noirs indiquait une femme résolue qui, si elle avait atteint la vieillesse, aurait pu être aussi redoutable qu'Eleanor.

« Je crois », répondit Alexandra en regardant le portrait. Le modèle semblait avoir livré bien peu d'elle-même à l'artiste, mais son sourire ambigu suggérait un univers complexe et secret. C'était exactement le sourire de Robert, affable mais jamais entièrement convaincant ni aisé à interpréter. Alexandra était toutefois décidée à le juger, lui et son sourire, sur les apparences. « Je dois lui faire confiance, dit-elle. C'est le fils d'Arthur. »

Elle ne pouvait pourtant oublier ce qu'elle avait vu — ou cru voir — dans la Maison de poupée.

Le dîner ne fut pas égayé par l'arrivée de DeWitt qui, toujours aussi imbu de lui-même, fusillait du regard Stern et Simon Wolff. Toutefois, au soulagement de tous, Cecilia était absente, ayant prétexté une migraine. Mme Bannerman marqua sa désapprobation en interdisant au majordome de lui monter un plateau. « Si elle a mal à la tête, il ne faut certainement pas qu'elle mange », fit-elle avec satisfaction, indiquant ainsi que, en dépit de la taille de Kiawa, pas un plateau, ni même une tasse de thé sans doute, ne quittait la cuisine sans qu'elle en soit informée.

Pour des raisons connues d'elle seule, Mme Bannerman fut aux petits soins pour Simon dès qu'il entra dans le salon en compagnie d'Alexandra et de Lincoln Stern. « Ce long voyage a dû vous épuiser, dit-elle en détachant chaque syllabe comme si elle donnait un cours d'élocution.

— Eh bien, non, pas vraiment, répondit Simon, embarrassé. Je me suis un peu reposé.

— Vous êtes jeune. Vous récupérez vite. Le changement de climat me serait pénible, mais je suppose que vous y êtes habitué. »

Perplexe mais ravi d'être reçu avec une amabilité aussi inattendue, Simon chercha de l'aide autour de lui sans en trouver. « La différence n'est pas si grande, en fait, dit-il.

— J'espère que vous êtes confortablement installé, monsieur Wolff. » Elle prononçait « Volf » à l'allemande, donnant à son nom une consonance étrangère et exotique. « Si vous avez besoin de quoi que ce soit, dites-le-moi. Je me ferai votre interprète auprès des domestiques.

— Je pense que ce ne sera pas utile, madame Bannerman. Merci...

— Il est regrettable que les Américains soient si peu doués pour les langues alors que la plupart des étrangers possèdent si bien la nôtre. C'est bien dommage, vous ne trouvez pas ?

— Peut-être, fit Simon, désespéré.

— Vous êtes trop aimable. Vous vous assiérez à côté de moi à table. Si quoi que ce soit vous échappe, n'hésitez pas à m'interroger. Alexandra aurait dû me prévenir. J'aurais demandé au chef de vous préparer un repas particulier. Enfin, ce sera pour demain, si vous restez.

— Elle me prend pour un étranger, murmura Simon à Alexandra.

— Je me demande vraiment pourquoi. Je lui ai simplement dit que tu étais dans le commerce d'art.

— Elle pense peut-être que tous les marchands de tableaux sont étrangers. » Avant qu'il ait pu approfondir la question, Mme Bannerman le rappela à son côté pour le soumettre à un interrogatoire en règle sur la valeur des tableaux des Bannerman. Elle parlait si lentement et si fort qu'on aurait dit qu'elle s'adressait à un enfant.

Mme Bannerman était-elle excentrique ou s'amusait-elle simplement aux dépens de Simon? Il semblait impossible de le deviner. Elle impressionnait tant celui-ci que, docilement, il se mua peu à peu en Européen au point qu'on se serait presque attendu à le voir baiser la main de la vieille dame ou demander du jambon et du fromage pour son petit déjeuner.

« Il faut que je vous parle », dit Booker.

Alexandra se retrouva seule avec l'avocat pour la première fois depuis son arrivée. « Je ne vois vraiment pas ce que nous avons à nous dire. S'il s'agit de nouvelles excuses, vous pouvez les garder.

— Je vous en dois, c'est vrai, mais je veux vous parler d'autre chose.

— Au diable vos excuses, Booker! Vous êtes allé fouiner à LaGrange et importuner ma mère, puis, après m'avoir assuré de votre sollicitude à mon égard, vous êtes reparti à la chasse aux ragots chez Brooke Cabot. Je vous faisais confiance! Vous devriez être rayé du barreau.

— Je comprends ce que vous éprouvez.

— J'en doute. Je ne m'étonne plus que Cecilia ait préféré partir pour l'Afrique plutôt que de vous épouser. Moi, j'irais jusqu'au pôle Nord s'il le fallait!

— Ecoutez-moi, je vous en prie. Je suis d'accord avec vous, mais il faut que vous partiez.

— Que je parte? fit-elle en le regardant avec stupéfaction. Que voulez-vous dire?

— Robert ne conclura pas de marché avec vous, croyez-moi. J'en ai l'intime conviction.

— Ce n'est pas l'avis de M. Stern. Ce n'est pas non plus ce que dit Robert, d'ailleurs. De toute façon, je déteste ce mot de "marché". Nous nous efforçons d'arriver à une solution qui évitera aux deux parties un procès coûteux et une publicité déplaisante. "Marché" fait louche et minable. Mais peut-être ne prend-il ce sens que parce que vous le prononcez, ajouta-t-elle après un court silence.

— Vous n'aimez pas ce que j'ai fait, et je le comprends. Cela ne m'a pas plu non plus. Mais qui m'en a chargé ? Vous êtes-vous posé la question ?

— Oui. Robert m'a déjà présenté ses excuses. Il m'a également appris que vous aviez outrepassé ses instructions. Que vous soyez allé voir ma mère l'a scandalisé.

— Scandalisé ? Il n'a pas été choqué le moins du monde. Ecoutez, rentrez à New York. Vous laisserez Stern ici. Partez après le dîner. Simon peut vous raccompagner, ou moi.

— Je n'ai pas la moindre intention de partir. Je crois que vous essayez de semer la pagaille, parce que Cecilia vous l'a demandé ou peut-être simplement parce que c'est dans votre nature.

— Vous commettez une erreur, Alexandra.

— Je vous dérange ? Quelle erreur ? » Robert s'avançait vers eux comme un yacht étincelant qui rentre au port en dépassant des embarcations plus petites et moins puissantes.

« Nous parlions des talents de détective de M. Booker », dit-elle.

Robert rit mais décocha un tel regard à l'avocat que la buée monta aux lunettes du pauvre homme. « L'eau coule sous les ponts, fit-il d'une voix tonitruante. La première des leçons en politique est d'oublier ce qui s'est passé la veille. Booker vous a-t-il appris que j'avais eu un long entretien avec Stern ?

— Non.

— Eh bien, il aurait dû. DeWitt nous a rejoints,

et nous avons beaucoup avancé. DeWitt n'y est pas pour grand-chose, je dois dire, mais quand s'est-il jamais montré utile ? Booker, mon vieux, laissez-nous un moment, voulez-vous ? Merci. »

Celui-ci s'éloigna à regret. « N'oubliez pas ce que je vous ai dit, Alexandra, fit-il d'un ton pressant.

— Je vous avouerai que je commence à être las de Booker, reprit Robert. Il a déjà outrepassé ses attributions en se rendant à LaGrange et il se comporte maintenant de manière très bizarre. S'il n'y avait pas ma sœur, je l'aurais renvoyé depuis longtemps. Elle ne l'épousera jamais, bien entendu, mais elle se refuse également à le laisser partir. Je dois dire que je me suis demandé s'il n'y avait pas quelque chose entre vous.

— Entre nous ? Bien sûr que non ! Je ne le connais que depuis deux semaines. Qu'est-ce qui vous fait penser une chose pareille ?

— Oh ! Je ne parlais pas de vous. Je crois en revanche que vous lui avez plu dès le début, le jour même de l'enterrement. Facile à comprendre mais de très mauvais goût. Vous ne vous en êtes sans doute pas aperçue, étant donné les circonstances, mais moi si. Un type curieux, Booker. Devant votre indifférence — et qui s'en étonnerait ? —, il vous a prise en grippe. Je vais devoir m'en séparer, je crois. Il n'est vraiment pas digne de confiance. » Il poussa un soupir. « Grand-mère semble avoir de la sympathie pour votre ami Simon.

— Elle le prend pour un étranger.

— Eh bien, d'une certaine manière, c'en est un, n'est-ce pas ? Booker aussi. Bien que très proche de la famille depuis des années, il n'en fait toujours pas partie. Ecoutez, Stern et DeWitt vont passer la journée de demain à tout mettre par écrit — votre avocat vous en parlera sans doute après le dîner. Nous, nous irons à la chasse et, qui sait ? à notre retour, ils auront peut-être établi un document que nous pourrons signer tous les deux.

— Booker ne participe pas aux discussions ?

— Franchement, ce n'est pas souhaitable. Plus vite il rentrera à New York, mieux cela vaudra. D'ailleurs, Stern n'accepterait pas d'être à deux contre un. Il insisterait pour faire venir un de ses collaborateurs de New York, et nous nous retrouverions vite avec une demi-douzaine d'avocats inutiles. Lorsque cette affaire sera réglée, nous devrions pouvoir apprendre à nous connaître un peu mieux. Ce que nous voulons l'un et l'autre dépendra en grande partie de nos relations. Nous aurons certainement des désaccords de temps à autre, mais il nous faudra les surmonter en amis, en égaux.

— C'est exactement ce que je souhaite. Rien de plus, rien de moins.

— Bien dit, fit-il en lui tapotant l'épaule. Nous allons nous entendre, j'en suis sûr. » Il parcourut la pièce du regard. « Dieu, que John aurait été amusé de voir Emmett ici ! Il l'excitait comme un torero un taureau ! » Robert vida son verre d'un trait et fit la grimace. Avait-il beaucoup bu ? Comme son père, il paraissait capable d'ingurgiter de grandes quantités d'alcool sans effet apparent. Alexandra s'avisa toutefois qu'elle le voyait toujours un verre à la main. « John avait de l'affection pour Emmett, poursuivit-il comme si cela tenait de l'exploit et presque de la sainteté. Il faut dire qu'il aimait tout le monde, ajouta-t-il avec une pointe de mépris, ou d'envie peut-être. Et tout le monde l'aimait, le pauvre vieux. Grand-mère en était gâteuse.

— Pourquoi "pauvre vieux" ? Je croyais que vous l'aimiez, vous aussi ?

— Correction : je l'adorais. Je dis le "pauvre vieux" parce qu'il est mort. Difficile d'avoir moins de chance.

— Vous y pensez encore ?

— Oui, surtout quand je suis ici. C'est une des nombreuses raisons pour lesquelles je viens rarement à Kiawa. Je suppose que c'est aussi pour cela que vous ne retournez pas chez vous, non ? »

Elle le dévisagea un instant en se demandant ce qu'il savait et, plus important encore, ce qu'il insinuait. « Vous voulez parler du suicide de mon père ? demanda-t-elle, étonnée d'arriver à prononcer ce mot. C'est en effet la raison. Mais John ne s'est pas suicidé, que je sache ? C'était un accident.

— Oui, bien sûr », fit Robert avec véhémence. Il la fixa avec intensité comme le ferait un témoin à qui la police demande d'identifier un malfaiteur. « Booker m'a dit que vous étiez avec votre père lorsque cela s'est produit. C'est vraiment terrible, fit-il en serrant sa main dans la sienne.

— Je ne veux pas en parler, Robert.

— Non, bien sûr. Je voulais simplement dire que moi aussi j'étais avec John. Nous avons traversé la même épreuve tous les deux.

— C'est possible, mais je ne souhaite vraiment pas en parler.

— Je vous comprends. Personne n'a jamais voulu évoquer la mort de John non plus, moi moins que quiconque. Père a toujours gardé le silence sur ce drame comme s'il n'avait pas eu lieu. Et pourtant, il vous en a parlé. Vous a-t-il raconté toute l'histoire en détail ? Ce pauvre John de plus en plus ivre, père de plus en plus furieux, et grand-mère qui, comme de coutume, feignait de trouver la situation parfaitement normale. La petite causerie habituelle des Bannerman avant de passer à table, si ce n'est qu'il fallait demander à Maitland d'éloigner les domestiques et retarder le dîner jusqu'à ce qu'elle sonne. »

Alexandra était maintenant convaincue que Robert était soûl. Soûl et en colère, mais encore maître de lui. Il avait dû exécrer cet entretien avec Stern, détester avoir à se montrer aimable alors qu'il renonçait à ce qu'il considérait comme son héritage, acceptait une étrangère au sein de sa famille, se résignait finalement au fait qu'il n'avait d'autre solution, à moins d'un procès qu'il risquait de perdre. Il avait espéré qu'elle abandonnerait devant les difficultés ou que Booker lui rapporterait des faits assez compromettants pour l'y contraindre. A présent, c'était fini ou presque, et le plus humiliant pour lui était sans doute de se rendre compte qu'il ne conserverait sa position et sa place dans la famille que grâce à son désir de transiger, qu'il lui devrait sa victoire partielle puisqu'elle détenait toujours la carte maîtresse.

« Arthur m'en a parlé, comme de tout le reste. Il me faisait confiance, Robert. Plus que mon propre père, plus que quiconque. »

Il sourit, ou plutôt s'y efforça, car le résultat ne fut guère qu'un rictus. « Ah ! fit-il d'une voix épaisse. La confiance, quel beau sentiment ! Je vous envie. » Il avait retrouvé son expression affable habituelle. « Je ne suis pas très doué pour faire confiance aux gens, c'est ce qu'on m'a dit, du moins.

— Vous pourriez apprendre.

— Peut-être. » Il partit d'un rire sonore qui parut plus sinistre qu'enjoué à Alexandra. « Mais j'aurai sans doute besoin d'un coup de main », ajouta-t-il avec un clin d'œil.

Elle prit congé aussi poliment que possible. Peut-être parce qu'elle ne buvait pas, les gens qui abusaient de l'alcool la mettaient mal à l'aise. De plus, la remarque de Robert sur la confiance lui avait rappelé l'existence du rapport de police dont elle ne savait toujours pas que faire et auquel il pensait manifestement. Il lui était naturellement impossible de se fier à elle tant qu'elle l'avait, mais pouvait-elle lui faire suffisamment confiance pour le lui remettre ?

Si tout se passait bien entre eux et *quand* elle aurait appris à lui faire confiance (car elle était optimiste), elle le lui donnerait.

En attendant, la solution la plus sûre était de le garder.

Elle dormit mal, non en raison du repas auquel elle n'avait presque pas touché ni de la conversation, animée essentiellement par Mme Bannerman qui avait expliqué les mœurs et coutumes américaines à Simon, mais à cause de la réflexion inattendue de Robert.

Pensait-il vraiment qu'ils avaient quelque chose en commun : deux personnes qui avaient tué un être cher « accidentellement » mais commis en réalité — quoiqu'elle n'utilisât jamais ce mot pour décrire ce qui s'était passé entre son père et elle — un « homicide » ? La conduite imprudente de Robert avait coûté la vie à son frère ainsi qu'à deux innocents.

Elle... mais elle se refusait à se remémorer son acte ou même seulement à y penser.

Autour d'elle, la vaste demeure craquait et gémissait, émettait mille petits bruits, comme un navire en mer. Elle entendait le craquement du bois dû à la chute de la température, le frottement des branches contre un toit de tuiles, le bourdonnement des climatiseurs, un bruit lointain de pompe ou de ventilateur, le pas étouffé d'un domestique de garde, car, comme dans un hôtel, on pouvait sonner quelqu'un vingt-quatre heures sur vingt-quatre pour se faire apporter une boisson ou, dans le cas de Mme Bannerman, s'informer de l'heure.

Elle décida de partir le lendemain dès que tout serait réglé. Elle demanderait à Stern ou Simon de lui réserver une chambre dans un hôtel discret du centre, le Dorset peut-être ou le Hampshire, où elle se tiendrait quelque temps à l'écart. Petit à petit, elle reprendrait une existence normale.

Ou plutôt, non, elle commencerait une *nouvelle* vie, car rien ne serait plus pareil. Il lui faudrait un bureau pour superviser la construction du musée — Simon pourrait l'aider. Avec le temps, on finirait peut-être par l'accepter comme une Bannerman. Et ensuite? Elle se refusait à voir si loin.

Elle ferma les yeux et, brusquement, entendit des pas sur le gravier, puis des voix.

Elles lui parvenaient assourdies, mais elle crut distinguer un homme et une femme. Le silence revint et elle sombra dans le sommeil en se disant qu'il était absurde d'imaginer qu'ils parlaient d'elle.

« C'est de la lâcheté, Robert, rien d'autre.

— Non, du bon sens, répondit-il d'un ton las. Ça ne me plaît pas plus qu'à toi, Cici.

— C'est une petite traînée calculatrice, et tu lui cèdes. Je n'aurais jamais cru voir une chose pareille. »

Robert poussa un soupir. Il ne pouvait distinguer l'expression de sa sœur dans l'obscurité, mais elle avait les yeux brillants comme si elle pleurait. « Si nous faisons traîner les choses en longueur, elle risque de gagner, lui expliqua-t-il avec patience. Père l'a vraiment épousée.

— Je me refuse à le croire ou à l'accepter.

— Ce n'est pas le problème. Selon Booker, le mariage est valide.

— Oh ! lui, je serais capable de le tuer ! » Même au clair de lune, ses yeux lançaient des éclairs. « Il a été minable. Je me demande comment j'ai jamais pu envisager de l'épouser. Mais c'est surtout toi qui me déçois, Robert. Tu te laisses traiter plus bas que terre simplement parce qu'elle est mignonne. Dans le genre commun, ajouta-t-elle.

— Elle n'a rien de commun, Cici. Je la trouve même assez séduisante. Ramirez — tu te souviens de lui ? — m'a suggéré de l'épouser ! Ce ne serait pas une mauvaise solution, en fait, fit-il en riant.

— C'est dégoûtant !

— Je plaisantais, Cici.

— Je ne trouve pas ça drôle. Tu as peut-être mieux à faire que d'échanger des bons mots avec tes amis cubains.

— Ce n'est pas facile. Elle est plus futée que tu ne le penses et possède certains papiers que j'aimerais beaucoup récupérer.

— Tu veux dire qu'elle te fait chanter ? Est-ce pour cela que tu te montres aussi veule ?

— Il ne s'agit pas vraiment de chantage, Cici. Ce seraient plutôt des menaces.

— De quel genre ? »

Robert regrettait déjà d'avoir abordé le sujet. Si Cecilia apprenait la vérité sur la mort de John, elle ne lui pardonnerait jamais — ce qu'il redoutait bien davantage que les conséquences éventuelles de cette découverte sur sa carrière politique.

« Des histoires politiques, dit-il du ton le plus désinvolte possible. Père les lui a donnés. Très imprudemment.

— Ramirez ne peut pas les récupérer ? Tu disais que rien ne lui était impossible. » Cecilia avait connu Ramirez dans son enfance, alors qu'il était encore un héros bon teint aux yeux des patriotes purs et durs qui croyaient que le débarquement de la baie des Cochons aurait réussi si Kennedy avait eu le cran d'envoyer une couverture aérienne. Arthur Bannerman avait été de ceux-là. Comme beaucoup d'Américains fortunés, il avait été ravi d'inviter chez lui le fringant héros cubain et de donner des fonds à la *causa*. Ses exploits ultérieurs dans le monde de l'assassinat politique et du meurtre sur commande avaient échappé à l'attention de Cecilia. Les rares fois où son nom était mentionné, elle parlait toujours de lui comme d'une sorte de Galaad hispanique et anticommuniste, une réputation qu'il avait perdue presque aussi vite qu'il l'avait acquise.

« Il a échoué jusqu'à présent. Nous avons eu des mots, d'ailleurs.

— Pousse-le aux fesses, Robert ! Père disait que, si les Kennedy n'avaient pas perdu leur sang-froid, Ramirez aurait atteint La Havane et fichu Castro dehors.

— Bon sang, Cici ! Père a changé d'avis sur le sujet quand tu étais encore en barboteuse. Dieu sait que j'ai fait de mon mieux ! Ramirez est ici, planqué dans un motel, mais il n'a rien trouvé.

— Il est ici !

— Fais comme si je ne t'avais rien dit. Moins tu en sauras, mieux cela vaudra. Je contrôle la situation.

— Alors dis-lui de se grouiller », fit-elle d'un ton sec.

Robert regrettait cette discussion, mais il était trop tard. Il aurait dû se douter qu'elle ne donnerait jamais sa bénédiction à un compromis avec Alexandra. « Je ferai l'impossible, dit-il d'un air sombre pour clore la discussion.

— Je ne t'en demande pas plus », murmura-t-elle en lui prenant la main.

La fragilité de Cecilia était reconnue par tous les membres de la famille, sauf par l'intéressée elle-même qui savait à quoi s'en tenir. En d'autres temps, elle se serait bien vue dans le rôle d'une mère, sœur ou fille de Romain, ou en tout cas d'une de ces vestales sévères qui montraient la voie du devoir aux hommes de leur famille.

Elle pensait aussi — et elle était la seule — que Robert était trop bon. Elle se reprochait d'avoir fui en Afrique pour échapper à la famille et à la fortune en le laissant seul. Si elle avait été là, elle l'aurait convaincu de ne pas tenter d'évincer leur père ou, s'il avait conservé ce dessein, lui aurait insufflé la force de réussir. Elle voyait bien qu'il faiblissait depuis que cette fille profitait de sa bonne nature, que Ramirez se dérobait sans doute à ses engagements...

Elle y réfléchissait en enfilant sa chemise de nuit en coton, appréciant de nouveau le fait d'avoir froid après toutes ces années passées en Afrique. Il était toutefois de son devoir d'aider les pauvres là-bas, et un Bannerman accomplissait toujours son devoir sans se plaindre. Sa grand-mère lui avait au moins enseigné cela, et c'était une des plus grandes satisfactions de sa vie — peut-être la seule, songea-t-elle avec amertume.

Si Robert échouait avec Ramirez, elle prendrait la relève. C'était également son devoir.

Elle décrocha le téléphone.

L'ambiance autour de la table du petit déjeuner n'avait rien d'enjoué, mais Robert fit de son mieux pour l'égayer, comme la femme d'un cadre moyen qui, lors d'un dîner capital, voit les chances de promotion de son mari s'évanouir à mesure que la conversation se meurt. Bien qu'il ne fût pas un lève-tôt en temps normal, il évoluait dans la salle à manger en multipliant les bons mots, en serrant des mains avec entrain et en promettant à tous une merveilleuse journée. Celle-ci s'annonçait en effet magnifique, du moins en ce qui concernait le temps. Une légère brume se dissipait, révélant une fine pellicule de givre qui fondit aux premiers rayons du soleil et raviva les couleurs automnales. A l'extrémité de la Grande Pelouse, des daims paissaient paisiblement, leur robe d'un bel orange pommelé dans la lumière du matin.

« Le seul bon côté de ces parties de chasse, c'est le petit déjeuner », grogna Putnam en s'asseyant à côté d'Alexandra. Et la profusion de plats d'argent dressés pour le buffet aurait effectivement fait honneur à un navire de croisière. Chez les Bannerman, le cérémonial de ces journées-là se déroulait selon des règles fermement établies au siècle dernier. Bien avant l'aube, une armée de domestiques invisibles avait préparé petit déjeuner et paniers de pique-nique, chargé fusils et munitions dans les voitures, soigné les chiens et fait venir des cages pleines de faisans de l'élevage du domaine au cas où la quantité d'oiseaux levés par les chasseurs se révélerait décevante. Rien n'était laissé au hasard.

« Vous ne mangez pas ? » demanda Putnam.

Alexandra frémit en regardant les œufs, bacon, saucisses et galettes qui remplissaient l'assiette de celui-ci. « Cela me rappelle mon enfance, dit-elle. Sauf que nous déjeunions à 3 heures du matin et non à 6.

— J'avais oublié que vous étiez un produit de la zone agricole, dit Putnam avec une bonne humeur qui commençait à agacer Alexandra. Il est vrai que je ne sais guère de vous que ce que j'ai lu dans les journaux et, en tant que journaliste, je me méfie de ce qu'ils disent. »

Elle s'efforça de se montrer attentive. « Vous avez cessé d'exercer ce métier, je crois ?

— Comment le savez-vous ?

— Votre père me l'a dit.

— Ah oui, bien sûr. Eh bien, c'est vrai, je ne suis plus journaliste.

— Pourquoi ?

— Il n'y a rien que j'aie envie de photographier. J'ai fait des photos au Viêt-nam et, quand on a couvert une guerre, une vraie, tout le reste paraît ennuyeux, vain... Une campagne présidentielle ? Non, merci ! » Il acheva d'engloutir son petit déjeuner comme si un estomac plein devait lui relever le moral.

Alexandra sirota son café tandis qu'il nettoyait son assiette avec l'expression un peu morose d'un homme qui, après un festin dont il s'était fait une joie, se prépare à culpabiliser toute la journée sur les calories et le cholestérol avalés.

« Pourquoi faisons-nous tout ça ? demanda-t-elle.

— Pourquoi ? Je me suis posé la même question. Parce que Robert le souhaite, je suppose. Comme d'habitude.

— Et cette raison vous suffit ?

— Je m'en satisfaisais autrefois, et c'est peut-être encore le cas. Robert est mon frère, voyez-vous, quoi que vous pensiez de lui. S'il veut jouer les gentilshommes campagnards — en raison de votre présence, je présume —, alors qu'il est de retour après quatre ou cinq ans d'absence, je n'y vois pas d'inconvénient. Qui suis-je pour lui gâcher son plaisir ?

— Vous croyez qu'il fait tout cela pour moi ?

— Pas uniquement mais, oui, sans aucun doute. Robert aime le mouvement, et les activités sont limitées à Kiawa. Il ne peut pas rester en place, et la perspective de passer une journée entière à discuter de cet accord que vous allez conclure tous les deux a dû lui paraître insupportable. Il aime organiser la vie des gens, tout régenter. Il aurait fait un bon général s'il avait pu obtenir ses quatre étoiles sans avoir à gravir tous les échelons. Regardez-le ! Il est dans son élément. Les domestiques ne se sont pas couchés de la nuit, la moitié du personnel court le domaine pour veiller à ce qu'il y ait assez de faisans, et il a même invité quelques personnalités locales qu'en fait il méprise. Il veut prouver que Kiawa est toujours à lui et non à vous, voilà tout.

— Je n'ai jamais considéré qu'il m'appartenait.

— A en croire le testament de père, c'est pourtant le cas, et ce n'est pas moi qui vous le disputerai. »

La salle à manger se remplissait. Cecilia y avait fait son entrée, portant une jupe de tweed, plusieurs épaisseurs de pulls, et de fort méchante humeur. Courtland DeWitt semblait sortir d'un catalogue de vêtements de sport de luxe ; sa veste en toile kaki et daim s'ornait de poches, étuis à cartouches, lacets de cuir pour suspendre les faisans et épaules rembourrées pour amortir le recul du fusil. Il avait une paire de lunettes supplémentaire autour du cou et un chapeau tyrolien sur la tête. Alexandra remarqua que ces chasseurs-là n'étaient pas du genre à mettre vieux pantalons de velours et parkas, et n'arboraient pas non plus la couleur rouge de règle dans le Middlewest. Robert qui discutait avec DeWitt était vêtu d'un élégant costume de tweed, de même que ses voisins qui pour la plupart regardaient autour d'eux avec un respect craintif, quand ils ne jetaient pas des coups d'œil furtifs vers Alexandra. Même Booker était en tweed — la texture et la coupe de ses vêtements semblaient toutefois mal choisies, à moins qu'ils ne fussent simplement trop neufs. Alexandra se demanda ce que porterait Simon qui avait manifestement oublié de se lever.

Putnam lui adressa un clin d'œil. « Les riches font coudre des pièces de daim sur leurs habits quand le tissu est usé, fit-il en regardant Booker. C'est une façon de faire des économies. Ils n'achèteraient jamais un costume neuf avec des pièces. Ce pauvre Booker n'a jamais compris la différence. Il faut être né dans l'opulence pour percevoir la ligne de démarcation qui sépare l'usagé de l'élimé.

— Je croyais que DeWitt et lui travaillaient aujourd'hui. Je sais que M. Stern compte sur la présence de DeWitt.

— Oh ! Il sera de retour à 10 heures au plus tard, le visage empourpré et prêt à discuter affaires après deux heures de sport noble. DeWitt n'aime pas plus la chasse que moi, mais cela fait partie de son image. Il va pêcher la truite tous les ans, vous savez, et il en parle beaucoup quoique, à mon avis, il n'y prenne pas le moindre plaisir. S'il attrapait un poisson, il ne saurait pas quoi en faire. Ah ! Voici Robert.

— Nous avons de la chance, fit celui-ci d'un ton enjoué. La journée est magnifique. » On aurait dit qu'il s'en était occupé personnellement au même titre que du petit déjeuner. « Vous avez bien dormi ?

— Je n'ai jamais de problèmes de ce côté-là, répondit Putnam. C'est plutôt rester éveillé qui me demande un effort.

— Ce n'est pas à toi que je posais la question, mais à Alexandra.

— Eh bien, j'ai plutôt mal dormi, dit-elle. Je ne sais pas pourquoi.

— Un peu d'excitation, je suppose.

— Non, il ne s'agissait pas de cela. J'avais un peu l'impression que la maison était hantée, en fait. Pas vraiment, bien sûr, je ne crois pas à ce genre de choses. C'était plutôt comme s'il y avait eu quelqu'un, là, dans ma chambre...

— Hantée ! fit Robert en éclatant de rire. Ma foi, je n'ai jamais entendu parler de fantômes Bannerman, à moins que grand-mère ne les convoque à l'insu de tout le monde. Vous êtes prête ? »

Elle acquiesça.

« J'ai demandé qu'on vous donne le fusil de ma mère. Cela vous va ?

— Je ne compte pas tirer.

— Je croyais pourtant avoir entendu dire que vous étiez douée, dit-il en lui adressant un sourire entendu, comme s'ils partageaient un secret. C'est dommage, car le garde-chasse l'avait nettoyé pour vous. Et toi, Putt ?

— Je me contenterai de mon appareil photo. Je ferai peut-être un reportage sur la chasse chez les riches.

— Il n'en est pas question, Putt. C'est un ordre.

— Je plaisantais.

— Je ne prends pas ça comme une plaisanterie mais comme une menace.

— Voyons, Robert, pense au bon côté de la chose. Cela te vaudrait les voix de tous les chasseurs du pays. »

Le sens de l'humour de Robert ne semblait pas s'étendre à Putnam.

Il le dévisagea un instant, puis secoua la tête comme s'il repoussait un conseil sérieux. « Ils voteront pour moi de toute façon », dit-il. Puis il prit le bras d'Alexandra et l'entraîna. « J'ai dormi comme un sonneur, lui annonça-t-il avec fierté. Comme toujours. »

La réflexion parut bizarre à Alexandra, car ses

yeux cernés, la coupure qu'il s'était faite en se rasant et son air tendu laissaient plutôt penser qu'il ne s'était pas couché du tout. On aurait dit qu'il avait passé une nuit agitée et pris un ou deux dopants pour tenir le coup. Même son teint était plus pâle qu'à l'accoutumée. Elle se demanda pourquoi.

Simon apparut, une tasse de café à la main. Il regardait le clair soleil d'automne comme s'il avait été placé là uniquement pour le contrarier. Avec son blouson de cuir, son pantalon de flanelle grise et ses lunettes noires, il semblait se rendre à un concert de rock ou en revenir. « Dieu, qu'il est tôt ! dit-il.

— Tu as raté le petit déjeuner, remarqua Alexandra.

— Pas du tout. Tu oublies que je ne déjeune jamais. Je ne suis pas sûr d'être d'attaque pour la chasse. »

Elle devinait sans mal comment il avait passé la nuit. Une soirée câline à la campagne ne présentait aucun attrait pour un homme qui ne se couchait jamais avant 3 ou 4 heures du matin et avait une prédilection pour les endroits les plus bruyants et le plus vivement éclairés possible. Seule une dose massive de sa drogue du moment jointe à quelques somnifères avait pu lui permettre de survivre à une nuit d'ennui solitaire. Il était si pâle que les voisins des Bannerman le regardèrent fixement comme s'ils avaient affaire au fantôme de Kiawa. Simon sortit deux petites capsules bleues de sa poche qu'il avala avec du café noir. « Pour mes allergies », expliqua-t-il en fermant les yeux un instant. Il frissonna, devint encore plus blanc et poussa un soupir. « Avec tout le pollen qu'il y a dehors, je ne devrais peut-être pas sortir, dit-il.

— Absurde ! fit Robert en l'entraînant vers la

porte. Il faut absolument que vous veniez. Alexandra serait déçue et moi aussi. Il y a un bon mois que ce n'est plus la saison des foins. Vous ne respirerez rien d'autre que du bon air. »

Alexandra trouva son insistance étrange. Elle avait du mal à croire qu'il tînt vraiment à la présence de Simon ; il en donnait pourtant l'impression. On aurait dit qu'il désirait que le plus grand nombre de personnes possible participe à la partie de chasse qu'il avait organisée, allant même jusqu'à inviter des voisins qu'il évitait pourtant depuis des années et qui semblaient étonnés d'être là et intimidés par Robert au point de ressembler à de petits poissons devant un requin. Quelle que fût l'opinion du reste du monde sur Robert, eux se méfiaient manifestement de lui, peut-être en raison de certains précédents, et paraissaient craindre d'être les dindons de la farce.

« Quelques heures au grand air vous feront le plus grand bien », dit Robert en poussant Simon vers une des voitures. Et celui-ci dont la volonté était au plus bas à cette heure matinale céda d'un air maussade.

Robert fit monter Alexandra dans une Jeep découverte et prit la tête du convoi. « Vous savez comment se passe une partie de chasse ? » cria-t-il.

Elle fit signe que oui. Les bois s'étendaient devant eux, parés de leurs couleurs automnales, et l'air était si clair que les monts Catskill qui se dressaient pourtant de l'autre côté de l'Hudson, à une bonne cinquantaine de kilomètres, semblaient à portée de la main. Très haut au-dessus d'eux, des oies sauvages volaient en criaillant vers quelque champ de maïs. Alexandra se demanda comment elle avait jamais pu vivre en ville, tout en sachant parfaitement qu'au bout d'une semaine elle serait aussi impatiente de retrouver New York que Simon pourrait l'être.

« Dans ma région, les chasseurs marchent dans les champs de maïs et tirent quand les chiens lèvent un faisan, dit-elle. Ce n'est pas un sport compliqué.

— C'est pareil ici. » Il lui désigna un bois de pins et d'érables rouges. « Les rabatteurs partiront de là-bas. De ce côté-ci, il y aura les chiens et leur maître pour repérer les faisans. Avec un peu de chance, bon nombre d'entre eux passeront au-dessus de nous à pleine vitesse. La meilleure chasse qui soit, à mon avis, et j'ai tiré le coq de bruyère en Ecosse, la colombe en Caroline du Sud, l'alouette en Espagne et le canard en Alaska... Nous y voilà. »

Il s'arrêta dans un champ qui avait des allures de campement militaire. Il y avait une dizaine de camionnettes, une petite tente et même des w-c portatifs. Une vingtaine d'hommes attendait avec leurs chiens, et deux domestiques s'affairaient à préparer thé et café sous la tente. Robert aida Alexandra à descendre de la Jeep, puis lui tendit une veste de tweed.

« Chez moi, nous portons du rouge, dit-elle.

— Oh ! C'est inutile ici, fit-il en riant. Il n'y a que des chasseurs expérimentés. Vous trouverez un foulard dans une des poches. Il vous tiendra chaud et assourdira le bruit des détonations ! »

C'était un beau foulard en cachemire Hermès décoré de plumes d'oiseaux. Elle s'en couvrit la tête en se disant qu'avec sa veste brun olive et ce fichu couleur rouille, elle était remarquablement camouflée. Mais, sur la côte Est, les habits de chasse étaient apparemment conçus pour s'harmoniser avec le paysage plutôt que pour s'en différencier. Dans leurs sports comme dans bien d'autres domaines, les riches, semblait-il, cherchaient à se rendre invisibles.

McGiverney, le garde-chasse en chef, n'aurait pas intéressé Lady Chatterley, se dit Alexandra. Trapu, musclé, l'œil perçant et le teint rougeaud des hommes qui vivent au grand air et lèvent bien le coude, il n'aurait pas paru déplacé dans l'Illinois. Sa poignée de main ressemblait à celle d'un ours. « M. Arthur était un bon fusil », dit-il. Puis il retomba dans le silence, lui laissant le soin de décider s'il s'agissait d'une forme de condoléances ou de la seule reconnaissance de sa qualité de veuve qu'elle obtiendrait jamais de lui.

« Pas la dernière fois que je l'ai vu à l'œuvre, en tout cas, remarqua Robert.

— Il n'était pas en forme mais, dans sa jeunesse, c'était le meilleur tireur de la famille. » McGiverney sortit un fusil de sa camionnette et le tendit à Alexandra. « Vous savez vous en servir ? demanda-t-il.

— Je ne chasse pas, répondit-elle d'un ton ferme.

— A votre guise. Mme Bannerman, *feu* Mme Bannerman, avait un joli coup de fusil lorsqu'on parvenait à l'arracher à ses chevaux, n'est-ce pas, monsieur Robert ? Votre père était sacrément fier d'elle. Restez près de moi, je m'occuperai de vous, ajouta-t-il à l'adresse d'Alexandra.

— Je m'en charge, McGiverney.

— Comme vous voudrez, monsieur », fit le garde-chasse d'un ton où perçait une légère hostilité. Après lui avoir donné son fusil, il s'éloigna comme un sergent qui inspecte ses troupes pour répartir les chasseurs par couple, chacun accompagné d'un homme et de son chien. « Que ceux qui ne tirent pas restent bien en arrière et là où nous pouvons les voir », dit-il.

Groupés deux par deux, les tireurs formèrent une sorte de ligne grossière. Alexandra remarqua que Simon s'était arrangé pour trouver un fusil, apparemment décidé à prendre part à l'action maintenant qu'il était là. A sa connaissance, il n'avait jamais chassé de sa vie et, bien qu'il eût la manie de se promener avec un pistolet, elle avait toujours pensé qu'il s'agissait plus d'un soutien psychologique que d'autre chose. Il s'était sans doute muni d'un fusil pour éviter d'avoir à rester avec les spectateurs, ou par simple désir de contrarier DeWitt qu'il avait choisi pour partenaire. Alexandra se dit toutefois qu'il était assez malin pour laisser l'avocat tirer les faisans et consolider sa réputation de bon sportsman.

Robert et elle s'avancèrent sans hâte tandis que le chien courait en zigzag devant eux, un vieux labrador expérimenté qui paraissait tout à fait capable de faire son travail sans les ordres murmurés et les coups de sifflet de son maître, un vieil homme grisonnant dont l'apparence laissait penser qu'il dormait dans la niche de son chien.

« Qui est-ce ? chuchota Alexandra.

— Un gars du coin, répondit Robert. McGiverney les rassemble quand il a besoin d'eux. Nous avons beau être à cent cinquante kilomètres à peine de New York, c'est encore la vraie campagne ici. Il y a des gens qui ne mangeraient pas de viande s'ils ne braconnaient pas et, comparé à certains coins de ce comté, *Délivrance* ressemble à Beverly Hills... Attention ! »

Le chien avait atteint la lisière des arbres et se tenait à l'arrêt à une cinquantaine de mètres d'eux. Son propriétaire cessa de mastiquer sa chique pour dire : « Faut vous rapprocher. » Robert prit Alexandra par le coude et ils s'élancèrent ensemble, trébuchant sur les mottes de terre et les chaumes. Puis elle entendit un vrombissement et, avant même qu'elle ne l'eût localisé, Robert avait tiré deux fois. Elle ne vit le faisan que lorsqu'il tomba au sol. Le chien qui ne croyait manifestement pas aux dépenses d'énergie inutiles, trottina posément jusqu'au volatile et le rapporta.

« Qu'en dites-vous, McGiverney? cria Robert par-dessus son épaule.

— Visez à la tête, monsieur. C'est meilleur à manger. Pas la peine de se casser une dent sur du gibier. Votre père les abattait sans jamais les abîmer.

— Zut ! grommela Robert entre ses dents. Pour deux cents, je... » Mais elle ne sut jamais ce qu'il était prêt à faire pour deux cents, car des aboiements de chiens et des cris d'hommes s'élevèrent de l'autre côté du bois. Des faisans surgirent au-dessus des arbres, accueillis par une volée de balles. On aurait dit qu'une petite guerre avait éclaté et, brusquement, Alexandra fut prise de nausées. Elle ferma les yeux et revit son père gisant sur le sol, les mains crispées sur la poitrine comme pour retenir son sang, les yeux grands ouverts, le visage livide... Elle n'avait pas discerné l'instant précis de sa mort et lui non plus, peut-être, Dieu merci ! Il avait simplement glissé d'un état à l'autre sans transition visible. Elle sentait l'odeur familière de la poudre, entendait les détonations toutes proches — quoiqu'elles fussent loin de retentir avec autant de violence que dans une pièce close. Elle tremblait, au bord de l'évanouissement.

« Qu'avez-vous donc ? demanda Robert en baissant son fusil.

— Je ne peux pas supporter tout ça. Il faut que je parte. »

Il la saisit par le bras. « Vous n'allez pas être malade ? Ce ne sont que des oiseaux, vous savez. On les élève pour ça.

— C'est plus fort que moi. Il faut que je m'en aille d'ici. »

Robert garda le silence un instant comme s'il cherchait une solution. « Venez, fit-il en l'entraînant vers un petit mur de pierre sous les arbres. Asseyez-vous là. Je vais traverser le bois et demander qu'une camionnette vienne vous chercher. C'est plus sûr que de retourner là où on tire. »

Alexandra n'était pas de son avis. Dès qu'ils seraient là, les chasseurs qui faisaient feu dans cette direction ne pourraient plus les voir et, de fait, des cartouches vides tombaient déjà des arbres qui les surplombaient. Robert semblait toutefois savoir ce qu'il faisait, et elle était trop bouleversée pour discuter. Il l'aida à franchir le muret et lui désigna une petite pente raide couverte d'aiguilles de pin au bas de laquelle se trouvait un tas de pierres. « Attendez-moi là, dit-il. Je vais suivre le chemin. »

Alexandra n'avait aucune envie de rester seule. Il n'y avait sans doute qu'une centaine de mètres jusqu'à l'autre extrémité du bois, et elle avait honte de son brusque accès de panique. Elle se sentait déjà mieux depuis qu'elle ne voyait plus les faisans abattus.

Arthur aurait-il été déçu qu'elle se refuse à tirer ? Probablement pas. Il n'avait jamais paru attendre d'elle qu'elle imite sa première femme. Elle sourit intérieurement. C'était la seconde fois qu'elle se considérait comme la « deuxième femme » d'Arthur Bannerman, signe qu'elle commençait enfin à accepter son rôle, même si ce n'était pas le cas des autres...

Robert était debout près d'elle, le fusil plié sur le bras, l'air inquiet. Sans raison apparente, Alexandra frissonna. Elle leva les yeux, pensant qu'un nuage voilait peut-être le soleil, mais le ciel était pur au-dessus des arbres.

Robert hésita, comme s'il voulait ajouter quelque chose, puis il lui tourna le dos et s'éloigna rapidement. Elle se sentit vulnérable et seule. Elle se dit alors qu'il avait raison ; elle serait plus en sécurité dans le creux de terrain qu'il lui avait indiqué. Elle entendait des coups de feu derrière elle et, de temps à autre, une volée de plombs dans les feuillages, mais sans éprouver le sentiment d'être en danger.

Elle longea le muret en dérapant sur les feuilles mortes. De l'autre côté du sentier, un amas de pierres entourait un grand conifère, un épicéa peut-être. Ce n'était pas un arbre qui poussait dans sa région, et il lui semblait sortir d'un livre pour enfants, un arbre pour nains, gnomes et géants. Il avait dû y avoir une maison autrefois, car elle distinguait des restes de fondations et un puits envahi par les ronces. Elle le contourna, puis s'immobilisa.

Elle fut parcourue d'un frisson. Incapable de respirer ou de bouger, pétrifiée, elle sentit ses cheveux se hérisser littéralement sur sa tête. Elle tenta de se raisonner, se dit qu'elle réagissait à retardement au choc de ce coup de feu tout près d'elle, au souvenir de la mort de son père. Elle inspira profondément mais, au lieu de la senteur des pins, elle perçut quelque chose d'autre, une odeur âcre, familière qu'elle avait du mal à identifier.

Elle inspira de nouveau et sut alors que c'était une odeur de cigarette, mais pas une cigarette ordinaire. L'odeur était plus forte, plus pénétrante que celle des marques américaines auxquelles elle était habituée. Puis, brusquement, elle reconnut l'odeur caractéristique de la Gauloise et se souvint au même instant qu'elle l'avait également sentie dans sa chambre.

De la même manière qu'elle avait su alors que quelqu'un avait fouillé la pièce, elle savait à présent qu'elle n'était pas seule. Il lui vint à l'esprit qu'elle était sur une hauteur et qu'une demi-douzaine de chasseurs tiraient derrière elle. Elle ne courait certes guère de risques d'être blessée, car ils ne faisaient feu que sur les faisans en vol, mais on ne pouvait écarter la possibilité d'une maladresse, un doigt trop impatient sur la détente, un cran de sûreté qu'on était convaincu à tort d'avoir mis...

Elle tourna le dos au muret et commença à descendre la pente. Puis, comme si la peur intensifiait ses perceptions, elle distingua au milieu des détonations et de l'aboiement des chiens le déclic sec d'une sûreté. Elle était certaine de ne pas se tromper. Quelqu'un d'autre aurait pu ne pas le percevoir ou l'identifier, mais elle avait entendu ce même son sinistre et fatal juste avant d'appuyer sur la détente et de tirer sur son père, un son qui avait résonné à ses oreilles avec la même violence qu'une avalanche ou qu'un coup de tonnerre. Elle n'avait pas senti son doigt pousser le cran d'acier, les bords tranchants de celui-ci, sa résistance — car la raison d'être d'une sûreté était d'exiger un effort conscient. Elle avait simplement entendu ce déclic — comme son père, sans doute — une fraction de seconde avant qu'un bruit bien plus retentissant ne l'assourdisse...

Dans son esprit, l'un précédait l'autre et, plus par réflexe que par raisonnement, elle s'attendit à un coup de feu. Elle pivota sur elle-même, juste à temps pour voir un homme se dresser derrière le mur du vieux puits, et ne fut pas étonnée de le voir épauler un fusil.

Elle le distingua avec une netteté surnaturelle :

teint basané, lunettes et moustache noires, bonnet de marin de couleur sombre enfoncé jusqu'aux oreilles. Il avait une expression résolue, à moins qu'il ne fût irrité de sa réaction trop rapide, car il avait manifestement eu l'intention de lui tirer dans le dos. «*Mierda!*» crut-elle entendre, et cela lui parut plausible, car son visage avait quelque chose de latin — la moustache épaisse et conquérante, la peau olivâtre —, un visage qui aurait été plus à sa place sous les palmiers des tropiques qu'au milieu des conifères et des érables où l'homme avait choisi de se cacher.

Elle avait cette pensée en tête lorsqu'elle se jeta à plat ventre, quand la détonation retentit et qu'elle sentit un souffle d'air juste au-dessus de sa tête. Elle ne se releva pas — ses jambes ne l'auraient d'ailleurs pas soutenue — mais roula le long de la pente jusqu'à une sorte de cuvette. Le second coup de feu fit jaillir une pluie de feuilles mortes et de terre à quelques centimètres de son visage.

«Garce!» cria l'homme, en anglais cette fois. Elle se remit à dévaler la pente abrupte de la clairière, se meurtrissant sur les rochers et déchirant ses vêtements aux ronces. Son seul espoir était d'offrir une cible aussi difficile que possible, ce qui semblait être le cas, car le coup suivant lui frôla la cuisse. Elle en sentit la chaleur mais éprouva aussi une douleur intense — quelques plombs l'avaient touchée. Elle était presque hors de portée à présent et, dans un effort désespéré, elle s'élança vers les buissons de l'autre côté de la clairière. Une autre balle passa si près d'elle que des éclats de grenaille fouettèrent son gilet de duvet dont les plumes volèrent autour d'elle comme si elle avait été un oiseau blessé.

Elle courait vite maintenant et, lorsqu'un nouveau coup de fusil siffla au-dessus de sa tête, elle avait atteint les buissons. Elle se fraya un passage à travers les branches, rampant à demi, tombant, s'écorchant les genoux, se relevant, jusqu'à ce qu'elle rencontre un passage souterrain dans lequel elle tomba dans un grand jaillissement d'eau, de boue et de vase.

Elle se rendit compte qu'elle sanglotait et haletait, qu'elle faisait beaucoup trop de bruit. Elle avait dévalé près de cinquante mètres de pente comme une luge folle et maintenant elle avait enfin trouvé un endroit où se cacher pourvu qu'elle parvienne à rester silencieuse. Elle pouvait se tapir dans la boue sans bouger en espérant que l'homme ne la trouverait pas, ou reprendre sa fuite. Elle l'imagina aussitôt debout au-dessus d'elle, lui tirant une balle dans la tête, et ses cheveux se hérissèrent comme si elle sentait déjà le canon de son fusil contre sa nuque. Elle reprit sa course aveugle, s'enfonça plus profondément dans un enchevêtrement de broussailles et de ronces, glissa au bas d'un talus. Elle rampait sur des rochers à présent, dans ce qui était sans doute le lit asséché d'un cours d'eau. Elle se meurtrissait les mains et les genoux, mais la peur semblait l'avoir anesthésiée. Elle s'arrêta pour reprendre son souffle à l'abri de deux blocs moussus.

Devant elle, si près qu'elle aurait presque pu le toucher, un chien la regardait, sans doute à la recherche d'un point d'eau. Elle ne fit pas un geste, priant pour qu'il n'aboie pas, mais la vue d'un être humain, si maculé de boue fût-il, rappela apparemment à l'animal qu'il ne faisait pas son travail. Après lui avoir jeté un regard honteux, il se coula dans les buissons pour aller rejoindre son maître. Elle était incapable de bouger. En trente secondes — car il ne devait pas s'être écoulé davantage de temps depuis le premier coup de feu de l'inconnu —, elle avait atteint un état de panique et d'épuisement tel qu'elle était maintenant résignée à rester couchée là et à se laisser tuer s'il la trouvait.

«Merde!» grommela-t-il, si près d'elle qu'elle faillit hurler et retint son souffle comme si elle essayait de nager sous l'eau. Puis elle entendit des bruits de pas qui s'éloignaient, de plus en plus vite, et il ne fit bientôt plus de doute qu'il avait renoncé à la poursuivre et s'enfuyait.

Elle resta immobile quelques minutes. Quelqu'un — l'homme qui avait fouillé sa chambre — avait délibérément essayé de la tuer. C'était si inimaginable qu'elle avait du mal à l'accepter et, maintenant qu'elle était en sécurité, elle éprouvait une sorte de culpabilité, comme un enfant qui a inventé une histoire invraisemblable pour expliquer son jean déchiré ou son retard à l'école. Pourtant, sa blessure à la cuisse était bien réelle, et elle grimaça de douleur en la palpant.

Si quelques plombs perdus pouvaient faire de pareils dégâts, que se serait-il passé si elle avait reçu une décharge dans le dos à courte distance? Mais elle le savait mieux que quiconque, bien sûr. Elle aurait été projetée par terre, le visage en avant, avec un trou de la taille d'une assiette dans le dos. La mort n'aurait peut-être pas été instantanée, mais presque.

Et lorsqu'on aurait trouvé son corps? On en aurait naturellement conclu qu'elle avait été tuée par une balle perdue alors qu'elle se tenait près du mur, sur une hauteur, absurdement exposée aux chasseurs qui tiraient juste derrière elle. Le genre d'imprudence stupide que pouvait commettre une citadine. Devant la gravité de la blessure, un policier perspicace, ou plus vraisemblablement un coroner, aurait peut-être pensé que le coup avait été tiré de près, mais on n'enquêtait pas très minutieusement sur les accidents de chasse, surtout lorsque tous les participants étaient des gens fortunés. Il était toujours possible qu'un chasseur peu sportif se soit avancé au-delà de la lisière du bois pour tirer un faisan au sol. La police de l'Etat aurait certainement tenu à épargner les désagréments d'une enquête en règle aux Bannerman et à leurs invités — et d'ailleurs celle-ci aurait été vite close. Elle s'était enfoncée dans le bois et exposée au tir des chasseurs alors que Robert était parti chercher une voiture pour la ramener à Kiawa. Il lui avait conseillé de se mettre en sécurité au fond de la clairière, et il était loin quand le coup de feu avait éclaté...

Alexandra se mordit les lèvres. Si elle n'avait pas réagi instinctivement en entendant le déclic de la sûreté, elle serait étendue sur le sol à une centaine de mètres de là, morte. Elle songea brusquement qu'elle n'était encore en vie que parce que sa mort devait passer pour un accident. L'inconnu n'avait aucun intérêt à lui faire sauter la cervelle à bout portant. Une fois que son scénario d'accident de chasse avait échoué, il n'avait plus très bien su que faire, ce qui expliquait la manière hésitante dont il l'avait poursuivie.

Elle souffrait, ses vêtements étaient trempés, déchirés, couverts de feuilles et de boue, mais tout cela n'était rien comparé à la certitude qui se faisait jour dans son esprit. Elle se refusait à penser que Robert, avec qui elle était presque parvenue à un accord, n'avait cessé de comploter son assassinat. Il n'y avait pourtant pas d'autre explication. Maintenant que tout était fini, elle avait du mal à croire à ce qui s'était passé, mais le culot des cartouches vides étincelait sur les feuilles mortes, le sang coulait le long de sa cuisse... Une minute plus tôt, un parfait inconnu avait essayé de la tuer de sang-froid. C'était un *fait,* aussi réel que les arbres qui l'entouraient.

Son esprit cherchait d'autres explications : une erreur, quelqu'un qui avait voulu l'effrayer et était allé trop loin ou même un fou, prêt à tirer sur la première personne qui se présentait. Mais elle savait qu'il n'en était rien. C'était elle que le tueur avait attendue, elle qu'il avait guettée — elle se souvenait des jumelles dans la Maison de poupée —, elle dont il avait fouillé la chambre.

Que devait-elle faire ? Prévenir la police ? Mais on n'était pas à New York. Il lui faudrait regagner Kiawa, téléphoner à la police locale, attendre l'arrivée des agents, puis revenir sur les lieux avec eux pour leur expliquer ce qui s'était passé. D'ici là, les cartouches auraient vraisemblablement disparu. On lui demanderait s'il y avait des témoins et, pour finir, ce serait sa parole contre celle de Robert. Désirait-elle vraiment essayer de convaincre un ou deux rustauds que l'ambassadeur des Etats-Unis au Venezuela, l'arrière-petit-fils de Cyrus Bannerman, candidat au poste de gouverneur, avait payé une sorte de terroriste sud-américain pour l'abattre ? Ils ne la croiraient pas un seul instant. Stern, oui, et même peut-être Booker, mais pas la police locale, surtout face à l'ambassadeur en personne, son regard froid, son sourire supérieur et son autorité naturelle.

Elle entendit une voiture qui cahotait sur un sentier derrière les arbres — probablement Robert. S'attendait-il à la trouver morte près du mur de pierre, victime selon toute apparence d'un malheureux accident de chasse ? Que dirait-il en la voyant bien vivante ? Et elle ? L'accuserait-elle de meurtre de but en blanc ? Elle n'était pas sûre de savoir comment le formuler ni même d'en être capable. Avant de décider quoi que ce soit, elle avait besoin d'aide.

Elle escalada la pente en s'accrochant aux buissons, espérant absurdement qu'il ne s'agissait pas d'espèces vénéneuses, franchit le muret et sortit du bois en courant, malgré la douleur qui lui vrillait la cuisse. Elle entendit une détonation toute proche, puis des cris. A travers ses larmes et ses cheveux emmêlés, elle vit des silhouettes s'élancer vers elle. « Quelle bon Dieu de gourde ! » s'écria quelqu'un d'un ton indigné. Puis Simon se matérialisa devant elle et la prit dans ses bras. « Tu essaies de te faire tuer ou quoi ! »

Elle se mit à rire, d'un rire suraigu, hystérique qu'elle ne pouvait maîtriser. Puis elle agrippa le manteau de Simon, tremblant comme si on venait de l'arracher à une eau glaciale, et lui dit dans un murmure : « Quelqu'un a voulu m'assassiner. » Dès qu'elle eut prononcé ces mots, elle éprouva un soulagement intense ainsi qu'une fatigue et une faiblesse si grandes qu'elle craignit de s'évanouir ou de tomber.

Elle ferma les yeux. Elle entendit la voix de Booker, chargée d'anxiété ou peut-être de peur, le gloussement de surprise de DeWitt, puis elle se retrouva dans une voiture, roulant sur un chemin cahoteux vers Kiawa.

« Il me faut son numéro de sécurité sociale, fit la réceptionniste d'un ton sans réplique.

— On vient de lui tirer dessus, bon sang ! » s'exclama Simon. En dépit des protestations d'Alexandra, Booker et lui avaient foncé vers l'hôpital le plus proche. Simon avait le goût du drame, et une blessure par balle, si légère fût-elle, était exactement le genre d'aventures dont il faisait ses délices. Tout en conduisant, il avait expliqué à Booker comment utiliser l'écharpe d'Alexandra pour poser un garrot, parfaitement inutile d'ailleurs. Tous deux l'avaient traînée dans l'hôpital alors qu'elle protestait toujours, quoique plus faiblement, mais leur entrée théâtrale n'avait pas le moins du monde impressionné la réceptionniste. « Si elle peut tenir debout, elle peut remplir le formulaire d'admission, lança-t-elle sèchement.

— Elle ne tient pas debout !

— Elle en a pourtant bien l'air. »

Booker écarta Simon. « Je crois que vous comprenez mal, dit-il. Il s'agit de Mme Arthur Aldon Bannerman. »

La réceptionniste écarquilla les yeux derrière ses lunettes bigarrées. Elle les ôta et les laissa retomber au bout de leur chaîne sur son ample poitrine. « Mon Dieu ! Pourquoi ne pas l'avoir dit plus tôt ? Nous nous occuperons des formalités plus tard, bien sûr. Elle s'éloigna en toute hâte et, un instant plus tard, un médecin et deux infirmières surgirent avec un chariot, y étendirent Alexandra et franchirent les portes battantes au pas de course.

« Vous ne pouvez pas entrer, dit le médecin à Simon et Booker qui leur emboîtaient le pas.

— Je suis l'avocat de la famille Bannerman, répliqua aussitôt celui-ci. Ce monsieur est l'associé de Mme Bannerman.

— En ce cas... Mais mettez-vous à l'écart et essayez de ne toucher à rien. »

On installa Alexandra sur la table d'opération, et la vive lumière des projecteurs lui fit fermer les yeux. Ses blessures ne lui paraissaient pas graves, mais elle était contente d'être là ; cela lui permettait au moins de reculer le moment où il lui faudrait prendre une décision. Pourrait-elle accuser Robert en face d'avoir tenté de l'assassiner ? Il le faudrait bien pourtant. Il lui était impossible de faire comme si rien ne s'était passé. Et qu'est-ce qui l'empêcherait de recommencer ? Elle grimaça de douleur lorsque le médecin découpa son jean et nettoya les plaies. « Ça m'a tout l'air d'être du petit plomb. Les blessures sont superficielles pour la plupart. Je vais pratiquer une anesthésie locale qui vous fera un peu mal, puis j'extrairai tout ça.

— Court-elle un danger quelconque ? demanda Simon.

— On est loin du cœur ! » fit le médecin en riant. Puis, se rappelant l'identité de sa patiente, il adopta une expression plus sérieuse. « Il n'y a vraiment aucun danger. Madame aura peut-être quelques cicatrices, mais rien que la chirurgie esthétique ne puisse arranger si elle le souhaite. »

Alexandra sentit la piqûre de l'aiguille. « Tout va bien, fit le médecin. Je vais vous laisser un instant, le temps que le produit fasse effet. A propos, avez-vous informé la police de cet accident ?

— La police ? dit Alexandra.

— Toute blessure due à un fusil de chasse doit être signalée. C'est la loi. »

Booker acquiesça de la tête. « Nous nous en occuperons, docteur, mais nous souhaitons éviter toute publicité autour de cette affaire, comme vous l'imaginez bien.

— Oh ! Naturellement. Cela n'a rien d'urgent. Je reviens tout de suite.

— Comment pouvez-vous être sûr qu'il n'est pas en train d'appeler la police ou les journalistes ? » demanda Simon à Booker.

Celui-ci tourna son regard vers une petite plaque sur laquelle on lisait : « A la mémoire de John Aldon Bannerman — Don d'Arthur Aldon Bannerman. » « Voilà bien l'ironie du sort, dit-il avec un sourire sombre. C'est ici qu'on a amené John après son accident de voiture. Il était mort, bien entendu, ou tout comme, mais ils ont fait l'impossible malgré des moyens assez rudimentaires. Du coup, Arthur a équipé l'hôpital d'une salle d'urgence ultramoderne. On ne peut pas trouver mieux entre New York et Albany. Par ici, le nom de Bannerman a toujours des effets magiques. » Il ôta ses lunettes et les essuya. « Alors, qu'est-il arrivé ? »

La douleur refluait, et Alexandra, qui avait tremblé de froid, avait maintenant presque trop chaud et se sentait détendue. « Je vous l'ai déjà dit, fit-elle. Un homme a essayé de me tuer. »

Booker remit ses lunettes, l'air grave. Il paraissait avoir des années de plus et ne ressemblait plus à l'avocat un peu servile qu'elle connaissait. « Vous êtes sûre que ce n'était pas un accident ?

— Un accident ? Il me visait. Il m'aurait tuée si je n'avais pas trébuché. Et, après m'avoir ratée, il a continué à tirer.

— Combien de fois ?

— Quatre ou cinq, je crois.

— Vous ne vous en souvenez pas avec précision ?

— Bien sûr que non. J'étais folle de terreur. Quelle importance cela peut-il bien avoir ?

— Si vous ne disiez pas la vérité, vous m'auriez donné un chiffre exact.

— Je ne mens pas.

— Je sais. Selon vous, l'homme aurait le type hispanique ?

— Hispanique ? Oui, sans doute. »

L'expression de Booker changea brusquement, comme s'il venait de se rappeler quelque chose. « Pourrait-il être cubain ? demanda-t-il.

— Peut-être. Il m'a semblé l'entendre jurer en espagnol lorsqu'il m'a ratée.

— Vous le reconnaîtriez ?

— J'espère ne jamais le revoir mais je crois que

j'en serais capable, oui. Il fume des cigarettes étrangères.

— Des Gauloises, dit Booker. Un homme de ma taille, trapu, avec un nez aquilin, des moustaches noires et qui porte habituellement des lunettes noires ?

— Vous le connaissez ! » Elle essaya de se redresser mais fut prise d'un étourdissement.

« Peut-être, répondit Booker d'un air sombre.

— Qui est-ce ?

— Il s'appelle Ramirez. Je suis dans une position délicate, Alexandra. En tant qu'avocat, j'ai le devoir de protéger mon client. Je pense toutefois que cela ne s'applique pas à ce genre de circonstances. Ramirez a travaillé pour Robert. Ils se connaissent depuis longtemps et sont toujours en relations.

— Quel genre de relations ? demanda Simon.

— Je préfère m'en tenir au secret professionnel sur ce point, fit Booker en fixant ses chaussures boueuses. Disons qu'ils sont assez liés.

— Suffisamment pour projeter mon assassinat ?

— Peut-être.

— Je n'arrive pas à croire Robert capable d'une chose pareille. Pas un meurtre !

— J'ai du mal à penser qu'il est aussi stupide ou aussi mauvais, moi aussi. Je me sens un peu responsable, vous savez. Je ne lui ai pas révélé tout ce que j'avais appris ou deviné à LaGrange, voyez-vous... » Il eut une toux discrète. « C'était l'assassinat de votre réputation que je craignais. Je n'avais pas prévu qu'il irait aussi loin si je ne livrais pas la marchandise.

— La marchandise ?

— A propos de votre mariage et de votre père.

— Quel mariage ? demanda Simon. Et qu'est-ce que son père vient faire là-dedans ? »

La porte s'ouvrit et le médecin entra, accompagné d'une infirmière. « Fermez les yeux, madame Bannerman, dit-il. Essayez de penser à quelque chose d'agréable. »

Elle essaya. Le sondage n'avait en fait rien de douloureux, quoique sentir l'instrument fouiller ses plaies lui donnât la nausée. Elle entendit le tintement métallique des plombs que le médecin laissait tomber sur un plateau mais, en dépit du conseil de celui-ci, rien d'agréable ne lui vint à l'esprit. Elle savait naturellement que Booker avait été envoyé à LaGrange pour enquêter sur son passé, mais il ne lui était jamais venu à l'idée qu'il avait pu taire ses découvertes à Robert. Elle comprenait enfin la stratégie de ce dernier : gagner du temps en ayant l'air d'accepter de partager le contrôle de la fortune avec elle, réunir des faits compromettants pour pouvoir la faire chanter ou la déconsidérer en les révélant à la presse et, si tout échouait — comme cela avait été le cas —, l'éliminer purement et simplement. Elle n'avait pas su percevoir sa duplicité et son absence totale de scrupules.

Arthur l'avait prévenue pourtant, mais elle avait pensé qu'il exagérait. Fallait-il qu'elle s'enfuie, qu'elle se réfugie quelque part, en Europe peut-être, et laisse aux avocats le soin de débrouiller l'affaire ? Ce serait permettre à Robert de s'en tirer à bon compte. Et qu'est-ce qui l'empêcherait de recommencer ?

« Je vais peut-être vous faire un peu mal », dit le médecin.

Alexandra éprouva une douleur si fulgurante qu'elle dut retenir son souffle pour ne pas hurler. Elle ouvrit les yeux et vit le chirurgien penché sur elle, le front perlé de sueur, les yeux énormes derrière ses verres grossissants et les gants couverts de sang. Les projecteurs l'éblouirent, lui donnant immédiatement mal à la tête, mais elle supposa que le pire était passé. Puis une douleur plus vive encore lui vrilla la cuisse lorsqu'il s'attaqua aux blessures les plus profondes.

Et brusquement, elle ne sentit plus rien. A travers une sorte de brouillard, elle vit — ou crut voir — Arthur vêtu de son habituel costume bleu foncé qui se penchait au-dessus d'elle, l'air soucieux mais aussi résolu, et même un peu impatient.

Elle voulut le toucher et sentit une main serrer la sienne. Elle sut aussitôt que ce n'était pas celle d'Arthur. Elle était plus petite, beaucoup plus petite; une main fine, soignée mais dont on sentait les articulations noueuses. « Je suis venue dès que j'ai appris la nouvelle, dit Eleanor Bannerman.

— Excusez-moi. Je croyais que c'était Arthur.

— Ah bon ?

— Je pensais vraiment qu'il était là...

— Bien sûr, fit Mme Bannerman d'un ton étonnamment doux. Moi aussi je voyais mon défunt mari. Oh ! Cela a duré pendant des mois. Je m'assoupissais, et il était là, près de moi, ses lunettes sur le nez. Ensuite, son image s'est effacée », ajouta-t-elle tristement.

Alexandra avait du mal à se concentrer sur ce qu'elle disait ; le sang lui battait douloureusement les tempes. « Nous n'avions pas eu d'accident de chasse depuis très longtemps, reprit Mme Bannerman. Pas depuis que cet idiot de Willie Auchincleck a blessé un rabatteur. Vous souffrez ?

— Non, pas vraiment. Cela fait juste un peu mal.

— Vous avez pourtant l'air de quelqu'un qui souffre intensément. Cela se voit au regard, vous savez. Il n'y a pas à s'y tromper. C'est celui des chevaux qui se cassent une jambe, celui qu'avait la première femme d'Arthur lorsqu'elle se mourait d'un cancer.

— Il ne s'agit pas de ce genre de douleur.

— Non ? Tant mieux. Mais de quoi souffrez-vous alors ?

— Je ne sais pas si je dois vous le dire. »

Mme Bannerman lui tapota le poignet d'un doigt long et froid. « Il le faut, je crois. M. Booker fait une tête d'enterrement, et je sais ce que signifie ce genre d'expression chez les avocats. Comme les médecins, ils répugnent à vous annoncer de mauvaises nouvelles. Or, étant donné que le médecin de l'hôpital — un individu obséquieux mais très capable, paraît-il — m'a assuré que vos blessures étaient superficielles et qu'il ne prévoyait aucune complication, ces mauvaises nouvelles ne concernent manifestement pas votre santé. »

Alexandra rassembla son courage. « Ce n'était pas un accident », dit-elle.

Mme Bannerman resta impassible. « Je vois, fit-elle.

— Un homme a essayé de me tuer. Il était caché dans un vieux puits près d'un mur de pierre...

— Je connais l'endroit. Il y a un grand épicéa près du puits. Que diable faisiez-vous là ? On ne tire pas le faisan dans les bois.

— Robert m'y avait conduite. »

Il y eut un long silence.

Mme Bannerman sonna l'infirmière qui apparut aussitôt. « Nous aimerions du thé, s'il vous plaît. »

La jeune femme parut sur le point de répliquer qu'elle n'était pas une domestique mais un seul coup d'œil à Mme Bannerman la fit changer d'avis. « Du thé ? répéta-t-elle comme s'il s'agissait d'une boisson exotique. Je ne sais pas si...

— Merci, fit Mme Bannerman d'un ton ferme.

Voilà donc pourquoi M. Booker avait l'air si sombre», reprit-elle lorsque l'infirmière eut disparu.

Son calme stupéfia Alexandra. La vieille dame avait-elle vraiment compris ce dont elle accusait Robert ? Elle se demanda un instant si elle n'était pas devenue brusquement sénile, comme cela arrive parfois aux gens âgés. Il lui suffit toutefois de croiser son regard pour être convaincue du contraire. Mme Bannerman paraissait encore plus imperturbable que d'ordinaire, comme si une tentative d'assassinat n'était rien de plus qu'un de ces petits incidents qui troublaient la vie ordonnée de Kiawa, au même titre que le bris d'une tasse ou la chute d'un vieil arbre foudroyé pendant un orage.

«Vous êtes sûre que c'était sur vous que cet homme tirait ?

— Certaine. J'ai vu son visage.»

Mme Bannerman poussa un soupir. Son expression ne laissait rien transparaître de ses sentiments ; elle semblait se cuirasser contre l'annonce d'autres mauvaises nouvelles, comme elle l'avait sans doute fait toute sa vie. «Vous le connaissiez ? demanda-t-elle.

— Non, mais je sais de qui il s'agit.»

On frappa à la porte et l'infirmière entra avec le thé. Mme Bannerman la remercia tout en jetant un regard noir sur le plateau, comme si elle n'avait encore jamais vu de thé en sachet. Après le départ de la jeune femme, elle remplit deux tasses, en tendit une à Alexandra, et but la sienne avec une expression de dégoût bien élevé. «Cela ne mérite pas vraiment le nom de thé, n'est-ce pas ? dit-elle. Enfin, peu importe. Que comptez-vous faire à présent ?

— J'y réfléchissais, justement.

— Je m'en doute. Vous avez vu la police ?

— Pas encore. »

Le médecin entrebâilla la porte, un sourire crispé aux lèvres. « Il vaudrait mieux la laisser se reposer un peu », dit-il en s'excusant presque.

Mme Bannerman le foudroya du regard. « Occupez-vous donc de ce que vous avez à faire, fit-elle sèchement. En outre, le simple fait d'être médecin ne vous dispense pas de frapper avant d'entrer dans la chambre d'une dame, je suppose ?

— Si... ou plutôt non... Je peux revenir plus tard, bien entendu.

— C'est cela, oui. »

La porte se referma. « Quelle impertinence ! fit Mme Bannerman. Cela dit, il a sans doute raison. Il faut vous reposer.

— Ça va, je vous assure.

— Je vous trouve l'air fiévreux, déclara Mme Bannerman de ce ton autoritaire qui rendait ses jugements sans appel. Vous ne pensez pas qu'il aurait pu s'agir d'anarchistes, ou même d'un fou ?

— Non, absolument pas.

— C'est aussi mon avis, fit Mme Bannerman, le regard lointain. Votre devoir est donc d'en informer les policiers.

— Je sais.

— Je n'en doute pas.

— Mais je ne veux rien avancer sans preuve... En fait, ajouta-t-elle, même si j'en avais, je ne sais pas si j'irais les trouver. Pas si cela doit nuire à la famille. »

Mme Bannerman hocha la tête. « La décision n'est pas facile à prendre, dit-elle.

— J'en ai déjà pris une de ce genre à la mort de mon père, ou plus exactement on l'a prise pour moi. »

Mme Bannerman ne manifesta aucune curiosité. Elle haussa simplement un sourcil, attendant la suite.

« Je ne cesse de me demander ce qu'Arthur aurait fait à ma place, poursuivit Alexandra.

— A mon avis, il n'aurait pas souhaité qu'un nouveau scandale éclaboussât la famille. Pas si c'était évitable.

— Cela l'est-il ?

— Je crois, murmura Mme Bannerman. Dans une famille comme la nôtre, il y a beaucoup de choses qu'il vaut mieux taire. C'est une lourde responsabilité, un fardeau que j'ai assumé pendant bien des années. » Elle se tut un instant, comme plongée dans ses souvenirs. « Naturellement, il faut quand même que justice soit faite. Les méchants doivent être punis, même si nous nous en chargeons à notre façon, sans l'aide de la police ou des tribunaux.

— J'ignore si je saurai le faire.

— Dans ce cas précis, je crois qu'il vous suffit d'exécuter les volontés d'Arthur », fit Mme Bannerman d'un ton vif.

Elle remit son magnifique manteau. Dans cette triste chambre d'hôpital, elle semblait revêtue d'un splendide costume médiéval tout droit sorti d'un musée, être le souvenir vivant d'une époque de luxe et de splendeur depuis longtemps révolue.

« Ce n'est pas une tâche facile, dit-elle. Il serait peut-être préférable pour vous de vous y dérober.

— Je sais, mais c'est impossible.

— Pourquoi ?

— Parce que je l'ai promis à Arthur.

— Il est mort, fit Mme Bannerman d'un ton sec, comme si mourir était un signe de faiblesse. Vous ne croyez certainement pas qu'il va vous attendre dans l'au-delà pour vous demander l'état du portefeuille financier de la Fondation ou si vous avez bien fait construire son musée?

— Non, mais une promesse est une promesse.»

Mme Bannerman ouvrit la porte. «Tâchez de vous reposer, à présent. Je pense que vous pourrez quitter l'hôpital demain. Je vous enverrai la voiture.

— Je ne sais pas si j'ai envie de retourner à Kiawa. Pas tout de suite.

— Ne dites pas de bêtises. Où pourriez-vous aller sinon à Kiawa maintenant?»

Robert transpirait en réfléchissant à sa situation. Les choses tournaient mal; les gens faisaient tout de travers; il fallait pourtant faire front et continuer. Rien n'était perdu, se dit-il, quoiqu'il eût l'estomac noué. Il éprouvait d'ailleurs plus de fureur que de peur. Ramirez avait-il perdu la raison? Quelle logique tordue lui avait-elle fait penser qu'il désirait un assassinat?

Il ne lui restait plus qu'à faire contre mauvaise fortune bon cœur, y aller au culot et se battre jusqu'au bout — la politique vous apprenait au moins cela. Que pouvait faire cette satanée fille, après tout? La police? Elle n'avait pas de témoin. Un inconnu lui avait tiré dessus, un braconnier surpris peut-être, ou un prisonnier en cavale — il y en avait toujours dans le comté Dutchess qui s'enorgueillissait d'innombrables prisons et hôpitaux pour fous dangereux. Il l'avait quittée pour aller chercher une voiture et, lorsqu'il était revenu, elle avait disparu. Avait-il entendu des coups de feu? Bien sûr que oui! Des dizaines de chasseurs tiraient le faisan dans le secteur. Personne ne pouvait raisonnablement établir de lien entre le crime de Ramirez et lui, se dit-il avec fermeté.

Il se gara devant l'hôpital sur une place réservée aux handicapés et se composa un visage de circonstance. Il ne s'arrêta pas à la réception — après tout, il était quasiment propriétaire de l'établissement. Au deuxième étage, il trouva Booker et Simon qui arpentaient le couloir comme de futurs pères. Ni l'un ni l'autre ne parurent contents de le voir, ce qui était prévisible. Robert se dit qu'il lui faudrait renvoyer l'avocat. Il était intelligent mais il ne comprenait décidément pas ce qu'était la loyauté. Comment aurait-il pu, d'ailleurs ? On est loyal à sa classe, et Booker n'avait jamais fait partie de la sienne.

« Comment va-t-elle ? »

Booker avait l'air embarrassé et Simon, hostile. Un court instant, ils parurent vouloir lui barrer la porte, puis l'avocat toussa et dit : « Pas trop mal. Je ne suis pas sûr qu'elle désire vous voir.

— Et pourquoi donc ? fit Robert d'un air blessé.

— Nous avons tout lieu de croire qu'il ne s'agissait pas d'un accident.

— Bien sûr que non ! Il est évident que nous avons affaire à un fou ou un prisonnier évadé. Il aurait pu tirer sur n'importe lequel d'entre nous. Si je n'étais pas allé chercher une voiture pour Alexandra, il m'aurait vraisemblablement pris pour cible. Tout cela est lamentable ! Qui aurait pensé qu'un inconnu armé pourrait se cacher à Kiawa ? Cela ne serait jamais arrivé du temps de grand-père.

— Qu'est-ce qui vous rend si sûr que c'était un fou ? demanda Simon.

— Qui d'autre aurait pu faire une chose pareille ? » Et, sans attendre la réponse, il frappa à la porte et entra.

Alexandra était adossée aux oreillers, les yeux clos et, un court instant, il pensa qu'elle était morte. Mais il prenait ses désirs pour des réalités, bien entendu. D'ailleurs, il ne le souhaitait pas réellement, encore que cela l'eût bien arrangé. Elle était vraiment très belle, malgré les égratignures qui lui couvraient le visage. Il regretta — et ce n'était pas la première fois — de ne pas l'avoir rencontrée dans d'autres circonstances.

« Je suis venu aussi vite que possible », dit-il.

Alexandra ouvrit les yeux. Elle ne parut ni étonnée ni effrayée de le voir. Robert en fut soulagé. Il ne s'était pas attendu à des cris mais, avec les femmes, on ne savait jamais.

Puis il souhaita presque qu'elle l'eût fait. Son regard était froid, distant, implacable.

« Que s'est-il donc passé ? demanda-t-il en s'asseyant près d'elle.

— Un homme a essayé de me tuer, répondit-elle avec calme.

— C'est ce qu'on m'a dit. Mais qui et pourquoi ? »

Elle garda le silence. Mauvais signe, pensa-t-il.

« Avez-vous décrit votre agresseur à la police ? Plus tôt ce sera fait plus elle aura de chances de l'attraper.

— Pas encore.

— Booker aurait dû s'en occuper au lieu de traîner dans le couloir, bon sang ! s'exclama-t-il avec indignation. Je vais le faire moi-même. Si vous vous sentez le courage d'affronter la police, elle peut être ici dans quelques minutes. » Il savait bien que cela ne changerait rien. Ramirez avait peut-être été pris d'un coup de folie et perdu son habileté au tir, mais c'était le roi des plans d'urgence : préparer sa fuite était le premier de ses soucis lorsqu'il faisait un coup. A cette heure, il avait certainement changé de voiture plusieurs fois et devait filer vers le Canada ou New York par les petites routes. Il y avait certainement une femme avec lui, car il affirmait qu'un couple attire moins l'attention de la police.

« Je doute qu'on le retrouve, dit-elle. Et vous ?

— Tout dépend de la description que vous pourrez en faire. » Avec un peu de chance, Ramirez s'était arrangé pour qu'elle ne voie pas son visage. Robert n'arrivait toujours pas à comprendre ce qui lui était passé par la tête. Qu'importe, c'était fait et, tant qu'il n'y avait pas de preuve, c'était la parole d'Alexandra contre la sienne. Elle aurait beau susciter la sympathie, elle n'en resterait pas moins une coureuse de dot, une inconnue, et lui, un ambassadeur des Etats-Unis.

« Je l'ai très bien vu, dit Alexandra. Je ne suis pas près d'oublier son visage. »

Merde ! pensa-t-il. Ramirez aurait dû porter un masque, mais ce salaud était bien trop sûr de lui, évidemment.

« Raison de plus pour se dépêcher. Si c'est un détraqué, Dieu sait sur qui il va encore tirer.

— Il ne m'a pas fait l'effet d'un dément, Robert.

— Je me demande comment il a pu pénétrer dans le domaine sans être vu. Il n'y a plus de gardes à Kiawa depuis la mort de Cyrus, mais le monde change et il nous faudra peut-être changer avec lui.

— Je ne sais pas comment il est entré, mais je sais où il se cachait. J'ai vu ses cigarettes et ses jumelles dans la Maison de poupée lorsque vous m'y avez emmenée.

— C'est impossible, fit-il en pestant intérieurement. Comment aurait-il pu s'y introduire ? Je n'ai remarqué aucun signe d'effraction.

— Quelqu'un aurait pu lui indiquer où était la clé, vous ne croyez pas ?

— Cela me paraît un peu tiré par les cheveux. »

Alexandra acquiesça. Son visage était difficile à déchiffrer. En fait, c'était plutôt son absence totale d'expression qui mettait Robert mal à l'aise. « Eleanor était ici il y a quelques minutes, vous savez », dit-elle.

Il eut du mal à dissimuler son étonnement. Il avait compté la voir le premier, puis retourner à Kiawa pour donner sa version des événements à sa grand-mère. Imaginer la conversation des deux femmes lui donnait des sueurs froides. « Cet accident a dû la bouleverser », fit-il avec autant de calme qu'il le put.

Le regard d'Alexandra n'exprimait pas de colère ; il semblait même empreint de regret, un peu comme celui d'une femme qui dit au revoir à quelqu'un qu'elle aurait pu aimer. « Vous savez aussi bien que moi ce qui s'est passé, Robert, déclara-t-elle avec douceur. Eleanor le sait elle aussi.

— Pour l'instant, nous ne savons absolument rien, répliqua-t-il avec force.

— J'ai tous les renseignements nécessaires. Le nom de cet homme, par exemple ; il s'appelle Ramirez. Cela vous rappelle certainement quelque chose. Il a travaillé pour vous à Miami.

— Ramirez ? répéta-t-il comme s'il faisait un effort de mémoire. C'est bien vieux. Je ne peux pas me souvenir de tous ceux qui ont aidé père lors de sa campagne.

— Je sais tout de Ramirez, Robert. C'est lui qui a fouillé ma chambre, n'est-ce pas ? Vous l'avez engagé à Miami, et cela a coûté l'investiture à votre père. Arthur m'a tout raconté, vous voyez. Comme il n'a pas réussi à trouver le document que vous cherchiez, vous lui avez demandé de me tuer, c'est bien ça ? »

Elle parlait avec tant de calme qu'il lui fallut quelques secondes pour comprendre toute la portée de son accusation. « Seigneur ! s'exclama-t-il. Vous êtes à bout de nerfs. C'est bien compréhensible, d'ailleurs. J'ignore à quel document vous faites allusion. Et comment pouvez-vous imaginer un seul instant que j'aie projeté votre assassinat ? Je ne fais pas partie de la Mafia, vous savez.

— Non. Elle ne s'attaque généralement pas aux femmes, il me semble. Je vous aurais donné ce rapport, Robert. Si nous avions conclu un accord, comme je le souhaitais, je vous l'aurais rendu et vous auriez pu en faire ce que bon vous semblait. Je n'en avais même pas de copie et je n'aurais jamais appris son existence si vous n'aviez pas envoyé Booker à LaGrange.

— Je ne le lui avais pas demandé.

— Il est trop tard pour mentir. Lorsque j'aurai donné le nom et la description de Ramirez à la police, elle le trouvera. Et vous savez fort bien qu'il parlera. Il ne va pas faire vingt ans de prison ou se laisser renvoyer à Cuba simplement pour vous protéger, n'est-ce pas ? »

Robert se sentit suffoquer. Comment pouvait-elle en savoir autant sur Ramirez ? Booker, bien sûr. Il prit une profonde inspiration, sachant qu'il ne lui restait qu'une seule issue.

« Vous n'avez encore rien dit à la police ? demanda-t-il d'un ton aussi dégagé que possible.

— Non, pas encore. »

Il était à sa merci. Seule la vérité pouvait le sauver. « Eh bien, c'est vrai, Ramirez travaillait pour moi, reconnut-il. Il me fallait ce satané rapport de police, mais il n'a jamais été question de vous faire le moindre mal. Vous ne pouvez quand même pas me croire capable d'une chose pareille ? fit-il d'un ton presque implorant.

— Et pourquoi ?
— Parce que vous me connaissez.
— En effet, Robert, je vous connais, répondit-elle en laissant enfin percer sa colère. Je pense d'ailleurs que vous dites la vérité. Vous auriez sans doute aimé me voir morte, mais je ne crois pas que vous ayez assez de cran pour passer à l'acte ni même ordonner à quelqu'un de s'en charger à votre place.
— Ce n'est pas une question de cran.
— Non ? Et de quoi donc, alors ? De scrupules moraux ou humanitaires ? Je vais vous raconter quelque chose qui va peut-être vous surprendre, Robert, reprit-elle après un silence. Quelque chose que je n'ai jamais eu le courage de confier à votre père. Vous avez envoyé Booker à LaGrange pour fouiller dans mon passé, mais je ne crois pas qu'il vous en ait donné pour votre argent. Lorsque j'avais dix-sept ans, voyez-vous, mon père a essayé de me violer. »
Robert maudit intérieurement Booker. Pourquoi ne lui avait-il rien dit ! Il ne comprenait toutefois pas où Alexandra voulait en venir. « Je l'ignorais, fit-il, mal à l'aise.
— Oh ! Vous avez sans doute deviné une petite partie de l'histoire. Mais je vais vous dire la vérité, Robert. J'obsédais mon père ; il ne pouvait me quitter des yeux, s'empêcher de me toucher. Je sentais que c'était mal mais ne savais que faire. Ne vous méprenez pas surtout, père n'a jamais abusé de moi. Mais il en avait envie, et je le savais. Le pire, c'est que vers treize, quatorze ans, il m'arrivait parfois de le souhaiter moi aussi — ou de croire que je le souhaitais. Il essayait de régenter ma vie bien plus qu'il n'est normal, et j'ai fini par m'enfuir.
— Cela, je le sais.
— Vraiment ? Ce n'est pas si sûr, mais c'est

sans importance. Lorsqu'on m'a ramenée chez moi, mon père était furieux. Il a retenu sa colère pendant des jours, puis un soir, dans son bureau près de la grange, quelque chose a craqué en lui, et il a essayé de me violer.

— C'est terrible, marmonna machinalement Robert. Qu'avez-vous fait ? »

Elle le regarda et sourit, un sourire ambigu de Joconde. « Ce que j'ai fait ? Je l'ai abattu de deux coups de fusil, Robert. En pleine poitrine. »

Il savait qu'elle n'en avait pas terminé. Si Booker lui avait raconté cette histoire deux semaines plus tôt, il n'aurait pas eu besoin des services de cet incapable de Ramirez. Mais pourquoi Alexandra lui parlait-elle de tout cela maintenant ?

« Ce que je cherche à vous dire, Robert, c'est que vous allez quitter Kiawa, quitter le pays et me laisser tranquille. Sinon, je vous tuerai. Je l'ai déjà fait, voyez-vous, et il s'agissait de quelqu'un que j'aimais. Vous, je ne vous aime pas, et cela devrait donc être beaucoup plus facile. Suis-je assez claire ?

— C'est ridicule ! » Mais quelque chose dans son sourire lui disait qu'elle ne plaisantait pas.

« Non. Mon père pensait que je n'appuierais pas sur la détente, vous savez. Je regrette mon acte, mais je l'ai fait.

— Je ne tolérerai pas vos menaces.

— Ce n'est pas une menace mais une simple promesse, un petit secret entre nous. »

Robert resta longtemps silencieux. Il était manifeste qu'il la croyait. « Je vois, dit-il enfin. Bon, je ferais mieux de partir. Vous allez retourner à Kiawa, j'imagine ?

— Je ne pense pas que cela vous regarde, mais oui, en effet. Pour le moment. Ensuite, je m'installerai sans doute dans l'appartement d'Arthur.

Bien qu'il soit trop grand pour moi, il serait un peu ridicule que je reste dans le mien.

— Je suppose, fit-il avec une parfaite indifférence.

— Nous n'allons pas nous revoir pendant très longtemps, Robert. Je crois que c'est mieux ainsi, non ? Et n'oubliez pas ce que je vous ai dit. J'étais sérieuse, et je le serai toujours. »

Il se leva. Chose curieuse, il ne lui rappelait plus du tout Arthur. La ressemblance était probablement toujours là, mais elle ne la voyait plus. Il lui paraissait même plus petit, comme si sa défaite l'avait amoindri.

« Allez-vous parler à la police ? demanda-t-il d'un ton presque suppliant.

— Je n'ai encore rien décidé. J'agirai au mieux des intérêts de la famille.

— Et le rapport ?

— Je crois que je vais le garder, répondit-elle avec douceur. Simple précaution. »

Robert la dévisagea comme si elle était une parfaite inconnue. Il semblait presque amusé. « C'est étrange, vous parlez exactement comme Eleanor. » Il eut un sourire sombre, se racla la gorge comme s'il voulait ajouter quelque chose, puis changea d'avis et partit.

Alexandra ferma les yeux, s'efforçant de ne pas penser à ce qu'elle avait fait. Elle entendit la porte s'ouvrir. « Vous allez bien ? demanda Booker.

— Oui, répondit-elle d'une voix sans timbre.

— Dois-je prévenir la police ? »

Elle mit longtemps à répondre mais finit par secouer la tête, étonnée de l'effort que cela lui demandait. « Non, Martin, dit-elle. Je crois que nous allons taire cette affaire. » Puis elle ferma les yeux et se laissa glisser dans le sommeil.

Elle avait agi comme Arthur l'aurait souhaité, comme Eleanor l'aurait fait.

Elle était satisfaite.

La voiture remonta la grande allée et s'arrêta devant les marches. Le chauffeur lui ouvrit la porte. Il régnait un silence extraordinaire. L'immense demeure semblait déserte. Le majordome l'attendait pour la débarrasser de son manteau. Elle ne se souvenait pas de son nom. Il lui faudrait apprendre ce genre de détails. Arthur lui avait dit un jour qu'un Bannerman ne pouvait se permettre d'oublier un nom de temps à autre comme le commun des mortels. Les gens attendaient davantage d'eux ou estimaient du moins que richesse oblige.

Dans le vestibule — cette immense pièce vide où un feu brûlait en permanence comme une sorte de flamme éternelle —, Putnam attendait, entouré de ses bagages.

« Vous vous en allez ? » demanda Alexandra avec un peu de regret. Elle connaissait peu Putnam, mais ce qu'elle en savait lui plaisait.

« Je n'ai aucune raison de rester. Robert est parti précipitamment, l'air plus que tendu. J'en déduis que vous ne serez pas associés.

— Associés ?

— Eh bien, que vous ne vous partagerez pas le contrôle du Trust. Votre avocat est toujours ici, à propos. L'addition va être salée !

— Robert et moi sommes quand même parvenus à un accord, Putt.

— Ah oui ?

— Je vais agir exactement comme votre père le souhaitait. Robert s'en accommodera.

— Je vois ! Ma foi, je n'avais jamais vraiment cru que vous vous associeriez tous les deux. Pourtant, céder aussi facilement... céder tout court ne lui ressemble guère. Que diable s'est-il passé dans ce bois ?

— Un incident. »

Putnam haussa un sourcil. « Un nouveau secret de famille ? Non, ne me racontez rien, je vous en prie.

— Il n'y a rien à raconter. »

Il lui jeta un regard pénétrant, puis hocha la tête.

« D'accord. C'est bien le style Bannerman.

— Vous reverrai-je ?

— Sans doute. Vous comptez toujours faire construire le musée ?

— Oui.

— Alors, nous en parlerons. Ah ! Voilà ma voiture », dit-il en entendant un crissement de pneus sur le gravier.

Il lui serra la main d'un air compassé, puis hésita, comme s'il souhaitait ajouter quelque chose.

« Personne ne veut de Kiawa, vous savez, déclara-t-il. Oh ! Pour Cyrus et mon grand-père, cela avait une signification, bien sûr. Kiawa et la fortune, fit-il en prononçant ce mot d'un ton ironique. Toujours cette damnée fortune ! peut-être avons-nous *besoin* de quelqu'un d'extérieur, en fait. Il est possible que père soit arrivé à la bonne conclusion de la mauvaise manière. Vous me comprenez ? Ou par hasard, qui sait ? »

Il se pencha vers elle — on oubliait facilement sa taille, car il n'avait ni la présence d'Arthur ni l'arrogance et la raideur de son frère — et l'embrassa sur la joue. « Bonne chance, murmura-t-il. J'espère que nous apprendrons à mieux nous connaître. »

Elle le suivit du regard — un homme sympathique et talentueux qui se serait certainement épanoui davantage s'il n'était né doté d'un trust lui assurant plusieurs centaines de milliers de dollars nets par an. Puis elle monta au premier étage et frappa à la porte d'Eleanor Bannerman.

« Entrez. » La voix était aussi ferme qu'à l'accoutumée, mais Eleanor semblait avoir vieilli. Assise près du feu dans son petit salon élégant, elle avait pris la fragilité de ses porcelaines bien-aimées. « Asseyez-vous près de moi », dit-elle. Ce n'était pas un ordre cette fois, mais une prière. « Putnam est parti ? demanda-t-elle.

— Oui.

— Cecilia l'imitera bientôt, je pense.

— Elle retourne en Afrique ?

— Apparemment. Autant pour les espoirs de M. Booker, s'il les nourrissait encore. Vous avez parlé à Putnam de ce qui s'était passé ?

— Non, je n'en voyais pas l'utilité. »

Mme Bannerman acquiesça d'un air approbateur. « Et le rôle de Robert dans la mort de John ?

— Putnam et Cecilia croient depuis des années que c'était la faute d'Arthur. Ils ont fini par lui pardonner, je pense. Putnam, en tout cas. Tant que Robert se tient tranquille, pourquoi leur apprendre la vérité ? Cela ne pourrait que les bouleverser.

— Cecilia pourrait s'adoucir à votre égard si elle savait. Elle vous pardonnerait peut-être de prendre ce qu'elle considère comme l'héritage de Robert.

— Ou elle pourrait me haïr davantage encore. Pourquoi déconsidérer son frère à ses yeux ? Arthur s'est chargé de la faute de Robert de son vivant ; il peut certainement continuer à le faire mort. »

La vieille dame acquiesça. Pour la première fois depuis qu'Alexandra la connaissait, elle paraissait fatiguée. « C'est une sage décision, murmura-t-elle. Cecilia ne vous pardonnera peut-être jamais. Ne vous attendez pas à une réconciliation miraculeuse. Cela n'a rien de tragique, d'ailleurs. Qui sait ? Son hostilité à votre égard la poussera peut-être à se bâtir une vraie vie. »

Elle s'interrompit, puis posa sur le bras d'Alexandra une main si frêle qu'elle semblait de verre. « Le véritable fardeau, ce n'est pas le Trust, mais ces secrets que les autres sont trop faibles pour supporter et avec lesquels il faut vivre. Arthur avait cette force, mais, Dieu qu'il l'a payée cher ! Moi aussi, j'ai gardé de nombreux secrets tout au long de ma vie. Après tout, laisser Cecilia conserver ses illusions sur Robert est peut-être le meilleur service que vous pouvez lui rendre. Si elle a besoin de l'aimer et de vous haïr, il vous faudra l'accepter.

— C'est assez triste.

— Une bonne partie de la vie *est* triste. J'ai parlé à Robert. Vous n'avez rien à craindre de lui, je crois. Plus maintenant. Cet entretien aussi était triste. Je l'aime et je ne vous cacherai pas que j'espérais le voir prendre la place de son père. Mais c'est impossible, et pas seulement en raison du testament, naturellement.

— Que va-t-il faire ?

— Pour l'instant, il rentre au Venezuela. Ensuite, il prendra peut-être un autre poste d'ambassadeur. Je ne pense pas qu'il briguera l'investiture de son parti à Albany. La prochaine fois peut-être, lorsque tout se sera tassé... Quelques voyages et un peu de travail lui feront du bien, je crois. Quant à vous, vous feriez mieux de rentrer à New York. J'ai demandé à DeWitt et à M. Booker de rassembler les informations dont vous aurez besoin. Vous aurez beaucoup à apprendre.

— J'ai déjà beaucoup appris.

— Pas autant que vous le croyez, dit tristement Mme Bannerman. Loin de là. »

Elle retira sa main. Assise bien droite, chevilles serrées, mains sur les genoux, le regard lointain, elle semblait en paix avec elle-même, ou peut-être avec le passé.

11

La pluie battante cessa au moment où ils sortaient de l'église, cédant la place à une petite bruine qui contraignit le reste de l'assistance à garder son parapluie. Seul Emmett DeWitt dans son surplis de cérémonie apportait une note de couleur. Il s'immobilisa un instant, les lunettes encore embuées par l'intensité de son sermon et la chaleur de l'église.

« On se serait attendu que Robert soit présent, dit-il.

— Il voyage, répondit Alexandra qui arrangeait sa voilette.

— Tout de même... L'enterrement d'Eleanor...

— Il n'est pas en bonne santé, Emmett. Il est à l'hôpital en ce moment. A Marrakech, je crois. Il a envoyé un télégramme.

— A cause de l'alcool ? Il paraît qu'il va de mal en pis depuis qu'il a démissionné de son poste d'ambassadeur. C'est vraiment dommage qu'il y ait renoncé.

— Il n'avait pas le choix, Emmett. Pas après la découverte de sa liaison avec l'épouse du señor Guzman. Il est rare de voir un ambassadeur des Etats-Unis faire la une des journaux pour une affaire de mœurs. Le Président était furieux.

— Pauvre Robert, fit Emmett d'un ton parfaitement dépourvu de compassion. Quelle vie gâchée ! Le polo, l'alcool, les femmes... Son problème, c'est qu'aucun des Bannerman n'est taillé pour faire un playboy, même pas lui.

— Ce n'est peut-être pas son *seul* problème, dit Alexandra. Allons-y, voulez-vous ? »

Emmett reconnut la voix de l'autorité. Il lui prit le bras et descendit les marches. Derrière eux, Cecilia et Putnam Bannerman sortirent de l'église. Celui-ci avait l'air mal à l'aise, comme toujours dans les réunions familiales, et Cecilia fixait la nuque d'Alexandra d'un regard noir sans se soucier qu'on le remarquât. Ils s'avancèrent entre les deux rangées de parents endeuillés, sous la conduite d'Emmett qui les entraînait vers le Camembert Bannerman à une allure qui coupait le souffle des membres les plus âgés de la famille.

Alexandra marchait d'un pas vif à côté de lui. Cette allure lui plaisait ; elle savait qu'Eleanor n'aurait pas aimé qu'on la fît attendre.

Simon et Stern s'abritaient sous un grand parapluie rayé vert et rouge. « Je préférerais qu'il soit noir, remarqua Stern. Il fait déplacé.

— Il l'est. Et nous aussi, d'ailleurs. »

Stern semblait peu disposé à admettre qu'il pût ne pas être à sa place quelque part. Il changea de sujet. « Comment va le musée ? Vous vous êtes habitué à votre poste de directeur ?

— Jusqu'à un certain point. J'ai encore de petits problèmes de respectabilité. Herny Geldzahler m'a éreinté dans un article de la revue *New York,* ce qui signifie que je suis un homme arrivé, je suppose. Etre attaqué indique qu'on vous prend au sérieux, dans cette ville. Je voulais lui intenter un procès, mais Booker m'en a dissuadé. Avec raison.

— Voilà un homme qui a fait du chemin.

— Oui. Question de responsabilité, je suppose. Depuis que DeWitt a pris sa retraite, c'est lui qui s'occupe de tout. Il a fait un boulot du tonnerre pour le musée. Saviez-vous qu'il avait été nommé au conseil d'administration en tant que conseiller juridique ?

— Oui, et aussi à celui de la Fondation. Qui sait jusqu'où il ira ?

— Cela, il n'y a qu'une seule personne qui puisse le dire », déclara Simon. Une oreille indiscrète aurait perçu une note de révérence dans sa voix.

« Amen », fit Stern d'un ton solennel.

La voix grêle d'Emmett DeWitt portait loin. Comme amplifiée par la bruine, elle retentissait au-dessus du cimetière et jusqu'aux bois qui l'entouraient. Et il fallait qu'il lui donne toute sa puissance, car la foule n'avait jamais été aussi dense, pas depuis l'enterrement de Cyrus Bannerman auquel seul un petit nombre des personnes présentes avait assisté.

« La poussière retourne à la poussière », conclut-il d'une voix rauque. Il se recueillit un instant face à la mer de parapluies qui miroitait devant lui, puis se pencha pour remplir la petite pelle en argent — celle-là même qui avait servi lors de l'enterrement d'Arthur — et en jeta le contenu dans la tombe ouverte.

Il la tendit à Alexandra. Elle leva son voile et répandit à son tour un peu de terre sur le cercueil. Emmett remarqua avec approbation qu'elle avait pleuré. Il savait toute l'affection qu'elle avait eue pour Eleanor, et rares étaient ceux qui l'avaient aimée. Elle avait vécu trop longtemps pour que sa mort impressionne, et peu de gens se souvenaient d'elle, sinon avec crainte ou curiosité. A l'extérieur de la famille, beaucoup la croyaient morte depuis des années.

Rien ne serait plus jamais pareil après la disparition d'Eleanor, se dit Emmett, mais, en regardant Alexandra Bannerman s'éloigner de la tombe vêtue de noir de la tête aux pieds, il n'en fut plus si sûr. La mer des parapluies s'ouvrit sur son passage comme la mer Rouge devant Moïse. Ils plongèrent et s'inclinèrent lorsque cousins, parents et membres éloignés de la famille s'avancèrent pour lui serrer la main, se présenter, prononcer quelques paroles compatissantes ou respectueuses.

David Roth la suivait, les yeux baissés comme si la cérémonie lui était étrangère. Le musée — et ses liens avec Alexandra Bannerman — lui avait valu non seulement des bénéfices mais la respectabilité qui avait toujours échappé à son père. Les critiques, les architectes et même le maire l'avaient couvert d'éloges, et il avait quitté l'ombre pour le feu des projecteurs. Son nom apparaissait régulièrement dans les chroniques mondaines, des émissions lui étaient consacrées, et on le voyait fréquemment dans les réceptions, souvent en compagnie d'Alexandra Bannerman. Son autobiographie, rédigée par un nègre, figurait dans la liste des best-sellers du *New York Times*. Le bruit courait qu'on allait en faire une série télévisée et même qu'il y tiendrait son propre rôle, rumeur qu'il ne démentait pas.

Tête nue selon la tradition Bannerman, Martin Booker marchait à côté d'Alexandra pour lui murmurer les noms qu'elle ne connaissait pas et l'avertir des problèmes et requêtes qu'on pourrait lui soumettre. De temps à autre, elle posait une main gantée de noir sur son bras. Certains pensaient qu'Alexandra Bannerman était amoureuse de Roth, d'autres penchaient pour Booker, mais elle menait sa vie avec une discrétion si parfaite que personne n'avait de certitude, excepté elle-même.

Une chose était sûre pour Emmett: les deux hommes étaient épris d'Alexandra. Mais lui misait sur Booker.

Alexandra ne regarda pas en arrière lorsqu'elle quitta le Camembert Bannerman. Elle avait salué tous ceux qui s'attendaient à l'être, serré toutes les mains, s'était souvenue du nom de chacun, même des cousins les plus éloignés.

Les membres les plus importants de la famille resteraient à dîner. Elle avait choisi le menu, décidé avec soin de la place des convives à table. Tout était en ordre. Même les diamants des Bannerman avaient été restitués et retrouvé la place qui était la leur, grâce à un règlement trop généreux pour que Vanessa Bannerman le refuse et à la menace discrète, signifiée à l'intéressée par Alexandra en personne, de la faire arrêter pour vol si elle remettait jamais les pieds aux Etats-Unis.

Elle serra légèrement la main de Booker. Il était le seul en qui elle ait confiance, le seul qu'elle pouvait imaginer remplacer Arthur un jour, mais ce n'était ni le moment ni l'endroit de le lui faire savoir.

Elle essaya de se souvenir s'il y avait le moindre détail qu'elle eût omis, la moindre personne qu'elle eût ignorée.

Après tout, elle était le chef de la famille Bannerman désormais.

Remerciements

A Joni Evans, pour son enthousiasme et son soutien jamais démentis, et à Lynn Nesbit, pour avoir toujours été là.

Du même auteur
aux Éditions Stock :

L'Héritage
Queenie

Composition réalisée par COMPOFAC - PARIS

IMPRIMÉ EN FRANCE PAR BRODARD ET TAUPIN
Usine de La Flèche (Sarthe).
Librairie Générale Française - 6, rue Pierre-Sarrazin - 75006 Paris.

ISBN : 2 - 253 - 05418 - 6 30/6843/4